Brandon Sanderson

布蘭登・山德森

Brandon Sanderson

布蘭登・山德森

BEST 嚴選

奇幻基地出版

迷霧之子

終部曲：永世英雄

Mistborn : The Hero of Ages

布蘭登．山德森 著
段宗忱 譯

Brandon Sanderson

BEST 嚴選

緣起

在繁花似錦的奇幻文學花園裡，你或許還在門外徘徊，不知該如何抉擇進入的途徑；也或許你已經置身其中，卻因種類繁多，或曾經讀過不合口味的作品，而卻步、遲疑。

BEST嚴選，正如其名，我們期許能透過奇幻基地對奇幻文學的瞭解，以及對讀者的理解，站在出版者與讀者的雙重角度，為您精選好作家與好作品。

他們是名家，您不可不讀：幻想文學裡的巨擘，領域裡的耀眼新星。

它們最暢銷，您怎可錯過：銷售量驚人的大作，排行榜上的常勝軍。

這些是經典，您務必一讀：百聞不如一見的作品，極具代表的佳作。

奇幻嚴選，嚴選奇幻。請相信我們的眼光，跟隨我們的腳步，文學的盛宴、幻想世界的冒險，就要展開。

excellent bestseller classic

獻給喬丹・山德森——
他可以回答任何人想知道有個花了大半人生
在做夢的兄弟是什麼心情。（謝謝你容忍我）

致謝

今日能出版本書，我一如往常要感謝許多人。首先是我的編輯跟我的經紀人——Moshe Feder以及Joshua Bilmes，他們極爲擅長協助一個計畫實現它所有的潛能。還有，我最棒的太太，艾蜜莉，她是我寫作過程中最大的支持與助力。

感謝Issac Steward（Nethermore.com）畫出了精美地圖、章節符號，還有鎔金金屬符號。同時，我也非常感謝Jon Foster的圖稿，那是我在三本迷霧之子的（原文書）封面中，最喜歡的一張。感謝Larry Yoder，因爲他實在人太好了，還有Tor出版社的Dot Lin爲我做的宣傳。Denis Wang與Stacy Hague-Hill，感謝他們協助編輯，還有向來最棒的Irene Gallo所提供的藝術指導。

本書的初稿讀者包括Paris Elliott、Emily Sanderson、Krista Olsen、Ethan Skarstedt、Eric J. Ehlers、Eric "More Snooty" James Stone、Jillena O'Brien、C. Lee Player、Bryce Cundick/Moore、Janci Patterson、Heather Kirby、Sally Taylor、Bradley Reneer、Steve "Not Bookstore Guy Anymore" Diamond、General Micah Demoux、Zachary "Spook" J. Kaveney、Alan Layton、Janette Layton、Kaylynn ZoBell、Nate Hatfield、Matthew Chambers、Kristina Kugler、Daniel A. Wells、The Indivisible Peter Ahlstrom、Marianne Pease、Nicole Westenskow、Nathan Wood、John David Payne、Tom Gregory、Rebecca Dorff、Michelle Crowley、Emily Nelson、Natalia Judd、Chelise Fox、Nathan Crenshaw、Madison Van-DenBerghe、Rachel Dunn、以及Ben OleSoon。

除此之外，我要感謝喬丹・山德森在架設網站上不遺餘力的貢獻，這本書謹獻給他，還有Jeff Creer，感謝他爲BrandonSanderson.com提供的精美繪圖。歡迎各位來看看！

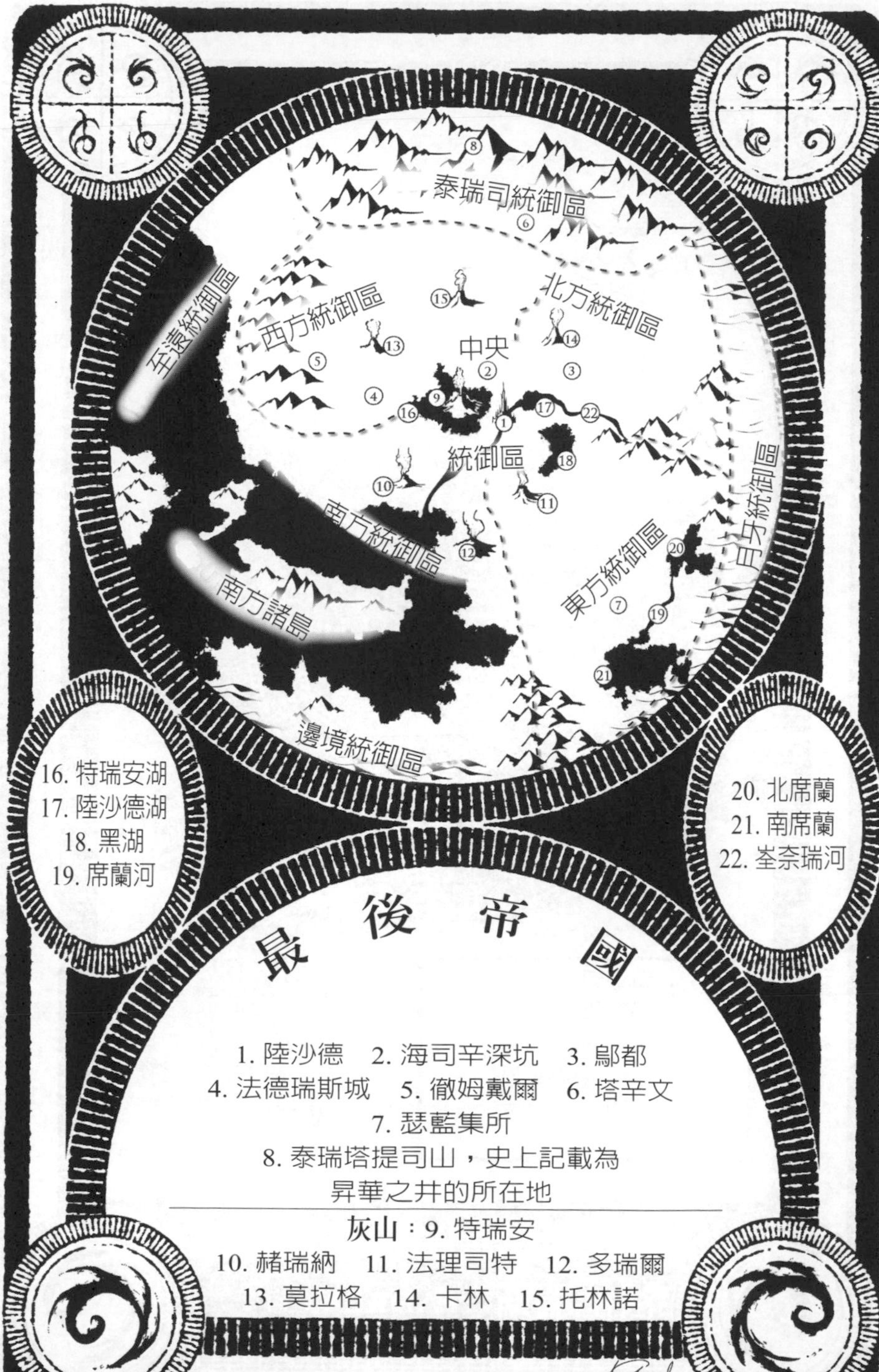
泰瑞司統御區
至遠統御區
西方統御區
北方統御區
中央
統御區
南方統御區
南方諸島
東方統御區
月牙統御區
邊境統御區
16. 特瑞安湖
17. 陸沙德湖
18. 黑湖
19. 席蘭河
20. 北席蘭
21. 南席蘭
22. 峑奈瑞河
最後帝國
1. 陸沙德　2. 海司辛深坑　3. 鄔都
4. 法德瑞斯城　5. 徹姆戴爾　6. 塔辛文
7. 瑟藍集所
8. 泰瑞塔提司山，史上記載為
昇華之井的所在地
灰山：9. 特瑞安
10. 赭瑞納　11. 法理司特　12. 多瑞爾
13. 莫拉格　14. 卡林　15. 托林諾
2007

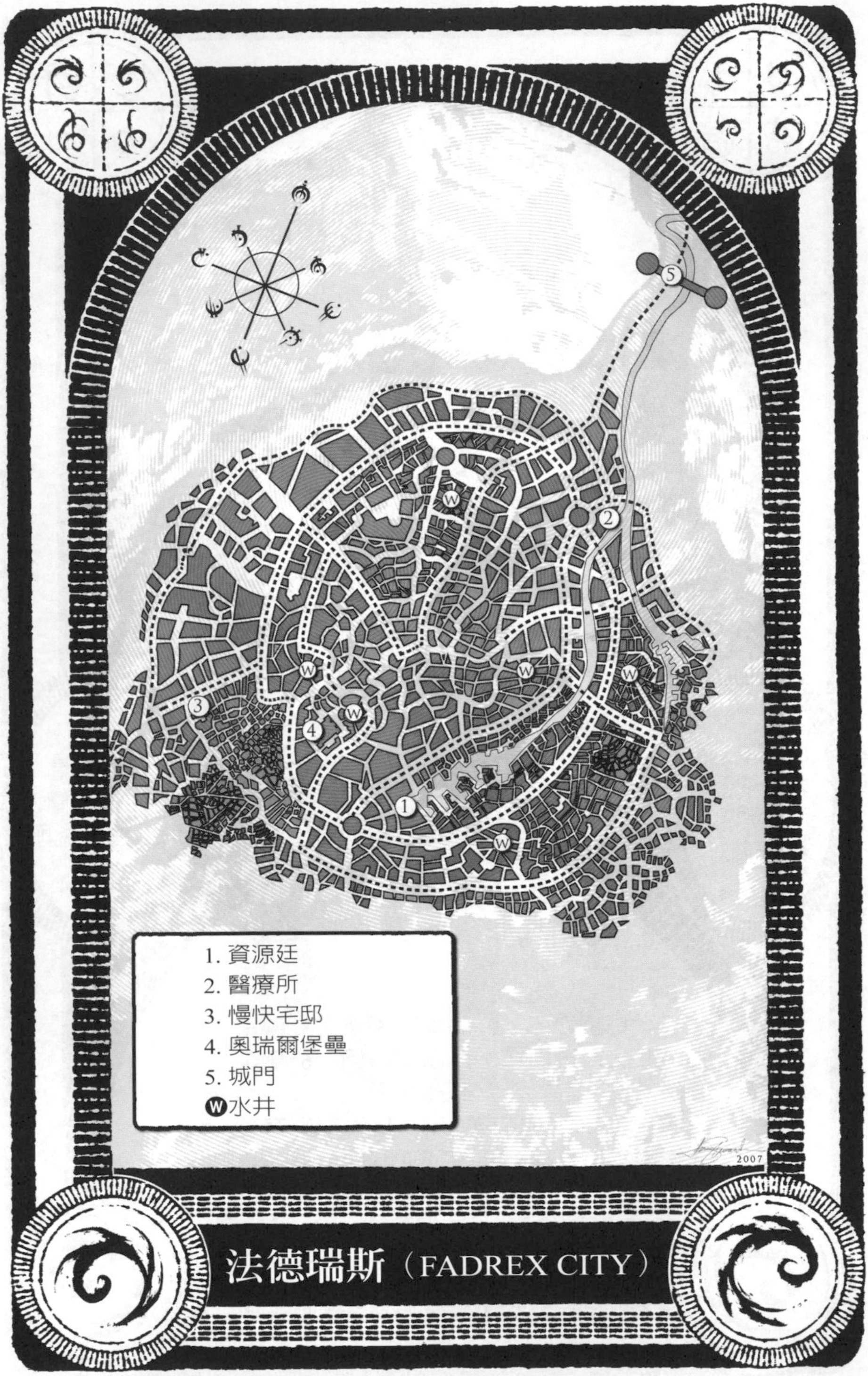

法德瑞斯（FADREX CITY）

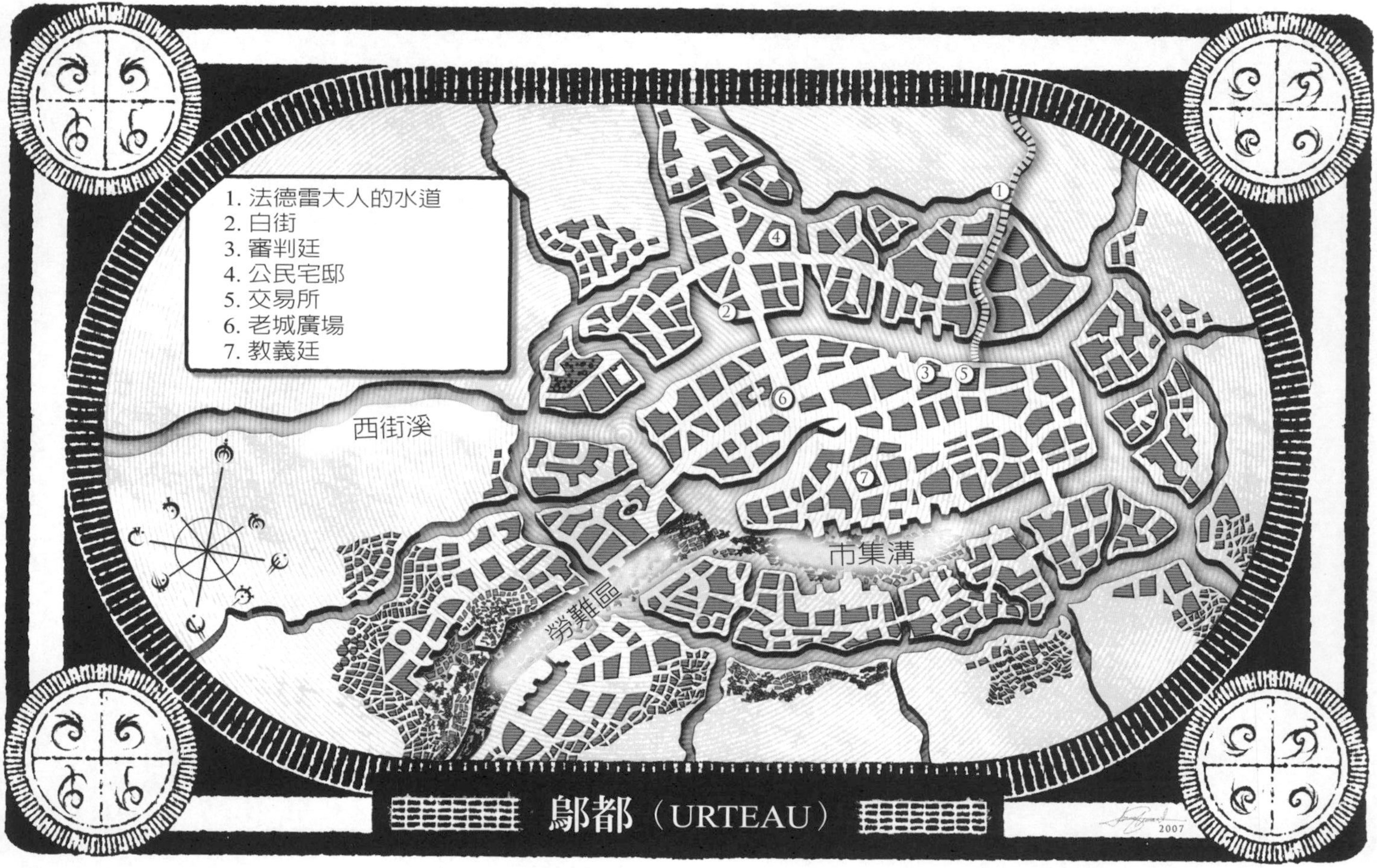
1. 法德雷大人的水道
2. 白街
3. 審判廷
4. 公民宅邸
5. 交易所
6. 老城廣場
7. 教義廷
西街溪
市集溝
勞離區
鄔都（URTEAU）
2007

楔子

沼澤掙扎著要殺了自己。

他舉起顫抖的手，試圖鼓起勇氣拔出腦後的尖刺，結束這醜惡的一生。如今，他已經不再奢望能逃脫自己的命運。三年了，他成爲審判者已經三年，思緒被囚禁也達三年。這幾年下來，事實證明了他無路可逃。即便是現在，他的神智仍然不甚清明。

瞬間，它箝制住他。周遭的世界似乎歷經一波震動，突然間，他的眼前一片清朗。他爲何要掙扎？爲何要擔憂？所有一切安好無恙。

他上前一步。眼睛雖然因爲被刺入尖錐已經失去平凡人的視力，但他仍然能感知身邊的環境。尖刺從他的後腦勺突出，只要他舉手摸摸腦後便能碰觸到。沒有半滴血。

尖錐給他力量，世界以細緻的藍色鎔金術能量線勾勒而出。房間不大，他身邊有幾名同伴，全部都以藍色線條畫出身形，鎔金線條指向他們血液中的金屬。每個人的雙眼中都有尖錐。

除了被綁在他身前桌上的人。

沼澤微笑，從一旁的桌子拿起一柄尖錐，舉高，他的囚犯沒有被封口。聽不到尖叫可就不好了。

「求求你。」囚犯顫抖著低語。面臨如此慘絕的死亡威脅，就連泰瑞司侍從官也會崩潰。男子虛弱地掙扎，動作笨拙，他身下還綁著另外一個人。桌子的設計原本就是如此，桌面的凹槽正好容納堆疊在下方的人體。

「你到底想要什麼？」泰瑞司人問。「我把所有我知道關於席諾德的事都告訴你了！」

沼澤摩挲著黃銅尖刺，碰觸銳利的尖端。他的工作尚未完成，但他慢下動作，享受男子聲音中透露的痛苦與驚恐，同時……

沼澤抓住自己的意識。房間的氣味不再香甜，只剩死亡與血腥的臭氣，他的喜悅變成驚恐。他的囚犯是泰瑞司守護者──一輩子爲了服務眾人而努力的好人。殺害他不只是罪行，更是悲劇。

沼澤試圖掌控自己的身體，想舉起手臂，握住背後那關鍵的、一拔就足以致死的尖錐。

可是，它太強大了。那是一股極大的力量，莫名地操縱著沼澤的一切。它需要他跟其他的審判者當它的雙手。當它終於獲得自由時，沼澤感受到它的狂喜，但它卻仍然無法直接影響這個世界。有某種反對的力量，如盾牌一般保護著這塊大地。

它尚不完整，還需要更多，某種……某種被隱藏起來的東西。沼澤會找到它，獻給主人。紋解放的主人。被囚禁於昇華之井的存在。

它自稱爲「滅絕（Ruin）」。

沼澤笑看著哭泣的囚犯，上前一步，舉起手中的尖錐，抵著男子掙扎的胸口。尖刺穿透男子的身體，進入心臟，透出，直沒入被綁在下方的審判者身體裡。血金術施用起來時，是一門凌亂的技藝。

這就是有趣之處。沼澤拾起木槌，開始敲擊。

倖存者遺志

PART I
Legacy of the Survivor

PART I

Legacy of the Survivor

很不幸的，我，是世紀英雄。

1

法特倫瞇起眼睛，望著一如往常躲在深色薄暮後的紅色太陽。黑色灰燼輕盈地在空中落下，最近落灰越發頻繁。濃密的灰片直直落地，空氣凝滯悶熱，沒有半絲微風來抒解法特倫的心情。他嘆口氣，靠著土牆，轉頭看著維泰敦——他的城鎮。

「多久會到？」他問道。

德魯菲抓抓鼻子，滿臉都是灰燼，他最近沒想過自己的清潔問題。這幾個月來局勢太緊繃，法特倫也很清楚自己看起來不怎麼樣。

「大概一個小時吧。」德魯菲說道，往土牆旁啐了一口。

法特倫嘆口氣，抬頭望著落灰。「德魯菲，你相信那些人說的嗎？」

「相信什麼？」德魯菲問道。「世界末日要到了嗎？」

法特倫點點頭。

「不知道。」德魯菲說道。「管他的。」

「你怎麼能這樣說？」

德魯菲聳聳肩，抓抓身體。「反正只要那些克羅司軍隊一到，我就會掛了，所以我的世界本來就離末日不遠。」

法特倫一時接不上話，向來堅強的他不喜歡輕易將疑慮說出口。當貴族們離開這座其實不比北方莊園繁榮多少的農耕社區時，是他說服司卡們繼續耕種，並且還勸退了盜匪。當大多數村莊與莊園的壯丁都被軍隊拉走時，只有維泰敦仍能保有農耕人力。雖然大部分的莊稼都花費在賄賂上，但法特倫確實成功地保護了村鎮的人民。

至少保住大部分人。

「迷霧直到中午才散去，」法特倫輕聲說道。「它們越待越久了。你也看到農作物的樣子，德魯。情況很不好，我猜是因爲日光不夠。今年冬天，我們沒東西可吃了。」

「我們撐不到冬天，」德魯菲說道。「連晚上都撐不到。」

最悲慘且眞正讓人灰心的是，原本德魯菲是兩人中比較樂觀的那一個。法特倫已經好幾個月沒有聽過他兄弟笑了，那原本是自己最喜歡的聲音。

就連統御主的磨坊都無法將德魯菲的笑容磨散，法特倫心想。可是過去兩年卻辦到了。

「阿肥哥！」傳來一個聲音。「阿肥哥！」

法特倫抬起頭，看到一個男孩從土牆的一邊爬上來。這層防禦工事其實是德魯菲在完全自我放棄前的主意，因爲城裡共有七千人，人數並不少，他們花了不少功夫才將整個城鎮包圍在土牆之後。

法特倫兩千個手下中不到一千名正式的士兵，他們能聚集的人太少，光是要招募這麼小一支軍隊就困難萬分，另外一千人要不就年紀太小，否則就太老，再不然根本不具有戰鬥技巧。他並不知道克羅司軍隊到底有多大，但絕對會大於兩千人。這座土牆起不了多少作用。

名叫小佘的男孩終於氣喘吁吁地跑到法特倫面前。「阿肥哥！」小佘說道。「有人來了！」

「這麼快就來了？」法特倫問道。「德魯菲說克羅司還有一段距離啊！」

「不是克羅司。」男孩說道。「是一個人。快來看！」

法特倫轉身面對德魯菲，後者摸摸鼻子，聳聳肩。他們跟著小佘繞出城牆，走向前門。灰燼與塵土在硬土地上飄揚。他們最近沒有什麼打掃的時間，婦女們必須在田裡耕作，男人們則要接受訓練，準備面對戰事。

法特倫告訴自己他有兩千名「士兵」，但其實他只不過擁有一千名拿劍的司卡。他們的確受過兩年的訓練，卻沒有多少戰鬥經驗。

一群人聚集在前門，站在土牆上或靠在旁邊。*也許我不該花那麼多資源在訓練士兵上頭*，法特倫心想。*如果這一千人是去礦場工作，那我們就會有金屬可以賄賂。*

只不過，克羅司不收賄賂，只會殺人。法特倫顫抖著想到加斯伍城。那城比他的還大，最後卻只剩不到一百人活著逃到維泰敦。那已經是三個月前了。他一廂情願地期望克羅司軍隊能滿足於僅僅摧毀那個城市。

他早該知道，克羅司絕不會滿足。

法特倫爬到土牆頂端，穿著滿是補丁與破碎皮革的士兵爲他開道。隔著散落的灰燼，眼前的大地宛若被深黑色的雪堆覆蓋。

一名騎士孤身出現，身上穿著一件黑色披風，帽罩覆蓋頭頂。

「阿肥，你覺得呢？」一名士兵問道。「是克羅司的探子嗎？」

法特倫哼了一聲。「克羅司不派探子，尤其不會派人類探子。」

「他騎馬。」德魯菲沉聲說道。「馬，我們用得上。」城裡只有五匹馬，全都營養不良。

「商人。」一名士兵說道。

「沒帶貨品。」法特倫說道。「而且除非這個人膽大包天，否則不會敢獨自出現在這個區域。」

「我從來沒看過有馬騎的難民。」一人說道。他舉起手中的弓，看著法特倫。

法特倫搖搖頭。沒人發動攻擊，全部一起看著陌生人徐徐上前，在城門前正方拉停了坐騎。法特倫對他的城門相當自豪，這是眞正的木門，嵌在土牆上。木頭閘門跟石塊都是從城中心的領主宅邸拿來的。

陌生人穿著一件厚重的黑披風，將灰燼阻擋在外，身影與容貌幾乎完全隱匿其下。法特倫越過土牆頂端詳陌生人，然後瞥向兄弟，聳聳肩。灰燼繼續無聲地落下。

陌生人從馬背上躍起。

他直衝入空中，彷彿被大力推上，披風隨著飛翔的身影滑落。在披風之下，他穿著一件簇新雪白的制服。

法特倫咒罵一聲，往後跳躍，看著陌生人越過石牆，落在閘門頂端。那人是個鎔金術師。是名貴族。法特倫原本希望那些人可以待在北邊吵他們自己的架，讓他的人民平靜度日。

至少，平靜送死。

新來者轉身。他留著一副短鬍子，黑色的頭髮剪得很短。「好了，大夥兒。」他說道，以超越凡人的平衡感走在木閘門上。「我們時間不多了，快開工吧。」他從閘門跳下，落在土牆上。

德魯菲立刻抽劍迎向陌生人，但他的劍被無形的力量奪走，射入空中。陌生人一把抓住即將從他頭邊飛過的劍，手腕一翻，檢視起劍刃。「好劍。」他點頭說道。「令人佩服。你有多少名士兵有這麼好的配備？」他翻轉手中的武器，將劍柄遞給德魯菲。

德魯菲迷惘地望向法特倫。

「陌生人，你到底是誰？」法特倫鼓起所有勇氣問道。他對鎔金術認識不多，但蠻確定這人是迷霧之子。只要這個人動動念頭，在場所有人都會立即死無葬身之地。

陌生人忽略他的問題，反而轉身去觀察城市。「這座土牆環繞整座城？」他轉向其中一名士兵問道。

「呃……是的，大人。」那人說道。

「有幾道門？」

「只有一道，大人。」

「開門，把我的馬牽進來。」新來者說道。「你們應該有馬廄吧？」

「是的，大人。」士兵說道。

這新來的還眞會使喚人，法特倫不滿地心想。他的士兵甚至連想都沒想，就在完全沒有取得許可的情況下擅自執行陌生人的命令。法特倫看得出其他士兵逐漸開始挺直身軀，放鬆警戒心。新來的人無論說話或舉止，都散發一股令人無法拒絕的氣質，讓士兵不由自主地回應，跟法特倫擔任貴族僕人時所認識的貴族完全不同。這個人不一樣。

陌生人繼續檢視城市。灰燼落在他美麗的白制服上，法特倫暗自覺得這件衣服被弄髒眞是可惜。新來者自言自語地點點頭，然後開始沿著土牆踱步。

「等等。」法特倫開口，讓陌生人停下腳步。「你到底是誰？」

新來者轉身，迎向法特倫的雙眼。「我的名字是依藍德·泛圖爾。我是你們的皇帝。」

說完，男子轉身，繼續沿著土牆前進。士兵爲他讓道，多數都跟在他身後而去。

法特倫望著他的兄弟。

「皇帝？」德魯菲低聲說道，然後啐了一口。

法特倫同意他的想法。但能怎麼辦？他從來沒有跟鎔金術師對戰過，甚至不知道該從何開始，那人可是輕輕鬆鬆就奪走德魯菲手中的武器。

「把城裡的人組織起來。」依藍德·泛圖爾在前方說道。「克羅司會從北方來，牠們會略過木閘門，直接翻土牆進城。我要老人跟小孩全部到城市最南邊集合，盡量把他們都集中在幾座建築物裡，建築物的數量越少越好。」

「那有什麼用？」法特倫問道。他緊跟在皇帝身後，看不出自己還有什麼別的選擇。

「克羅司一旦陷入嗜血的狂暴狀態，也是最危險的時候。」泛圖爾說道，繼續前進。「如果被牠們佔領城市，那你就要讓牠們盡量浪費時間在找人上頭，時間拖得夠久，牠們的嗜血性便會退去，開始焦躁，轉而劫掠財物。這時你的人民們就能趁機逃走，比較不需擔心被克羅司追殺。」

泛圖爾停話，轉身迎向法特倫的雙眼，表情相當嚴肅。「希望不大，但總是有希望。」說完，他繼續緩步走在城市大街上。

法特倫可以看到他身後的士兵都在交頭接耳。他們都聽說過一名叫做依藍德·泛圖爾的人。兩年前，統御主死後，就是他掌管了首都陸沙德。北方傳來的消息稀少且錯誤百出，但大多數都提到泛圖爾。他擊敗所有王位的競爭者，甚至殺了自己的父親；他隱藏自己的迷霧之子身分，據說還娶了殺死統御主的女人爲妻。法特倫懷疑這麼重要的人——一個傳奇成分應該遠大於事實的人——會來到南方統御區中如此偏遠的城市，尤其身邊還毫無隨從。這裡如今就連礦場都沒什麼價值了，這個陌生人一定在說謊。

但是……他很顯然的確是鎔金術師……

法特倫快步跟上陌生人。自稱爲泛圖爾的男子站在城市中央的一座巨大建築物前，這裡原本是鋼鐵教廷的辦公大樓，法特倫下令要人把窗戶跟門封起。

「你在裡面找到武器？」泛圖爾問道，轉身面對法特倫。

法特倫考慮片刻，最後搖搖頭。「是從大人的宅邸拿出來的。」

「他留下了武器？」泛圖爾訝異地問道。

「我們認爲他是打算要回來取回武器，」法特倫說道。「但他留下的士兵最後全都叛逃，跟著一支路過的軍隊走了。他們把能帶走的都帶走，我們只能撿剩下的。」

泛圖爾點點頭，深思地摩娑著下巴，一面望著過去的教廷大樓。雖然它無人使用——或者正因爲無人使用，所以更顯得高大陰森。「你的人訓練得很好，出乎我的意料。他們之中有人有戰鬥經驗嗎？」

德魯菲輕哼一聲，暗示他覺得陌生人未免也管太多了。

「他們的戰鬥經驗足以讓他們成爲一支危險的軍隊，陌生人。」法特倫說道。「有些土匪以爲可以把城市從我們手中搶走，他們以爲我們很軟弱，一下子就會被嚇倒。」

不知道陌生人是否認爲他的話是一種威脅，但他並沒有反應，只是點點頭。「你們跟克羅司對打過嗎？」

法特倫跟德魯菲交換一個眼神。「跟克羅司打過的人，沒有活著的。」法特倫終於說道。

「如果眞是如此，我早就死十幾次了。」泛圖爾說道，轉過身面對集合的士兵跟市民。「我會教導你們該如何跟克羅司對戰，但你們的時間不多。我要隊長跟小隊長十分鐘後在城門前聚集，普通士兵在土牆邊排隊，我要教導隊長們幾個技巧，讓他們傳授給所有手下。」

幾名士兵開始移動，但大多數人仍然沒有動作，顯示之前法特倫的訓練沒有白費。新來者似乎不因命令沒有被立刻遵從而生氣，只是靜靜地站在那邊，低頭看著武裝人民。他的臉上毫無懼色，更無氣惱或批判，神情只能以……尊貴來形容。

「大人。」一名士兵隊長終於開口。「您……您有帶軍隊同行嗎？」

「其實我帶來了兩支軍隊，」泛圖爾說道。「可是我們沒有時間等他們趕到。」他迎向法特倫的雙眼。「你寫信要求我的協助，身爲你的君主，我前來提供協助。如今你還有此項需要嗎？」

法特倫皺眉。他從來沒有向這個人或是任何貴族尋求過協助，他開口想反駁，卻沒有立刻出聲。他讓我假裝是我找他來的，法特倫心想。我可以假裝這原本就是我的計畫，在看起來不像是失敗者的情況下，將城市的統治權交出去。

我們會死，可是望著這個人的雙眼，我幾乎相信，我們還有機會。

「我……沒想到您會單獨前來，大人。」法特倫不由自主地說道。「所以一時有點反應不過來。」

泛圖爾點點頭。「可以理解。來吧，趁你的士兵集合時，我們來討論戰術。」

「沒問題。」法特倫說道，他正要上前一步，卻被德魯菲一把拉住。

「你在幹什麼？」他的兄弟低聲說道。「這個人是你找來的？我不相信。」

「召集士兵，德魯菲。」法特倫說道。

德魯菲站在原地片刻，低聲咒罵兩聲後大踏步離開。他看起來完全不打算召集士兵，所以法特倫揮手要兩名隊長去進行，之後他回到泛圖爾的身邊，兩人一起走回大門。泛圖爾命令幾名士兵走在他們的面前，不讓他人靠近，好讓兩人能私下交談。灰燼繼續從空中落下，將街道染黑，堆積在城市低矮的單層建築物頂上。

「你是誰？」法特倫低聲說道。

「我剛才已經說過了。」泛圖爾說道。

「我不相信。」

「可是你信任我。」泛圖爾說道。

「不對。我只是不想跟鎔金術師爭辯而已。」法特倫說道。

「目前這樣就夠了。」泛圖爾說道。「聽我說，朋友，將有一萬隻克羅司要來攻擊你的城市。眼前無論是什麼樣的幫助，你們都該接受。」

一萬？法特倫震驚萬分地想。

「你負責領導這個城市吧？」泛圖爾問道。

法特倫此時才回過神。「是的。」他說道。「我叫法特倫。」

「好的，法特倫大人，我們……」

「我不是什麼大人。」法特倫說道。

「你剛剛已經成為貴族了。」泛圖爾說道。「姓氏之後再選吧。在繼續談下去之前，你必須知道獲得我協助的條件。」

「什麼樣的條件？」

「不容討論的條件。」泛圖爾說道。「如果我們獲勝，你必須宣示對我效忠。」

法特倫皺眉，在馬路中間停下腳步，灰燼在他身邊落下。「就這樣？你在戰爭前晃進來，自稱是某個大貴族好順便偷走我們的勝利？我爲什麼要對一個剛見面幾分鐘的人宣示效忠？」

「因爲，我無論如何都會奪走指揮權。」泛圖爾低聲說完，繼續前進。

法特倫站在原地片刻，接著衝上前拉住泛圖爾。「我明白了。就算我們打贏，仍然會受到暴君的統治？」

「是的。」泛圖爾說道。

法特倫皺眉。他沒想到這個人會這麼直接。

泛圖爾搖搖頭，隔著墜落的灰燼望著城市。「我以爲我的方法會有效，也仍然相信有一天會成功。但現在，我沒有選擇。我需要你的士兵，也需要你的城市。」

「我的城市？」法特倫皺眉問道。「爲什麼？」

泛圖爾舉起手指。「我們必須先活下來。」他說道。「其餘的事情，晚一點再談。」

法特倫沉默，意外地發現自己的確信任這名陌生人。他說不出來爲什麼，只知道，這是一名領導者，是自己一直以來想要追隨的領導者。

泛圖爾不等法特倫同意他的條件——那不是提議，而是最後通牒。法特倫再次快步跟上泛圖爾的腳步，走入城鎮大門前的小廣場。士兵們在廣場上忙亂著，沒有人穿制服，唯一分辨誰是士兵誰是隊長的方法，就是靠隊長手臂上綁的紅布條。泛圖爾沒給他們多少集合的時間，但他們都知道城鎮即將面臨攻擊，其實也早就都集合在門口。

「時間不多了。」泛圖爾又大聲說了一次。「我只能教你們幾件事情，但絕對會有幫助。

「克羅司從五呎高的小型到十二呎的巨大型都有，但連最小的克羅司都比你們任何人強壯，這點你們必須有心理準備。幸好，這些怪物只會單打獨鬥，如果克羅司的同伴有麻煩，牠絕對不會過去幫忙。

「牠們不懂迂迴，只會直接攻擊，光憑蠻力來攻打你們。不要讓牠們得逞！叫你的士兵們一組一組地包圍單隻克羅司，小的要兩個人，大的要三到四個人。我們的陣線維持不了太久，但是這會讓我們活得最久。

「不要擔心這些怪物會繞過我們的防線進入城鎮。我們讓普通百姓躲在城鎮的最後方，通過我們防線的克羅司可能會開始劫掠財物，讓其他克羅司獨自戰鬥，這就是我們想要的結果！不要追進城裡。你們的家人不會有事。

「如果你要攻擊大型的克羅司，先從腿開始，讓牠倒地以後再下殺手；如果克羅司體型較小，要特別注意劍或矛不要被牠鬆垮的皮膚卡住。你們必須明白，克羅司並不笨，只是未經開化，所以行動容易預測。牠們會以最簡單的方式衝向你們，以最直接的方式攻擊。

「最重要的，是你們必須知道，牠們是可以被打敗的，我們今天一定會成功！不要被牠們唬住了！大家團結起來，同心作戰，保持冷靜，我跟你們保證，我們一定可以活下來。」

士兵隊長們聚集在一起，抬頭看著泛圖爾。他的演說沒有引起他們的歡呼，但他們似乎看起來更有自信了一點，一個個去將泛圖爾的指示告訴自己的下屬。

法特倫靜靜走到泛圖爾身邊。「如果你沒算錯，牠們跟我們的人數比大概是五比一。」泛圖爾點點頭。

「牠們體型比我們大，力氣比我們壯，也受過比我們更好的戰鬥訓練。」

泛圖爾再次點點頭。

「我們死定了。」

泛圖爾終於皺著眉頭轉向法特倫，黑色灰燼沾髒他的制服。「你們不會死定了。你們有一樣牠們沒有的——那是關鍵性的差別。」

「是什麼？」

泛圖爾迎向他的雙眼。「你們有我。」

「皇帝陛下！」土牆傳來一個聲音。「看到克羅司了！」

他已經成為他們最先想找的人了，法特倫心想，心中五味雜陳，不知該佩服或覺得倍受侮辱。

泛圖爾立刻跳到土牆上，鎔金術的力量讓他在一躍間就橫跨了遙遠的距離。大多數士兵或彎身或躲在土牆頂端後方，雖然敵人距離尚遠，他們卻仍躲得不露蹤跡；身著白披風與制服的泛圖爾則傲然站在城牆上，以手遮住陽光，瞇眼端詳遠方。

「牠們在紮營。」他微笑說道。「很好。法特倫大人，準備領軍，進行襲營！」

「襲營？」法特倫問道，四肢並用地爬到泛圖爾身後的牆頂。

皇帝點點頭。「克羅司行軍一整天也累了，如今完全分神於紮營，現在不攻擊牠們，更待何時。」

「可是我們應該要守城啊！」

泛圖爾搖搖頭。「再等下去，牠們會讓自己陷入嗜血狂暴中出發攻擊。我們必須先出擊，而不是坐以待斃。」

「所以我們要放棄守城嗎？」

「法特倫大人，你的防禦工事確實準備周全，但那毫無用處。你沒有足夠的人數防守整面牆，克羅司也通常比任何人類更高，還站得更穩。牠們會攻佔土牆，佔據至高點後，一步步朝城市推近。」

「可是——」

泛圖爾低下頭看著法特倫。他的眼神平靜，目光卻堅定，毫不動搖。他的意思很簡單——現在我是統率，他人沒有爭論的餘地。

「是的，大人。」法特倫說道，叫來傳令兵，將命令發布下去。

泛圖爾站在一旁，看著傳令兵跑來跑去。士兵之間一陣迷惘，沒料到自己居然要出發去攻擊克羅司，越來越多雙眼睛轉向高高站立於城牆頂的泛圖爾。

他看起來真的很像皇帝，法特倫忍不住想。

命令一波波傳下。終於，整支軍隊都看著泛圖爾。

泛圖爾抽出劍，高舉過頭，指向滿是灰燼的天空，然後以超人的速度從土牆上一躍而下，直奔克羅司的軍隊。

有那麼一瞬間，只有他一個人奔跑著。接著，出乎自己意料之外，法特倫一咬牙，硬壓下顫抖，也發足狂奔而去。

土牆上人影猛然爆發竄動，士兵齊聲大吼，一同前衝，高舉著武器，直奔死亡。

掌握這份力量對我的意識起了奇特的作用。在一瞬間，我熟悉力量的特性、過往，還有可以使用的方式。

可是這份知識與使用力量的經驗或能力完全無關。舉例來說，我知道如何搬移空中的星球，卻不知道該如何放置，才不會讓它離太陽過近或過遠。

2

一如往常，坦迅的一天從黑暗中開始。一部分原因是因爲牠沒有眼睛。當然，牠可以自己做一副，畢竟牠屬於三代，在坎得拉中，也算是年長的。牠消化的屍體數量足夠讓牠在沒有範本模仿的情況下也可以創造感覺器官。

可惜，眼睛對牠沒什麼幫助。牠沒有頭骨，也發現大多數器官在缺乏完整身軀與骨架支撐時是無法運作良好的。只要一不小心動了不同方向，牠本身的重量就會壓扁眼球，因此有眼球也很難操控。

反正也沒有什麼好看的。坦迅微微移動在牢房裡的身軀。牠的身體不過是一堆透明的肌肉，像是很多大蝸牛或蛞蝓連結在一起，卻比一般有殼動物的軟體還要更柔軟；只要集中注意力，牠就可以溶化任一條肌肉，選擇要與另外一條肌肉融合或是創造新肌肉。可是沒有合用的骨架，全副肌肉也無用武之地。

牠再次在牢房中挪動身軀。牠的皮膚本身就有感官——類似味覺。如今，皮膚嚐到自己沾黏在牆壁上排泄物的味道，但牠不敢關閉感官，這是牠與周遭世界僅存的連繫之一。

牠的「牢房」不過就是一個被青苔覆滿的石洞，幾乎不足以容納牠的體積。囚禁牠的人從上方投擲食物，定期倒水保持牠的溼度，並將牠的排泄物從下方的排水孔沖走。無論是排水洞或是鐵柵門的間隙都不足以讓牠的身體通過——雖然坎得拉的身體相當有彈性，但肌肉能緊縮的程度仍然有限。

大多數坎得拉早就因爲被囚禁這麼久而發瘋了。有多久了？幾個月嗎？可是坦迅有「存在的祝福」，不會這麼輕易崩潰。

有時候牠會詛咒祝福，讓自己無法陷入發狂的極樂救贖之中。

專心點，牠告訴自己。牠跟人類不一樣，沒有大腦，但仍能思考，就連自己都無法理解為什麼。牠不確定是否有別的坎得拉可以辦到這件事。也許初代的坎得拉對這件事會更瞭解，但即便牠們知道，也選擇不告訴任何人。

牠們不可能永遠把你關在這裡，牠告訴自己。那是初約說的……

可是牠對初約開始有質疑，或者該說，牠開始懷疑，初代是否有坎得拉仍然會遵從初約。但這能怪牠們嗎？坦迅是毀約者。牠承認，牠違背了主人的意願，幫助了另外一個人。這個背叛因為主人的死亡而畫下句點。

可是，即使如此可恥的行為也只是牠最輕微的罪行。毀約者的懲罰是以死為代價，如果坦迅犯的罪僅止於此，其他人早就殺了牠，了結整件事。很不幸的是，殺了牠的代價更高。在二代的私密會議中，坦迅的證言披露另一個更危險、更重要的疏漏。

坦迅背叛了族人的祕密。

牠們不能處決我，牠心想，利用這個想法集中自己的注意力。至少要等到我告訴了誰那個祕密。寶中之寶的祕密。

將招致我們所有的毀滅。我的一族，會再次成為奴隸。不，我們已經是奴隸。我們會變成……玩偶，意識受人控制，被逮捕、利用，身體不再屬於自身所有。

這就是牠的行為可能帶來的後果，牠活該被監禁、判處死刑的原因。可是，牠想活下來。牠應該要鄙夷自己，但不知為何，牠仍然覺得自己做了對的事情。

牠再次動了動身體，一堆濕潤的肌肉相互環繞，但動到一半時，牠全身一僵。有震動。誰來了？

牠擺好自己的身體，將肌肉盡量推往洞穴的圍牆，在身體中央形成凹陷。牠需要盡量接住食物，被餵給牠的食物原本就少。可是，並沒有餿水透過鐵柵門流下來。牠繼續等待，直到聽見鐵柵門被拉開的聲音，粗糙的金屬聲落在上方的地面。

什麼？

接下來，鉤子出現。繩索繞過牠的肌肉，嵌陷、撕裂牠的肌肉，將牠從石洞中提起。好痛。不只是因爲鉤子，更是因爲身體突然獲得自由。牠鋪散在牢房的地面，被迫嚐到泥巴與乾掉餿水的味道，肌肉顫抖。出了牢籠後，牠終於能自由伸展身體，感覺卻反而變得陌生，牠緩緩以近乎已忘記的方式動著身軀。

出現了。牠從空氣中嚐到它的味道。獄監提來鍍有黃金內層的水桶，裡面裝著濃烈嗆鼻的腐蝕酸液。牠們眞的打算殺了牠。

不可能！牠心想。*初約，我們人民的律法，明明寫著——*

有東西落到牠身上。不是酸液，是某種堅硬的東西。牠熱切地碰觸它，一條接一條肌肉撫上硬物，品嚐它、研究它、感覺它。它是圓形，有洞，還有幾個奇特的銳利邊緣……是頭顱。

酸液的味道更嗆了。牠們在攪拌嗎？坦迅動作快速，用身體包圍、塡滿頭顱，體內某個器官內早裝盛入一些溶解的皮肉，此刻吐出，包裹頭顱，快速創造出皮膚，不等眼睛，先從肺部開始，再形成一條舌頭，暫時先略過嘴唇。酸液的氣味越發濃烈，牠急速的動作染上絕望氣息，然後……

東西滴落身上。它炙燒牠一部分身側的肌肉，流過身軀，所到之處，皮肉均開始溶解。顯然二代已經放棄從牠身上套出祕密，但在殺死牠之前，牠們知道必須給牠一個辯駁的機會。這是初約的規定，於是有頭顱落在牠身邊，但獄卒得到的命令顯然是在牠眞正能開口前就先殺了牠。牠們遵循法律的字句，卻完全忽略教義。

可是牠們不知道坦迅形成身體的時間能有多快。鮮少有坎得拉像牠這樣花如此多時間在履行契約上，所有的二代，甚至大部分的三代，早就已經退休了，在家鄉裡過著安樂的生活。死於安樂。

大多數坎得拉要花上好幾個小時才能形成一具身體——有些年輕的更需要數天。可是坦迅只需要幾秒就形成了可用的舌頭。酸液在牠身上流竄的同時，牠硬逼自己長出一根氣管，充斥了一邊肺，然後發出一句：「審判！」

傾倒酸液的動作停下。牠的身體繼續炙燒。牠掙扎地要克服痛楚，在頭顱內長出最基本的聽覺器官。

一個聲音在附近低語著。「笨蛋。」

「審判！」坦迅再次說道。

「接受死亡。」那沙啞的聲音低低說道。「不要再繼續危害我們的族人了。初代給了你這個死亡的機會，是因爲你花了額外的年月服役！」

坦迅一時沒有回答。審判會公開舉行。到目前爲止，只有少數幾人知道牠的背叛行爲有多嚴重。牠可以以毀約者的身分受盡咒罵死去，卻保有其餘族人對牠生涯成就的尊重。在某處，可能就是這個房間裡的某個深坑，有些坎得拉被永久囚禁其中，就連擁有存在的祝福的坎得拉，早晚也會受不住折磨而精神崩潰。

牠也想變成那樣嗎？如果在公開場合披露自己的行爲，牠會爲自己贏得永遠的痛楚。強迫牠們舉行審判簡直是愚昧至極，因爲牠不可能被平反。牠的證詞已經注定讓自己淪亡。

如果牠開口，一定不是爲了爲自己辯護。而是替了完全不同的理由。

「審判。」牠再度說道，音量微不可聞。

某種程度來說，我覺得擁有這麼大的力量其實令人難以負荷。這是需要數千年方能理解的力量。如果熟知力量的使用方法，重塑世界不過易如反掌。然而，我也明白我的無知將引來何種危機。就像突然擁有絕頂蠻力的孩童，萬一我推得太用力，世界將成為我永遠無法修補的殘破玩具。

3

依藍德·泛圖爾，最後帝國第二位皇帝，不是打從出生起便是戰士。他以貴族的身分誕生，在統御主的時代，這代表他一生下來就注定成爲交際名士，將青春歲月花在學習上族間的遊戲，過著尊貴子弟的優渥生活。

他成爲政治家並非意料之外的事。他向來對政治理論很有興趣，而雖然他比較偏向成爲學者而非眞正的政治人物，卻早就知道總有一天，整個家族會由他來領導。可是他一開始並不是個好的王。他並不瞭解，優秀的領導者需要的不只是良好的想法與誠實的心意。他差得遠了。

*我懷疑你會成爲帶軍衝鋒陷陣的領袖，依藍德·泛圖爾。*這是廷朵說的話。她訓練他所有關於政治操作的實際手段。想起她的話，讓目前正領軍衝入克羅司營地的依藍德泛起微笑。

依藍德驟燒白鑞。如今已熟悉的溫暖感覺在胸口迸發，肌肉突然因額外的力氣與能量而緊繃，他先前早早就將金屬吞下，好能在此刻將力量用在戰場上。他是名鎔金術師。有時候，他仍然對這一點感到嘖嘖稱奇。

正如他所料，克羅司完全被殺得措手不及，一群克羅司震驚地站在原地毫無動靜片刻，就這麼眼睜睜地看著依藍德剛招募來的軍隊湧向牠們。克羅司不太擅長應付預期之外的事情，很難理解怎麼會有一群軟弱、寡不敵眾的人類來攻擊牠們的營地，所以，牠們得花好一段時間才適應得過來。

依藍德的軍隊善用了這段時間。依藍德率先攻擊，驟燒白鑞獲得更多力量，一揮劍，砍倒首當其衝的克羅司。牠的體型偏小，有著標準的人形外貌，不過垂掛的藍色皮膚看起來幾乎是披掛在身體的額外裝飾。依藍德將劍從牠胸口抽出時，牠的眼中仍不可置信，直到死去。

「快上！」他大喊，看到更多克羅司捨棄營火，轉身觀看他們。「趁牠們陷入狂暴之前，盡量殺！」驚恐卻堅定的士兵們圍繞著他向前衝，越過最先的幾團克羅司。「營地」也不過是一小片被克羅司踏平的空地，灰燼與植物在地上混成一片，被挖出幾個篝火坑。依藍德可以看出來，他的士兵們因爲突襲成功而更添信心，於是他以鎔金術拉引他們的情緒，鼓勵他們，讓他們更勇敢。他使用這一系鎔金術得心應手，情緒的操控之道他原本就瞭若指掌，但他還是沒學到像紋那樣用金屬四處跳躍的訣竅。

法特倫，原本是城市領導者的彪形大漢一直不離依藍德身側，帶著一群士兵衝向一大群克羅司。依藍德不時分神留心他的安危。法特倫是這個小城的領導者，如果他死了，會對士氣造成莫大打擊。他們一同衝向一小群訝異的克羅司，其中最大的一隻超過十一呎高。一如所有大型的克羅司，那隻怪物曾經鬆垮的皮膚如今已被過於壯碩的身體撐得緊繃。克羅司從不停止成長，但皮膚的尺寸卻畢生不變，在體型小的怪物身上，它會鬆垮地垂掛，但在體型大的怪物上，則是繃緊到將近爆裂。

依藍德燃燒鋼，朝前方灑出一把錢幣，猛力以全身重量鋼推，灑向克羅司。那些怪物的身體太結實，不可能因爲簡單的錢幣攻擊就倒地，但這些金屬片仍能傷害且打擊牠們。

依藍德伴隨飛灑而出的錢幣衝向最大的克羅司。怪物從背後抽出一把巨大的劍，似乎相當期待即將而來的對戰。

怪物先發制人，長劍的攻擊範圍相當驚人。依藍德往後一跳，幸好有白鑞讓他更為敏捷。克羅司劍是巨大、粗糙的武器，鈍到近乎是棍棒的程度。攻擊的力量撼動空氣，就算有白鑞幫助，依藍德也不可能隔開這道攻擊。除此之外，劍加上克羅司的重量大到依藍德就算用鎔金術也無法將劍鋼推出怪物的手中。鋼推的原理是作用力與反作用力，如果依藍德鋼推比自身還重的東西，反而會是他被往後拋。

因此，依藍德必須仰賴白鑞賦予的額外速度與靈敏。他用力往側面閃躲，順勢斜衝，一面留神閃避可能的反手揮砍。怪物沉默地轉身，打量著依藍德，卻沒有再度攻擊。牠還沒進入狂暴的階段。

依藍德瞪著巨大的敵人。*我怎麼會站在這裡？*他已經不是第一次做此感想。*我是學者，不是戰士。*有一半的他根本認為自己沒有領軍的資格。

可是另外一半覺得自己想太多了。他一彎腰，衝上前去展開攻擊。克羅司預料到他的行動，想要用武器從上而下劈砍依藍德的頭，但依藍德反而拉引另外一隻克羅司的劍，持劍的怪物重心猛然不穩，讓依藍德的兩名士兵有機會殺死牠，同時順勢將自己拉到一旁，勉強避開敵人的攻擊。他在空中一迴旋，驟燒白鑞，從側面出手。

他從膝蓋完全砍斷巨型怪物的一條腿，讓牠倒在地上。紋總說依藍德的鎔金術力量出奇地強大，依藍德本身則不太確定，畢竟他在鎔金術上的經驗有限，但這揮砍的力量確實大到讓自己也站不穩，不過他很快就恢復重心，再一劍劈下怪物的頭。

幾名士兵正猛盯著他。他雪白的制服如今濺滿克羅司比人類還猩紅的鮮血。這也不是第一次了。依藍德深吸一口氣，聽到非人類的吼聲劃過營地。克羅司的狂暴即將開始。

「集合！」依藍德大喊。「排成隊形，注意不要散開，準備迎敵！」

士兵反應很慢。他們的紀律遠不及依藍德的軍隊，但的確很努力地服從他的指示。依藍德看了一眼他們面前的空地，他們砍倒了幾百隻克羅司——相當驚人的成就。

可是，簡單的戰鬥已然結束。

「站穩了！」依藍德大喊，衝過最前排的士兵面前。「不要停止！我們需要以最快速度砍死最多隻怪物！一切全靠你們了！讓牠們見識你們的憤怒！」

他燃燒黃銅，推擠他們的情緒，安撫他們的恐懼。鎔金術師無法操控別人的意志，至少對人類意志莫可奈何，但他可以鼓譟一切情緒，同時壓制其他情緒。紋說過，依藍德的影響範圍遠超過一般鎔金術師應有的範疇。依藍德最近剛取得他的能力，來自他如今懷疑是鎔金術源頭的地方。

在安撫的影響下，他的士兵們站得直挺。依藍德再次佩服起這些原本生活簡單的司卡。他給了他們勇敢，拿走他們的恐懼，但他們的堅毅卻是發自內心。這是一群很好的人。

如果運氣好的話，他能保住其中一些人。

克羅司展開攻擊。如他的預期一般，一大群怪物從營地衝出，直奔城市。有些士兵大喊出聲，但他們忙於自保，無暇脫身。每當戰線開始有潰散傾向時，依藍德便衝入弱點之處協助砍殺。他一面攻擊，一面燃燒黃銅，嘗試鋼推附近克羅司的情緒。

什麼都沒發生。這些怪物對情緒鎔金術的抵抗力很強，尤其是當牠們已經受到別人的操縱的情況下——但如果他真的能突破界線，他可以完全掌控牠們。這需要時間、運氣，還有奮鬥不懈的決心。

於是，依藍德沒有停手。他跟士兵們一起戰鬥，看著他們死去，殺死外圍的克羅司，看到他的軍隊戰線開始內凹，變成一個半圓好避免被包圍，即便如此，戰況仍然相當慘烈。隨著越來越多克羅司發狂猛攻，戰況急轉直下，克羅司仍然在抵抗他的情緒攻勢，但很靠近了……

「我們完了！」法特倫大叫。

依藍德轉身，有點訝異看到那壯碩的大漢還活著。士兵們繼續戰鬥。狂暴的亂鬥只開始了十五分鐘，戰線卻已經崩潰。

空中出現一個小點。

「你帶我們來送死！」法特倫大喊。他全身上下都是克羅司的鮮血，肩膀上的一塊補丁看起來像是自己的包紮。「爲什麼？」法特倫逼問。

依藍德只是指著更大的黑點。

「那是什麼？」法特倫的疑問越過戰鬥的嘈雜聲傳來。

依藍德微笑。「我跟你提過的援軍先遣部隊。」

紋伴隨著滿天的馬蹄鐵一同落下，直入克羅司軍隊的正中央。

她毫不遲疑地使用鎔金術將一對馬蹄鐵鋼推向一隻正要轉身的克羅司。一枚擊中怪物的額頭，讓牠往後飛去，另一枚越過牠的頭，擊中另一隻克羅司。紋轉身，再射出一枚馬蹄鐵，越過一隻特別大的怪物，摺倒牠身後體型較小的克羅司。

她驟燒鐵，將馬蹄鐵收回，卡住高大克羅司的手腕。她的拉引立刻將她帶到怪物的身邊，卻也讓怪物失去平衡，巨大的克羅司劍隨著紋當胸一擊落到地上。她反推落劍，往後空翻，避開另一隻克羅司的攻擊。

她衝入空中十五呎高的地方，原本的克羅司劍劈完全落空，反而砍倒她身下另一隻克羅司的頭。揮劍的克羅司似乎完全不在乎自己剛殺死一名同伴，只是抬頭看著她，血紅的眼睛充滿恨意。

紋拉引落劍。劍沉重地朝她飛去，卻也將她朝地面下拉。她一把抓住空中的劍柄，靠著驟燒的白鑞，輕鬆地揮動幾乎跟她一樣高的劍，落地的瞬間，砍掉克羅司的手臂。

接著，她從膝蓋砍斷牠的雙腿，旋即轉身面對其他敵人，任憑牠死去。一如往常，那些克羅司面對紋時充滿一種憤怒、不解，卻又目不轉睛的著迷。牠們認爲大就是危險，因此難以想像這麼嬌小——看來才年方二十，身高勉強超過五呎——體型如柳條般纖細的人類女子，能帶來多少威脅。但是，牠們看到她殺戮的樣子之後，忍不住朝她靠近。

正合紋的心意。

她一面攻擊，一面尖聲呼嘯，讓過度安靜的戰場增添一點聲音。克羅司一旦陷入狂暴，反而會安靜下來，全神貫注於屠殺。她拋出一把錢幣，鋼推向她身後的克羅司，然後拉引前方的一把劍，往前急躍。她面前的一隻克羅司腳下一歪。她落在牠的背上，攻擊牠身旁的怪物，待牠倒下之後，又將劍插入她身下的那隻克羅司背上。她將自己推向一旁，從死去的克羅司身上抽出劍，握住，反手劈倒第三隻克羅司，然後把劍像飛箭一般，射向第四隻怪物的胸口。同樣的鋼推讓她向後一躍，避開攻擊。她從之前被她刺中的克羅司背後抽出劍，無視於瀕死的巨大身軀，流暢地一迴旋，往下直刺，貫穿第五隻克羅司的鎖骨跟胸膛。

她落地。周圍躺滿一群死去的克羅司。

紋不是憤怒，不是恐懼，她已經超越這些。她親眼見過依藍德死亡，將垂死的他抱在懷中，卻明知道這件事已發生。而她必須容許事情發生。

可是，他卻活了下來。每一次呼吸都是意外，甚至是不配得到的。曾經，她很害怕自己會無法守護住他，但卻因爲接受自己無法阻止他以身犯險，反而獲得內心的平靜。因爲她終於瞭解，她並不想阻止他。

因此，她不再爲了擔憂她所愛的男人而戰，而是懷抱著這份理解而戰。她是一把刀，依藍德的刀，最後帝國的刀。她的戰鬥不是爲了保護一個人，而是保護他所創造的生活方式，還有他如此努力要守護的人民。

平靜給了她力量。

克羅司死在她身旁，比人類血液還鮮豔的色澤塗染了空氣。這支軍隊中有一萬隻克羅司，遠超過她能殺死的數量，但她不需要屠殺每一隻。

她只需要讓牠們害怕即可。

因爲她發現，克羅司的確會感覺到恐懼。她可以看到害怕漸漸地在她身旁的怪物心中堆積，隱藏在焦躁與怒氣之下。一隻克羅司衝上前來攻擊，她閃躲到一旁，仰賴白鑞增強的速度，將劍刺入牠的背部，轉身，注意到一隻巨大的怪物穿過軍隊，直朝她前來。

來得正好，她心想。牠很大，也許是她見過最大的一隻，絕對有十三呎高，半身皮膚都已經爆裂，一片一片地垂掛在身上，牠早該因爲心臟衰竭而死了。

牠大吼一聲，聲音在出奇安靜的戰場上迴蕩。紋微笑，燃燒白鑞。體內原本就燃燒的硬鋁猛然迸發，讓她瞬間擁有極大、立即的一股力量。硬鋁搭配其他金屬使用時，能夠增強金屬，將其在瞬間全部燃燒殆盡，卻提供完全的力量。

紋燃燒鋼，朝四面八方外推，經由硬鋁增強的鋼推如波濤般湧向朝她衝來的怪物手中揮舞的巨劍，武器從克羅司們手中被扯落，牠們往後飛開，巨大的身體如灰燼般在血紅色的太陽下散落。在此同時，硬鋁增強的白鑞保護住紋的身體，使她免於在同時被反作用力擠壓至死。

在一擊之中，她的白鑞跟鋼同時消失。她掏出一小瓶裝滿金屬碎屑的酒液，一口喝下，補充她的金屬存量。然後，她燃燒白鑞，越過倒了一地頭暈目眩的克羅司，衝向她早先見到的巨碩怪物。一隻較小的克羅司想要阻止她，但她一把抓住牠的手腕，一扭一拉便扯斷牠的關節。她搶了怪物的劍，彎腰避開另一隻克羅司的攻擊，快速迴旋，一劍削斷三隻克羅司的膝蓋。

她結束轉身時，立刻將劍插入地面。如她所料，十三呎高的巨大怪物一秒後便展開攻擊，手中的巨劍削砍力道大到讓空氣都發出咆哮聲。紋勉強將劍刺入地面，即便用了白鑞，她也無法擋下怪物的武器，但此時牠的武器卻砍上刺入地面的劍。金屬在她手下震動，但她撐住了。

她的手指仍因如此猛烈的撞擊而痠麻，紋放開劍，往後一跳，無須鋼推，便已落在劍柄上，她以此為立足點躍入空中。克羅司看到她曲起一條腿躍入十三呎高的空中，披風外套獵獵拍擊，臉上露出標準的克羅司訝異神色。

她直踢上牠的太陽穴，發出喀啦的頭顱碎裂聲。克羅司擁有超越人類的粗壯身體，但她驟燒的白鑞力量已然足夠破壞它。怪物的小眼睛往內一翻，倒落在地。紋輕輕鋼推劍，讓自己維持在空中片刻，輕巧地落在克羅司的胸口。

她周遭的克羅司全部僵住。即便是在血腥狂暴中，牠們對於親眼見到她一踢之下便擊倒一隻如此巨大的克羅司仍然感到震驚。也許牠們的腦子太遲鈍，尚且無法處理剛才看到的景象，也可能除了恐懼之外，牠們眞的對方才的一幕有戒心。紋對牠們的理解太少，不足以判斷目前的情況是什麼。但她瞭解的是，在一支正常的克羅司軍隊中，她方才的作爲應該能爲她贏得所有親眼見證的克羅司毫無疑問地臣服。

可惜，這支克羅司軍隊受到外力控制。紋直起身體，可以看到遠處是依藍德告急的渺小軍隊。在依藍德的指揮下，他們目前仍然撐得住。戰鬥的人類對克羅司的影響與紋的神祕力量有著同等的效果——這些怪物無法理解這麼小一支軍隊如何能抵擋牠們，牠們看不出依藍德軍隊的驚慌或是他們的危急，只會看到一支較小較弱的軍隊在原處不停反擊。

紋轉身繼續戰鬥。克羅司們帶著更強烈的戒心靠近，卻仍然不停上前。這就是克羅司的另一項怪異之處。牠們從不後退。牠們也會感覺到恐懼，只是無法改變行爲，卻會因此而變弱。她從牠們靠近她的方式，臉上的表情，在在看得出來，牠們瀕臨崩潰邊緣。

於是，她燃燒黃銅，鋼推其中一隻較小怪物的情緒。一開始，牠試圖抗拒。她更用力地推擠，終於，牠的防線崩壞，成為她的。控制牠的人太遠，又同時將注意力集中於太多隻克羅司，因此這隻克羅司的意識在被狂暴的情緒佔據，還有震驚、恐懼、焦躁等情感攪得一團混亂之後，完全屈服於紋的控制。

她立刻命令怪物攻擊牠的同伴。沒多久，牠就被砍倒，但在這段期間也殺了兩隻克羅司。紋一面戰鬥，一面逮住一隻又一隻的克羅司意識，隨機地出手，以鎔令克羅司分神，同時挑選其中的幾隻克羅司，擄獲牠們的心智。要不了多久，她的身邊便陷入一片混戰，她自己也有一小支克羅司軍隊在為她而戰。每倒下一隻，她就用兩隻來遞補。

她一面戰鬥，一面瞥向依藍德的軍隊，看到一大群克羅司跟人類並肩作戰，讓她鬆了一口氣。依藍德本人則是在克羅司間穿梭移動，不再戰鬥，而是專注於將一隻隻克羅司擄獲到他這一邊。他隻身前來城市是一個賭注，而且她不確定自己是否贊同他這麼做。現在，她只是很高興自己能趕上他。

她學依藍德的做法，停止戰鬥，專心指揮她的克羅司軍隊，一隻隻地增加新成員。很快地，她便擁有將近百隻克羅司。

要不了多久了，她心想。果不其然，她很快便看到空中出現一個黑點，穿過落灰，筆直朝她衝來。黑點化成穿著黑袍的身影，靠著鋼推克羅司劍躍過軍隊。高大的人影沒有半根毛髮，在被灰燼熏染的正午天光下，紋可以看到刺穿眼眶的粗尖錐。這是一名她沒見過的鋼鐵審判者。

審判者重重落地，以一對黑曜石的大斧砍倒一名被紋偷去的克羅司。他空洞的注視凝聚在紋身上，讓她心中忍不住湧起一絲驚慌，腦海閃過一串清晰的記憶。深夜，雨夜，影夜。尖塔與高塔。腰際的痛楚。漫長的夜晚，被囚禁在統御主的皇宮之中。

凱西爾，海司辛倖存者，死於陸沙德的街道上。

紋燃燒電金，身邊出現一群影像，全都是她在未來可以採取的行動。電金，鎔金術上是金的配對。

依藍德一開始稱之為「窮人的天金」，在戰鬥中的實際效用不大，除了預防萬一審判者使用天金。

紋咬緊牙關，衝上前。在此同時，克羅司軍隊擊敗了被她偷來、僅剩的幾隻怪物。她跳起，輕輕鋼推一柄地上的劍，讓慣性帶著她飛向審判者。鬼魅般的身影舉高雙斧揮砍，在千鈞一髮的瞬間，紋將自己往側面拉引，將一隻訝異的克羅司手中的劍打飛。劍在空中快速翻轉，紋一把握住劍柄，同時將劍朝審判者的方向鋼推。

他幾乎看都沒看就將巨大的武器鋼推到一旁。凱西爾曾經打敗過審判者，但耗費了他相當多力氣，他不久後也死去——被統御主親手殺死。

*別再想了！*紋用力地告訴自己。*先專注於眼前的事情。*

她繼續鋼推地面的劍，在空中的身影開始打轉，帶起一陣灰燼飛花，落地時，踩著克羅司鮮血的腳步微微一滑，卻不妨礙她直衝向審判者。她刻意將他引出來，就是靠屠殺跟控制他的克羅司的手法，強迫他不得不現身。如今，她得處理他。

她抽出一柄玻璃匕首——克羅司劍絕對會被審判者推開，驟燒白鑞。力量、力氣、穩定感充斥她的全身，只可惜，審判者也有白鑞，兩人勢均力敵。

只除了一件事。審判者有弱點。紋彎腰閃過對方的揮砍，拉引一把克羅司劍讓自己有足夠的速度得以閃躲，然後再鋼推同樣一柄武器，讓自己能飛衝上前，手戳向審判者的脖子。他一揮手便擋下她的匕首攻擊，但此時她另一手正好抓住他的袍子。

她驟燒鐵，同時拉引後方十幾柄劍。突然的拉力讓她整個人往後彈。鋼推跟鐵拉的力道相當猛烈，施用起來不細膩，卻威力強大。紋一面驟燒白鑞，一面抓住袍子，審判者顯然是靠拉引前方的克羅司劍才保持住平衡。

袍子被撕裂，從側面碎成兩半，剩下紋手中的一大塊布。審判者的背暴露在天光下，她應該要能看到一根和眼睛一樣的尖刺從怪物的背後突出。可是，那尖刺被某個遮蔽審判者的背後、穿過他的腋下繞到胸前的金屬遮罩所隱藏。它既像密實的護心甲能保護前胸，又像線條流暢的龜殼能保護後背。

審判者轉身，露出微笑，紋大聲咒罵。那背後的尖刺，原本應該卡在每個審判者的肩胛骨正中央，正是他們的弱點，只要拔出來就能殺死怪物，顯然這就是爲何他們需要這塊金屬護甲——紋懷疑這應該是統御主不允許的。他想要他的僕人有弱點。

但紋沒有太多時間可以思考，因爲克羅司仍然持續在攻擊。在她落地的同時，一面拋開手中的碎布塊，一隻藍色皮膚怪物也已經朝她揮砍過來。紋跳起，越過從她下方掠過的金屬劍，同時反推一下，讓自己能跳得更高。

審判者追上她，展開攻勢。灰燼在紋的身邊盤繞，隨她一同在戰場上起躍。她正努力地思考對策。就她所知，剩下唯一一個能殺死審判者的方法，就是斷頭。但這件事想比做得容易，那怪物的身體會因爲白鑞而大大增強。

她最後落在戰場外緣的一座荒涼山丘上。審判者在她身後重重落地。紋閃開一柄斧頭，試圖想靠近他好能揮劃出傷口，但審判者立即揮下另一柄斧頭，結果反而紋在用匕首擋開武器時，手臂被劃上一道口子。

溫暖的血滴在她的手腕上。紅太陽一般的血色。她低聲咆哮，面對她非人類的敵手。審判者的笑容向來讓她不安。她往前衝，準備要再次攻擊。

有東西閃過空中。

藍色的線條，出現得非常快速，在鎔金術中，這意謂著附近有小塊金屬正快速移動。紋幾乎來不及轉身收回攻擊，一把錢幣便已經從後方打上審判者，他身上十幾處傷口都深埋入錢幣。

怪物尖叫，轉身，灑出幾滴血，看到依藍德落在山頭。他雪白的制服被灰燼跟鮮血沾污，但臉龐仍然乾淨，眼神明亮，一手握著決鬥杖，另一手靠在地面，穩住他鋼躍後的身形。他的鎔金術技巧仍然需要再鍛鍊。

然而，他跟紋一樣是迷霧之子。如今，審判者受傷了，克羅司正包圍著城牆，攀抓著想要爬到山頂，可是紋跟依藍德仍然有一些時間。她衝上前去，舉高匕首，依藍德同時發動攻擊，審判者試圖同時防守兩人，臉上的笑容終於開始消失。他正準備要逃走。

依藍德朝空中彈入一枚錢幣，一塊簇新閃亮的銅幣翻轉過灰燼。審判者看了一笑，顯然以爲依藍德又打算要鋼推，而他認爲自己的體重會透過錢幣輕而易舉地傳到依藍德身上。因爲他也會同樣展開鋼推，兩名身高體重幾乎相當的鎔金術師一旦相推，他們均會被往後拋開，審判者正巧可以攻擊紋，依藍德則會被拋向後方等待他的一團克羅司之中。

只不過，審判者沒預料到依藍德的鎔金術力量這麼強大。他怎麼可能有機會知道？依藍德的確腳下一踉蹌，但審判者同時也被猛烈突然地後推。

*他好強大！*紋心想，看著訝異的審判者往後倒去。依藍德不是普通的鎔金術師，也許他尚未獲得完美的控制力，但當他驟燒金屬鋼推時，力道絕對不容小覷。

紋衝上前攻擊，不給審判者恢復平衡的機會。她的匕首下揮，卻被他抓住手臂，強勁的握力讓她原本已經受傷的手臂更加疼痛，她大叫一聲，被他拋在一旁。

紋落在地上，一滾身重新跳起。眼前的世界一陣旋轉，看著依藍德朝審判者揮下決鬥杖。怪物以手臂擋住攻擊，擊碎木頭，然後彎腰前衝，以手肘重擊依藍德的胸口，皇帝悶哼一聲。

紋再次鋼推幾呎外的克羅司，讓自己重新飛向審判者。她的匕首沒了，但他的斧頭亦然。她可以看得出他正瞥向武器被拋落的方向，但她不給他取回的機會，以一記掃堂腿想讓他重新倒回地上，可惜他的身材遠比她魁梧，強壯遠勝於她。他將她拋在前方的地上，撞擊力讓她一時無法呼吸。

克羅司趕上前來展開攻擊，但依藍德抓起了一柄斧頭，揮砍向審判者。

審判者以突來的速度行動，身影變成一團模糊，依藍德最後只砍到空氣。依藍德轉身，一臉震驚，看著審判者站起時，手上揮舞的不是斧頭，居然是一柄尖刺，而且還跟他體內的尖錐很類似，只是較長較細。怪物舉高尖刺，以非人類的速度行動，甚至超越任何鎔金術師的想像。

這絕對不是白鑞，紋心想。*甚至不會是硬鋁*。她連忙站起，看著怪物奇特的速度開始消散，但他所在的位置仍然足以將尖刺直直穿透依藍德的背心。紋離得太遠，幫不上忙。

可是克羅司不然。牠們正爬上山，離依藍德跟他的敵手只有幾呎遠。紋慌亂地驟燒黃銅，抓了最靠近審判者的克羅司意識。就在審判者要動手攻擊依藍德時，她的克羅司也同時轉身，揮舞著如鐵棍般的劍，直直命中審判者的臉。

這一擊沒有讓審判者人頭落地，只是將頭顱完全打碎。光是這樣就已經足夠，審判者已無聲無息地倒下，再無動靜。

克羅司軍隊竄過一陣顫慄。

「依藍德！」紋說道。「現在！」

皇帝背向死去的審判者，她看見他眼中的專注。紋曾經看過統御主以他的情緒鎔金術影響了整個城市廣場的所有人們。依藍德比她更強，遠勝過她，甚至勝過凱西爾。

她看不見依藍德先燃燒硬鋁，後燃燒黃銅，但她可以感覺得到。感覺到他壓制她的情緒，一面散播出力量的訊息，同時安撫數千名克羅司。牠們全都停止戰鬥。

遠處，紋可以看到依藍德殘存的農夫軍隊所剩無幾，疲累地站成一個圈。灰燼繼續落下。最近，灰燼鮮少停止墜落。

克羅司放下武器。依藍德贏了。

我想，這才是真正發生在拉刹克身上的事。他太努力了。他試圖以將星球搬近太陽的方式來驅逐迷霧，卻搬得太近，讓世界對於居住在其上的人而言，過於炎熱。

灰山就是他的解決方法。他發現挪移星球需要的準確度實在太高，所以他轉而讓高山爆發，朝空中噴灑灰燼跟煙塵，較濃的大氣層能讓世界變涼，也把太陽變成了紅色。

4

沙賽德，新帝國的首席大使，正在研讀眼前的紙張，上面寫著：凱西族的基本教義——論生死之美、死之重要，以及軀體為人與聖靈媒介之重要性。

這篇文章出自他的手，從他儲存了數千本書的藏金術意識裡取出。在標題下，他以細小的字體在整張紙上密密麻麻地抄下了所有關於凱西族與其宗教的基本信條。

沙賽德靠回椅背，拾起紙張，重新再讀一遍自己的筆記。他一整天都花在這個宗教上，想要做出最後結論。在今天的研讀之前，他已經對凱西教有相當的認識。他幾乎畢生都花在研讀凱西教以及其他昇華時期前的宗教，那原本是他的興趣之所在，也是所有研究的重點。

直到有一天，他發覺他所有的研究都毫無意義。

最後，他下了結論，在紙張的一角如此寫下：凱西教自我矛盾。它的論點為萬物均為「唯一聖靈」的一部分，因此暗示每一具身體都是決定要住在此世界的靈體所創造的藝術品。

可是，其中一項基本教義就是，邪惡之人的懲罰就是獲得不完美的身體。沙賽德認爲這個教條讓人頗爲厭惡。生下來便有肢體或心智殘疾的人應當得到同情，甚至憐憫，絕對不是鄙夷，況且，這個宗教有哪些理念是眞的？是神靈們按照自己的想法設計與選擇自己的軀體，或是藉由被賦予的身體而得到懲罰？那血統對孩子的五官與脾性的影響又該如何解釋？

他暗自點頭，在紙張下方做了注解。邏輯不完整，顯然是假的。

「你在做什麼？」微風問道。

沙賽德抬起頭。微風坐在旁邊一張小桌邊，啜著酒，吃著葡萄，穿著他慣常的貴族套裝——黑色外套，赤紅背心，還佩有一柄決鬥杖，他每次說話時都喜歡拿決鬥杖比劃一番。他在陸沙德圍城戰與後續時期所瘦下來的體重如今已完全恢復，達到隨時都是「福態」的狀態。

沙賽德低下頭，小心翼翼地將紙張跟其他數百張紙一起放回他的文件夾，用布包好，綁好布條。「不是什麼重要的東西，微風大人。」他說道。

微風靜靜地啜著酒。「不是什麼重要的東西？你最近似乎總是在擺弄你的那些紙張。每次一有空，你就會抽一張出來。」

沙賽德將文件夾放在椅邊。該怎麼解釋？厚厚的文件夾中，每一張都概括地描述了守護者所蒐集約三百多種的宗教。每個宗教如今而言，可說是已經「死亡」了。在大約一千年前，統御主統治初期便很有效地完全將它們一一殲滅。

一年前，沙賽德心愛的女人死去。如今，他想知道……不，他必須知道……這世界上的宗教，有哪一個能回答他的問題。他決心要找出眞相，否則他會刪除所有。

微風仍然看著他。

「我不太想談這件事，微風大人。」沙賽德說道。

「如你所願。」微風舉起酒杯。「也許你能使用你的藏金術力量聽聽隔壁的交談內容。」

「我認爲那不是禮貌的行爲。」

微風微笑。「親愛的泰瑞司人，只有你會來征服一個城市，卻還擔心對你正威脅的獨裁者是否『禮貌』。」

沙賽德低下頭，覺得有點不好意思。雖然他們兩人並沒有帶軍隊前來雷卡城，卻的確是帶著征服的意圖而來，而且只打算用一張紙，並非用劍達成目的。

隔壁房間目前發生的事情正是關鍵。國王會不會簽合約？微風跟沙賽德只能等待答案。他很想拿出文件夾繼續看下一個宗教。他把凱西教想了一天，如今終於做出結論，他希望能繼續研究下一個宗教。在過去一年中，他讀完了其中三分之二，還剩下大概不到一百個，若把所有分支跟派別都算進去的話，那也應該還剩將近兩百個。

快了。在未來幾個月中，他能將剩餘的宗教讀完。他希望仔細且完整地審核每個宗教。在剩下的百來個宗教中，至少應該有一個會包含他要尋求的眞實，至少應該有一個能告訴他，廷朵的靈魂怎麼了，而不是全都有五六處相互矛盾的地方。

可是要他繼續在微風面前閱讀實在有點不太自在，所以沙賽德強迫自己耐心地端坐等待。

這個房間相當華麗，符合舊時代貴族的風格。沙賽德已經無法習慣如此奢華。依藍德將他大部分的豪華擺設都賣掉或燒掉了——在冬天時，他的人民需要食物跟溫暖。顯然雷卡王沒有比照辦理，也許是因爲南方的冬天沒有那麼嚴酷。

沙賽德瞥向窗外。雷卡城沒有眞正的皇宮，直到兩年前，這裡才不過是一個鄉村宅邸，不過主屋確實俯瞰著城鎮，景色頗爲優美。與其說這裡是個城鎮，倒不如稱之爲貧民窟。

可是這個貧民窟掌控著可能危急依藍德防禦戰線的土地。他們需要與雷卡王結盟所帶來的安定，因此，依藍德派遣一隊使節，包括他的首席大使沙賽德，來此取得雷卡王的忠誠，而後者正在隔壁跟幕僚商討是否決定要接受這個和約，成爲依藍德·泛圖爾的從屬國。

新帝國的首席大使……

沙賽德不太喜歡這個頭銜，因爲它意謂著他是帝國的國民之一。他的泰瑞司族人已發誓再也不侍奉任何人。過去一千年來，他們一直被壓迫著，當成動物一樣地控制繁殖，變成完美、順從的僕人。只有在最後帝國傾倒後，泰瑞司人才得以自由，獲得自治。

目前爲止，泰瑞司人在這方面的表現不算好。雪上加霜的是，鋼鐵審判者屠殺了整個泰瑞司統治議會席諾德，讓沙賽德的族人失去所有的指引或領導。

他不由得心想，*這一切全都很虛偽。統治主其實是泰瑞司人，這些迫害都是出自於我們自己的族人。我們憑什麼堅持不肯對外人稱臣？摧毀我們的族人、文化和宗教的人，並不是外人。*

於是，沙賽德成爲依藍德·泛圖爾的首席大使。依藍德是個朋友，少數幾個沙賽德尊敬的人之一。在沙賽德心裡，就連倖存者本人都沒有依藍德·泛圖爾那樣的風骨。皇帝即便接納了泰瑞司人進入他的領土，提供庇護，卻從來沒有試圖統治他們。沙賽德不確定他的族人是否眞的那麼自由，但他們欠依藍德·泛圖爾很多。沙賽德很樂意擔任他的大使。

即使沙賽德覺得他應該有更重要的事情該去做。例如領導他的族人。

不，沙賽德心想，瞥向他的文件夾。*不。沒有信仰的人不該領導他們。我必須找到屬於自己的眞實。如果眞有這樣的存在。*

「他們討論得也夠久了。」微風說道，吃著葡萄。「我們都已經費了這麼多口舌，才談到今天這個地步，他們早該知道要不要簽字了。」

沙賽德望向房間另一邊雕刻華麗的大門。雷卡王會怎麼決定？他眞的有選擇嗎？「微風大人，你覺得我們在這裡做的事情是對的嗎？」沙賽德發現自己問道。

微風哼了一聲。「對或錯不是重點。不是我們來找雷卡王，就會是別人。這一切都是戰略上的需要，至少，我是這麼認爲的。也許我比別人愛算計吧。」

沙賽德打量圓胖的男子。微風是安撫者，而且是沙賽德所碰過最明目張膽的安撫者。大多數安撫者都選擇低調祕密地使用他們的力量，只在最妥當的時機點去影響別人的情緒，可是微風卻玩弄所有人的情緒。沙賽德此時可以感覺到對方正在碰觸自己的情緒，但這是因爲他知道該怎麼判別。

「微風大人，請原諒我的觀察。」沙賽德說道。「可是，你沒有那麼容易就騙過我。」

微風挑起一邊眉毛。

「我知道你是個好人。」沙賽德說道。「你很努力要隱藏這點，總是裝出無動於衷與自私的樣子，但對於那些觀察你的行爲而非你的言談的人來說，你變得透明多了。」

微風皺眉。沙賽德因爲讓安撫者意外而感到一絲欣喜。他顯然沒預期到沙賽德會這麼直白。

「好傢伙，我對你眞失望。」微風說道，啜著酒。「你不是才剛說要有禮貌嗎？結果你把一個老悲觀主義者藏在內心深處的黑暗祕密都挖出來了，這算哪門子的有禮貌？」

「黑暗祕密？」沙賽德問道。「你內心善良是這種祕密？」

「我一直想要捨棄這個特質。」微風輕鬆地說道。「很可惜，我這個人太軟弱。現在，我們能不能換個話題？原來那個實在讓我太不舒服了。我來回答你早先的問題。你問我們做的事情到底對不對？什麼叫做對的事？是指強迫雷卡王成爲依藍德的附庸國？」

沙賽德點點頭。

「好吧，我得說，我們做的事情是對的。」微風說道。

「我們的協議會讓雷卡能獲得依藍德軍隊的保護。」

「代價是自由統治的能力。」沙賽德接著說道。

「呿。」微風揮手說道。「我們都知道依藍德遠比雷卡王擅長治理。雷卡的人民大多數都還住在半倒不倒的廢屋裡。」

「是的，但你也得承認，我們在強迫他。」

微風皺眉。「政治就是這麼一回事。沙賽德，這個人的姪子派了一軍隊的克羅司去摧毀陸沙德！依藍德沒將整座城市摧毀報復已經算他走運。我們有更大的軍隊，更多資源，更優秀的鎔金術師。一旦雷卡簽下和約，這些人民的日子會好過很多。好傢伙，你怎麼了？你過去兩天才在和談桌上提出這幾點來佐證。」

「我很抱歉，微風大人。」沙賽德說道。「我……最近經常覺得自己充滿矛盾。」

微風一開始沒有回應。「還是會痛，對不對？」他問道。

這個人太擅長讀取他人的情緒，沙賽德心想。「對。」他終於低聲說道。

「會停止的。」微風說道。「總有一天。」

會嗎？沙賽德心想，別過頭去。已經過了一年了，卻仍然覺得……一切不再完好。有時候，他不禁猜想，自己沉浸於宗教中，是否只是爲了躲避心痛。

假如眞是如此，那他選擇的方法還眞糟，因爲心痛永遠在等著他。他失敗了。不，是他的信仰讓他失望了。他已經一無所有。

一切都沒了。

「你看。」微風說道，引起他的注意力。「坐在這裡等雷卡下定決心顯然讓我們很焦慮。我們要不要轉換一下話題？選個你記得的宗教跟我說說吧，你已經好幾個月都沒想要讓我信教了！」

「我在幾乎一年前就不再配戴紅銅意識了，微風大人。」

「但你至少記得一些吧。」微風說道。「你何不試著說服我相信哪個信仰？就當是回憶一下過去什麼的。」

「我想還是不要了。」

這感覺像是背叛。身爲守護者，泰瑞司藏金術師，他可以將記憶儲存在紅銅中，之後再取出來使用。在最後帝國的時代裡，沙賽德的族人歷經千辛萬苦才蒐集到他們豐富的知識存量，而且不只限於宗教議題。他們蒐集了所有關於統御主時期之前能找到的任何知識，全部統一整理起來，傳承給下一代，仰賴藏金術來確保內容的正確性。

可是他們從未找到他們如此急切要知道的內容，也就是他們開始追尋的原因——泰瑞司人的宗教。那在統御主統治的第一個世紀中就被他消滅殆盡。有這麼多人努力、流血、死去，好讓沙賽德現在能擁有他繼承的豐富知識，但是，他卻把它們取下來了。在重拾每個關於宗教的筆記，寫在一張紙上，塞入他隨身攜帶的文件夾裡之後，他把所有宗教從金屬意識中移去，然後將金屬意識收好。

一切似乎都……不再重要。有時候他會覺得，沒什麼重要的。他很努力不要一直去想，但這念頭仍然潛藏在他心中，可怕卻又無法驅逐。他覺得自己被玷污、不配。就沙賽德所知，他是世上僅存的最後一名藏金術師。他們如今沒有資源可以去搜尋遺留者，但在一年內，並沒有守護者難民進入依藍德的領土。只剩下沙賽德。如同所有泰瑞司侍從官，他從小就被閹割，使得藏金術這種繼承性的力量，很可能會隨他一同死去。泰瑞司人體內可能殘存一絲星火，但考慮到統御主試圖以育種方式泯滅這個血統，再加上席諾德的毀滅……情勢看來並不樂觀。

金屬意識仍然被收好，被他隨身攜帶，但從未被使用。他懷疑自己會有再運用它們的一天。

「怎麼樣？」微風問道，站起身，靠在沙賽德身邊的窗戶上。「你不打算挑個宗教解釋給我聽嗎？是哪一個呢？我猜是要畫地圖的？還是崇拜植物的？你一定有一個會崇拜酒的。那個可能很適合我。」

「拜託你，微風大人。」沙賽德說道，望著城市。灰燼正在飄落。最近，每天如此。「我不想要談這些事。」

「什麼？」微風問道。「怎麼可能？」

「如果有神，微風大人，你認爲祂會允許這麼多人被統御主殺死嗎？」沙賽德說道。

「你認爲祂會允許世界變成這樣嗎？我不會教導你或世界上任何人，任何一個無法回答我問題的宗教了。永遠。」

微風陷入沉默。

沙賽德伸手碰觸腹部。微風的話讓他心痛，令他想起一年前廷朵死去的痛苦日子。當沙賽德在昇華之井跟沼澤戰鬥時，自己也差點被殺死；即使隔著衣服，他仍然可碰觸到腹部上的疤痕，那時沼澤以一手的金屬戒指攻擊他，刺穿沙賽德的皮膚，幾乎殺死他。

爲了救自己的命，他使用了那些戒指裡的藏金術力量，治癒身體，將戒指呑沒入身體。不過很快地，他就儲存到足夠的健康，於是安排了手術將戒指從腹部移除。雖然紋抗議他這麼做，因爲在體內存有金屬會是他的優勢，但沙賽德擔心金屬在體內放久了不健康，況且，他眞的不想要與它們共同生活。

微風轉身望向窗外。「你一直是我們之中最高尙的，沙賽德。」他輕聲說道。「因爲你有信念。」

「對不起，微風大人。」沙賽德說道。「我無意讓你們失望。」

「你沒讓我失望啊。」微風說道。「因爲我不相信你剛才說的。你天生就不適合當無神論者，沙賽德。我有個感覺，你完全不行，一點都不適合你。你早晚會想通的。」

沙賽德望向窗外。以泰瑞司人而言，他很叛逆，卻也不想繼續爭論。

「我從來沒謝過你。」微風說道。

「爲什麼，微風大人？」

「把我從自我沉淪中救出來。」微風說道。「一年前你強迫我要站起來，而且要繼續前進。如果沒有你幫忙，我不知道我是否能夠克服……曾經發生的事情。」

沙賽德點點頭。可是在內心，他卻相當憤恨。親愛的朋友，你確實見證了死亡跟毀滅，但你愛的女人還活著。如果我沒有失去她，我也回得來。我也能像你這樣恢復。

門打開。

沙賽德跟微風齊齊轉頭。一名幕僚走了進來，端著一張華麗的文件。雷卡王在協議下方簽了名。他的簽名很小，幾乎說是很窄，只縮在頁面的角落。他知道他被打敗了。

幕僚將盟約放在桌上，退下。

拉刹克每次試圖要導正情況，反而越幫越忙。他必須改變世界上的植物好讓它們能在嶄新的嚴酷環境下生存，但這個改變讓人類能獲得的養分相對減少；落灰讓人類容易生病，像是長期在地底下挖礦一般因此咳嗽連連。於是，拉刹克最後改變了人類，好讓他們能夠繼續生存。

5

依藍德跪在倒地的審判者身邊，試圖忽略僅剩一片血肉的模糊頭顱。紋走上前來，他注意到她手臂上的傷口。她一如往常地對身上的傷渾然無所覺。

克羅司靜靜地站在他們身邊的戰場上。依藍德不喜歡掌控這些怪物的感覺，光是跟牠們有關係，就讓他覺得自己被……玷污，可是，這是唯一的方法。

「有哪裡不對勁，依藍德。」紋說道。

他抬起頭來。「妳覺得這附近不只一個？」

她搖搖頭。「不是。那個審判者在最後的速度太快了。無論是人或鎔金術師，我從來沒看過誰能以這麼快的速度移動。」

「他一定有硬鋁。」依藍德低頭說道。有一段時間，他跟紋握有優勢，因爲他們掌控了一種審判者不知道的金屬，如今最新的報告顯示這個優勢不復存在。

幸好他們還有電金。其實這都該感謝統御主。窮人的天金。一般來說，燃燒天金的鎔金術師可說是所向無敵，只有燃燒同樣金屬的另一鎔金術師才能與之抗衡。另一個例外就是使用電金。電金不像天金那樣能帶來無敵，因爲天金能讓人稍微預測未來，但電金可讓人不受天金的影響。

「依藍德，那不是硬鋁。」紋跪在地上說道。「那個審判者的速度快到超越硬鋁。」

依藍德皺眉。他只從眼角看到審判者的行動，但沒有那麼快吧。紋總是杞人憂天。

當然，她也經常是對的。

她伸出手，抓住屍體的袍子，用力一扯。依藍德別過頭。「紋！對死者尊重點！」

「我對這東西毫無尊重，永遠都不會。」她說道。「你有看見那東西想要用自己的尖刺殺你嗎？」

「的確有點蹊蹺。也許他覺得他來不及用斧頭。」

「你看。」

依藍德轉過頭。這個審判者有標準的尖刺，胸口兩旁的肋骨上各釘了三支。可是……還多了一支。依藍德從未在別的審判者屍體上看過這種景象，最後一支直刺過怪物的前胸。

統御主啊！依藍德心想。這一支一定完全刺穿他的心臟。他是怎麼活下來的？當然，如果兩支穿過眼睛的尖刺都殺不死他，多這樣一支應該也不會。

紋伸出手，拔起尖刺。依藍德不由得噁心地皺起眉頭。她微微蹙著眉心，舉起尖刺來端詳。「白鑞。」她說道。

「眞的？」依藍德問。

她點點頭。「這樣就是十支了。兩支穿過眼睛，一支穿過肩膀，都是鋼。六支穿過肋骨：兩支鋼，四支青銅。現在又有一支白鑞，更不要提它想用在你身上那支，似乎是鋼。」

依藍德研究她手中的尖刺。在鎔金術跟藏金術中，不同的金屬有不同的功效，他只能猜測對於審判者來說，尖刺使用不同的金屬也有特殊的意義。「也許他們完全不用鎔金術，而是某種……不同的力量。」

「或許吧。」紋抓著尖刺站起。「我們得切開他的肚子找找看天金。」

「也許這一個會有。」他們向來都會燃燒電金以防萬一，但目前爲止還沒碰上哪個審判者眞的擁有天金。

紋搖搖頭，望著滿是灰燼的戰場。「我們錯過了某些線索，依藍德，我們現在就像正在進行一場見過父母玩的遊戲的小孩一樣，卻不清楚規則，而且……這遊戲還是對手創造的。」

依藍德繞過屍體，來到她身邊。「紋，我們甚至不知道它在那裡。一年前我們在井看到的東西……也許它不在了。也許它自由後就離開了，也許它只想要這樣。」

紋看著他。他從她的眼神可以看出來，她並不相信這番話，也許她同時能看出來，他也不信。

「它在，依藍德。」她低聲說道。「它正在指引審判者，清楚明白我們想做什麼，所以克羅司攻擊的城市每次都跟我們選擇的城市相同。它擁有掌控世界的力量，可以改變寫下的文字，製造溝通失誤跟混亂。它知道我們的計畫。」

依藍德按著她的肩膀。「可是今天我們打敗它了，它還送給我們一支好用的克羅司軍隊。」

「爲了抓到這支軍隊，我們失去了多少人類？」

依藍德不需要開口。太多了。他們的人數正日漸減少。迷霧，或該說深闇，越來越強大，隨機肆意奪走人的性命，殺死其餘人的農作物。外統御區全部都已經是荒地，只有最靠近首都陸沙德的城鎮還能有足夠的日光種植食物，而連這塊足以讓人生存的區域也逐漸在減少。

希望，依藍德堅定地想。她需要我給她希望，這是她向來需要我給她的。他握緊她的肩膀，將她拉入自己的懷抱。「我們會打敗它的，紋。我們會找到方法。」

她沒有反駁，很顯然也並沒有被說服，可是仍讓他抱著她，閉起眼睛，將頭靠在他的胸口。他們站在失敗敵人面前的戰場上，但就連依藍德都必須承認，這感覺不像是一場勝利，因爲世界正在他們周遭逐漸崩毀。

希望！她再次心想。我現在已經屬於倖存者教會了。它只有一個主要教條。

活下來。

「給我一隻克羅司。」紋終於說道，從他的懷抱裡走出。

依藍德釋放其中一隻中大型的怪物，讓紋掌控，他還是不太瞭解自己是如何控制這些怪物，但一旦他掌控了一隻，就能無限制地控制牠，無論是醒是睡，或是否燃燒金屬。鎔金術有許多事是他不瞭解的。他使用自己的力量只有一年，而且還因管理帝國以及試圖爲人民求得溫飽而分心，更遑論大大小小的戰爭。

他沒什麼練習的時間。

當然，紋在殺死統御主之前，練習的時間更短。可是紋是特殊案例。使用鎔金術對她而言就像一般人呼吸那樣容易，與其說是技巧，倒不如說這是她本能的延伸。依藍德也許眞如她所堅持說的力量較強大，但她才是這方面的大師。

紋的克羅司走過來抱起審判者，拿起尖刺，然後紋跟依藍德一起走下山丘，紋的克羅司僕人跟在身後，走向人類軍團。克羅司軍隊在依藍德的命令下分成兩邊，爲依藍德開道。他在控制牠們的同時，卻也忍不住一陣戰慄。

法特倫，統治城市的髒污男子，架起了一座野戰治療所，但依藍德對司卡外科醫生沒什麼信心。

「我答應你會有第二支軍隊，法特倫大人。」依藍德說道。「這就是了。」

「克羅司？」他問道。

依藍德點點頭。

「但牠們就是來攻擊我們的。」

「現在屬於我們這邊。」依藍德說道。「你的手下做得很好。要讓他們知道，勝利是屬於他們的。我們必須強迫審判者現身，唯一的方法就是讓他的軍隊自相殘殺。克羅司看到小人物打敗大東西時會心生恐懼。你的人非常英勇，因爲他們，克羅司屬於了我們。」

法特倫抓抓下巴。「所以……」他緩緩開口。「牠們怕了我們，因此投誠？」

「有點像是。」依藍德望著士兵說道。他命令幾隻克羅司上前。「這些怪物會聽從這群人的命令。讓牠們幫你們把傷患帶回城市裡。可是記得，不能讓你的人懲罰或攻擊克羅司。牠們現在是我們的僕人了，明白嗎？」

法特倫點點頭。

「走吧。」紋望著小城，聽起來很熱切。

「法特倫大人，你要跟我們一起來，還是監督你的士兵？」依藍德問道。

法特倫眼睛瞇起。「你們要做什麼？」

「城裡有我們需要取得的東西。」

法特倫想了想。「一起去吧。」他下了幾道命令，紋不耐煩地在一旁等著。依藍德對她投以微笑。終於，法特倫來到他們身邊，三人走回維泰敦的城門。

依藍德邊走邊開口：「法特倫大人，從今而後，你應該稱呼我爲『陛下』。」

原本正緊張地端詳周圍克羅司的法特倫抬起頭來。

「明白嗎？」依藍德說道，迎向那人的雙眼。

「呃……是的，陛下。」

依藍德點點頭，法特倫於是落在他與紋身後，不由自主地展現出敬畏。他看起來並不帶有反抗之心，可能光因爲還活著就感到欣喜萬分。也許有一天他會對依藍德強迫他獻出城市而反感，但到那個時候，他也無能爲力。屆時，法特倫的子民早已經習慣隸屬於帝國的安穩，而且依藍德擄獲克羅司的神祕事蹟，加上拯救了全城的故事，將牢牢地深植民心，確保法特倫再也無法統治。

我這麼輕易就習慣下令了，依藍德心想。只不過兩年前，我犯的錯誤比這個人還多，至少他在危機時保持他的人民統一。我還丟了我的王位，直到紋幫我重新征服皇座。

「我擔心你。」紋問道。「你需要在沒有我的情況下就開打嗎？」

依藍德瞥向一旁。她的聲音不帶任何責難，只有關切。

「我不確定妳什麼時候會到，甚至會不會到。」他說道。「機不可失。克羅司剛行軍了一整天，在牠們決定開打前，我們可能已經可以殺掉五百隻。」

「審判者呢？」紋問道。「你眞的認爲能靠自己的力量打倒他嗎？」

「妳呢？」依藍德問道。「在我能趕到前，妳自己一個人已經跟他打了五分鐘。」

紋沒有以顯而易見的論點回應他——她是比他傑出太多的迷霧之子。她只是靜靜地走在他身邊。她仍然擔心他，只是不再試圖保護他免於所有危險。她的擔憂跟她願意讓他隻身冒險的心意都代表了她對他的愛，而他眞心地感謝這點。

他們兩人很努力地想盡量花時間在一起，但不是每次都能辦到，例如當依藍德發現有一支克羅司軍隊正朝一個無法防守的城鎭前進，但紋已經出發去派送命令給在陸沙德的潘洛德時。依藍德盼望她能及時趕回軍營，知道他去了哪裡，然後前來幫忙，但他片刻都無法等待，畢竟有數千條人命懸於一髮。

不僅僅是人命關天而已。

他們終於來到門前。一群來不及趕去戰場或害怕到不敢衝鋒的士兵站在矮土牆上，震驚讚嘆地望著下方。幾千隻克羅司突破了依藍德的防線，前來攻擊城市，如今卻全部服從他無聲的命令，動也不動地在土牆外等待。

士兵打開大門，讓紋、依藍德、法特倫，還有紋的克羅司僕人進入。大多數人對紋的克羅司都投以不信任的目光，這是應該的。她命令牠把死去的審判者放下，然後要牠跟她一起走在堆滿灰燼的城市街道上。紋的理論是：越多人看到克羅司，越習慣牠們的存在越好。

這可以讓人民不再那麼懼怕這些怪物，因此如果有一天必須再度與克羅司戰鬥，他們將不再如此畏懼。

一行人很快便來到依藍德剛進入城市就去檢視的教廷大樓。紋的克羅司上前去，開始拆掉擋門的木板。

「教廷的分部？」法特倫說道。「有什麼用？我們已經搜索過了。」

依藍德瞥了他一眼。

「陛下。」法特倫此時才反應過來。

「鋼鐵教廷與統御主有直接的聯繫。」依藍德說道。「教廷的聖務官是他在王國中的眼線，他透過聖務官控制貴族，照顧商業需求，還有確保教義完整。」

克羅司將門拉開。走進去後，依藍德燃燒錫，增強眼力好在陰暗的光線下能見物。紋顯然也做了同樣的事，輕而易舉地便繞過四散在地面的破碎木板與家具，顯然法特倫的人馬不只是「搜索」過這裡，他們已經把這裡洗劫一空。

「是，我知道聖務官的事。」法特倫說道。「但這裡沒有他們了，陛下。他們已經跟貴族們一同離開。」

「聖務官們負責進行一些很重要的計畫，法特倫。」依藍德說道。「像是嘗試發掘如何使用新的鎔金術金屬，或是搜尋純正的泰瑞司血統等等，其中有一項計畫特別引起我們的興趣。」

「這裡。」紋站在地上某個東西旁邊喊道。一道暗門。

法特倫回望著陽光，暗自希望他多帶幾名士兵一起來。紋在暗門旁點起一盞不知從何取來的小油燈。在一片漆黑的地窖中，即使有錫力也無法增強視覺。紋打開暗門，三人魚貫下了樓梯，最後來到酒窖。依藍德走到小酒窖中央，環顧四周，紋則開始檢查牆壁。「找到了。」她沒多久便說道，在石牆上的某一點輕敲。依藍德上前跟她並肩。果不其然，石頭上有一道小縫，幾乎微不可見。依藍德一面燃燒鋼和鐵，一面看到兩條隱約的藍線指向隱藏在石頭後方的金屬板。兩條更強的線指著他身後，是牆上另外一面更大的金屬板，以巨大的螺絲穩固地鎖在石頭上。

「準備好了嗎？」紋問道。

依藍德點點頭，驟燒鐵，兩人一同拉引埋在石牆中的金屬板，同時也拉引後牆的金屬板來穩住自己。

教廷的遠見不止一次地讓依藍德嘖嘖稱奇。他們怎麼會預知有一天，一群司卡會掌控這個城市？可是這扇門不只被隱藏，還被設計成只有會鎔金術的人才能打開。依藍德繼續同時拉引兩個方向，感覺身體好像被兩馬分拉，幸好，他有白鑞的力量增強肌肉，免受撕裂之痛。紋在他身旁費勁地哼了一聲，很快地，牆壁開始朝他們滑動。這扇石門不可能被撬開，光要鑿透石門就不知道要花多久時間，但如果有鎔金術，不多時便可開啓。

終於，他們放手。紋疲累地嘆口氣，依藍德看得出來，整個過程對她要比對自己更費力，有時候他覺得自己不該獲得比她更多的力量，畢竟他當鎔金術師的時間短多了。

紋拾起油燈，兩人進入洞開的房間，跟依藍德見過的另外兩間一樣，石洞極大，延伸到遠方，油燈的光線在黑暗中僅僅照亮寸土之地。法特倫跟他們一起站在門口，讚嘆地驚喘出聲。房間裡都是櫃子。上百架櫃子。上千架櫃子。

「那是什麼？」法特倫問道。

「食物。」依藍德說。「還有基本補給品。醫藥、衣服、水。」

「好多。」法特倫說道。「一直都在這裡。」

「去找更多人來。」依藍德說道。「要是士兵。我們需要他們來守住門口，阻止人民侵入，偷走裡面的東西。」

法特倫的表情變得冷硬。「這裡屬於我的人民。」

「我的人民，法特倫。」依藍德說道，看見紋走入房間，帶著燈火一起進來。「這個城市如今屬於我，裡面的東西也屬於我。」

「你是來搶劫我們的，」法特倫指控。「就像去年想攻佔城市的土匪一樣。」

「不。」依藍德說道，轉身面對滿身灰燼的男子。「我來征服你的。這中間有差別。」

「我看不出來。」

依藍德咬緊牙關，阻止自己怒斥那人。領導一個似乎注定淪亡的帝國帶來長久持續的壓力，讓他經常精神緊繃。不。他告訴自己。法特倫這樣的人需要的不是另一個暴君。他們需要可以景仰的對象。

依藍德走上前，刻意不在法特倫身上使用情緒鎔金術。安撫在許多情況下都有用，但效果退散得也快，不是建立長久盟友的方法。

「法特倫大人，我要你仔細想想你方才的論點。」依藍德說道。「如果我真的離開你們，會發生什麼事？這裡有這麼多食物，這麼多財富。你能信任你的人不入侵這裡，你的士兵不會試圖將這裡的東西賣給附近的城市？當你有食物來源的祕密洩漏出去時，什麼事會發生？你會歡迎湧現的數千個難民嗎？你能保護他們還有這座石穴，不受尾隨而來的劫匪與盜賊攻擊嗎？」

法特倫沉默。

依藍德按上男子的肩膀。「我之前說的是認真的，法特倫大人。你的人民奮勇抗敵，我非常佩服。他們今天能存活都是多虧了你，你的遠見，你的訓練。只不過幾小時前，他們還認定自己會被克羅司屠殺，如今他們不止安全，更受到一支更大的軍隊的保護。

「不要抗拒我。你堅持了很久，做得很好，但該是有盟友的時候了。我不會對你說謊。我會把這個石穴的東西都帶走，無論你是否抗拒。可是，我會給你軍隊的保護，穩定的食物供給，還有我的承諾，你可以在我的統治下繼續領導你的人民。法特倫大人，我們需要合作，這是我們未來幾年能活下來的唯一方法。」

法特倫抬起頭。「……您說得一點也沒錯。」他說道。「我去找您要的人來，陛下。」

「謝謝。」依藍德說道。「如果有會寫字的人，也請一併將他們送來給我。我們需要記錄在這裡找到了什麼。」

法特倫點點頭。

「以前，你做不到這種事。」紋站在不遠處說道，聲音迴蕩在石穴中。

「什麼樣的事？」

「強勢地發號施令，」她說道。「奪走他的控制權。你原本會讓人民投票選擇他們要不要加入你的帝國。」

依藍德轉頭去看門口，靜靜地站在原地片刻。他沒有用情緒鎔金術，卻仍然認爲自己欺負了法特倫。

「紋，有時候，我覺得自己很失敗。應該有更好的方法。」

「現在沒有。」紋走上前來說道，一手摸著他的手臂。「依藍德，他們需要你。你知道的。」

他點點頭。「我知道他們需要我。我只是覺得，一個更傑出的人應該能找到讓人民的意志與統治權並行的方法。」

「你找到了。」她說道。「你的內閣議會仍然統治陸沙德，你統治的王國也全都維護司卡的基本權益。」

「這是妥協。」依藍德說道。「他們只能做我不反對的事情。」

「這就夠了。你得實際點，依藍德。」

「以前我的朋友們和我聚會時，總是我提出完美的夢想，偉大的目標。我是那個理想主義者。」

「理想對帝王而言太奢侈。」紋輕聲說道。

依藍德看著她，嘆口氣，轉身走開。

紋站在原處，藉著清冷的火光看著依藍德。她不喜歡看到他如此遺憾，如此……對現實感到失望。就一方面而言，他現今的問題甚至比當初令他困擾不已的自我質疑還要更嚴重。無論他成就了什麼，似乎都覺得自己是個失敗者。

可是，他沒有容許自己沉浸在失敗者的心情。他雖然懷抱遺憾，卻仍繼續前進。跟從前比起來，他堅毅了太多。這不是壞事。過去的依藍德被太多人視爲無足輕重，也許是個有許多好主意的天才，卻沒有多少領導才能。可是，她仍然想念失去的那些，例如他單純的理想。依藍德仍然很樂觀，仍然是個學者，但這兩樣特質似乎都被他不得不承受的重擔壓抑了。

她看著他順著一片儲存櫃前進，手指劃過灰燼，抬起來看了看，一彈指，灰燼散入空中。鬍子讓他顯得更粗獷，更符合他如今戰場指揮官的身分。一年來紮實的鎔金術與長劍訓練讓他的軀體更爲堅實，以致於他所有制服都得重新修改才能合身。他現在穿的這套仍然沾抹著戰爭的污漬。

「這地方很驚人，對不對？」依藍德問道。

紋轉身，瞥向陰暗的儲藏窟。「應該是吧。」

「他知道的，紋。統御主，他知道。」依藍德說道。「他曾經懷疑會有這麼一天到來，濃霧會返回，食物會變得罕有，因此，他準備了這些庫藏點。」

紋來到依藍德身邊，兩人一起站在櫃子前。從過去探索石穴的經驗，她知道這裡面的食物仍然可以食用，多數都經由統御主的罐頭工廠包裝，可以儲存多年。可惜紋跟依藍德要擔心的範圍不僅僅是一個城市。

「妳想想看這其中耗費的心力。」依藍德說道，翻轉著手中一罐燉牛肉。「他必須每幾年就要換一批新的，不停包裝跟儲存新的補給品，這麼持續了好幾個世紀，卻沒有人知道他在做這件事。」

紋聳聳肩。「當你是個神兼皇帝，又有一批狂熱信徒時，要辦到這些並不困難。」

「是沒錯，但其中的心血……整個規劃……」依藍德突然停頓下來，看著紋。

「妳知道這意謂著什麼嗎？」

「什麼？」

「統御主認爲它是可以被打敗的。我是說我們釋放的那個東西，深闇。統御主認爲他會贏。」

紋哼了一聲。「不一定是這樣，依藍德。」

「否則他爲什麼要這麼大費周章？他一定是知道，戰鬥不會毫無希望。」

「依藍德，人是會掙扎的。就連垂死的野獸都會掙扎著想要活下去。」

「可是妳必須承認這些洞窟是個很好的徵象。」依藍德說道。

「好的徵象？」紋低聲問道，又上前了一步。「依藍德，我知道你想要找尋希望，但我最近沒有看到什麼『好的徵象』。你必須承認太陽越來越暗，越來越紅，南方這邊更嚴重。」

「其實，我不認爲是太陽改變。」依藍德說道。「而是因爲空氣中的灰跟煙塵。」

「這是另外一個問題。」紋說道。「灰燼幾乎隨時都在飄落。連從街道上掃除都有困難，它們遮蔽天光，讓一切更陰暗。就算迷霧殺不死明年的作物，灰燼也會。兩個冬天前，當我們在陸沙德打克羅司時，那是我第一次在中央統御區看到下雪，上個冬天更嚴重。依藍德，無論我們的軍隊有多大，這些都不是我們能抵擋的！」

「那妳要我怎麼做，紋？」依藍德問道，將燉牛肉罐頭重重往櫃子上一放。「克羅司正聚集在外統御區。如果我們不建立起防禦工事，人民根本撐不住。」

紋搖頭。「軍隊是短期的答案，這個……」她揮手示意整個石穴。「這個也是短期的答案。我們在這裡做什麼？」

「我們在活著。凱西爾說——」

「凱西爾死了，依藍德！」紋怒斥。「難道只有我覺得整件事情很可笑？我們稱呼他爲倖存者，但他是唯一一個沒有活下來的人！他允許自己成為烈士。他自殺了。那算什麼倖存？」

她站在原處，看著依藍德，呼吸沉重。他回望她，顯然不受她的暴怒影響。

我在幹什麼？紋心想。我才剛想我有多欽佩依藍德總是滿懷希望。現在為什麼要跟他爭論這些？

他們都繃到了極點。

「我沒有答案可以告訴妳，紋。」依藍德在陰暗的石穴中說道。「我甚至無法瞭解要怎麼樣對抗迷霧這種東西，可是我可以對抗軍隊。至少，我正在學習。」

「對不起。」紋說道，別過頭去。「我不是故意又跟你爭執。我只是覺得很煩躁。」

「我們有進展了。」依藍德說道。「我們會找到辦法的。我們會活下來。」

「你真的相信我們辦得到？」紋問道，轉過身凝望他的雙眼。

「對。」依藍德說道。

於是，她相信了。他心懷希望，始終如一。這就是為什麼她這麼愛他的很大一部分原因。

「來吧。」依藍德一手按著她的肩膀。「我們去找來此的目的。」

兩人一起走入石穴深處，紋讓她的克羅司留在外面。外面傳來更多腳步聲。他們前來此處的原因不止一個。食物跟補給品很重要，數量跟櫃子都多得數不清。可是，不僅僅如此。

粗糙石穴的最後方鑲嵌著一塊大金屬板。紋大聲唸出上面寫的內容。

「『這是我要告訴你們的最後一種金屬』，」她讀道。「『我並不清楚它的用途。可以說它允許你看到過去，別人原本的樣子，還有如果他們做出不同選擇，他們原本會成為的樣子。很像金，但施用在他人的身上。

「『時至今日，迷霧應該已經又回來了。多令人憎恨、污穢的東西。鄙夷它。不要進入霧中。它想要摧毀我們所有人。如果有問題的話，就利用克羅司跟坎得拉，你可以靠讓幾個人同時推牠們的情緒來控制牠們。這是我設計的弱點，小心保守這個祕密』。」

下面列著一種鎔金合金，是紋已經知道的。那是叫做脈天金的天金合金，凱西爾的第十一金屬。所以統御主知道它，只是跟他們其他人一樣，對它的效用無法完全理解。

這塊金屬板當然是統御主寫的。或者該說，他命人照他的話製作出來的。每個儲藏窟都有類似一塊板，上面寫著訊息，例如鄔都那一塊就讓她知道電金的用途。在東方的那塊，他們找到關於鋁的描述，不過他們已經知道那金屬該如何使用。

「這邊沒有多少訊息。」依藍德說道，聽起來很失望。「我們已經知道脈天金跟控制克羅司的事情。可是我沒想過可以讓幾個安撫者一起推牠們的情緒，這可能很有用。」他們以前認爲需要燃燒硬鋁的迷霧之子才能控制克羅司。

「沒關係。」紋說道，指著另外一邊。「我們有那個。」

那是一張地圖，刻在鋼鐵上，就像他們在另外三個儲藏窟中找到的地圖一樣。上面畫著最後帝國，根據統御區來區分。陸沙德是中央的方塊。東方的「X」標明他們前來的主要目的：最後一個石穴的位置。每張地圖上都有兩個數字，一個是五，還有一個較少的數字。陸沙德是一。這裡是四。

「就在那裡。」紋說道，手指摸著金屬板上的文字。「在西方統御區，你猜對了。靠近查迪？」

「法德瑞斯城。」依藍德說道。

「塞特的家？」

依藍德點點頭。他對地理的認識遠超過她。

「就是那裡。」紋說道。「它就藏在那裡。」

依藍德迎向她的雙眼，她知道他明白她的意思。儲藏窟的空間一個比一個大，內容物也是一個比一個更貴重，也各自具有不同的特點。第一個除了基本補給品之外，有許多武器，第二個則有很多木材，一個個看過來，他們對於在最後一個石穴會找到什麼樣的東西越發感到興奮。一定是非常驚人的庫藏。甚至可能是它。

統御主的天金庫。

那是最後帝國裡最貴重的寶藏。雖然找了很多年，卻從來沒有人能找到。有人甚至說它不存在，可是紋覺得一定有。雖然上千年來，統御主控制了唯一一個生產天金這種極爲稀有礦物的礦場，他只允許非常少的天金進入市場經濟中。沒有人知道這麼多個世紀以來他留給自己的大部分天金都去了哪裡。

「先別激動。」依藍德說道。「我們沒有任何證據顯示在最後一個洞穴裡會找到天金。」

「一定有。」紋說道。「這才合理。否則統御主要把天金存在哪裡？」

「如果我知道，我們早就找到了。」

紋搖搖頭。「他把它藏在某個安全、但總有一天會被發現的地方。他將這些地圖留給他的後繼者，以防有一天他被打敗。他不想要佔據這個石穴的敵人能夠一下子把所有物資都找到。」

一連串的線索，指引到最後一個儲藏窟，最重要的一個。這很合理。*必須是如此*。依藍德看起來並不相信。他搓搓下巴的鬍子，在燈光下研究面前的金屬板。「就算找到，我不覺得有什麼用。」他說道。「錢對我們來說有什麼好處？」

「不只是錢。」她說。「它也是力量。一個我們可以用來戰鬥的武器。」

「跟迷霧嗎？」

紋沉默片刻，終於說道：「也許不行……但是可以用來打敗克羅司跟其他軍隊。有了天金，你的帝國就會牢固……況且，天金也是謎團一部分，它唯一的價值來自於鎔金術，但在昇華之前，鎔金術並不存在。」

「另一個無解的問題。」依藍德說道。「我吃的那顆金屬爲什麼會讓我變成迷霧之子？它從哪裡來的？為什麼放在昇華之井，是誰放的？為什麼只剩下一顆，其他的呢？」

「也許佔領法德瑞斯之後，我們就會找到答案。」紋說道。

依藍德點點頭。她看得出來，他認為找尋儲藏窟最重要的原因是為了被收藏在裡面的訊息，第二就是補給品。對他而言，找到天金的可能性並不重要。紋沒有辦法解釋為什麼她這麼強烈地覺得這是不對的想法。天金是重要的。她直覺就是知道。她先前的絕望因為眼前的地圖而減輕不少，他們必須去法德瑞斯。她就是知道。

答案就在那裡。

「佔領法德瑞斯不容易。」依藍德評估。「塞特的敵人牢固地守住那裡。我聽說目前是一個前任教廷的聖務官在掌權。」

「天金值得如此。」紋說道。

「如果有的話。」依藍德說道。

她瞪了他一眼。

他舉起手。「我只是照妳先前說的去做，提出很實際的論點。可是我也同意，法德瑞斯值得我們去一趟，就算沒有天金，我們也需要裡面的補給品，需要知道統御主留了什麼給我們。」

紋點點頭。她已經沒有了天金，一年半前，她把最後一點都用光了，而她一直都無法適應失去天金之後的弱點暴露感覺。電金有助於減低她的擔憂，但效果並不夠。

石穴另外一端傳來聲音，依藍德轉過身。「我應該去跟他們說說話。」他說道。「我們得盡速整理這裡的東西。」

「你會跟他們說我們要把它們搬回陸沙德嗎？」

依藍德搖搖頭。「他們不會高興的。」他說道。「他們開始變得能獨立思考，這也是我一直以來所期望的。」

「必須如此，依藍德。」紋說道。「這個城市遠超過我們的防守範圍，況且在這裡頂多只有幾個小時的天光能不受迷霧影響。他們的作物已經沒救。」

依藍德點點頭，但是仍舊繼續望著漆黑的角落。「我來到這裡，控制他們的城市，奪走他們的寶藏，強迫他們捨棄自己的家園，接著還要去法德瑞斯，征服另一座城市。」

「依藍德——」

他舉起手。「紋，我明白。我必須如此。」他轉身，留下油燈，走回門口，身影恢復原有的挺拔，表情轉為剛毅。

紋轉身面對金屬板，讀著統御主的文字。在另外一塊很類似的板上，沙賽德找到關——一名死去已久的泰瑞司哲人——所刻下的文字。關聲稱他找到了世紀英雄，因此改變了世界，他留下的金屬板是自己的懺悔書，警告世人這世界上有某種力量在改變人類的歷史與宗教，他擔心這股力量正將泰瑞司宗教扭轉，好創造一個「英雄」前去北方，解放怪物。

這就是紋做的事。她自稱為英雄，心裡想的是要為世界犧牲自己，卻釋放了敵人。

她撫過大金屬板。

我們不能只是打仗！她突然對統御主勃然大怒起來。如果你知道這麼多，為什麼不多留一些訊息給我們？就幾張分散在滿是補給品大廳的地圖？幾段跟我們說了幾乎沒什麼用的金屬能力？當我們要餵飽一整個帝國時，幾個裝滿食物的洞穴有什麼用？

紋突然停了下來。她因為燃燒錫而增強夜視力的手指比平常還要敏感，因此摸到板上時，感覺到某些凹槽。她跪下，靠得更近，發現金屬板的最下方刻了一段文字，遠比上方的要小很多。

上面寫著：小心你說出口的話。它聽得到。它讀得到你寫的字。只有你的思緒是安全的。

紋顫抖。

只有你的思緒是安全的。

統御主在昇華的瞬間知道了什麼？他在自己的思緒中藏匿了什麼，永遠不能寫下來，怕被發現？他知道，且永遠相信，當它再度出現時，自己會掌握力量？他是否打算用這力量來打敗紋釋放的東西？

你們是自取滅亡……在紋將矛刺穿他的心臟前，統御主說出的遺言……他知道，就在迷霧尚未出現於白天，她尚未聽到領她前去昇華之井的奇特鼓動聲之前，即便那時，他已經在擔憂了。

小心你說出口的話……只有你的思緒是安全的。

我得想辦法。我得把我們知道的事情串連起來，找方法去打敗，或騙過我解放的東西。

而且不能跟任何人說，否則它會知道我的計畫。

拉刹克很快就發現如何在他所造成的改變中取得一個平衡點，幸好如此，因爲他的力量很快便燒完了。雖然他自覺擁有極大的力量，但其實他只使用了極微小的一部分。

不過，他最後在自己的宗教中，的確是自命爲「無盡大宇宙的一截碎片」。也許他的瞭解並不如我以爲的那麼少。

無論如何，今天的世界沒有花，植物是咖啡色而非綠色，還有人類能在灰燼從天空掉落的世界中存活下來，都要感謝他。

6

我太弱了，沼澤心想。

他突然清醒過來。每當滅絕沒有太仔細盯著他時，他就會如此，像是從惡夢中清醒過來，完全知道夢裡發生了什麼事情，卻對行爲背後的原因全然不解。

他繼續穿過克羅司營地。滅絕一如往常地控制他，但當它沒有很施力想進入沼澤的意識，亦即沒有全神貫注於沼澤時，有時沼澤自己的意識會返回。

我阻止不了它，他心想。它讀不到他的心思，這點他很有自信，但沼澤卻無法以任何方式抗拒或掙扎。只要一這麼做，滅絕就會立刻奪回掌控，這件事已經被沼澤驗證十幾次。有時他能夠自行晃動一根手指，或是暫停腳步瞬間，但也僅止於此。

眞令人沮喪。

可是，沼澤向來覺得自己是很實際的人，因此他強迫自己承認事實——他永遠無法掌控自己的身體久到足以自殺。

他一面穿過營地，灰燼持續落下。最近灰燼有停過嗎？他幾乎希望滅絕不要放開他的意志。當思緒屬於自己時，沼澤只看到毀滅與痛楚；可是當滅絕控制他時，落灰是一幅美景，紅太陽是極大的勝利，瀕死的世界如此甜美。

發瘋，沼澤心想，來到營地中央。我需要發瘋，這樣我就不需要面對這些了。

其他的審判者跟他一起來到營地中央，袍子輕聲摩擦著。他們沒有說話。他們從來不說話。滅絕控制了所有人，所以交談有何意義？沼澤的同伴有刺入腦子的一般尖刺，不過他也看到新的尖刺，從胸口跟背後突出。許多是沼澤殺死在北方被抓到或在陸地上被追到的泰瑞司人時所安置的。

沼澤自己也有一組新尖刺，有些在肋骨中間，有些穿過胸口。很美。他不瞭解爲什麼，但新的尖刺讓他感到相當興奮。尖刺來自於死亡，光這一點就足以令人感到愉悅，但不止於此。他就是知道審判者是不完整的，統御主限制了一些能力讓審判者要更倚賴他，確保他們不能威脅他，但如今，統御主拒絕給予的東西，已經被補足。

多美麗的世界，沼澤心想，抬頭看著落下的灰燼，感覺輕柔、安撫的薄片碰觸在肌膚上。

我用「我們」來形容這些志同道合的人。一個群體。一同想要找出關於滅絕的眞相，還有打敗它的方法。也許我的意識如今已經被玷污，但回想起來時，仍覺得我們的行爲應該是單一、團結的攻擊，雖然我們參與了不同的計畫與過程。

我們是一體的。世界沒有因爲我們而逃離滅亡的結果，但這不一定是件壞事。

7

牠們給了牠骨頭。

坦迅包圍骨頭，溶化肌肉，重新組成器官、筋骨、皮膚。牠在骨架周圍包覆了身體，利用數世紀以來食用與消化人類的技巧。當然牠只吃屍體——牠從來沒有殺過人。初約禁止這種事。

在被深坑監牢關了一年以後，牠感覺自己已經忘記該如何使用身體。以堅韌的肢體碰觸世界而非只是柔軟密貼於石頭禁區是什麼樣的感覺？靠舌頭和鼻孔來嚐味道與嗅氣味，而不是每一吋暴露在空氣中的肌膚，又是怎麼樣？如果能……

看見。牠睜開眼睛，驚喘一聲，第一次將一整口氣吸入重新塑造、大小完整的肺部。世界是一個充滿神奇與……光明的地方。牠在瀕臨發瘋的幾個月中，已忘了這件事。牠讓自己跪起，看著手臂，伸出手，嘗試地摸摸臉。

牠的身體目前長得不像任何人，因為那需要樣本才能複製，於是，牠只用基本肌肉跟皮膚盡量覆蓋骨架，以牠的年紀，已經知道該如何大略創造出人類的輪廓。牠的五官不會英俊，甚至可能有點醜惡，但牠已經相當滿足。牠覺得自己又是……真實的。

牠四肢撐著地，抬頭看牠的獄卒。石穴的唯一光源是螢石——一塊巨大多孔隙的石頭，放在粗壯的石柱上。長在岩石上的藍色菌類散發出足以見物的光芒，尤其如果有特別培養出來的眼睛，專門適合以藍光見物。

坦迅認得牠的獄卒。牠認得大多數的坎得拉，至少一路到六代與七代。這名坎得拉的名字是法賽。在家鄉，法賽沒有使用動物或人類的身體，而是使用真體——一組假的人形骨頭，由坎得拉匠師所製造。法賽的真體是以水晶做成，牠刻意讓皮膚也是透明的，讓水晶在螢光中微微閃爍，一面端詳著坦迅。

我創造了不透明的身體，坦迅此時意識過來。就像人類一樣，以有色的肌膚來隱藏下方的肌肉。這對牠爲何如此自然？曾經牠憎恨必須在人類之中生活多年，使用牠們的骨頭而非眞體。也許牠自然而然地走回老路只是因爲獄卒沒有給牠眞體，而是人骨。這可以算是一種侮辱吧。

坦迅站起身。「怎麼？」牠回應法賽眼中的疑問。

「我只是從庫藏裡面隨機挑了一組骨架。」法賽說道。「沒想到居然是一副你先前提供的骨頭，還眞諷刺。」

坦迅皺眉。什麼意思？

然後牠恍然大悟。坦迅在這組骨架上創造出的身體一定很逼眞，彷彿這具骨架原本就屬於牠所有。法賽以爲坦迅能夠創造如此擬眞的副本是因爲牠原先吃過這人的屍體，因此知道該如何在骨架外創造正確的身體。

坦迅微笑。「我從來沒有使用過這具骨架。」

法賽打量坦迅。牠是五代，比坦迅年輕了兩個世紀。的確，就算三代中也鮮少有坎得拉像坦迅那樣熟悉外界。

「原來如此。」法賽終於說道。

坦迅轉身，看著小房間。另外三名五代站在門邊看著牠。牠們跟法賽一樣都不太穿衣服，頂多只穿前開襟的袍子。坎得拉在家鄉通常如此，讓牠們更能展示牠們的眞體。

坦迅看到閃亮的金屬棍埋在每個五代的透明肩膀肌肉中，三人都有「力量的祝福」。二代不敢冒險讓牠逃掉。這當然又是另外一個侮辱。坦迅是自願前來的。

「如何？」坦迅問道，轉身看著法賽。「我們要去了嗎？」

法賽看著牠的一個同伴。「預期中，你會花更多時間形成身體。」

坦迅哼了哼。「二代太不常練習了。牠們以爲自己需要好幾個小時才能創造身體，我們其他人也是這樣。」

「牠們是你的長輩。」法賽說道。「你應該要對牠們表示尊敬。」

「二代關在洞穴裡好幾個世紀了。」坦迅說道。「把我們其他人派去履行契約，牠們卻懶散在那裡。我很久以前就超越牠們的技巧了。」

法賽倒抽一口氣，有一瞬間，坦迅以爲這名年輕的坎得拉打算揮自己一巴掌。法賽勉強克制住自己，讓坦迅覺得相當好笑。畢竟，身爲三代，坦迅本身就是法賽的長輩，一如二代是坦迅的長輩。

可是，三代是不一樣的。一直以來都是。所以二代如此經常讓牠們出去履行契約，不讓三代在此處，破壞牠們完美的坎得拉烏托邦。

「走吧。」法賽朝兩名守衛點點頭，要牠們帶路。另外一個來到法賽身邊，走在坦迅後面。這三個跟法賽一樣，眞體都是石頭做成的。五代很流行選用石頭素材，因爲牠們有時間訂製與使用奢華的眞體。牠們是二代最寵愛的小輩，比多數坎得拉都花更多時間待在家鄉。

牠們沒有給坦迅衣服，所以牠邊走邊讓外部性器官消失，重新塑造一個光滑的下體，這是坎得拉的習慣。牠試圖帶著驕傲與信心行進，但知道這具身體看起來沒有什麼氣勢，畢竟牠在被監禁期間瘦了許多，後來又被酸液溶化不少，因此無法形成很大的肌肉。

光滑的岩石通道可能曾經是天然形成，但幾個世紀以來，年輕一代在嬰兒期就被送來這裡利用牠們的消化汁液侵蝕岩石。坦迅沒有看到其他坎得拉。法賽使用備用通道，顯然不想引起注意。

我離開好久了，坦迅心想。十一代應該已經被選出來了。我甚至不認得大多數八代，更遑論九或十代。

牠開始懷疑，應該不會有十二代。即使有，情況必須也要有某種改變。父君已經死了。初約怎麼辦？

牠的族人花了十個世紀做爲人類的奴僕，履行契約以保住自己的安全。大部分坎得拉都因爲這個處境而憎恨人類。直到最近，坦迅也是其中之一。

眞諷刺，坦迅心想。即便是眞體，我們也選擇人類的輪廓——雙手、雙腿，甚至以人類爲藍圖的臉孔。

有時候牠忍不住想，那些未生者，也就是人類稱呼的霧魅，遠比牠們的坎得拉兄弟更誠實。霧魅隨意地創造身體，以怪異的方式連接骨架，利用人類跟動物骨頭創造出近乎藝術的設計；可是坎得拉只創造長得像人類的軀體，卻又同時詛咒人類對牠們的奴役。

眞是奇特的一族。可是，牠們是牠的族人。即使牠背叛了牠們。

如今，我必須說服初代，我的背叛是對的。不是爲了我。是爲了牠們。爲了我們一族。

牠們穿過走廊與房間，最後來到坦迅較爲熟悉的一區。牠很快便發現，牠們的目的地是信巢。牠會在對牠們一族而言最神聖的地方爲自己辯護。牠早該猜到的。

長達一年受盡折磨的囚禁讓牠贏得在初代面前受審的機會。牠有一年的時間考慮要說什麼。如果牠失敗了，則會有永恆的時間來思考，牠做錯了什麼。

很多人會單純把滅絕歸類爲毀滅的力量。其實應該將滅絕視爲有智慧的腐敗。不只是混亂，更是一股以理性且危險的方式，思考該如何將一切摧毀至最基本狀態的力量。

滅絕懂得如何仔細策劃，明白今天的建立是爲了日後雙倍的摧毀。世界之道便是當我們創造某樣東西時，也經常在過程中摧毀了什麼。

8

離開維泰敦的第一天，紋跟依藍德殺死了一百名村民。至少，紋是這麼覺得的。

她坐在營地中央的腐爛木樁上，看著太陽落在遙遠的天際，知道會發生什麼事。灰燼在她身邊靜靜墜落，接著，迷霧出現。

曾經，也是不久以前，迷霧只會在夜晚出現。可是，在統御主死後的一年間，出現了改變，彷彿被限制於黑暗的千年讓迷霧不安於現狀。

於是，它開始在白天出現。有時是大量湧入，毫無預兆，又同樣快速地散去，但更常見的是它就像上千鬼魅一般出現在空中，扭曲、膨脹糾結，像是長了藤蔓般的觸手，緩緩爬過地平線。每天都比前一天更晚退散，每天傍晚又更早一點出現。很快地，也許不用到今年結束，迷霧將永遠遮蔽大陸，而這會是一個問題——自從紋從昇華之井取得力量的當晚，迷霧就開始殺人。

兩年前，依藍德難以相信沙賽德的故事。當時沙賽德便已帶來驚恐的村民口述關於迷霧殺人的可怕見聞。紋當時也以爲沙賽德弄錯了。看著等待中的人民在士兵與克羅司的包圍下在曠野中縮成一片，一部分的她希望能夠繼續活在那樣的自我欺瞞裡。

迷霧一出現，便開始有人死亡。雖然迷霧放過了大部分人，卻仍然隨機選了一些對象，讓他們開始顫抖。那些人倒在地上痙攣，親朋好友只能驚嚇與恐懼地看著，束手無策。

紋仍然對此感到憎惡。除此之外，還有煩躁。凱西爾向她保證過，迷霧是伙伴，會保護她，給她力量。她一直相信這點，直到她覺得迷霧開始變了，藏匿隱形的鬼魅與殺人的意圖。

「我恨你。」她低聲說道，看著迷霧繼續下手。就像是看著一個感情很好的親戚在眾人間挑選出陌生人，接著一一割斷他們的喉嚨，而她無能爲力阻力。依藍德的學者試過所有辦法——戴頭套避免迷霧被吸入，等迷霧先湧進、安定之後再走入霧中，一開始顫抖就把人帶入室內等等。不知爲何，動物不受影響，但每個人類都有可能喪命。只要是走入霧中就是拿性命開玩笑，而且無法避免。

結束得很快。受到迷霧影響的人，六人中不到一個，而且發抖的人之中只有一小部分會死。只需要冒險接觸新迷霧一次，賭上一把，之後就不會再受影響。大部分倒地的人都會復原。可是，這無法安慰遭受親友死亡的家庭。

她坐在木椿上，看著仍然被落日點亮的迷霧。諷刺的是，現在的能見度對她來說比夜晚還低。她不能燃燒錫，免得眼睛被落日的餘暉刺傷，卻也因此看不穿迷霧。

結果提醒了她當初爲什麼會害怕迷霧。她的視力範圍剩下不到十呎，只能看到隱約的影子。模糊的身影來回奔跑、大喊。驚恐地或跪或站的身影。聲音亦不可信，在看不見的物體間迴蕩，呼喊來自虛無的來源。

紋坐在其中，灰燼如燒焦的眼淚一般落在身邊，她低下了頭。

「法特倫大人！」依藍德的聲音喊出，讓紋抬起頭。曾經他的聲音並不如此時這般威嚴。那彷彿是好久以前的事了。他出現在迷霧中，穿著他的第二套白制服，上面沒有髒污，表情因爲鎭民的死亡而冷硬。她可以感覺到他的鎔金術正在碰觸眾人的情緒，他的安撫會讓人們的痛楚不再那麼銳利，但他沒有盡力去推。她跟他之前談過這件事。他覺得，讓他人完全不因所愛之人的死亡而傷心是不對的。

「陛下！」她聽見法特倫回應，看見他走上前來。「這根本是場災難！」

「看起來比實際上嚴重，法特倫大人。」依藍德說道。「我解釋過，大多數倒地的人會恢復。」

法特倫在紋的木樁邊停下，轉身望著迷霧，聽著子民的哭泣與痛苦。「我不敢相信我們做了這種事。我不……我不敢相信您說服我要求他們站在迷霧裡。」

「你的人民需要預防，法特倫。」依藍德說道。

是沒錯。他們沒有帳棚給所有的人民，所以只有兩個選擇。讓他們留在垂死的城市，或強迫他們北上，同時強迫他們走入迷霧中，看誰會死去。的確可怕，的確殘忍，卻是早晚會發生的事。可是，即便她知道他們爲何這麼做，紋仍對於需要做如此可怕的決定而感到難以承受。

「我們變成什麼樣的惡魔了？」法特倫低聲問道。

「別無選擇的那種。」依藍德說。「去統計一下人數。看看死了多少人，安撫活下來的人，告訴他們，不需再擔心迷霧了。」

「是的……陛下。」法特倫說道，轉身離開。

紋看著他離去。「我們殺了他們，依藍德。」她低語。「我們跟他們說一切不會有事，強迫他們離開家園來這裡送死。」

「會沒事的。」依藍德說道，一手按著她的肩膀。「總比慢慢地在城中等死要好。」

「我們可以給他們選擇。」

依藍德搖搖頭。「沒有選擇。幾個月內，城市會被籠罩在迷霧下，永遠。他們將會留在家裡餓死，或是進入迷霧。最好的方法還是被我帶去中央統御區，那裡至少有足夠的日光可以種植作物。」

「眞相並不會讓現實更容易接受。」

依藍德站在迷霧中，灰燼在他身邊落下。「的確。」他說道。「並沒有更容易接受。我去叫克羅司，讓牠們埋葬死者。」

「那傷者呢？」那些被迷霧攻擊卻沒致死的人會不舒服，肌肉痠疼，時間長達數天，甚至更久。按照過往的比例，將有近千名人民會成爲病患。

「我們明天行進的時候讓克羅司抱著。如果能帶他們到運河，應該可以讓他們都坐到駁船上。」

紋不喜歡暴露在外的感覺。她的童年躲在角落，青少年則是在無聲的黑夜中扮演殺手。因此，當跟著五千名疲累的人民沿著南方統御區最明顯的大道一起前進時，很難不讓她感覺自己暴露在外。

她走在離人們短短一段距離之外，從不騎馬，試圖轉移自己的思緒，不去一直想著昨晚喪命的人民。可惜依藍德正在跟法特倫與其他村莊領袖並騎，想要安撫兩方的關係。因此，只剩她一個人。

以及她的那隻克羅司。

巨大的怪物在她身邊蹣跚地行走。她將牠留在身邊一部分是爲了方便，這樣人們不會朝她湧來。雖然她想要有事能讓她分神，但暫時不想處理那些感到被背叛、害怕的眼神。現在不行。

沒有人瞭解克羅司，更遑論紋。她發現了該如何使用隱藏的鎔金術開關來控制牠們，但在統御主統治的上千年中，他讓克羅司與人民分開，因此除了牠們極強的戰鬥力與單純如獸般的性情，大多數人對牠們一無所知。

即便現在，紋也可以感覺到她的克羅司在拉扯，想要獲得自由。牠不想被控制，而想攻擊她。幸好牠不行。她控制著牠，這個聯繫無論她是醒是睡，是否燃燒金屬都是如此，直到有東西把怪物從她手中偷走。

雖然一人一怪是如此連結，紋對這些東西仍然有許多不解之處。她抬起頭，看到克羅司以血紅的眼神正看著她。牠臉上的皮膚緊繃，鼻子完全被拉平，右眼附近的皮膚撕裂，嘴角也被扯破，一片藍色皮膚就如此掛在那裡，露出下方的紅色肌理與沾滿鮮血的牙齒。

「不要看我。」怪物以模糊不清的聲音說道，語音模糊的一部分原因是嘴唇也被拉扯著。

「什麼？」紋問道。

「妳不把我們當人類看。」克羅司說道，說得很慢，很仔細，一如其他曾經跟她交談過的克羅司，好像牠們每說一個字都要花力氣去想。

「你們不是人類。」紋說道。「你們是另外一種。」

「我會成為人類。」克羅司說道。「我們會殺了你們，佔領你們的城市，那我們就會是人類。」

紋打個寒顫。這是克羅司共同的願望。她聽過別的克羅司這麼說。牠們講述殺人時的冰冷、淡漠語氣讓人格外不寒而慄。

牠們是統御主創造的，她心想。當然很扭曲，跟他一樣扭曲。

「你叫什麼名字？」她問克羅司。

牠繼續在她身邊蹣跚地走著，良久後，牠看著她。「人類。」

「我知道你想當人類。」紋說道。「你的名字是什麼。」

「這是我的名字。人類。妳叫我人類。」

紋邊走邊皺眉頭。*這說法聽起來幾乎很……聰明。*她從來沒花時間跟克羅司說過話，總認為牠們的心智能力是一樣的，同樣的笨怪物，不斷複製。

「好吧，人類。」她好奇地說道。「你活了多久？」

牠走了片刻，久到紋以爲牠忘記問題了。可是，最後牠仍然開口。「妳沒看到我的大嗎？」

「你的大？你的體型嗎？」

人類繼續走著。

「所以你們都以同樣速度成長？」

牠沒有回答。紋搖搖頭，懷疑這問題對怪物而言太抽象。

「我比一些大。」人類說道。「比某些小，但沒有太多隻。意思是我老。」

另一個智慧的跡象，她心想，挑起一邊眉毛。有別於紋對其他克羅司的觀察，人類的邏輯性相當令人印象深刻。

「我恨妳。」人類走了不久後又說道。「我想要殺妳。但我不能殺妳。」

「沒錯。」紋說道。「我不會讓你殺我。」

「妳外面小，裡面大。很大。」

「對。」紋說道。「人類，女克羅司在哪裡？」

怪物走了片刻。「女？」

「像我。」紋說道。

「我們不像妳。」他說。「我們只有外面大。」

「不。」紋說道。「不是我的大小。」性別要怎麼解釋？除非脫衣服，否則她想不到別的方法，所以她換個策略。「有克羅司小孩嗎？」

「小孩？」

「小的。」紋說道。

克羅司指著前進的克羅司軍隊。「小的。」他說道，指著一些五呎高的克羅司。

「更小的。」紋說道。

「沒有更小。」

克羅司的繁殖是一個至今無人解答的祕密，即便跟這些怪物打鬥了一年，她仍然不知道新的克羅司從何而來。依藍德的克羅司只要變少，她就從別的審判者那裡偷來。

可是克羅司不可能不繁殖。她看過沒有鎔金術師控制的克羅司軍營，那些怪物以驚人的頻率相互廝殺。在那樣的速度下，牠們幾年內就會把彼此殺完。可是，克羅司卻也如此存活了十個世紀。

這表示牠們從孩童到成人長得很快，至少依藍德跟沙賽德是這麼認爲。他們無法確認這個理論，而她知道這方面的無知讓依藍德相當焦躁，尤其是他身爲皇帝的工作讓他無暇進行他過去如此喜愛的研究。

「如果沒有更小的，那新克羅司從哪裡來？」紋問道。

「新克羅司來自我們。」人類終於說。

「你們？」紋皺眉。「我不懂。」

人類再沒有說話，顯然多話的興致已過了。

來自我們，紋心想。難道是分裂？她聽說過有些生物如果被切成兩半就會各自變成一隻新的，但不可能是這樣，她看過戰場上滿是克羅司屍體，卻沒有任何一塊變成新的克羅司，但她也沒見過母克羅司。雖然大部分克羅司穿了簡陋的兜襠布，但就她所知，全都是公的。

她的揣想被前方堆積起來的人龍打斷。人群的速度慢下來了。好奇之餘，她拋下一枚錢幣，留下人類在原處，自己縱躍過人群。迷霧在好幾個小時前已經褪去，雖然夜晚即將到來，目前仍然是明亮無霧的白天。

因此，在她穿透灰燼飛向前方時，很輕易地便看到前方的運河不自然地被切割在大地上，遠比任何河流更筆直。依藍德猜想持續的落灰會讓大多數運河系統終結，沒有司卡勞工定期疏浚，運河會被灰燼淤泥堵塞，最後毫無用處。

紋飛過空中，弧線的終點是運河邊的一堆帳棚。數千簇篝火往午後的天空噴煙，人們在附近，訓練、工作或準備。將近五萬名士兵駐紮在此，利用運河做爲陸沙德連通的補給路線。

紋再次拋下一枚錢幣，重新躍起，很快趕上從依藍德疲累的司卡人潮中突圍而出的騎士們。她落地的同時，拋下一枚錢幣，輕輕反推以減少落地的力量，也濺起一片灰燼。

依藍德拉停馬匹，微笑地看著營地。近來這個表情鮮少出現在他的唇邊。紋發現自己也在微笑。前面一群人正等著他們，他們的探子老早就看到人群的逼近。

「依藍德陛下！」一個坐在軍隊前方的人說道。「您提早到了！」

「我想你應該也準備好了吧，將軍。」依藍德下馬說道。

「您很瞭解我的。」德穆說道，微笑地迎上前來。他穿著皮革跟金屬製成的貼身甲衣，一邊臉上有疤痕，頭皮左邊少了一大片頭髮，那是被克羅司劍砍掉的，差點讓他也掉了腦袋。向來正式的虯髯大漢向依藍德鞠躬，後者只是欣喜地往他肩上一拍。

紋的笑容仍在。*我記得那個人當年不過是害怕地站在隧道裡的一名新兵。*德穆其實不比她大多少歲，雖然他曬黑的臉龐跟粗糙的雙手讓人有滄桑的感覺。

「我們鎮守住陣營，陛下。」德穆說道，看著法特倫跟他的兄弟下馬，來到眾人身邊。

「沒什麼外敵，但讓他們練習防守軍營是好的。」

「做得好，德穆。」依藍德說道，轉身看著人民。「我們的任務很成功。」

「看得出來，陛下。」德穆微笑地說道。「您帶來不小一群克羅司，希望領導牠們的審判者看到牠們離開沒有太難過。」

「他不可能太介意。」依藍德說道。「反正他那時已死了。我們也找到了儲藏窟。」

「讚美倖存者！」德穆說道。

紋皺眉。德穆脖子上掛著一條項鍊，露在衣服外面，鍊墜是一個小小的銀矛——日漸受到歡迎的倖存者教會標誌。用來殺死凱西爾的武器居然變成信眾的象徵，令她有點匪夷所思。

當然，她並不想去猜測另一個可能——那不是殺死凱西爾的矛，很有可能是代表她用來殺統御主的矛。她從來沒問過德穆是哪一個。雖然教會在三年內茁壯了許多，但紋對於自己在教義中的定位從來都無法適應。

「的確讚美倖存者。」依藍德說道，看著軍隊的補給船隊。「你的計畫如何？」

「清理南方彎道嗎？」德穆說道。「很順利，幸好我們在等的時候沒有什麼別的事情。現在駁船應該能通過了。」

「很好。」依藍德說道。「組成兩支五百人的隊伍，派一組船隊回維泰敦將我們留在石穴的補給品帶走，放上駁船，送回陸沙德。」

「是的，陛下。」德穆說道。

「派第二支軍隊跟這些難民北上。」依藍德朝法特倫點頭。「這是法特倫大人，他負責指揮這些難民。只要命令合理，要你的人聽從他的指示，然後引介他給潘洛德大人認識。」

不久以前，法特倫可能會抱怨他被交給另外一個人，但他跟依藍德相處的這段時間將他大大改變。骯髒的領袖感激地點點頭，表示對護送兵團的謝意。「那……您不跟我們一起嗎，陛下？」

依藍德搖搖頭。「我有別的工作，你的人民則需要去陸沙德開始耕作。不過如果有人要加入軍隊的話，非常歡迎，我向來需要好士兵，而你確實克盡萬難，成功地調教出有用的軍人。」

「陛下……為什麼不直接命令他們？原諒我，但目前為止您都是如此。」

「我控制你的人是為了他們的安危，法特倫。」依藍德說道。「有時溺水的人甚至會抗拒去救他的人，所以必須被控制，可是我的軍隊不同。不想打仗的人是不能在戰爭中被仰賴的人，我不會允許這種人在我的軍隊裡。你需要去陸沙德，你的人民需要你，但請讓你的士兵知道，如果他們要加入，我們竭誠歡迎。」

法特倫點點頭。「好的，還有……謝謝您，陛下。」

「不客氣。德穆將軍，沙賽德跟微風回來了嗎？」

「他們應該今晚會到，陛下。」德穆說道。「他們的手下已先行來通報了。」

「很好。」依藍德說道。「我的營帳應該架好了吧？」

「是的，陛下。」德穆說道。

依藍德點點頭，紋覺得他看起來突然很累。

「陛下？」德穆熱切地問。「您有沒有找到……另外那樣東西？最後一個庫藏點？」

依藍德點點頭。「在法德瑞斯。」

「塞特的城市？」德穆笑問。「他可會高興了。他已抱怨了一年多我們沒去幫他征服城市。」

依藍德淺淺地微笑。「我有一半相信，一旦我們這麼做，塞特跟他的士兵會認為他們不需要我們了。」

「他會留下的，陛下。」德穆說道。「紋貴女去年把他那麼一嚇……」

德穆瞥向紋，試圖想微笑，但她在他的眼中看到敬意。太多的敬意。他無法對她像對依藍德那樣說笑。她仍然不敢相信依藍德加入那個蠢宗教。雖然依藍德的意圖是政治理由，加入司卡信仰，為自己跟人民之間創造出聯繫，但他的選擇仍讓她不自在。

可是，結婚一年來她明白了，有些事情需要裝做沒看見。她愛依藍德想做對的事情的心意，即使她不同意他的做法。

「今晚開會，德穆。」依藍德說道。

「我們有很多要討論的。沙賽德到達的時候，跟我報告。」

「我要告訴哈姆德大人跟其他人今晚會議的議程是什麼呢，陛下？」

依藍德想了想，抬頭望著灰黑的天空。「征服世界，德穆。」他終於說道。「至少，是殘存的世界。」

鎔金術的確是與迷霧同時而生，或者該說，鎔金術跟迷霧同時出現，當拉刹克取得昇華之井的力量時，他意識到一些事情。

有些是滅絕跟他說的，有一些則是力量帶來的直覺。

其中一項就是對三種金屬技藝的理解。舉例而說，他知道吃了昇華之井旁的金屬塊，會讓人成爲迷霧之子，畢竟那是井的一部分力量。

9

坦迅以前去過信巢，因爲牠是三代，生於七個世紀前。那時，坎得拉仍是新生的一族，不過初代已經將養育下一代的責任交給二代。

二代沒有將坦迅這一代養得很好——至少二代自己是這麼認爲的。牠們想要創造一個會嚴格遵守敬老尊賢，長幼有序的社會，其生存目的就是爲了服侍契約，一個「完美」的種族，當然，這也包括二代的成員。

直到牠回來之前，坦迅一直被視爲三代中較不麻煩的一個。牠以不在乎家鄉政治著名，願意履行契約，願意讓自己遠離二代與牠們的政治手腕越遠越好。嘲諷的是，最後居然是坦迅來面對坎得拉法律中罪大惡極的罪行指控。

房間又大又圓，以鋼鐵爲牆。平台是一個巨大的鋼盤，嵌在石頭地板上，大約離地只有一呎，算不上高，卻有十呎寬。坦迅的腳一踩上光滑的表面便感覺到冰冷，立時又想起自己的赤裸。牠們沒有綁住牠的手，即便是對牠所犯下而言的罪而言，那樣的侮辱仍是太過。即便是三代的坎得拉也會履行初約，牠不會逃跑，也不會攻擊自己的族人——牠的品行不允許自己這麼做。

房間以燈火點亮，而非螢石，但每盞燈都以藍色玻璃罩著。油很難取得，二代理所當然不會想仰賴人類社會的物資，本該如此。地面上的人，即便是父君大多數的僕人，都不知道坎得拉有一個中央政府。這樣比較好。

在藍色燈光下，坦迅很輕易地便可看到二代的成員，總共有二十位，站在牠們的講台後面，層層排列在房間另一端。牠們近到可以看到牠、研究牠、跟牠說話，但遠到足以讓坦迅覺得自己被孤立，獨自站在平台中央。牠的腳好冷。牠低下頭，注意到腳趾邊的地面上有個小洞，被切割入平台的鋼盤。

囑託，牠心想。它就在牠的正下方。

「三代的坦迅。」一個聲音說道。

坦迅抬起頭。說話的當然是坎帕。牠是一個很高的坎得拉，或者說，牠喜歡使用高挑的眞體。一如所有的二代，牠的骨骼是以最純淨無暇的透明水晶所做成，牠的還帶有深深的紅色。在許多方面來說，這都是一具不實際的身體，這些骨頭完全不耐用，但以一個家鄉的管理者而言，以骨頭的脆弱來換取晶亮的美麗顯然是件可以被接受的事。

「我在這裡。」坦迅說道。

「你強迫我們要給你這個審判？」坎帕說道，刻意保持高傲的語調，強調濃重的口音。牠遠離人類許久，因此語言沒有被影響。據說二代的口音與父君的非常相似。

「是的。」坦迅說道。

站在精緻的講台後，坎帕刻意嘆氣出聲，終於，牠對房間的上方低頭。初代正從上面往下看。牠們坐在沿著上層房間比肩相鄰的獨立凹室，身影只是一團人形的影子。牠們不說話，那是二代的工作。

坦迅身後的門打開，刻意壓低的聲音響起，腳步聲窸窸窣窣。牠轉身，暗地微笑，看著牠們進來。是不同大小與年紀的坎得拉。最小的不被允許參加這麼重要的聚會，但只要是成年人，包括所有直到九代的坎得拉，都有參加權利。這是牠的勝利，也許會是整個審判過程中，唯一的勝利。

如果牠的命運是永遠的囚禁，那牠會希望牠的族人知道眞相，更重要的是，牠希望牠們能聽到這個審判，聽到牠的話。牠說服不了二代，誰又知道靜靜坐在凹室裡的初代有何想法？可是年輕幾代的坎得拉……也許牠們會聽。也許坦迅不在以後，牠們會有所行動。牠看著牠們魚貫而入，在石頭長凳上坐下。

如今已有數百名坎得拉，年長的坎得拉——一代、二代、三代——數量不多，因爲大多數在早期還被人類懼怕時都已被殺害，但接下來的幾代人數不少，光是十代就有超過一百名。信巢的長凳在搭建時就已經考慮到要容納整個坎得拉族，但只有現在才被剛巧不需工作或履行契約的坎得拉坐滿。

牠原本希望宓蘭不會是其中之一。不過，牠幾乎是第一個走入大門的。有一瞬間，牠擔心宓蘭會衝過大廳，踏上只有最受祝福或詛咒的坎得拉才可踏上的平台，但宓蘭僵在門口，強迫其他人煩躁地擠過牠身邊，尋找座位。

牠不應該能認出宓蘭。宓蘭有個新的眞體，還是非常奇特的一具，骨頭是以木頭組成，又細又長，呈現一種誇張、不自然的型態：木頭顱有一個長而尖的下巴，眼睛太大，扭曲的布塊在腦後突出，宛如頭髮。年輕的一代在身體的選擇上經常都挑戰傳統尺度，讓二代相當厭惡，曾經坦迅也許會同意二代的想法，如今牠仍然偏向傳統，但在今天，宓蘭充滿反叛精神的身體只讓牠想微笑。

這似乎讓宓蘭感到安慰，於是牠找了個靠近前面的椅子，跟一群其他的七代坐在一起。牠們都有變形的眞體——一個身體太像方塊，另一個居然有四隻手臂。

「三代的坦迅。」坎帕正式地開口，讓列席的坎得拉全部安靜下來。「你固執地要求在初代面前接受審判。根據初約，我們必須允許你在初代面前爲自己辯護之後，才能判處你極刑。如果牠們願意暫緩你的懲罰，你會獲得自由。否則，你必須接受二代議會所指派的懲處。」

「我瞭解。」坦迅說道。

「很好。」坎帕說道，在講台上彎下身。「那我們開始吧。」

牠一點也不擔憂，坦迅意識到這點。聽起來居然像是覺得這會是件有趣的事情。

這應該是很理所當然的吧？牠不是花了好幾個世紀，一直在強調三代是一群離經叛道的傢伙？牠們花了這麼久來修正在我們身上的錯誤，例如給了我們太多自由，讓我們以爲我們跟牠們一樣優秀。如果牠能證明我，三代中最「溫和」的一個，也是危險的話，坎帕將會贏得牠幾乎畢生都在奮鬥的目標。

坦迅一直覺得不解爲什麼二代如此感覺受到三代威脅。牠們只花了一代就明白自己的錯誤，四代跟五代幾乎一樣忠誠，只有幾個叛逆份子。

可是，這麼多年輕的一代行爲乖張，像是宓蘭跟牠的朋友……好吧，也許一代的確有權利感覺受到威脅，而坦迅會是牠們的代罪羔羊，牠們重新恢復秩序與維護道統的方法。

今天，牠們絕對會大吃一驚。

鎔金術化成的純粹金屬塊，是存留（Preservation）的力量化身。我不知道拉刹克爲何將一塊金屬留在昇華之井邊，也許他沒看到，或者他打算日後再將它交給一名幸運的僕人。

也許他害怕有一天他會喪失自己的力量，因此需要金屬塊提供他鎔金術。無論如何，我必須感激拉刹克的意外，因爲沒有了那塊金屬，依藍德那天就會死在井邊。

10

拉司達教對沙賽德而言，很難判定。宗教本身似乎相當單純。守護者對其瞭解甚深，因爲一名四世紀的守護者找到一整個庫藏的祈禱文、經文、筆記和心得等等，通通都屬於該教的一名高等神職人員。

可是，這宗教本身似乎……不太像宗教。它專注於藝術，不是一般人所認爲的聖靈，而且教義的中心是要捐錢給僧侶好讓他們能寫詩作畫雕刻。沙賽德無法從教義上找到任何矛盾點來駁斥它，因爲它的教義眞的不夠豐富到足以相互矛盾。

他舉高面前的紙張，搖搖頭，重新又讀了一次。它被卡在文件夾的最前面以避免被風吹落，綁在馬鞍上的陽傘則避免灰燼弄髒他的紙頁。他聽紋抱怨過，不知道怎麼有人能一邊騎馬一邊閱讀，但這方法還蠻簡單的。

不需要翻頁，只需要一遍又一遍讀過同樣的文字，在腦中細想、解析，試圖理解。這個是眞實的嗎？這是凱西爾的妻子，梅兒信的宗教。她是沙賽德所遇過的人中，少數幾個選擇相信他所提出的古老宗教的人之一。

拉司達教相信，人生的目標爲追求神性。他讀到。教義教導我們，藝術引領我們更進一步理解，神性是什麼。因爲不是所有人都能將時間花在藝術上，所以支持一群專心致志的藝術家創造偉大的作品對社會整體是有益的，藉由他們的作品，觀者也可獲得性靈的提升。

沙賽德不覺得這樣的論點不好，只是關於生死的討論呢？靈魂的討論呢？神性又是什麼，如果神性眞的存在，這個世界上怎麼能發生如此可怕的事情？

「你知道嗎？這其實還蠻驚人的。」微風坐在馬背上說道。

這句話打斷沙賽德的注意力。他嘆口氣，抬起頭來。馬匹繼續跟著他同速前進。「什麼很驚人，微風大人？」

「灰燼。」微風說道。「你看。掩蓋了一切，讓大地看起來如此黑暗，陸地的樣貌居然變得如此蒼涼，眞的很驚人。在統御主的統治時期中，一切都是褐色，大多數種在戶外的植物看起來也像是快要死了一樣，我以爲那樣就夠令人憂鬱了。但如今灰燼天天下，掩埋整片大地……」安撫者搖搖頭，微笑。「我從沒想過少了統御主，情況居然會更糟，但我們可眞是搞砸了！毀滅世界啊。光想就不是件簡單的事。不知道我們是不是該佩服自己。」

沙賽德皺眉。灰燼偶爾從空中落下，天空被慣常的黑霧所沾染。落灰雖然輕微，但也持續下了將近兩個月，馬匹一路南下，旁邊跟著一百名依藍德的士兵，每一步都需要踩過半呎深的灰。不知道再過多久，落灰就會厚到甚至不能旅行？有些地方的灰已經堆積到幾呎高了。

一切都是黑的——山丘，道路，整片田園。樹木的葉片與枝幹被灰燼壓得低低的，大多數地面上的植物看起來都像是已死。帶著兩匹馬去雷卡城很不容易，因爲牠們沒有什麼能吃的草，所以必須要求士兵幫忙帶馬的飼料。

「不過我得說，這灰有點缺乏想像力。」微風繼續說道，一往如常地隨意閒談，被綁在馬鞍後的陽傘所保護，免受落灰影響。

「缺乏想像力？」

「是啊。」微風說道。「雖然我喜歡穿黑色套裝，但我一直都覺得這不是個令人特別有想法的顏色。」

「那灰還該是什麼顏色？」

微風聳聳肩。「紋說這一切背後都有原因，不是嗎？有某種邪惡的末日力量什麼的。好吧，如果我是邪惡的末日力量，我才不會光是把世界變黑，實在不夠華麗。紅色。那才是有意思的顏色。想想看，如果灰燼是紅色，河流就會像是血一樣的顏色。黑色無趣到可以令人忘記，但紅色的話，你會一直想『看，山是紅的。想要摧毀我的邪惡末日力量還眞有品味』。」

「我不覺得有什麼『邪惡末日力量』，微風大人。」沙賽德說道。

「哦？」

沙賽德搖搖頭。「灰山向來都會噴吐灰燼。它們只不過是比以前更活躍，這應該不難想像吧？也許那只是自然的一部分。」

「那迷霧呢？」

「天氣會變化，微風大人。」沙賽德說道。「也許之前白天太熱，所以它們沒出來，現在灰山吐出更多的灰燼，天氣自然變涼，迷霧也就待得更久。」

「哦？老兄啊，如果眞是這樣，那冬天時爲什麼迷霧沒有在白天出現？那時比夏天還冷，但只要一天亮，迷霧就會退散。」

沙賽德陷入沉默。微風說得有道理。可是，隨著沙賽德刪除名單上越多宗教，他越發在想，他們是不是刻意將紋感覺到的這股「力量」塑造成敵人？他已經不知道答案了。他完全不認爲她的故事是捏造的，可是如果宗教裡都沒有眞實的話，世界只因爲時間到了就會毀滅，是這麼不可能的事嗎？

「綠色。」微風終於說道。

沙賽德轉身。

「這可是很有品味的顏色。」微風說道。「很不一樣。看到綠色是不可能忘記的，跟黑色或褐色不一樣。凱西爾不是總說植物曾經是綠色的嗎？在統御主昇華前，在深闇來到大地前？」

「歷史是這樣說的。」

微風深思地點點頭。「眞有品味。」他說道。「我想應該會很好看。」

「哦？」沙賽德眞心訝異地問。「大多數跟我談過的人都覺得綠色世界蠻怪的。」

「我以前也這樣想，但天天看黑色之後……我想，有點變化也不錯。綠色的田野……小點小點的多彩顏色……凱西爾說那是什麼？」

「花。」沙賽德說道。拉司達教撰寫了關於花的詩文。

「對。」微風說道。「如果那些能回來就太好了。」

「回來?」

微風聳聳肩。「倖存者教會的教義是紋有一天會清除空中的灰燼以及迷霧，既然她都要這麼做了，我想乾脆把花跟植物一起帶回來也蠻順手的，感覺上是很女性化的事。」

沙賽德嘆口氣，搖搖頭。「微風大人，我知道你想鼓勵我。」他說道。「可是我眞的很難相信，你會接受倖存者教會的教義。」

微風遲疑片刻後，露出微笑。「太誇張了，是吧?」

「有一點。」

「你很難捉摸啊，老兄。你對於我的情緒碰觸很敏感，讓我不能用太多鎔金術，而且你最近太……不一樣了。」微風的聲音透露出一絲惆悵。「不過，如果眞的能看到我們的凱西爾總掛在嘴邊說的綠色植物，那也不錯啊。下了六個月的灰……會讓一個人想要去相信什麼。也許對我這種老騙子而言，這樣就夠了。」

沙賽德心中的絕望想要斥罵，光是相信是不夠的。希望跟相信並沒有爲他帶來任何好事。不會改變植物正在死亡、世界正在結束的事實。

沒什麼値得努力的，因爲一切都沒有意義。

沙賽德強迫自己停止這樣的思緒，但非常困難。他有時很擔心自己的憂鬱。很遺憾的，大部分時候他甚至沒有力氣去關心自己的悲觀傾向。

拉司達，他告訴自己。專心在那個宗教上。你需要下結論。

微風的話讓沙賽德開始思考。拉司達相當專注於美，還有藝術的「神性」。如果神性跟藝術有任何關連，那神不可能跟這個世界上發生的事情有任何關係。灰燼，憂鬱、沉悶的地面……這不只是微風說的

「缺乏想像力」，更是完全地枯燥。乏味。單調。

這個宗教不是眞的，沙賽德在紙張上寫。教義與觀察到的現實不符。

他解開文件夾上的繩子，將紙張塞了回去，又離讀完更近了一步。沙賽德可以看到微風正從眼角偷偷瞅他。這個安撫者最愛祕密。沙賽德認爲如果眞的被發現他在做什麼，微風大概也不會覺得有什麼大不了。無論如何，沙賽德希望微風不要一直來干擾他進行這項研究。

我對他說話口氣不該這麼差，沙賽德心想。他知道安撫者其實是想用自己的方法幫助他。跟當初一開始認識時相比，微風變了。早期的微風很自私，是個冷酷的操弄者，偶爾表達一些同情心。可是如今的他，只把過去的特質當做僞裝。沙賽德懷疑微風加入凱西爾集團不是因爲想要幫助司卡，而是這個計謀的挑戰性，更不要提凱西爾承諾的豐厚報酬。

這個報酬本該是統御主的天金，如今看來是個神話，但微風找到了其他的報酬。

沙賽德注意到前方有人正穿過灰燼。那個人穿著黑色，但映照著一片灰黑，光是有一絲肉色就很容易分辨出來，看起來是他們的探子之一。葛拉道隊長讓整個隊伍停下來，然後派人上前去迎探子。沙賽德跟微風耐心地等著。

不久後，葛拉道隊長來到沙賽德的馬邊。「大使大人，探子回報皇帝的軍隊就在幾個丘陵外，不到一小時的路程。」

「很好。」沙賽德說道，很高興終於可以看點枯燥黑色山丘以外的東西。

「他們應該看到我們了，大使大人。」葛拉道說道。「騎士正在靠近，他們其實已經——」

「到了。」沙賽德說道，朝不遠處點點頭。一名騎士的身影勾勒在天際線邊。這名騎士很容易發現，不只行動的速度很快——那可憐的馬被逼著全速奔跑——更因爲那身影是粉紅色的。

「慘了。」微風嘆口氣。

全速狂奔的身影逐漸清晰，是一名有著金髮的年輕女性，穿著一件亮粉紅色的洋裝，令她看起來遠比實際的二十幾歲還要更年輕。奧瑞安妮喜歡蕾絲與花邊，更常穿讓她引人注目的顏色。沙賽德原本以爲她這樣的人應該不擅長騎術，但奧瑞安妮的騎術相當高超，不過想要穿著這麼花俏麻煩的衣服縱馬奔馳，騎術不好一點也不行。

年輕女子在沙賽德的士兵面前勒馬站立，快速旋轉一圈，波浪花邊與金髮齊飛。原本正要下馬的她，看著地面上半呎的灰燼遲疑了。

「奧瑞安妮？」微風在片刻沉默後問道。

「噓。」她說。「我在考慮弄髒我的洋裝跑過去抱你是否值得。」

「我們可以等到回營地——」

「我不能讓你在你的士兵面前這樣沒面子。」

「親愛的，技術上而言，他們不是我的士兵。他們是沙賽德的。」微風說道。

奧瑞安妮這才被提醒到沙賽德原來在旁邊，於是她抬起頭，對沙賽德露出可愛的笑容，在馬背上彎腰算是行禮。「大使大人。」她說道。沙賽德猛然感到一陣對奧瑞安妮完全不自然的喜愛。她正在煽動他。如果有人比微風更肆無忌憚地使用鎔金術，那一定就是奧瑞安妮。

「公主。」沙賽德對她點點頭。

終於，奧瑞安妮做出決定，滑下馬背。她沒有用「跑」的，而是以非常不淑女的方式拉起裙襬。要不是她在下面穿了好幾層蕾絲襯裙，早就走光了。

最後是葛拉道隊長來到她身邊，扶著她上了微風的馬，讓她坐在他面前的馬鞍上。這兩人從未正式結婚，一部分是因爲微風覺得跟這麼年輕的女子交往實在有點尷尬，而每當被逼問時，微風只解釋他不希望自己死時留她當寡婦。他似乎認爲這件事隨時會發生，即使他才四十多歲。

照這樣的情況發展下去，我們都來日無多。沙賽德心想。

也許這就是為什麼微風終於接受自己跟奧瑞安妮的關係。無論如何，從他看著她的樣子，從他以極仔細，近乎崇敬地抱著她的方式，很輕易地可以看出來，他非常愛她。

我們的社會結構正在崩解，沙賽德心想。隊伍重新開始前進。過去兩人的交往絕對需要婚姻這種正式的認可，尤其女方有這麼高的身分地位。

可是，誰能讓事情「正式」呢？聖務官幾乎絕跡了，依藍德跟紋的政府處於戰爭時期——一個實務導向、以軍事聯盟為基礎的城邦組織，而凌駕在一切之上的，是世界有哪裡很不對勁的感覺。

沙賽德搖搖頭。過去，人們需要組織，需要信仰才能繼續下去——應該由他來告訴人們。倖存者教會仍在努力，但他們還太新，信徒對宗教也太沒有經驗，他們已經開始對教義與崇拜方法有爭議，新帝國中的每個城市都有自己的變種版本。

過去，沙賽德在教導宗教時並不覺得自己需要信仰任何一個，他接受每個宗教都有自己的獨特之處，因此提供知識時，就像是侍者提供自己不吃的餐點一樣。

如今，沙賽德覺得這麼做實在太虛偽。如果這些人民需要信仰，那不會是由他來教導。他再也不願意教導謊言。

沙賽德以臉盆裡的冷水洗臉，享受愉悅的神經震撼。水沿著他的下巴跟臉頰滴下，帶走灰燼的髒污。他拿了條乾淨的毛巾擦臉，然後取出剃刀跟鏡子，仔細地剃頭。

「你為什麼要一直這麼做？」一個出人意料的聲音響起。

沙賽德轉身。方才他在營地中的帳棚還是空無一人的，如今卻有人站在他身後。沙賽德微笑。

「紋貴女。」

她交疊雙臂，挑起一邊眉毛。她的動作向來安靜，如今更是出神入化，連他都會被嚇一跳。她進門時，帳棚的布門並沒掀動多少。她穿著一貫的男襯衫跟長褲，不過近年來，短黑髮已經長成女性化的及肩長髮。過去紋走到哪裡似乎都要彎腰蹲著，試圖想要藏起來，不敢直視別人的眼睛。這一點也有改變。如今人們仍然一不留神就會錯過她，動作安靜、身材細瘦，體型嬌小。可是，現在的她必定與人四目相交。這帶來極大的改變。

「德穆將軍說妳在休息，紋貴女。」沙賽德想起來。

「德穆知道你到了，不能不把我叫醒。」

沙賽德暗自微笑，示意請她坐到附近的椅子。

「你繼續剃頭沒關係。」她說道。

「請坐。」他再次示意。

紋嘆口氣，坐下。「你沒回答我的問題，阿沙。」她說道。「你爲什麼總是穿著侍從官的衣服？爲什麼仍按照泰瑞司僕人的方式剃頭？爲什麼擔心我在這裡時剃頭會讓你顯得不敬？你已經不是僕人了。」

他嘆口氣，動作仔細地坐在紋對面的椅子上。「我已經不確定我到底是什麼了，紋貴女。」

帳棚的帆布幃幕在風中飄動，一點灰燼透過紋進來後沒重新綁緊的帳門飄入。她因爲他的話而皺眉。

「你是沙賽德。」

「泛圖爾皇帝的首席大使。」

「不。」紋說道。「那也許是你做的事，但那不是你。」

「那我是誰？」

「沙賽德。」她又說了一次。「泰瑞司守護者。」

「一個不再使用紅銅意識的守護者？」

紋瞥向角落裝放紅銅意識的箱子。他的藏金術紅銅意識，用來儲藏逝去已久的人類宗教、歷史、故事、傳說的容器，全都躺在那裡，等著被教導，等著被填充。「我恐怕已經變成非常自私的人了，紋貴女。」沙賽德低聲說道。

「胡說。」紋說道。「你一輩子都在服務別人。我不認識比你更無私的人了。」

「謝謝妳這麼說。」他說道。「可是我恐怕無法同意。紋貴女，我們不是從未歷經世事的人，我想妳比誰都瞭解最後帝國的生活有多艱苦。我們都失去對我們很重要的人，但我似乎是唯一一個無法克服遺憾的人。我覺得自己很幼稚。對，廷朵死了，而且說實在的，在她過世之前，我沒有跟她相處太多時間。我沒有理由這樣。

「可是，我無法在清晨醒來時不看見眼前的黑暗。當我戴上金屬意識時，我的皮膚感覺冰涼，只想到跟她在一起的時光。我的人生缺乏希望。我應該要能繼續前進，但我辦不到。我想，是我的意志力太薄弱了。」

「你說得不對，沙賽德。」紋說道。

「我必須反對妳。」

「哦？」紋反問。「如果你的意志力眞的這麼薄弱，你有辦法反對我嗎？」

沙賽德一愣，露出笑容。「妳的邏輯什麼時候這麼好了？」

「因爲跟依藍德在一起。」紋嘆口氣說道。「如果喜歡不理性的爭論，別跟學者結婚。」

我差一點就結婚了，這想法突然出現在沙賽德的腦海，減弱了他的笑容。紋一定注意到了，因爲她略縮了一下。

「對不起。」她別過頭去。

「沒事的，紋貴女。」沙賽德說道。「我只是……覺得很無助。我不能成爲我的人民需要的人——也許我是最後的守護者了。一年前審判者攻擊了我的家鄉，就連藏金術師孩童都沒放過，全部被殺死，而我們沒有看到任何跡象顯示我的同伴存活下來。其他人無庸置疑必定在外，但他們要不是被審判者找到，就是發生別的悲劇，我想悲劇最近並不罕見。」

紋雙手放在腿上，在昏暗的燈光下，看起來出奇脆弱。沙賽德因爲她臉上痛苦的神情而皺眉。「紋貴女？」

「對不起。」她說道。「只是你向來是給予忠告的人，沙賽德，可是如今我需要的忠告卻是如何勸你。」

「我想，這不是忠告能做到的。」

兩人靜靜坐在原處一會兒。

「我們找到儲藏窟了。」紋說道。「倒數第二個。我幫你抄了一份我們找到的文字，刻在一片薄薄的金屬片上，以防萬一。」

「謝謝。」

紋坐在原處，一臉遲疑。「你不會看，對不對？」

沙賽德遲疑了，搖搖頭。「我不知道。」

帳棚陷入沉默。

「我一個人辦不到，沙賽德。」紋低聲說道。「我自己一個人無法對抗它。我需要你。」

「我……盡我所能，紋貴女。」沙賽德終於說道。「我正在用我的方法。我必須爲自己找到答案，才能給別人答案，不過妳還是請人把謄本送來給我。我答應妳，我至少會看。」

她點點頭，站起身。「依藍德今天晚上要開會討論我們的下一步。他希望你能參加。」她轉身要離開時，在空氣中留下一絲隱約的香氣。她停在他的椅子邊。「當我從昇華之井取得力量之後，我以爲依藍德會死。」她說道。

「可是他沒有。」沙賽德回答。

「不重要。」紋說道。「我以爲他要死了。我知道他會死。我手中握有力量，沙賽德，是你無法想像的力量，永遠無法想像的力量。可以摧毀世界、重造世界的力量，可以看盡一切、瞭解一切的力量。我看到他，知道他會死，而且知道我手中握有拯救他的力量。」

沙賽德抬起頭。

「但我沒有。」紋說道。「我讓他繼續流血，選擇釋放力量。我任憑他死去。」

「怎麼會？」沙賽德問道。「妳怎麼會這麼做？」

「因爲我望入他的雙眼，」紋說道。「知道這是他希望我做的。這是你給我的，沙賽德。你教導我，要去愛他，愛到足以放手讓他死去。」

她留下他獨自一人坐在帳棚裡，片刻後，他繼續開始剃頭，發現水盆邊放了一個東西。一張小小的，折疊起來的紙張。

紙張上是一個古老、褪色的圖片，上面是一個奇特的植物。一朵花。這張圖原本是梅兒的。她給了凱西爾，他又給了紋。

沙賽德拾起紙片，不知道紋將這張圖留給他想表達什麼。最後，他將紙片折起，放入袖袋，繼續剃頭。

坎得拉經常提起的初約一開始只是初代對統御主做出的一系列承諾。牠們將這些承諾寫下來，因此也形成最初的坎得拉法律。牠們對於獨立於統御主跟在他的帝國外進行自治有點擔心，因此拿了牠們寫下的東西去給統御主，請他認可。

他命令牠們將初約刻在鋼鐵上，同時親自在上面簽名。這是坎得拉從霧魅的身分醒來後學到的第一件事，包含了要遵從前代的長輩、每名坎得拉的基本法律權利、創造新坎得拉的條款，還有對統御主完全地效忠。

最令人不安的是，初約裡面有一項條款，如果履行，需要所有坎得拉的集體自戕。

11

坎帕在講台上往前傾，紅色水晶骨頭在燈火下閃爍。「好吧，坦迅，坎得拉人民之叛徒，你要求接受審判，現在是你爲自己求情的時候了。」

坦迅深吸一口氣，終於能深呼吸的感覺眞好，牠開口，準備發話。

「告訴牠們，」坎帕面孔扭曲地繼續說道。「看你怎麼解釋你爲什麼殺了我們的同胞之一——一名跟你一樣的坎得拉。」

坦迅全身一僵。信巢一片安靜。坎得拉們的教養良好，不會像人類那樣交頭接耳，騷動私語，牠們各以岩石、木頭，甚至金屬爲骨架的身體端坐著，等待坦迅回答。

坎帕的問題出乎坦迅的意料。

「是的，我殺了一名坎得拉。」坦迅說道，赤裸冰冷地站在平台上。「這不是被禁止的。」

「需要被禁止嗎？」坎帕指控，一手指著牠。「人類互相殘殺，克羅司互相殘殺，可是他們都是滅絕的屬下。我們是存留的一部分，父君的親選。我們不互相殘殺！」

坦迅皺眉。這個問話的方式很奇怪。爲什麼問這個？牠心想。我背叛族人的罪行絕對遠超過於謀殺一名族人。

「我被主人命令。」坦迅坦承地說道。「你一定清楚，坎帕。把我指派給史特拉夫・泛圖爾的人就是你。我們都知道他是什麼樣的人。」

「標準的人類。」一名二代啐了一口。

過去的坦迅會同意，但如今牠知道至少有些人類是不一樣的。牠背叛了紋，她卻沒有因此而恨牠。她理解了牠，甚至讓牠感覺到慈悲，就算他們沒有變成朋友，就算牠沒有開始大爲尊敬她，光是那一瞬間，就足以贏得牠全心全意的忠誠。

即使她不知道，現在，她仍然需要牠的協助。牠站得更挺，直視坎帕的雙眼。「我透過付費契約被指派給人類，史特拉夫・泛圖爾。」坦迅說道。「他將我交給他扭曲的兒子，詹，隨意使喚。命令我殺死歐瑟並取代牠地位的就是詹，好讓我能監控人類女子，紋。」

一聽到這名字，坎得拉之中便出現了幾聲低語。沒錯，你們都聽過她的名字。就是殺了父君的人。

「所以你就照著詹的話去做？」坎帕大聲問道。「你殺了另一名坎得拉。你謀殺了同輩！」

「你以爲我喜歡嗎？」坦迅質問。「歐瑟是我的同輩，我認識好幾百年的兄弟！可是契約——」

「禁止殺戮。」坎帕說道。

「禁止殺人類。」

「難道坎得拉的性命沒有比人類的貴重?」

「文字清清楚楚，坎帕。」坦迅回斥。「我很熟悉，那是我幫忙撰寫的!當這些服務契約以初約爲樣本而定下時，我們都在場!契約禁止我們殺人類，但不禁止我們同類互殘。」

坎帕再次俯身靠近。「你曾跟這個詹爭論嗎?建議應該由他親自動手?你曾試圖要避免殺害自己人嗎?」

「我不跟我的主人們爭論。」坦迅說道。「而且我絕對不想告訴詹這個人如何殺死坎得拉。他的精神之不穩定眾所皆知。」

「所以，你沒有爭論。」坎帕說道。「你直接殺了歐瑟，然後取代牠的位置，假裝是牠。」

「這就是我們的任務。」坦迅煩躁地說道。「我們取代別人的位置，成爲間諜。這就是契約的重點!」

「我們對人類做這種事。」另一名二代斥罵。「這是第一次有坎得拉被派去模仿另一名坎得拉。你立下令人不安的先例。」

這招是很絕妙，坦迅心想。我痛恨詹強迫我做這件事，但我可以看出這是多麼巧妙的招數。紋甚至沒懷疑過我。誰會懷疑?

「你應該拒絕這個行爲。」坎帕說道。「你應該要求澄清契約條款。如果別人開始用同樣方法利用我們來自相殘殺，那要不了幾年，我族就會全部被殲滅了!」

「你的衝動背叛了我們所有人。」另一名說道。

啊，坦迅心想。這就是牠們的計畫。先證明我是叛徒，這麼一來，無論我之後說什麼都缺乏可信度。

牠微笑。牠是三代，該擺出三代的樣子了。

「我的衝動背叛了我們所有人？」坦迅問道。「那你們呢，偉大的二代？是誰允許跟凱西爾簽訂契約的？你將一名坎得拉僕人交給計畫殺死父君的人！」

坎帕彷彿被甩了一個耳光，全身僵硬，透明的臉在藍色光線下顯得憤怒不已。「三代，現在輪不到你指控！」

「反正什麼都已經輪不到我了。」坦迅說道。「如今父君死了，大家都一樣。我們沒有抱怨的權利，因爲是我們促成的。」

「我們怎麼會知道這個人會成功，別人都失敗了啊。」一名二代氣急敗壞地說。「況且他給的錢好多——」

坎帕用力一揮手，打斷那人的話。二代不該爲自己辯護，不過剛說話的坎得拉洪福本來就跟其他同輩格格不入。牠比較……呆。

「不准再提此事，三代。」坎帕指著坦迅說道。

「那我要如何爲自己辯護？如果我甚至不能——」

「你來這裡不是爲自己辯護的。」坎帕說道。「這不是審判，你已經承認你的罪。這是判刑。解釋你的行爲，讓初代宣告你的命運！」

坦迅沉默。現在不是硬碰硬的時機。還不到時候。

「光是你對自己的兄弟下手就已經夠嚴重。」坎帕說道。「我們還需要繼續說下去，還是你要聽判決結果了？」

「我們都知道歐瑟的死跟我站在這裡沒多少關係。」坦迅說道。

「好吧。」坎帕說道。「那我們繼續。如果你是這麼遵守契約的坎得拉，何不跟初代解釋，你爲什麼違背跟主人的契約，在損傷他利益的情況之下幫助了敵人？」

坎帕的指控迴蕩在室內。坦迅閉起眼，回想起一前的那天。牠記得靜靜地坐在泛圖爾堡壘的地板上，看著詹跟紋戰鬥。

不，那不是戰鬥。燃燒天金的詹幾乎可以說是所向無敵。詹是在玩弄紋，戲弄她，取笑她。

紋不是坦迅的主人，坦迅殺了她的坎得拉，取代牠的地位，根據詹的命令探查紋的一舉一動。詹。他才是坦迅的主人。他才擁有坦迅的契約。

可是，坦迅反抗了終生受過的種種訓練，選擇幫助紋，也因此對她闡明了坎得拉的巨大祕密，牠們的弱點——鎔金術師可用鎔金術完全掌握坎得拉的身體。坎得拉履行契約的目的就是不讓祕密外洩，成為僕人，以免成為奴隸。坦迅睜開眼睛，看著安靜的房間。這是牠策劃的瞬間。

「我沒有違背契約。」牠宣告。

坎帕一哼。「你一年前回來時不是這麼說的，三代。」

「我跟你們說明發生了什麼事。」坦迅筆直地站著。「我說的不是謊言。我協助紋而非詹，因為我的行為的一部分關係使我的主人死在紋的腳邊，但我沒有違背契約。」

「你在暗示詹想要你去協助敵人？」坎帕說道。

「不。」坦迅說。「我沒有違背契約——因為我選擇履行更大的契約。初約！」

「父君死了！」一名二代斥罵。「你怎麼能履行跟他的契約？」

「他是死了沒錯，」坦迅說道。「可是初約沒有隨他一起死去！紋，倖存者繼承人，殺死統御主的人。她現在是我們的母君了。我們的初約是與她的契約！」

牠以為會引發眾人大喊邪門歪道，妖言惑眾的抗議，沒想到卻只有震驚的沉默。坎帕瞠目結舌地站在石頭講台後。初代成員坐在滿是陰影的凹室中，一如往常地靜默。

好吧，這意思是我該繼續講下去，坦迅心想。「我必須幫助人類女性，紋。」牠說道。「我不能讓詹殺了她，因爲我對她有義務，一個從她取代父君位置之後我對她就開始有的責任。」

坎帕終於能發出聲音。「她？我們的母君？她殺了統御主！」

「而且取代他的地位。」坦迅說道。「她可以說是我們之一。」

「胡說八道！」坎帕說道。「我以爲你會企圖合理化你的行爲，甚至說謊，但你這番話根本是胡思妄想，欺騙族人！」

「你最近出去過嗎，坎帕？」坦迅問道。「你過去一世紀以來，離開過家鄉嗎？你瞭解外面發生什麼事嗎？父君死了。大地一片動蕩。一年前我回到家鄉時看到迷霧的改變，它們的行爲已經跟過去不同。我們不能繼續這樣的生活方式。二代也許不知道，但滅絕來了！生命將會終結。世界引領者們所說的時機，也許就是定決的時機，終於來了！」

「你在幻想，坦迅。你在人類之間待太久了——」

「你就老實跟大家說出你眞正的目的吧，坎帕。」坦迅揚起聲音打斷牠。「你不想要大家知道我眞正的罪行嗎？不是想要讓其他人都聽到嗎？」

「你不要逼我，坦迅。」坎帕又指著牠說。「你做的事已經夠嚴重了，不要讓它——」

「我跟她說了。」坦迅再次打斷牠。

「我跟她說了我們的祕密。最後，她使用我，就像過去的鎔金術師。她透過『缺陷』控制了我的身體，要我跟詹對打！這就是我做的事。我背叛了我們所有人。她知道，而且我很確定她告訴了別人，很快他們都會知道要如何控制我們。你想知道我爲什麼要這麼做嗎？這難道不就是判決的目的，要我說出我的動機？」

坦迅罔顧坎帕想要打斷牠的嘗試，繼續說下去。「我這麼做是因爲她有權利知道我們的祕密。」坦迅大喊。「她是母君！她繼承了統御主擁有的一切。少了她，我們將一無所有。我們無法靠自己的力量創造新的祝福或是坎得拉！囑託如今屬於她！我們應該去找她。如果這眞是一切的終結，定決即將來臨。她會——」

「夠了！」坎帕大吼。

房間再次陷入沉默。

坦迅站在原處，深深呼吸。一年來，牠被困在那個石洞中，一直計劃著要如何宣告這個訊息。牠的族人花了上千年，十代的時間，遵循初約的教誨。牠們應該聽聽牠發生了什麼事。

可是光是像某個發瘋的坎得拉那樣把事實喊出來，感覺很……不足。牠的族人會相信嗎？牠能改變什麼？

「你已親口承認你背叛了我們。」坎帕說道。「你違背契約，謀殺了同一代的同輩，還告訴人類要如何控制我們。你要求判決，那就判決吧。」

坦迅靜靜地轉身，看著初代成員坐在凹室中，觀看下方聚會的景象。

也許……也許牠們會明白我說的是眞的。也許我的話會震驚牠們，牠們會意識到自己需要與紋締結契約，而不只是坐在這裡，等著世界在我們周遭終結。

可是，什麼都沒發生。沒有動作，沒有聲音。有時候坦迅都懷疑那上面到底還有沒有坎得拉活著。牠已經好幾個世紀沒有跟任何初代說過話了，牠們的通訊完全僅限於對二代。

如果牠們還活著，並沒有人利用這個機會赦免坦迅。坎帕微笑，「初代忽略你的請求，三代。」牠說。「因此，身爲牠們的僕人，二代的我們會代替牠們判決。你的判刑將於一個月後發生。」

坦迅皺眉。一個月？爲什麼要等？

無論如何，結束了。牠低下頭，嘆口氣。該說的牠都說了，坎得拉如今知道牠們的祕密已經洩漏出去，二代無法再隱藏這個事實。也許牠的話能激發牠的族人有所行動。

坦迅可能永遠都不會知道結果。

很顯然的，拉刹克搬移了昇華之井。

做法非常聰明，也許是他所做過最聰明的事。他知道力量有一天會回到井中，因爲如此的力量——世界成形的根基——並不會耗盡，而是因爲可被使用，所以會被稀釋，但總會重新補滿。

因此，傳說跟故事會不斷流傳。拉刹克改變了世界的地表，他將山脈放在日後的北方，將該處命名爲泰瑞司，然後將自己眞正的家鄉壓平，在此建都。

他的皇宮則是圍繞他的房間，以該處爲中心建造。他經常在他的房間裡冥想，因爲那是他在泰瑞司舊家的完全複製，在他的力量用盡之前的最後瞬間所創造出來的庇護所。

12

「依藍德，我擔心他。」紋坐在兩人的床上說道。

「誰？」依藍德從鏡子前面回過頭。「沙賽德？」

紋點點頭。當依藍德午睡醒來後，她已經起床、穿衣。他之前時常擔心她會不會把自己逼得累壞，如今自己是迷霧之子，明白白鑞的極限之後，更是擔心。使用金屬增強身體讓人可以延緩疲累的效益，但是有代價的。當白鑞用完或被熄滅時，疲累感會返回，像是崩塌的高牆般壓垮一個人。

可是紋從來不停歇。依藍德也在燃燒白鑞強迫自己，可是她的睡眠似乎只有他的一半。她比他強悍很多，而且是以他永遠無法想像的方式。

「沙賽德會處理好自己的問題。」依藍德繼續穿衣服。「他以前一定也失去過重要的人。」

「這次不同。」紋說道。他從鏡子中可以看到她的身影，穿著簡單的服飾，盤腿坐在他身後。和依藍德雪白的制服正好相反——塗著金漆的木鈕釦閃爍光芒，刻意選用木材是為了避免受到鎔金術影響。衣服本身則是以特殊布料裁剪，讓灰燼較為容易被刷乾淨。有時候，他對於為了要讓自己看起來有王者氣度所需要耗費的心力頗感罪惡，但這是必要的。不是為了他的虛榮心，而是他的形象，這形象讓他的士兵願意踏上戰場。在黑暗的大陸上，依藍德身著白衣，因而成為某種象徵。

「不同？」依藍德扣著袖子上面的鈕釦，一面問道。「廷朵的死有什麼不同？她在陸沙德的攻城戰中身亡，可是歪腳跟多克森也是。妳在那場戰役中殺了我的父親，我在那之前把我最好朋友的頭給砍了。我們都失去了某個人。」

「他也這麼說。」紋說道。「可是，對他而言這不只是死亡。我認為廷朵的死對他來說是生命辜負了他。在我們所有人之中，向來只有他有信仰，當她死了之後，他的信仰不知如何也失去了。」

「我們之中唯一有信仰的人？」依藍德問道，將一枚塗著銀漆的木別針從桌上撿起，別在外套上。

「那這個呢？」

「依藍德，你是倖存者教會的一員，」紋說道。「可是你沒有信仰。不像沙賽德那樣，他就像是……知道一切都會有好的結果。他相信有力量在守護世界。」

「他會想辦法處理的。」

「不只是他，依藍德。」紋說道。「微風也試得太努力。」

「這又是什麼意思？」依藍德覺得好笑地問。

「他會推每個人的情緒。」紋說道。「他爲了讓別人高興起來，實在推得太大力，自己也笑得太努力。他又害怕，又擔心，過度掩飾到反而很明顯。」

依藍德微笑。「妳幾乎跟他一樣壞，偷讀所有人的情緒，又告訴人家他們實際的感覺是什麼。」

「他們是我的朋友，依藍德。」紋說。「我瞭解他們，而且我跟你說，他們開始放棄了。一個接著一個，他們開始認爲這一次我們贏不了。」

依藍德扣好最後一枚鈕釦，審視鏡中的自己。有時候他仍然不禁揣想自己是否眞的配得起這套華麗的套裝，它饒富涵意的雪白，還有其中蘊含的尊貴之氣。他望入自己的雙眼，忽略臉上的短鬚、戰士的身軀、帶疤痕的皮膚。他望入眼睛，尋找其後的王者靈魂。一如往常，他對於自己看到的不是很滿意。

可是他還是繼續下去，因爲他是他們最好的選擇。這是廷朵教他的。「好吧。」他說道。「我相信妳對其他人的判斷，我會想辦法處理。」

這畢竟是他的工作。皇帝的頭銜只有一個責任。

讓一切變得更好。

「好。」依藍德指著掛在議事廳大牆上的王國地圖。「我們計算了每天迷霧出現與消失的時間，諾丹跟他的書記們分析了這些數據之後，給了我們這個界線做爲指引。」

所有人一起檢視地圖。紋按照慣例坐在帳棚最後方，靠近陰影，靠近出口。她的確變得更有信心，但不代表她大意。她仍然喜歡能夠留意房間裡的每個人，即使她信任他們。

她的確信任他們。也許塞特是唯一的例外。那固執的人坐在所有人的最前面，十幾歲的兒子靜靜地坐在他身旁，一如往常。塞特，或該稱呼他爲塞特王——是宣示對依藍德效忠的國王之一——留著不合時宜的大鬍子，有一張更不合時宜的嘴，還有無用的雙腿，不過絲毫不影響他一年前幾乎要征服陸沙德的事實。

「什麼鬼啊。」塞特說道。「你要我們讀這東西？」

依藍德以手指敲敲地圖。那是一張帝國的簡圖，跟他們在石穴中找到的非常類似，只是經過更新。上面畫著幾個同心圓。

「最外圈是被迷霧完全佔領的地方，即便是白天仍然毫不退散。」依藍德指向下一個內圈。「這圈經過我們之前造訪過的村莊，也就是找到囤積物資的地方，這裡有四小時的日光。圓圈以內的地區都有四小時以上的日光，圓圈以外的更少。」

「最後那個圈呢？」微風問道。他跟奧瑞安妮坐在一起，盡可能地遠離塞特。塞特仍然有朝微風拋擲東西的習慣：大部分是侮辱，有時則是刀子。

依藍德端詳著地圖。「如果迷霧以同樣速度繼續靠近陸沙德，這一圈代表書記們認爲今夏日曬時數可以長到足以種植作物的地區。」

房間陷入沉默。

蠢蛋才需要希望，瑞恩的聲音似乎在紋的腦海裡低語。她搖搖頭。她的哥哥瑞恩訓練她如何在街頭與地下社會生存，教導她不要信任別人，隨時心存疑慮，在此同時，他也教會她該如何生存。是凱西爾讓她明白，信任與生存可以同時存在，這是一門很艱困的課程。即便如此，她仍然經常在腦海中聽到瑞恩的聲音，雖然那只是一個回憶，低語訴說著她所有的不安，帶回他所教導過的殘忍課程。

「這個圈很小，阿依。」哈姆依舊讀著地圖說道。肌肉壯碩的男子跟德穆將軍一起坐在塞特跟微風中間。沙賽德靜靜地坐在一旁。紋瞥向他，試圖想知道他們先前的討論是否讓他不再那麼沮喪，但她看不出來。

他們的人數不多：如果還算上塞特的兒子奈容汀，只有九個人，卻包括凱西爾集團中所剩下的幾乎所有人，只有人在北方進行偵察工作的鬼影不在場。所有人的注意力都集中在地圖上。最後的圈子的確非常小，連容納帝國首都陸沙德的中央統御區都不及。按照地圖的標示，還有依藍德的暗示，意謂著九成的帝國地區今年夏天都無法種植植物。

「就連這個小圈，到明年夏天也將不存在。」依藍德說道。

紋看著其他人沉思的表情，不知道他們有沒有意識到帝國即將面臨的慘況。*就像艾蘭迪的日記所說的*，她心想。*他們不能派軍隊跟深闇對抗。它毀滅城市，帶來緩慢、可怕的死亡。他們束手無策。*深闇。他們如此稱呼迷霧，至少殘存的紀錄是如此說的。也許他們對抗的東西——紋施放的力量，就是這場災難背後的元凶。沒有辦法知道到底過去發生了什麼事，因爲那力量有能力改變文字。

「好，我們現在需要做出選擇。」依藍德交疊雙臂說道。「凱西爾招募你們，是因爲你們可以辦到不可能之事。我們現在的處境絕對可稱之爲不可能。」

「他可沒招募我。」塞特指出。「我是被霸王硬上弓，硬拖進你們這場渾水裡。」

「很遺憾我無法誠心對你表達歉意。」依藍德緊盯著所有人。「快點，我知道你們都有想法。」

「好吧，老兄，最明顯的選擇應該就是昇華之井。」微風說道。「那個力量似乎是用來對抗迷霧的。」

「或是解放躲在裡面的東西。」塞特說道。

「不重要。」紋發話，讓眾人轉頭。「井裡沒力量，已經消失了，用完了。如果會回來，大概要再等一千年吧。」

「期待囤積的物資久到可以撐一千年，恐怕有點困難。」依藍德說道。

「種植不太需要陽光的植物如何？」哈姆問道。他一往如昔地穿著簡單的長褲跟背心。他是打手，能力是燃燒白鑞，因此讓他不受冷熱影響。大多數人會急著要躲回屋裡的天氣中，他仍然能高高興興地在外頭走著。

好吧，也許不是高高興興。哈姆不像沙賽德那樣一夕之間像是變了個人，但他也的確失去了一部分樂觀開朗的天性。他喜歡坐在一旁，露出認真的表情，彷彿他正非常非常仔細地思考一些問題，而且完全不喜歡他得到的答案。

「有不需要陽光的植物？」奧瑞安妮歪著頭問道。

「磨菇之類的。」哈姆說。

「我懷疑我們能靠磨菇餵飽一個帝國。」依藍德說道。「不過這是個好主意。」

「一定還有別的植物。」哈姆說道。「就算迷霧整天不走，也有一些光可以透過霧照下來，一定有植物可以靠此存活。」

「都是我們不能吃的植物，老兄。」微風指出。

「對，但也許動物可以。」哈姆說道。

依藍德深思地點點頭。

「現在討論農作物的選擇實在眞是見鬼得晚。」塞特發話。「我們好幾年前就該處理這種事了。」

「我們也是幾個月前才知道會有這種情況。」哈姆說道。

「沒錯。」依藍德說道。「可是統御主有上千年可以準備，因此他建造了儲藏窟，我們仍然不知道最後一個存放了什麼。」

「我不喜歡仰賴統御主，依藍德。」微風搖頭說道。「他準備那些石穴時一定想到，如果有人要用的話，絕對是他死了以後。」

塞特點點頭。「那白癡安撫者說得有道理。如果我是統御主，我會在裡面塞滿有毒的食物跟尿。我死了，誰都別想活著。」

依藍德挑起一邊眉毛說：「塞特，幸好統御主的個性比我們預期的要慷慨很多。」

「我沒想到這輩子會有這麼想的一天。」哈姆說道。

「他是皇帝。」依藍德說道。「我們也許不喜歡他的統治方式，但我可以在某種層面上瞭解他。他不是充滿惡意，甚至不是邪惡的。他只是……做事做得太過了。況且，他抵抗了我們正在對抗的東西。」

「這東西？」塞特問道。「迷霧？」

「不。」依藍德說道。「是被困在昇華之井的東西。」

它叫做滅絕，紋突然心想。它會摧毀一切。

「所以我決定我們需要取得最後一個庫藏。」依藍德說道。「統御主曾經度過這一關，他知道該如何準備。也許我們會找到不需要陽光就可以種植的食物。目前每個儲藏窟都有基本的共通物資，例如食物、水，但每一個也都有新的東西。在維泰敦，我們找到大量的八種基本鎔金術金屬，最後一個庫藏裡的東西，也許正是我們要生存下去所必須的。」

「那就這麼決定了！」塞特說道，鬍子臉露出大大的笑容。「我們就出發前往法德瑞斯，是吧？」

依藍德簡短地點點頭。「是的。一旦拔營，軍隊主力將朝西方統御區前進。」

「哈！」塞特說道。「潘洛德跟加那爾絕對會不爽好幾天。」

紋微微笑了。潘洛德跟加那爾是依藍德的帝國中另外兩名最重要的國王；潘洛德統治陸沙德，這也解釋他爲什麼目前人不在此；加那爾統治北方統御區，包括泛圖爾家族世襲領地的王國。

可是北方最大的城市在加那爾隨著依藍德的父親史特拉夫一起北上圍攻陸沙德時趁機叛亂了。到目前為止，依藍德仍無法騰出兵力來奪回鄔都，因此加那爾算是被放逐的國王，他較小的軍隊被用來在他可以掌控的城市中維持秩序。

加那爾跟潘洛德一直都在找理由阻止大軍前往塞特的家鄉。

「那些混帳聽到這件事，絕對高興不起來。」塞特說道。

依藍德搖搖頭。「你的每句話都要夾帶髒話嗎？」

塞特聳聳肩。「如果不能說點有趣的，那幹麼還要說話？」

「咒罵一點也不有趣。」依藍德說道。

「那是你這死腦筋的想法。」塞特微笑。「皇帝，你沒啥好抱怨的。如果你覺得我用字粗俗，那是你在陸沙德住太久了。我老家的人甚至不好意思用『靠』這麼優雅的字。」

塞特嘆口氣。「總而言之，我——」

地面突來其來的晃動打斷他的話。紋立時站起，尋找可能的危險，其他人則忙著咒罵跟抓住東西。她甩開帳門，窺探著迷霧，不過晃動很快便停止，在軍營裡造成的騷動其實並不大。巡邏隊來往檢查是否有問題，全都是直屬依藍德的軍官跟鎔金術師，大多數士兵仍然都留在自己的帳棚中。

紋回到帳棚裡。幾張椅子倒下，旅行用家具被地震晃動。其他人緩緩回到座位上。「最近還蠻常發生的。」哈姆說道。紋與依藍德四目相望，看到依藍德的擔憂。

我們可以對抗軍隊，可以征服城市，但灰燼、迷霧、地震，該拿它們怎麼辦？該拿這個正在崩塌的世界怎麼辦？

「總而言之，法德瑞斯是我們下一個目標。」依藍德堅定的聲音絲毫未透露出紋明白必定存在他心裡的憂慮。「我們不能冒失去這座庫藏還有其中物資的風險。」

像是天金，瑞恩在紋的腦海中說道。正坐回原位的紋突然說出：「天金。」

塞特精神一振。「妳覺得在那裡？」

「有這麼一個想法。」依藍德打量著紋說道。「可是我們沒有證據。」

「會有的。」她說道。一定在。我不知道為什麼，但我們需要擁有它。

「希望不是。」塞特說道。「我走過大半個他媽的帝國想偷天金，如果就埋在我自己的城市下面……」

「我覺得我們沒講到重點，阿依。」哈姆說道。「你是在說要征服法德瑞斯嗎？」

房間陷入沉默。直至目前為止，依藍德的軍隊都是採取防守，只有攻擊克羅司軍營或是小軍閥與盜賊的營地，他們強迫幾個城市加入他們，卻從來沒有攻擊、佔領過大城。

依藍德轉頭回去看地圖。就算從側面，紋仍然能看見他的眼神，那是被兩年來近乎從不間斷的戰爭而磨練得剛硬的眼神。

「我們主要會是以外交手段取得城市。」依藍德說道。

「外交？」塞特說。「法德瑞斯是我的。那死聖務官偷走的！打就打，依藍德，你的良心沒必要顧慮這麼多。」

「沒必要？」依藍德問道。「塞特，為了進城，我們要殺的可是你的人，你的士兵。」

「戰爭本來就會死人。」塞特說道。「難過也無法洗脫血腥，所以何苦呢？這些士兵背叛我，他們活該。」

「沒那麼簡單。」哈姆說道。「如果沒有辦法抗拒篡位者，那為何要送死？」

「尤其是為了另一個篡位者。」依藍德說道。

「無論如何，那個城市的描述都顯示了它的防禦工事非常完備。」哈姆說道。「要擊垮它可不容易啊，阿依。」

依藍德靜靜站在原地片刻，瞅著仍然一臉得意之色的塞特。這兩個人似乎有某種默契。依藍德是理論大師，對戰爭的閱讀所知不亞於任何人，塞特則似乎對於戰爭與戰術有第六感的直覺，因此取代歪腳，成爲帝國的首席軍事戰略師。

「圍城。」塞特說道。

依藍德點點頭。「如果尤門王不回應外交手段，那我們要進城又不想損失一半兵力的唯一方法，就是圍城，逼急他。」

「我們有時間嗎？」哈姆皺眉問道。

「除了鄔都以外，法德瑞斯跟它的周遭區域是內統御區中唯一有足夠軍力可威脅我們的城市，這一點加上儲藏窟，意謂著我們無法放任他們。」

「某種程度上來說，時間是站在我們這裡的。」塞特抓著鬍子說道。「法德瑞斯這樣的城市不能硬攻。它的防禦工事是陸沙德以外少數幾個可以抵擋軍隊的城市，但因爲位於中央統御區之外，食物可能已經不足。」

依藍德點點頭。「而我們因爲儲藏窟中找到的食物因此補給充足。如果我們阻斷大道，掌控運河，他們早晚都會獻城。就算他們找到庫藏——這點我很懷疑——我們也能撐得比他們久。」

哈姆皺眉。「也許吧……」

「況且，如果情況眞的不佳，我們大略有兩萬克羅司軍隊可使用。」依藍德補充道。

哈姆一語不發，只挑起眉毛。他的意思很明顯。*你會派克羅司去對付其他人類？*

「這中間還有一個因素。」沙賽德輕聲說道。「一件我們還沒有討論過的事。」

幾個人轉頭，彷彿已經忘了他在那裡。

「迷霧。」沙賽德說道。「法德瑞斯城在迷霧的範圍之外，泛圖爾陛下。你要在抵達城市之前，先讓軍隊遭受一成五的死傷嗎？」

依藍德沉默了。到目前為止，他都盡量不讓士兵進入迷霧中。紋覺得軍隊被保護不受迷霧病影響，卻要強迫村民進入迷霧是不對的，可是他們紮營的地方仍有相當程度的無霧天光，也有足夠的帳棚來容納所有士兵，這是他們在遷徙村民時所沒有的。

迷霧鮮少進入建築物，就算是布製的也一樣。因為能避免，所以完全沒有讓士兵犯險的理由。紋認為這樣似乎有點雙重標準，但目前為止這做法還算合理。

依藍德迎向沙賽德的雙眼。「你說得有道理。」他說。「我們不能永遠保護士兵。我強迫維泰敦的人民要讓自己免疫，恐怕我們為了同樣的原因必須要求軍隊做同樣的事情。」

紋靜靜地靠回椅背。她經常渴望過去她不需參與這種決定的日子，或者更好的是，依藍德不需要做出這種決定的時光。

「我們要朝法德瑞斯出發。」依藍德再次說道，轉身背向眾人，指著地圖。「如果我們想要成功——而『我們』指的是新帝國的所有人民——我們必須團結，將所有人民集中到中央統御區。那會是夏天裡唯一能種植食物的地方；我們需要所有人力來清理灰燼，開墾田地，也要讓法德瑞斯的人民受到我們的保護。

「同時，這也意謂著我們要壓制鄔都的反叛。」他說道，指著東北方的地圖。「那裡有穀倉，有我們急需在中央統御區進行第二次種植收割的穀物種子，但是該城市的新統治者正在集中力量與軍隊。當我父親前來攻擊時，我們已經意識到陸沙德處於鄔都的攻擊範圍之內。我不允許事件重演。」

「我們沒有足夠軍隊同時攻擊兩條戰線，阿依。」哈姆說道。

依藍德點點頭。「我知道。我寧可避免攻擊鄔都，那是我父親的權力中心，那裡的人反抗他是有原因的。德穆，請報告？」

德穆站起身。「陛下不在時，鬼影送了一份鋼板刻印的訊息給我們。」他說道。「他說控制鄔都的群體以司卡反叛軍爲主。」

「聽起來蠻有希望的。」微風評論。「是我們這種人。」

「他們對貴族頗爲……嚴厲，微風大人。」德穆說道。「而且他們清算的對象包括有貴族父母的人。」

「有點太極端了，我覺得。」哈姆說道。

「很多人也覺得凱西爾很極端。」微風說道。「我相信我們能說服那些反叛軍。」

「很好。」依藍德說道。「因爲我要仰賴你跟沙賽德在不使用武力的情況下讓鄔都受到我們的控制。儲藏窟只有五個，我們不能冒險錯失任何一個。誰知道我們在法德瑞斯會找到什麼，有可能需要我們回到其他地方去尋找我們錯過的東西。」他轉身，先看微風，再看沙賽德。

「我們不可能把食物從鄔都中偷偷搬走。」他說道。「如果該城市的反叛擴張，可能會造成整個帝國支離破碎。我們必須讓那裡的人加入我們。」

房間裡的成員，包括紋，一起點點頭。他們的個人經驗很明白一支小反抗軍能對帝國造成的壓力有多大。

「法德瑞斯的圍城戰可能要花點時間。」依藍德說道。「在夏天來到以前，我希望你們已經掌握了北方的庫藏，壓制了反叛。把這些種子運到中央統御區，準備進行種植。」

「別擔心。」微風說道。「我看過司卡設立起的政府。等我們趕到時，那個城市恐怕也快崩解了，說不定有人提議要他們加入新帝國，反而讓他們鬆了一口氣！」

「小心點。」依藍德說道。「鬼影的報告不多，但聽起來像是城裡的緊張情勢正節節升高，我派幾百名士兵跟你一起去。」他繼續看著地圖，眼睛微微瞇起。「五個庫藏，五座城市。鄔都也是一部分。我們不能冒險失去它。」

「陛下，需要我前去嗎？」沙賽德說道。

依藍德皺眉，轉身看著沙賽德。「你有別的事情需要去做嗎，沙賽德？」

「我有正在進行的研究。」守護者說道。

「我向來尊重你的意願。」依藍德說道。「如果你覺得這個研究很重要……」

「這是我私人的研究，陛下。」沙賽德說道。

「有辦法在鄔都幫忙時同時進行嗎？」依藍德問道。「你是泰瑞司人，因此你的信譽是我們之中無人能及的。除此之外，人民尊敬也信任你，沙賽德，而且他們這麼做是對的。不過，微風就有點……名聲之累。」

「我可是很努力才建立起這個名聲。」微風說道。

「我眞的希望由你來領隊，沙賽德。」依藍德說道。「我想像不出來有哪個比神聖見證人更好的大使了。」

沙賽德的表情難以理解。「好吧。」他終於說道。「我盡力而爲。」

「很好。」依藍德說道，轉身看著其他人。「我還有最後一件事需要你們幫忙。」

「什麼事？」塞特問道。

依藍德站在原地片刻，視線越過他們的頭頂，一臉深思的樣子。「我想要你們跟我說說倖存者的事。」他終於說道。

「他是迷霧之主。」德穆立刻回應。

「不是這種裝飾性的言詞。」依藍德說道。「我要有人告訴我，凱西爾這個人是怎麼樣。我沒有遇過他，只在他死前見過他一次，但從來沒機會認得他。」

「這有何重點？」塞特問道。「我們都聽過他的故事。照司卡的說法，他根本是神。」

「就照我說的去做吧。」依藍德說道。

帳棚安靜片刻。終於，哈姆先開口。「阿凱很……宏大。他不只是個人，他的一切都超越平凡人。他做的一切都很宏大——他的夢想，他說話的方式，他想事情的方法——」

「而且那不是假裝的。」微風補充。「我看得出來一個人的假裝。那是爲什麼我開始接下凱西爾的第一份工作。在所有虛張聲勢、濫竽充數的人之中，他是眞誠的。每個人都想當最好的。凱西爾是眞正最好的。」

「他是一個人。」紋輕聲說道。「只是一個普通人。可是，你總是知道他會成功。他讓你成爲他心目中的樣子。」

「好讓他利用你。」微風說道。

「可是在被利用完之後，你也變成更優秀的人。」哈姆補充。

依藍德點點頭。「我眞遺憾沒有辦法認識他。一開始，我一直拿自己跟他比較。在我聽到凱西爾這個名字時，他已經正在成爲傳奇，強迫我自己成爲他是不公平的，但我仍然會擔心。無論如何，你們這些認得他的人，也許可以回答我另一個問題。如果他現在看到我們，你們覺得他會怎麼說？」

「他會很驕傲。」哈姆立刻說道。「因爲我們打敗了統御主，而且建立司卡政府。」

「那他如果看到這個議會中的我們呢？」依藍德說道。

帳棚陷入沉默。當有人說出他們心中共同浮現的一句話時，是出自紋意想不到的人。

「他會叫我們要更常笑。」沙賽德低聲說道。

微風輕笑。「他完全是瘋的，你知道嗎？情況越糟，他越愛說笑。當我們遭遇最大一次挫敗，因爲葉登那個笨蛋而幾乎失去整支司卡軍隊時，我記得他有多樂觀。阿凱只是腳步輕盈地走了進來，開了一個他平常說的無聊玩笑。」

「聽起來很冷酷。」奧瑞安妮說道。

哈姆搖搖頭。「不是。他只是意志堅定。他一直說笑容是統御主無法從他身上奪走的東西。他策劃、執行要推翻一個千年的帝國，而且把整件事當成某種……贖罪，因爲他允許自己的妻子死時仍認爲他恨她。可是，他在這麼做的同時，臉上自得的笑容不減，彷彿他做的每件事都是朝命運的臉上甩一巴掌。」

「我們需要他擁有的。」依藍德說道。

房間裡每個人的目光都轉回他身上。

「我們不能繼續這樣。」依藍德說道。「我們不斷鬥嘴，自怨自艾，看著落灰，堅信世界末日來了。」

微風輕笑。「老兄，剛才那地震我是不知道你注意到了沒有，可是世界看起來快結束了，毫無疑問是件讓人沮喪的事情。」

依藍德搖搖頭。「我們可以撐得下去，但必須要我們的人不放棄。他們需要會笑的領導者，感覺這場奮鬥可以成功的領袖，所以這是我對你們要求的。我不在乎你們是樂觀還是悲觀份子，我不在乎你們是否在心底偷偷認爲我們月底前通通會死光，但只要出到外面，我就要看到你們在笑——就算是反抗命運也好——如果世界末日眞的來臨，我希望我們這群人能夠微笑著迎接末日，一如倖存者所教導我們的。」

曾經是凱西爾集團的人，一一緩緩點頭，就連沙賽德也包括在內，即使他的臉上仍然充滿複雜的神色。

塞特只是搖搖頭。「你們這些人都瘋了。我眞不知道我怎麼跟你們攪和在一起的。」

微風大笑。「你說謊，塞特。你很清楚你是怎麼跟我們混在一起的。我們可是威脅你，不加入就要殺了你！」

依藍德正看著紋。她迎向他的雙眼。這場演說講得好。她不確定是否能改變什麼，畢竟這群人已經不再是晚上能自在地圍繞於歪腳的餐桌邊談笑的同一群人。可是，也許一直想著凱西爾的微笑，他們會比較不容易忘記自己究竟為何而戰。

「好了，大夥兒。」依藍德最後開口。「我們開始準備吧。微風、沙賽德、奧瑞安妮，我需要你們去跟書記討論此行需要什麼補給品。哈姆，送消息去陸沙德，告訴潘洛德要我們的學者開始培養可以靠非常少量陽光就能成長的作物。德穆，告訴所有人。我們明天拔營。」

血金術，顧名思義，是因為它跟血的關係。我相信利用血金術在轉移力量時必定會有死亡發生並不是巧合，沼澤曾經描述其為一個「凌亂」的過程。這不是我會挑選的形容詞。不足以形容。

13

我漏掉了什麼，沼澤心想。

他坐在克羅司營地中。只是坐在那裡，好幾個小時沒動了。灰燼如覆蓋雕像一般覆蓋他。滅絕的注意力最近集中在別處，因此沼澤有越來越多自己的時間。

他仍然沒有掙扎。掙扎會引來滅絕的注意力。

這不是就是我要的？他心想。受到控制？當滅絕強迫他以它的角度看世界時，他覺得這個逐漸死去的世界美好極了。那種幸福感遠勝過於他如今坐在斷樹根上，緩緩被灰燼埋葬時所感覺到的憂懼。

不，不，那不是我要的！他的確很幸福，但那是假象。一如他曾經抵抗滅絕，如今他抵抗自己的認命。

我漏掉了什麼？他再次心想，讓自己分神。三十萬克羅司的大軍已經好幾個禮拜沒有移動了。成員們正緩慢卻無可遏抑地相互殘殺。讓軍隊停滯不動似乎是浪費，即便克羅司即使吃進在灰燼下死去的植物也能存活。

牠們靠這個應該活不久吧？雖然一年中大半時間都跟牠們在一起，他對克羅司的瞭解卻不多。牠們似乎什麼都能吃，彷彿填滿肚子比養分更重要。

滅絕到底在等什麼？為什麼不率領軍隊進攻？沼澤對最後帝國的地理區域熟悉到清楚自己正駐紮在泰瑞司附近的北方。何不直接南下攻擊陸沙德？

營地裡沒別的審判者。滅絕叫他們去做別的事，留下沼澤一人。在所有審判者中，沼澤得到最多支尖刺，目前他身上不同地方總共新增了十支。這讓他成為審判者中最強大的。為什麼要留下他？

可是……有何意義？他心想。末日已經來臨。不可能打敗滅絕。世界會毀滅。

這個念頭讓他覺得很有罪惡感。如果他可以羞愧地看地面，他一定會這麼做。曾經他負責掌管整個司卡反抗軍，數千人都仰賴他的領導，然後……凱西爾被抓住，同時還有梅兒——凱西爾跟沼澤都愛著的女子。

當凱西爾跟梅兒被送去海司辛深坑時，沼澤離開了反抗軍。他的邏輯很簡單。如果統御主能抓到當時最傑出的盜賊凱西爾，那他早晚也會抓到沼澤。讓沼澤退下的原因不是因爲恐懼，而是認清事實。沼澤向來實際。反抗無用。所以何必堅持？

然後凱西爾回來了，達成上千年司卡反叛組織都沒有辦法達成的事情：推翻帝國，造成統御主的死亡。

那個人應該是我，沼澤心想。我這一輩子都獻身給反抗軍，然後就在終於勝利之前，放棄了。

那是個悲劇，更嚴重的是，沼澤又在重蹈覆轍。他正在放棄。

都是你害的，凱西爾！他煩躁地心想。你死了也不放過我嗎？

可是，一個無可否認，令人神傷的事實仍在——梅兒是對的。她選擇凱西爾，而非沼澤。當兩個人都被強迫要去面對她的死亡時，有一個人放棄了。

另一個人實現了她的夢想。

沼澤知道凱西爾爲什麼決定要推翻最後帝國。不是爲了錢，爲了名，甚至不是爲了最多人懷疑的，復仇。凱西爾知道梅兒的心意。他知道她夢想著有一天植物會茁壯，天空不是紅色。她總將那張小花的圖片帶在身上。雖然那張圖片是副本的副本，卻也象徵了某種因爲最後帝國而失去許久的東西。

可是，你沒有實現她的夢想，凱西爾。沼澤充滿怨念地想。你失敗了。你殺了統御主，卻什麼都沒改變，反而讓情況惡化！

灰燼繼續飄落，隨著懶洋洋的微風在沼澤身邊盤旋。克羅司騷動，不遠處一隻克羅司發出被同伴殺死前的最後慘叫。

凱西爾如今死了，可是，他是爲她的夢想而死的。梅兒選他是對的，但她也死了。沼澤沒死。還沒死。我還可以奮鬥，他告訴自己。可是怎麼做？就連動動手指都會引來滅絕的注意力。

不過在最近幾個禮拜中他完全沒有掙扎。也許這就是爲什麼滅絕認爲它可以這麼久都不來佔領沼澤的原因。那怪物，或那力量，不管那是什麼東西，不是全知全能的。沼澤懷疑它可以不受拘束地自由移動，看著世界，同時觀察在不同區域中同時發生的事情。牆壁阻擋不了它的視線，它想看什麼都行。

除了一個人的心念。

也許……也許如果我停止掙扎的時間夠久，當我終於決定要反擊時，就能讓它措手不及。

這似乎是個不錯的計畫。沼澤知道時機來臨時他要怎麼做。他會處理掉滅絕最強大的工具——他會將尖刺從背後拔出，殺了自己。不是因爲煩躁，也不是因爲絕望。他知道他在滅絕的計畫中扮演某個很重要的角色。如果他選對時間，會讓其他人得到他們需要的機會。

這是他能給的一切，可是感覺卻很好。他重新找回的自信讓他希望自己能站起來，帶著驕傲面對世界。凱西爾自殺是爲了替司卡取得自由。沼澤也會這麼做，然後在同時，期望能拯救世界免於滅亡。

布與玻璃

PART II
CLOTH AND GLASS

PART II
CLOTH AND GLASS

滅絕的意識被昇華之井所困住，讓他大部分的能力無法發揮。在第一次發現昇華之井的當晚，我們找到一團不瞭解的東西。一團黑煙，塡滿了某一個房間。

雖然我們事後也討論過，卻無法判定那是什麼。我們怎麼可能知道？

神的身軀，或者該說，神的力量，兩者其實是一體兩面。滅絕跟存留擁有力量與能量，一如普通人擁有皮肉跟血液。

14

鬼影驟燒錫。

他讓錫在體內燃燒，明亮，強大。他再也不熄滅錫力，只是讓它不斷燃燒、咆哮，成爲體內的一團火焰。錫是燃燒最慢的金屬之一，而且要取得鎔金術需要的量並不困難。

他沿著沉靜的街道行走。雖然凱西爾當時宣稱司卡不需害怕迷霧的話已經傳遍各地，晚上仍然鮮少有人出門，因爲迷霧晚上會來。深沉且神祕，陰暗且無所不在，迷霧是最後帝國裡恆常不變的事物之一。它們每晚都來。比一般的霧氣還要濃重，以確定的圖樣盤繞，彷彿迷霧所形成的不同彎道、流川、河岸都是活生生的東西。幾乎很俏皮，卻也充滿謎團。

可是，對於鬼影，這已經不再是阻礙。他一直被告知不能太過度驟燒錫，也被警告不要上癮，那會對他的身體帶來危險的影響。實話是，他們說得對。他已經連續一整年都在驟燒錫，從未間斷，這讓他的身體持續處在高度敏感的感官中，也的確改變了他。他擔心這些改變會是危險的。

可是他需要錫，因爲鄔都的人需要他。

星光像是上百萬顆小太陽在天空綻放，穿透過去一年中變得稀透薄弱的迷霧。一開始鬼影以爲世界在改變，之後他發現原來只是他的感官。他驟燒錫太久，因此將自己的知覺永遠改變到別的鎔金術師無法達到的境界。

他幾乎要停止。原本驟燒錫是因爲歪腳的死。他對於自己逃離陸沙德，留下他的叔叔等死這件事仍然感到很愧疚，因此在最初的幾週，鬼影驟燒金屬幾乎像是在贖罪，他想要感覺周遭的一切，接觸一切，就算很痛苦。也許更是因爲痛苦。

可是，他開始改變，這讓他擔心了起來。不過集團裡的人都在說紋把自己逼得有多緊，很少睡覺，延燒白鑞維持自己清醒敏捷。鬼影不知道那是什麼感覺，因爲他不是迷霧之子，一次只能燃燒一種金屬，但他想如果燃燒這個可以讓他獲得優勢，那他最好盡量利用。他們需要能得到的一切優勢。

星光對他而言有如白晝。在眞正的白晝時，他反而需要布條綁在眼睛前面保護自己，即便如此，有時出門仍讓他目眩。他的皮膚敏感到就連地面上的每一塊石頭，每一道裂縫，每一片石屑，對他而言都有如利刃一般刺穿他的腳掌心。春日的寒意宛如置身冰窖，這還是在他已經穿了一件厚重披風的情況之下。

可是，他認爲這些身體上的不適跟能成爲他現在的樣子——無論是什麼樣子——相比都只是極小的代價。他走在街上，甚至可以隔著牆聽到人們在床上移動翻轉的聲音，從數呎外就能感覺到他人的腳步，夜視力超過任何人類。

也許他會找到能對其他人有所助益的方法。以前，他都是集團中最不重要的成員，那個專門去跑腿，或是別人在計劃時被派去看門，無足輕重的男孩。他沒有因此而生他們的氣，他們給他如此簡單的任務是對的，因爲他的街頭方言實在太難懂。而且，集團中其他成員都是凱西爾親自挑選，只有鬼影因爲是歪腳的姪子所以自動入選。

鬼影嘆口氣，雙手插入長褲口袋，走在過度明亮的街道上，感覺到布料中的每一條纖維。

他知道外面正在發生危險的事，例如迷霧在白天仍然不散，地面彷彿睡不安寧、經常做惡夢的人一般翻動。鬼影擔心在未來的關鍵日子裡，他沒有辦法幫上大忙。一年多前，他的叔叔在鬼影逃離城市之後死去。鬼影因爲恐懼，也因爲知道自己的無能而逃跑。在圍城戰中，他一定幫不了忙。

他不想讓自己再次處於那種境地。他想要能幫忙。他再也不會跑入森林躲著，等待周遭的世界進入末日。依藍德跟紋將他派來鄔都盡量蒐集「公民」與其政府的資料，而鬼影打算竭盡全力，即便這意謂著要將自己的身體逼迫到超越安全的極限。

他來到一個大交叉口。他左右看看街道，景象在他眼裡有如白日。也許我不是迷霧之子，也不是皇帝，他心想。可是我是特別的。是新的。一個會讓凱西爾驕傲的。

也許這次我能派上用場。

兩邊都毫無動靜，因此他進入街道，往北邊移動。有時候他也覺得在一條明亮的大街上偷偷摸摸地走著的感覺很奇怪，但他知道對其他人而言，只靠著星光照路，而且還有迷霧遮蔽視線的街道是很陰暗的。錫會協助鎔金術師看穿迷霧，鬼影日漸敏感的雙眼甚至更爲厲害。他幾乎沒有注意到迷霧便穿了過去。

在他看到巡邏隊前，早就聽到他們上前來的腳步聲。怎麼會有人聽不到盔甲的撞擊，感覺不到腳踩在石板地上的震動？他停在原處，背貼著街邊的土牆，等著巡邏隊。

他們手中握著火把。在鬼影增強的眼中看起來像是幾乎令人要瞎眼的燦爛光芒。這火把意謂著他們是一群笨蛋。它的光芒完全沒有幫助，恰恰相反。光芒被迷霧反射，將侍衛包在一小團光暈中，破壞他們的夜視力。

鬼影動也不動地站著。巡邏隊嘈雜地沿著街道前進。他們經過距離他數呎的地方，卻沒有注意到他站在那裡。能夠看，能夠感覺，完全地暴露在外，卻又完美地不被看見，讓人有某種……刺激感。這讓他不解爲什麼新鄔都政府還要設置巡邏隊。當然，政府的司卡官員不會有多少面對迷霧的經驗。

巡邏隊消失在轉角，帶走了明亮的火把，鬼影則繼續執行他的任務。根據他原先的時刻表，「公民」

今天晚上要跟他的參謀們開會，鬼影打算去偷聽。他小心翼翼地繼續前進。

沒有別的城市比得上陸沙德的大小，但鄔都的規模也頗爲可觀。身爲泛圖爾家族的根據地，這個城市在過去遠比現在重要，維持得也更好。如今的衰敗甚至從統御主死前便已經開始，最明顯的跡象就是鬼影腳下踏著的道路。這個城市中曾經水道交錯，到處都是運河，此時的運河已經乾涸，讓城市中滿是深陷、骯髒的凹槽，每次下雨就泥濘不堪。人們沒有把水道填滿，而是乾脆將它們當成道路來使用。

目前鬼影走著的道路，曾經是足以容納大型駁船的水道。十呎高的牆籠罩在凹陷的街道兩旁，建築物高高在上，沿著運河兩側而建。沒有人能給鬼影一個確定，甚至固定的答案來解釋運河爲何乾涸。有人怪地震，有人怪乾旱。然而事實不變，自從運河變乾的一百年間，沒有人找到重新填滿運河的有效方法。

於是，鬼影繼續沿著「街道」前進，感覺自己像是走在一條山溝裡。許多梯子，偶爾還有一排樓梯或坡道會通往上方的建築物，但是罕有人走在上頭。當地人開始稱這些水道爲「街溝」，使用起來也越發自然。

鬼影邊走邊聞到煙味。他抬起頭，注意到建築物之間有縫隙。前一陣子這排街道上有一間房子被燒成白地，是某個貴族的房子。他的嗅覺如同其他感官，也變得極端敏感，所以很有可能是聞到以前殘留下來的煙味，像是史特拉夫．泛圖爾剛死的那時所帶來的混亂。可是，這氣味似乎太強。太新。

鬼影快步前進。鄔都正緩緩死亡、頹敗，大部分責任都可怪在「公民」身上。很久以前，依藍德對陸沙德的居民發表過一篇演說，就在統御主死去，凱西爾集團起義的那天。鬼影記得依藍德的話，因爲他說了恨意、反抗，還有其中的威脅。他警告人民，如果新政府是奠基於恨意與流血，早晚會因恐懼、嫉妒、混亂而被反噬。

鬼影是其中一個聽眾，如今他明白依藍德是對的。鄔都的司卡推翻了他們的貴族統治者，某一方面鬼影對他們的行動感到驕傲，他越發喜歡這個城市，一部分因爲他們很虔誠地想要遵照倖存者的教誨。可是他們的反叛沒有因爲推翻貴族而停手。一如依藍德所預料的，這城市成爲恐懼與死亡之城。

問題不是爲什麼，而是該如何阻止。

目前，那不是鬼影的工作，他只需要負責蒐集資訊。透過探索城市的熟悉感讓他知道他很靠近目的地了，在街溝裡要記得自己在哪裡是件極爲麻煩的事情。一開始他選擇盡量不用街溝，而是走路面上的小道，但很不幸地，街溝遍布整個城市，他浪費一堆時間上上下下，最後才決定，要去任何地方只能靠街溝。

除非鬼影是迷霧之子。很可惜，他沒有那份鎔金術力量在屋頂上來回跳躍。只能用街溝，因此他用得淋漓盡致。

他選了一道梯子爬上去。雖然戴著皮手套，他仍能感覺到木紋。在上面有一條小街沿著街溝，前面是另一條小巷，通往一堆房子。他的目的地是小街道最底端的一間，可是他沒有直接朝那裡走出，而是靜靜地等待，尋找他知道必定存在的跡象。果不其然，他在幾棟外的窗戶後看到一絲晃動的身影，耳朵聽到另一棟建築物旁的腳步聲。前面這條街有人監視。

鬼影繞道一旁。雖然警衛很仔細地在監視小巷，他們卻也留下另外一條通道：自己的建築物。鬼影可以感覺得到每一塊石頭的雙腳緩慢移動到右方，以能聽得見一個人因發現不尋常事物而加重呼吸聲的耳朵聆聽。他繞過建築物外面，遠離監視的雙眼，進入另外一邊的死巷，然後，一手按上建築物的圍牆。

房間裡面有震動。有人住，所以他換下一間。第二間立刻就引起他的警覺心，他聽到裡面有人低聲交談，但在第三間他什麼都沒有聽到。沒有動作的震動，沒有交談聲，甚至沒有心跳的隱約鼓動——有時候如果空氣夠沉靜，他連心跳聲都能聽得見。鬼影深吸一口氣，靜靜地打開窗戶的鎖，溜了進去。

這是一間臥室，如他所預料，空無一人。他從來沒從這房間進來過。他關上百葉窗，心跳如雷鼓動，躡手躡腳地穿過房間。雖然房裡近乎漆黑，他卻毫無見物的困難，在他眼裡，這裡甚至連陰暗都稱不上。

在房間外，他發現一條比較熟悉的走廊，輕而易舉地溜過守衛室，裡面有人在監視街道。滲透工作對他而言很刺激。鬼影溜入了「公民」的另一間守衛室，就離一大群武裝侍衛不遠，他們應該更仔細地防守自己的建築物。

他爬上台階，進入一間位於三樓，鮮少有人使用的房間。先檢查過裡面是否有震動之後，他溜了進去。裝飾貧瘠的房裡堆滿了備用的床褥跟一疊滿是灰塵的制服。鬼影微笑地走過，小心翼翼且不發一聲地踩在地上，高度敏感的腳趾能夠感覺到會鬆動、唧吱叫或是不平整的木板。他坐在窗框邊，很確定外面的人不可能看見他。

「公民」的屋子就在幾呎外。魁利恩摒棄裝飾，爲他的總部挑了一個中型的建築物，可能曾經是某個小貴族的宅邸，因此只有一個小花園。從鬼影居高臨下的位置，輕而易見建築物本身隔著每道裂縫跟窗戶的光線散透發光。

可是鬼影使用過度的錫讓他看的每棟建築物都像裡面燈火通明。

鬼影往後一靠，腿架在窗台上，背靠著椅架。窗戶沒有剝離也沒有百葉窗，不過木框兩邊有釘子，顯示曾經釘過東西。鬼影並不在乎百葉窗被移除的原因，缺少百葉窗反而意謂著這間房晚上應該不會有人進來。迷霧已經佔據整個房間，但在鬼影的眼中，迷霧稀薄到他幾乎看不見。

好一陣子，什麼都沒發生。下方的建築物跟空地在夜空中一片寂靜沉默。但是，終於，她出現了。

鬼影精神一振，看著年輕女子出了屋子，進入花園。她穿著一件淺褐色的司卡洋裝，在她身上卻顯得格外高雅。她的頭髮不比洋裝深太多。鬼影很少見過人們的頭髮是她那樣的深紅色，至少很少人能夠維持這樣的髮色不受灰燼與煤灰弄髒。

城裡所有人都聽說過貝爾黛，「公民」的妹妹，但鮮少有人眞的見過她。據說她很美，傳言的確屬實，但沒有人提過她的憂鬱。鬼影的錫在如此驟燒的情況下，覺得自己彷彿就站在她身邊，可以看見她深沉、哀傷的眼眸，映照著後方明亮建築物所透出的光芒。

中庭內有一張長椅，放在矮樹叢前——那是花園裡僅剩的植物，其他都已經被拔起、掩埋，只留下黑褐色的泥土。根據鬼影所聽到的傳言，「公民」宣告裝飾性花園屬於貴族所有，宣稱那樣的地方是因爲司卡奴隸的血汗才得以存在，一如貴族得以過著無比奢華人生的原因是他們無止境地爲僕人增加工作。

當鄔都的人民把塗白城市的壁畫，砸碎彩繪玻璃窗時，也毀了所有花園。

貝爾黛坐在她的長椅上，雙手靜靜地放在懷中，看著可憐的灌木。鬼影試圖說服自己她不是自己每次都要溜進來聽公民夜晚彙報的原因，而他通常都會成功。那是鬼影能找到的最佳偷聽機會。看到貝爾黛只是附加價值，他反正也不是那麼在乎。他又不認得她。

他一面這麼想，一面坐在那裡，直勾勾地看著她，希望有辦法能跟她說上話。

但這不是恰當的時機。貝爾黛被趕來花園意謂著她哥哥的會議要開始了。他不讓她走遠，卻也不希望她聽到政務機密。很可惜的是，他的窗戶正朝鬼影的方向大開。正常人，就算是普通錫眼或迷霧之子都無法聽到裡面說的話，但鬼影離正常已經很遠。

我再也不要當沒有用的那個人，他堅定地心想，聽著裡面的祕密交談。聲音穿過牆壁，橫跨短暫的距離，進入他的耳朵。

「歐立德，你先報告。」一個聲音說道。「有什麼消息？」鬼影對那個聲音已經非常熟悉，是魁利恩，鄔都的「公民」。

「依藍德．泛圖爾又征服了一座城市。」第二個聲音說道，是外交部長歐立德。

「哪裡？」魁利恩質問。「哪個城市？」

「不重要的城市。」歐立德說道。「在南方，不到五千人。」

「完全不合理的是，」第三個聲音說道。「他立刻放棄了那座城市，把居民全都帶走。」

「可是他不知如何又得到了一支克羅司軍隊。」歐立德補充。

很好，鬼影心想。第四個儲藏窟是他們的了。陸沙德將有一陣子不會挨餓。現在只剩下兩個，一個在鄔都，還有一個他不知道在哪裡。

「暴君行事不需要理由。」魁利恩說道。他是個年輕人，但不愚蠢。有時候，他的話聽起來很像是鬼影認識的其他人。睿智的人。不過，差別就在於，他太走火入魔。

或是，差別在時機不合？

「暴君是為了控制的刺激而征服。」魁利恩說道。「泛圖爾不滿足於他得到的土地，他永遠不會滿足。他會一直征服，直到他來找我們。」

房間陷入一片沉默。

「據說他派了大使來鄔都。」第三個聲音說道。「裡面有倖存者集團的成員。」

鬼影精神一振。

魁利恩一哼。「那些騙子？來這裡？」

「據說是要跟我們結盟。」歐立德說道。

「你提這幹麼，歐立德？」魁利恩說道。「你認為我們該跟暴君結盟嗎？」

「我們打不過他，魁利恩。」歐立德說道。

「倖存者也打不過統御主，」魁利恩說道。「可是他還是這麼做。他雖然死去，卻仍然獲得勝利，給了司卡推翻貴族的勇氣。」

「直到泛圖爾那混蛋取得政權。」第三個聲音說道。

房間再次陷入沉默。

「我們不能屈服於泛圖爾。」魁利恩終於說道。「我不會將這個城市交給貴族，尤其是倖存者為我們如此犧牲之後。在整個最後帝國中，只有鄔都達成凱西爾的希望——一個由司卡統治的國家。只有我們焚燒了貴族的宅邸，只有我們將我們的城市完全淨除了他們的影響。只有我們服從。倖存者會眷顧我們。」

鬼影靜靜顫抖。聽到這些他不認得的人用這種口氣提起凱西爾，感覺很怪。鬼影跟凱西爾一起行動過，跟從他學習過。這些人憑什麼說得一副好像他們認得這個他們稱為倖存者的人？

交談的主題轉向較為普通的事宜，討論新法律，禁止以前貴族偏好穿著的服裝形式，決定要撥更多經費給血統普查會。他們需要將城裡任何具有貴族血統的人都抓出來。鬼影做著筆記好將資訊通報給其他人，但他無法將眼光從花園中的年輕女子身上移開。

*她為何這麼憂傷？*他忍不住想。有一部分的他想要上前詢問，就像倖存者一樣衝動地跳下去，對這名嚴肅、孤獨的女子質問她為何會帶著如此憂鬱的神情凝視著那株植物？他甚至在不自覺的情況下，已經站起身。

也許他是獨一無二的。也許他是強大的。可是，他必須再次提醒自己。他不是迷霧之子。他擅長於靜謐無聲、潛藏隱匿的行動。

於是，他又坐了下來，滿足於目前只是彎腰看著她。感覺雖然他們中間有距離，雖然她不認得他，但他卻仍能理解她眼中的神情。

灰燼。

我認爲人民並不瞭解他們有多幸運。在崩解前的一千年來，他們都把灰燼推入河中或堆在城市外面，之後完全不予理會。他們從不瞭解，沒有拉剎克創造來專門分解灰燼的微生物與植物的話，大地早就被掩埋在灰燼之中。

不過，這件事終究發生了。

15

迷霧燃燒。在紅色陽光的照耀下，燦爛、明亮，彷彿是包圍她的火光。

大白天的迷霧不正常，但就連夜晚的迷霧甚至都不屬於紋。曾經，它們隱匿她、保護她，如今她感覺它們越發陌生。當她使用鎔金術時，感覺像是迷霧會稍稍躲離她，彷彿會閃避明亮光線的野生動物。

她獨自站在營地前。營地一片安靜，雖然太陽幾個小時前已經升起。目前爲止，依藍德一直在保護他的軍隊，命令他們要留在帳棚裡。哈姆爭論讓他們暴露在迷霧下是不必要的，但紋的直覺說，依藍德會按照原訂計畫行事。

爲什麼？紋心想，抬起頭看著被太陽點亮的迷霧。*你爲什麼改變了？爲什麼不一樣了？*迷霧圍繞著她跳舞，以一貫奇特的盤旋蔓延形狀移動，紋覺得它們的速度彷彿變快，開始顫抖。震動。

太陽變得更熱，所有迷霧終於退去，像在暖鍋子上的水氣一樣蒸發。太陽如波浪一般照射在她身上，紋轉身，看著迷霧離去，宛如尖叫的回音一般漸歇。

它們不是天生自然的，紋心想，聽著侍衛大喊一切正常。營地立刻開始騷動，人們從帳棚大踏步走出，帶著緊急感處理早晨的事項。紋站在營地最前方，泥土大道踩在她的腳下，毫無動靜的運河在她的右方。一旦迷霧消失後，一切似乎都顯得更爲眞實。

她問過沙賽德跟依藍德他們對迷霧的想法，不知道他們認爲迷霧是某種自然產物或是……別的。兩個人都是學者，因此引經據典來支持兩方的說法。至少沙賽德最後做了一個決定——他的答案是，迷霧是自然。

就連迷霧會殺死某些人，留下其他人活著這件事，都可以被解釋，紋貴女，他當時如此解釋。像是昆蟲的叮咬會害死某些人，但其他人卻可不受影響。

紋對理論跟論點毫無興趣。她花了大半輩子認爲迷霧就像任何天氣一樣，瑞恩跟其他盜賊也都對迷霧是超自然產物的故事嗤之以鼻。但隨著紋變成鎔金術師，她開始對迷霧有了認識，可以感覺到它們；自從她碰觸昇華之井的力量之後，這個感覺越發強烈。

它們消失得太快了。當它們在太陽下被曬走時，像是要逃向安全的方向，彷彿……用盡所有力氣戰鬥後，終於放棄、撤退的人。況且，迷霧不會在室內出現，光是簡單的帳棚就足以保護裡面的人。彷彿迷霧知道它們是被排除在外，不受歡迎的。

紋轉頭看著太陽，它如同紅色的星火在灰暗的大氣層後方發光。她希望坦迅在身旁，好能跟牠談談她的憂慮。她非常想念坎得拉，遠比她以爲的還要想念。牠單純的坦白跟她的個性相當合拍。她仍然不知道牠返回家鄉以後發生了什麼事，她一直想找另外一名坎得拉去爲她送信，但最近並不好找。

她嘆口氣，轉身靜靜回到營地。

那些人這麼快就能拔營，實在令人頗爲佩服。他們一早全被迫關在帳棚裡，照料武器、盔甲，伙伕們則盡可能地準備食物，紋沒走多遠，灶火便已經點燃，帳棚開始拆下，士兵快速準備要上路。

她經過的同時，一些士兵敬禮，其他人則低頭致敬，還有人別過頭，不知該如何自處。紋不怪罪他們。就連她都不知道自己在軍隊中的地位是什麼。身爲依藍德的妻子，在表面上她是女皇，雖然她並沒有身著華麗的貴族服飾；對許多人而言，她是個宗教人物，是倖存者的繼承人。她並不想要那個稱號。

她在皇家大帳外找到依藍德跟哈姆正在交談，帳棚已經開始被拆卸。雖然他們站在外面，姿態一派輕鬆自然，紋立刻注意到那兩人站得離他人有多遠，彷彿依藍德跟哈姆並不想要那些人聽到他們的交談內容。紋燃燒錫，無須走近，便能聽到他們的對話。

「哈姆，你知道我說得對。」依藍德低聲說道。「我們不能一直這樣。越深入西方統御區，因爲迷霧而失去的日照時數就越多。」

哈姆搖搖頭。「你眞的會站在一旁看你自己的士兵死去嗎，阿依？」

依藍德的表情變得冷硬，與靠近的紋四目交接。「我們不能每天早上都浪費時間等待迷霧消失。」

「就算這麼做可以救人一命？」哈姆問道。

「減慢速度會耗費人命。」依藍德說道。「我們在這裡的每個小時都讓迷霧更靠近中央統御區。哈姆，我們已經計劃要進行圍城戰，這表示我們得盡快趕到法德瑞斯。」

哈姆望向紋，尋求她的支持。她搖搖頭。「對不起，哈姆。依藍德是對的。我們不能讓整支軍隊都受到迷霧左右。我們會暴露行蹤，如果有人早上來攻擊我們，我們的人必須要反抗，因此只能選擇被迷霧攻擊，或是躲在帳棚裡等人打來。」

哈姆皺眉。他告退後，大踏步地踢開落灰，去幫一群士兵整理他們的帳棚。紋來到依藍德身邊，看著壯碩的打手離去。

「凱西爾看錯他了。」她終於說道。

「誰？」依藍德問道。「哈姆？」

紋點點頭。「在最後，凱西爾死後，我們找到他留給我們最後的字條。他說他挑選集團成員，是爲了讓他們成爲新政府的領袖。微風是大使，多克森是行政官員，哈姆是將軍。另外兩人絕對適任，但哈姆……」

「他太投入了。」依藍德說道。「他必須認識每個他麾下的士兵，否則他會覺得很不實在，而當他跟他們這麼熟悉以後，就會產生不捨的感情。」

紋無聲地點點頭，看著哈姆開始跟士兵大笑，一同工作。

「看看我們，這麼冷酷地決定那些跟從我們的人的生死。」依藍德說道。「也許像哈姆那樣產生感情才是對的，也許我就不會這麼急於命人送死。」

紋瞥向依藍德，他語氣中的怨恨讓她有點擔心。他微笑，試圖掩飾，然後別過頭去。

「妳得想辦法處理一下妳的那隻克羅司。牠一直在營地裡到處亂走，把其他人嚇死了。」

紋皺眉。她一想到那怪物，立刻就知道牠在哪裡，就在營地的邊緣。牠向來都服從她的命令，但只有在她集中注意力時，才能直接、徹底地控制牠，否則牠就是遵從她的一般命令——留在這一區，不要殺死任何東西。

「我應該要去確認駁船已經準備好了。」依藍德說道。他瞥向她，當她沒出聲說要跟他一起前往時，他快速地吻了她一下然後離開。

紋再次穿越營地。大部分的帳棚都已經被拆下、收好，士兵也在快速進食。她走出邊界，發現人類靜靜地坐著，灰燼輕飄在牠腿邊。牠以紅色的眼睛看著營地，臉孔因爲崩裂的皮膚而破碎，右眼下的皮膚一路掛到嘴角。

「人類。」她交疊手臂後說道。

牠轉頭看她，灰燼從牠十一呎高、肌肉過度發達的身軀落下。雖然她殺了許多怪物，甚至知道她完全控制眼前的這一隻，當她站在皮膚緊繃、滿身綳裂的傷口均在汩汩流出鮮血的怪物面前，仍然反射性地感覺到一陣恐懼。

「你爲什麼來營地？」她開口，甩開恐懼。

「我是人類。」牠以緩慢、刻意的語調說道。

「你是克羅司。」她說。「你知道的。」

「我應該有一間房子。」人類說道。「像那個。」

「那是帳棚，不是屋子。」紋說道。「你不能這樣來營地，你應該跟其他克羅司在一起。」

人類轉身，瞥向南方，克羅司軍隊等待的地方，與人類分隔兩地。牠們仍然受到依藍德的控制，加上原本就在總軍團營區附近等待的一萬隻克羅司，總共有兩萬隻。讓牠們受依藍德的控制是比較好的，以力量來說，他的鎔金術力量遠超過紋。

人類轉頭看紋。「爲什麼？」

「你爲什麼需要跟其他克羅司在一起？」紋問道。「因爲你讓營地的人類不安。」

「那他們應該要攻擊我。」人類說道。

「所以你不是人類。」紋說道。「我們不因爲其他人讓我們不安就攻擊他們。」

「對。」人類說道。「妳叫我們去殺死他們。」

紋一時接不上話，偏過頭，可是人類只是又轉過頭，再繼續望著士兵營地。牠鮮紅色的小眼睛讓牠的表情很難理解，但紋從牠的神情幾乎感覺到某種……渴望。

「妳是我們之一。」人類說道。

紋抬起頭。「我？」

「妳像我們。」牠說。「不像他們。」

「為什麼這樣說？」紋問道。

人類低頭看她。「迷霧。」牠說。

紋感覺到一陣寒意，雖然說不上為什麼。「什麼意思？」

人類沒有回答。

「人類，」她嘗試用別種方法來套話。「你對迷霧有什麼想法？」

「它們晚上會出現。」

紋點點頭。「可是你對它們有何想法？你的族人。牠們怕迷霧嗎？迷霧會殺牠們嗎？」

「劍殺人。」人類說道。「雨不殺人。灰燼不殺人。迷霧不殺人。」

邏輯不錯，紋心想。一年前，我會同意牠。她原本打算放棄話題，但人類又繼續開口。

「我恨它。」牠說道。

紋停在原地。

「我恨它因為它恨我。」人類說道。牠看著她。「妳感覺得到。」

「對。」紋回答，令自己都相當吃驚。「我有。」

人類看著她，一絲鮮血從眼睛旁邊綳裂的皮膚流下，鮮豔地映著藍色皮膚，混合了灰燼。終於，牠點點頭，彷彿在讚揚她的誠實。

紋發抖。迷霧不是活的，她心想。它不可能恨我。我想太多。

可是……多年前有一次，她從迷霧汲取力量。當時她在跟統御主對戰，不知如何，她取得控制迷霧的力量，彷彿她利用迷霧來補充她的鎔金術，而非金屬，她能打敗統御主的原因都是因為那個力量。

那已經是很久以前的事，而她再也無法重現當時的狀況。過去這些年來，她一次又一次地嘗試，在這麼多年後，她開始懷疑自己一定是弄錯了。最近這一陣子，迷霧絕對不友善，她一直這麼告訴自己那沒什麼不自然的，但她知道不是眞的。那個試圖殺死依藍德的霧靈，結果又因爲讓她知道該如何將他變成鎔金術師而救了他，這又怎麼說？霧靈是眞的，這點她很確定，雖然她已經一年多沒看到它。

她對迷霧的遲疑，它們試圖躲避她的樣子呢？它們拒絕進入建築物，還會殺人。這似乎都指向人類所說——迷霧，深闇，憎恨她。最後，她承認一件她抗拒很久的事情。

迷霧是敵人。

那些人被稱爲鎔金能者。太常、太久驟燒金屬的男女，長期的鎔金術力量使用甚至改變他們的生理構造。

大多數金屬能造成的影響很小。青銅燃燒者，舉例而言，卻往往在不自覺的情況下變成青銅能者，他們會因爲如此頻繁地燃燒金屬而增強能力範圍；成爲白鑞能者則很危險，因爲那需要將身體逼迫到一個無法感覺疲累或疼痛的境界。大多數人都在過程完成之前意外害死自己，而且我個人覺得，得到的回報根本不值得。

可是，錫能者……他們是很特別的。他們的感官遠超過任何一般鎔金術需要，甚至想要的感覺範圍，因此，他們成為觸覺、聽覺、視覺、嗅覺、味覺的奴隸。可是這些感官上超自然的能力給了他們很獨特且有意思的優點。

有一個論點是，如同經過血金術轉化的審判者一樣，鎔金能者已不再是人類。

16

鬼影在黑暗中醒來。

這件事越來越少發生。他感覺得到臉上的布條，緊緊綁在他的眼睛跟雙耳上，陷入他過分敏感的皮膚，卻比無法睡覺要好得太多。星光對他的眼睛而言有如陽光，房間外的腳步聲聽起來像是打雷。就算有厚布，耳朵也以蠟封塞，木窗緊緊拉閉不讓陽光滲透，還用毛巾遮蓋，他有時仍然很難入睡。

刻意遮蔽感官是很危險的，讓他份外無助，但缺乏睡眠更危險。也許他對身體做的事情會害死他，但他在鄔都住越久，越覺得他們需要他的協助好在即將到來的危險時期活下去。他需要有獨一無二的能力。他也擔心自己做錯決定，但好歹他做了決定。他會勇往直前，希望這樣就夠了。

他輕聲呻吟，坐起身，解開眼睛上的布條，從耳朵中掏出蠟塊。房間一片漆黑，窗戶間的縫隙都被棉被塞滿，但仍有幾絲光線透入，就著如此微弱的光，便足以讓他見物。

在腹部燃燒的錫令他感覺舒適。他的存量在晚上時幾乎已經燃燒殆盡，身體對錫力的使用如同呼吸或眨眼一般自然。他聽說打手就算失去意識仍能燃燒白鑞來治癒身體，因為身體明白自己需要什麼。

他探往床邊一個小水桶，抓出一把錫粉。他從陸沙德來時已經帶了很多，又透過地下管道買了更多。幸好，錫很便宜。他將手中的一把錫投入床頭櫃上的一個杯子，然後走到門邊。房間又小又擠，但他不需要跟任何人分住，以司卡標準來說，這根本是奢華了。

他緊閉著眼睛，拉開大門。充滿陽光的走廊光線如波濤一般湧向他，他咬緊牙關，忍下即使緊閉眼簾仍刺目的感覺，在地上摸索一陣，找到僕人爲他從井裡打來放在地上的一壺清水，拿了進來，關上門。

眨著眼睛，他拿著水走到房間的另一端去倒滿杯子，喝下一整天需用的錫。他多拿了一把放在袋裡，以防萬一。

幾分鐘後，他已經穿戴整齊，準備好可以出門。他坐在床上，閉起眼睛，準備要面對這一天。如果公民的間諜可信，依藍德團隊的其他人正在前來鄔都的途中。他們的命令應該是要取得庫藏，壓制反叛。鬼影要在他們抵達之前盡量蒐集情報。

他坐在原處反覆檢視計畫，一面思索。他可以感覺到附近的房間都有腳步聲，木造建築像是充滿忙碌工蜂的蜂巢一般在他身邊搖晃。在外面，他可以聽到有人在大喊、說話，鐘聲隱約傳來。時間還早，還不到中午，但迷霧已經散去。鄔都的白天有六七個小時長，讓它成爲一個作物仍然能成長，人們仍能存活的地方。

通常鬼影會一路睡過白天，但今天他有要做的事情。他睜開眼睛，朝床頭櫃探去，拾起一副眼鏡。他的眼鏡是特製的，上面的鏡片不會矯正他的視力，只是一般的玻璃。

他戴上眼鏡，重新將布條纏在頭上，擋住鏡片的前面跟側邊。外頭的天光會逼得他無法睜眼，他的視力再好，也不可能看穿自己的眼皮，但戴上眼鏡後又用布條後，他可以同時睜開眼睛以及做事。他摸索著走到窗邊，扯下棉被，推開百葉窗。

他沐浴在炙熱，近乎滾燙的陽光下。布條陷入頭上皮膚的兩側，但他可以看見。布條擋住的陽光足以讓他不會盲目，卻透明到讓他能夠見物，其實還蠻像迷霧的。布條在他眼前近乎隱形，因爲他的眼力已經強得超乎常理，腦袋也自動將布條的干擾濾掉。

鬼影暗自點點頭，拾起決鬥杖，走出房間。

「我知道你不愛說話。」度恩說道，以兩根棍子輕敲眼前的地面。「但你也得承認，目前比在貴族的統治下過活要好得多。」

鬼影坐在街邊，背靠著運河一邊的石牆，頭微微低垂。市集溝是鄔都中最寬廣的一條街溝。它曾經是一條寬闊到可同時容納三艘船在中央並行，兩旁仍能容納更多船隻來往通過的運河，如今成爲城市中央的大街，也是商人跟乞丐的絕佳聚集地。

像是鬼影跟度恩這樣的乞丐。他們坐在街溝的一旁，上方建築物如堡壘城牆一般高聳。少有行人注意襤褸的兩人，更不會注意到其中一人雖然臉上覆蓋著黑布，卻仔細地觀察群眾，另外一人的用詞遣字則太過文雅，不像是在街頭雜巷出身的人。

鬼影沒有回應度恩的問題。他年少時，說話的方式有極重的口音，充滿街頭俚語，因此讓他顯得怪異，別人也不願意聽他說話。即便已不再如此，他也不像凱西爾那樣口舌靈便，風度翩翩，所以他盡量少說話，至少也少給自己惹麻煩。

不過，他少話居然沒讓人家更輕易忽略他，反而更在意他的想法。度恩繼續在泥土上敲擊他的節奏，像是沒有觀眾的街頭藝人，卻輕到沒人能聽見，除了鬼影。

度恩的節奏感完美無缺，任何樂師都會欽羨不已。

「例如，看看這市場。」度恩繼續說道。「在統御主的統治之下，大多數司卡不能公開交易，而我們這裡有個美麗的景象。司卡在統治司卡。我們很快樂。」

鬼影能看見市場。他覺得如果人們真的快樂，臉上會掛滿笑容，而非愁容滿面；會隨意挑選購物，而不是快速選定要買的東西，然後立即離開。況且，如果城市眞是如外表那樣的快樂烏托邦，就不需要幾十名士兵監控著群眾了。鬼影微微搖頭。每個人幾乎都穿著一樣的衣服，顏色跟款式都必須按照公民的命令。就連乞討也受到重度的規範。很快就會有人來計算鬼影的收入，計算他賺了多少錢，然後取走屬於公民的一份。

「你看，路上有人被打或被殺死嗎？」度恩說道。「拿幾條嚴格規定來換取這點，總該値得。」

「人們現在都死在小巷弄裡，」鬼影輕聲說道。「至少統御主在公開場合殺我們。」

度恩皺眉，以棍子敲擊地面。這是個很複雜的節奏。鬼影可以從地面上感覺到震動，令他感到安心。人們知道他們經過多傑出的敲奏，靜靜地打在他們走過的地面上嗎？度恩可以成爲音樂大師。可惜，在統御主的時代，司卡不得演奏音樂，而在公民的統治下……無論用什麼方法吸引人注目，都不是好事。

「你看。」度恩突然說道。「我不是跟你說了。」

鬼影抬頭。在低語、聲響、一閃而逝的色彩、垃圾、人體、商品的強烈氣味之間，他看到一群囚犯被身著褐色制服的士兵押解前進。有時候如浪襲來的感官幾乎讓他難以招架，但一如他曾告訴過紋的，燃錫的重點不是能看見什麼，而是能忽略什麼，他很早就學會要如何集中於他需要的感官，迴避其他會令他分心的。

市場上的眾人讓道給士兵跟囚犯。其他人低下頭，謹愼地看著。

「你還想跟去看？」度恩問道。

鬼影站起身。

度恩點點頭，也跟著站起來，抓住鬼影的肩膀。他知道鬼影其實可以見物，至少鬼影認爲度恩的觀察力已經注意到這點，但他們仍然保持僞裝。乞丐本來就會裝出身有疾患的樣子試圖引來更多施捨。度恩自己的腳步就帶有大師級的瘸腿，也把頭髮拔得處處都是禿塊，但是鬼影可以聞到他皮膚上的肥皂，氣息中吐出的醇酒。他是個盜賊首領，在城市中鮮少有像他如此有能力的人，但他很聰明，知道該如何偽裝自己才能不受注目地走在街上。

他們不是唯一跟隨士兵跟囚犯的人。穿著被許可的灰色服裝的司卡們像是鬼魅一般地跟在他們後頭，一群安靜、腳步蹣跚的人群走在落灰之中。士兵們走到一條離開街溝的坡道，領著人民進入較為富裕的城市區域，那裡有些運河被填滿後還加上了石板。

不久後，禿點開始出現。燒焦的疤痕，一道道都曾經是某人的住宅。煙味幾乎讓鬼影無法招架，他得開始用嘴巴呼吸。他們沒走多遠就到達目的地。公民本人親自出席，沒有騎馬。所有的馬匹都早就被運到農場去，因為只有肥胖的貴族才不屑於用雙腿自己行走。可是，他倒是身著紅色。

「他穿什麼？」鬼影低聲問著帶他來到人群另一邊的度恩。公民跟他的隨從們站在一間特別豪華的宅邸門口，司卡則圍繞在一旁。

度恩領著鬼影來到一群流氓在人群中擠出的一塊空間，提供能看到公民的良好視野。他們對度恩點點頭，不發一語地讓他通過。

「什麼意思？」度恩問道。「公民穿著跟平常一樣，司卡長褲跟工作襯衫。」

「是紅色的。」鬼影低聲說道。「那不是被許可的顏色。」

「今天早上是了。政府官員可以穿，這樣他們就會突顯出來，需要他們的人民可以找到他們。至少，這是官方說法。」

鬼影皺眉，可是，有另一件事引起他的注意。

她在那裡。

這很自然，因為她陪同她哥哥前去所有地方。公民特別擔心她的安危，鮮少讓她離開他的視線範圍。她的穿著仍跟平常一樣，在紅髮的環繞下，有著一雙憂鬱的眼眸。

「今天的一群可憐人。」度恩說道。鬼影一開始以為他在說貝爾黛，但度恩正朝囚犯點點頭。他們看起來跟城市中的其他人沒有差別，灰色的衣服，沾滿灰燼的臉，乖順的姿態，可是公民上前來解釋其中的差異。

「這個政府做出的第一個宣告，就是要團結。」他宣布。「我們是司卡人民。統御主選出的『貴族』壓迫了我們長達十世紀。我們決定郞都要成爲自由的地方，像是倖存者本人預言會出現的地方。」

「你算好了？」度恩對鬼影低聲問道。

鬼影點點頭。「十個。」他算完囚犯說道。「都是預料中人。我花在你身上的錢沒什麼價值，度恩。」

「你等著瞧。」

「這些人。這些人不聽從我們的警告。」公民說道，額頭在紅色太陽下閃亮，手指著囚犯。「他們跟你們都知道，任何留在這個城市的貴族必須以死抵償！這是我們的決定，我們所有人的決定。

「可是，他們這種人就是太驕傲，不肯聽從。他們想要躲起來，以爲自己比我們優越。他們永遠會如此——這一點讓他們暴露行蹤。」

他頓了頓，然後再次開口。「因此我們必須這麼做。」

他揮手讓士兵上前。他們將囚犯推上台階。鬼影可以聞到空氣中的油味隨著士兵開門的動作飄出，他們將囚犯推入，封起大門，然後在外面圍成一圈。每個士兵手中都有一支火把，齊齊拋向建築物。不需要超人的感官，就能感覺到快速席捲而來的熱浪，群眾一起後退，感到噁心及害怕，卻又看得目不轉睛。

窗戶被封起。鬼影可以看到有手指試圖要扳開木板，可以聽見人們在尖叫，聽到他們敲著被鎖上的大門，試圖要逃出來，恐懼地大喊。

他好想做點什麼，但就算他有錫力，也無法一人打敗所有士兵。依藍德跟紋派他來蒐集情報，不是暴露他們的意圖。可是，他仍然後縮，轉身背向燃燒的建築物時，將自己視爲懦夫。

「不該如此。」鬼影粗啞地低語。

「他們是貴族。」度恩說道。

「完全不是！也許他們有貴族的父親，但這些是司卡，普通人啊，度恩。」

「他們有貴族血統。」

「只要回溯得夠遠，我們每個人都有。」鬼影說道。

度恩搖搖頭。「非如此不可。這是倖存者——」

「不准把他的名字跟這種野蠻的行爲牽扯在一起！」鬼影凶惡地說。

度恩安靜片刻，唯一的聲音是火焰以及被燒死的人。終於，他開口。「我知道這一幕很難讓人接受，也許公民的做法太激進，但是……我曾經聽過他演說。倖存者本人。這就是他教導的東西。讓貴族死亡，讓司卡來統治。如果你聽他說過這些事，你就會瞭解，有時候，必須先破而後立。」

鬼影閉上眼睛。火焰的熱力似乎在灼燒他的肌膚。他的確聽過凱西爾對司卡群眾的演說，而凱西爾確實說了度恩如今引述的話。當時，凱西爾的聲音帶著希望、勇氣。可是如今重複他的話語卻成爲憎恨與毀滅，鬼影覺得一陣反胃。

「我再說一次，度恩。」他抬頭開口，語氣格外嚴厲。「我付你錢不是要你對我重複公民宣傳的鬼話。跟我說我爲什麼在這裡，否則別想從我這裡拿到更多。」

壯碩的乞丐轉頭，迎向鬼影在布條後的雙眼。「去數數頭顱。」他低聲說道，然後度恩將手從鬼影的肩頭移開，消失在群眾中。

鬼影沒有跟上。煙霧跟燒焦皮肉的味道對他來說變得太強烈。他轉身，擠開眾人，尋找新鮮空氣。他跌跌撞撞地靠在建築物旁深呼吸，感覺粗糙的木頭貼在他的身側。他覺得落灰似乎是身後火葬場的一部分，死亡的碎片浮在空中。

他聽到聲音。鬼影轉身，注意到公民跟他的士兵走離了火堆。魁利恩正在跟群眾說話，鼓勵他們要不屈不撓。鬼影看了一陣，人群終於開始散去，跟隨走入街溝的公民身後離去。

*他懲罰了他們，現在需要祝福他們。*尤其在處刑之後，公民會親自去造訪人民，走在市場的攤位間，握手，給予鼓勵。

鬼影走在小巷中，很快走出了富裕的城區，來到一段街道塌陷的地方。他挑選了運河牆倒塌、形成一道通往乾涸運河底部的坡道，然後半跳半滑地來到底端。他拉起了斗蓬的帽子，遮起他矇起的雙眼，以街頭流浪兒的敏捷穿過繁忙的街道。

就算他繞了一圈，仍然比公民更快來到市集溝。鬼影隔著落下的灰燼看著人群走下寬廣的土坡，後面跟著數百人。

*你想當他，*鬼影心想，蹲在商人的攤位邊。*凱西爾犧牲性命爲這些人帶來希望，如今你想偷走他的囑咐。*

這個人不是凱西爾。他甚至不配說出倖存者的名諱。

公民來往穿梭，以長者般的態度對市場的民眾說話，碰觸他們的肩膀，握手，慈善地微笑。「倖存者會以你們爲榮。」即使群眾如此嘈雜，鬼影仍然能聽到他的聲音。「落灰是他送來的徵象，代表帝國的崩解，暴君政權的灰燼，從灰燼中，我們會建立起新的國家！司卡統治的國家！」

鬼影慢慢往前，放下斗蓬遮帽，雙手伸在前方，彷彿他眞的瞎了眼。他背上背著決鬥杖，裝在一個細長的袋子裡，隱藏在寬鬆的灰色襯衫下。他非常擅長於穿過人群。雖然紋總是很努力要隱藏自己不被人注目，鬼影卻可以不靠努力辦到兩者。事實上，他經常朝反方向努力。

他夢想成爲凱西爾那樣的人，因爲在他尚未見到倖存者之前，就已聽說過他的事蹟。當代最偉大的司卡盜賊，大膽到連統御主的東西都敢偷的人。

然而，鬼影再怎麼努力，仍然無法突顯自己。把他視爲一個滿臉灰燼的普通男孩實在太容易，尤其是如果無法瞭解他濃重的東方俚語時。一直等到看見凱西爾，看到他能夠以言語說服他人之後，鬼影才終於被說服要放棄他的方言。那時，鬼影開始理解，語言蘊含著力量。

鬼影暗自移到人群前面，觀察公民。他推擠著，但沒有人抗議。被擠在人群中的瞎子很容易被忽略，而被忽略的人才能去到不該去的地方。在小心翼翼地一陣挪移之後，鬼影很快地便來到人群的最前方，離公民不到一手臂外。

那人聞起來全身都是煙味。

「我瞭解，好女士。」公民一面說，一面握著一名婦人的雙手。「可是妳的孫子在耕作，那是我們需要他去的地方。沒有他跟他的同伴，我們就沒有東西吃了！司卡統治的國家，必須也是司卡工作的國家。」

「可是……他難道不能回來嗎？一下子也好？」婦人問道。

「女士，會有一天的。」公民說道。「會有一天的。」他鮮紅的制服讓他是街道上唯一的一抹顏色，鬼影發現自己注視著公民。他強迫自己移開眼睛，繼續移動，因爲他的目標不是公民。

貝爾黛站在一旁，一如往常。總是在觀察，卻從未參與。公民如此活力充沛，因此他的妹妹很輕易便被人遺忘，鬼影很瞭解這種感覺。他讓士兵推擠他，將他推開公民的道路。這一陣推擠讓他來到貝爾黛身邊，她聞起來帶著淡淡的香水味。

我以爲這是被禁止的。

凱西爾會怎麼做？他會攻擊，也許殺死公民。或者他會用另一種方法來對付公民。凱西爾不會讓這麼可怕的事情發生，他會有所行動。

也許鬼影應該讓某個公民信任的人成為自己的盟友？

鬼影覺得自己如今聽來總是相當清晰的心跳聲加快。群眾再次開始移動，他讓自己被推擠到緊靠著貝爾黛身邊。侍衛沒注意他，他們只關注於公民身上，希望在有這麼多變數的環境中保護主子的安全。

「妳哥哥。」鬼影在她的耳中低語。「妳贊成他的謀殺行為嗎？」

她轉身，他第一次注意到她的眼睛是綠色的。他站在人群中，讓人群推擠他，看著她在搜尋，想要知道剛才是誰說話。群眾跟著她的哥哥，將她從鬼影身邊帶開。

鬼影不斷被推擠一陣，然後再次開始移動，小心翼翼地推開其他人，直到再次出現在貝爾黛面前。

「妳認為這跟統御主做的事有何不同嗎？」他低語。「我曾經看過他隨便抓起人，在陸沙德的城市廣場中處決他們。」

她再次轉身，終於認出說話的人是鬼影。他動也不動地站著，隔著矇眼布與她四目對望。人群在他們之中，將她帶開。

她的嘴唇在動。只有經過錫力增強的眼力才看得出足夠的細節，知道她在說什麼。

「你是誰？」

他再次擠過人群。公民顯然是打算在前方進行大規模的演說，趁機面對越來越多的群眾。人群聚集在市場中央的講台周圍，要擠過人群越發困難。

鬼影來到她身邊，但覺得群眾很快又會將他帶走，所以，他穿過兩個人之間，拉住她的手腕，同時隨著人群的波動而挪移位置。她當然立刻轉身，卻沒有大喊。人群在他們周遭移動，她隔著眾人，迎向他矇著的雙眼。

「你是誰？」貝爾黛再次問道。雖然他近到可以聽到她說話的聲音，她的口中卻沒有發出半點聲響，只用唇形示意。她哥哥站在她身後的講台上，開始演說。

「我是會殺死妳哥哥的人。」鬼影輕聲說道。

他再次以爲她會有所反應，也許是尖叫，也許是指控。他現在的行爲很衝動，起源於他無法協助那些被處決的人。他這時才意識到如果她眞的尖叫了，那他必死無疑。

可是，她仍然沉默，灰燼在他們中間飄舞。

「其他人也說過同樣的話。」她的唇語說著。

「其他人不是我。」

「那你是誰？」她第三次問道。

「神的伙伴。一個可以看見低語，感覺到尖叫的人。」

「一個以爲他比人民親自選出的統治者，更瞭解這些人民需求的人？」她的唇語說道。「總會有反對份子，不願面對無可避免的事情。」

他仍然握住她的手，緊抓住她，將她拉近。群眾包圍著講台，讓她跟鬼影站在後方，像是被浪潮遺留在沙灘上的貝殼。

「我認識倖存者，貝爾黛。」他沙啞地低語。「他爲我起了名字，說我是他的朋友。你們在這個城市裡的所做所爲會讓他無比震驚，而我絕對不會讓妳哥哥繼續曲解凱西爾的囑咐。跟魁利恩說，我會去對付他。」

公民停止說話。鬼影抬起頭，望向講台。魁利恩站在上面，俯瞰他的信眾。公民低頭看見鬼影跟貝爾黛，兩人站在群眾後方。鬼影沒意識到他們有多明顯。

「你！」公民大喊。「你在對我妹妹做什麼！」

糟了！鬼影心想，放開女孩的手，跑向一旁，但街溝很不方便的一個地方就是坡大陡峭的牆面。他沒有什麼逃離市集的方法，所有通道都被魁利恩的安全衛隊監控。公民一聲令下，穿著皮革與手持鋼鐵武器的士兵開始從崗位衝上前去。

好吧，鬼影心想，衝向最近的一群士兵。如果可以突圍，也許他能夠上到坡道，從建築物間的小巷消失。

劍從劍鞘中被抽出，發出嘶鳴，鬼影身後的人群發出驚呼聲。他伸手探入披風的裂痕，抽出決鬥杖。然後，衝上前去。

鬼影算不上是什麼戰士，他當然跟哈姆學習過，歪腳堅持他的姪子必須知道怎麼保護自己，但是集團中眞正的戰士向來是他們的迷霧之子，紋跟凱西爾，還有在必要時靠身爲白鑞臂的哈姆提供蠻力。

可是，鬼影最近花了很多時間訓練，在此同時，他發現一件很有趣的事情。他有凱西爾跟紋絕對不可能有的能力：極大範圍的感官資訊，可供他的身體直覺性地使用。他可以感覺到空氣中的波動，地板上的震動，光憑心跳就可知道別人在哪裡。

他不是迷霧之子，但他仍然很危險。他感覺到一陣微風，知道有劍正朝他揮砍。他彎腰一躲，感覺地上有腳步，知道有人從側面攻擊。他往旁邊一閃，幾乎感覺像是燃燒天金一樣。

汗水隨著他轉身的動作而四射飛舞，他將手中的決鬥杖朝一名士兵的頭頂砸下。那人倒地，因爲鬼影的武器是以最高級的硬木製成，但爲了保險起見，他將武器的底端朝那人的太陽穴重擊，讓他再也無法加入戰鬥。

他聽到有人在他身邊輕哼——聲音低，卻很明顯。鬼影將武器揮到一旁，敲向攻擊士兵的前臂。骨頭斷裂，士兵大喊，拋下手中的武器。鬼影朝他的頭一敲，然後轉身，舉起決鬥杖阻擋第三名士兵的攻擊。

鋼對上木頭，鋼贏了，鬼影的武器開始斷裂，不過在那之前，也阻止了劍的攻勢，足以讓鬼影彎腰躲開，抓起一名倒下士兵的劍。這跟他之前用來練習的劍不同，鄔都的人偏好長而細的劍。可是鬼影只剩下一名士兵，如果他能將那個人劈倒，就能獲得自由。

鬼影的對手似乎意識到鬼影的優勢。如果鬼影逃跑，那他將會把背朝向敵人，可是如果鬼影不跑，他很快就會被下一波敵人包圍。士兵謹慎地繞著圈，想要拖延時間。

於是，鬼影攻擊。他舉高劍，相信可以用增強的感官來彌補訓練的差異。士兵舉高武器，準備要格擋鬼影的攻擊。

鬼影的劍凍結在空中。

他的腳步一踉蹌，試圖將武器往前移動，但卻奇特地卡在原處，彷彿他正要將武器刺穿某個結實的東西，而非空氣。彷彿是……

有人在鋼推。鎔金術。鬼影焦急地環顧四周，立刻找到力量的來源。鋼推的人必定在鬼影的正對面，因為鎔金術師只能反推自己的反方向。

公民魁利恩站到他妹妹旁邊，與鬼影四目交接，鬼影可以從那人的眼神中，看出他正費力抓著他的妹妹，利用她的體重為支撐，鋼推鬼影的劍，像凱西爾許久以前造訪軍隊受訓的洞穴時介入挑戰中一樣。

鬼影拋下武器，讓它往後飛出手中，然後往地上一撲。他感覺到敵方揮砍的劍帶起陣風，以些微之差錯過他。他自己的武器墜落在不遠處的地面，敲擊聲聽在他耳裡極為響亮。

他沒有時間喘息，只能讓自己重新站起，閃躲士兵接下來的一記攻擊。幸好，鬼影身上沒有任何金屬可供魁利恩鋼推更進一步影響戰況，他很高興自己從未失去這個習慣。

唯一的選擇就是逃跑。有鎔金術師干涉的情況下，他根本不可能戰鬥。鬼影趁士兵準備再次揮砍時轉身，然後往前一撲，與士兵貼身，一彎腰從對方的手臂下方鑽過去，閃到一旁，想要閃躲跑過，讓士兵昏頭。

有東西抓住他的腳。

鬼影轉身。一開始他以為魁利恩正在拉引他，但他看到地上的士兵，就是他打倒的第一個，抓住了他的腳。

我打了那個人的頭兩次！鬼影焦躁地心想。他不可能還醒著！

那隻手抓住他的腳，以超出人類的力量抓住他的腳，將他往後一扯。擁有這樣的力量，那人一定是打手，像哈姆那樣會燃燒白鑞的迷霧人。

鬼影的麻煩大了。

兩名鎔金術師，還包括公民自己，鬼影心想。某人可不像自稱地那樣鄙夷貴族血統！

兩名士兵朝他前進。鬼影煩躁地大喊，聽見自己的心跳如雷，他撲向打手，抓住那個人，殺得那人措手不及。在混亂的瞬間，鬼影抓著他轉彎，利用打手的身體爲盾來保護自己免受第三個士兵的攻擊。

他沒料到公民的暴力訓練。魁利恩總是在說著犧牲的必要，顯然這個邏輯可以延伸到他的士兵身上，因爲手中有劍的人將劍直刺入他朋友的後背，刺穿他的心臟，武器直埋入鬼影的胸口。這是只有打手的力氣跟準度才能辦到的動作。

三名鎔金術師，鬼影暈眩地心想，看著士兵嘗試將劍從兩具身體裡拔出，最後是死人的體重將劍折斷。

我怎麼能活這麼久？他們一定很努力不暴露自己的能力，試圖不被眾人發現。

鬼影跌跌撞撞地往後倒，感覺到胸口的鮮血迸出，但他居然沒有感覺到痛楚。他增強的感官應該讓痛楚強到——

劇痛襲來。一切變黑。

能分解灰燼的微生物還有增強後的植物顯示拉剎克越來越擅長使用他的能力。他的力量在幾分鐘內就燃燒殆盡，但對於神來說，分鐘可等同於小時那般久。在那段期間，拉剎克從無知的小孩很快地成長爲藝術家，創造出特殊功能之用的植物跟動物。

這也顯示他得到存留的力量時會造成的影響。在存留的影響下，他顯然是處於保護模式。他沒有壓平灰山、試圖將星球推回正軌，他是事後才反應，猛力地解決他自己引發的問題。

17

依藍德騎在隊伍最前面，胯下是一匹雪白公馬，身上的髒污完全被洗淨。他掉轉馬頭，看著一排排緊張的士兵。他們站在暮色中等待，依藍德看得出他們的恐懼。他們聽說了傳言，昨天也由依藍德親口證實傳言。今天，他的軍隊會進行迷霧的篩檢。

依藍德騎馬穿過他們的隊伍，德穆將軍則在他身邊騎著一匹棗紅色的公馬。兩匹都是高大的戰馬，這一趟旅程帶牠們來是爲了軍威效果，而不是眞的有用。依藍德跟其他軍官大部分時間坐在駁船上，而非馬背。

他不擔心讓軍隊暴露在迷霧下的決定是否道德，至少他目前並未擔心這件事。依藍德學到一件關於自己的事：他很誠實。也許太誠實。任何的遲疑都會顯現在他臉上。士兵會察覺到他的遲疑。於是，他學會將他的擔憂跟焦慮限制在只跟最親近的人獨處時才顯露出來。這表示，紋常看到他憂鬱的時刻，可是這能讓他在其他時刻展露出自信的樣子。

他快速地移動，讓馬匹的四蹄在士兵的耳中打出如雷的踏聲。偶爾，他聽到隊長們大喊，要士兵們穩住。即便如此，依藍德仍然看得出他們眼中的焦慮。他能怪他們嗎？今天，他們會面對一個無法戰鬥，亦無法抵擋的敵人，在一個小時內，他們之中會死去幾百人。大概五十人中有一人。從大方向來看，這個機率其實不是太糟，但對於站在那裡感覺迷霧偷溜靠近的人來說，並沒有幫助。

士兵們沒有移動。依藍德以他們為傲。他讓想回去陸沙德，不想面對迷霧的人有離開的機會。他的首都仍然需要軍隊，不需強迫不願意面對迷霧的人進入霧裡。但幾乎沒有人離開。大多數人不等命令，便已自行排列整齊，人人全副武裝，盔甲金光油亮，在沾滿灰燼的荒野中，制服盡量維持乾淨。依藍德覺得，他們應該要身著盔甲，這樣讓他們看起來像是要上戰場——某種程度上，的確是。

他們信任他。他們知道迷霧正在朝陸沙德前進，也瞭解佔領有儲藏窟的城市的重要性。他們相信依藍德有能力可以拯救他們的家人。

他們的信任讓他的信心更堅定。他拉停馬匹，在一排士兵旁邊掉轉巨大的馬匹，驟燒白鑞，讓身體更強壯，肺部更有力量，然後煽動士兵的情緒，讓他們更勇敢。

「要堅強！」他大喊。

所有人的頭整齊一致地轉向他，盔甲的敲擊聲暫時安靜下來。他的聲音聽在自己耳裡大到他得暫時抑制錫的燃燒。「迷霧會擊倒我們之中的一些人，可是我們大部分人將毫髮無傷，而大多數倒地的人都會康復！之後，我們再也沒有人需要畏懼迷霧。我們不能在毫無預防的狀況下抵達法德瑞斯！否則，我們將冒著白天躲在帳棚裡被攻擊的危險。我們的敵人本來就會強迫我們進入迷霧中，到時將有約六分之一的人因為不適而倒地發抖！」

他再轉馬頭，德穆跟在身後，繼續在行列之間穿梭。「我不知道迷霧為何殺人，但我相信倖存者！他自詡為迷霧之主。如果我們之中有人喪命，那也是他的意志。保持堅定！」

他的提醒似乎有點效果。士兵們站得更挺，面對西方，太陽即將落下的方向。依藍德再次拉停馬匹，坐得直挺，讓所有人都能看得見他。

「他們看起來很堅強，陛下。」德穆低聲說道，讓馬匹停在依藍德身邊。「剛才的演說很好。」

依藍德點點頭。

「陛下……」德穆開口。「剛才您說的關於倖存者的事情是認真的嗎？」

「當然。」

「對不起，陛下，我無意質疑您的信仰，只是……您如果無意的話，不需要繼續假裝信仰。」德穆說道。

「我答應過你，德穆。」依藍德皺眉說道，轉頭瞥向臉上帶疤的將軍。「我言出必行。」

「我相信您，陛下。」德穆說道。「您是充滿榮譽心的人。」

「可是？」

德穆遲疑了。「可是……如果您不是真的相信倖存者，我想他不會希望你引用他的名諱。」

依藍德想開口責怪德穆冒犯了他，卻阻止了自己。德穆說話時相當誠懇，也是發自肺腑。這不是他該受斥的事情。

況且，他說得可能有道理。「德穆，我不知道我相信什麼，」依藍德說道，轉頭看著地上的士兵。「但絕對是不信仰統御主的。沙賽德的宗教死了好幾個世紀，就連他都停止提起了。我覺得倖存者教會似乎是唯一真正的選擇。」

「陛下，我無意冒犯，可是這不是很強烈的信仰宣言。」德穆說道。

「德穆，我最近無法處理信仰這件事。」依藍德抬起頭，看著灰燼飄落。「我的上一個神被我娶的女人殺死，而你宣稱她是你們的宗教人物之一，但她卻摒棄你們的崇拜。」

德穆靜靜地點頭。

「我不否定你的神，德穆。」依藍德說道。「我說的是認眞的。我認爲相信凱西爾比相信別的都好，而以未來幾個月我們將面臨的處境來看，我寧願相信有什麼，任何什麼都好，會助我們一臂之力。」

他們安靜了片刻。

「我知道繼承者貴女反對我們對倖存者的崇拜，陛下。」德穆終於說道。「她跟我一樣都認得他。她不瞭解的是，倖存者已經超越凱西爾這個人了。」

依藍德皺眉。「德穆，聽起來像是你刻意讓他成爲神，而你只把他當個象徵在看待。」

德穆搖搖頭。「我的意思是，凱西爾是個人，但他是一個得到某種東西的人，可以說是某種加持，來自永恆不滅的一部分。當他死的時候，他已經不只是凱西爾，一個盜賊首領。您不覺得他去深坑之前不是迷霧之子這件事很奇特嗎？」

「鎔金術就是這樣，德穆。」依藍德說道。「你得等到綻裂的時候，面對生死交關、會造成極大打擊的事件後，才會得到力量。」

「你不認爲凱西爾在進入深坑前就經歷過這種事件嗎？」德穆問道。「陛下，他是從聖務官跟貴族身上竊盜的盜賊。他過著非常危險的生活。你認爲他能躲得過被圍毆、在生死邊緣和情緒的掙扎嗎？」

依藍德陷入沉思。

「他在深坑裡得到力量，因爲有某種東西碰觸了他。」德穆輕聲說道。「認識他的人都說，他回來以後像是變了一個人。他有目標，他有熱情要去達成一件全世界都認爲不可能的事情。」

德穆搖搖頭。「不，陛下。凡人凱西爾死在深坑，倖存者凱西爾於是誕生。他被賦予極大的力量，極大的智慧，來自遠超過我們所有人的力量。這才是他能造就一切的原因，這才是我們崇拜他的原因。他仍然有凡人的愚昧，卻有神的希望。」

依藍德別過頭。他理智、學者的那一面完全瞭解這是怎麼一回事。凱西爾正被逐漸神格化，他的一生被追隨者改編得越來越富有傳奇色彩。凱西爾必須被賦予天神的力量，因爲教會不能繼續崇拜一個普通人。

可是，另一部分的依藍德樂於聽見這個解釋，能讓故事更具有可信度。畢竟，德穆是對的。一個在街頭混了這麼久的人，*怎麼會那麼晚才綻裂？*

有人尖叫。

依藍德抬起頭，掃視行列。士兵開始搖擺不定，看著迷霧出現，如植物般在空氣中綻放。他看不見倒地的士兵，不過這很快就變得不重要，因爲其他人也開始尖叫。

太陽開始被隱匿，接近正頂時炙熱發紅。依藍德的馬匹緊張地原地踏步。隊長們命令士兵不要慌亂，但依藍德仍然能看到前方隊伍隨著有人隨機倒地而出現空隙，像是被切斷繩索的堡壘。他們在地上顫抖，周圍士兵則驚恐地後退，迷霧在四周移動。

他們需要我，依藍德心想，抓起韁繩，拉引附近人的情緒。「德穆，走。」

他掉轉馬匹，德穆沒有跟上。

依藍德轉身。「德穆？怎麼……」

他立刻說不出話來。德穆坐在迷霧中，猛烈地顫抖，在依藍德的注目下，光頭的將軍從馬鞍上滑倒，癱軟在下方深及腳踝的灰燼中。

「德穆！」依藍德大喊，從馬鞍上跳下，感覺自己是個笨蛋。他從未去想德穆是否會受到影響，以爲他跟紋還有其他人一樣都已經免疫。依藍德跪在德穆身邊，雙腿埋在灰燼裡，聽著士兵尖叫，隊長要求維持秩序。他的朋友不斷顫抖痙攣，因疼痛而喘息。

灰燼仍不停地下著。

拉剎克沒有解決世界的所有問題，反而每解決一個，就造成一個新的。可是，他有足夠的智慧，讓每個問題都比先前的要小一點。所以，從原本因爲太陽變化與灰燼掩埋地表而死去的植物，我們得到了只是養分不足的植物。

他眞的拯救了世界。沒錯，世界幾乎被毀壞也是他的錯，但是整體而言，他做得相當不錯。至少他沒有解放滅絕進入世界，像我們做的那樣。

18

沙賽德用力一拍馬臀，讓牠快奔而去。馬匹的四蹄踢起一塊塊積灰。馬匹的皮毛原本是潔淨的白色，如今變成粗糙的灰色，肋骨也開始顯現出來，牠營養不良到已經無法馱載騎士，而他們也不能一直拿食物去餵養牠。

「看了眞讓人難過。」微風說道，跟沙賽德一起站在堆滿灰燼的道路。他們的兩百名侍衛靜靜站在一旁，看著動物跑走。沙賽德忍不住覺得，釋放他們最後一匹馬是否是種象徵。

「你覺得牠能活下來嗎？」微風問道。

「我想牠一段時間內應該可以在灰燼下找到吃的，」沙賽德說道。「可是不容易。」

微風悶哼。「這年頭我們所有人要『活下去』都不是件容易的事。祝那畜牲好運吧。你要跟我和奧瑞安妮一起坐馬車嗎？」

沙賽德瞥向肩膀後方的交通工具。在經過改裝後，如今馬車是由士兵在拖拉。他們移除了門，換成窗簾，也拆掉一部分的後壁，讓重量大幅減輕，又有兩百人可輪番上陣，這馬車並不會令人感到太負擔；但沙賽德知道他若讓自己被別人拉著走會有罪惡感，他過去的僕役直覺仍然太強。

「不。」沙賽德向微風說道。「我要去走走。謝謝你。」

微風點點頭，走回馬車跟奧瑞安妮坐在一起，一名士兵爲他撐著陽傘遮蔽灰燼，直到他進入馬車。沙賽德拉起旅行外袍的帽子，遮在頭頂，一手抱起文件夾，踏大步跨越黑色的地面，走到隊伍最前面。

「葛拉道隊長，可以繼續行軍了。」他說道。

眾人重新出發。這段路不好走，灰燼越發厚重，走起來又滑又累，積灰在腳下滑動挪移，幾乎跟走在沙地上一樣困難，但即便是如此艱困的路程，也不足以讓沙賽德的心神從煩惱中暫時解脫。他原本希望造訪軍隊，與依藍德和紋會面能讓他得到片刻放鬆。這兩人是他很親密的朋友，他們對彼此的愛經常能讓他精神一振。畢竟，他們的結婚儀式還是他主持的。

但這次的會面反而讓他更不解。*紋允許依藍德死亡，他心想。她會這麼做，都是因爲我教導她的事。*

他在袖袋裡放了一張花的圖片，試圖要理解他跟紋之間的對話。沙賽德怎麼會變成人們都帶著問題前來商討的對象？他們難道感覺不出來他只是個騙子，只會背誦出聽起來好聽的答案，卻無法跟從自己的建議？他覺得很迷惘，覺得有重量在壓擠他，要他放棄。

依藍德把希望跟幽默感說得多容易，彷彿快樂只是一個決定。有人是這麼認爲的。曾經，沙賽德也許會同意他們的說法。如今，他的胃部只會緊絞，一想到要採取任何行動，就讓他感覺反胃。他的想法持續被疑慮入侵。

這就是宗教的用途，沙賽德心想，走在隊伍的最前面，肩上背著包袱。*它幫助人們度過這種時刻*。

他看著手中的文件夾，打開來，邊走邊翻著紙張。讀完數百家，沒有一家之言給了他尋找的答案。也許，他太熟悉了。大多數集團成員無法像司卡那樣崇拜凱西爾，因爲他們都明白他的缺點與小怪癖，他們先將他視爲人，然後才是神。也許宗教對沙賽德而言是一樣的。他太瞭解它們，因此太輕易就能看到缺點。

他不會批評那些選擇信仰宗教的人，但沙賽德目前爲止只在他研究過的每個宗教中找到互相矛盾與僞善之處。神性應該是完美的。神性不會讓信徒被屠殺，也絕對不會讓世界被只是想拯救它的好人摧毀。

剩下的幾個宗教中，必定有一個會提出答案，*一定*要有他可以發現的眞相。隨著他內心的黑暗窒息感威脅著要擊倒他，他反而更投身於研究，拿出下一張紙，綁在文件夾外。他要邊走邊看，不看時就把文件夾反過來拿，不讓灰燼沾到。

他會找到答案。他不敢去想萬一沒有答案的後果。

他們終於進入中央統御區，這裡的人仍然能掙扎地種植食物和過活。微風跟奧瑞安妮沒有離開馬車，但沙賽德樂於走路，即便因此很難研讀他的宗教文件。

他不知道該對這些田野做何感想。他們經過無數片田野，因爲依藍德盡量把人民都往中央統御區集中，然後命令他們為了即將來臨的冬天種植食物，住在城市裡的司卡習慣於勞力生活，因此很快便遵照依藍德的命令行事。沙賽德不確定這些人是明白處境的危機，還是只是樂於按照別人的命令行事。

路邊堆滿一堆堆的灰燼。每天司卡工人都必須清理掉晚上落下的灰燼，這個無止境的工作，加上需要用人工方式將水挑至新開墾但無法引水灌溉的田地，創造出亟需人力的農業結構。

可是，植物的確在生長。沙賽德的軍隊經過一片又一片田野，每一片都冒著褐色植物的小芽。這個景象應該能為他帶來希望，但他卻很難看著新苗而不感覺到更大的絕望。在巨大的灰燼堆邊，它們看起來如此渺小脆弱。就算不將迷霧納入考慮，依藍德要如何在這種狀況下餵飽整個國家？什麼時候灰燼會多到移不走？司卡們在農田裡工作，姿勢跟在統御主時期時差不多。他們的人生真的有所改變嗎？

「看看他們。」一個聲音說道。沙賽德轉頭看見葛拉道隊長走到他身邊。光頭又粗壯的男子，有著一副好脾氣，哈姆提拔起來的士兵都有這個共通點。

「我知道。」沙賽德低聲說道。

「就算又有灰又有霧，看著它們仍讓我充滿希望。」

沙賽德猛然看向他。「真的？」

「當然。」葛拉道說道。「我的家人務農，泰瑞司大人。我們住在陸沙德，但在外圍農場耕作。」

「可是，你是士兵。」沙賽德說道。「在她殺死統御主的那天晚上，不是你帶著紋貴女進去皇宮的嗎？」

葛拉道點點頭。「其實我是領著依藍德陛下進入皇宮去救紋貴女，不過後來顯然她不太需要我們的幫助。無論如何，您說得沒錯，我是統御主皇宮內的士兵，當我加入軍隊時，我的父母從此把我逐出家門，但我真的無法面對終生在田裡工作的人生。」

「這工作相當辛勞。」

「不是因爲這樣。」葛拉道說道。「不是勞動，而是……絕望。我無法忍受自己終日工作，卻明白種植出來的東西終究屬於別人，所以我才離開農田，成爲士兵，因此看著這些農夫才給了我希望。」

葛拉道朝他們正經過的農田點點頭，有些司卡抬起頭，看到依藍德的旗幟，便開始揮手。「這些人，他們是因爲想要工作才工作的。」葛拉道說。

「他們是因爲不想餓死才工作。」

「當然，我想您說得也對。」葛拉道說道。「可是他們不是因爲不工作會被打才來，他們是爲了不讓自己的家人跟朋友死去而工作。對農夫而言，這是很有差別的。您從他們的站姿就可以看出來。」

沙賽德邊走邊皺著眉頭，沒再說什麼。

「總而言之，泰瑞司大人，我是來建議我們在陸沙德暫停一下，準備補給品。」葛拉道說道。

沙賽德點點頭。「我也想到了，不過你們去陸沙德時，我得離開你們幾天，讓微風大人接手指揮，我會在北方大道跟你們會合。」

葛拉道點點頭，走回後方去準備。他沒有問沙賽德爲什麼需要離開，或是他要前往何方。

幾天後，沙賽德獨自來到海司辛深坑。此地如今四處都被灰燼覆蓋，所以其實看不太出來原來這就是深坑。沙賽德走在小徑上，不斷踢起一簇簇的灰燼。他低著頭看著深坑原來的谷地，亦即是凱西爾的妻子被謀殺的地方。倖存者誕生的地方。

如今是泰瑞司人的家。

泰瑞司人民所剩無幾。原本就不是很大的族裔，加上迷霧的到來，以及前往中央統御區的艱辛路程，讓許多人喪了命，現今大概只剩下四萬人，大多數都是像沙賽德這樣的閹人。

沙賽德沿著山坡走入山谷。這是安置泰瑞司人極自然的選擇。在統御主的時代，這裡有數百名奴隸在此工作，接受數百名士兵的監控。當凱西爾回到深坑，毀掉它生產天金的能力時，改變了一切，但是深坑仍然有挖礦時期搭建的建築物跟基本建設，有很多淡水，也有遮蔽物。泰瑞司人們更往上增添，在谷地中搭建了其他建築物，讓曾經是最可怕的囚營變成農村。

沙賽德一面走下山坡，一面看到人們撫淨地面上的灰燼，讓植物從地面冒出，讓動物嚼食。中央統御區主要的植物是一種生命力強悍的矮灌木，也習慣灰燼，不像農作物般需要那麼多水。泰瑞司人的人生其實比大多數人的都還要輕鬆，因爲從統治主昇華時期前的數世紀以來，他們便一直是畜牧民族。山坡上漫遊著一種健壯的短腿羊，咀嚼著暴露在外的灌木莖。

泰瑞司人民的人生比大多數人要更輕鬆。這世界變得眞奇怪，沙賽德心想。

他的前來很快引起注意力。孩子跑去找父母，臉孔從矮屋中探出，羊群開始包圍沙賽德，彷彿盼望他帶著零嘴前來。

幾名年邁的男子衝上山丘，彎曲的雙腿以最快的速度在行走。他們跟沙賽德一樣，仍穿著侍從官的袍子，也跟沙賽德一樣，盡量不讓衣服沾染到灰燼，展露出前襟的鮮豔V字圖樣。這些花紋代表他們過去服侍的家族。

「沙賽德大人！」其中一人熱切地說道。

「陛下！」另一人說道。

陛下。「麻煩你們，」沙賽德舉起雙手。「請不要這樣稱呼我。」

兩名年邁的侍從官面面相覷。「守護者大人，請讓我們爲你取點熱食。」

是的，灰燼是黑的。沒錯，不該是黑的。大多數灰燼是暗色沒錯，但多混有灰或白色。

至於灰山……那是很不一樣的。就像遮蔽大陸的迷霧一樣，遮蔽大陸的灰燼也不是自然的產物，也許這是滅絕力量的影響，一如存留是白色，或者這只是灰山的特性，因爲它就是被創造來將灰燼跟煙塵吐向天空。

19

「起來！」

一片漆黑。

「起來！」

鬼影睜開眼睛。一切顯得如此黯淡，如此昏暗。他幾乎什麼都看不到。世界是一團黑影，而且……他感覺麻木。死寂。他爲什麼什麼都感覺不到？

「鬼影，你得起來！」

至少這聲音聽起來很清楚，其他則感覺很模糊。他沒有辦法思考。他眨眼，低聲呻吟。他是怎麼了？他的眼鏡跟布條都不見了，這麼一來他應該能清楚見物，但一切卻好黑。

他的錫用完了。

他肚子裡沒有東西在燃燒。熟悉的火焰，體內令人安心的燭火已經不存在。它是他一年多以來的同伴，從未離去。他很害怕自己帶來的影響，卻從未讓它熄滅過。如今，它不在了。

所以一切才顯得如此黯淡。其他人眞是這樣活著嗎？他以前也是這樣活著？他幾乎什麼都看不見，他習慣的清晰、豐富細節不見了，鮮豔的顏色跟乾淨的線條都沒有了，只留下平淡隱約的一切。

他的耳朵覺得被阻塞，鼻子……聞不到下方的木板，無法靠嗅覺分辨木頭的種類，聞不到曾經走過的人體氣味，感覺不到人類在其他房間中移動的震動聲。

而且……他在一個房間裡。他搖搖頭，坐起身，試圖想要思考。肩膀的痛楚立刻讓他驚喘出聲。那傷口沒有人幫他處理。他記得劍刺進他靠近肩膀的地方，不是可以輕易恢復的傷勢，如今左臂也行動不便，是另一個讓他起身有困難的原因。

「你失血過多。」那聲音說道。「就算不被火焰燒死，你也很快就會死。不必找你腰上的袋子，都被他們拿走了。」

「火焰？」鬼影沙啞地問道，一面眨著眼。普通人怎麼能在這麼暗的世界裡存活？

「你感覺不到嗎，鬼影？很靠近了。」

附近確實有光線，就在某條走廊底端。鬼影搖搖頭，試圖要讓自己清醒一點。我在一間房子裡，他心想。一間很不錯的房子，貴族的房子。

他們正在燒房子。

這件事終於給他站起來的動機，雖然他又立刻再度倒下，身體太虛弱，腦子太模糊，無法站穩。

「不要用走的。」一個聲音說道。鬼影到底是在哪裡聽過這聲音？他完全信任它。「用爬的。」他說。

鬼影按照命令，往前爬行。

「不是叫你朝火焰爬！你得逃出去，才能懲罰那些對你這麼做的人。快點思考啊，鬼影！」

「窗戶。」鬼影沙啞地說道，轉向一旁，爬過去。

「被封死了。」那聲音說道。「你之前也看到過，那從外面被封住了。唯一要活下去的方式是，你得聽我的。」

鬼影呆呆地點頭。

「從房間另外一邊的門出去。爬向通往二樓的樓梯。」

鬼影照做，強迫自己不斷移動，手臂完全麻痺無感，像是啞鈴綁在肩膀上的重擔。他驟燒錫太久，一般的感官知覺似乎已經失效。他終於找到樓梯，卻也開始咳嗽不止，因爲有煙，腦子的一部分告訴他，用爬的應該是好事。

他邊爬邊可以感到熱力，火焰似乎在追他，佔領了他身後的房間，跟著仍舊暈眩的他繼續爬上台階。他來到樓梯頂，因爲踩到自己的血晃了一下，軟倒在地。

「起來！」那個聲音說道。

我在哪裡聽過這個聲音？他再次心想。爲什麼我想照他的話去做？就差那麼一點。如果他腦袋沒有那麼混亂，早就想出來了。可是，他仍然聽話，強迫自己再次四肢著地跪起。

「左邊第二個房間。」那聲音命令。

鬼影想都沒想，立刻開始爬行。火焰沿著台階爬上，竄過牆壁。他的嗅覺跟其他感官一樣衰弱，但他猜想整間房子都被油浸透了，這會燒得更快，更有戲劇效果。

「停下來。就是這間。」

鬼影左轉，爬進那間裝潢華美的書房。城市裡的盜賊抱怨劫掠這種地方根本是浪費，公民禁止奢華裝飾，因此不能販售昂貴的家具，就連黑市也賣不掉。沒有人想被發現家裡有奢侈品，免得成爲公民處決的對象，跟華美的房子一起被燒死。

「鬼影！」

鬼影聽說過那些處決，但他之前從來沒看過，所以他付錢給度恩，請他留意下一次的發生。鬼影的錢幣會爲他取得及早的提示，以及觀看建築物被燒毀的好位置。況且，度恩承諾他有別的消息，某件鬼影會有興趣的事情，值得他付出的金錢。

算算有幾個頭顱。

「鬼影！」

鬼影睜開眼睛，又倒回地面，開始神智不清。火焰已經燃燒至屋頂。建築物正在崩壞，以鬼影目前的狀況，絕對不可能逃得出去。

「去書桌。」那聲音命令。

「我死定了。」鬼影低聲說道。

「還沒。去書桌。」

鬼影轉頭看著火焰。火焰中有一個身影，一團黑影的輪廓。牆壁熔化、冒起泡泡，發出嘶聲，粉泥與油漆轉黑，但這個人影卻似乎不在意火焰。那身形顯得很熟悉。高大。威嚴。

「你……？」鬼影悄聲說道。

「去書桌！」

鬼影再次跪起，拖著無用的手臂爬著，來到書桌的一邊。

「右邊抽屜。」鬼影拉開抽屜，靠著書桌側面軟倒。裡面有東西。

瓶子？

他急切地將手探入，那是鎔金術師用來儲存金屬屑的瓶子。鬼影以顫抖的手指拾起一瓶，瓶子從他麻木的手指滑落、破碎。他凝視著瓶子流出的液體——會讓金屬免於腐蝕，順便幫助鎔金術師喝下的酒液。

「鬼影！」那聲音說道。

鬼影遲鈍地再拾起另一個瓶子，以牙齒拔開瓶塞，感覺火焰包圍他。對面的牆已經幾乎要被燒完了，火焰緩緩朝他逼近。

他喝下瓶子裡的東西，然後搜尋體內是否有錫的蹤跡，什麼都沒有。鬼影絕望地大喊，拋下瓶子。裡面沒有錫。可是就算有錫也救不了他，只會讓他更明顯地感覺到痛楚跟傷口的存在。

「鬼影！」那個聲音命令。「燃燒！」

「沒有錫！」鬼影大喊。

「不是錫！擁有這間屋子的人不是錫眼！」

不是錫。鬼影眨眼，然後往體內搜尋一陣，發現完全出乎意料的東西。他從未想過他會看到，甚至根本不該存在的東西。

一個新的金屬存量。他開始燃燒。

他的身體充滿力量。顫抖的手臂變得穩定，虛弱似乎消失，像是日出前的黑暗被逐散。他感覺到儲蓄起的力量，肌肉因爲期待而緊繃。

「站起來！」

他的頭猛然抬起，立刻跳起來，頭暈瞬間消失。意識仍然麻木卻很清楚一件事，只有一種金屬能夠改變他的身體，讓他強壯到能夠忽略嚴重的傷勢跟失血狀況而繼續動作。

鬼影正在燃燒白鑞。

那個身影站在火焰裡，輪廓幽暗，難以分明。「鬼影，我給你白鑞的祝福。」那聲音說道。「利用它逃出這裡。你可以打破走廊另外一端的門，從附近建築物的屋頂逃走。那些士兵不會留意你，他們忙著控制火勢，避免蔓延。」

鬼影點頭，熱力已經不再讓他介意。「謝謝。」

那身影上前一步，不再只是一個輪廓。火焰映照著他堅定的面孔，鬼影的疑慮此時獲得證實。他信任那聲音，無條件照著去做，是有原因的。

無論那人命令什麼，他都會去做。

「我給你力量不只是爲了要你活下去，鬼影。」凱西爾指著他說。「我給你力量是要你去復仇的。現在，快走！」

不只一個人回報過感覺迷霧充滿恨意。不過，這不一定與殺人的迷霧有關。對大多數人，就連被它攻擊過的人而言，迷霧僅僅是氣候現象，不比可怕的疾病要更有知覺，或充滿報復之心。

可是對於某些少數人而言，並不只如此。

那些它喜歡的，它會環繞盤旋，那些它不喜歡的，它會躲開。有些人在霧中感到寧靜，有人感到恨意，這都跟滅絕的碰觸，還有一個人對他的敦促如何回應有關。

20

坦迅坐在籠子裡面。

籠子本身就是羞辱。坎得拉跟人類不一樣。就算沒有被囚禁，坦迅也不會逃跑，或是嘗試脫逃。牠是自願接受自己的命運。

可是，牠們卻還是把牠關了起來。牠不確定牠們從哪裡弄來的籠子，那絕對不是坎得拉平常會用到的東西，但二代還是找了個籠子來，架在家鄉的主要洞穴之一裡面。籠子是以鐵片跟鐵柱所組成，四面以粗鐵絲網包覆，避免牠將身體變回只剩肌肉，從縫隙中擠出去。辱上加辱。

坦迅全身赤裸地坐在冰寒的鐵地板上。牠除了讓自己遭罰之外，有達成任何事嗎？牠在信巢中說出的話，有任何價值嗎？

籠子外，洞穴因刻意種植的發光苔蘚而有了光線，坎得拉來來往往，進行自己的工作。許多名停下腳步來端詳牠。這就是牠們爲何在判決與行刑之間要間隔這麼久的時間。二代不需要好幾個禮拜來思索要怎麼處理牠，但坦迅強迫牠們讓牠自由發言，而二代想要確保牠因此好好被懲罰一番。牠們將牠展示在外，像是等著被販售的人類奴隸。在整個坎得拉族的歷史中，沒有任何坎得拉曾經被這樣對待過。在未來的幾個世紀裡，牠的名字會是恥辱的同義詞。

可是我們撐不了幾個世紀，牠憤怒地想。*那就是我整個演說的主題。*

但牠講得不好。牠要怎麼樣去跟其他族人解釋牠的想法？讓牠們也明白，坎得拉的傳統已經走到了極致，牠們安穩這麼久的生活，即將改頭換面？

*上面發生了什麼事？紋去了昇華之井嗎？*滅絕跟存留呢？坎得拉人民的神又開始戰鬥了，而唯一知道這件事的民族，卻假裝外界什麼事都沒發生。在籠子的其他坎得拉繼續過著自己的生活。有些正在訓練下

一代的成員，牠可以看見十一代不過是有幾根晶亮骨頭的肉團。從霧魅變成坎得拉的過程很不容易，在獲得祝福之後，霧魅會因爲得到自我意識而失去許多直覺，所以必須重新學習如何組成肌肉跟身體，這是一個需要花上許多年的過程。

其他成年坎得拉忙於食物的準備。牠們會在石洞裡面煮藻類跟蕈類的綜合粥，煮粥用的石洞跟坦迅將被永遠囚禁的石洞十分類似。雖然坦迅原本對人類相當憎恨，但牠總覺得能享受到外界的食物，尤其是經過熟成的肉，是出去履行契約時非常誘人的安慰。

如今，牠連喝的水都不夠，更遑論吃的。坦迅嘆口氣，看著鐵柱外的巨大石穴。家鄉的洞穴非常巨大，大到再多坎得拉都住不滿，這就是牠們喜歡這裡的原因。在履行契約許多年，甚至經常是幾十年都在滿足主人的意願時，獨處的空間越發顯得珍貴。

獨處，坦迅心想。我很快就有用不完的獨處時間了。一想到自己將永恆被終生監禁，牠便對於來看熱鬧的族人們少了些煩怒。這些將是牠最後見到的族人。牠認得其中大部分。四代跟五代來到牠面前吐口水，顯示牠們對二代的忠貞。六代跟七代是目前主要履行契約的坎得拉，前來表達牠們的同情，爲墮落的朋友搖頭遺憾。八代跟九代則是因爲好奇而前來，訝異長輩居然可以頹喪至此。

然後，在觀看的群眾中，牠看到一張特別熟悉的臉龐。坦迅羞恥地別過頭，看著宓蘭靠近，大得過分的雙眼顯露出痛楚之色。

「坦迅？」沒多久便傳來低語。

「走開，宓蘭。」牠靜靜說道，背向鐵柱，不過這麼做只是讓牠轉而望向從另一個方向在看牠的坎得拉群。

「坦迅……」宓蘭再次說道。

「妳不需要看到我這樣。請妳走開。」

「牠們不該這麼樣對你。」宓蘭說道，坦迅可以聽見牠的怒氣。「你幾乎跟牠們一樣老，而且更爲睿智。」

「牠們是二代。」坦迅說道。「是初代所選出來的。牠們領導我們。」

「不必是牠們領導我們。」

「宓蘭！」坦迅說道，終於轉身面向宓蘭。大多數來看熱鬧的人都離得遠遠的，彷彿坦迅的罪行是會傳染的疾病。只有宓蘭蹲在牠的牢籠前面，細緻木質的真體讓宓蘭看起來不自然地細瘦。

「你可以挑戰牠們。」宓蘭輕輕說道。

「妳以爲我們是什麼？」坦迅問道。「像人類那樣不斷反抗動蕩嗎？我們是坎得拉。我們屬於存留。我們遵守秩序。」

「你仍然臣服於牠們？」宓蘭激動地指控，細瘦的臉緊貼著鐵柱。「在你說了那些話之後，在上面發生這麼多事情之後？」

坦迅一愣。「上面？」

「你說得對，坦迅。」宓蘭說道。「灰燼將大地遮蔽成一片漆黑。迷霧在白天出現，殺死作物跟人類。人類在戰場上。滅絕回來了。」

坦迅閉上眼睛。「牠們會去做些什麼的。」牠終於說道。「初代必有方法。」

「牠們老了。」宓蘭說道。「年邁、昏庸、無能。」

坦迅睜開眼。「妳變了很多。」

宓蘭微笑。「牠們不應該將新一代的孩子交給三代扶養的。我們年輕一輩有許多人願意戰鬥。二代不可能永遠統治下去。我們該怎麼做，坦迅？我們該怎麼幫助你？」

*孩子啊，妳以爲他們不知道你們的事嗎？*坦迅心想。

二代不是笨蛋。也許牠們很懶惰，但經驗豐富，心思深沉。坦迅很清楚這點，因爲牠對每個坎得拉都很瞭解。牠們會派坎得拉在坦迅的籠子附近監控聆聽到底別人都在說些什麼。獲得意識的祝福的四代或五代可以站在一段距離之外，卻仍然能聽得見籠子旁說的每字每句。

坦迅是坎得拉。牠回來接受懲罰，因爲這是對的事情。遠超過榮譽，超過契約。這是牠的本質。

可是，如果宓蘭說得沒錯……

滅絕回來了。

「你怎麼能就坐在這裡？」宓蘭說道。「你比牠們還要強大，坦迅。」

坦迅搖搖頭。「我違背了契約，宓蘭。」

「爲了更崇高的目標。」

至少我説服她了。

「那是眞的嗎，坦迅？」宓蘭非常小聲地說道。

「什麼？」

「歐瑟。牠有力量的祝福。你殺了牠之後，一定也繼承了這點，可是他們抓你的時候，沒有在你身上找到，你把它怎麼處理了？我能去幫你拿來嗎？好讓你可以戰鬥？」

「我不會跟我自己的族人對抗，宓蘭。」坦迅說道。「我是坎得拉。」

「總得有人來領導我們！」宓蘭斷聲說道。

這句話是對的，可是，那不是坦迅的權利，也不是二代的權利，甚至不屬於初代。那是創造牠們的人的權利。那個人死了。但另一個人取而代之。

宓蘭安靜好一陣子，依舊跪在坦迅的籠子邊。也許在等牠說出鼓勵的言詞，或是成爲宓蘭尋找的領袖。牠沒有開口。

「所以你回來送死。」宓蘭終於說道。

「回來解釋我發現的事情，還有我的感受。」

「然後呢？你回來宣告嚴重的消息，然後要我們自行解決？」

「這不公平，宓蘭。」坦迅說道。「我回來是爲了完成我信奉的，最崇高的坎得拉精神。」

「那就戰鬥啊！」

坦迅搖頭。

「果然。」宓蘭說道。「我們這一代的其他人都說，你的自尊被你最後一任的主人，詹，給徹底粉碎了。」

「他沒有粉碎我的自尊。」坦迅說道。

「哦？」宓蘭說道。「那你回到家鄉時爲什麼是用那具……身體？」

「狗的骨架嗎？」坦迅說道。「那不是詹給我的。是紋。」

「所以是她毀了你。」

坦迅靜靜吐氣。該怎麼解釋？一方面，牠覺得宓蘭自己刻意選了一個非人類的眞體，結果對牠使用狗骨這件事感到如此厭惡有點諷刺。可是，牠可以理解宓蘭。牠也是花了好一段時間才瞭解這些骨頭的優點。

牠腦中靈光突然一閃。

不。牠不是爲了帶來革命。牠回來是爲了解釋，爲了人民的福祉。爲此，牠會當個優秀的坎得拉，接受自己的懲罰。

可是……

有機會。很小的機會。牠甚至不確定自己想逃，可是如果有機會……「我用的骨頭……妳知道放在哪裡嗎？」坦迅發現自己如此開口問。

宓蘭皺眉。「不知道。你要那個做什麼？」

坦迅搖搖頭。「我不要。」牠小心翼翼地措辭。「它們是對我的恥辱！我被強迫要使用那具骨頭超過一年以上，要接受當狗的屈辱角色。我早就該把那副軀體拋棄，但我沒有別的軀體可吸收使用，所以我得用那具糟糕的身體回來。」

「你在逃避眞正的問題，坦迅。」

「沒有。這不是眞正的問題，宓蘭。」牠說道，背向宓蘭。無論牠的計畫是否奏效，牠都不希望宓蘭因爲與牠的關連而被二代懲罰。「我不會反抗我的族人。如果妳眞的想幫我的話，就請妳留我自己一個處吧。」

牠聽到宓蘭輕輕嘆口氣、站起身的聲音。「你曾經是我們之中最偉大的。」

宓蘭一走，坦迅便嘆了口氣。不，宓蘭，我從不偉大。直到最近，我還是我這一代最傳統的。唯一與其他人不同的，只是我格外憎恨人類。可是，如今我卻被一連串的意外牽引，成爲我們歷史上最罪惡滔天的罪犯。

這不是偉大。只是愚蠢。

依藍德成爲如此強大的熔金術師應是意料中事。即便不常爲人所知，史料中均有詳細記載此項事實，亦即最後帝國早期的熔金術師遠強於後期。

當年的熔金術師不需要硬鋁就能控制坎得拉或克羅司，只要推或拉牠們的情緒便已足夠。事實上，這個能力就是坎得拉與人類訂下契約的主要原因之一。因爲在當時，不止迷霧之子，甚至是安撫者跟煽動者，只要一動念頭，就能控制牠們。

21

德穆活了下來。

他屬於生病的百分之十五，卻沒有死亡。紋坐在她的船艙之中，手臂靠著木頭的船緣，手指懶懶地摩挲著她母親的耳針——一如往常地戴在她的耳上。克羅司勞工沿著運河兩旁的曳道，將渡筏跟小船拖在運河上。許多渡筏仍然裝乘著補給品，包括帳棚、食物、清水。不過幾艘船被清空，由存活下來的士兵背負，讓傷兵可以休息。

紋轉頭，看著駁船的前方，依藍德一如往常地站在船頭，望向西方。他不是在悶悶不樂。就像是一名王者，抬頭挺胸，堅定地望著他的目標。他看起來跟當年的他差別很大，滿臉的鬍子，較長的頭髮，被刷得雪白的制服。這些制服看起來有點年紀了，不是老舊，布料依然乾淨，裁剪依然俐落，以現在的世界狀況來說，已經是盡可能地潔白。只不過，不再簇新。那是一個打了整整兩年戰爭的人所穿著的制服。

紋很瞭解他，知道他不是一切無恙。可是，她也夠瞭解他，能夠感覺到他現在不想討論。

她站起身，走下船艙，不自覺地燃燒白鑞維持她的平衡。她從船邊的長椅上拾起一本書，然後靜靜坐下。依藍德等一下會來找她說話，他向來如此。在那之前，她有別的事情可以專注。

她打開做了標記的那一頁，特別重讀某一段。深闇必須被摧毀，書上如此寫。我見過它，感受過它。我認為，我們給它的名字太微薄。的確，它深不見底，但它同時也很可怕。許多人不知道它是有意識的，但在我直接跟它對峙過的數次，我都感覺到它的意識。

她又看了這一頁幾眼，重新坐回她的長椅。在她身旁，運河的水流過，上面漂浮著一層灰燼。

這是艾蘭迪的日記。一千年前，這名自以為是世紀英雄的人寫了這本日記。艾蘭迪沒有達成他的征途，他被他的一名僕人拉刹克殺死。拉刹克在昇華之井取得能力，日後成為了統御主。

艾蘭迪的故事跟紋的相似得可怕。她也以為自己是世紀英雄，去到了井邊，卻人背叛。但她不是被自己的朋友背叛，而是被囚禁在井裡的力量背叛。她認為世紀英雄的預言一開始就是那個力量布下的。

我為什麼一直重讀這一段？她心想，再次研究。也許是因為人類跟她說，迷霧恨她。她也感覺到那股恨意，似乎艾蘭迪也有同樣的感覺。

可是她能信任日記嗎？她釋放的力量，那稱為滅絕的東西，證明了它可以改變世上的東西。雖微小，卻重要的事物，像是書本的文字，因此所有依藍德的官員都獲得指示，任何訊息都必須靠背誦文字或刻在金屬片上的信件傳遞。

如果日記裡有任何線索，滅絕早就已經把它們移除了。紋覺得過去三年都像被隱形的線牽著鼻子走。她以為自己正做出極大的發現，有了全新的見解，但其實都是按照滅絕的指示行動。

可是，滅絕不是全能的，紋心想。如果是的話，根本不需要戰鬥。它不需要騙我把它放出去。

它不可能知道我的思緒……

就連知道這件事都足以讓她煩惱不已。她的思緒有什麼用？她以前可以和沙賽德、依藍德，甚至坦迅討論這種問題。這不是紋擅長的事，她不是學者。可是沙賽德拒絕再進行研究，坦迅回到牠的族人身邊，依藍德最近忙到沒空擔心政治與軍隊以外的事，只剩下紋。她還是覺得讀書這件事既煩悶且無聊，但她近來越發習慣去做必要之事，即便她並不熱衷。她已經不再屬於自己。她屬於新帝國。她曾是它的刀，如今該換個角色。

*我必須這麼做，*她坐在紅色陽光下心想。*這裡有個謎團待解。凱西爾是怎麼說的？*

永遠都有另一個祕密。

她記得凱西爾大膽地站在一小群盜賊面前，宣稱他們會推翻統御主，解放帝國。*我們是盜賊，他說。而且我們非常厲害。我們可以搶他人之所不能搶，騙他人之所不能騙。我們知道該如何將一件龐雜巨大的任務拆解成可以處理的步驟，然後一一執行。*

那天，當他在一塊小黑板上寫下團隊的目標跟計畫時，紋很訝異地發現他讓不可能的任務顯得多有可能。那天，有一小部分的她開始相信凱西爾眞的能推翻最後帝國。

*好，*紋心想。*我得學凱西爾那樣，將我確定知道的事情先列出來。*

首先，在昇華之井的確有某個力量，所以這部分的故事是眞的。在井裡面或附近也囚禁了某種活生生的東西，它欺騙紋利用井的力量來破壞它的束縛。也許她可以用這力量來摧毀滅絕，但她卻選擇放棄。

她深思地坐著，手指輕敲日記封面。她仍然隱約記得握有那股力量的感覺。力量讓她震懾，卻又覺得自然且應當，事實上，當她握有力量時，一切都很自然。世界的運作，人類的法則……彷彿那力量不只是能力。它是理所當然。

這只是推斷。她必須先專注於她知道的事情，才能推論她必須做的事情。力量是眞的，滅絕是眞的。

滅絕在被困住時，保有一部分改變世界的能力，沙賽德確認過他的文字被竄改好達成滅絕的目的。如今滅絕獲得自由，紋認定是它在進行殘酷的迷霧殺人行動，還有不停地落灰。

不過，這幾件事情我都無法確定，她提醒自己。她對滅絕知道什麼？她在解放滅絕的瞬間，曾經碰觸過它。它需要去毀滅，卻不單純只是混沌的力量。它不會隨意行動。它會計劃，會思考，而且似乎不是為所欲為。幾乎像是它也必須遵照特定規則……

她突然靈光一閃。「依藍德？」她喊道。

站在船頭的皇帝轉頭。

「鎔金術的第一條規則是什麼？」紋問道。「我教你的第一件事？」

「後果。」依藍德說道。「每個行為都有後果。當鋼推重物時，必會有反作用力；鋼推輕物時，它會被拋飛遠離。」

這是凱西爾教導紋的第一堂課，紋認為應該也是他的師傅教導他的第一堂課。

「這是一條很好的規則。」依藍德說道，轉過頭去繼續看著天際線。「它適用於世界上的一切。往空中拋東西，它會落下。將軍隊帶入某個人的王國，他會有所反應……」

後果，她皺著眉頭心想。像是東西被拋入空中時，必會落下。滅絕的行為對我而言就有這種感覺。後果。也許是碰觸力量的殘餘，或者只是她潛意識的某種合理化，可是，她感覺到滅絕的行為有邏輯可循。她不瞭解，卻能看出這件事。

依藍德轉身面向她。「所以我喜歡鎔金術。應該說，我喜歡鎔金術的理論。司卡們都偷偷傳說它的神祕，但其實它很理性。鎔金術推的效果，就跟將石頭往船邊拋一樣確定。每個推力，都有對應拉力，沒有例外。這是很簡單、有邏輯的，不像人類的行為，充滿謬誤、例外，還有雙重規則。鎔金術屬於自然。」

屬於自然。

每個推力，都有對應拉力。有後果。

「這很重要。」紋低語。

「什麼？」

後果。

她在昇華之井感覺到的東西是毀滅的力量，就像艾蘭迪在他的日記中所描述的一樣，可是那不是怪物，也不是人，而是能量，會思考，但仍是能量。既是能量，就有規則。鎔金術、天氣，就連地心引力都有。世界是一個合理的地方。一個邏輯的地方。每個推力都有對應拉力。每個力量都有後果。

所以，她就是要找出這個對手的規則。那將會告訴她該如何擊敗它。

「紋？」依藍德端詳著她的臉問道。

紋別過頭。「沒事，依藍德。至少不是我能談的事。」

他看著她一陣子。他認爲妳在策劃反動，瑞恩從她腦海深處低語。幸好，她已經很久不聽瑞恩的話了。她看著依藍德，看見他緩緩點頭，接受了她的解釋。之後，轉過身，繼續進行他的沉思。

紋站起身，走向前，一手按上他的手臂。他嘆口氣，抬起手臂，摟住她的肩膀，將她拉近。那曾經是學者的柔弱手臂，如今充滿肌肉，剛硬堅強。

「在想什麼？」紋問。

「妳知道的。」依藍德說。

「這是必要的，依藍德。那些士兵早晚都要與迷霧直接接觸。」

「是的。」依藍德說道。「可是，紋，不只如此。我害怕我開始變得像他。」

「誰？」

「統御主。」

紋輕哼一聲，更偎近他。

「這是他會做的事情。」依藍德說道。「犧牲自己人以獲得戰略優勢。」

「你跟哈姆解釋過，」紋說道。「我們不能冒險浪費時間。」

「這仍然很冷酷。」依藍德說道。「問題不是他們死了，而是我如此願意讓這件事發生。我覺得自己很……殘暴，紋。我爲了達成目標會無所不用其極到什麼程度？我正在派兵前往另一個人的王國，準備將它奪走。」

「你是爲了更好的目的。」

「無數代的暴君都以此爲藉口。我很清楚。可是，我沒有停下來。所以我不想當皇帝。所以在圍城戰時，我讓潘洛德從我手中奪走王位。我不想要成爲必須做這種決定的領導者。我想要保護，而不是圍城與殺戮！可是，有別的方法嗎？我做的一切似乎都非如此不可，像是要我自己的手下暴露在迷霧中，像是朝法德瑞斯揮兵。我們必須得到庫藏，這是唯一能讓我們知道該如何處理眼前狀況的線索！一切都很合理。冷酷、殘暴的合理。」

冷酷是所有情緒中最實際的，瑞恩的聲音低語。她忽略他。「你最近太常聽塞特說話了。」

「也許吧。」依藍德說道。「可是我很難忽略他的邏輯。紋，我一路長大都是理想主義者，我們都知道確實如此。塞特提供平衡，他的話很像廷朵以前會說的話。」

他頓了頓，搖搖頭。「剛才我在跟塞特談論鎔金術的綻裂。妳知道貴族會怎麼做來確保他們在孩子之中找出鎔金術師嗎？」

「他們會打孩子。」紋低聲說道。「一個人的鎔金術力量必須靠某種極大的外力重創才能引發，否則會一直潛伏。一個人必須被帶到瀕死的邊緣後存活下來，力量才會甦醒。這叫綻裂。」

依藍德點點頭。「這是所謂貴族生活中最大、最骯髒的祕密。家族經常因此而失去孩子，因爲孩子必須被打得很慘才能引發鎔金術力量。每個家族不同，但通常都會選在青春期之前的一個年紀執行。當男孩或女孩到達那個年紀時，他們就會被帶走，打得瀕死。」

紋微微顫抖。

「我很清楚記得我那一次。」依藍德說道。「父親沒有親自動手，但他的確站在一旁觀看。最難過的是，大多數的鞭打都是沒有意義的。就算是貴族孩子，也只有極少數的人能成為鎔金術師。我沒有。我毫無理由地被打。」

「你阻止了這些鞭打，依藍德。」紋輕聲說道。他在成為王後不久便撰寫了一條法案。一個人在成年時可以選擇進行有人監督的擊打，但依藍德阻止這件事發生在孩童身上。

「而我錯了。」依藍德輕聲說道。

紋抬起頭。

「鎔金術師是我們最強大的資源，紋。」依藍德說道，望向行軍的士兵。「塞特失去王國，幾乎失去性命，因為他無法召集足夠的鎔金術師來保護他，而我讓在我的人民之中找出鎔金術師這件事變得違法。」

「依藍德，你阻止了別人虐打小孩。」

「如果虐打小孩可以拯救人命呢？」依藍德問道。「就像讓我的士兵暴露於迷霧之中可以拯救性命？凱西爾呢？他獲得迷霧之子的力量，是他被困於海司辛深坑之後。如果他孩童時有好好被打過呢？他會一直都是迷霧之子，他可以救出他的妻子。」

「那他就不會擁有推翻最後帝國的勇氣或動機。」

「那我們的現狀比較好嗎？」依藍德問道。「紋，我擁有這王位越久，越發明白統御主做的一些事情並不邪惡，而是有效。無論對錯，他都維持了王國的秩序。」

紋抬起頭，迎向他的雙眼，強迫他低頭看她。「我不喜歡你這樣冷硬，依藍德。」

他望向黑色的運河水面。「它不控制我，紋。我不同意統御主的大部分做法。我只是開始瞭解他，而瞭解他反而令我擔憂。」她看到他眼中的疑問，還有力量。他低頭，與她四目交望。「我能擁有這個王位，是因爲我知道自己曾經爲了做對的事情而願意放棄它。如果我失去這份勇氣，我需要妳告訴我，紋。可以嗎？」

紋點點頭。

依藍德再次望向天際。*他想看到什麼？*紋心想。

「一定有一個平衡點，紋。」他說道。「我們一定能找到的。在我們想成爲的，跟我們必須成爲的樣子之間。」他嘆口氣，朝一旁點點頭。「可是現在，我們只能滿足於我們現在的樣子。」

紋瞥向一旁，看到一艘其他駁船派來的信差小艇停在他們的船旁邊。一名穿著簡單褐色袍子的人站在上面，戴著大眼鏡，彷彿試圖要遮掩眼睛周圍的繁複教廷刺青，而他正快樂地笑著。

紋暗自微笑。曾經，她以爲快樂的聖務官總是很不好的跡象。那是在她認得諾丹之前。即使是在統御主時期，他大概也一直在自己的小世界裡滿足地過著學者生活。他很奇特地證明，就算是帝國中她認爲是最邪惡的組織裡，也能找到好人。

「陛下。」諾丹說道，下了小艇鞠躬。幾名書記助手跟他一起上了甲板，拿著書本與筆記簿。

「諾丹。」依藍德來到前甲板。紋隨後跟上。「你完成了我要求的統計？」

「是的，陛下。」諾丹說道，一名助手在箱子上攤開筆記本。「不過我必須說這是個困難的任務，因爲軍隊不斷地在移動。」

「我相信你的計算一如往常地徹底，諾丹。」依藍德說道。他瞥向筆記本，裡面的內容看在他眼裡似乎很平常。可是紋只看到一堆凌亂的數字。

「這是什麼？」她問道。

「列出死者與病患的數目。」依藍德說道。「在我們的三萬八千人中，將近六千人得病，我們大概失去五百五十人。」

「包括我的一名書記。」諾丹搖頭。

紋皺眉。不是死亡數字，而是別的，有什麼引起她的注意……

「比我們預期的死者還少。」依藍德說道，思索般地扯著鬍子。

「是的，陛下。」諾丹說道。「我想士兵比一般司卡人民更壯碩。這個病症，無論是不是眞的疾病，對他們的影響似乎都比較小。」

「你怎麼知道？」紋抬頭問道。「你怎麼知道應該死多少人？」

「用之前的經驗推斷，貴女。」諾丹以他閒聊的口氣說道。「我們一直在追蹤這個數字。因爲這個疾病是新的，所以我們不斷想要瞭解原因是什麼，期盼如此能讓我們得到治療的方法。我一直讓我的書記們盡量研究，試圖找出類似疾病的治療方式。這感覺有點像是顫抖症，但顫抖症往往是因爲——」

「諾丹。」紋皺眉地打斷他。「所以你有數字？準確的數字？」

「這是陛下要求的，貴女。」

「有多少人生病？」紋問道。「確切的數字？」

「我看看……」諾丹說道，將書記揮趕到一旁，親自檢視筆記本。「五千兩百四十三人。」

「那是百分之幾的士兵？」紋問道。

諾丹想了想，揮手找來一名書記，進行計算。「大概百分之十三點五，貴女。」他終於說道，一面調整眼鏡。

紋皺眉。「有包括死去的士兵嗎？」

「沒有。」諾丹說道。

「而你用的總數是什麼？」紋問道。「是軍隊中的所有人，還是未曾進入過迷霧裡的所有人？」

「第一個。」

「有第二個數字嗎？」紋問道。

「有的，貴女。」諾丹說道。「皇帝想要精密計算哪些士兵會受影響。」

「用那個數字再算一次。」紋說道，瞥向依藍德。他似乎饒富興味。

「妳想知道什麼，紋？」他趁諾丹跟他手下工作時問道。

「我……不確定。」紋說道。

「數字用來推算普遍性狀況是很有用的。」依藍德說道。「可是我不知道——」他話沒說完，就看到諾丹抬起頭，歪著脖子，自言自語了一番。

「怎麼了？」紋問道。

「抱歉，貴女。」諾丹說道。「我只是有點訝異。這個計算的數字很正確，正好是百分之十六的士兵生病。」

「這是巧合，諾丹。」依藍德說道。「計算數字出來很精準並沒有那麼奇特。」

灰燼掃過甲板。「是的。」諾丹說道。「您說得沒錯，陛下。只是巧合而已。」

「檢查你的筆記本。」紋說道。「找出其他得病的人的比例。」

「紋。」依藍德開口。「我不是統計專家，但在研究時也用過數字，有時候自然跡象會創造看來奇特的結果，但統計的混亂其實最後會產生常態的分布。也許我們的數字會成為一個準確的百分比看來奇怪，但統計上經常如此。」

「十六。」諾丹抬起頭說道。「又是剛好整數，不多不少。」

依藍德皺眉，走到筆記本邊。

「第三筆資料不是整數。」諾丹說道。「但那是因爲基數不是二十五的倍數。畢竟不可能有半個人生病。可是這群人中的病患數量差一人即爲百分之十六整。」

依藍德跪下，無視於自從上次清掃後又重新堆積在甲板上的灰燼。紋越過他的肩膀瀏覽著數字。

「平均人數年齡有多大沒有影響，」諾丹邊寫邊說。「他們住哪裡沒有影響。每筆數字都顯示恰好的發病人數比例。」

「我們之前怎麼沒注意過？」依藍德問道。

「其實我們算是有。」諾丹說。「我們知道每二十五人中大概有四人會生病，但我從來沒發現這些數字有多精準。這眞的很奇怪，閣下。我不知道有別種疾病會造成同樣結果。您看，這裡有一筆資料是一百名士兵被派入迷霧中，正好十六個人生病！」

依藍德滿臉憂色。

「怎麼了？」紋問道。

「這是不對的。」依藍德說道。「非常不對。」

「就像是統計的隨機性蕩然無存。」諾丹說道。「一個族群永遠不應該如此精準地反應，應該有可能性的弧線，小族群以最不正確的方式反映出預期中的百分比。」

「至少，這個病症影響的老人跟年輕人比例應該不一樣。」依藍德說道。

「是的。」諾丹說道，一名助手遞給他進一步計算用紙。「死亡反應的方式一如預期，但生病的人數總是百分之十六！我們專注於到底死了多少人，卻沒注意到因此受創的人數比例有多不自然。」

依藍德站起身。「去查清楚，諾丹。」他朝筆記本揮手。「去訪談，確保數字沒被滅絕更改過，然後去看看這個傾向是否正確。我們不能只靠四五個樣本就斷然決定。可能這只是巧合而已。」

「是的，陛下。」諾丹神色有點驚慌。「可是……如果不是巧合呢？那代表什麼意義？」

「我不知道。」依藍德說道。

意思是後果，紋心想。意思是即使我們不理解，律法仍然存在。

十六。爲什麼是百分之十六？

在井邊找到的金屬珠——能讓人類成爲鎔金術師的珠子——正是過去的鎔金術師們較爲強大的原因。第一代的迷霧之子一如依藍德，擁有原生的力量，之後隨著貴族血統傳承，每一代越發稀薄。統御主是古代的鎔金術師之一，他的力量不受時間與血統稀釋。這就是爲什麼他比別的鎔金術師強大許多之故，而他能融合藏金術與鎔金術的能力更創造出許多驚人的能力。不過，我覺得最有意思的是他的「神力」之一——他最根本的鎔金術力量——也只不過和當初原本九名鎔金術師所擁有的一樣。

22

沙賽德坐在海司辛深坑一棟狀態比較好的屋子裡——這裡原本是座警衛室——手中捧著一杯熱茶。泰瑞司長老們坐在他的對面，一個小暖爐提供暖意。隔天，沙賽德就要離開去跟葛拉道與微風會面，而他們現在已經在前往鄔都途中。

太陽日漸微弱。迷霧已經來臨，懸掛在玻璃窗外。沙賽德勉強可以看到外頭黑色地表上的凹陷，泥土中的裂縫。上面有幾十道裂縫，泰瑞司人在旁邊架起柵欄、標出位置。幾年前，在凱西爾摧毀天金晶洞之前，人們被迫要爬下裂縫裡面，尋找中間還有天金珠的晶石。

任何一個在一週內沒有找到至少一個晶石的奴隸會被處死。地下應該有上百，甚至上千具屍體卡在地心，消失在深暗的洞穴裡，死時無人知曉，無人在意。

多可怕的地方，沙賽德心想，不忍地移開視線。一名年輕的泰瑞司婦女將百葉窗拉起。他面前的桌上攤著幾本筆記本，列出泰瑞司人民的資源、花費、需求。

「我記得我建議將這些數字刻在金屬片上。」沙賽德說道。

「是的，守護者大人。」一名年邁的侍從官說道。「我們每天晚上都會將重要的數字刻在金屬片上，然後每個禮拜跟紀錄簿對照，確定沒有改變。」

「這樣很好。」沙賽德說道，翻閱懷中的一本紀錄。「那公共衛生呢？我上次來之後，你們處理了嗎？」

「是的，守護者大人。」另一人說道。「我們挖掘了更多糞坑，雖然現在一時還用不到。」

「可能還會有難民。」沙賽德說道。「如果有必要，我希望你們能照顧更多的人——但是請你們瞭解，這些只是建議，不是命令。我自認沒有命令你們的權力。」

一群侍從官交換了眼神。沙賽德跟他們相處的期間忙到沒空沉浸於憂鬱的思緒裡，他得確保他們有足夠的補給品，跟陸沙德的潘洛德維持通暢的聯繫，還有解決內部糾紛的體制。

「守護者大人。」一名長者終於開口。「這次您會待多久？」

「我必須一早就啓程。」沙賽德說道。「我只是來探視你們的需要。如今生存不易，所以我擔心你們很容易被陸沙德的人遺忘。」

「我們很好，守護者大人。」另一人說道。他是長者中最年輕的，只比沙賽德年輕幾歲。這裡大多數的人都遠比他更年長，更睿智。他們居然尋求他的指示，這樣似乎很不對。

「您不重新考慮跟我們在一起嗎，守護者大人？」另一人說道。「我們不缺食物或土地，可是我們缺少領導者。」

「我認爲泰瑞司人民已經被壓迫夠久了。」沙賽德說道。「你們不需要新的暴君。」

「不是暴君。」一人說道。「是我們自己的一員。」

「統御主曾是我們的一員。」沙賽德低聲說道。

所有人低下頭。統御主居然是泰瑞司人這件事是他們全族的恥辱。

「我們需要有人來領導我們。」一人說道。「即便是統御主時代，他也不是我們的領導者。我們一直仰賴守護者席諾德。」

守護者席諾德，沙賽德隸屬的祕密議會組織，數世紀以來都帶領著泰瑞司人民，確保藏金術能繼續流傳，即使統御主努力想要將這個力量的血統完全移除。

「守護者大人。」維迪路，長者中最資深的一人開口。

「什麼事，維迪路先生？」

「您未配戴您的紅銅意識。」

沙賽德低頭。他沒想到原來在袍子下沒有戴金屬護腕有這麼明顯。「在我的背包裡。」

「我覺得很奇怪，您在統御主的時期如此努力，總是罔顧危險，祕密配戴金屬意識。可是如今能隨心所欲之後，卻將它們放在背包裡。」維迪路說道。

沙賽德搖搖頭。「我不能成爲你們需要的人。現在不行。」

「您是守護者。」

「我是他們之中位階最低的。」沙賽德說道。「我既是叛徒，也是被放逐之人。他們不允許我再次出現在他們面前。我最後一次離開塔辛文時，身負恥辱，老百姓在家裡都暗自詛咒我。」

「現在他們祝福您，沙賽德大人。」其中一人說道。

「我不配。」

「無論配或不配，我們只有您了。」

「那我們這一族遠比外表看起來還更貧瘠。」

房間陷入沉默。

「我來此還有一個原因，維迪路先生。」沙賽德抬起頭說道。「告訴我，你的人民最近有……死於非命嗎？」

「什麼？」年邁的泰瑞司人說道。

「被迷霧殺害。」沙賽德說道。「只要在白天走入迷霧，便會死去。」

「那是司卡之間以訛傳訛而已。」一人鄙夷地說道。「迷霧毫不危險。」

「噢，」沙賽德小心翼翼地說道。「所以迷霧還沒有退卻時，你們已經派人去耕作了？」

「當然。」年輕的泰瑞司人說道。「白白浪費那些日光太愚蠢了。」

沙賽德發現好奇心很難不被那句話挑起。泰瑞司人不受白天的迷霧影響。

兩者之間的關連是什麼？

他試圖想要激起足夠的腦力來思考這件事，卻被自己的無感背叛。他只想躲到一個沒有人對他有任何期待的地方，不需要解決世界的任何問題，甚至不需要處理自己的宗教危機。

他幾乎要這麼做了。可是，有一小部分的他，過去曾留下來的火花，拒絕就這麼放棄。他至少會繼續他的研究，會去完成依藍德跟紋對他的請託。那不是他能做的一切，不會滿足這些坐在這裡，帶著渴求看著他的泰瑞司人們。

可是，在目前，這是沙賽德唯一能提供的。他知道，留在深坑會是投降。他需要繼續行動，繼續工作。

「對不起。」他對那些人說，將筆記本放在一旁。「但現在必須如此。」

在凱西爾早期的計畫中，我記得他的「第十一金屬」讓我們所有人都很困惑。他宣稱有一種神祕的金屬能殺死統御主，而凱西爾本人透過密集的研究找到了那種金屬。

沒有人知道凱西爾從海司辛深坑逃脫到返回陸沙德的數年之中到底去了哪裡，做了什麼。當有人追問時，他只說他去了「西方」。在他的流浪生涯中，他甚至發現了沒有任何守護者聽過的故事。大多數集團成員都不知該如何看待他提到的傳說。這可能是讓他最老的朋友都開始質疑他領導能力的起因。

23

東方大地，靠近碎石砂礫的荒蕪之區，有一名小男孩倒在司卡小屋旁的地上。那是崩解前的好多年，統御主還活著之時的事。這個男孩並不知道這些事。他只是個骯髒、邋遢的小東西，像最後帝國裡的大多數司卡小孩一樣，小到還不能去礦坑工作，大多數時間逃離母親的管束，跟一群在乾燥髒污的街道上撿拾破爛的孩子們跑來跑去。

鬼影已經有十年不是那個孩子了。他知道他正在妄想，傷口的高燒讓他一時清醒，一時昏迷，過去的夢境填滿他的意識。他允許它們隨意來去，集中精神需要太多力氣。

於是，他記得跌倒在地時的感覺。一名高大的男子站在鬼影前方——那時所有人跟鬼影比起來都很高大——皮膚上沾滿礦工的灰塵泥土。男子往鬼影身旁的地上啐了一口，然後轉身面向房間裡的其他司卡。那裡人很多。其中一人在哭泣，眼淚在她的臉頰上留下乾淨的線條，洗去灰塵。

「好了。」壯漢說道。「我們逮到他了。然後呢？」

所有人面面相覷。一人靜靜地關上小屋的門，擋住外面的紅色陽光。

「只有一個辦法。」另一人說道。「把他送出去。」

鬼影抬頭。他迎向哭泣女人的雙眼。她別過頭。「是哪的幹嗎？」鬼影質問。

壯漢又啐了一口，靴子踩在鬼影的脖子上，將他推倒在粗糙的木板地上。「妳不該讓他跟那些街頭幫派混的，瑪吉。該死的小孩講話幾乎沒人聽得懂。」

「我們就把他交出去怎麼樣？」另一人說道。「如果他們決定我們也像他那樣呢？他們可能會把我們全都處死！我看過這種事，你把一個人交出去，然後那些……東西就來尋找所有認識他的人。」

「他那種問題是全家人都可能有的。」另一人說道。

房間安靜下來。他們都知道男孩家人的事。

「他們會把我們全殺了。」害怕的男子說道。「你知道他們會的！我看過他們，那些眼睛裡有刺的東西，他們根本就是死靈啊。」

「我們不能讓他亂跑。」另一人說道。「他們會發現他是什麼東西。」

「只有一個方法。」壯漢說道，更用力地踩著鬼影的脖子。

鬼影眼中所能看到在房間裡的人，全都嚴肅地點點頭。他們不能把他交出去，也不能放走他，但不會有人想到少了一個司卡小鬼。不會有審判者或聖務官多問關於死在街頭的小孩的事。司卡隨時都會死。

這就是最後帝國。

「父親。」鬼影低聲說道。

腳跟踩得更用力。「你不是我兒子！我的兒子進入迷霧後就再也沒出來。你一定是霧魅！」

鬼影想要反駁，但他的脖子被壓得太重。他無法呼吸，更無法說話。房間開始變黑，但是，他的耳朵，比普通人的聽覺要敏銳太多的耳朵，擁有他無法理解的能力，聽到了某個聲音。

錢幣。

他脖子上的壓力變輕，他終於能掙扎著呼吸，視線也開始返回，而灑在他面前的地上的，是一把美麗的紅銅錢幣。司卡的工作沒有錢可拿，礦工得到的是幾乎不足以活命的物資，可是鬼影看過貴族間偶爾會有錢幣易手。他曾經認識一名男孩，在街道的灰燼中找到一枚被遺失的錢幣。

另一名更壯碩的男孩爲此殺了他。然後當那男孩試圖要花錢時，又被一名貴族殺死。鬼影認爲沒有司卡會想要錢幣，錢幣太危險，也太寶貴。可是，房間中的每隻眼睛都盯著灑落一地的財富。

「這一袋錢換那個男孩。」一個聲音說道。人群分開，一名坐在房間後方的男人現身。他甚至沒有看鬼影，只是坐在那邊靜靜地吃著稀粥。他的臉孔糾結扭曲，像是在太陽下曝曬太久的皮革。「怎麼樣？」

男人邊吃邊問。

「你去哪弄來這種錢的？」鬼影的父親質問。

「不關你的事。」

「我們不能放走這小孩。」一名司卡說道。「他會背叛我們！一旦他們抓到他，他會告訴他們我們知道他的事！」

「他們不會逮到他的。」糾結臉男人說道，又吃了一口食物。「他會跟我一起在陸沙德。況且，如果你們不讓他離開，我絕對會告訴聖務官你們的事。」他停頓片刻，放下湯匙，冷硬地瞥向眾人。「除非你們也打算殺了我。」

鬼影的父親終於將腳跟從他的脖子上移開，踏向陌生人。可是，鬼影的母親抓住她丈夫的手臂。「不要，傑戴。」她輕聲說道，但沒有輕到鬼影特別敏銳的耳朵聽不到。

「他會殺了你。」

「他是個叛徒。」鬼影的父親啐了一口。「統御主軍隊的僕人。」

「他帶了錢來，拿錢絕對比殺了這孩子好。」

鬼影的父親低頭看著女人。「是妳！妳叫妳哥哥來的。妳知道他會想要把這孩子接走！」

鬼影的母親別過頭。

臉孔糾結的男子終於放下湯匙，站起身。人們緊張地從他的椅子邊退開。他用明顯的跛腳走過房間。

「來吧，小子。」他說道，開門時連看都沒看鬼影一眼。

鬼影緩慢、遲疑地站起身。他一面後退，一面瞥向父母。傑戴彎下腰，終於開始拾起錢幣。瑪吉迎向鬼影的雙眼，然後別過頭。這是我僅能給你的，她的姿勢似乎如此說道。

鬼影轉身，揉揉脖子，跟在陌生人身後衝入紅色陽光中。年長的男子一拐一拐地走著，手中杵著枴杖，邊走邊瞅著鬼影。

「你有名字嗎，小子？」

鬼影開口，又停了下來。他的舊名字似乎不能用了。「雷司提波恩。」他終於說道。

老人連眼睛都沒多眨一下。之後，凱西爾會決定雷司提波恩司太難念了，然後把他取名爲「鬼影」。鬼影一直都不知道歪腳懂不懂東方街頭俚語。即便他知道，鬼影懷疑他會瞭解自己這麼取的意義。

雷司提波恩。留是地播人。

街頭俚語是「我被遺棄了」。

如今我相信，凱西爾關於「第十一金屬」的故事、傳說、預言都是滅絕編造出來的。凱西爾正在找殺死統御主的方式，而行事向來詭譎的滅絕提供了方法。

這祕密的確事關緊要。凱西爾的第十一金屬提供我們打敗統御主需要的線索。然而，即便如此，我們仍然全被操控了。統御主知道滅絕的目標，絕對不會將他從昇華之井中放出，所以滅絕需要別的傀儡，而在這件事能發生之前，統御主必須先死。就連我們最偉大的勝利，都是滅絕詭譎的手法所塑造出來的。

24

許多天後，宓蘭的話仍然讓坦迅的良心不安。

你宣告了可怕的消息，然後就要我們自行解決？在牠被囚禁的一年中，這個決定似乎是簡單的。牠會去指控，傳達訊息，然後接受應得的懲罰。

可是，如今奇特的是，被囚禁一輩子似乎是最簡單的逃避方法。如果牠讓自己這樣被關起來，那跟初代有何不同？牠仍然逃避問題，滿足於被囚禁，知道外面的世界不再是牠的問題。

笨蛋，牠心想。你會被永恆囚禁，或至少直到坎得拉被全數毀滅，而你活活餓死。那可不是簡單的逃避方法！你接受懲罰就是在做榮譽的、守約的事情。

但因此，牠會讓宓蘭跟其他人被摧毀，因爲牠們的領袖拒絕採取行動。更嚴重的是，牠會讓紋缺少她需要的訊息。即便在家鄉，牠也能感覺到岩石中偶然的震動。地震還遠，其他人大概都在忽視它，但坦迅相當擔憂。

末日可能近了。果眞如此，那紋需要知道坎得拉的眞相。牠們的起源，牠們的信仰。也許她能利用囑託。可是，如果牠再繼續跟紋吐露事實，那就是更進一步地背叛族人。也許有人會覺得牠現在的遲疑很可笑，但就目前爲止，牠眞正的罪責其實只是衝動，而牠在事後可以爲自己的行爲合理化。但如果牠現在選擇掙脫牢籠，那便完全不同。是刻意且故意的作爲。

牠閉上眼睛，感覺籠子的冰寒，仍然只有牠一個在大洞穴裡，這地方在睡眠的時候大部分沒有人在。有什麼意義？就算坦迅有存在的祝福，能讓牠在不舒適的囚禁下仍能集中注意力，卻還是想不出方法逃離鐵絲網籠子跟五代侍衛——牠們全部都有力量的祝福。就算牠能離開籠子，也需要經過幾十個小洞穴，而如今的牠體積這麼小，根本沒有可以戰鬥的肌肉，跑起來也不會比有力量的祝福的坎得拉來得快。牠被囚住了。

在某方面，這個想法相當讓人安慰。脫逃不是牠喜歡思考的事情，因爲那眞的不是坎得拉之道。牠破壞了契約，應該獲得懲罰，面對自己行爲帶來的後果才是有榮譽心的做法。

不是嗎？

牠在牢籠裡改變一下姿勢。牠跟眞正的人類不同，赤裸的身體不會因爲長期暴露而變得瘦疼或破皮，因爲牠可以重新組成皮肉，移除傷口，但是被迫如此久坐在一個小籠子裡的悶煩感卻是牠無能爲力的。

有動靜引起牠的注意力。坦迅轉身，很訝異地看到法賽與幾名壯碩的五代來到牠的籠子前，水晶的眞體在顏色與體積上都讓人望而生畏。

已經是時候了？坦迅心想。有了存在的祝福，牠能夠一日日回想起被囚禁的期間。時間還早得很啊。牠皺眉，注意到其中一名五代正提著一個大袋子。有一瞬間，坦迅開始猜想牠們是不是要把牠裝在袋子裡拖走而一陣恐慌。

但袋子看起來已經是滿的。

牠膽敢希望嗎？離牠跟宓蘭談話之後已經過了好幾天，雖然宓蘭好幾次回來看牠，牠們卻沒有再交談。牠都已經幾乎忘記自己曾期盼對宓蘭說過的話會被二代的嘍囉聽到。法賽打開籠子，將袋子丟進來。落地時，袋子發出熟悉的聲響。骨頭。

「你要用這副骨架去參加審判。」法賽說道，彎下腰，透明的臉貼近坦迅的鐵籠。「這是二代的命令。」

「我現在用的骨架哪裡不對了？」坦迅小心翼翼地問道，將袋子拉過來，不知道該覺得恥辱還是興奮。

「牠們打算打斷你的骨頭做爲懲罰的一部分。」法賽微笑地說道。「有點像是公開處刑，不過囚犯不會中途死亡。我知道這方法，蠻簡單的，應該在年輕的一代能留下……深刻的印象。」

坦迅的腸胃一陣糾結。坎得拉的確可以重新塑造身體，但跟任何人類一樣，會感覺到敏銳的痛楚。要打斷牠的骨頭得用上不少力氣，而有存在的祝福的牠是不可能有昏厥的幸運。

「我仍然不覺得有必要取得另一具身體。」坦迅邊說邊抽出一根骨頭。

「沒必要浪費好好的人骨，三代。」法賽說道，用力摔上籠子門。「我幾個小時後來取回你現在的骨頭。」

坦迅取出的腿骨不屬於人類，而是狗的。一頭壯碩的狼獒犬。就是一年多前坦迅回到家鄉時使用的軀體。牠閉上眼睛，手中握著光滑的骨頭。

一個禮拜前，牠說出自己有多鄙棄這些骨頭，希望二代的間諜會將這消息送回主人的耳邊。二代遠比宓蘭要傳統得很多，但就連宓蘭都覺得使用狗的軀體相當不愉快，對二代而言，強迫坦迅使用動物的身體會是盡其屈辱之能事。

這正是坦迅賭上的。

「你使用那具軀體，一定很不錯。」法賽說道，站起身要離開。「當你的懲罰來臨時，所有人都能看清你的眞面目。毀約的絕不是坎得拉。」

坦迅讚嘆地摩挲著大腿骨，聽著法賽的笑聲。這名五代不可能知道，牠剛給了坦迅脫逃的方法。

平衡。是真的嗎？

我們幾乎都忘記這一小段知識。司卡在崩解時期以前會提到，哲人們在三、四世紀時大肆討論，但到凱西爾的時代，這個主題幾乎被遺忘。

可是，是真的。司卡跟貴族之間的確有生理上的差別。當統御主改變人類讓他們更能應付灰燼時，他也改變了其他事情。有一些人，也就是貴族，被創造來比較不會生育，但更高、更壯、更聰明。其他人，也就是司卡，被改變成比較矮、比較耐勞，而且能生許多子女。

改變不大，可是，在千年的混種之後，這些差別已經被大幅泯除。

25

「法德瑞斯。」依藍德說道，一如往常站在駁船的船頭附近。前方通往西方的寬廣康道運河繼續往遠方蔓延，最後轉向西北方。在依藍德的左邊，地表凹凸不平地緩緩攀升，形成一組陡峭的岩石結構，可以看到更遠的山地走勢更加險峻。

在運河不遠處，有一座幅員遼闊的城市，位於極大一塊岩石結構的正中央。暗紅色與橘色的部分是較脆弱的岩石被風雨侵蝕之後的結果，大部分如尖刺般往天空高高延伸，其他則高矮參差不齊，遠遠看去像是矮木叢一樣的屏障，有如許多巨大的積木層層疊疊，足足有三四十呎高。

依藍德非常勉強才能看見岩石結構上方的建築物尖端。法德瑞斯城沒有正式的城牆，那是陸沙德的特權，但是城市周圍高聳的岩塊形成類似陽台的天然屏障。

依藍德曾經去過那座城市。他的父親特別帶他參訪過所有最後帝國的文化中心，法德瑞斯城並不是其中之一，他的目的地是徹姆戴爾——過去曾經是西方的首都。可是塞特在創造他的新王國同時，略過了徹姆戴爾，選擇在法德瑞斯定都。依藍德認爲這是很聰明的決定，法德瑞斯比較小，容易防守，而且是多條運河道的主要供應站。

「城市看起來跟我上次來時不太一樣。」依藍德說道。

「是樹。」哈姆站在他身邊說道。「法德瑞斯兩邊的岩石平台跟高地上原本都長了樹。」哈姆瞥向他。「他們已經準備好迎接我們。把樹砍掉就是爲了創造更好的廝殺空間，也避免我們偷襲。」

依藍德點頭。「看下面。」

哈姆瞇眼，顯然花了一段時間才看出來依藍德錫力增強後的眼睛所注意到的事物。在城市的北方，也就是最靠近主要運河通道的那端，岩石平台跟凹槽陷下去，形成天然的峽谷。大概有二十呎寬，是進入城市的唯一道路，而守軍在地面上挖了幾道深深的壕溝，如今當然是有橋樑在上，但如果要通過這麼狹窄的通道，軍隊前方會面對深坑，上方的岩石平台應該會有士兵射箭，最後還要攻佔大門……

「不錯嘛。」哈姆說道。「幸好他們沒有把運河的水給抽乾。」

他們一路往西，地勢一路攀升，因此運輸船隊必須通過幾具碩大的運河閘門。最後四道被刻意封鎖，他們花了好幾個小時的時間才能讓機械運行無誤。

「他們太依賴運河。」依藍德說道。「若他們活過這場圍城戰，會需要運入補給品——如果還能取得的話。」

哈姆沉默。終於，他轉身，回頭望著身後的黑色運河。「阿依，我不覺得還會有多少人能依靠運河行進。」他說道。「這些船好不容易才走來這裡，河底太多灰燼。如果我們能回家，得靠走的。」

「『如果』我們能回家？」

哈姆聳聳肩。雖然西方天氣較冷，他仍然只穿著一件背心。如今依藍德是鎔金術師，他終於能瞭解哈姆的習慣。燃燒白鑞時，依藍德鮮少感覺到寒冷，只是聽到幾名士兵在今天清晨時小有抱怨。

「我不知道，阿依。」哈姆終於說道。「我只是覺得這情況好像命運的徵象。我們的運河隨著我們前進，卻在身後不斷封鎖。有點像是命運試圖要把我們拋棄在此。」

「哈姆，你看什麼都像是命運的徵象。我們不會有事的。」依藍德說道。

哈姆聳聳肩。

「把軍隊組織起來。」依藍德指著前方說道。「我們在那邊的彎岸停靠，然後在平原上紮營。」

哈姆點點頭，可是，他仍然回頭望著。望向被他們遺留在身後的陸沙德。

他們不怕霧了，依藍德心想，望向通往法德瑞斯門口的岩石結構。上面有篝火燃燒，點亮夜晚。這些火光往往徒勞無功，只是彰顯人們對迷霧的恐懼，但這些火焰似乎不同，像是警告，也是大膽的自信宣言，燒得明亮、熱烈，彷彿懸浮在空中。

依藍德轉身，走入點亮的指揮帳，裡面一小群人正坐著等他。哈姆、塞特，還有紋。德穆不在，仍然尚未從迷霧病中康復。

我們人力太少，依藍德心想。*鬼影跟微風在北方，潘洛德在陸沙德，柔皮看守東方的儲藏窟……*

「開始吧。」依藍德說道，讓帳門在身後落下。「看樣子他們在那裡守得蠻好的。」

「探子回報了，阿依。」哈姆說道。「我們猜約有兩萬五千名守軍。」

「沒有我想得多。」依藍德說道。

「尤門那混蛋控制了我的王國的其他部分。」塞特說道。「如果他把所有軍隊都帶入首都，其他城市會推翻他。」

「什麼？」紋問道，聲音中帶著笑意。「你認為他們會反抗，回到你那邊？」

「不。」塞特說道。「他們會反抗，將王國佔為己有！事情都是這樣。如今統御主不在了，每個小貴族或聖務官只要嚐過半點權力的滋味都認為他能掌控王國。他媽的，我試過，你也是。」

「我們成功了。」哈姆指出。

「尤門王也成功了。」依藍德雙手抱胸。「自從塞特前往陸沙德之後，他就一直保有自己的王國。」

「他根本算是把我趕出去。」塞特承認。「我還沒去陸沙德，城裡半數的貴族已經要反叛我，我說是留他看守，但我們都知道事實。他很聰明，聰明到知道他能夠守住城市，抵擋更大的軍隊，同時讓他將軍隊分散在王國中的各處，承擔長期圍城的風險，不需擔憂補給品的問題。」

「很可惜，塞特可能說得對。」哈姆說道。「我們最初的情報是認為尤門的軍隊大概有八萬人。他不可能不在附近安插幾支可以隨時行動的軍隊，不這麼做實在太蠢。我們得小心突襲。」

「守衛加強一倍，巡邏隊加強兩倍。」依藍德說道。「尤其是清晨，那時候的晨霧會阻礙視線，但至少太陽已經升起，會更為明亮。」

哈姆點點頭。

「還有，命令士兵在迷霧出來時留在帳棚裡。」依藍德深思地說道。「可是要他們準備面對突襲。如果尤門認為我們不敢出來，也許我們能對他的突襲來個『甕中捉鱉』。」

「聰明。」哈姆說道。

「不過這沒辦法讓我們跨過這些天然屏障。」依藍德交疊手臂說道。「塞特，你說呢？」

「守住運河。」塞特說道。「派士兵去上層的岩塊上，確保尤門沒有其他偷運物資進去的方法，然後離開。」

「什麼？」哈姆訝異地問道。

依藍德端詳塞特，試圖想瞭解他的意思。「攻擊附近的城市？在這裡留一支軍隊，足以在對方突圍時反擊，同時去征服領地的其他區域？」

塞特點點頭。「這附近的其他城市多半沒有防禦工事，不用多少攻擊就會投降。」

「好主意。」依藍德說道。「可是我們不能這麼做。」

「為什麼？」塞特問道。

「這不只是為了征服你的家鄉，塞特。」依藍德說道。「我們來此的主要原因是要掌握儲藏窟，我希望不用淪落到劫掠附近城市就能做到。」

塞特嗤之以鼻。「你以為在裡面會找到什麼？某種阻止灰燼的魔法？就連天金都辦不到。」

「裡面有東西。」依藍德說道。「那是我們唯一的希望。」

塞特搖搖頭。「你這一年來都在追逐統御主留下的謎團，依藍德。你有沒有想過，那人會不會就喜歡耍著人玩？根本沒有祕密，也沒有解套的魔法。如果接下來的數年我們要活下去，得靠我們自己，意思就是要掌握西方統御區，這一區的高地代表帝國中地勢最高的農地，而高地勢則代表更靠近太陽，如果你要找到雖然有晨霧卻仍然能存活的農作物，一定是在這裡。」

這些論點都很有力。*可是我不能放棄*，依藍德心想。*還不行*。依藍德讀過陸沙德的物資庫存報告，也看了預估數字。灰燼殺死農作的速度遠超過迷霧，更多土地也救不了他的人民。他們需要不同的方法，他希望，那是統御主留給他的方法。

統御主不恨他的人民，即便他被打敗，也不會希望他們死光。他留下食物、水、補給品，而如果他知

道祕密，就一定會儲存在庫藏中。那裡面有東西。

一定有。

「儲藏窟依然是我們的主要目標。」依藍德說道。他可以看到一旁的紋露出微笑。

「好吧。」塞特嘆口氣說道。「你知道我們該怎麼辦。圍城可能會花上一陣子。」

依藍德點點頭。「哈姆，派工兵趁迷霧時出發，找方法繞開那些壕溝，也叫探子在附近找找有沒有能流入城市的小溪。塞特，也許你能幫點忙，一旦我們派間諜進入城市，叫他們找出我們可以破壞的食物庫。」

「很好的開始。」塞特說道。「當然，要讓城市陷入混亂有很好的方法，甚至可以讓他們不戰而降……」

「我們不會暗殺尤門王。」依藍德說道。

「為什麼？」塞特質問。「我們有兩名迷霧之子，要殺死法德瑞斯的統治者太容易了。」

「這不是我們做事的方法。」哈姆說道，臉色變得難看。

「哦？」塞特問道。「我們合作之前，紋可沒因此就不把我的軍隊挖個大洞，而且還不攻擊我。」

「那時不同。」哈姆說道。

依藍德打斷他們。「不，其實沒有不同。我們不會去刺殺尤門的原因，是因為我想先嘗試外交手段。」

「外交手段？」塞特問道。「我們不是剛帶了四萬大軍來攻擊他的城市嗎？這不是外交方式。」

「沒錯。」依藍德點點頭。「但我們還沒攻擊。如今我本人前來，倒不如先開始談判，然後再派兵。也許我們能說服尤門王，結盟比戰爭好。」

「如果我們結盟，我要不回我的城市。」塞特在椅子上往前靠。

「我知道。」依藍德說道。

塞特皺眉。

「你忘了自己是什麼人了，塞特。」依藍德說道。「我們沒有『合作』。你跪在我面前，以服侍的誓言交換我不殺你的承諾。如今，我感謝你的忠誠，也會將一個從屬王國交給你統治，但是，你無權挑選我要賜給你哪個王國，也無權挑選時間。」

塞特目瞪口呆地坐在原處，一手放在他麻痺無用的雙腿上。最後，他咧嘴笑了。「他媽的，小子，你這一年來變得挺多的嘛。」

「每個人都喜歡這樣跟我說。」依藍德說道。「紋，妳能溜進去嗎？」

她挑起眉毛。「我希望你不是真的有這種疑問。」

「我只是想比較有禮貌一點。」依藍德說道。「我需要妳幫我做些斥候的工作。我們之前把所有精力都放在郞都跟南方，對於這個統御區裡面最近發生的事情簡直是一無所知。」

紋聳聳肩。「我可以去看看。我不知道你希望我找出什麼就是了。」

「塞特。」依藍德轉身問道。「我需要名字。情報販子，以及可能仍對你忠誠的貴族。」

「貴族？」塞特好笑地問道。「忠誠？」

依藍德翻翻白眼。「那如果是能夠賣點情資給我們的人，怎麼樣？」

「當然。」塞特說道。「我寫幾個名字跟地址給你，如果他們仍住在城市裡，他老子的，如果他們還活著。這年頭，這種事都說不準。」

依藍德點點頭。「我們必須獲得更多資訊才能進行下一步行動。哈姆，確保士兵們駐紮的防禦工事要做好，用德穆教過他們的野地駐紮技術。塞特，去監督侍衛巡邏隊確實組織了起來，確定我們的錫眼們保持警覺，小心地觀察。紋會去城裡刺探軍情，看看能不能像在郞都時那樣溜進去。如果我們知道裡面有什麼，就可以判斷該不該去征服城市。」

集團中的成員紛紛點頭，明白會議結束了。離開時，依藍德走回迷霧中，看著遠方岩石平台上方燃燒的遙遠篝火。

紋如嘆息般靜悄悄地來到他的身側，眼光跟隨他的目光。她站在原地片刻，然後瞥向一旁，有兩名士兵要進入帳棚，把塞特抱走。她的雙眼不滿地瞇起。

「我知道。」依藍德輕聲說道，知道她又想到塞特的事，還有他對依藍德的影響。

「你沒有否認你可能會選擇暗殺。」紋低聲說道。

「希望不會變成這樣。」

「如果會呢？」

「那我會做出對帝國最好的決定。」

紋沉默片刻，然後抬頭看著上方的火焰。

「我可以跟妳一起去。」依藍德提議。

她微笑，吻了吻他。「抱歉，但你太吵了。」她說道。

「拜託，我沒有那麼糟糕吧。」

「當然有。」紋說道。「而且你有味道。」

「哦？」他好笑地問道。「我聞起來像什麼？」

「皇帝。錫眼幾秒鐘就能看出來。」

依藍德挑起眉毛。「原來如此。妳不也有皇家氣味？」

「我當然有。」紋皺著鼻子說道。「可是我知道要怎麼處理它。無論如何，你沒有好到能跟我一起去，依藍德。很抱歉。」

依藍德微笑。親愛的，直率的紋。

在他身後，士兵們抱著塞特離開帳棚，一名勤務兵走上前來，遞上可能願意提供情報的貴族與情報販子名單。依藍德將名單交給紋。「好好去玩。」他說道。

她在兩人間拋下一枚錢幣，再次吻他，然後衝入夜空。

我現在才開始瞭解統御主的文化整合有多麼精闢。他既長生不老，而且在帝國中擁有至高無上全能權力的優點之一，就是他能直接有效地影響最後帝國的發展。

他從不同文化中擷取了不同元素移植入他全新、「完美」的社會。例如，克雷尼恩建築師的建築技巧出現在世家大族的堡壘。克雷尼恩的時尚流行——男士穿套裝，女士穿禮服，是統御主選擇借用的另外一個元素。

我想，雖然他憎恨艾蘭迪所屬的克雷尼恩人民，但其實拉剎克內心是深深傾慕他們的。當時的泰瑞司是鄉野游牧民族，克雷尼恩則是文化極致的發展之國。無論有多諷刺，拉剎克的新帝國模仿了他憎恨的人民的高度文化。

26

鬼影站在只有一個房間的密屋裡。這房間當然是非法的。公民禁止這種東西的存在，因爲住在這裡的人可以不對任何人負責，不受人觀察。幸好，禁令無法阻絕這種東西的存在。

這種房子只是更昂貴。

鬼影的運氣很好。他幾乎記不得自己怎麼從燃燒的建築物上跳下，手中還握著六個鎔金金屬瓶，邊咳嗽，邊流血，不記得怎麼回到自己的密屋。他應該死了。就算沒有被燒死，他也該被出賣。如果這家非法小旅社的老闆發現鬼影是什麼樣的人，從哪裡逃出來，獎金的誘惑必定令人難以抗拒。

可是鬼影活了下來。也許密屋中的其他盜賊認爲他被搶了，或者他們根本漠不關心。無論如何，他都還站在房間前方的小鏡子前，脫下了上衣，不可置信地看著自己的傷口。

我還活著，他心想。而且……覺得蠻不錯的。

他伸展四肢，轉著手臂。這傷口的痛楚遠少於原本應該有的程度，在陰暗的光線下，他可以看到刀傷如今已經結痂，開始癒合。白鑞在他的腹部中燃燒，與熟悉的錫火一同奏出美麗的和諧樂章。

它是不該存在的東西。在鎔金術中，不是擁有基本的八種力量之一，否則就是擁有全部十四種，單有或全有，永遠不會只有兩種。可是鬼影嘗試燃燒別種金屬時，毫無效果。不知如何，他只得到白鑞來搭配他的錫。雖然這件事夠令人訝異，有一件更大的事盤據在他心頭。

他看見了凱西爾的靈魂。倖存者回來了，還在鬼影面前現身。

鬼影不知道該如何反應。他不是有信仰的人，可是……一個死人，或是人家稱之爲神的人，出現在他面前，救了他一命。他擔心那是幻覺。如果眞是幻覺，他又如何取得白鑞的力量？

他搖搖頭，手伸向繃帶，卻因爲鏡子裡面的東西而停下動作。他上前一步，仰賴外面的星光提供足夠的照明。在他敏銳到極致的感官下，輕易就看到肩膀上的皮膚的一小點金屬，只探出些許的小頭。

那個人的劍尖，鬼影想道，就是刺傷我的那把劍。劍斷了，但末端一定是卡在我的皮膚中。他一咬牙，準備要將劍尖拔出。

「不要。」凱西爾說道。「別動它，它就像你身上的傷口一樣，都是存活下來的證明。」

鬼影一驚。他環顧四周，這次沒有人影。只有聲音。可是他很確定他聽見了。

「凱西爾？」他遲疑地問道。

沒有回答。

我要發瘋了嗎？鬼影心想。還是……如同倖存者教會的教義？凱西爾會不會已經成爲某種更偉大、守護信眾的存在？如果是如此，凱西爾原本就一直照看著他嗎？這總讓人覺得有點……不安。不過，如果這爲他帶來白鑞的力量，那他又有什麼好抱怨的？

鬼影轉身，穿上襯衫，再次伸展手臂。他需要更多資訊。他昏迷多久了？魁利恩在做什麼？集團中有別人來了嗎？

他暫時先不去想他的奇異體驗，從房間溜了出去，進入陰暗的街道。以密屋的標準而言，他的並沒有多了不起，只不過是一條貧民窟小巷弄的牆後所隱藏的暗房。可是，總勝過於住在如今他穿越的陰暗、迷霧滿布的城市途中，不斷經過的擁擠綜合屋。

公民喜歡假裝他的小烏托邦裡一切完美，可是鬼影一點也不訝異地發現這裡正如所有城市一樣，自然也有貧民窟。鄔都有許多人因爲自己的原因不喜歡住在可以被公民監控的區域，因此他們居住在一個稱之爲勞難的區域，那裡是一條特別擁擠的運河，遠離所有的主要河道。

勞難區裡雜亂著擠著木頭、布料、身體。小屋靠著小屋，建築物危險地倚靠在岩石與大地上，交相傾疊，沿著運河的石牆，朝黑暗的天空攀爬。某些地方，有人睡覺時只用一片綁在兩塊漂流木之間的骯髒布料遮蔽，上千年來對迷霧的恐懼屈服於現實。

鬼影輕巧地爬下擁擠的運河。有些成堆的建築物堆著又高又寬，天空只剩下窄窄的一線，透下子夜般的天光，除了鬼影的雙眼外，誰都看不清下方。

也許這團混亂正是公民沒有造訪勞難區的原因，或者他只是等著對王國的掌握更穩定後，再來一舉清除他們。無論如何，他嚴格的社會搭配因此創造出來的貧困生活，造成一種奇特、公開的夜間文化。統御主在街道上巡邏，可是公民的傳道表示迷霧屬於凱西爾，因此他不能禁止人民進入迷霧。在鬼影的經驗中，鄔都是第一個可以在半夜時找到一間小酒館還開著在供應飲料的城市。他走入酒館，披風拉得緊緊的。這裡沒有正式的酒吧，只有一群身上髒污的男子圍繞著地上挖出的篝火圍坐，其他人則坐在角落的板凳或箱子上。鬼影找到一個沒有人的箱子，坐了下來。

然後，他閉上眼睛，開始聆聽，篩選進入耳裡的對話。當然所有人的話他都聽得見，就算戴著耳塞也一樣。當錫眼的要訣不是能聽到什麼，而是能忽略什麼。

腳步聲在他附近響起，他睜開眼睛。一名男子身著縫了十幾個不同扣環與鐵鍊的長褲，在鬼影面前停下，重重地往地上放了一個瓶子。「大家都得喝。」那人說道。「我得付錢才能維持這裡，不准有人進來乾坐。」

「你有什麼？」鬼影問道。

酒保踢踢瓶子。「泛圖爾氏五十年陳年精釀，以前一瓶要六百盒金。」

鬼影微笑，掏出一枚佩幣，這是公民所鑄造的錢幣，等同一枚銅夾幣。經濟崩塌還有公民對奢侈品的反對意謂著一瓶過去數百盒金的酒，如今幾乎毫無價值。

「三枚一瓶。」酒保說道，伸出手。

鬼影又掏出兩枚錢幣。酒保將瓶子留在地上，鬼影只好自己將它拿起。沒人給他開酒器或杯子，想來需要額外付費，不過這瓶酒的酒塞倒是比酒瓶口要凸起幾吋。鬼影打量了兩眼。

說不定……

他的白鑞在延燒，不像他的錫是不斷驟燒。他燒白鑞的原因只是爲了要幫助他應付痛楚跟疲累，這效用好到他一路走來酒吧幾乎忘記自己有傷口。他讓白鑞燒得更旺一點後，傷口的痛楚完全消失。然後，鬼影捏著瓶塞用力一扯，幾乎毫不費勁，就讓瓶塞躺在掌心。

鬼影將瓶塞拋在一旁。*我覺得我會喜歡這個能力*，他帶著微笑心想。

他拿著酒瓶直接喝了一口，尋找有意思的對話。他被派來鄔都是爲了蒐集情報，如果一直躺在床上，顯然會對依藍德和其他人沒什麼幫助。房間中有十幾個壓得低低的對話正在進行，大多數都相當憤恨。這裡不會找到多少對政府忠誠的人，這正是鬼影找來勞難區的理由。

「他們說他要把幣制給廢掉。」一個人在篝火邊說道。「他計畫要把所有錢幣蒐集起來，存在他的國庫。」

「這太蠢了。」另一個聲音回答。「錢幣都是他自己鑄造的，現在爲什麼要收回去?」

「這是眞的。」第一個聲音說道。「我親眼見過他談論此事。他說人不該仰賴錢幣，我們應該共同擁有一切，不需要買賣。」

「統御主也從來沒讓司卡擁有錢幣過。」另一個聲音抱怨。「魁利恩這傢伙掌權越久，行事越來越像被倖存者殺掉的那個鼠輩。」

鬼影挑起一邊眉毛，又喝了一口酒。殺死統御主的是紋，不是凱西爾。可是鄔都離陸沙德有好一段距離，大概好幾個禮拜以後才知道統御主喪命。鬼影換了另一個對話，尋找最低聲的交談。在兩名坐在地板角落共享一瓶好酒的男人之間，他找到他想聽的內容。

「他現在把大多數人都登記在案了，」第一人說道。「還不只如此。他有那些書記，那些血統專家，他們不斷問問題，質詢鄰居跟朋友，試圖尋找所有人五代之中是否有貴族血統。」

「可是他只殺兩代內有貴族血統的人。」

「會有新的部門。」另一個聲音低語。「任何五代內都血統純正的人，可以在政府裡面工作。其他人都不可以。如果有人能幫一些人隱藏過去的某些事情，其中大有賺頭。」

嗯，鬼影心想，喝了一口酒。奇特的是，酒精對他沒多少影響。是白鑞，他意識到這點。白鑞增強我的身體，讓我對傷口與痛楚更有抵抗力，也可能避免酒醉？

他微笑。能喝酒卻喝不醉可是沒人跟他提過的白鑞優點，這種技巧一定可以拿來利用。

他將注意力轉向酒吧中的其他客人，尋找有用的線索。另一個對話談論著在礦場裡工作的事。鬼影感覺到一陣冰寒的回憶。那些人講的是煤礦，不是金礦，但抱怨內容是一樣的。坍塌。危險的氣體。悶熱的空氣與毫不理會的工頭。

要不是歪腳帶我走，那原本是我的人生，鬼影心想。

直至今日，他仍然不明白。歪腳為何來了這麼遠，一路到最後帝國遙遠的極東方，拯救一名他素未謀面的姪子？陸沙德裡一定有別的年輕鎔金術師值得他去保護。

歪腳花了一大筆錢，在司卡嚴禁旅行時代，來到很遠的地方，還冒著被鬼影的父親出賣的風險，為此贏得一名街頭頑童的尊敬與服從——他以前面對任何有權威的人，都是選擇逃跑。

鬼影不禁心想，如果歪腳沒有來接我，我會有什麼樣的人生？永遠進不了凱西爾的團隊，也許我會隱藏起鎔金術，拒絕使用它，可能就進入礦坑，過著其他司卡一樣的人生。

那些人一同哀悼了幾名因為坍塌而死去的朋友，聽起來覺得日子跟統御主時代沒差太多。他懷疑自己的人生也許就會像他們那樣。他會在東方的荒涼地區，住在外面悶熱的灰塵中，其他時間在狹窄的地方工作。

他大部分的人生似乎都像是一片灰燼，隨風飛蕩。他去人家要他去的地方，做他們要他做的事情。就算身為鎔金術師，鬼影的人生仍然無人注目。其他人是眞正的偉人，凱西爾組織了不可能的叛變行為。紋打倒統御主。歪腳領軍叛變，成為依藍德的第一位首席將軍。沙賽德是守護者，保守了長達數世紀的知識。微風以三寸不爛之舌與強大的安撫，推動無數人民。哈姆也是強而有力的士兵。可是鬼影，他只會看，什麼都沒做。

直到他跑走，留下歪腳送死的那天。

鬼影嘆口氣，抬起頭。「我只是也想要幫忙。」他低聲說道。

「你可以的。」凱西爾的聲音說道。「你可以是偉大的人。就像我那樣。」

鬼影一驚，環顧四周，但似乎沒有別人聽到那個聲音，鬼影不安地坐回原位。可是他說得有道理。為什麼鬼影總要如此責怪自己？沒錯，凱西爾沒有挑選他加入集團，但倖存者如今親自現身，將白鑞的力量賜給他。

我可以幫助這個城市的人民，他心想，就像凱西爾幫助了陸沙德的居民。我可以做重要的事：讓鄔都加入依藍德的王國，同時將人民的忠誠與儲藏窟都交給他。

我曾經逃走過一次。我再也不需要這麼做。我再也不會這麼做！

酒氣、霉味、人體、灰燼的味道在空中滯留不去。鬼影可以隔著衣服感覺到身體下的木凳的所有紋路，還有人們走過建築物，衣物的摩擦聲與地面的抖動。在此同時，白鑞在他體內燃燒。他驟燒白鑞，讓它跟錫一樣強大。手中的瓶子破裂，因為他捏得太用力，雖然他已經很快放手避免它粉碎，瓶子仍然掉落到地上，而他的另一隻手臂以令人眩目的速度又將瓶子接起。

鬼影眨眼，為自己的速度而讚嘆不已。然後，他微笑。我需要更多白鑞，他心想。

「就是他。」

鬼影全身一僵。房間中有幾個對話突然停止，而他習慣嘈雜聲音的耳朵突然聽到詭異的寧靜。他瞥向一邊，剛才在談論礦坑的人正在看著鬼影，聲音壓低，以爲他聽不到。

「我跟你說，我眞的看到他被警衛刺穿。在被燒死之前，大家都以爲他死了。」

這可不好，鬼影心想。沒有想到自己居然會被人記得，可是……他在城市最繁忙的市集正中央攻擊了士兵。

「度恩一直在講他的事。」那個聲音繼續道。「說他是倖存者集團中的一員……」

度恩，鬼影心想。所以他眞的知道我是誰。爲什麼他把我的祕密到處對人說？我以爲他會更謹愼。

鬼影盡量裝作無所謂地站起身，然後遁入黑夜。

拉刹克發展最後帝國時，妥善利用了敵人的文化，但帝國的其他文化與克雷尼恩文化與社會迥然不同。司卡人民的生活是以凱西族的奴隸生活爲範本。泰瑞司侍從官類似兀特藍的僕人階級，那是拉刹克在第一世紀所征服的民族。

帝國宗教與聖務官制度，其實應該出自哈萊特的行政商業系統。那些人對於重量、尺寸、許可非常重視。統御主會將教廷搭架在他的商務系統之上，在我的看法裡，顯示他並不在乎信眾相信什麼，而是在乎崇拜的穩定、忠誠，還有可以量化的投入。

27

紋穿過黑暗的夜空。迷霧在她身邊盤旋，迴蕩翻攪的暴風雪映著漆黑，從她身邊掠過，似乎要咬她一口，卻從來不貼近超過幾吋之內的距離，彷彿被某種空氣吹走。她記得迷霧曾經貼近她的肌膚，而非被驅趕。這是逐漸發生的改變，她花了好幾個月才意識過來。

她沒有穿迷霧披風。在迷霧裡沒穿那件衣服感覺頗爲奇怪，但這樣反而比較安靜。曾經迷霧披風的效用在於讓守衛或盜賊看到她時會轉身避過，但就如同友善的迷霧一樣，那也屬於過去，如今她只穿著黑襯衫與長褲，兩者緊貼身體，將布料的翻動聲減到最低。

一如往常，除了錢袋裡幾枚銅板跟腰側額外的金屬瓶，她身上沒有任何金屬。她掏出一枚包裹在布料中的銅板，銅板的重量令人安心地躺在她的掌心，她往下一拋，反推金屬讓它直墜入下方的岩石上；布塊掩飾落地的聲響，她則鋼推減緩下降的力量，讓自己暫時停滯在空中。

她小心翼翼地落在一個石頭平台，而後將錢幣拉回手中，躡手躡腳地溜過，腳下都是鬆軟的灰燼。不遠處，一小群侍衛坐在黑夜裡低聲交談，依藍德的軍營如今只是迷霧中的一小撮火光。士兵們談著春寒，說今年似乎比往年還嚴重。雖然紋赤足，卻無太大的感覺，這是白鑞賦予的能力。

紋燃燒青銅，沒有聽到任何脈動。這些人沒有燃燒金屬。塞特前來陸沙德的原因之一就是他無法召集足夠的鎔金術師保護他免受迷霧之子的暗殺。尤門王大概也有同樣的問題，所以應該不會在寒夜裡派少有的鎔金術師來監視敵方軍隊。

紋小心翼翼地溜過守衛。她不需要鎔金術就能安靜地行動，她跟哥哥瑞恩以前曾當過小偷，溜進別人的住宅裡，這方面的訓練是她畢生的功課，更是依藍德永遠無法明白或學到的。他再怎麼練習白鑞，技巧再怎麼與日俱進，但永遠不會有整個童年時期都在爲求生存所精鍊培養出來的直覺。

她溜過守衛區，再次躍入迷霧中，利用包裹好布塊遮掩聲音的錢幣做爲錨點，遠遠地閃過城市前方的火堆，繞往法德瑞斯的後方。大多數巡邏都會集中在城市前方，因爲後方會有高聳岩石做爲天然屏障。當然，那對紋來說甚至算不上不方便，她很快就從數百呎的空中落到一片石牆上，再降落在城市最後方的小巷中。

她跳到屋頂上，利用熔金術的力量在街道之間快速跳躍，對城市進行初步的勘查。她很快便訝異地發現，法德瑞斯居然這麼大。依藍德稱這裡是「鄉下小城」，所以在紋的想像中，這裡不比小鄉村大多少。到達之後，她開始想像這裡是個處處有士兵軍哨，冷寂嚴峻的碉堡，沒想到，實際上與她的想像相差甚遠。

她早該知道生長於陸沙德大城的依藍德會對什麼是大城這件事有扭曲的概念。法德瑞斯夠大了。紋算得出幾個司卡貧民窟，幾棟貴族豪宅，甚至兩棟有陸沙德風格的堡壘。宏偉的石頭建築物上有典型的美麗彩繪玻璃窗，還有飛簷高聳的外牆，那絕對是城市內最顯要貴族的住宅。

她降落在其中一棟堡壘附近的屋頂。城市中大多數的建築物都只有一兩層高，這跟陸沙德偏好的高樓顯然非常不同。樓房間的距離也比較寬，通常扁又平，而不是高挑又尖，卻讓堡壘看起來反而更大。建築物爲長方形，兩端各自有三座尖塔，尖塔上方有白色的石雕裝飾。牆上都是美麗的彩繪玻璃窗，在室內燭光的映照下，每扇都熠熠生光。

紋蹲在低矮的屋頂，看著在盤旋迷霧中的美麗色澤。有一瞬間，她回到幾年前參與陸沙德的舞會、進行凱西爾推翻最後帝國的計畫之中。當時她既緊張又沒有自信，擔心她找到的充滿可信賴同伴與美麗宴會的新世界會在身邊崩壞。某種程度來說，她擔心的事的確發生了，那個世界已然消失——是她協助摧毀的。

可是在那幾個月中，她很安然幸福，也許遠勝過於她這一生中的任何時候。她愛依藍德，很高興人生進展到能稱呼他爲丈夫的階段，但是她早期跟著集團成員時有某種純真，那些跟依藍德一起度過的舞會，有他在她的桌子邊讀書、假裝忽略她日子；夜晚學習鎔金術的祕密生活；傍晚在歪腳店舖中的桌子旁，跟集團的人共同歡笑的時光。他們面對策劃推翻帝國如此巨大的任務，卻不必感覺到治理的重擔，或是必須對未來負責的壓力。

在王位的傾倒與世界的崩毀間，她不知何時已成長成一名女人。曾經她極端害怕改變，然後極端害怕失去依藍德，如今她的恐懼較難以描述……變成擔心她不在以後會發生什麼事。如果她找不出來她需要的祕密，帝國的人民會遭遇如何的命運。

她不再凝視巨大的堡壘，轉而反推煙囪柵門後，往下躍入黑夜。參加陸沙德的舞會大幅改變了她，留下一個她永遠擺脫不了的殘存影響——她的體內有一部分對於舞蹈跟宴會的直覺反應。很久以前，她非常努力想要掙扎瞭解那部分的她如何能與生活中的其他部分相安無事。她仍然不確定自己知道答案。法蕾特·雷弩，她的僞裝身分，究竟是紋的一部分，還是只爲了達成凱西爾的計謀被創造出來的幻象？

紋越過城市，記憶防禦工事的狀況與守軍的位置。哈姆跟德穆早晚會找到方法，指派眞正的軍事間諜進城，他們會需要從紋身上得到最基本的資訊。她也格外留心居住狀況。依藍德原本希望城市已經在掙扎著想要生存，讓他的圍城令狀況更惡化，讓尤門王更有可能屈服。

但她沒有看到明顯的挨餓或毀壞的跡象，在晚上仍然看不太出來。城市的街道沒有灰燼，有許多的貴族屋子似乎都有人住。她以爲有大軍逼近的消息傳來，貴族會是最先溜掉的一群人。

紋暗自皺眉，繼續完成在城市內巡邏的工作，最後落在塞特建議的廣場上。這裡的豪宅之間有寬闊的庭園與修剪整齊的樹木。她沿著街道走，一面數著。在第四座。她越過大門，朝山坡上的屋子前進。

她不確定會找到什麼。塞特離開城市畢竟已有兩年，但他說這可能是最願意提供幫助的情報販子。一如塞特的指示，大屋後方的陽台是亮著的。紋多疑地在黑暗中多等了一下，迷霧冰冷且不友善，但能提供掩蔽。她不信任塞特，擔心他仍然因爲一年前在陸沙德的堡壘中攻擊他的事情而記恨。她充滿警戒心地拋下錢幣，躍入空中。

陽台上只有一個人坐著，正如塞特的描述。描述中，這個人的外號叫慢快。老人似乎藉著燈光在閱讀。紋皺眉，但仍然依照指示，降落在陽台的欄杆上，然後蹲在會讓普通訪客接近的梯子旁。

老人沒有從書前抬起頭，只是靜靜地抽著菸斗，一條厚重的毛毯蓋在膝蓋上。紋不確定他有沒有注意到她。她清清喉嚨。

「好的，好的。」老人平靜地說道。「我等一下就來。」

紋歪著頭，看著有濃密眉毛與雪白頭髮的奇特男子。他穿著貴族的套裝，圍著圍巾，穿著鑲有極大片毛領的外套，看起來對於蹲在他欄杆上的迷霧之子毫不在意。終於，老人闔上書本，然後轉向她。「妳喜歡聽故事嗎，小姐？」

「什麼樣的故事？」

「當然是最好的故事。」慢快敲著書說道。「跟怪物和傳說有關的。有人說是神話，那是司卡在火堆邊，低語訴說著霧魅、鬼魂、剝靈這類的事情。」

「我沒時間聽故事。」紋說道。

「這年頭似乎越來越少人有了。」遮篷擋去灰燼，但他似乎不在意迷霧。「我不知道他們這麼執著的眞實世界有哪裡好。近來那不是什麼好地方。」

紋以青銅很快地檢查了一遍，但這人什麼都沒燃燒。他到底在玩什麼把戲？「有人跟我說你可以提供資訊。」她小心翼翼地說。

「我絕對可以。」男子說道，然後微笑，瞥向她。「我有許多資訊，但妳大概會覺得大部分是無用的。」

「如果代價是要聽故事的話，我聽。」

男子輕笑。「如果把聽故事當成『代價』的話，那這故事一定完蛋了，年輕的小姐。妳叫什麼名字，誰派妳來的？」

「紋・泛圖爾。」紋說道。「塞特給我你的名字。」

「啊。」男子說道。「那混蛋依然活著？」

「是的。」

「好吧，我想我可以跟個老文友派來的人談一談。從欄杆上下來吧，妳讓我要頭暈了。」

紋爬下欄杆，滿心警戒。「文友？」

「塞特是我認識的最優秀詩人之一，孩子。」慢快說道，揮手要她坐在椅子上。「在他被政治偷走之前，我們交換閱讀彼此的作品長達十年。他也不喜歡故事。對他來說，一切都必須是不假掩飾的『眞實』，就連他的詩也一樣。這似乎是妳會同意的態度。」

紋聳聳肩，坐在他示意的椅子上。「大概吧。」

「我認爲這件事很諷刺，但妳絕對無法明白爲什麼。」老人微笑地說道。「妳來找我有什麼事？」

「我需要知道關於尤門王的事。」

「他是個好人。」

紋皺眉。

「哦？妳沒想到？」慢快說道。「所有是妳敵人的人都必須是惡人？」

「不。」紋說道，回想起帝國崩解前的時光。「我最後嫁給了一個我的朋友們會稱之爲敵人的人。」

「嗯。那這麼說好了，尤門是很傑出的人，也是不錯的國王，遠比塞特一輩子來做都會好上太多的國王。我的老朋友太用力，反而因此變得殘暴，他沒有領袖必要的細膩手腕。」

「尤門做了什麼事情這麼好？」紋問道。

「他讓城市免於分崩離析。」慢快抽著菸斗說道。煙霧與盤旋的迷霧混合為一。「況且，他給了貴族跟司卡兩者都要的東西。」

「例如？」

「穩定，孩子。有一段時間裡，世界動蕩不安，司卡跟貴族都不知道自己的位置在哪裡。社會在崩解，人民在挨餓，塞特並沒有努力阻止這一切，他的奮鬥都是為了保有他以殺戮換來的東西。然後，尤門上台。人們在他身上看到權威。在崩解前，是統御主的教廷在治理帝國，人民因此願意接受聖務官為領袖。尤門立刻掌握了農莊，將食物運給他的人民，然後讓工廠重新開始運作，再次打開法德瑞斯的礦場大門，也給了貴族某種一切正常的幻象。」

紋靜靜地坐著。以前，她可能不相信在被壓迫千年後，人民還會願意回到奴隸生涯，但如今陸沙德也發生類似的情況。他們趕走給他們極大自由的依藍德，讓潘洛德掌權，原因就為了他承諾會將他們失去的東西還給他們。

「尤門是聖務官。」她說道。

「人們喜歡熟悉的東西，孩子。」

「他們被壓迫。」

「總要有人領導，」老人說道。「而總要有人跟隨。這是萬物的道理。尤門給了人們自從崩解時期以來就渴望的東西——身分。司卡可能必須工作，可能會被打，可能會被奴役，但他們知道自己的位置。貴族可能花費時間參加舞會，但生活又有了秩序。」

「舞會？」紋問道。「世界都要結束了，尤門還在舉辦舞會？」

「當然。」慢快說道，長長地抽了一口菸。「尤門的統治是靠著維持熟悉的過去。他將人民過去擁有的還給他們，而舞會是崩解時期前生活中很重要的一部分，就算是在法德瑞斯這樣較小的城市。今天晚上就有舞會在舉行，就在奧瑞爾堡壘。」

「就在有大軍前來圍城的日子？」

「妳自己才剛說這世界已經快要結束了。」老人拿菸斗指著她。「事實上是，大軍並不重要。況且尤門瞭解一件就連統御主都不明白的事情——他總會親自參加臣子舉辦的舞會，藉此安撫且安慰他們。這點讓有軍隊抵達的這麼一天，更是完全適合舉行舞會。」

紋靠回位子，不知該做何感想。在她預期會這城市中找到的東西裡，舞會是名單上最不可能的項目。

「好吧，那尤門的弱點在哪裡？」她說道。「他的過去有什麼我們可以利用的？個性中的弱點？應該挑哪裡下手？」

慢快靜靜地抽著菸斗，一陣微風吹過迷霧跟灰燼，灑在他年邁的身影上。

「怎麼樣？」

老人吐出一口煙霧與迷霧的氣息。「孩子，我剛才跟妳說過，我喜歡那個人。我有何原因要提供會讓妳用來對付他的情報？」

「你是情報販子。」紋說道。「賣情報就是你的工作。」

「我是說故事的人。」慢快糾正。「而且不是所有故事人人都能聽。爲什麼我要跟會攻擊我的城市、推翻我的國王的人討論這個？」

「一旦城市屬於我們，我們會給你強而有力的地位。」

慢快輕哼。「如果妳覺得這種事情會引起我的興趣，那塞特顯然沒跟妳說多少關於我的個性。」

「我們可以給你更多錢。」

「我賣的是情報，孩子，不是靈魂。」

「你不太合作。」紋評論。

「那告訴我，孩子，這與我何干？」他微微笑了。

紋皺眉。這一定是我去過的情報交換會面中，最奇怪的一次。

慢快抽著菸斗，似乎也沒期待她的答話，甚至看起來像是覺得對話已經結束了。

他是貴族，紋心想。他喜歡世界原本的樣子。舒適。連司卡都害怕改變。

紋站起身。「老頭，讓我來告訴你，這與你何干。因為落灰很快就會淹沒你這漂亮的小城。迷霧會殺人。地震會撼動地面，灰山越來越燙。改變即將到來。很快地，就連尤門都無法忽視。你們痛恨改變，我也痛恨改變，但事情不能維持如以往——而這也是好的，因為當人生再無改變的時候，跟死了也沒什麼兩樣。」她轉身要走。

「他們說妳會阻止灰燼落下。」老人輕輕從她身後說道。「把太陽再次變黃。他們叫妳倖存者繼承人。世紀英雄。」

紋停下腳步，轉身隔著背叛了她所有期待的迷霧，看著抽著菸斗、闔起書本的老人。

「是的。」她說。

「聽起來像是很不容易實現的命運。」

「不是實現，就是放棄。」

慢快靜靜地坐著片刻。「坐下來，孩子。」老人終於再次朝椅子示意。

紋重新坐下。

「尤門是個好人。」慢快開口。「可是以領導者而言，只能算是平庸。他是聖務官，資源廷的一員，他可以讓事情運作，像是將補給品運到正確的地方，組織建築工作，在一般時期中，這樣的才能已經足以使他成為不錯的領袖。可是……」

「在世界結束的時候就不夠了。」紋輕聲說道。

「一點也沒錯。如果我沒弄錯，妳的丈夫是有遠見跟行動力的人。如果我們這個小城要能活下去，那我們必須是你們提供的未來的一部分。」

「該怎麼做？」

「尤門沒有多少弱點。」慢快說道。「他是個冷靜且有榮譽心的人，但是他對統御主跟統御主的組織有絕對的信仰。」

「他現在還是這麼想？」紋驚問。「統御主已經死了！」

「那又怎麼樣？」慢快笑盈盈地問道。「妳的倖存者上哪兒去了？如果我沒記錯的話，他好像也死了，不過死亡並沒有阻撓到他的革命行動，不是嗎？」

「是。」

「尤門是個有信仰的人，」慢快說道。「這可以說是個弱點，也可以是個優點。有信仰的人往往願意嘗試表面上看起來不可能的事情，相信會有神的庇佑來幫助他們度過難關。」他瞥了紋一眼。「如果信錯了對象，就會成爲弱點。」紋不發一語。信仰統御主就是信錯了對象。如果他眞的是神，她就不可能殺得死他。在她的想法中，這是顯而易見的道理。

紋什麼都沒有說。信仰統御主是錯的。如果他眞的是神，那她根本無法殺死他。在她的想法中，這件事很單純。

「如果尤門還有弱點，就是財富。」慢快說道。

「這不算弱點。」

「如果來源不明就是了。他在某處有錢，多得令人懷疑，遠超過當地教廷財庫應有的量。沒有人知道是從哪來的。」庫藏，紋精神一振。他眞的擁有天金！

「妳對這件事的反應有點太大。」慢快抽著菸斗說道。「妳跟情報販子交易時不該這麼明顯露出情緒。」紋滿臉通紅。

「無論如何，如果這樣夠了，我希望繼續看書。幫我跟灰侯問好。」老人說完，繼續要看書。

紋點點頭，站起身走到欄杆邊。她才剛走，慢快便清清喉嚨。「通常我這樣的行為是有回報的。」他刻意說道。

紋挑起一邊眉毛。「我以為你說故事不該有代價。」

「我只說故事本身不該有價。這跟聽到故事本身需不需要代價無關，雖然有人不同意，但我相信沒有代價的故事絕對是毫無價值的。」

「這一定是你這麼做的唯一理由。」紋淺淺微笑，將一袋錢幣拋給老人，只留下幾枚包裹著布塊的錢幣。「皇家金幣。這裡還通行吧？」

「可以。」老人說道，將錢收起。「可以的……」

紋躍入黑夜，跳到幾個房子外的地方，一面燃燒青銅檢查是否身後傳來鎔金波動。她知道自己的天性讓她對看來是弱者的人反而更有疑心。有很長一段時間她都相信塞特是迷霧之子，只因為他雙腿麻痺。但是她仍然檢查慢快。這是一個她覺得不需要戒掉的習慣。

身後沒有波動。於是她掏出指示，繼續往下一名情報販子前進。她算是相信慢快的話，但她需要確認。她選了一個完全相反的情報販子，一名叫做霍伊得的乞丐，塞特說可以在很晚的時候在某個廣場找到他。

幾下快速的起落將她帶到定點。她落在屋頂上往下望，掃瞄這個區域。灰燼被准許於此落下，堆積在角落，讓一切看起來很凌亂。廣場旁的小路中縮著幾具身影，是無家亦無工作的乞丐。紋曾經那樣過活，睡在小巷，因為灰燼而咳嗽並一直希望不會下雨。她很快就找到不像其他人一樣在睡覺的人影，靜靜地坐在輕淺的落灰之中。她的耳朵聽到一個聲音，那個人在輕哼著歌，一如塞特說的。

只是，紋遲疑了。

她說不上是什麼原因，但這情況總有哪裡讓她覺得不安，不對勁。她沒有停下來細想，轉身跳走。這就是她跟依藍德之間的差別，她不會總是需要原因。感覺就夠了。他總想要把事情查個水落石出，問出個爲什麼，他的邏輯也是她愛他的理由，但是對於她就這麼決定離開廣場，他一定會覺得很不解。

也許她進入廣場不會發生什麼不好的事。也許會。她永遠不會知道，也不需要知道。一如她過去生命中的無數次，紋只是接受她的直覺，然後繼續前進。

她的飛行帶著她落到塞特在指示中特別描述的街道。紋在好奇之餘沒有去找另一名情報販子，而是沿著道路前進，在迷霧中的錨點間跳躍。她落在一條鋪滿石板的街道上，離一棟窗戶點亮的建築物不遠。

這棟建築物雖然矮且外觀樸實，仍然顯得相當氣派——也許只因爲它的體積。塞特寫了，資源廷是法德瑞斯的建築物中最大的一棟，法德瑞斯是陸沙德跟西方重要大城之間的樞紐，靠近幾條運河，又防守妥當能抵擋盜賊攻擊，是鋼鐵教廷區域總部的絕佳位置。可是，法德瑞斯城沒有重要到能吸引教義廷或審判廷，這兩者是鋼鐵教廷傳統上最重要的部會。

意思是，尤門身爲資源廷的首席聖務官，也就是這一區的宗教領袖。從慢快所說，紋認定尤門是個標準的資源聖務官：枯燥、無聊，極端地有效率。因此，他一定選擇讓過去的教廷大樓成爲他的皇宮。這是塞特的猜測，紋親眼證實了這件事。雖然時間已不早，但建築物中仍然充滿了忙碌感，也被無數士兵所守衛。尤門選擇這棟建築物的原因可能是要提醒大家，他的權威從何而生。

很不幸的是，統御主的庫藏也必定在這裡。紋嘆口氣，沒繼續研究建築物的外表。一部分的她想要溜進去，找方法繞到下方的洞穴，但她卻拋下錢幣，衝入空中。連凱西爾都不會在第一晚的探查中就想潛入目標物。她之前進入過鄔都的教廷大樓，是因爲裡面空無一人。她得跟依藍德討論一番，同時研究城市幾天後才能做溜入防守森嚴的建築物這種事。

她利用星光跟錫讀著第三名，也就是最後一名情報販子的名字。又是一個貴族，沒什麼好意外，塞特的身分即是如此。她開始著朝她要前進的方向出發，此時卻注意到一件事。

有人在跟蹤她。

她只捕捉到身後有人跟隨的些許蹤跡，對方的行蹤被翻攪的迷霧遮掩。紋嘗試性地燃燒青銅，得到身後隱約傳來的鼓動，而且是隱藏的鎔金脈動。通常像她身後的鎔金術師在燃燒紅銅時，會讓他不受鎔金青銅的感應，但紋從來都無法解釋爲何她能看穿這個僞裝。

統御主跟他的審判者們據說都可以。

紋繼續前進。跟蹤她的鎔金術師顯然認爲自己在紋的感應中是隱形的。他以快速、流暢的跳躍跟隨，躲在安全的距離之外。他不是頂出色，但也算中等好手，而且絕對是迷霧之子，只有迷霧之子才能同時燃燒紅銅跟鋼。

紋不訝異。她之前就猜到如果城裡有迷霧之子的話，絕對會被她的跳躍引來，不過爲了更加保險，她刻意不燃燒任何紅銅，讓她的鎔金鼓動可被正在聆聽的任何迷霧之子或搜尋者發現。她寧可引出敵人，也不要在暗處受敵。

她加快速度，但沒有快到會引起對方的懷疑，因此跟隨的人必須加快腳步才能跟上她。紋不斷朝城市前方移動，彷彿打算要離開。一段距離過後，她的鎔金術感應產生兩條藍線，指向將城門安在岩壁上的兩個巨大鐵栓。鐵栓是極強的金屬來源，散發的線條又粗又亮。

它們是絕佳的錨點。她一邊驟燒白鑞避免被力道壓扁，一面反推鐵框，讓自己往後猛飛。

她身後的鎔金鼓動頓時消失。

紋穿過灰燼跟迷霧，緊繃的衣服在風中鼓動。她很快將自己拉到一座屋頂上，緊繃地蹲下。另一名鎔金術師一定停止燃燒他的金屬，可是爲什麼這麼做？他知道她能看穿紅銅雲嗎？如果知道，當初爲何要衝動地跟著她？

紋感到一陣寒意。夜裡還有一種會散發鎔金脈動的可能性。霧靈。她已經有一年多沒見到它了。上次它們相遇時，它幾乎殺了依藍德，最後卻用讓他成爲迷霧之子的方式救了他。

她仍然不明白霧靈在這一切中的角色是什麼。它不是滅絕——她在將滅絕從昇華之井解放出來前感覺過它的存在。兩者是不同的。

我甚至不知道今天晚上這個是不是霧靈，紋告訴自己。可是跟蹤她的人消失得如此突然……

迷惘且心下一片冰寒的她將自己推出城外，快速地回到依藍德的營地。

統御主在文化上的改革還有一點值得研究：科技。

我已經提過，拉刹克選擇使用克雷尼恩的建築方法搭建大型建築物，同時擁有得以建築陸沙德此等大型城市所需的建築科技。可是在其他方面，他抑制科技發展。例如火藥這件事因爲拉刹克的極端反對，消失的速度幾乎跟泰瑞司宗教一樣快。

顯然拉刹克覺得只要有軍火，普通人也能跟經過多年訓練的弓箭手一樣致命——這件事是讓人很緊張。所以，他偏好弓箭手。軍隊越倚賴技術訓練，農民就越難起兵反抗。的確，這是司卡反抗行動總是失敗的部分原因。

28

「妳確定是霧靈嗎？」依藍德皺眉問道，桌上一張刻在金屬紙的信正寫到一半。他決定要睡在駁船的船艙而非帳棚，除了比較舒適外，也覺得有牆壁在周圍比帆布更讓人安心。

紋嘆口氣，坐在兩人的床上，膝蓋靠著下巴，整個人縮成一團。「我不知道。我有點被嚇到了，所以馬上離開。」

「很好。」依藍德說道，一面因想到霧靈對他做的事而打個寒顫。

「沙賽德確信霧靈並不邪惡。」紋說道。

「我也是。」依藍德說道。「但如果妳還記得，就是我走到它面前跟妳說我覺得它是友善的，而差不多那時候它就朝我捅了一刀。」

紋搖搖頭。「它想阻止我釋放滅絕。它以爲如果你要死了，我會將力量留下來治療你，而不是放棄力量。」

「妳無法確定它的動機，紋。妳可能是把不同巧合串連在一起。」

「也許。不過它也讓沙賽德發現滅絕會竄改文字。」

這件事至少是眞的，如果沙賽德對這件事的描述可以相信。自從廷朵死後，那泰瑞司人就有點……自我矛盾。不，依藍德立刻感覺到突然襲來的罪惡感，馬上如此告訴自己。不，沙賽德是可以信任的。也許他正在掙扎著處理他的信仰問題，但他比我們所有人都還可靠兩倍。

「唉，依藍德。」紋輕聲開口。「有好多事情我們都不知道。近來我總覺得我的人生像是用一種我無法理解的語言所寫成，而霧靈跟這一切有關，但我甚至無法理解是如何有關。」

「它可能是站在我們這邊的。」依藍德說道，雖然他很難不去記起被它刺了一刀，生命漸漸流失的感覺。知道自己快死了，明白那對紋的影響。

他強迫自己將注意力移回眼前的討論。「妳認為霧靈試圖阻止妳解放滅絕，而沙賽德說它給了他重要資訊，意思是它是我們敵人的敵人。」

「目前是如此。」紋說道。「可是霧靈比滅絕要弱太多。我兩者都有感覺到。滅絕很……大。強。它可以聽到我們所說的一切，同時看到所有地方。霧靈黯淡得多，比較像是殘影，而非真正的力量或是存在。」

「妳仍然覺得它恨妳嗎？」

紋聳聳肩。「我已經一年沒見到它了，可是我不覺得那是會改變的事情，我一直都感覺到它的恨意及敵意。」她停頓了一下，皺眉。「一開始……我第一次看到霧靈，是當我開始感覺到迷霧已經不再是歸屬的時候。」

「妳確定殺人、讓人生病的不是霧靈？」

紋點點頭。「我很確定。」她對這件事很堅定。依藍德覺得她這樣有點武斷。鬼魅一樣的東西在迷霧裡移動？聽起來就像是人民在迷霧中會猝死一樣。

當然，死在迷霧中的人不是被刺死，而是痙攣至死。依藍德嘆口氣，揉揉眼睛。他要寫給尤門王的信只寫了一半，還躺在書桌上。他得明天早上再繼續寫。

「依藍德。」紋說道。「今天晚上我跟某人說我會阻止灰燼落下，把太陽變成黃色。」

依藍德挑起眉毛。「妳提到的情報販子？」

紋點點頭，兩人沉默對坐。

「我沒想過妳會承認這種事。」他終於說道。

「我不是世紀英雄嗎？連沙賽德開始變奇怪前也是這麼說的。這是我的命運。」

「同樣的『命運』不也說妳會得到昇華之井的力量，然後為了人類而釋放它？」

紋點點頭。

「紋，我真的不認為『命運』是我們現在需要擔心的事情。」依藍德帶著笑容說道。「畢竟我們有證據顯示預言會被滅絕扭曲，欺騙人們去解放它。」

「總要有人擔心灰燼的事。」紋說道。

他無法辯駁什麼。邏輯的一面讓他想要辯論，要求他們應該專注於他們該做的事——創建穩定的政府，發掘統御主留下的祕密，取得庫藏裡的補給品。可是，持續不斷的灰燼似乎變得更濃密，如果再這麼下去，要不了多久，天空就只剩一片濃密的黑灰。

光想紋，他的妻子，能夠有辦法改變太陽的顏色或落灰，實在太難以相信。德穆說得對，他心想，輕敲著寫給尤門王的金屬信函。*我真的不是一名很虔誠的倖存者教會成員。*

他望著在船艙對面的她，坐在床上，神色疏離，想著這不該是她需要擔負的責任。即便整個晚上四處跳躍，即便他們在路上顛簸多時，即便她臉上沾了灰燼，她仍然美麗動人。

在那瞬間，依藍德體悟到一件事。紋不需要多一個膜拜她的人。她不需要另一個德穆那樣虔誠的信徒，尤其不該是依藍德。他不需要是虔誠的教會成員。他要是個好丈夫。

「好吧。」他說道。「就這麼做吧。」

「什麼？」紋問道。

「拯救世界。」依藍德說道。「把落灰停止。」

紋輕輕地哼了一下。「你說得好像在開玩笑。」

「不，我是認真的。」他站起身。「如果妳覺得這是妳必須去做，如果妳覺得那就是妳的使命，那我們就這麼做。我會盡量幫忙。」

「那麼你之前說的話呢？」紋說道。「就在上一個庫藏，你還在說分工。我努力處理迷霧，你來統一帝國。」

「我錯了。」

紋一笑。突然間，依藍德覺得世界復原了一點。

「好吧，那妳有什麼呢？」依藍德跟她一起坐在床上。「有什麼想法？」

紋遲疑了一下。「有。」她說道。「但我不能告訴你。」

依藍德皺眉。

「不是我不信任你。」紋說道。「是滅絕。在最後一個儲藏窟，我找到靠近下方的第二段刻文。它警告我，任何我說的、我寫的，都會被敵人知曉，所以如果我們談得太多，它就會知道我們的計畫。」

「這讓兩人要一起處理問題變得困難了一點。」

紋搖搖頭。「依藍德，你知道我最後爲什麼決定要嫁給你嗎？」

依藍德搖搖頭。

「因爲我發現你信任我。」紋說道。「勝過任何人，以前所未有的方式信任我。在我跟詹對打的那天晚上，我決定我必須全然地信任你。這股想要毀滅世界的力量，永遠無法理解我們所擁有的。我不是一定需要你的幫助，但我需要你的信任，你的希望，這是我自己從來沒有的東西，而我仰賴你。」

依藍德緩緩點頭。「妳有的。」

「謝謝。」

依藍德繼續說：「妳知道嗎？在妳拒絕嫁給我的時候，我一直在想妳好不一樣。」

她挑起一邊眉毛。「你還眞愛幻想啊。」

依藍德微笑。「拜託，妳得承認妳很特別，紋。妳就像是貴族、街頭流浪兒，還有貓的奇特綜合；況且，在我們在一起的短短三年內，妳除了殺了我的神以外，殺了我的父親，我的兄弟，還有我的未婚妻。

有點像是用殺人的方法把他們一個個都變不見了。妳不覺得以建立感情的基礎而言，這有點奇怪嗎？」

紋只是翻翻白眼。

「我只能慶幸我沒有別的近親了。」依藍德說道，然後他瞅著她。「當然，還有妳。」

「你暗示什麼都沒有用，我可不會去把自己溺死。」

「不是，抱歉。」依藍德說道。「我只是……妳知道的。總而言之，我想要跟妳解釋一件事。最後，我不再擔心妳有多奇怪。我明白如果我瞭解妳，其實那件事一點都不重要，因爲我信任妳。妳懂嗎？無論如何，我想我只是要說，我認同妳。我不是眞的知道妳在做什麼，我也不知道妳要如何辦到，但是，嗯，我相信妳可以。」

紋靠向他。

「我只希望我能幫上忙。」依藍德說道。

「那幫我分析數字。」紋說道，不滿地皺眉。雖然一開始是她發現那些倒於迷霧中的人數比例有點奇怪，但依藍德知道她覺得數字很麻煩。她從來沒有受過處理數字的訓練或練習。

「妳確定這兩件事有關連？」依藍德問道。

「是你說這比例很奇怪的。」

「有道理。好，我來處理。」

「不論你發現什麼，不要告訴我。」紋說道。

「那要怎麼樣幫忙啊？」

「信任。」紋說道。「你可以告訴我要怎麼做，就是不要告訴我爲什麼。也許我們就能搶先一步。」

搶先一步？依藍德心想。它擁有將整個帝國埋葬於灰燼的力量，似乎也能聽到我們說的一切。我們要怎麼比那種東西「搶先一步」？可是，他才剛答應要信任紋，於是他要這麼做。

紋指著桌子。「那是你要寫給尤門的信嗎？」

依藍德點點頭。「我希望他願意跟我談話，畢竟我人都來了。」

「慢快似乎覺得尤門是個好人。也許他會聽。」

「我很懷疑。」依藍德說道。他無聲地靜坐片刻，然後握拳，煩躁地一咬牙。「我跟其他人說我想要嘗試外交手段，但我知道尤門一定會拒絕我，所以我才帶了軍隊來，我其實可以派妳溜進去，就像在鄔都時那樣，可是溜進這裡對我們的幫助不大，我們必須佔領城市才能得到補給品。

「我們需要這座城市。就算妳沒有那麼想要知道庫藏裡有什麼，我還是會來這裡。尤門對我們的王國而言意謂著太大的威脅，還有統御主可能在石穴裡留下重要訊息的這件事更不容忽視。尤門囤有穀類，但這裡的日曬根本不足以種植，所以他可能會以穀類來養人民，那根本是浪費，我們已沒有足夠的種子來種滿整個中央統御區，我們必須佔領這座城市，或者至少必須達成結盟。

「但是，如果尤門不肯和談的話要怎麼辦？派軍隊去攻擊附近的村莊嗎？對城市的補給品下毒嗎？如果妳是對的，他找到了密室，他的食物就遠比我們預期的還要多。不毀了食物，圍城必定失敗，可是如果我毀了食物，他的人民就會挨餓……」依藍德搖頭。「妳記得我處決加斯提那次嗎？」

「那是你的權力。」紋快速說道。

「我相信是的。」依藍德說道。「可是我殺他是因爲他領了一群克羅司來到我的城市，然後允許克羅司肆虐我的人民，然而我在這裡卻幾乎要做同樣的事情——外面有兩萬隻怪物。」

「你可以控制牠們。」

「加斯提也覺得他可以。」依藍德說道。「我不想讓這些怪物肆虐，紋，可是如果圍城失敗，我必須要破壞尤門的防禦工事呢？最後我必須用到克羅司。」他搖搖頭。「如果我能跟尤門談談，也許我能跟他講道理，或者至少說服我自己，必須讓他下台。」

紋遲疑了一下。「可能有……方法。」

依藍德瞥向一旁，與她四目交望。

「他們仍然在城裡舉辦舞會，」紋說道。「而且尤門王每一場都會參加。」

依藍德訝異地眨眨眼。一開始，他以爲他一定是聽錯了。可是，她的眼神，那不顧一切的堅定，告訴他並沒有聽錯。有時候，他會在她身上看到一絲倖存者的影子，故事中的凱西爾，大膽到不計後果的程度，勇敢且衝動。他對紋的影響遠超過她願意承認的。

「紋。」他沒好氣地說。「妳是在建議我們去參加被我們圍攻的城市裡的一場舞會嗎？」

紋聳聳肩。「有何不可？我們都是迷霧之子，不費什麼力氣就能進城。」

「是的，可是……」他沒繼續說下去。

我會有一整個房間裡面都是我想要威嚇的貴族，更不要提可以跟拒絕與我會面的人見面，而且是一個他不能輕易逃跑，否則會看起來像是懦夫的場合。

「你認爲這是個好主意。」紋俏皮地微笑。

「這是個瘋狂的主意。」依藍德說道。「我是皇帝，不該爲了參加舞會而溜入敵方城市。」

紋瞇起眼睛瞪著他。

「可是我願意承認，這個想法的確頗爲誘人。」

「尤門不來見我們，那我們就去打亂他的宴會。」紋說道。

「我已經好久沒參加舞會了。」依藍德深思地說道。「我得找點好書出來，重溫一下過去。」

突然間，紋臉色發白。依藍德看著她，當場錯愕，感覺出了什麼問題。不是他說的話，是別的。怎麼了？殺手？霧靈？克羅司？

「我發現一件事，」紋以凝重的眼神看著他。「我不能去舞會——我沒帶禮服！」

統御主不是禁止某些科技，他是完全壓制科技進步。如今想來，在一千年中，無論是農耕技術、建築方式，幾乎沒有進展是相當怪異的事情，就連服飾流行在統御主的統治下都出奇地固定。

他建構了完美的王國，然後試圖讓它不要改變。大致上他是成功的。例如懷錶，另一個克雷尼恩的發明，十個世紀後跟十個世紀前的設計基本上沒有改變。一切都是一樣。

當然，直到一切崩解。

29

如同最後帝國中的多數城市，鄔都被禁止擁有城牆。在沙賽德反抗人生的早期，城市不能建築城牆對他而言意謂著統御主的弱點，如果統御主擔心反叛以及可以阻擋他的城市，也許他知道沒有人知道的事情——他是可以被打敗的。

像這樣的想法將沙賽德帶到了梅兒，最後是凱西爾面前。而今，帶他來到鄔都，一個最後眞正反抗貴族領導的城市。很可惜的是，它將依藍德·泛圖爾跟那些貴族全部都混爲一談。

「我不喜歡這樣，守護者大人。」葛拉道隊長在沙賽德身邊走著。如今沙賽德爲了形象，必須跟微風和奧瑞安妮同坐在馬車上。在離開泰瑞司人民之後，沙賽德跟上微風和其他人，如今將要一起抵達他們的目的地。

「這裡的情況據說有點混亂。」葛拉道繼續說道。「我不覺得您會安全。」

「我懷疑有你想的那麼嚴重。」沙賽德說道。

「老傢伙啊，所以皇帝才會派大使啊。」微風說道，彎下腰看葛拉道。「這樣如果有人被抓，好歹皇帝是安全的。親愛的朋友，我們跟依藍德絕對不同的一點——我們是可被犧牲的。」

葛拉道聽到這句話皺眉。「我不覺得自己很適合被犧牲。」

沙賽德望向馬車外，隔著落灰看著城市。這裡不小，更是帝國中最古老的城市之一。

他饒富興味地注意到路面正緩緩往下斜，直到進入乾涸的運河渠道。

「這是什麼？」奧瑞安妮問道，金色的頭探出馬車的另一邊。「他們爲什麼把道路建在水溝裡？」

「運河，親愛的。」微風說道。「這城市以前都是運河，現在都乾涸了，一場地震還是什麼的讓河流改道了。」

「好詭異。」她說道，將頭又收了回來。「它們讓建築物看起來有兩倍高。」

他們進入城市中心時，兩百名士兵圍繞在他們身邊，迎接他們的是一群身著褐色制服的鄔都士兵。沙賽德當然派遣了要前來造訪的消息，而國王，他們稱之爲「公民」的人，允許沙賽德將他的一小團士兵一同帶入城市。

「他們說國王想要立刻與您見面，泰瑞司大人。」葛拉道走回馬車說道。

「那人還眞不浪費時間啊？」微風問道。

「那我們去吧。」沙賽德說道，朝葛拉道點點頭。

「這裡不歡迎你們。」

公民魁利恩是一名短髮男子，有著粗糙皮膚，還有近乎軍事化的儀態。據說這個人原本在崩解前不過是個農夫，沙賽德很想了解他是從何取得如此的領導技巧？

「我明白你不希望在城市裡看到外國士兵。」沙賽德小心翼翼地說。「可是你一定明白我們不是來攻佔你們的，兩百人算不上什麼入侵大軍。」

魁利恩站在書桌前，雙手交疊在背後。他穿著似乎是普通的司卡長褲跟襯衫，但兩者都被染成極深的紅色。他的「會客廳」是一個大會議室，原本是某個貴族的家。牆壁被洗白，水晶燈被移除，少了家具跟裝飾，這房間感覺像個盒子。

沙賽德、微風和瑞安妮坐在堅硬的凳子上，這是公民唯一提供的招待。葛拉道帶著十名士兵站在後方護衛。

「這跟士兵無關，泰瑞司人。」魁利恩說道。「跟派你來的人有關。」

「泛圖爾皇帝是良善且講理的君主。」沙賽德說道。

魁利恩一哼，轉向他的一名同伴。他有許多同伴，大約有二十人，沙賽德認爲他們是他政府中的成員；大多數人跟魁利恩一樣身穿紅衣，但顏色沒那麼深。

「依藍德．泛圖爾是騙子和暴君。」魁利恩舉起一隻手指，回過身來說道。

「這不是眞的。」

「哦？」魁利恩問道。「他是如何取得王位的？靠在戰場上打敗史特拉夫．泛圖爾跟灰侯．塞特？」

「戰爭是——」

「戰爭往往是暴君的藉口，泰瑞司人。」魁利恩說道。「我手上的報告說，他的迷霧之子妻子那天強迫兩個國王跪倒在她面前，強迫他們發誓要效忠於他，否則會被她的克羅司怪物屠殺。這聽起來像是『良善且講理的君主』的行爲嗎？」

沙賽德沒有回答。

魁利恩上前一步，雙手平貼著桌面。「你知道我們對這城市裡的貴族是如何處置的嗎，泰瑞司人？」

「你殺了他們。」沙賽德輕聲說道。

「正如倖存者所命令。」魁利恩說道。「你聲稱在崩解前是他的同伴，但你服侍過他想要推翻的貴族世家。你不覺得你前後矛盾嗎，泰瑞司人？」

「凱西爾大人的目標因爲統御主之死而達成。」沙賽德說道。「一旦達成，和平——」

「和平？」魁利恩問道。「告訴我，泰瑞司人。你聽過倖存者提過和平嗎？」

沙賽德遲疑了。「沒有。」他承認。

魁利恩一哼。「至少你還誠實。我跟你說話的唯一理由是因爲泛圖爾夠聰明，派了個泰瑞司人來此。如果他派了貴族，我會當場殺了那賤人丟進火堆，將他焦黑的頭顱送回去當回禮。」

房間陷入沉默。緊繃。片刻後，魁利恩背向沙賽德，面對他的同伴。「你們感覺到了沒？」他問他的手下。「你能感覺到你們自己開始感到羞愧嗎？檢視你們的情緒，你們有突然感覺到與這些騙子的僕人有關連嗎？」

他轉過身，看著微風。「我向你們都警告過鎔金術，貴族的黑暗工具。現在，你們都能感覺到了。那個坐在我們尊貴的泰瑞司人身邊的男人，叫做微風，他是世界上最邪惡的人之一。一個能力不低的安撫者。」

魁利恩轉身面對微風。「告訴我，安撫者。你的魔法爲你帶來了多少朋友？你強迫多少敵人自殺？你身邊的漂亮女孩，是你用技藝將她騙上床的嗎？」

微風微笑，舉起酒。「好傢伙，你確實是揭發了我，但你與其竊喜自己注意到我的碰觸，也許更應該要捫心自問：我爲什麼要你說出剛才那番話。」

魁利恩一愣，不過微風當然是在唬他。沙賽德嘆口氣。他應該要表現得義憤塡膺，但這不是微風的手法。如今公民在接下來的會議中都會猜測自己是不是受到微風的引導。

「魁利恩先生，現在的世道很危險，你一定也注意到了。」

「我們可以保護自己。」魁利恩說道。

「我不是說軍隊或盜賊，公民。我是在說灰燼跟迷霧。你注意到迷霧在白天滯留的時間越來越長了嗎？你發現了它會對在外的人民做奇怪的事，造成他們的死亡嗎？」

魁利恩沒有反駁或責怪他說的是蠢話。這就足以讓沙賽德明白，這城市也有人因此而死去。

「灰燼不斷落下，公民。」沙賽德說道。「迷霧會致命，克羅司隨意作亂。現在是擁有強大同盟的好時機。在中央統御區，我們能種植更好的作物，因爲我們擁有更多日照。泛圖爾皇帝發覺了控制克羅司的方法，無論未來幾年發生什麼事，成爲泛圖爾皇帝的盟友都是明智之舉。」

魁利恩搖搖頭，彷彿很無奈。他再次轉向同伴。「你看，我不是說了。首先，他告訴我們他懷抱和平前來，再來就是威脅。泛圖爾控制克羅司，泛圖爾控制食物，接下來他會說泛圖爾控制迷霧！」魁利恩轉身面對沙賽德。「威脅對我們來說沒用，泰瑞司人。我們不擔憂未來。」

沙賽德挑起一邊眉毛。「爲什麼？」

「因爲我們跟隨倖存者。」魁利恩說道。「滾。」

沙賽德站起。「我希望留在城裡，也許下次再與你會面。」

「不會再有會面。」

「無論如何，我希望留下。」沙賽德說道。「我保證我的手下不會惹麻煩。我能獲得你的許可嗎？」

魁利恩低聲地咒罵兩句後，方才對他揮手。「我禁止你，你也只是會再溜回來。你要留就留，泰瑞司他尊敬地低頭。

人，但我警告你遵從我們的法律，不要惹麻煩。」

沙賽德行禮，然後與他的人一起退下。

「好啊，一心只想殺人的革命份子，所有人都穿著一樣的灰色衣服，溝槽一樣的街道，每十棟建築物中就有一棟被燒成白地。依藍德可眞幫我們挑了一個很棒的地方來拜訪，記得提醒我回去時要謝謝他。」

沙賽德微笑，雖然不覺得有多少笑意。

「老傢伙，不用這麼嚴肅嘛。」微風揮舞著手杖說道，坐在被士兵包圍的馬車中。「我有感覺，魁利恩沒有他的外表那樣凶猛，我們早晚能夠說服他。」

「我不確定，微風大人。這地方……跟我們之前造訪過的城市都不一樣。這些領袖沒有被逼到絕境，人民也相當乖順，我想這次要達成任務沒那麼容易。」

奧瑞安妮戳戳微風的手臂。「阿風，那邊，看到沒？」

微風逆著陽光瞇起眼睛，沙賽德往前傾身，望向馬車一邊。一群人在中庭裡燃起一大簇火，巨大的火焰在朝天空散發出一條筆直的黑煙。沙賽德反射性地尋找錫意識想增強視力。他將衝動放在一旁，選擇在午後的陽光下瞇起眼睛。

「看起來像是……」

「織錦畫，」一名走在馬車邊的士兵說道。「還有家具。根據公民的說法，豪華的東西是貴族的象徵，這次的燃燒當然是爲了你們。魁利恩大概把一堆這種東西都放在倉庫裡，需要的時候就可以進行這麼具有戲劇效果的場面。」

沙賽德全身一僵。這名士兵的消息也太過靈通。沙賽德多疑地探出頭，仔細地瞧了瞧。他跟其他士兵一樣都穿著披風，拉起頭罩來抵擋落灰，但當此人轉過頭時，沙賽德發現他居然在眼前綁了厚厚的繃帶，彷彿他是瞎子一般。即便如此，沙賽德仍認得那張臉孔。

「親愛的鬼影！」微風驚呼。「我就知道你會出現。你爲什麼要矇眼呢？」

鬼影沒有回答，只是轉過身，望向後方燃燒的火焰，肢體語言透露出一絲……緊繃。

那塊布一定是薄到可以見物，沙賽德心想，否則鬼影不可能在完全沒有視覺的情況下仍能如此輕鬆優雅地行動，不過那布看起來確實厚到似乎能擋住所有光線……

鬼影轉向沙賽德。「你需要在城市裡建立一個指揮中心。你們挑好了嗎？」

微風搖搖頭。「我們原來想設在旅社。」

「城裡沒有眞正的旅社。」鬼影說。「魁利恩說人們應該彼此照顧，讓訪客住在自己家裡。」

「嗯。」微風說道。「那也許我們需要在戶外紮營。」

鬼影搖搖頭。「沒有必要。跟我來。」

「鋼鐵教廷？」沙賽德皺著眉頭，一面爬下馬車問道。

鬼影站在他們面前通往宏偉建築物的台階上。他轉過頭，包裹著布料的頭點了一點。

「魁利恩沒有碰任何部會的建築物。他下令封鎖它們，卻沒有劫掠或燒光它們。我想他是害怕審判者。」

「這是很健康也很理性的害怕，小子。」仍坐在馬車中的微風說道。

鬼影哼了一聲。「審判者不會來打擾我們的，微風。他們正忙著殺紋。來吧。」

他走上台階，沙賽德跟隨在後。他聽到微風從後方誇張地發出一聲嘆息，然後要士兵拿把陽傘過來遮擋落灰。

建築物寬廣宏偉，一如所有部會的辦公大樓。在統御主的時代，這些建築物在最後帝國的城市裡均是爲了提醒眾人帝國的強權。其中的祭司們多半是公務人員跟書記，但那就是最後帝國眞正的力量來源——對資源的掌控與對人民的管理。

鬼影站在建築物寬廣卻被封起的大門前。一如鄔都中大多數的建築物，它是以木頭而非石頭搭建。他抬起頭，彷彿看著落下的灰燼，等待沙賽德跟微風跟上。他向來不多話，在他的叔叔於陸沙德一戰喪命後更是越發沉默。沙賽德一到，鬼影便開始將建築物前面的木板拆掉。「我很高興你來了，沙賽德。」他說道。

沙賽德動手幫忙拆下木板。他使勁試圖要拔下鐵釘，但他一定挑選了比較難拆的，因爲鬼影選的木板都是隨抓即落，但沙賽德挑的卻連動都不動。「你爲什麼高興我來了呢，鬼影大人？」

鬼影一哼。「我才不是什麼大人，阿沙。依藍德從來沒給我頭銜。」

沙賽德微笑。「他說你要頭銜只是爲了獲得女人青睞。」

「當然。」鬼影說道，一面笑著拆下另一塊木板。「除此之外，要頭銜有什麼用？況且，請叫我鬼影，這是個好名字。」

「好的。」

鬼影伸出一隻手，輕而易舉地就將沙賽德想要拉動的木板給拆下。什麼？沙賽德震驚地想。沙賽德不算體格壯碩，但也從來不認爲鬼影有多強壯。這小子一定有練習。

「無論如何，我很高興你來了，我有事情要跟你討論。」鬼影轉身說道。「是別人可能不會瞭解的事情。」

沙賽德皺眉。「哪類事情？」

鬼影微笑，一肩抵著門，用力一推，展露後方黑暗空洞的大廳。「人與神的事情，阿沙。來吧。」男孩消失在黑暗中。沙賽德在外面等待，鬼影完全沒點燈，不過能聽見他在裡面走動的聲音。

「鬼影？」他終於喊道。「我什麼都看不見。你有油燈嗎？」

一陣沉默。「噢，對。」鬼影的聲音傳來。片刻後，一點光亮出現，之後油燈開始發光。

微風懶洋洋地走到沙賽德身後。「沙賽德，告訴我，是只有我這樣認爲，還是那小子從我們上次見到他之後有點變了？」

「他似乎有自信得多了。」沙賽德說道，暗自點頭。「也更有能力。你覺得那個眼罩的用處是什麼？」

微風聳肩，握住奧瑞安妮的手臂。「他向來有點奇怪。也許他覺得那會幫助他僞裝，不讓人發覺他是凱西爾集團的成員之一。這小子的個性跟發音大有長進，我願意接受他有一兩個怪癖。」

微風跟奧瑞安妮進了大廳，沙賽德則向葛拉道隊長揮揮手，示意他應該在外面設立安全線。後者點點頭，派遣一隊士兵跟著沙賽德和其他人一同進入。最後，沙賽德暗自皺眉，進入建築物。

他不確定自己以爲會看到什麼。這棟建築物曾是審判廷，是教廷所有部會中最惡名昭彰的一個。這不是沙賽德會期待進入的地方。他上次進入類似的房間是瑟藍集所，那是一個絕對詭異的地方。不過這棟建築物的室內與瑟藍完全不像，只是一個辦公室，確實比大部分教廷建築物要更簡單一點，但木牆上仍然有織錦畫，地上仍有大幅的紅地毯，牆壁有金屬裝飾，每個房間都有壁爐。

沙賽德跟著微風和鬼影走在建築物中，他能想像統御主時代這建築物是什麼樣子。那時一定沒有灰塵，只有俐落有效率的氣氛；桌子前一定都是行政人員，蒐集管理貴族、司卡反抗軍，甚至其他教廷部會的資料。管理統御主帝國的教義廷與巡察帝國的審判廷之間，長年都是敵對。

這裡並不是充滿恐懼，而是充滿筆記本與檔案的地方。審判者大概鮮少造訪此處。鬼影領著他們穿過幾間擁擠的房間，走向後方一個較小的儲藏室。沙賽德看見這裡的地板並非完全覆蓋灰塵。

「你來過？」他問道，跟在鬼影、微風、奧瑞安妮身後進入。

鬼影點點頭。「跟紋一樣。你不記得報告？」說完，他開始在地上摸找一陣後，找到一個隱藏的手把，掀起一扇地門。沙賽德望向下方的黑色洞穴。

「他在說什麼？」奧瑞安妮對微風悄聲問道。「紋來過？」

「她在這個城市裡探訪過，親愛的。」微風說道。「爲了找……」

「庫藏。」沙賽德說道，看著鬼影爬下通往黑暗的梯子。他沒拿油燈。「是統御主留下的補給品密室，全都在教廷大樓下面。」

「我們在這裡不就是爲了取得庫藏？」奧瑞安妮問道。「這不就找到了。爲什麼還要面對那個公民還有他發瘋的農民？」

「我們不可能將補給品從被公民統治的城市中全部搬出。」鬼影的聲音飄上來，微微迴蕩。「下面東西太多了。」

「況且，親愛的，依藍德不是派我們來取得補給品，他是派我們來鎮壓叛變。我們掌控之下的主要城市不能反叛，尤其不能讓反叛行動擴張。不過，我必須承認面對這種問題有點怪異——我們居然在阻止叛變，而非引發叛變。」

「那我們可能得以叛變對抗叛變，微風。」鬼影的聲音從下方傳來。「如果這樣能讓你覺得比較安心。無論如何，你們到底要不要下來？」

沙賽德跟微風交換了一個眼神，微風朝黑洞比了比手勢。「請。」

沙賽德拾起油燈，爬下梯子。在下方，他發現一個小石穴，一面牆被拆掉，露出後方的大石穴。他踏入房間，微風在他身後落地，然後沙賽德幫助奧瑞安妮落地。

「統御主的！」微風喊道，來到他身邊。「這裡大極了！」

「統御主為了極大災難時才設置這些密室。」鬼影說道，站在他們身前。「這些東西應該要能幫一個國家度過我們現在面對的困難。如果數量不夠多，就沒什麼用了。」

用「豪奢」形容一點也沒錯。他們站在靠近洞穴屋頂邊的平台，在下方岩石下的一個大房間裡，沙賽德可以看到一排又一排的食物放在洞穴中央。

「我們應該在這裡設定指揮中心，沙賽德。」鬼影說道，走向往下的樓梯。「這裡是城市內唯一一個可以防守的地方。如果我們將軍隊搬到上面的房間，可以利用這個洞穴裡的存糧做為補給，緊急時也可以退守此處，甚至要長期抗戰都不是問題。」

沙賽德轉身，看著通往房間的門口。它小到一次只有一人能通過，防守甚佳。況且大概有方法可以把它關起來。

「我突然覺得在這個城裡，可以過得安心一點了。」微風評論。

沙賽德點點頭，轉身，再次看著洞穴，聽到遠方的水聲。

鬼影已經走下台階。他的聲音再次迴響在室內。「每個庫藏都有不一樣的主題。」

沙賽德率先走下台階，葛拉道的士兵則跟著微風進入房間。雖然士兵們都提著油燈，但微風跟奧瑞安妮仍然緊黏在沙賽德身後。

很快地，沙賽德發現遠方有東西在閃爍。他舉高油燈，停在台階上，發現遠方的暗色太深，不可能是石穴地板。

微風輕輕吹聲口哨，看著巨大的地下湖。「好吧。我們終於知道運河的水到哪去了。」

一開始，大家都覺得拉刹克奴化泰瑞司宗教是因爲憎恨，但我們知道拉刹克是泰瑞司人後，他摧毀泰瑞司宗教的行爲變得很怪異。我想這跟世紀英雄的預言有關。拉刹克知道存留的力量會回到昇華之井。如果泰瑞司宗教存活下來，也許有一天有人會找到昇華之井，並且取得力量，用它來對付拉刹克並且傾倒他的帝國。所以，他直接封鎖關於世紀英雄以及其應做之事的文獻，希望只有他自己知道井的祕密，不讓任何人明白。

30

「你們不打算說服我？」依藍德帶著笑意問道。

哈姆跟塞特交換一個眼神。

「我們爲什麼要？」哈姆站在船頭。遠方太陽正在落下，迷霧已然開始聚集，船緩緩搖晃，士兵聚集在岸邊準備過夜。自從紋第一次進入法德瑞斯之後，已經過了一個禮拜，但她仍然溜不進儲藏窟。

下一個舞會之夜來臨，紋跟依藍德準備去參加。

「我可以想出幾個你們會反對的原因。」依藍德用手指開始數。

「首先，我會面臨被逮捕的可能，非常不智。第二，在舞會中現身，會被確定我是迷霧之子，證實尤門原本不確定的傳言。第三，我讓我們的兩名迷霧之子出現在同一個地方，容易被攻擊，這不可能是好主意。最後，在戰爭中去參加舞會根本是瘋了。」

哈姆聳聳肩，一邊手肘靠著甲板欄杆。「這跟你在陸沙德圍城戰時進入你父親的敵陣情況差不多，只不過當時你不是迷霧之子，而你的政治地位不如今日。尤門敢動你才是瘋了，他一定知道光跟你在同一個房間就有性命之憂。」

「他會跑。」塞特從位子上開口。「你一到，舞會就會結束。」

「不。」依藍德說道。「我不覺得。」他回過頭去看著他們的船艙。紋仍然在打扮。她要求軍營的裁縫師將煮飯女孩們的洋裝改造成她的禮服。依藍德很擔心。無論這件服飾有多美，跟那些華貴的舞會禮服比起來，必定顯得格格不入。

他轉頭看塞特跟哈姆。「我不認爲尤門會逃。他早知道如果紋想殺他就會祕密攻擊。他很努力地假裝統御主垮台之後世界並沒有改變，當我們出現在舞會時，他會覺得我們願意跟他一起假裝。他會留下來看看能不能在保有自己立場的情況下，獲得一些優勢。」

「那人是個笨蛋。」塞特說道。「我不敢相信他想恢復過去。」

「至少他努力給他的子民他們想要的。你就是這點做錯了，塞特。你離開的時候就失去了你的王國，因爲你對於滿足任何人都沒興趣。」

「國王不需要滿足任何人。」塞特斥罵。「他是擁有軍隊的人，這表示人民需要滿足他。」

「事實上，這個理論不可能成眞。」哈姆摩挲下巴說道。「國王必須要滿足某人，畢竟，如果他打算強迫所有人照他說的去做，他至少得滿足他的軍隊。可是如果軍隊會因爲能隨意欺凌他人而滿足，你的邏輯可能也說得通……」

哈姆漸漸沉默，滿臉沉思，塞特大力皺眉。「爲什麼什麼在你眼裡都是個邏輯大拼圖？」他質問。哈姆只是繼續摸著下巴。

依藍德微笑，再次瞥向船艙。能聽到哈姆這麼說，依藍德忍不住微笑，高興他有點恢復過往的樣子。塞特抗議哈姆的邏輯的方法幾乎跟微風一模一樣。事實上……也許哈姆最近不那麼喜歡提出他的邏輯謎團，依藍德心想。是因為最近沒人抱怨他一直糾纏不休。

「對了，依藍德……」塞特說道。「如果你死了，就輪到我掌權，對吧？」

「如果有事情發生，紋會掌權。」依藍德說道。「你知道的。」

「好。」塞特說。「如果你們都死了呢？」

「紋之後，沙賽德是下一個順位的帝位繼承人，塞特。我們討論過了。」

「是，但這支軍隊怎麼辦呢？」塞特說道。「沙賽德在鄔都。在我們跟他會合之前，誰要領導這些人呢？」

依藍德嘆口氣。「如果有一天，尤門殺了我跟紋，那我建議你快跑，因為你雖然會是掌權者，但是殺死我們的迷霧之子應該接下來就要殺你。」

塞特滿意地微笑，不過這番話讓哈姆皺眉。

「你從來不想要頭銜，哈姆。」依藍德指出。「至今我給你的所有領導職位，你都不是很喜歡。」

「我知道。」他說。「那德穆呢？」

「塞特經驗比較充足。」依藍德說道。「哈姆，他骨子裡沒他表面上裝得那麼壞，你必須了解。塞特，如果狀況不好，我命令你回陸沙德去，找到沙賽德，告訴他，他現在是皇帝。好了，我想應……」

船艙門打開，依藍德立刻停止說話。他轉身，掛上最好的笑容，然後全身一僵。

紋站在門口，穿著一件令人驚豔的黑色禮服，外鑲銀色滾邊，剪裁時尚，雖然裙襬外散，下面以數層襯裙撐起，整體線條仍然看起來非常流暢。她習慣綁起來的黑髮如今放下，長達鎖骨，剪得整整齊齊，微微捲曲。身上戴著唯一一件首飾就是她簡單的耳針，是她孩提時從母親那兒得到的。

他總認爲她很美，但是……他有多久沒看到她穿著禮服，放下頭髮，妝容精緻的模樣？他試圖想要開口讚美她，但似乎怎麼都說不出口。

她輕盈地走上前，快速地吻他。「你的反應代表我沒把衣服穿錯。我忘記穿禮服有多麻煩了，還要化妝！眞的，依藍德，以後不准再抱怨你的套裝有多難穿。」

站在他們身邊的哈姆正在輕笑。紋轉過頭。「幹麼？」

「啊，紋。」哈姆靠回門框，強壯的手臂環抱身體。「妳什麼時候背著我長大了？好像還是上個禮拜的事情，妳還跑來跑去，躲在角落，有著男孩子的短髮還有老鼠的舉動。」

紋寵溺地微笑。「你記得我們第一次會面的時候嗎？你以爲我是個傳話童。」

哈姆點點頭。「當微風發現我們原來一直都在跟一個迷霧之子說話時，他幾乎嚇昏了！眞的，紋，有時候我很難想像妳就是那個凱西爾帶來加入我們集團，像小老鼠一樣的女孩。」

「已經過五年了，哈姆。我現在二十一歲了。」

「我知道。」哈姆嘆口氣說道。「妳跟我的孩子們一樣，在我還來不及熟悉他們孩童的模樣前，就已經長成大人了。事實上，我對妳跟阿依的瞭解可能勝過我自己的孩子……」

「你會回到他們身邊的，」紋伸出一隻手按著他的肩膀。「就等這一切結束。」

「噢，我知道。」他微笑地說，總是樂天知命。「可是，失去的永遠找不回來。我希望這一切都値得。」

依藍德搖搖頭，終於能夠重新發話。「我只有一句話要說。如果燒飯的女孩子們都穿著那種衣服，那我付她們的薪水實在太高了。」

紋大笑。

「我是認眞的。」依藍德說道。「軍隊的裁縫很厲害，但這禮服不可能出自營地裡的任何材料。妳從哪弄來的？」

「這是一個祕密。」紋瞇起眼睛微笑。「我們迷霧之子極端地神祕。」

依藍德遲疑。「呃……我也是迷霧之子啊，紋，這實在不合理。」

「我們迷霧之子說話不必合理，」紋說道。「那不符合身分地位。來吧，太陽已經下山了。我們得動作快點。」

「去跟敵人好好跳舞吧。」哈姆說道，看著紋從船上跳下，鋼推自己飛過迷霧。依藍德揮手道別，也將自己鋼推入空中。他衝入天空時，錫力增強的耳朵聽見哈姆在跟塞特說話的聲音。

「所以……除非有人抱你，否則你哪裡都去不了，對嗎？」打手問道。

塞特不置可否地哼了一聲。

「太好了。」哈姆說道，聽起來相當滿意。「我有幾個你應該會很喜歡的哲學難題……」

穿著禮服時，鎔金跳躍並不容易。每次紋要降落，禮服下襬就會膨脹，如一堆被驚飛的鳥兒拍打磨蹭。

紋不太擔心裙下風光會走光，不單單是天色暗到大多數人看不出來，她在襯裙下面也穿著長統襪。不幸的只是，翻動的裙襬在空氣中造成的阻力讓跳躍變得困難許多，也發出許多噪音，不知道她在翻過天然岩石形成的城牆時，守衛們會有何感想。她覺得自己聽起來像是十幾面在狂風中獵獵作響的旗子。

她終於減緩速度，挑選一座灰燼被清理乾淨的屋頂降落。她輕輕著陸，跳起轉身，裙襬散開後，緩緩下降，等著依藍德。他隨即出現，降落遠沒有她那麼流暢，他重重地著陸，還發出一聲悶哼。不是他不擅長鋼推或鐵拉，純粹是因爲練習不如紋那麼頻繁。她在剛成爲鎔金術師的第一年中聽起來大概就像這樣。

好啊，也許跟她不一樣，她寵溺地想，看著依藍德拍掉身上的灰燼。可是我確定大多鎔金術師在只有練習一年之後，大概也就是依藍德的程度。

「剛才那一連串的跳躍還眞不容易，紋。」依藍德說道，微微喘氣，回頭看著懸崖一般的岩石結構，火焰在夜空中高高燃燒。依藍德穿著他標準的白色軍服，是廷朵爲他設計的。他派人將這件上面的灰刷乾淨，也修剪了鬍子。

「我不能經常降落，」紋解釋。「這些白襯裙一下子就會沾到黑灰。來吧，我們得進去。」

依藍德轉身，在黑暗中微笑，看起來頗爲興奮。「這件禮服，妳是付錢請城裡的裁縫師幫妳做的？」

「事實上我是付錢請城裡的朋友幫我訂製，還幫我買化妝品。」她繼續前跳，朝奧瑞爾堡壘前進。根據慢快的說法，今晚舞會就在那裡舉行。她一直浮在空中，沒有降落。依藍德跟在身後，利用同樣的錢幣行進。

很快地，他們來到迷霧中的一團鮮豔色澤，像是沙賽德故事裡說的美麗光暈之中。光團從內側被點亮，變成她上次潛入時看到的巨大堡壘彩繪玻璃。紋往下側斜，穿過迷霧，考慮一會兒是否該落到中庭，躲開警戒的眼神，好讓她跟依藍德能夠低調入場。然後，她否決了這個決定。

這不是個低調的夜晚。

所以，她選擇直接落在通往城堡一般建築物的正門口，鋪著地毯的台階迎接她的降落，吹散幾片殘存的灰燼，露出一小片乾淨的區域。依藍德一秒後降落在她身邊，挺直身體，雪白的披風在身邊翻飛。在台階頂端，兩名身著制服負責迎賓的僕人全身一僵，滿臉詫異。

依藍德對紋伸出手臂。「請？」

紋勾住他。「好的。」她說。「最好趁那些人找來侍衛之前。」

兩人走上台階，聽到後方一小群正在下馬車的貴族發出驚異之聲。其中一名迎賓僕人走上前來要擋住紋跟依藍德。依藍德小心翼翼地按上那人的胸膛，搭配白鑞增強的一推，那人腳下一個不穩，急退數步之後撞上牆壁。另一人快奔而去，想要招來警衛。

在接待室中，準備進入大廳的貴族們開始交頭接耳。紋聽見他們在問是否有人認得這組黑白搭配的奇特訪客。依藍德堅定地上前，紋緊跟在他身邊，讓所有人急忙慌張地爲他們讓道。依藍德跟紋快速穿過小房間，他將名片遞給等著迎賓唱名進入大廳的僕人。

他們等著僕人，此時紋發現她開始屏住呼吸，彷彿正在重溫舊夢，或是一個愉快的記憶？有一瞬間，她是幾年前的那個年輕女孩，去到泛圖爾堡壘參加她的第一個舞會，擔心又緊張無法扮演好自己的角色。

可是，她已經不再感覺到同樣的不安。她不擔心自己是否能被眾人接納或相信。她殺了統御主。她嫁給了依藍德·泛圖爾，而且比這兩件成就更神奇的是，在這一團混亂與繁雜之中，她終於找到了她自己。不是街頭的少女，雖然那是她成長的地方。不是宮廷的女子，雖然她欣賞舞會的美與優雅。不同的人。一個她喜歡的人。

僕人重新讀了一遍依藍德的名片，隨即臉色發白。他抬起頭。依藍德直視對方的雙眼，輕輕點頭，彷彿在說：「很抱歉，但這是眞的。」

僕人清清喉嚨，依藍德領著紋進入大廳。

「至高皇帝，依藍德·泛圖爾皇。」僕人以清亮的聲音宣告。「以及紋·泛圖爾女皇，倖存者繼承人，世紀英雄。」

整個舞會大廳突然不自然地變得安靜。紋跟依藍德停在門口，讓貴族們都有機會好好看清楚他們。奧瑞爾的主要大廳跟泛圖爾堡壘一樣兼具舞廳功能，但設計並非高挑圓拱，而是以偏矮的屋頂綴有小巧精緻的石雕，彷彿建築師選擇以精美而非氣派取勝。

整個房間以不同顏色的白色大理石雕造。房間大到可以容納數百人，雖然加上舞池跟桌子，仍然感覺相當寬敞舒適。室內以一排排的裝飾大理石柱和巨幅落地彩繪玻璃劃出不同區塊。紋很佩服這個設計。陸沙德堡壘大多數都把彩繪玻璃鑲嵌在外層牆壁，如此一來可被外面的燈光點亮，雖然這座堡壘也採取了同樣設計，但眞正的大師級傑作卻是將其立於舞池中，供人從雙面欣賞。

「統御主啊。」依藍德低語，眼光掃過聚集的眾人。「他們眞的認爲可以忽視外面的世界，對不對？」

金、銀、青銅、紅銅閃爍在身著華貴禮服與筆挺紳士套裝的身影上。男子通常穿著深色，女子通常穿著彩色。一群樂師在角落演奏弦樂器，音樂不受震驚的氣氛影響，端著食物跟飲料的僕人不確定地在一旁等著。

「是的。」紋低聲說道。「我們應該要離開門口。侍衛抵達時，我們要跟人群混在一起，讓士兵無法決定他們是否想要攻擊。」

依藍德微笑。她知道他心裡在想的是她不喜歡背後暴露在外。可是，她也知道他明白她說得對。兩人走下短短的大理石台階，加入宴會。

司卡可能會躲避如此危險的一對，但紋跟依藍德以貴族禮儀爲外皮，而最後帝國的貴族們相當擅長假裝，當他們不知道該怎麼舉手投足時，他們會選擇標準做法——彬彬有禮。

紳士與淑女紛紛鞠躬與行禮，彷彿皇帝與女皇的造訪本就是意料中事。紋讓依藍德帶領，他對於宮廷的經驗遠豐富於她。他向經過的人點頭打招呼，展現適切的自信。侍衛終於出現在身後的大門，可是他們顯然擔心會打擾宴會的進行。

「在那裡。」紋說道，朝左邊點點頭。隔著彩繪玻璃的隔間，她可以看見一個坐在高台上桌邊的人影。

「我看到了。」依藍德說道，領著她繞過玻璃，讓紋第一次見到亞拉單·尤門，西方統御區之王。

他比她預料得還要年輕，也許跟依藍德年紀差不多。圓潤的臉龐，認真的雙眼，尤門按照聖務官的傳統剃了光頭，深灰色的袍子顯示他的地位，眼睛周圍繁複的刺青也顯示他是資源廷非常高階的成員。

紋跟依藍德走上前時，尤門站起身，看起來完全地震驚。士兵開始慢慢進入房間，依藍德停在距離披著白桌巾與有著透明水晶餐具的貴客桌不遠處。他迎上尤門的目光，其他賓客安靜到紋猜想大多數都正屏住呼吸。

紋檢查了她的金屬存量，微微轉身，一眼盯著侍衛，然後從眼角看到尤門舉起手，低調地揮手要士兵退下。

紋抬頭看著依藍德。「好吧。」她悄聲說道。「我們進來了。現在怎麼辦？」

「我要跟尤門談話。」依藍德說。「但我想再等一下，讓他習慣我們的存在。」

「那我們應該跟眾人寒暄。」

「分開嗎？這樣我們可以接觸到更多貴族。」

紋遲疑了。

「我可以保護自己，紋。」依藍德微笑說道。「我保證。」

「好吧。」紋點點頭，那不是她遲疑的唯一原因。

「盡量跟越多人說話越好。」依藍德說道。「我們要粉碎他們對安全生活的幻想。畢竟我們已經證明尤門無法把我們阻擋在法德瑞斯外，而且也展現我們完全不受他威脅，以致於我們可以大搖大擺地進入他正在參加的舞會中。一旦引起騷動，我就會去跟他們的國王談話，到時候他們絕對會豎耳傾聽。」

紋點點頭。「你跟眾人交際時，留意一下誰會願意支持我們反抗現任政府。慢快暗示過，城裡有些人對於國王處理事情的方法不甚滿意。」

依藍德點點頭，吻了吻她的臉頰，然後，只剩下她一個人。紋穿著她美麗的禮服，感覺到一瞬間的驚慌。過去兩年，她刻意不讓自己陷入需要穿禮服同時又與貴族交際的場合。她很堅定地穿著長褲與襯衫，覺得讓那些在她眼裡過度自我膨脹的傢伙們感到不自在，是自己責無旁貸的義務。

可是，是她向依藍德建議這種滲透方法。爲什麼？爲什麼讓自己陷入這種處境？她不再對於自己是誰感到不滿，她不再需要穿著另一件蠢禮服，去跟一堆她不認識的貴族進行社交對談來證明任何事。

眞是如此嗎？

現在多想也沒有用，紋心想，瀏覽群眾。陸沙德的貴族舞會是非常有禮貌的活動，她設想此處亦是如此，目的是爲鼓勵眾人交際，協助政治磋商。舞會曾經是貴族間的主要活動，他們在統御主的統治下過著非常優渥的生活，因爲他們的祖先在統御主昇華前是他的朋友。

因此，宴會是以小團體爲組，有些是男女混合，但許多是只有女子或男子，沒有人會覺得一對夫婦或情侶整場宴會都要在一起。不過紋已經很久、很久沒有獨自身處在這樣的宴會中。她覺得很尷尬，不知道該要去找其中一群，或是等著看是否有人迎向她。她感覺像重回生平第一晚，那時她假裝是單身的貴族仕女參加舞會，唯一的伴侶是沙賽德。

在那天，她扮演了一個角色，躲藏在法蕾特·雷弩的身分中。現在她不能再這樣做，在場的每個人都知道她眞正的身分。過去這會讓她不安，但現在已經不再如此，她只是不能像剛剛那樣——站在那邊等別人來找她。整個房間的人似乎都正盯著她瞧。

她穿過美麗的白色房間，深知自己的黑色禮服在一眾女子身上的繽紛色彩中有多顯眼。她繞過如水晶窗簾般從屋頂垂掛下的一片片彩色玻璃。她從之前的舞會中學到一個不敗的眞理：只要有貴族仕女聚集，就會有一人自認爲是最重要的那一個。

紋很輕易地便找到她。那女子有黑色的頭髮，曬成金色的皮膚，跟一群趨炎附勢的跟班同坐一桌。紋認得她高傲的表情，還有大到足以顯露她的強勢尊貴，但又小到每個人都必須聚精會神聆聽的聲音。

紋堅定地上前。多年前，她不得不從最下層開始，如今她沒這個時間。她不明白城內錯綜複雜的政治局勢，包括各派的同盟與敵對，但她對於一件事向來頗有信心。

無論這女人是站在哪一邊的，紋都想挑戰她。

幾名諂媚那女子的人看到紋靠近時，臉色一白。她們的領袖倒是文風不動，依舊淡漠。*她會試圖忽視我*，紋心想。*不能讓她有這個選項*。紋坐在女子正對面的桌前，然後開始對她的幾個諂媚者說話。

「她正打算要背叛妳們。」紋說道。

女子們面面相覷。

「她計畫溜出城。」紋說道。「當軍隊攻擊時，她的人不會在此，妳們會全部被留下來等死。可是當我的盟友，我會負責保護妳們。」

「不好意思。」為首的女子聲音尖銳地開口。「我不記得曾邀請妳前來此處？」

紋微笑。*真簡單*。盜賊集團領袖的基礎是錢，沒了錢，他就完了。這樣的女人，力量來自於聽她說話的人。要讓她有所反應，直接了當的方式就是威脅要奪走她的追隨者。

紋轉身與女子正面對峙。「妳沒邀我，是我不請自來。這裡的仕女們需要有人警告她們。」

女子嗤之以鼻。「妳在散播謊言。妳對我的計畫一無所知。」

「沒有嗎？妳不是那種會讓尤門那樣的人主宰妳未來的人，如果這裡其他人願意多想想，她們會發現妳不可能讓自己被困在法德瑞斯城卻沒有逃脫的可能。我很訝異妳人還在這裡。」

「妳威脅不了我。」貴族仕女說道。

「我還沒開始威脅妳。」紋淡淡地說，一面啜著酒。她小心翼翼地推了一下桌邊眾女子的情緒，讓她們更擔憂。「妳希望的話，我們可以開始，不過技術上來說，妳的整個城市已經都受到我的威脅。」

女子瞇著眼睛看她。「貴女們，別聽她的。」

「是的，派特芮森貴女。」一名女子說道，說話的速度有點太快。

派特芮森，紋心想，很高興終於有人說了那女人的名字。我認得這個名字嗎？「派特芮森……」紋懶洋洋地說道。「那不是艾拉瑞爾的表親嗎？」

派特芮森貴女什麼都沒有說。

「我殺過一個艾拉瑞爾。」紋說道。「她打得不錯。珊是個很聰明的女人，也是技巧優秀的迷霧之子。」她往前彎身。「也許妳以爲關於我的故事都是誇大，也許妳以爲我並沒有殺死統御主，這一些都只是被創造來鞏固我丈夫統治的傳言。

「妳要怎麼想都可以，派特芮森貴女。可是，有一件事妳必須瞭解。妳不是我的對手。我沒有時間理會妳這種人。妳是一個微不足道城市中的渺小婦人，只不過是注定滅亡的貴族文化的一部分。我跟妳說話不是爲了想參與妳的計畫，妳甚至無法瞭解它們對我來說多不重要。我只是來這裡提出警告。我們會佔領這座城市，而當我們動手時，反抗我們的人，不會有多少生存空間。」

派特芮森貴女臉色微微發白，但她說話時，聲音仍然平靜。「我懷疑眞是如此。如果你們眞如你們所說能佔領這座城市，早就動手了。」

「我丈夫是個有榮譽心的人。」紋說道。「他決定在攻擊前要先跟尤門對談。不過，我可沒那麼溫和。」

「是嗎？我覺得——」

「妳還沒搞清楚吧？」紋說道。「妳想什麼不重要。我知道妳有很強大的靠山，這些靠山可能已經告訴妳我們帶來了多少人——將近四萬士兵，兩萬克羅司，還有一整隊鎔金術師，以及兩名迷霧之子。我丈夫來此不是爲了創造敵人，甚至不是爲了締結盟友。我們是來警告的。我建議妳要聽。」

她以強大的安撫凸顯最後一句話。她想要讓這些女人看清楚，她們的確處於她的掌控之下。然後，她站起身，慢慢從桌子邊離開。

她對派特芮森說什麼並不重要，重要的是大家都看到紋對那女人的威嚇。希望這足以宣告紋在當地政治勢力中所扮演的角色，讓她對房間裡面的某些派別比較不具有威脅性，同時會讓別人更願意接近她，同時——

她身後傳來椅子被推動的聲音。紋多疑地轉身，看到派特芮森貴女的小團體快速解散，讓她們的領袖獨自坐在桌邊，臉色不快。

紋全身緊繃。

「泛圖爾貴女。」其中一名女子說道。「也許您會允許我們……介紹宴會中的一些人給您認識？」

紋皺眉。

「請您。」女子很輕聲地說道。

紋訝異地眨眨眼。她以爲那些女人會對她產生敵意，而非聽從她。她環顧四周。大部分的女子看起來害怕到紋覺得她們像是即將在太陽下枯萎的葉子。她覺得有點不解，卻點點頭，允許那女子領著她，介紹給宴會中的其他人。

拉剎克既穿黑也穿白。我想他是想要展現他的雙重性，既是存留也是滅絕。這當然是個謊言。他畢竟只碰觸過其中一股力量——而且接觸到的層面還很小。

31

「微風大人猜得沒錯。」沙賽德站在他們的那一小群人面前說道。「就我所知，這是故意將水引導入此處的地下水庫，這個計畫一定花上幾十年的時間將天然的水道拓寬，才能讓原本灌入上方河流與運河的水量都引到洞穴裡。」

「是沒錯，但爲什麼？」微風問道。「爲什麼要浪費這麼多力氣來搬動河流？」

在鄔都的三天，他們如鬼影所建議的，將軍隊搬入教廷的建築物，表面上看來是要住在裡面。公民不可能知道這個庫藏，否則早就被他劫掠一空。萬一城裡的狀況惡化，沙賽德跟他們一行人如今有明顯的優勢。

他們從地面上的建築物拿了家具下來擺設，利用布料跟織錦畫在石穴中的櫃子間創造「房間」。邏輯上，石穴是他們度日的最佳場所，如果有人要攻擊教廷大樓，他們就該躲在這裡。的確，他們有可能會被困住，但靠著手邊的補給品，他們可以無限期地存活，再想出脫逃的方法。

沙賽德、微風、鬼影還有奧瑞安妮坐在食物區中一個被劃分出來的隔間。「我想統御主製造這座湖的原因很簡單。」沙賽德說道，轉身望著大湖。「這裡的水來自地下河，因此應該曾透過層層岩石過濾成純水，那是最後帝國中極為罕見的水質。沒有灰燼，沒有沉積物。如果發生天災，純水的目的應該是要養活人群。如果水繼續流入上方的運河，一定很快就會被落灰髒污，或被住在城市裡的居民污染。」

「統御主在為未來準備。」鬼影說道，依舊綁著他奇特的矇眼布。每次有人問他為什麼要綁著布條時，他總是避而不答，但沙賽德開始懷疑那跟燃燒錫有關。

年輕人的話讓沙賽德點點頭。「統御主不擔心造成郥都的經濟頹敗，他只想要確保石穴可以隨時得到流動的清水。」

「這不是重點吧？」奧瑞安妮問道。「我們是有水了，可是該拿管城的瘋子怎麼辦？」

沙賽德一時沒有答話，其他人轉向他。很不幸，這裡是由我來負責。「我們應該談談這件事。」他說道。「泛圖爾皇帝要求我們佔領城市。由於公民不願意再與我們會面，我們應該要討論其他選項。」

「那個人必須消失。」鬼影說道。「我們需要殺手。」

「小子，恐怕這不會奏效。」微風說道。

「為什麼？」鬼影問道。「我們殺了統御主，效果蠻好的。」

「不。」微風豎起一根指頭。「統御主是不可替代的。他是個神，殺了他，我們在他的人民中造成了某種精神重創。」

奧瑞安妮點點頭。「這個公民不是自然力量，不過是個普通人，人都是可以被取代的。殺死魁利恩，只是讓他的嘍囉起而代之。」

「我們還會被烙上殺人犯的惡名。」微風說道。

「那怎麼辦？」鬼影問。「就算了？」

「當然不行。」微風說道。「想要佔領城市，得先要消除他的勢力，然後再移除他。我們先證明他的整個體制是有問題，整個政府其實很愚蠢。如果能辦到這件事，我們將不只能阻止他，還能阻止所有跟他合作、支持他的人。如果不想要帶兵進來靠武力佔據此地，這是得到鄔都的唯一方法。」

「而且因爲陛下非常善心地沒留下任何軍隊給我們……」奧瑞安妮說道。

「我不覺得需要這麼衝動。」沙賽德說道。「也許假以時日，我們能跟那個人合作。」

「跟他合作？」鬼影問道。「在這裡三天了，你還看不清魁利恩是什麼樣的人？」

「我看到了。」沙賽德說道。「而且說實話，我不知道我是否眞能認爲公民的看法是錯的。」

石穴陷入沉默。

「老兄，也許你該解釋一下這句話。」微風啜著酒說道。

「公民說的話不假。」沙賽德說道。「我們不能責怪他教導人民凱西爾自己做的事。倖存者的確說過要殺死貴族，而且我們大家都知道，也經常看到他如此行事。他提過反叛還有司卡自治。」

「他是亂世用重法。」微風說道。「要煽動人民就是需要這些，但阿凱不會眞的這麼極端行事。」

「也許吧。」沙賽德說道。「可是我們眞的很驚訝聽過凱西爾談話的人照本宣科行事嗎？我們又有什麼權力把這件事從他們身上奪走？某種角度來說，他們比我們還要忠於凱西爾。凱西爾死後不到一天，我們就擁立一名貴族坐上皇位，他若是有知，會高興嗎？」

微風跟鬼影面面相覷，沒有人反駁。

「不對。」鬼影終於說道。「這些人宣稱說他們瞭解凱西爾，但他們一點也不。他不想要人民滿臉愁容，飽受欺凌，他會希望他們自由且快樂。」

「確實如此。況且，我們是選擇要跟隨依藍德・泛圖爾，他也給了我們秩序。」微風說道。「我們的帝國需要這些補給品，不能冒險讓有組織的反叛行動掌控帝國中最重要的城市之一。我們需要佔領這個庫藏，保護鄔都的人民，這是爲了更偉大的良善目標。」

奧瑞安妮點頭。一如往常，沙賽德感覺得到她碰觸他的情緒。

爲了更偉大的良善目標……沙賽德心想。他知道鬼影說得沒錯。凱西爾不會希望如此扭曲的社會利用他的名字延續下去。必須要採取一些行動。「好吧。」他說。「我們下一步該怎麼做？」

「先按兵不動。」微風說道。「我們需要時間更進一步感覺這個城市的氣氛。知道這些人離反抗親愛的魁利恩還有多遠？當地犯罪組織有多活躍？服務於新政府的官員有多腐敗？給我點時間來找出這些問題的答案，我們就知道該怎麼動手。」

「我還是覺得我們應該依照凱西爾的做法。」鬼影說道。「爲什麼不能像推翻統御主那樣推翻公民？」

「我懷疑會奏效。」微風說道，啜著酒。

「爲什麼不行？」鬼影問。

「好孩子，理由很簡單。」微風說道。「我們已經沒有凱西爾了。」

沙賽德點點頭。這倒是眞的，不過他忍不住想，他們是否眞的有擺脫倖存者影子的一天。某種程度而言，將在這個城鎭中發生的一戰是無可避免的。如果凱西爾有一個缺陷，一定就是他對貴族的極端憎恨——那卻也是驅策他的熱情，幫助他達成不可能任務的熱情之一。可是，沙賽德擔心這份憎恨會毀掉任何被感染的人。

「你慢慢來吧，微風大人。」沙賽德說道。「由你決定什麼時候我們可以進展下一步。」

微風點點頭，會議於是結束。沙賽德站起身，微微嘆氣。此時，他迎向微風的眼睛，那人對他眨眨眼睛，露出一絲笑容，彷彿在說：「這沒你想的一半困難。」沙賽德回以微笑。他感覺到微風碰觸他的情緒，想要鼓勵他。

可是，安撫者的手法太輕，微風不可能知道仍在他體內糾結的衝突，遠比凱西爾跟鄔都的問題更嚴重的衝突。他很高興能在城市裡待一段時間，因爲他仍然有許多工作尚未完成，例如文件夾中一張張還沒看完的紙張。

最近他連那件工作都沒有多少時間進行。他盡力按照依藍德的囑咐去領導他人，但沙賽德感覺到體內長存不去的黑暗種子拒絕離開。他知道這種情緒對他而言，遠比之前跟集團行動時碰到的問題還更危險，因爲那讓他感覺對一切都不在乎。

我必須繼續工作，他決定，離開會議室，小心翼翼地將他的文件夾從附近的櫃子取下。*我必須不斷尋找。我不能放棄。*

但是整件事的困難度遠比他想得要高。在過去，邏輯跟思考一直是他的避風港；然而，如今他的情緒拒絕回應邏輯。他再怎麼想應該要做什麼都幫不了他。

他一咬牙，站起身開始行走，希望這動作能幫他解開心中的種種心結。有一部分的他想要出去，研究在鄔都出現的新型倖存者教會。可是，那似乎太浪費時間。世界已然要結束，何必浪費時間再研究另一個宗教？他已經知道這是假的。他在研究的早期，就將倖存者教會視爲一個假的宗教，因爲其中的矛盾之處幾乎可以算是文件夾裡的宗教之冠。

其中蘊藏的熱情也是。

他蒐集的所有宗教都有一個共通點：它們都失敗了。追尋它們的人不是死去就是被征服，他們的宗教被泯除。這難道還不夠證明嗎？他試圖要布道，但他非常、非常少成功。

一切都毫無意義。反正所有事都要結束了。

不！沙賽德心想。*我會找到答案。宗教沒有完全消失，它們都被守護者保存下來。其中之一必定有答案。必定在某處。*

最後，他走到石穴的最後方，上面鑲嵌著一塊金屬板，寫著統御主的話。他們已經抄下來一份，但沙賽德想要親自閱讀。他看著反射附近一盞燈光的金屬板，閱讀摧毀如此多宗教的人，親口描述的話語。

上面寫著：計畫，很簡單。當力量回到井的時候，我會取得它，確保那東西被困住。

但我仍然擔心。它證明它比我所以為的還要聰明很多，它不斷地感染我的思想，讓我看到跟感覺到我不要的東西。它非常仔細，非常小心。我不知道它會如何造成我的死亡，但我仍然擔心。

如果我死了，這些庫藏將在某種程度上能保護我的子民。我害怕會發生的事。可能的事。如果你現在正在讀這段文字，而我人已不存在，那我為你擔心害怕。可是，我會努力留下我能給予的所有協助。

有些鎔金術的金屬，我沒有跟任何人分享。如果你是我的祭司，正在這個石穴工作並閱讀這些文字，那你聽清楚，膽敢跟任何人分享這份知識將引來我的震怒。可是如果力量返回，而我無法處理，那也許電金的知識能協助你。我的研究人員發現，將百分之四十五的金混合百分之五十五的銀能創造一種新的鎔金金屬。燃燒它時雖然給不了你天金的力量，但能夠保護自己不受天金使用者的影響。

結束。在文字旁邊是一張地圖，顯示下一個庫藏的位置，就是紋跟依藍德前一陣子取得的南方礦坑小鎮。沙賽德再次閱讀統御主的字句，但只讓他的絕望感更深。連統御主面對他們如今的困難都感到無助。他計劃要活著，他計劃不讓這一切發生，但他也知道他的計畫可能不會成功。

沙賽德轉身，留下金屬板，走回地下湖邊。湖水如黑色玻璃般平靜，不受風或灰燼影響，偶爾因為氣流而微微波動。兩盞油燈躺在水邊，靜靜地燃燒，標出水岸的位置。在他身後不遠處，一些士兵架設了營地，不過超過三分之二的士兵繼續住在建築物樓上，讓它看起來是有人居住的樣子。其他人搜尋石穴牆壁，想要找到祕密出口，一旦被攻擊的話，知道有其他逃脫的方式會讓所有人更為安心。

「沙賽德。」

沙賽德轉身，點頭歡迎鬼影走近，跟他一起並肩站在黑色無波的河岸邊。兩人靜靜地站在原處，沉浸在各自的思緒中。

這個人心裡也有很多煩惱，沙賽德心想，注意鬼影看著水面的神色。出乎他意料之外，鬼影舉起手，解開眼前的布塊。拉下之後，下面是一副眼鏡，也許是用來防止布料壓到眼睛。鬼影除下眼鏡，眨眨眼。他的眼睛開始流淚，於是他伸手將其中一盞燈熄滅，讓沙賽德站在非常黯淡的燈光下。鬼影嘆口氣，直起身體，擦擦眼睛。

的確是因爲他的錫，沙賽德心想。沙賽德發現他還經常看到那少年戴手套，彷彿是爲了保護他的皮膚。沙賽德猜想如果他仔細觀察，應該會看到男孩也有耳塞。眞奇怪。

「沙賽德，我想跟你談談。」

「請隨意開口。」

「我……」鬼影一時沒說完，之後看了看沙賽德。「我認爲凱西爾仍然跟我們同在。」

沙賽德皺眉。

「當然不是活著。」鬼影連忙說道。「可是，我認爲他在照看我們、保護我們……之類的。」

「這想法挺不錯。」沙賽德說。當然完全是假的。

「不只是想法。」鬼影回答。「他在這裡。我只是想知道你研究過的宗教有沒有哪一個提過這種事。」

「當然有。」沙賽德說道。「許多宗教都會提到死者留下來協助或詛咒生者。」

兩人陷入沉默，鬼影很顯然是在等著些什麼。

「怎麼？」鬼影問道。「你不打算要對我傳道嗎？」

「我不這麼做了。」沙賽德輕聲說道。

「哦？」鬼影回答。「呃，爲什麼？」

沙賽德搖搖頭。「我發現我很難再拿無法安慰自己的話讓別人信服。鬼影，我正在檢視每個宗教，想找出是否有哪一個是正確且眞實的。一旦我找到了，我會很樂於跟你分享任何我覺得可能含有眞相的宗教。可是，目前我一個都不信，所以一個都不想提。」

奇特的是，鬼影沒有跟他爭論。沙賽德之前一直覺得很氣惱爲什麼他的朋友們——而且大部分還是堅持無神主義者的人——居然會因爲他威脅要加入他們無神論的行列，而全部相當生氣。可是，鬼影沒有跟他爭辯。

「蠻合理的。」年輕人終於說道。「那些宗教不是眞的。畢竟守護我們的是凱西爾，不是那些神。」

沙賽德閉起眼睛。「你怎麼能這麼說，鬼影？你跟他一同生活過。你認得他。我們都知道凱西爾不是神。」

「這個城市裡的人認爲他是。」

「那他們又得到了什麼？」沙賽德問道。「他們的信仰只帶來壓迫跟暴力。如果這就是結果，信仰有什麼用？一整個城市的人誤解他們的神的命令？一個充滿灰燼與痛苦與死亡與悲傷的世界？」沙賽德搖搖頭。「所以我不再戴金屬意識，不能給我更多答案的宗教，不配被我傳道。」

「噢。」鬼影說道。他跪下，一手探入水中，打了個寒顫。「這也算合理吧，我想……不過我以爲你是爲了她。」

「什麼意思？」

「你的女人。」鬼影說道。「另一個守護者——廷朵。我聽她談過宗教。她對宗教不太欣賞。我以爲你不再提的原因是因爲那也許是她想要的。」

沙賽德感覺全身一涼。

「無論如何，這個城市的人所相信的事遠超過你的理解。凱西爾是守護著我們。」

說完，男孩自顧自地離去。可是沙賽德已經不再注意他，而是盯著深黑的湖水。

因爲那也許是她想要的。

廷朵認爲宗教很愚蠢。她說仰賴古老預言或隱形力量的人都是在尋找藉口。在她跟沙賽德相處的最後幾個禮拜中，這經常是他們談話的重點，甚至是偶有小爭執的原因，因爲他們的研究正是涉及世紀英雄的預言。

這個研究完全沒有意義。預言頂多是期盼擁有更好世界的人所仰賴的空洞希望。在最差的情況中，預言是被巧妙地安插，用來進一步達成邪惡力量的目標。無論如何，他當時認眞相信自己工作的價值，而廷朵一直在幫助他。他們搜遍了金屬意識，篩檢過數世紀的資訊、歷史、神話，尋找關於深闇、世紀英雄，還有昇華之井的線索。她跟他一起研究，聲稱她的興趣來自於學術，而非宗教。沙賽德當時懷疑她有不同的動機。

她想要跟他在一起。她當時壓抑自己對宗教的不喜，只因爲想要跟她覺得重要的人在一起。如今，她死了，沙賽德發現自己開始做她覺得重要的事情。廷朵研究政治與領導學，她最愛閱讀偉大政治家與將領的傳記。難道他在不自覺中同意成爲依藍德的大使，好讓自己能參與廷朵的研究，一如她在死前將自己投身於他的研究工作一樣？

他不確定。其實他認爲自己的問題根源遠深於此，可是這麼敏銳的觀察居然出自鬼影，讓沙賽德忍不住反覆多想。以思考事情的方法而言，這個看法非常聰明。鬼影沒有反駁他，反而提出可能的解釋。

沙賽德感受良多。他轉過身，看著水面一陣子，想著鬼影說的話，然後從文件夾中掏出下一種宗教，開始思考。他希望越快看完，就能越早找出眞相。

鎔金術很明顯是屬於存留的，任何有邏輯性的人都可看出這點。因爲在鎔金術的使用上，得到的是純粹的力量，來自於外部的資源——存留的軀體。

32

「依藍德，眞的是你？」

依藍德震驚地轉身。他原本正在舞會中交際，跟一群後來發現是他遠方表親的男子們交談。可是身後傳來的聲音似乎更熟悉。「泰爾登？」依藍德問道。「你在這裡幹什麼？」

「我住在這裡，依藍。」泰爾登與依藍德握手。

依藍德仍然訝異得瞠目結舌。泰爾登的家族從統御主死後的混亂時期逃出陸沙德，他就再也沒有見過泰爾登，這個人曾經是依藍德最好的朋友之一。站在一旁的表親們決定優雅地告退。「我以爲你在巴司馬丁，泰爾。」依藍德說道。

「沒有。」泰爾登說道。「我的家族定居在那裡，可是我覺得那區太危險，尤其又有四處作亂的克羅司。尤門王取得政權後，他很快地獲得能提供穩定生活的聲譽，我就搬到法德瑞斯了。」

依藍德微笑。歲月改變了他的朋友。泰爾登原來是標準的花花公子，頭髮跟昂貴的套裝專門爲了吸引女子的注意力。年紀大了一點的泰爾登算不上是邋遢，但顯然對時髦已經不再那麼追求。他一直相當高挑壯碩，有點長方形一般的體型，而最近額外增加的體重，讓他顯得比過去更……平凡。

「依藍德。」泰爾登邊說邊搖頭。「你知道嗎？有好長一段時間我拒絕相信你真的掌握了陸沙德的實權。」

「你參加了我的加冕典禮啊！」

「我以為他們挑選你做傀儡，依藍。」泰爾登搓著他的寬下巴。「我以為……對不起。我那時大概對你沒有多少信心吧。」

依藍德大笑。「不愧是我朋友，一點也沒猜錯。我真的是很糟糕的王。」

泰爾登顯然不知該如何接話。

「我後來做得比較好，」依藍德說道。「只是一開始得先度過一些陣痛期。」

參加宴會的人在分隔兩半的舞會中不斷轉換位置。雖然那些在一旁窺探的人想要盡量表現毫無興趣與疏離，但依藍德其實可以看出來，以貴族的標準而言，他們看得目不轉睛。他瞥向一旁，看著紋穿著那件絕美的黑色禮服，周圍被女子包圍。她似乎應付得很好，她對於宮廷中應對進退的能力遠勝過她的想像。她優雅、自持，是眾人注意的焦點。

她也充滿警覺。依藍德從她總是背對牆壁或玻璃帷幕的方式可以看得出來，她必定在燃燒鐵或鋼，觀察附近是否有金屬的動靜，示意她射幣的奇襲。依藍德也開始燃燒鐵，同時燃燒黃銅安撫房間眾人的情緒，免得他們因為她的侵入而感到憤怒或被威脅。其他的鎔金術師，如微風，甚至紋，可能都無法同時安撫一整個房間的人，但對依藍德而言，在他超出尋常的能力之下，幾乎不需分神即可辦到。

泰爾登依然站在一旁，滿臉困窘難色。依藍德試圖想說些什麼再重開話題，但卻找不到什麼聽起來自然的主題。泰爾登離開陸沙德已經四年，在那之前，他是跟依藍德一起帶著年輕人的理想談論政治理論，為了有一天將會領導家族而思考規劃的同伴。如今，青春與理想，都不復存在。

「所以……」泰爾登先開口。「我們就都來了這裡，是吧？」

依藍德點點頭。「你不會眞的攻擊城市吧？」泰爾登問道。「你只是來恫嚇尤門的吧？」

「不。」依藍德輕聲說道。「必要時我眞的會征服城市，泰爾登。」

泰爾登滿臉漲紅。「你發生了什麼事，依藍德？當初總說著權利與合法的人去哪了？」

「世界趕上了我，泰爾登。」依藍德說道。「我不能總是過去的那個人。」

「所以你成爲了統御主？」

依藍德遲疑。從另一個人口中聽到自己的問題與論點並受到追問的感覺有點奇怪，一部分的他感到一陣恐懼，彷彿泰爾登問了依藍德一直擔心的事情。也許是眞的。

可是，他心中有一股更強大的衝動，那是廷朵替他所引發，之後經過多年掙扎著要爲殘存的最後帝國帶來秩序的心意。

那是相信自己的衝動。

「不，泰爾登。」依藍德堅定地說道。「我不是統御主。陸沙德由內閣議會所統治，我帶入帝國中的每個城市都有類似組織。這是我第一次帶著自己的軍隊出發進行征服而非保護，而這是因爲尤門從我的盟友手中奪取了這個城市。」

泰爾登輕哼。「你自立爲帝。」

「因爲這是人民需要的，泰爾登。」依藍德說道。「他們不想回到統御主的時代，他們寧可這麼做而不願陷入混亂的生活。尤門在此處的成功證明許多事情——人民需要知道有人在照顧他們。他們上千年來都擁有神帝，如今不是讓他們失去領導者的時候。」

「你的意思是你只是個象徵？」泰爾登雙臂抱胸問道。

「完全不是。」依藍德說道。「可是有一天我希望自己是。我們都知道我是學者，不是王。」

泰爾登皺眉。他不相信依藍德，可是依藍德發現自己並不在乎。說出這些話，當面迎擊對方的質疑，讓他明白自己的信念是其來有自。泰爾登不瞭解，他沒有經歷過依藍德所經歷的事情。年輕的依藍德不會同意現在自己的作爲，而青年的他仍然在他的靈魂中有一個聲音，但是，現在該停止讓這聲音打擊他的信心。

依藍德一手按住他朋友的肩。「泰爾，沒關係的。我花了好多年說服你統御主是個差勁的皇帝。我完全相信要花上同等的時間才能說服你，我會是個好皇帝。」

泰爾登有點遲疑地微笑。

「你要跟我說我變了嗎？」依藍德問道。「最近這句話很流行。」

泰爾登大笑。「我以爲這件事很明顯，不需要特別指出。」

「那是什麼意思？」依藍德問道。

「這個嘛……」泰爾登說道。「我其實是要怪你，結婚怎麼沒邀請我！我很傷心，依藍德，眞的。我花了大部分的青春給你感情上的建議，結果你最後終於挑中一個女孩，卻甚至沒讓我知道你要結婚！」

依藍德大笑，轉身跟隨泰爾登的視線，看著紋。既強大又自信，卻又細緻且優雅，依藍德帶著驕傲笑容看著自己的妻子。就連陸沙德當年的舞會巔峰時期，他都不記得有哪個女人能像紋一樣引起如此強烈的注意。而跟依藍德不同的是，她進入舞會時，誰都不認得她。

「我覺得你有點像是驕傲的父母。」泰爾登說道，一手按著依藍德的肩膀。「以前有時候我眞的覺得你沒救了，依藍！我以爲有一天你會進入圖書館之後就消失，而我們會在二十年之後發現你滿身都是灰塵，第七百次翻過同一本哲學書。可是現在，你居然結婚了，還娶了這麼棒的女人！」

「有時候我自己也不太懂是怎麼一回事。」依藍德說道。「我想不出有什麼邏輯上的好理由來解釋她爲什麼要跟我在一起。我只好……相信她的判斷。」

「無論如何，幹得好。」

依藍德挑起眉毛。「我記得你當初曾經想要說服我，不要花太多時間跟她相處。」

泰爾登滿臉通紅。「你得承認，當時她前來舞會眞的很可疑。」

「是的。」依藍德說道。「她看起來太像眞人，而不是貴族仕女。」他望向泰爾登，微笑。「不過，請恕我失陪一下，我有事情要做。」

「當然。」泰爾登說道，微微欠身，送依藍德離開。這動作來自於泰爾登顯得有點怪，他們其實已經不再認識對方了。可是，他們仍然共同擁有友誼的記憶。

*我沒跟他說我殺了加斯提，*依藍德邊穿越房間邊想，裡面的人自然地爲他讓道。*不知道他是否知道。*

依藍德敏銳的聽覺聽到人們一發現他的打算之後，交頭接耳的程度立刻升高。他已經給了尤門足夠時間處理他的意外，現在是面對那個人的時候了。雖然依藍德前來舞會的部分原因是要恫嚇當地貴族，但最大的目的仍然是與他們的國王對話。

尤門看著依藍德來到桌邊，而依藍德必須稱讚這名聖務官的是，他看起來並不因爲會面的到來而害怕。不過，他的餐點絲毫未動。依藍德不等他許可便來到桌邊，但的確等著尤門揮手要僕人把桌面清空，爲依藍德在對面安放一副刀叉。

依藍德坐下，相信紋，還有他自己燃燒的鋼與鐵能警告他有關身後的攻擊。他是桌子這半邊唯一的客人，而尤門原本的用餐同伴全部都在依藍德坐下的同時告退，留下兩人獨處。在別的情況下，這副景象可能還有點可笑：兩個人面對面坐著，左右兩邊各是許許多多的空位。白色餐桌與水晶餐具仍然光鮮閃亮，一如統御主時代當年。

依藍德已將他所擁有的這類精緻家具全部都變賣清空，努力要在過去幾個冬天裡餵飽人民。

尤門雙手交握，置於面前的桌子，他的餐點被無聲的僕人收下，端詳著依藍德，謹愼的目光周圍是繁複的刺青。尤門不戴皇冠，但他在額頭中央以繩子繫了一顆珠子。

天金。

「鋼鐵教廷有一句俗話。」尤門終於說道。「跟惡魔坐下共餐，邪惡就會一同被吃進肚子裡。」

「幸好我們沒有要用餐。」依藍德微微笑著說。

尤門沒有報以微笑。

「尤門，」依藍德轉爲較嚴肅地開口。「我現在來到你面前，並非尋求新領土的皇帝，而是亟需盟友的王。世界已經變成危險的地方，大地本身似乎都在抗拒我們，至少它已經開始在我們腳下崩解。接受我的友誼，終結戰爭吧。」

尤門沒有回答。

「你質疑我的誠意，」依藍德說道。「這不能怪你，因爲我帶著軍隊來到你的門口。但我有辦法說服你嗎？你會願意開始討論或和談嗎？」

仍然沒有回答。於是，這一次，依藍德只是靜靜地等待。周圍陷入沉默。

尤門終於開口。「你是個炫耀浮誇的人，依藍德．泛圖爾。」

依藍德一聽便怒火中燒。也許是因爲重回舞會的環境，或是因爲尤門將他的提議如此不放在心上，於是依藍德發現自己以多年前尚未擔負帝國重擔、身處戰爭時的態度回應。「我向來有這樣的壞毛病。」依藍德說道。「恐怕多年的統治還有禮節的訓練並沒有改變一件事：我是個非常無禮的人。我想應該是因爲血統太差之故。」

「你覺得這是個遊戲。」聖務官眼神冷硬地說。「你來我的城市打算要屠殺我的人民，還跳進我的舞會中，想將貴族嚇得歇斯底里。」

「不對，尤門。」依藍德說道。「世界即將要結束了，我只是想盡量幫更多人生存下來。」

「還有盡力來征服我的城市？」

依藍德搖搖頭。「我不擅長說謊，尤門。所以我跟你說實話。我不想殺害任何人，我寧可達成和平協議之後就停手。將我需要的資訊交給我，將你的資源與我的整合，我就不會強迫你放棄這座城市的統治權。拒絕我，事情會變得更棘手。」

尤門坐在原處片刻，音樂仍然非常輕柔地演奏著，籠罩著上百段禮貌對話的轟隆聲。

「你知道我爲什麼討厭你這種人嗎，泛圖爾？」尤門終於問道。

「因爲我難以忍受的迷人魅力與聰明才智？」依藍德問道。「我懷疑是因爲我英俊瀟灑，但跟聖務官的臉比，我想我的長相值得羨慕。」

尤門臉色一變。「你這種人怎麼能坐上和談桌？」

「我受過脾氣暴躁的迷霧之子、言詞刻薄的泰瑞司人，還有一群無法無天的盜賊訓練。」依藍德嘆口氣說道。「況且，我本來就是蠻令人忍無可忍的傢伙。不過請你繼續侮辱我，很抱歉，不是故意要打斷你的。」

「我不喜歡你。」尤門繼續說道。「因爲你膽敢相信你有權奪得這座城市。」

「我是。」依藍德說道。「它屬於塞特，我帶來長征的士兵曾經是他的麾下，而這裡是他們的家鄉。我們是來解放它，不是來征服的。」

「這些人看起來像是需要解放嗎？」尤門朝跳舞的雙雙儷影努努下巴。

「其實是。」依藍德說道。「尤門，你才是反叛者，不是我。你無權掌握這個城市，你很清楚這一點。」

「我有統御主給我的權力。」

「我不接受統御主的權力。」依藍德說道。「所以我們殺了他。我們尋求是人民統治的權力。」

「是嗎？」尤門雙手仍然交疊在身前。「就我所知，你的城市的人民選擇費爾森．潘洛德爲他們的國王。」

有道理，依藍德必須承認這點。

尤門往前傾身。「我不喜歡你的原因就是這樣，泛圖爾。你是最糟糕的僞善者。你假裝讓人民統治，但當他們把你趕走挑選別人時，你就叫你的迷霧之子爲你重新征服城市。你以力量而非人民共識稱王，所以不要跟我談論權力。」

「尤門，陸沙德當時有……狀況。潘洛德正在跟我們的敵人交涉，他透過操弄議會才坐上王位。」

「聽起來像是體制的缺陷。」尤門說道。「一個你設立的體制，取代了原本運作正常的體制。人民需要政府穩定，他們需要有人可以仰望，一個他們可以信任的領袖，擁有眞正的威信。只有統御主所親選的人才有這種威信。」

依藍德仔細看著聖務官。最令人煩躁的是，依藍德發現自己同意對方的話。尤門說了依藍德自己說過的話，即使這番話因爲他身爲聖務官的身分而略有扭曲。

「只有統御主所親選的人才有這種威信……」依藍德皺眉。這句話聽起來很熟悉。

「這是杜爾頓的描述，對不對？《信任的天職》？」

尤門一愣。「對。」

「聖權這方面的論述，我偏好加林斯考。」

尤門大手一揮。「加林斯考是個異教徒。」

「他的邏輯會因此有誤嗎？」依藍德問道。

「不。」尤門說道。「他顯然缺乏合理推演的能力，否則也不會害自己被處決。*這件事影響他邏輯的*合理性。況且，平凡人並不如他所提的那般，擁有神性。」

「統御主在取得王位之前也是普通人。」依藍德說道。

「沒錯。」尤門說道。「可是他在昇華之井被神性碰觸。因此他身上擁有無盡大宇宙的一截碎片，還有斷定之權。」

「我的妻子紋也被同樣的神性碰觸過。」

「我不接受這個故事。」尤門說道。「一如我之前所說，無盡的碎片是獨一無二，無可計劃，無法被創造。」

「不要把兀迪扯進來。」依藍德抬起手指說道。「我們都知道他是詩人而非眞正的哲學家，他忽略慣常的行事，從來也沒有提供合適的特徵描述。你至少該對我抱持點信心，選用哈德恩。他會給你更好的爭論基礎。」

尤門想開口，結果皺眉，又把嘴閉了起來。「這沒有意義。」他說道。「爭論哲學不會遮蔽事實。你在我的城市外有大軍駐紮，也不會改變我認爲你是僞善者的事實，依藍德・泛圖爾。」

依藍德嘆口氣。有一瞬間，他以爲他們能以學者的身分互相尊重，可是唯一的問題是，依藍德在尤門的雙眼中看到眞正的鄙夷。而依藍德懷疑，眞正的原因遠比尤門認爲依藍德僞善還嚴重，畢竟依藍德的確娶了殺死尤門的神的女人。

「尤門，」依藍德向前傾身。「我明白我們彼此之間有差異，可是有一件事很明顯——我們都在乎帝國的人民。我們都花了時間研讀政治理論，而且我們顯然都專注於以爲人民謀福祉的典籍爲主要研究內容。我們應該能達成某種共識。」

「我想要給你一個提議——接受服從我爲王，你可以繼續保有地位，不需要改變你的政府太多。我需要能進入城市與取得資源，我們會需要討論如何設立內閣議會。除此之外，你可以按照自己的意願繼續現狀，你甚至可以繼續舉辦宴會，宣導統御主的完美。我會相信你的判斷。」

尤門沒有拒絕，但依藍德看得出來他也不甚看重。他顯然已經知道依藍德會說什麼了。

「你弄錯一件事了，依藍德·泛圖爾。」尤門說道。

「什麼事？」

「就是以爲我可以被威嚇、買通、影響。」

「你不笨，尤門。」依藍德說道。「有時候，戰鬥的代價太高，不值得。我們都知道你打不過我。」

「這件事情有待討論。」尤門說道。「無論如何，我對威脅的反應都不佳。如果你沒將軍隊停在我的門口，我本來願意跟你結盟。」

「我們都知道，沒有軍隊壓境，你甚至不會聽我說話。」依藍德說道。「遠比我派兵前來此處更早之前，你便無視於我送來的每個信差。」

尤門只是搖搖頭。「你比我以爲的還要講道理，依藍德·泛圖爾，但這無法改變事實。你已經有一個很大的帝國了，來這裡只是暴露你的高傲。你爲什麼需要我的統御區？你有的還不夠嗎？」

「首先，我要再次提醒你，這個王國是你從我的一個盟友手中偷去的。」依藍德抬起手指說道。「我早晚都會來這裡，不爲別的也會爲實現我對塞特的承諾。可是，這裡有更重要的問題。」依藍德遲疑，然後賭了一把。「我需要知道在你的儲藏窟中，有些什麼。」

依藍德的賭酬是尤門臉上出現的些許詫異之色。這是依藍德需要的唯一確認。尤門知道庫藏的事情。紋說得沒錯。以他如此明顯地展露在他額頭的天金來看，也許她對洞穴裡有什麼的判斷也是正確的。

「聽我說，尤門。」依藍德立刻開口。「我不在乎天金，那東西已經沒什麼價值了。我需要知道的是統御主在石穴裡留了哪些指示給我們？以及有哪些民生必須補給品留下？」

「我不知道你在說什麼。」尤門直接了當地說道。他不太會說謊。

「你問我爲什麼要來。」依藍德說道。「尤門，這跟征服或從你手中奪走這片土地沒有關係。我知道也許你難以想像，但這是事實。最後帝國快要滅亡了。你一定也明白。人類需要團結以及共享資源，而且你有我們需要的祕密，不要逼我得打破你的城門才拿得到。」

尤門搖頭。「你又錯了，依藍德．泛圖爾。給我聽清楚了，我不在乎你是否會攻擊我。」他迎向依藍德的雙眼。「我的人民戰死將遠勝過於被推翻我們的神、摧毀我們宗教的人統治來得好。」

依藍德與那雙眼睛對視許久，看到其中的決心。

「非如此不可？」依藍德說道。

「是的。」尤門說道。「明天早上你會發動攻擊，對吧？」

「當然不會。」依藍德站起身說道。「你的士兵還沒挨餓，我幾個月後再來找你。」也許那時候你會比較願意交涉。

依藍德轉身要走，最後一瞬間遲疑了。「順道一提，宴會辦得不錯。」他說道，轉頭看著尤門。「無論我相信什麼，我認爲你的神會對你在這裡所做的一切感到滿意。我認爲你應該重新考慮你的成見。統御主也許不喜歡紋跟我，但我認爲他寧可看到你的人民活下來而非被殺死。」

依藍德點頭致意，然後離開桌邊，心中的焦躁之意遠勝於臉上的平靜。他覺得尤門跟他的距離如此近，但結盟似乎又很遠。畢竟尤門如此憎恨依藍德與紋。

他強迫自己放鬆，繼續前行。眼前的情勢並沒有太多著力點，他需要進行圍城戰，才能讓尤門重新考慮他的立場。我在舞會中，依藍德信步慢走，一面心想。我應該盡量享受讓這裡的貴族看到我，威嚇他們，讓他們開始想該幫我們而非尤門……

突然間，他興起一個念頭。他瞥向紋，然後揮手找來一名僕人。

「大人？」那人問道。

「我要你去幫我拿件東西來。」依藍德說道。

紋是所有注意力的焦點。女子們對她逢迎恭維，她說的每句話莫不豎耳聆聽，以她爲模範榜樣。她們想要知道陸沙德的狀況，聽到那邊關於時尚、政治和事件的消息。她們沒有排擠她，甚至不憎惡她。

這種立即的接納感對紋而言是全新的體驗。她站在身著華服的女子中間，是她們之中的領袖。她知道這是因爲她的力量，但是這個城市的女人似乎迫不及待想要有可以模仿的對象。一名女皇。

而紋發現自己還蠻享受的。有一部分的她自從參加舞會的第一天就渴望被如此接受。她那一年被宮廷裡大部分的仕女歧視。有些人允許她的加入，卻總將她視爲不重要的鄉下貴女，沒有人脈也毫不重要。這種接納相當膚淺，但有時候連膚淺的事情都能讓人感覺重要。況且，不只如此，當她朝一名新來者微笑，是其中一名想要見紋的女子的姪女時，紋此時會意過來。

這也是我的一部分，她心想。*我原本不願意，也許是因爲覺得我不配擁有。我覺得這個人生太不同，太充滿自信與美麗。但我是貴族仕女。我的確適合這裡。*

我的雙親中，一人將我生於街頭，但另一人將我生於此處。

依藍德統治的第一年，她全心都在努力地保護他，強迫自己專注於街頭生存直覺的那部分，展現絕情，因爲這會讓她得到保護自己所愛之人的力量。可是，凱西爾讓她看到另一種強大的方法，而這個強大跟貴族有關，跟他們的詭計，漂亮、聰明的小計謀有關。紋幾乎立刻就適應了宮廷生活。這讓她害怕。

原來如此，她心想，朝另一名行禮的年輕女孩微笑。*所以我一直覺得這是錯的。我不需要努力，所以我不相信這是我應得的。*

她有十六年都在街頭上生活，那是她贏得的自己，可是她花不到一個月的時間就適應了貴族生活。當初她覺得這麼輕而易舉就能得到跟街頭生涯一樣重要的自己，實在不可能。

但確實如此。

我必須面對這一切，她意會過來。廷朵兩年前試圖要我面對，但那時我還沒準備好。

她需要證明給自己看，她不僅能在貴族間自由出入，更是他們之中的一份子，這會證明一件更重要的事：她跟依藍德相處的頭幾個月中贏得的愛情，不是基於一個謊言。

這是……真的。紋心想。我可以兩者兼是。爲什麼我要花這麼久才能想通？

「貴女們，不好意思。」一個聲音說道。

紋微笑，看著女人分開到兩旁，爲依藍德讓路。幾名年輕的女孩看著依藍德戰士般的體格，粗獷的鬍子，還有雪白的帝國制服，臉上露出夢幻嚮往的表情。紋壓下一陣氣惱。她早在他變成如此迷人前就愛著他了。

「貴女們。」依藍德對眾仕女說道。「一如紋貴女會很樂意告訴妳們的，我頗爲無禮，而這件事本身並不是太嚴重的罪行。很不幸的是，我對自己無視於禮儀這件事也不太關心，因此，我要將我的妻子從妳們身邊偷走，同時很自私地獨佔她。我知道該道歉，但我們這種野蠻人是不做這種事的。」

說完，他露出微笑，對紋伸出手肘。紋報以微笑，牽住他，允許他領她離開那群女子。

「我以爲妳會想要有呼吸的空間。」依藍德說道。「我只能猜想妳幾乎被一軍團的棉花球包圍有多辛苦。」

「感謝你來救我。」紋說道，雖然這不是事實。依藍德怎麼會知道她突然發現自己與那些棉花球很契合？況且，只因爲她們身上都是花邊與化妝品，並不代表她們不危險——她進入宮廷最初的幾個月就發現了這件事。這個想法讓她分神了好一陣子，一下子沒注意到依藍德領著他們去哪裡，直到兩人即將抵達目的地。

當她發覺時，立刻停下腳步，用力一拉依藍德。「舞池？」她問道。

「沒錯。」他說道。

「我將近四年沒跳舞了！」

「我也是。」依藍德說道。他上前一步。「可是要錯失這機會實在太可惜了。畢竟，我們從未一起跳過舞。」

這是眞的。陸沙德在他們有機會共舞之前就陷入暴動，從此之後，再也沒有舞會或類似娛樂的時間。她知道依藍德瞭解她有多遺憾從來沒有這個機會。他們相遇的第一個晚上他就邀過她共舞，而她拒絕了他。她至今仍然覺得那個晚上她放棄了某種獨特的機會。

於是，她允許他領著她來到地勢微微攀升的舞池大廳。舞者們交頭接耳，在音樂結束時，所有人都連忙離開，留下依藍德跟紋獨處——舞池中央只剩一個白色筆直線條的身影，和一個黑色曲線窈窕的身影。

依藍德一手環上她的腰，將她轉向面對他。紋發現自己居然相當緊張。

就是現在，她心想，驟燒白鑞阻止自己發抖。*終於要發生了。我終於要跟他一起跳舞了！*

在那瞬間，就在音樂開始的同時，依藍德探入口袋中掏出一本書，一手拿著書，一手摟著她的腰，開始讀了起來。

紋張大了口不敢置信，然後用力朝他手臂揍了一拳。「你在幹什麼啊？」她怒問，隨著他搖搖晃晃地踏著舞步，依藍德仍然讀著他的書。「依藍德！我很努力想要創造我們難得的時光！」

他轉向她，露出極爲捉狹的笑容。「我也想要讓這個難得時光盡可能地眞實啊。畢竟，妳是在跟*我*一起跳舞。」

「這是我們的第一次共舞！」

「所以我當然要確保讓妳有正確的印象，法蕾特小姐！」

「拜託，我的……你能不能把你的書收起來？」

依藍德深深微笑，將書收入口袋，握著她的手，以比較合宜的方式與她起舞。紋一看到周遭圍觀的人群臉上共同浮現的迷惘神色後，滿臉通紅。觀眾們很顯然不知道該怎麼解讀依藍德的行爲。

「你眞是個野蠻人。」紋告訴他。

「因爲我讀書？」依藍德輕鬆地說道。「哈姆聽到這句話會樂死了。」

「說眞的，你到底從哪裡弄來這本書的？」紋說道。

「我讓尤門的僕人幫我拿來。」依藍德說。「出自於堡壘的圖書館。我知道他們一定會有——《偉大的試煉》。這是一本蠻有名的書。」

紋皺眉。「我好像聽過它？」

「就是我在泛圖爾宅邸的陽台上讀的那本。」依藍德說。「我們第一次見面時。」

「依藍德！你這樣做幾乎是很浪漫啊……雖然有點扭曲，有點『我要我太太把我殺掉』的那種浪漫法。」

「我就知道妳會欣賞。」他說道，輕輕轉身。

「你今天心情有點怪。我已經很久沒看到你這個樣子了。」

「我知道。」他嘆口氣說道。「說實話，紋，我覺得有點罪惡感，因爲我跟尤門說話時太不正式。他僵硬到讓我從過去以來一直存在，每每口出不遜之言的直覺跑出來了。」

紋讓他領著她跳舞，抬頭看著他。「你現在很像自己的樣子，這是好事。」

「過去的我不是個好王。」依藍德說道。

「你學到的爲王之道與你的個性無關，依藍德。」紋說道。「而是其他事情。自信、決斷，你可以擁有這些特質，卻仍然是你自己。」

依藍德搖搖頭。「我不確定是如此，至少今天晚上我應該要更拘謹，這環境讓我放鬆了。」

「不。」紋堅持地說道。「我是對的，依藍德。你犯了跟我一樣的毛病。你要當好王的決心強烈到你允許它壓抑你眞正的樣子。我們的責任不該毀掉我們。」

「還沒有毀掉妳啊。」他說道，短鬍子後的嘴唇露出笑容。

「只差一點。」紋說道。「依藍德，我最後發現，我可以是兩者——既是街頭的迷霧之子，也可以是宮廷貴女。我必須承認，我成爲的新樣子是我原本的延伸，但對你而言，正好相反！你必須明白，現在的你仍然是你的一部分。那個會說傻話，會故意刺激對方的人，仍然是你，但他同時很値得人疼愛，心地善良。只因爲你是皇帝，不代表就需要失去這些。」

他臉上出現一種神情，是深思的表情，意謂著他想要爭論。然後，他遲疑了。

看著美麗的窗戶跟圍觀的貴族，他說道：「看著這個地方，讓我想起我幾乎自從成年以後就在做的事情。在我需要成爲王之前，那時我便試圖要按照自己的方法做事——在舞會中讀書。我不是在圖書館裡面這麼做，而是要在舞池中間做。我不想躲藏，我要表露出對父親的反抗，閱讀就是我的方法。」

「你是個好人，依藍德。」紋說道。「不是你現在以爲的蠢笨。你有點無法專注，但仍然是好領袖。你控制陸沙德，阻止司卡在暴動時進行屠殺。」

「可是，潘洛德那件事……」

「你得學習。」紋說道。「就像我那樣，可是，請不要成爲別人，依藍德。你可以既是皇帝依藍德，也是凡人依藍德。」

他深深地微笑，將她拉近，停下他們的舞步。「謝謝妳。」他說道，然後吻了她。她可以看出來他還沒下定決心，他仍然覺得自己必須是冷硬的戰士而非原本的學者，但他正在思考。以現階段而言，這樣就夠好了。

紋抬頭望入他的雙眼，兩人重新開始起舞。不發一語，只是讓神奇的一刻環繞他們。這對紋而言，是超越現實的驚豔時刻。他們的軍隊在城外，灰燼永遠下不停，迷霧正在殺人，但是在這間白色大理石與閃耀玻璃的空間中，她第一次與她所愛的人起舞。

兩人以鎔金術的優雅迴旋著，彷彿騰雲駕霧，身形朦朧似煙。房間陷入沉默，貴族們像是劇院的觀眾看著盛大的演出，而不是兩名好幾年沒跳過舞的人。可是，紋知道他們的舞姿很美妙，是鮮少有人見過的景象，大多數的貴族迷霧之子不能露出太優雅的樣子，以免暴露出擁有祕密力量的事實。

紋跟依藍德沒有這層顧忌。他們盡情舞著，彷彿要彌補過去失去的四年，彷彿要用他們的喜悅對即將毀滅的世界與充滿敵意的城市重重甩上一個耳光。音樂開始進入尾聲，依藍德將她拉近，她的錫讓她感覺到他的心跳是如此貼近，以遠比單純的共舞所能引發的速度更快速跳動著。

「我很高興我們這麼做。」他說道。

「很快就有另一場舞會。」她說道。「就幾個禮拜以後。」

「我知道。」他說道。「就我所知，舞會將在資源廷舉行。」

紋點點頭。「尤門親自舉辦。」

「如果儲藏窟在這城市中，大概就在那棟建築物下方。」

「我們現在有理由去，也有進入的先例。」

「尤門有些天金。」依藍德說道。「他在額頭上就綁著一顆。不過，他有一顆不代表他有一堆。」

紋點點頭。「不知道他是否找到了儲藏窟。」

「他找到了。」依藍德說道。「我蠻確定的。我一提到時，他立刻有反應。」

「這不會阻撓我們。」紋微笑說。「我們去參加他的舞會，溜入洞穴，找出統御主藏匿了些什麼，然後根據這個資訊來決定要如何處理圍城戰以及城市。」

「聽起來是個好計畫，」依藍德說道。「假設我一直無法讓他講道理的話。我很靠近了，紋。我認爲眞的有機會讓他加入我們的行列。」

她點點頭。

「好吧。」他說道。「準備好要華麗地退場了嗎?」

紋微笑,點點頭。音樂結束的同時,依藍德轉身,將她拋向一邊。她順勢鋼推舞池邊的金屬邊緣,越過人群,朝向出口方向而去,衣角獵獵作響。

在她身後,依藍德對眾人發言。「非常感謝各位允許我們加入。任何想要離開城市的人均可不受阻撓地穿過我的軍隊離去。」

紋落地,看到眾人一同轉身,看著依藍德越過他們的頭頂,穿過這間頗矮的房間卻沒有撞上任何家具或天花板。他在門口跟她會合,兩人奔出接待室,消失在黑夜中。

血金術爲滅絕所有。它會毀滅。光是從一個人身上將能力奪走,賦予給另外一個人,就會對原本完整的力量造成損害。因此,這符合滅絕的存在意義——將宇宙變成越來越小的碎片。血金術能賦予極大的天賦,卻有極高的代價。

33

人類也許會鄙夷坦迅，或許會朝牠丟東西，或者在牠經過時對牠怒罵。但坎得拉很有秩序，不會這樣表現，不過坦迅可以感覺牠們的鄙夷。牠們看著牠從籠子中被帶出來，然後領回信巢面對審判。數百雙眼睛盯著牠瞧，坐在以金屬、玻璃、岩石、木頭為骨架的身體之間。年輕的坎得拉在身體上比較極端，年紀大的則比較傳統。

所有眼睛都充滿指控。

在審判之前，也許群眾充滿好奇，或是驚恐。這一點改變了。坦迅在展示籠裡度過的時間完全奏效。二代著實為牠創造了惡名昭彰的形象，如今也許曾經同情牠的坎得拉也以鄙夷的神情看著牠。在牠們上千年來的歷史中，從來沒有坦迅這種罪行。

牠以高昂的下巴接下所有瞪視與鄙棄，用狗的身體走過長廊。這些骨頭對牠來說如此自然，反而讓牠變得很奇怪。牠只花了一年的時間使用它，但放棄瘦弱裸露的人體換成狗身時，感覺卻遠比一年前回到家鄉時更像回家。

所以，原本是對牠的侮辱卻成為某種勝利。那時候牠孤注一擲，卻成功騙倒二代，將狗的軀體還給牠。那袋子裡只剩身體的毛髮跟指甲——大概在一年前，坦迅被迫放棄身體進入洞穴之後，整團就被一股腦兒收走。

這具舒適的身軀給牠力量。這是紋給牠的身體。她是世紀英雄。牠必須相信這點。

否則，牠將犯下極大的錯誤。

看守牠的守衛們帶牠來到信巢，這次參觀的人數太多，房間根本塞不下，所以二代決定所有七代以下都要等在外面。即便如此，石板凳依然座無虛席。牠們靜靜地坐著，看著坦迅被帶領到石板地中央略略隆起的金屬板邊。大門打開，年輕的坎得拉在外聚集，聆聽著。

一踏上講台，坦迅便抬起頭。一團一團的初代陰影在上方等待，每個住在自己的凹室中，毫無動靜，背後點著黯淡的藍色燈光。

坎帕來到講台前。坦迅可以從坎帕滑過地面的方式看出牠的自滿。二代覺得牠的勝利是完全的，那些違背二代指示的人會遭受的下場絕不會被快速遺忘。坦迅端正地坐挺，身後兩名坎得拉看守著牠，力量的祝福閃爍發光。牠們手中握有大槌子。

「三代的坦迅。」坎帕大聲說道。「你準備好承擔審判結果了嗎？」

「沒有審判。」坦迅說道。聲音來自狗嘴顯得有點模糊，但仍足以理解。

「沒有審判？」坎帕好笑地問道。「你自己的要求，現在又想反悔？」

「我是來提供訊息，不是被審判的。」

「我——」

「我沒有要跟你說話，坎帕。」坦迅說道，目光從二代轉向樓上的初代。「我在跟初代談話。」

「牠們聽到你的話了，三代。」坎帕斥罵。「控制自己！我不會允許你像先前一樣將審判變成馬戲團。」

坦迅微笑。只有坎得拉會認爲些微的爭吵就足以成爲「馬戲團」。可是坦迅沒有改變方向避開初代的凹室。

「好了。」坎帕說道。「我們——」

「你們！」坦迅大吼，讓坎帕再度開始氣得說不出話。「初代！你們要在你們舒適的家裡坐多久，假裝外面的世界不存在？你們以爲不理問題，問題就會不理你們？還是你們停止相信自己的教條了？

「迷霧的日子已經來臨！無盡的灰燼如今落下！大地顫抖撼動。你們可以詛咒我，但不可以忽略我！

世界快死了！如果你們想要各種類的族群生存，你們必須行動！你們必須準備好！因爲你們很快需要命令我們的人民接受定決！」

房間陷入沉默。上方幾個影子移動，彷彿很不安，雖然坎得拉通常不會如此反應，這種行爲太不守秩序了。

然後一個輕柔、沙啞、極端疲累的聲音從上方傳來。「繼續，坎帕。」

這句話來得如此突然，幾名觀眾甚至驚訝地抽氣。初代從來不在後輩面前說話。坦迅並沒有因此而感到退卻，牠見過牠們，也跟牠們說過話，直到牠們自我膨脹到不跟二代以外的人說話。不，牠並不感到退卻，只感到失望。

「我對你們的信念錯了。」牠近乎自言自語地說道。「我不該回來的。」

「三代的坦迅！」坎帕的水晶身體站直，隨著牠伸出手的動作而閃閃發光。「你被審判必須接受傳統塵痂囚禁！你將被打至斷成碎片，然後埋入一個洞，只有一個洞接受每日的稀食。你會在裡面待上十世紀！在那之後你會被處以飢餓致死之刑！你最大的罪行是反抗。如果你沒有悖離議會的建議跟智慧，你根本不會想要打破初約。因爲你，囑託受到威脅，包括每一代的每個坎得拉！」

坎帕讓牠的宣告在空中迴蕩片刻。坦迅靜坐著。坎帕顯然期待牠做些回應，但坦迅沒有作聲。終於，坎帕朝坦迅身邊的守衛示意。牠們舉起恐怖的槌子。

「你知道嗎，坎帕？一年前使用這具骨頭時，我學會幾件重要的事情。」坦迅說道。

坎帕再次示意。侍衛舉高武器。

「這是我從來沒仔細想過的事情。」坦迅說道。「仔細想想，人類體型是跑不快的。可是，狗，可不一樣。」

槌子落下。

坦迅往前躍。

強壯的大腿讓牠立刻全速前奔。坦迅是三代的成員之一，沒有人有牠如此長期食用且使用軀體的經驗，而且牠知道要如何增加肌肉在身體的比例。況且，過去一年牠使用這具狼獒犬的肢體時，被迫要跟上牠的迷霧之子主人。基本上，牠是被有史以來最優秀的鎔金術師訓練過整整一年。

況且，乾瘦人類的體積其實可以換算成頗爲壯碩的狼獒犬，再加上坦迅擅長生成軀體，所以當坦迅要跳的時候，牠是很能跳的。士兵訝異地大喊，看到坦迅跳走，一躍至少長達十呎的距離，橫跨房間。牠一著陸便全速奔跑，卻不是出口——那是牠們意料的地方。

反而牠直接撲向坎帕。這名二代大喊出聲，舉起無用的雙手，被百來磅重的狼獒犬直直撞倒，將牠撲在石頭地板上。坦迅聽到坎帕纖細的骨頭發出碎裂的聲音，發出非常不像坎得拉的尖叫聲。

罪有應得，坦迅心想，撞開一群二代，紛紛傳出骨頭斷裂的聲音。說實話，什麼樣的虛榮笨蛋才會選擇用水晶做成的眞體？

大多數的坎得拉不知道該怎麼反應。其他的，尤其是較爲年輕的坎得拉，經常在履行契約時與人類打交道，所以比較習慣混亂的場面。牠們四散而去，留下年紀較長的同伴仍然震驚地坐在長凳上。坦迅在眾人的眞體間穿梭，朝大門奔去。唯一能打碎牠骨頭的是站在講台邊的守衛們，如今牠們全都衝上前去協助坎帕，孝順之心遠超過想阻止牠脫逃。況且，牠們一定也看到群眾都聚集在門口，認定坦迅的速度會被減低。

坦迅一逃到群眾身邊，便再次跳躍。紋要求牠能夠跳躍到不可思議的高度，而牠以不同的肌肉結構練習過。這個跳躍無法讓紋刮目相看——畢竟牠已經失去從歐瑟那裡偷來的力量的祝福——但絕對足夠讓牠越過圍觀的坎得拉。有些坎得拉大喊，而牠落在群眾間的一塊空地，再次躍向後方空無一人的石穴。

「不可以！」牠聽到信巢中迴蕩的聲音。「快追！」

坦迅立刻以全速奔跑在其中一條長廊中。牠跑得很快，遠勝於任何二足動物能奔跑的速度。有了狗的身體，牠希望自己奔跑的速度至少要能超過力量的祝福。

永別了，我的家鄉，坦迅心想，離開主要石穴。

我殘餘的榮譽心，一併再見了。

破碎的天空

PART III

The Broken Skies

PART III

The borken Skies

藏金術是三者間的平衡。三者之中，在存留與滅絕的爭鬥浮上檯面前，只有藏金術爲人所知。在藏金術中，力量可以被儲存，以供日後使用——沒有能量的損失，只有使用時間跟消耗速度的改變。

34

沼澤大踏步進入小城鎮。工人蹲在臨時的城門上——那城門看起來脆弱到只要認眞一擊，就可以讓它倒地不起。眾人一見到他，全身一僵。灰燼清掃工們看到他的第一個反應一開始是驚異，接著是懼怕。奇特的是，他們邊看，邊怕到不敢逃。至少不敢是第一個逃。

沼澤忽略他們。腳下大地的震動爲他譜奏出一首美麗的曲子。在特瑞安山腳的陰影下，地震相當常見。這是最靠近陸沙德的灰山。沼澤走在依藍德·泛圖爾的領土，可是，這裡已經被皇帝放棄。對沼澤跟控制他的那位來說，卻似乎是個邀請。他們其實是兩人一體。沼澤邊走邊微笑。

有一小部分的他仍然自由。可是，他讓它沉睡。滅絕必須覺得他已經放棄了。這是重點。因此沼澤只保留了最微小的一點自己，完全沒有反抗。他讓灰燼滿天的天空變成充滿黑點的美景，將世界的死亡看成幸福的時刻。

等待時機。醞釀。

小鎮的景象讓人精神爲之一振。這裡的人也在挨餓，雖然他們就位於中央統御區，被依藍德「保護」的地區。他們臉上的表情美妙、絕望，屬於那些將近放棄希望的人。街道幾乎沒有清理，曾經是貴族的宅邸如今住滿飢餓的司卡，沾滿灰燼，花園光裸，外觀在冬天爲了取暖而不斷被拆卸，被火吞食。

此番美景讓沼澤滿意地微笑。在他身後，人們終於開始移動、逃跑，門扉被用力甩上。這個鎮上大概住了六七千人，但他們不是沼澤此行的重心。至少現在不是。

他只對某一棟特定建築物有興趣，外表看起來跟其他宅邸沒有什麼不同。這個城鎮原本是旅人停腳的地方，也是貴族間喜歡搭建宅邸的地方。有幾個貴族家庭決定要長期定居於此，管理許多農莊與田地的司卡。

沼澤挑的建築物在外表上看起來比周圍其他建築物保存得要好一點，但花園當然是野草多於花圃，外牆已經好幾年沒有被好好洗刷過了，可能被拆開當成柴火的某些位置，還有派一名士兵駐守。

沼澤以在統御主的儀式中會用的三角鋒利鐵片殺死守衛。侍衛剛開口要問他是誰，他已經鋼推將鐵片刺入侍衛的胸口。侍衛的聲音突然消失，倒在路旁，周遭顯得格外寧靜。住在附近屋子裡的司卡往外看，很清楚不能有反應，因此動彈不得。

沼澤一面走到豪宅正面，輕輕哼著歌，驚醒一群在一旁休憩的烏鴉。曾經這條小徑能讓人安靜地穿過花園，跟隨地面上的大塊石板路，穿過如今滿是雜草的田園。擁有這個地方的人顯然只顧得起一名侍衛，此外再也沒有人出聲警示沼澤的出現。他其實居然一路走到了正門。露出微笑，他敲門。

一名女僕開門。她一看到沼澤，注意到他的尖刺雙眼，不正常的身高，黑色的袍子便全身僵硬，然後，開始發抖。

沼澤伸出一隻手，掌心向上，上面躺著另一塊三角金屬，然後直推向她，金屬從她的頭顱後方穿出，女人倒地。他跨過她的屍體，進入屋子。

裡面的裝潢遠勝於外表的殘破。豪華的裝飾，剛彩繪過的牆壁，精緻的瓷器。沼澤挑起一邊眉毛以長著尖刺的眼睛，掃瞄著房間。他的視力如今運作方式不太一樣，不太容易分辨顏色，但他現在使用力量頗有心得，眞有必要的時候，也是能分辨顏色的。金屬散發的鎔金線條其實有許多豐富的資訊

對沼澤來說，建築的內裝代表了雪白潔淨與昂貴奢華家具。他在裡面搜尋一陣，燃燒白鑞增強肢體能力，腳步聲遠比正常人還要輕盈許多。他在搜尋的過程中又殺了兩名僕人，最後來到二樓。

他在樓頂房間找到他要的人，坐在書桌前。光頭，穿著豪華的套裝，圓臉上有副小鬍子，軟癱在椅子中，眼睛閉起，一瓶空了的烈酒躺在他腳下。沼澤不高興地看著這景象。

「我大老遠來逮你。」沼澤說道。「好不容易找到，你卻把自己喝得爛醉？」

那人自然從來沒見過沼澤。沼澤卻因爲看不到那人發現家裡多了一名審判者時眼中的訝異與驚恐而感到惱怒。沼澤會錯過大部分的恐懼，還有見到死亡迎面而來的無助期待。這讓他有點想要等那人先清醒，才能好好殺他。

可是滅絕不願意。沼澤嘆口氣，抱怨整件事的不公平，然後將神智不清的人往地上一摜，以一小根青銅尖刺刺穿他的心臟。它沒有審判者尖刺那樣粗大，但是也能殺人。沼澤將尖刺從男子心臟拔出。原本是貴族的男子於是死去，血液開始在地面上堆積。

沼澤走了出去，離開建築物。沼澤甚至不知道他的名字。那個人最近用過鎔金術，他是名煙陣，可以創造紅銅雲霧的迷霧人，而他使用力量的方式引起滅絕的注意力。滅絕一直想要有鎔金術師來搾乾力量。

於是，沼澤必須來蒐集這個人的力量，將其聚集於尖刺中。他覺得這有點浪費。血金術——尤其是汲取鎔金術力量的血金術——在將尖刺直接穿入施者心臟，同時進入等待的受者身體時，最爲有效，這樣就不會損失多少鎔金術能力。可是用這種先殺死一名鎔金術師好創造尖刺，然後去別處施用尖刺的方法，會讓新受體的力量大大降低。

可是沒辦法。沼澤邊搖頭，邊跨過女僕的屍體，繼續走在荒蕪的花園。他走到大門，沒有人阻撓，甚至看他，可是他卻在大門邊訝異地發現有兩人跪倒在地上。

「拜託您，閣下大人。」一人對著經過的沼澤說道。「請將聖務官派回來給我們。我們這次會更好地服侍各位。」

「你們已經失去機會了。」沼澤說道，以尖錐望著他們。

「我們會再次信仰統御主。」另一人說道。「他才能餵飽我們。拜託你。我們的家人沒有食物了。」

「這個問題，你們很快就不用擔心了。」沼澤說道。

兩人不解地跪在原地，看著沼澤離去。他沒殺他們，雖然有一部分的他想要動手。

沼澤走過城鎮外的田野。

一個小時後，他停下腳步，看著後方的城鎮與高聳的灰山。

在那瞬間，高山的左半部爆炸，吐出一大團灰燼、煙塵、岩石。大地晃動，轟隆之聲朝沼澤席捲而來，接著一大片炙熱猩紅的熔漿沿著灰山的一旁朝田野流下。

沼澤搖搖頭。

沒錯。食物根本不是這個城鎮最大的問題。他們眞的應該要把優先順序想清楚。

血金術是一個我希望我不那麼瞭解的力量。對滅絕而言，力量必須有超越常理的代價——使用力量絕對有其魅力，但必須在過程中創造混亂與毀滅。

概念上，這是一個非常簡單的技藝，甚至是寄生性的。沒有可以盜竊的對象，血金術便毫無用處。

35

「你在這裡沒事吧？」鬼影問道。

微風轉過頭，視線離開明亮的酒館，挑起一邊眉毛。鬼影帶著他跟幾名身著普通衣服的士兵來到比較著名的一間大酒館，裡頭人聲鼎沸。

「這裡沒問題。」微風打量著酒館說道。「晚上居然有司卡在外面。從來沒想過會有這一天。也許世界真的要結束了……」

「我要去比較貧困的城區，」鬼影低聲說道。「想要查些事情。」

「比較貧困啊……」微風思索地說道。「也許我該跟你一起去。我發現人越窮，越愛閒扯淡。」

鬼影挑起一邊眉毛。「我很抱歉，微風，但我覺得你太顯眼了。」

「什麼？」微風問道，朝自己一身普通工人的褐色裝束點點頭，跟他平常穿的套裝與背心相差甚遠。

「我不是已經穿了這身醜衣服？」

「光靠衣服是不夠的，微風。你的……態度是不一樣的。況且，你身上沒多少灰燼。」

「我在你還沒出生前就已經在滲透低階人民了，孩子。」微風說道，朝他晃晃手指。

「好吧。」鬼影說道，伸出手，從地上抄起一把灰燼。「那先把這個擦在你的臉跟衣服上……」

微風全身一僵。「我們密室見。」他終於說道。

鬼影微笑，將灰燼拋回地上，消失在迷霧中。

「我向來不喜歡他。」凱西爾悄聲說道。

鬼影快步離開較為富裕的城區，到達街溝時，他沒停下來，而是直接從路邊往下跳，直墜二十呎。他墜落的同時，披風在他身後飄揚。他輕鬆地降落，繼續快步前進。如果沒有白鑞，他早就摔斷手腳。如今，他手腳的靈動可比擬當年令他羨慕萬分的紋跟凱西爾。他感覺全身振奮。白鑞在他體內燃燒時，他從不覺得疲勞，甚至不知勞累爲何物，就連走在街道上這樣簡單的動作，都讓他覺得充滿力量與優雅。

他快速走到勞難區，身後是較爲高級的區域，進入擁擠、忙碌，如小巷一般的街溝，知道要去哪裡找到他的目標。度恩是鄔都地下組織的領頭人物之一，既是情報販子，又是乞丐頭子，更是未盡其志的音樂家，如今可說是勞難區中近似市長的人物。像這樣的人必定出現在能被眾人找到，且付錢給他的地方。

鬼影仍然記得幾個禮拜前他剛發完燒，醒來以後去到酒館，居然發現眾人都在討論他的事。接下來幾天，他造訪了不同的酒館，也聽到其他人提到跟鬼影有關的傳言。沙賽德跟微風的到來讓鬼影無暇去處理度恩，因爲傳言似乎是他開始散播的，但如今是時候了。

鬼影加快腳步，跳過一堆堆被拋棄的木板，衝過一處處灰燼，直到他找到度恩稱之爲家的洞穴。那裡是運河牆，中間被挖空成爲某種洞穴，門邊的木框看起來跟勞難區裡的其他東西一樣腐爛破碎，但鬼影知道它後方是厚重加強的橡木木條。

兩名壯漢在外面看守。他們瞅著站在門口的鬼影，披風在他身邊翻騰。這是他被拋入火中時穿的同一件，上面仍然有燃燒的印記跟破洞。

「老闆現在誰也不見，小子。」一名壯漢說道，連站都懶得站起。「晚點再來。」

鬼影踢門。門立刻破碎，絞鍊斷裂，木棍從框架上斷裂，往後掉落。

鬼影站在原處片刻，有點震驚。他使用白鑞的經驗太少，無法正確估計該用多少力量。可是，如果他很驚訝，那兩名手下可稱之爲震驚。兩人坐在原處，望著破碎的門。

「你可能需要把他們殺了。」凱西爾低聲說道。

不需要，鬼影心想。我只需要動作快點。他衝入走廊，不需要火把或燈光即可見物。他走向走廊末端的門，記住方向，同時聽到後方的侍衛大喊出聲。他從口袋中掏出眼鏡跟布塊。

他用肩膀抵著門，這次動作比較小心，將門撞開卻沒撞壞。他走入明亮的房間，裡面有四名男子在桌邊打牌。度恩正在贏牌。

鬼影腳步邊停下來，邊指著桌上的三人。「你們三個出去。度恩跟我有要事商談。」

度恩坐在桌邊，看起來著實驚訝。侍衛衝到鬼影身後，他轉身，蹲下，準備要從外套下掏出決鬥杖。

「沒事的。」度恩說道。「出去吧。」

侍衛遲疑，顯然對於自己這麼輕易就被晾在一旁感到生氣，可是最後他們仍然撤離，度恩的賭友們也一同離去。門關上。

「你進門的方式還眞令人印象深刻。」度恩坐回桌邊說道。

「你到處在講我的事，度恩。」鬼影轉身開口。「我聽到有人在酒館裡討論我的事，提到你的名字，而且你還散播關於我死訊的傳言，跟所有人說我是倖存者的集團成員，你怎麼知道我是誰，還有爲什麼利用我的名字？」

「拜託，你以爲你多沒沒無名啊。」度恩皺眉說道。「你是倖存者的朋友，花大多數時間住在皇帝的皇宮裡。」

「陸沙德離這裡很遠。」

「沒遠到消息不會傳來。」度恩說道。「有個錫眼來城裡蒐集情報，手上的金錢似乎用之不竭？要猜出你是誰眞的不難。況且，你的眼睛。」

「又怎麼樣？」鬼影問道。

度恩聳聳肩。「所有人都知道倖存者的集團成員身上都會出現奇怪的事。」

鬼影不知道該如何回答。他走上前，檢查桌上的卡片，拾起一張，摸著紙質。他更爲敏銳的感官讓他感覺到背上的凸點。

「做了標記的卡片？」他問道。

「當然。」度恩說道。「練習局，看看我的手下是否能讀對花色。」

鬼影將牌拋回桌上。「你還是沒告訴我爲什麼散播我的消息。」

「我沒啥惡意，小子。」度恩說道。「可是……你應該死了。」

「你相信的話，爲什麼要利用我？」

「你覺得呢？」度恩說道。「人民愛戴倖存者，以及任何跟他有關的事情。所以魁利恩這麼常用他的名字。如果我能讓大家明白，魁利恩殺死了倖存者的集團成員之一……這城市裡會有不少人對此不高興。」

「所以，你只是想幫忙。」鬼影不甚友善地說道。「出自你的好心。」

「認爲魁利恩正在扼殺這座城市的人不只有你。如果你眞的是倖存者的集團成員，你應該會明白，有時候，人會反抗。」

「我很難相信你有這麼大的善心，度恩。你是盜賊。」

「你也是。」

「我們當初不知道我們自己在做什麼樣的大事。」鬼影說道。「凱西爾承諾我們金錢。你從中能取得什麼利益？」

度恩一哼。「公民對生意的影響非常不好。泛圖爾紅酒的價錢還不到一夾幣？我們走私的收入縮水到幾乎是零，因爲沒人敢買我們的貨。就算在統御主時期，情況也從來沒有這麼糟。」他向前傾身。「如果你那些住在舊教廷大樓的朋友們認爲他們能改變這個情況，去跟他們說，我會支持你們。這城裡沒剩什麼地下組織，但如果使用得當，魁利恩會很訝異地發現我們能造成多大的傷害。」

鬼影靜立片刻。「在西溪巷的酒館裡，你會找到一個在蒐集情報的人。派人去跟他聯絡。他是安撫者，世上最優秀的安撫者之一，他滿顯眼的。去跟他提議。」

度恩點點頭。

鬼影轉身要離開，臨走前看了度恩一眼。「不要跟他提起我的名字，或是我的遭遇。」

說完，他離開走廊，經過侍衛還有被從賭桌上趕下來的其他盜賊。鬼影走入亮如白晝的星光黑夜時，將蒙眼布拉下。

他穿過勞難區，試圖想分析方才的會面。度恩並沒有透露任何眞正重要的事情，可是鬼影感覺他周遭有一些事情正在發生，是出乎他的計算，更是他無法解讀的事情。他越來越習慣凱西爾的聲音還有自己的白鑞力量，但他仍然擔心沒有辦法擔當身上的重任。

「如果你不趕快逮到魁利恩，他會找到你的朋友。他已經在準備殺手了。」凱西爾說道。

「他不會的。」鬼影低聲說道。「尤其如果他聽說了度恩散播的關於我的傳言。所有人都知道沙賽德跟微風都是你的成員。除非他們對他的威脅大到無法轉圜，魁利恩不會輕易動他們。」

「魁利恩的個性不穩定。」凱西爾說。「不要等太久。你不會想知道他有多不理性。」鬼影陷入沉默。然後，他聽到快速接近的腳步聲，感覺到地面上的震動。他轉身鬆開披風，伸手探向武器。

「沒危險。」凱西爾輕聲說道。

鬼影放鬆。有人繞過小巷，是度恩賭局的其中一人。那人正在氣喘吁吁，臉上充滿疲累之色。「大人！」他說。

「我不是大人。」鬼影說。「發生什麼事？度恩有危險了？」

「不，先生。」男子說。「我只是……我……」

鬼影挑起眉毛。

「我需要你的幫助。」男子邊喘邊說。「當我們意識到你是誰時，你已經走了。我只是……」

「幫什麼？」鬼影不想廢話。

「我妹妹，先生。」男子說道。「她被公民抓走了。我們的……父親是個貴族。度恩把我藏了起來，但美蕾被我託付的女人賣掉了。先生，她才七歲。公民再過幾天就要把她燒死了！」

鬼影皺眉。*這人期望我做什麼？*他開口要問這個問題，卻沒出口。他已經不是過去的他。他不再是侷限於過去的鬼影。他可以做更多。

像凱西爾那樣。

「你能召集十個人嗎？」鬼影問道。「他們得是你的朋友，並且願意參加晚上的工作？」

「當然，我想可以。這跟救美蕾有關嗎？」

「沒有。」鬼影說道。「這跟你要如何回報我救美蕾有關。幫我把那些人找來，我會盡量幫助你的妹妹。」

男子熱切地點頭。

「現在就去。」鬼影指著前方說道。「我們今晚開始。」

在血金術中，尖刺的金屬材質很重要，身體的植入位置亦然。舉例而言，鋼尖刺會取得肢體系的鎔金術力量——如燃燒白鑞、錫、鋼、鐵的能力——容納入得到尖刺的人。然而得到四種中的哪一種，則端看尖刺的位置。

其他金屬做成的尖刺偷來藏金術的能力，舉例而言，所有的初代審判者都會得到一根白鑞尖刺——穿透藏金術師的身體之後被植入，審判者將能儲存治癒能力（可是根據血金術稀釋效應，審判者復原的速度不如眞正的藏金術師）。因此，這也解答審判者傳説中的恢復力是由何而來，以及他們爲什麼需要這麼多的休息時間。

36

「你不該去的。」塞特不甚友善地說。

依藍德挑起一邊眉毛，騎著馬匹穿過營地。廷朵教導他，要適時出現在自己的人民面前，尤其叮嚀他要以能控制觀眾觀感的情況與方式出現。他認同廷朵給他上的這一課，因此他騎著馬，穿著一件黑披風掩蓋灰燼的髒污，確保他的士兵們知道他來了。塞特跟他並肩前進，被綁在自己的特製馬鞍上。

「你覺得我進城這事太過冒險了嗎？」依藍德問道，邊向著一群對他行禮的士兵點頭。

「不。」塞特說道。「我們都知道你的死活與我無關，小子，況且，你是迷霧之子，危險時，你要逃脫是不會有問題的。」

「那爲什麼？」依藍德問道。

「因爲，你見了城裡的人。你跟他們一起說過話，在他們之中跳過舞，該死的，小子。你還看不出來這有什麼問題嗎？到了要發動攻擊的時候，你甚至會擔心你將要傷害的人。」

依藍德沉默片刻，策馬前進。清晨的迷霧已經是他熟悉的存在，遮蔽營地，隱藏大小。就算在他經過錫力增強的眼中，遙遠的帳棚也不過是有輪廓的布堆，彷彿他正騎馬穿過某種神祕的世界，充滿了模糊的影子與遙遠的噪音。

他進城是錯誤的嗎？也許。依藍德知道塞特的論點，他瞭解將軍需要將他的敵人視爲數字，甚至只是一些障礙的存在，並非獨立的個體。

「我對於我的決定感到滿意。」依藍德說道。

「我知道。」塞特抓著濃鬍子說。「所以說實在，我才覺得很煩躁。你是個富有同情心的人。這是弱點但不是問題，問題在於你無法處理自己的同情。」

依藍德挑起一邊眉毛。

「你應該很清楚，不該讓自己與敵人有情感上的接觸，依藍德。」塞特說道。「你應該知道自己會如何反應，依此計畫以避免現在的狀況！他媽的，小子，所有領導者都有弱點，勝利者都是知道該如何抑制這些弱點，而非鼓勵它們存在的人！」當依藍德沒回應時，塞特只是嘆口氣。「好吧，我們來談圍城的進度。工程師們已經將流往城市的幾條小溪封鎖住了，但我們不認爲那是主要的水源。」

「是的。」依藍德說道。「紋在城裡找到六座主要水井。」

「我們應該下毒。」塞特說道。

依藍德陷入沉默。他內心中的兩方仍然在爭鬥。過去的他只想要盡量保護眾人，但他正在成爲的樣子卻必須更加地實際。他知道有時必須殺人，至少得讓人們覺得不安，最終才能救更多的人。

「好吧。」依藍德說道。「今天晚上我讓紋動手，要她在水井上留下訊息，說出她在做什麼。」

「這有什麼用？」塞特皺眉。

「我不想殺人，塞特。」依藍德說道。「我想讓他們覺得擔憂，如此一來，他們會去跟尤門需索供水，當整個城市居民都如此做時，他應該很快就會用光儲存水。」

塞特哼了一聲，不過似乎很滿意依藍德採納了他的建議。「那附近的村莊呢？」

「隨便怎麼欺擾他們都可以。」依藍德說道。「組成一萬人的軍隊，派他們去騷擾村民，但切記不能殺人。我要讓那些埋伏在附近的間諜送出『王國在危，將要崩塌』的擔憂訊息給尤門。」

「你出手不徹底，小子。」塞特說道。「早晚你得選擇。要是尤門不投降，你就得攻擊。」依藍德在指揮帳外拉停馬匹。

「我知道。」他柔聲說道。

塞特悶哼一聲，但當僕人從帳棚出來，準備將他從馬鞍中抱下時，他沒再說話。

可是，他們才剛開始要動作，大地就開始顫抖。依藍德咒罵，掙扎著控制住他開始焦慮的馬匹。大地的搖晃使帳棚不斷震動，將柱子震倒，甚至有兩座帳棚都癱倒在地上，依藍德還聽到金屬杯、劍，還有其他東西摔到地面的聲音。終於，搖晃停下來，他瞥向一旁，檢查塞特的狀況。他控制住了馬匹，不過有一隻無用的腿懸掛在馬鞍邊，看起來像是快要摔下來。他的僕人衝到他身邊協助他下馬。

「該死的晃動越來越頻繁了。」塞特說道。

依藍德試圖安撫在迷霧中不斷喘氣的馬匹，整個營地都是人們一邊在咒罵大喊，一邊著手處理地震帶來的影響的聲音。地震的確越發頻繁，上一次才不過是幾個禮拜前的事情。最後帝國的地震不該頻繁，至少在他少年時，他從來沒聽說過內統御區有這類事情發生。

他嘆口氣，從馬背上爬下，將馬的韁繩交給一旁的助手，跟塞特一起進入指揮帳。僕人將塞特安頓在椅子上，然後退開，留下他們兩人獨處。塞特抬頭看著依藍德，滿臉愁色。「哈姆那個笨蛋有跟你說陸沙德傳來的消息嗎？」

「你是指沒消息傳來吧？」依藍德嘆口氣說道。首都一點音訊都沒有，更遑論依藍德下令要用運河送來的補給物資。

「我們時間沒有那麼多，依藍德。」塞特低聲說道。「頂多幾個月。足夠降低尤門的決心，也許讓他的人民缺水到會開始期望我們攻城，但如果我們沒有及時得到補給品，我們的圍城戰打不下去。」

依藍德瞥向年長的男子。塞特臉上帶著高傲的神情，回望依藍德，與他四目相接。瘸腿男子多半的行為都是虛張聲勢，塞特多年前因為疾病而失去雙腿，所以無法靠著肢體語言來威迫別人，因此他得找別的方式來凸顯自己依然具有威脅。

塞特最擅長的就是戳人痛處。他利用他人缺點趁虛而入，還有利用他人優點為己辦事等能力在依藍德眼裡是極為罕見的，甚至是一名優秀的安撫者都不一定能辦得到，而在那外表之下所藏匿的心卻是如此柔軟。依藍德相信，關於這點，塞特永遠不會承認。

他今天似乎特別緊張，好像在擔心什麼事，一件很重要的事，也許是某件他被迫要留下的東西？

「她沒事的，塞特。」依藍德說道。「只要奧瑞安妮跟沙賽德還有微風在一起，她就不會有事。」

塞特哼了哼，揮手表示不在意，但他仍然別過臉。「沒那傻女孩在身邊我還更好一點。那安撫者要她就拿去吧！而且我們又不是在談我，我們是在談你跟這場圍城戰！」

「我明白你的意思，塞特。」依藍德說道。「在我認為必要時，我們就會進攻。」此時，帳門被掀開，哈姆大搖大擺地走進來，身邊是好幾個禮拜依藍德沒見到，至少是沒在床以外的地方見到的人。

「德穆！」依藍德站起身，走向他的將軍。「你可以下床走動了！」

「勉強而已，陛下。」德穆說道。他的確看起來仍然蒼白。「可是我已經恢復足夠的體力可以稍微在附近走一走。」

「其他人呢？」依藍德問道。

哈姆點點頭。「大多數也都可以走動了。德穆是最後一批，再過幾天，軍隊就會恢復全力。」

只少了那些死去的人，依藍德心想。

塞特打量德穆。「大多數人好幾個禮拜前就恢復了。德穆，你的體力比我們想得還要差啊？至少這是我聽到的傳言。」

德穆的臉瞬間就漲紅了。

一聽這話，依藍德立刻皺眉。「怎麼了？」

「沒事，陛下。」德穆說道。

「我的軍隊中沒有『沒事』，德穆。」依藍德說道。「有什麼我不知道的？」

哈姆嘆口氣，拉過一張椅子，反著坐在椅子上，強壯的手臂靠著椅背。「這只是營地中有的傳言，阿依。」

「都是士兵，每個都一樣，跟黃臉婆一樣迷信。」塞特說道。

哈姆點點頭。「他們有人認爲，因爲迷霧而生病的人是被懲罰了。」

「懲罰？」依藍德問道。「爲什麼？」

「因爲缺乏堅定的信念，陛下。」德穆說道。

「胡說。」依藍德說道。「我們都知道迷霧的攻擊是隨機的。」

其他人交換眼神，依藍德得強迫自己停下來，重新思考。不對，這些攻擊不是隨機的——至少相關數據顯示不是。「先不管這些。你們的每日例行報告呢？」他說，決定要轉換話題。

三人輪流開始談起他們在軍營中的不同責任。哈姆負責士氣與訓練，德穆負責補給與營區任務，塞特則是戰略與巡邏。依藍德雙手背在身後，聽著簡報，但有點心不在焉。大多數內容跟前一天沒有什麼差別，不過能重新看到德穆是好的。他遠比他的助手們有效率得多。

他們邊講，依藍德的思緒便飄得更遠。圍城戰的狀況不錯，但有一部分的他，因爲受過廷朵跟塞特熏陶，對於等待感覺相當不耐煩。他的確有直接攻下城市的可能。他有克羅司，而且他的軍隊從各方面來看，都比法德瑞斯城的守軍更有經驗。岩石地形也許可以爲守軍提供掩護，但依藍德的軍隊戰力沒有差到絕對不可能贏，可是如此一來，會需要很多、很多條人命才能攻下法德瑞斯。

這一點讓他很遲疑，甚至讓他明白爲什麼進入城市對自己而言是個壞決定。如今依藍德知道尤門是個講理的人，而且說的話很有道理。某種程度上，他對依藍德的指控都是眞的。依藍德的確很虛僞。他滿口民主，卻以暴力奪取王位。

他相信這是人民需要的，但他的確因此成爲了虛僞的人。在同樣的邏輯下，他知道該派紋去暗殺尤門，如此一來，依藍德下令要殺的，只不過是一個除了擋了他的路之外並無其他過失的人。

暗殺聖務官似乎跟派克羅司攻城是一樣扭曲的行爲。塞特說得沒錯，我這次的確想要兩全其美。有一瞬間，在舞會中與泰爾登交談時，他對自己滿是信心，而實際上，他至今仍然相信自己宣稱的事。依藍德的確賦予更多自由與正義給他的子民。

可是，他卻察覺，此次的圍城戰將會在「過去」的他與「未來即將要成爲」的他之間引發一場拉鋸戰，而他已經明白這個走向是他不樂見的。他眞的能理所當然地進攻法德瑞斯，屠殺守軍，奪取其資源，只因爲他打著圖利帝國人民的旗幟？可是，他是否有勇氣能做到相反的事情：從法德瑞斯城撤退，將石穴的祕密——一個可能拯救整個帝國的祕密——留給一個仍然以爲統御主會回來拯救人民的人？

他無法下定決心。直至目前爲止，他決心要用盡所有別的選擇，只要能讓他毋須進攻城市的可能他都會嘗試，包括圍攻城市好讓尤門更聽話，包括讓紋潛進儲藏窟。她的報告顯示那棟大樓的守衛非常嚴密，她不確定是否能在普通的夜裡潛入。但是在舞會中，防守有可能比較鬆散，那將會是偷瞄一眼洞穴中所隱藏事物的完美時機。

假設尤門沒把統御主最後的刻文拆走，依藍德心想，我們甚至不知道那裡面到底有沒有東西。

可是，仍然有個機會——在統御主最後留下的訊息裡，他還能給予人民最後的一點幫助。如果依藍德能找到方法，取得統御主的協助，又不需要攻破城市，殺死上千人，他樂於如此。

幕僚們終於結束報告，依藍德讓他們都退下。哈姆快速離開，想要利用時間進行早晨的格鬥訓練。不久後，塞特也離開，被傭人抬回自己的帳棚。可是德穆卻沒有。德穆其實還很年輕，不比依藍德大多少。禿頭跟臉上的數道疤痕，還有病癒後尚未完全康復的身體卻讓他看起來比原本的年紀大上許多。

德穆欲言又止。依藍德耐心地等著，直到對方垂下目光，一臉尷尬。「陛下。」他說。「我覺得我必須提出要求，請您解除我的職務。」

「爲什麼這麼說？」依藍德謹愼地問道。

「我認爲我已經沒有資格擔當將軍一職。」

依藍德皺眉。

「只有倖存者信任的人才有資格指揮這支軍隊，陛下。」德穆說道。

「我相信他誠心地信任你，德穆。」

德穆搖搖頭。「那他爲什麼讓我生病？爲什麼在軍隊中這麼多人裡，獨獨挑中了我？」

「我跟你說過，這都是隨機的運氣，德穆。」

「陛下，我不願反駁您，但我們都知道事實並非如此。」德穆說道。「畢竟是您先指出，是凱西爾的意志讓人生病的。」

依藍德一愣。「我說過嗎？」

德穆點點頭。「我們讓軍隊面對迷霧的那天早上，你大喊要他們記得，凱西爾是迷霧之主，因此這個病症必定爲他的旨意。我認爲您說得沒錯。倖存者確實是迷霧之主。他在死之前的那晚便如此宣告。陛下，病症是他的旨意，我明白了。他看見了那些缺乏堅定信念的人，於是詛咒他們。」

「我不是那個意思，德穆。」依藍德說道。「我的意思是凱西爾會想要我們經歷這樣的挫折，不代表他是針對特定的人。」

「無論如何，陛下，您是這麼說的。」

依藍德揮手，表示沒必要再討論這點。

「那您如何解釋數字，陛下？」德穆問道。

「我還沒決定。」依藍德說道。「我承認會生病的人數比例的確相當奇特，但這跟你個人無關，德穆。」

「我不是指那個數字，陛下。」德穆說道，依舊低著頭。「我的意思是，在其他人都恢復之後，仍舊病著的人的比例。」

依藍德一愣。「等等。這又是怎麼一回事？」

「您沒聽說嗎，陛下？」德穆在安靜的帳棚中問道。「書記們一直在討論這件事，消息便在軍營裡走開了。我想大多數士兵都不瞭解數字的意義，但他們知道有某種怪事正在軍營裡蔓延。」

「什麼樣的數字？」依藍德問道。

「有五千人病倒，陛下。」德穆說道。

是軍隊人數的百分之十六，依藍德心想。

「在這些人中，大約五百多人陸續死去。」德穆說道。

「剩餘的人，幾乎每個都在一天之內就康復了。」

「可是有些人沒有。」依藍德說道。「像你。」

「像我。」德穆輕聲說道。「我們之中有三百二十七人繼續病著，其他人卻好了。」

「那又如何？」依藍德問。

「這是病倒的人的十六分之一，陛下。」德穆說道。「而且我們病了整整十六天。不多也不少一個小時。」

帳門在微風中輕輕拍打，依藍德沉默，卻壓不下一陣寒顫。「巧合。」他終於說道。

「想要找關連性的人只要夠認真，向來都能在統計數據中找到奇特的巧合與變異性。」

「我不覺得這是單純的巧合，陛下。」德穆說道。「這個差異很精準。同樣的數字一遍又一遍地出現。十六。」

依藍德搖頭。「德穆，就算它一直出現，這也沒什麼意義。只不過是個數字。」

「這是倖存者在海司辛深坑中滯留的月數。」德穆說。

「巧合。」

「這是紋貴女成爲迷霧之子的年紀。」

「又是巧合。」依藍德說。

「這件事情上似乎有非常多巧合，陛下。」德穆說道。

依藍德皺眉，雙手抱胸。德穆沒說錯。我一直否認反而讓整件事毫無頭緒。我必須知道其他人做何感想，而不只是反駁他。

「好吧，德穆。」依藍德說。「就說這一切都不是巧合好了。你似乎對於這些數字的意義有個想法。」

「就是我先前說的，陛下。」德穆說道。「迷霧是倖存者所有。它們會殺死某些人，其他人則因此而生病，留下十六這個數字來證明，一切的確是他的作爲，因此病得越重的人，就是越讓他不滿的人。」

「除了那些因爲生病而死的人。」依藍德指出。

「沒錯。」德穆抬起頭。「所以……也許我還不到無可救藥的地步。」

「我不是說這些來安慰你的，德穆。我並不接受這個理由。也許的確有怪異之處，但你的解讀只是一種猜測。倖存者爲什麼會對你不滿呢？你是他最虔誠的祭司之一。」

「陛下，我是自行決定要成爲他的祭司。」德穆說道。「他沒有選擇我。我只是……開始以我所見到的一切布道，其他人才開始聽我說話。我一定是因爲這樣而冒犯到他。如果他希望我成爲他的祭司，他會在在世時就選擇我，不是嗎？」

我認爲倖存者活著的時候並不太關心這件事，依藍德心想。他只想創造出足夠的民怨，好讓司卡願意反抗。

「德穆，你知道倖存者在世時，並沒有組織起他的教會。」依藍德說道。「只有那些在他死後，終於開始注意起他的教誨的人，才創建出教會與信徒的組織。」

「沒錯，可是他死後確實出現在某些人面前。」德穆說。「我不是其中之一。」

「他沒出現在任何人面前。」依藍德說道。「那是坎得拉歐瑟在使用他的身體。你知道的，德穆。」

「是的。」德穆說道。「可是那坎得拉按照倖存者的吩咐行事，我卻不在名單之上。」

依藍德按著德穆的肩膀，望入那人的雙眼。他見識過他歷盡風霜、承受超過年紀壓力的將軍曾堅定地瞪著一隻比他高過五呎的狂暴克羅司。德穆無論在身體或在心靈上，都不是軟弱的人。

「德穆，我這樣說絕對不帶惡意，但你的自卑自憐已經造成了阻礙。如果迷霧都會影響你，那我們需要利用這件事來證明，迷霧的影響與凱西爾的不滿毫無關係。我們現在沒有時間讓你自我質疑——我們知道你比這軍隊中的任何人都加倍虔誠。」

德穆臉上一紅。

「你好好想想。」依藍德說道，對德穆的情緒微微推擠。「從你身上，我們有明確的證明，一個人的虔誠程度與是否受到迷霧影響是完全無關的。因此，與其讓你在那邊終日哀聲嘆氣，我們要繼續找出迷霧行爲模式背後的眞正原因。」

德穆站在原處片刻，終於點點頭。「也許您說得對，陛下。也許我太早下定論了。」

依藍德微笑，然後他突然安靜下來，想著自己剛才說的話。有明確的證明，一個人的虔誠程度與是否受到迷霧影響是完全無關的……

這句話不盡然屬實。德穆是軍營中最虔誠的信徒之一。那些得病一樣久的人是否也是如此？他們是否也是信到極點的人？依藍德開口要詢問德穆。此時，大喊聲響起。

血金術的效用消退在以迷霧之子創造出的審判者身上比較不明顯，因爲他們原本就具有鎔金術力量，增強其他能耐只是讓他們更爲強大。

在大多數情況下，審判者是以迷霧之子創造。很顯然的，像沼澤這種搜尋者也是偏好的對象。因爲當找不到可用的迷霧之子時，擁有青銅能力的審判者，最擅長找出司卡迷霧人。

37

遠方傳來尖叫聲。紋在她的船艙中驚坐起，她原本處於要睡未睡的朦朧邊界，在法德瑞斯城內搜索了一夜讓她相當疲累。

可是當戰鬥聲從北方傳來時，所有疲累都一下子被她拋在腦後。終於來了！她心想，翻開棉被，從船艙中衝出。她穿著一貫的長褲與襯衫，一如往常隨身攜帶不同的金屬液體。她一面掠過駁船的甲板，一面喝下一瓶。

「紋貴女！」一名船伕從迷霧的另一端大喊。「營地被攻擊了！」

「也該是時候了。」紋說道，邊用船上的金屬繫環鋼推下船，飛入空中。她穿過白天的迷霧，些許的捲曲與白絲讓她感覺像是飛越雲端的鳥。

靠著錫力，她很快地找到戰鬥的地點。幾群馬背上的人騎入營地北區，顯然試圖想要朝補給船隊挺進，但船隊漂浮在運河中極受保護的彎流中，一時也無法抵達。一群依藍德的鎔金術師在旁邊設起防線，打手站在第一線，射幣則從打手後方攻擊騎士們。一般士兵則是站在中間，戰事優勢盡屬他們所有，騎士受到營地的防線與防禦工事的雙重阻撓。

依藍德想得沒錯，紋驕傲地想，從空中落下。如果我們的士兵沒有先暴露在迷霧之下的話，現在絕對會有麻煩。

皇帝的決定救了他們的補給品，也引出一支尤門的突襲隊伍。那些騎士們大概以爲可以很輕易地穿過敵營，殺個對方措手不及，把他們全困在迷霧裡，然後一把火燒掉補給船隊。可是依藍德的斥候跟巡邏小隊提供了足夠的警示，因此敵人騎兵被強行阻撓，進行面對面的決戰。

尤門的士兵正從軍營南方強行突破防線。雖然依藍德的士兵相當奮勇抗敵，但他們的敵人卻騎著馬。

紋從空中俯衝而下，驟燒白鑞，增強肌肉力量。她拋下一枚錢幣，對它施以反推力量好減緩降落速度，落地的同時，一片灰燼激飛而起。南方的騎士刺穿了第三排帳棚。紋選擇降落在他們之間。

沒有馬蹄鐵，紋心想，看著士兵轉向她。*而且矛都是以石頭爲尖，也沒帶劍，尤門做事的確仔細。*

這幾乎感覺像是對她的挑戰。紋微笑，在等待多天之後，腎上腺素被激起的感覺相當愉悅。尤門的小隊長們開始大喊，將攻擊的目標轉向紋。在數秒鐘內，他們便組織了將近三十名騎兵直朝她疾奔而來。

紋直視他們，然後躍起，甚至不需要鋼推讓自己跳高，光是白鑞增強的肌肉便足夠。她越過領頭士兵的矛，感覺它穿過她身下的空氣，一腳踢中士兵的臉，讓他向後飛起，從馬鞍落下，灰燼隨之在晨霧中盤旋。她在他翻滾的身體旁邊落下，拋下一枚錢幣，鋼推自己往側面飛竄，避開奔踏的馬蹄。被她擊落下馬的人大喊出聲，無力阻止自己被同伴的馬蹄踐踏。

紋的鋼推帶著她穿過一座大型睡帳的帳門。她翻身站起，絲毫未停下便立刻鋼推帳棚的鐵柱，將其從地上扯起。

布牆晃動，帆布啪的一響，拔高射入空中，布料緊繃，鐵柱則朝四方飛射。灰燼隨著空氣的震動而飛散，雙方人馬同時轉身面向紋。她讓帳棚落在她面前後，用力一推。帆布伴隨空氣頓時膨脹，鐵柱被紋的力量從帆布上扯下，直飛向前，射向馬匹與騎士。

人馬一同倒地。帆布在紋面前翩然落地。她微笑，越過一團混亂倒地、試圖想要重新開始攻擊的騎士。她不打算給他們任何時間。依藍德在那一區的士兵全數撤退，聚集在防線中央，讓紋可以放手攻擊，毋須擔心傷害自己人。

她在騎士之間穿梭，巨大的馬匹此時反而成爲騎士們攻擊的阻力，人馬不斷繞圈，紋則不停鐵拉，將營帳從地面拔起，將鐵柱當箭矢使用。數十人在她面前倒下。

馬蹄聲在她身後響起。紋轉身，看到一名敵人軍官組織起另一波攻擊。十個人直直朝她奔來，有些人舉著矛，有些則拉滿弓。

紋不喜歡殺人，但她熱愛鎔金術，熱愛使用技巧的挑戰，鋼推與鐵拉的力量與刺激，只有充斥白鑞的身體才能體會的刺激力量感。當有人出現，給了她戰鬥的理由時，她向來會放手一搏。

箭矢根本毫無傷她的可能。白鑞讓她在轉身閃避時增加了速度與平衡，還可一面鐵拉著後方的金屬錨點。一頂帳棚朝她飛來，她立刻躍起，閃避被她先前拉力順勢帶來的帳棚，之後落地，鋼推數支帳棚的鐵柱，每個角落都有兩支。帳棚軟塌倒地，看起來像是對角被人硬扯的餐巾。

布條如鐵絲般卡上馬腿。紋燃燒硬鋁，用力鋼推。前方的馬匹尖聲嘶鳴，她臨時創造出來的武器讓他們一時全部倒地。帆布撕裂，鐵柱被扯離，但損害已經造成——前排的絆倒後排，人隨著馬匹一起倒下。

紋喝盡另一瓶液體補充鋼，然後用力一拉，將另一座帳棚扯向自己。在帳棚靠近時，她用力一跳，轉身，將帳棚推向另一群騎士。帳棚的鐵柱戳中一名士兵的胸口，讓他往後飛跌，摔入其他士兵之間，造成一團混亂。

士兵倒地，毫無生命跡象地倒在灰燼中，胸口的鐵柱仍舊拉扯著帆布，布料輕飄飄地落地，如屍布一般遮蓋住他的身體。紋轉身，尋找更多敵人，但騎士們如今開始撤退。她上前一步，原本打算要追趕他們但她停下腳步。有人在看她，她可以在霧中看見他的身影，正燃燒著青銅。

那個人的身體滿是金屬的力量。鎔金術師。迷霧之子。他太矮，不是依藍德，但除此之外，隔著迷霧跟灰燼，她看不太清楚對方。紋毫無遲疑，拋下一枚錢幣便衝向陌生人。

對方往後一跳，同樣躍入空中，紋跟上，很快便將營地拋在身後，追趕著鎔金術師。他很快地進入城市，她跟在他身後，以巨幅的跳躍橫越滿是灰燼的大地。她的獵物越過城市前方的岩石，紋緊追在後，落在一名訝異的巡邏士兵面前只有幾呎遠的地方，之後再次跳起，跨越縫隙與被風吹刮的岩石，進入法德瑞斯城。

另一名鎔金術師一直保持領先。他的動作中毫無戲謔之意，與她先前和詹在對打時完全不同。這個人眞的想要逃走。紋緊追在後，越過屋頂跟街道。她緊咬牙關，因爲自己無法追上而煩躁。她每次跳躍的時機都完美無缺，在錨點轉換與跳躍弧形的起落間，幾乎絲毫沒有停頓。

可是，他也相當出色。他繞過城市，強迫她必須要使出全力才能跟上。好！她終於心想，開始準備硬鋁。她跟著那個人的距離已經近到他不再是迷霧中的影子，而她可以清楚看到他既眞實又實在，不是某種靈魂。她越發確定，這就是她第一次前來法德瑞斯城時，感覺到在觀察她的人。尤門有一名迷霧之子。

可是，要跟這個人對打，她得先追上他。她等著他的跳躍開始到達頂點時，立刻熄滅她的金屬，燃燒硬鋁，然後鋼推。

身後傳來一陣粉碎的聲音。她力道不正常的鋼推擊碎了她用來當錨點的木門。她以極快的速度被往前拋，像是被釋放的飛箭，以迅雷不及掩耳的速度靠近她的對手。

但她卻什麼都沒找到。紋咒罵著，一邊重新燃燒錫。她在燃燒硬鋁時，不能同時燃燒錫，否則她的錫會瞬間燃燒殆盡，讓她當場失明，可是她將錫熄滅的同時，基本上也造成了同樣的效果。她鐵拉自己，打斷經過硬鋁增強的鋼推跳躍，笨拙地落在附近的屋頂上。紋蹲低了身體，眼神掃瞄周遭的環境。

*去哪裡了？*她心想，邊燃燒著青銅。紋十分相信她天生擁有，卻又無法解釋的能力能看穿紅銅雲霧以判斷出敵人的位置。除非那鎔金術師將自己的金屬完全熄滅，否則他不可能躲得過紋。

顯然他正是這麼做了。這已經是第二次。也是他逃開她的第二次。

這件事意謂的可能性相當讓人不安。四年來，紋一直努力地將這項特殊能力保密到家。詹知道這件事，而她不知道還有誰會猜到，但根據今晚發生的事情，她的祕密似乎已經曝光。

紋在屋頂上待了一陣子，但知道自己什麼也找不到。一個聰明到會利用她的錫力關閉時脫逃的人，也會聰明到要躲起來，直到她離開。而這件事讓她不禁揣想，他爲什麼一開始要讓她看見自己……

紋突然坐起，呑下一瓶金屬液體，將自己從屋頂上鋼推而下，滿心焦急地跳回營地。

她發現士兵在清理軍營外圍的破壞與屍體。依藍德正在他們之中發布命令，鼓勵士兵，讓眾人看見他的存在。雪白的身影讓紋立刻安心下來。

她在他身旁降落。「依藍德，你有被攻擊嗎？」

他瞥向她。「什麼？我嗎？沒有，我沒事。」

那迷霧之子不是被派來要令我無暇顧及對依藍德的攻擊，她皺著眉頭心想。原本她以爲必定是如此，可是……

依藍德將她拉到一旁，滿臉擔憂之色。「我沒事，紋，但不只如此——出了別的事。」

「怎麼了？」紋問道。

依藍德搖搖頭。「我認爲整個對營地的攻擊都只是聲東擊西之策。」

「但如果不是攻擊你，也不是我們的補給品，他們要攻擊什麼？」紋問道。

依藍德與她四目交望。「克羅司。」

「我們怎麼會沒注意到這件事？」紋問道，聲音滿是焦躁。

依藍德跟一群士兵站在附近的高地上，等著紋和哈姆檢視完被焚燒的攻擊器械。在下方，他可以看到法德瑞斯城，還有他自己駐紮在外的軍隊。迷霧很久以前就已經退散了。令人不安的是，從這個距離外，就連他都看不見運河的位置。落灰染黑了運河的水，讓它成爲與大地融爲一體的黑。

在高地邊緣的懸崖下方，是他們殘存的克羅司軍隊。瞬間，兩萬隻克羅司的大軍，在縝密的密襲攻擊下被縮減成一萬隻，而那時依藍德等人的注意力全部都被引開到別處。白晝的迷霧讓士兵看不見下面發生的事情，直到已無可挽回。依藍德自己有感覺到克羅司的死亡，卻將這感覺誤判是克羅司感應戰爭的發生而已。

「這些懸崖後方有洞穴。」哈姆說道，戳著一塊焦黑的木頭。「尤門之前可能就將這些拋石機藏在裡面，等著我們到來，不過我猜原本的用途應該是要拿來進攻陸沙德。無論如何，這塊高地是密集猛攻的絕佳地點，我認為尤門布置這一切是為了攻擊我們的軍隊，但當我們將克羅司駐紮在高地的正下方時……」

依藍德仍然能在他腦海中聽到牠們的尖叫——克羅司身上充滿了血跡，口吐白沫想要戰鬥，卻無法攻擊遠在高地上的敵人，因此，牠們的焦躁太強大，直到一瞬間，牠們脫離了他的掌控。在那段時間裡，他無法阻止牠們相互攻擊。大多數的死亡來自於克羅司之間的自相殘殺，兩兩廝殺的結果就是，軍隊總數減少將近一半。

我失去對牠們的控制，他心想。時間不長，唯一的原因也是牠們無法攻擊到敵人，但這是個危險的先例。

煩怒的紋用力踢著一大塊燒焦的木頭，將它飛踢下高地邊緣。

「這是一場策劃非常精良的攻擊，阿依。」哈姆低聲說道。「尤門一定是看到我們每個早上都派出額外的巡邏隊，因此猜到我們預期他會白天展開攻擊。所以他將計就計，挑選了我們防守最嚴密的地方下手。」

「不過他的代價也不小。」依藍德說道。「他必須焚燒自己的攻擊器具好讓它們不被我們奪走，而且一定在攻擊我們營地的過程中失去數百名士兵與坐騎。」

「確實如此。」哈姆說。「可是，你會不會拿幾十具攻擊武器還有五百人來交換一萬名克羅司？況且，尤門一定很擔心該如何讓他的騎兵隊繼續活下去，我看只有倖存者知道他是從哪裡弄來那麼多穀糧養這群戰馬。因此最好是趁機攻擊，而不是浪費馬匹活活餓死。」

依藍德緩緩點頭。情況現在變得更棘手了。少了一萬克羅司……突然兩方的力量變得更加勢均力敵。依藍德可以繼續包圍城市，但要強行攻城的危險性瞬間大上許多。

他嘆口氣。「我們不該讓克羅司離主要軍營這麼遠。我們得把牠們搬得更近。」

哈姆似乎一點都不樂意。

「牠們並不危險。」依藍德說道。「紋跟我都可以控制牠們。」在大多數情況下。

哈姆聳聳肩。他走在仍然冒煙的殘骸之間，準備要派遣傳令使者。依藍德走上前，來到紋身邊，兩人一起站在懸崖的最邊緣。離地面這麼遠仍然讓他有點不安，但她對於眼前急墜的地勢似乎毫不在意。

「我應該能幫你奪回對牠們的控制。」她低聲說道，望著遠方。「尤門卻讓我分神了。」

「他讓我們所有人都分神了。」依藍德說道。「我在腦海中可以感覺到克羅司，即便如此，我還是沒弄明白到底發生了什麼事。是妳回來的時候我才終於重新獲得對牠們的控制，但在那時，牠們已經死了很多。」

「尤門有一個迷霧之子。」紋說道。

「妳確定？」

紋點點頭。

多了一件要擔心的事，他想，可是壓下了自己的煩躁。他的人民需要看到他信心滿滿的樣子。「我要給妳一千名克羅司。」他說道。「我們早就該把牠們分開來了。」

「你的力量比較強大。」紋說道。

「顯然不夠強大。」

紋嘆口氣，點點頭。「那我下去了。」他們發現距離遠近對於控制克羅司是有差別的。

「我會抽出大概一千隻左右，然後放手。我一放開，妳就得全部將牠們抓緊。」

紋點點頭，踏上懸崖邊的空氣。

我早該發現打得太忘我了，紋一面在空中墜落，一面心想。如今，一切如此清晰明白，不幸的是，攻擊的細節讓她比先前感覺更焦躁，更不安。

她拋下一枚錢幣，降落在地上。幾百呎的急墜也不再讓她放在心上。有時想想也蠻奇怪的。她還記得自己膽怯地站在陸沙德的城牆邊，雖然有凱西爾的勸說，卻仍然不敢利用鎔金術往下跳。現在，她可以從懸崖邊跳下，墜落時還可以沉思。

她走在灰燼如粉末般鋪灑的地面。灰燼淹到她的小腿肚，要不是有白鑞的力量，她早就寸步難行。落灰越發濃密。

人類幾乎是立刻走上前來找她。她分不出這克羅司是對他們之間的聯繫有反應，還是真的有智慧且對她有足夠的興趣，能分辨她與其他人的不同。因爲打鬥，所以他的手臂上多了一道新的傷口。她走向其他克羅司時，他跟在她身邊，巨大的身軀絲毫不費力氣便踩過高堆的灰燼。

一如往常，克羅司營地中沒有多少情緒。不久前牠們才血腥地吶喊，在一片石雨中相互廝殺，如今則只是一小群一小群地坐在灰燼中，無視於自己的傷口。如果有木頭，牠們早就已經開始燒火。有幾隻在地上挖了幾把泥土啃著。

「你們都不在乎嗎，人類？」紋問道。

巨大的克羅司低頭看著她，破相的臉微微流血。「在乎？」

「你們今晚死了這麼多同伴。」紋說道。她可以看到屍體四處橫臥，被遺忘在灰燼裡，全身的皮已經被扒下，那是克羅司的埋葬儀式。還有幾名克羅司在屍體間移動，撕下他們的外皮。

「我們照料了他們。」人類說道。

「對。」紋說。「把牠們的皮膚撕掉。你們爲什麼要這麼做？」

「他們死了。」人類說道，彷彿這就足以解釋。

在一旁，一大群克羅司站起，服從依藍德無聲的命令，跟主要的隊伍分開，走入灰燼中。片刻後，牠們開始環顧四周，不再整齊劃一的行動。

紋立刻動手，停止燃燒所有金屬，燃燒硬鋁之後，驟燒鋅，進行情緒上的用力拉扯，煽動克羅司的情感。如她所預期，牠們立刻歸附在她的控制下，一如人類。

控制這麼多隻比較困難，但絕對在她的能力範圍之內。紋命令牠們冷靜下來，然後讓牠們返回營地。從今以後，牠們的存在會滯留在她的意識中，再也不需要鎔金術的掌控。除非情緒激動起來，否則很容易忽略牠們的存在。

人類看著牠們。「我們……變少了。」牠終於說道。

紋一驚。「對。你看出來了？」她問道。

「我……」人類開口，卻一時沒說完，小眼睛看著營地。「我們打仗。我們死了。我們需要更多。我們有太多劍了。」他指著遠方的一堆金屬——是沒有主人的楔形克羅司劍。

依藍德曾對她說過，妳可以利用劍來控制克羅司的數量。牠們會隨著成長而打鬥爭取更大的劍，額外的劍則屬於年紀較輕、體型較小的克羅司。

可是沒有人知道小克羅司是從哪來的。

「你需要克羅司來用這些劍，人類。」紋說道。

人類點點頭。

「那你們就得多生一些孩子。」她說道。

「孩子？」

「更多。」紋說道。「更多克羅司。」

「妳需要給我們更多。」人類看著她說道。

「我？」

「妳戰鬥了。」他說，指著她的上衣，上面沾著不是她的血跡。

「是的。」紋說。

「給我更多。」

「我不明白。」紋說道。「你做給我看看吧。」

「我不行。」人類說道，以牠慣常的緩慢語氣開口，搖著頭。「這是不對的。」

「等等。」紋說。「不對？」這是她第一次從克羅司口中聽到價值觀的判定。

人類看著她，而她看出牠臉上的緊張神情。於是，紋用鎔金術推了牠一把。她不知道自己在要求牠做什麼，因此這讓她對牠的控制較為薄弱，但是她仍然推牠按照牠的想法去行動，去信任，因為不知為何，牠的思想與直覺正在拉鋸。

牠發出大吼。

紋震驚地往後退，但人類沒有攻擊她，只是跑入克羅司營地。一隻長著兩條腿的巨大藍色怪物踢起灰燼，其他克羅司退開，不是因為恐懼，牠們臉上的表情一如往常平淡，只是對於處於狂暴狀態且體型龐大如人類的克羅司表現出應有的謹慎退讓。

紋小心翼翼地跟在人類身後，看著牠走向一具仍然有皮膚的克羅司屍體。人類不是把皮膚扯掉，而是將屍體扛在肩膀上，朝依藍德的營地奔去。

慘了，紋心想，拋下一枚錢幣，飛入空中。她跟著人類身後奔跑，小心不要超越牠。她考慮是否該命令牠後退，卻沒有這麼做。牠的行爲的確很奇特，但這感覺是件好事。克羅司通常不會做出任何出人意表的事情。牠們過度可預料。

她落在營地的守衛站前，揮手要士兵退後。人類繼續往前跑，闖入營地中，驚嚇了一票士兵。紋跟在牠身邊，不讓士兵靠近。

人類在營地中間停下，突來的熱切略略散去。紋再次催促牠。在環顧四周之後，人類朝損壞的營地跑去，那是被尤門的士兵攻擊過的地方。

紋跟在牠身後，越發好奇。人類沒有抽出劍，看起來一點也不生氣，只是……專注。牠來到一區帳棚倒塌，有死人的地方。戰鬥才剛結束幾個小時，士兵們仍然在附近走動、清理。戰場外圍有人搭起了醫療帳。人類朝那邊走去。

紋趕上前，攔住牠，不讓牠走入有傷兵的帳棚。「人類。」她警戒地開口。「你要做什麼？」

牠忽略她，將死去的克羅司往地上一摜。此時，人類終於開始扯掉屍體上的皮膚。皮膚很容易便脫落，這隻克羅司體型較小，皮膚仍然層疊垂掛在牠身上，遠比牠的身體要大上許多。

人類把皮膚剝掉，讓附近幾個觀看的士兵發出反胃的聲音。雖然景象噁心，但紋仍看得很仔細。她覺得她正在瞭解某件很重要的事。

人類伸出手，從克羅司屍體中拔出某樣東西。

「等等。」紋上前一步。「那是什麼？」

人類沒理她。牠又抽出一樣東西，這次紋瞄到了沾滿鮮血的金屬。她的視線追蹤著牠的手掌，終於在牠動手把東西藏起來之前，看到那是什麼。

一根尖刺。一根小小的金屬尖刺，刺入死去克羅司的身側。尖刺旁邊有一片藍色皮膚，彷彿……

彷彿用尖刺將皮膚釘住，紋心想。像是釘子將布料釘在牆壁上。

尖刺。像是……

人類拔出第四根尖刺，然後進入帳棚。醫生跟士兵同時害怕地往後退，大喊著要紋想想辦法，不讓人類繼續靠近一名傷兵的病床。人類來回看看幾名昏厥的人類後，朝其中一名伸出手。

停止！紋在腦海中下令。

人類僵在原地。紋此時終於明白整件事的驚悚眞相。「統御主啊……你要把他們變成克羅司，對不對？你們都是這麼來的，所以沒有克羅司小孩。」

「我是人類。」巨大的怪物低聲說道。

血金術可以用來偷竊鎔金術或藏金術力量，賦予另外一人，但血金術的尖刺也可由殺死不是鎔金術師或藏金術師的普通人製造。在這種情況下，尖刺會偷取藏在每人靈魂中的存留之力（也就是讓每個人有意識的力量）。

血金術尖刺可以用來汲取這股力量後，轉移到另一人身上，授予他們類似鎔金術的殘餘力量，畢竟存留的身體有極微小的一部分存在每個人類的體內——這正是鎔金術的源頭。

於是，獲得力量的祝福的坎得拉其實是獲得一點像是燃燒白鑞一樣的力量。存在的祝福給予額外的心智能力，意識的祝福則是能有極敏銳的感知能力，而鮮少用的穩定的祝福則是情緒上的包容。

38

有時候鬼影甚至會忘記迷霧的存在。對他而言，迷霧是如此蒼白透明，幾近隱形。空中的星辰像是上百盞聚光燈投射在他身上，只有他看得到的美景。

他轉頭，看著被焚燒泰半的建築物。司卡工人小心翼翼地在整理殘跡。鬼影很難記得他們在夜晚中無法見物，因此得提醒他們不要走散，同時仰賴觸覺跟視覺。

氣味當然很可怕，但燃燒白鑞似乎有助於舒緩嗅覺，也許白鑞給的力量也有助於避免反射性的反應，例如嘔吐或咳嗽。他一直不瞭解錫跟白鑞爲何配對。其他鎔金術金屬的配對都是對比，鋼推金屬，鐵拉金屬；紅銅藏匿鎔金術師，青銅揭示鎔金術師；鋅煽動情緒，黃銅壓制情緒。但錫跟白鑞不像是對比，因爲一者增強體力，另一者則是增強感官。

可是，這兩者的確是相反的。錫力讓他的觸覺敏銳到每一步都很不舒服，白鑞則增強他的身體，提高耐痛性，因此在他走過焦黑的廢屋時，他的腳不似平常那般疼痛。同樣的，以前如此的光線早就讓他炫目失明，白鑞提高了他對光線的忍受力，所以他不需矇眼。

兩者雖是對比，卻也是互補，一如其他鎔金金屬的配對。他覺得同時擁有這兩者是非常對的。沒有白鑞他是怎麼存活的？他原本是只有一半能力的人。如今，他得以完整。

可是，他仍忍不住去想，擁有別的力量會是什麼樣的感覺。凱西爾給了他白鑞，是否也能賜予鬼影鋼跟鐵？

有個人正在指揮那排工人。他的名字是法蘭森，就是請鬼影去救他妹妹的人。行刑日只差一天了。很快的，那孩子也會被拋入一間燃燒的建築物，鬼影正在想辦法阻止這件事。他目前能做的不多。因此，在這段期間，法蘭森跟他的手下們只能不停地挖掘。

鬼影已經有一陣子沒有去刺探公民跟他的幕僚們。他總是把得到的訊息跟沙賽德和微風分享，他們似乎很感謝這點，但公民宅邸周圍的防守越發嚴密，因此他們認爲冒險潛入只是無謂的危險，最好先等到決定要如何處理眼前事情再談。鬼影不得不接受他們的指示，卻發覺自己變得焦慮不已。他想見到貝爾黛，那個有著寂寞雙眼的安靜女孩。

他不認識她。他不能欺騙自己這點。可是他們見面交談的那一次，她沒有尖叫，也沒有背叛他。他似乎引起了她的興趣。這是好跡象，是嗎？

傻瓜，他心想。她是公民的妹妹！跟她說話差點害死了你。你要專注於自己手邊的工作。

鬼影繼續看他們工作了一會兒，最後在星光下顯得又累、又髒的法蘭森走到他面前來。「大人。」法蘭森說道。「我們這一區已經清過四次。地下室裡的人將所有的垃圾與灰燼都已經挪到了一旁，能找到的，都已經找到了。」

鬼影點點頭。法蘭森應該是對的。鬼影從口袋裡拿出一個小布囊，交給法蘭森，裡面發出清脆的敲擊聲響，壯碩的司卡男子挑起一邊眉毛。

「給其他人的報酬。」鬼影說道。「他們在這裡工作三個晚上了。」

「他們是我的朋友，大人。」他說。「他們只想看到我妹妹獲救。」

「還是該付他們酬勞。」鬼影說。「要他們盡快將錢花在食物跟補給品上，免得魁利恩晚點取消城裡的錢幣制度。」

「是的，大人。」法蘭森說道，然後，他瞥向一旁一個被燒焦大半的走廊扶手。工人們將他們從廢墟中找到的東西都放在那裡：九枚人類頭顱，在星光下散發出詭異的影子，焦黑且齜牙咧嘴。

「大人，請問這麼做的目的是什麼？」法蘭森問。

「我看著這座建築物被焚燒。」鬼影說道。「當這些可憐的人被趕進去，封死在裡面時，我就在這裡，卻什麼都幫不了。」

「我很……遺憾，大人。」法蘭森說道。

鬼影搖搖頭。「都過去了。但他們的死亡讓我們知道一件事。」

「大人？」

鬼影看著頭顱。他第一次親眼見證公民的處刑就在這座建築物前，當時度恩跟他說了一件事。鬼影是想要得到關於公民弱點的線索，可以幫他打敗那個人。度恩只說了一句話回應。

「算算有幾個頭顱。」

鬼影一直都沒時間來研究這個線索。他知道如果去脅迫度恩，對方應該會回答，但兩人似乎都瞭解一件很重要的事。鬼影需要親眼見到，需要知道公民的所作所爲。

如今，他明白了。「十個人被關在這棟屋子裡等死，法蘭森。」鬼影說道。「十個人。九個頭顱。」

對方皺眉。「這告訴我們什麼？」

「這告訴我們，有把你妹妹救出來的方法。」

「我不知道該怎麼看待這件事，微風大人。」沙賽德說道。兩人坐在鄔都其中一間的司卡酒吧。酒類源源不斷地供給，司卡工人擠滿了裡面，無視於黑暗與迷霧。

「什麼意思？」微風問道。兩人單獨對坐，葛拉道跟三名手下則穿著便服坐在隔壁桌。

「整件事感覺眞奇怪。」沙賽德說。「光是司卡有自己的酒吧已經夠奇怪了，可是，司卡還能晚上出來？」

微風聳聳肩。「也許他們對黑夜的恐懼是來自於統御主的影響而非迷霧。統御主的警備隊隨時駐守街道，預防盜賊，也算是迷霧以外讓司卡晚上不出門的理由之一。」

沙賽德搖搖頭。「我研究過這種事，微風大人。司卡對於迷霧的恐懼是深植於他們內心的迷信，那是他們生活的一部分，但魁利恩才花了一年多就讓他們克服這些恐懼。」

「我覺得是紅酒跟啤酒幫他們克服的。」微風分析。「人爲了要喝得爛醉，可以無所不用其極。」

沙賽德瞅著微風的杯子。微風開始喜歡上司卡酒吧，雖然他被強迫要穿非常樸素的衣服。當然，也許他其實根本不需要再如此樸素下去，只要這座城市裡的人對八卦有最基本的愛好，大家應該早就將微風跟前幾天與魁利恩會面的訪客聯想在一起。如今，連沙賽德都一起造訪酒吧，任何懷疑都獲得了證實。沙賽德的身分不可能隱藏，他的種族特徵太明顯，身材太高，頭太光，又有標準的泰瑞司長臉，細長的五官，還有因爲多枚耳環而被拉長的耳垂。

匿名的時機已經過去，不過在此之前，微風善用了他的特長。在眾人尚且不知道他是誰的那段期間，已成功地在當地的地下組織中建立起良好的觀感跟聯絡人。如今，他跟沙賽德可以靜靜地坐在酒吧裡好好喝一杯，卻不引起太多關注。微風當然會一面安撫眾人以求保險，即便如此，沙賽德仍然認爲，以一個如此喜歡上流社會氛圍的人來說，微風與普通司卡間所建立起的默契與理解相當令人佩服。

隔壁桌邊的一群男子發出笑聲，微風微笑，站起身加入他們。沙賽德則坐在原位，面前放著一杯絲毫未動的酒。在他的想法中，司卡不再害怕走入迷霧的理由顯而易見，他們的迷信被更強大的人物所取代——凱西爾，如今他們稱之爲迷霧之主的人。

倖存者教會的散播比沙賽德預期的還要廣泛。它在鄔都的規模與在陸沙德的不同，教義重點似乎也不一樣。但重點是，人民仍在崇拜凱西爾，而兩地間的差異正是耐人尋味之處。

我錯過了什麼？沙賽德心想。兩者間的關連是什麼？

迷霧殺人。可是這裡的人會走入迷霧。為什麼他們不害怕？

這不是我的問題，沙賽德告訴自己。我需要保持專注。我荒廢文件夾裡的宗教研究太久了。他的分析研究即將完成，這點讓他頗為擔心。到目前為止，每個宗教都充滿矛盾、衝突，還有邏輯上的缺憾。他越來越擔心，即使在金屬意識中存有數百種宗教，他仍然永遠無法找出眞相。

微風的一揮手讓他分神，於是沙賽德站起身，強迫表情不要透露出心中的絕望，然後走到桌邊。那裡的人為他挪出位置。

「謝謝。」沙賽德坐下。

「你忘了杯子，泰瑞司朋友。」其中一人指出。

「我很抱歉。」沙賽德說道。「但我向來不喜歡令人神智昏沉的飲料。請不要生氣，我仍然相當感謝你的貼心。」

「他總是這樣說話嗎？」其中一人問道，看著微風。

「你沒遇過泰瑞司人吧？」另一人問道。

沙賽德滿臉通紅，引起微風一陣輕笑，手按著沙賽德的肩膀。「好了，各位。我把泰瑞司人帶來給你們了，有問題就問吧。」

桌邊總共坐著六個人，根據沙賽德的判斷，全部都是礦場工人。其中一人向前傾身，雙手交握在桌上，關節上滿是岩石留下的疤痕。「微風說了很多話，」那人低聲說道。「可是他這種人向來喜歡承諾。一年前，當史特拉夫．泛圖爾離開後，魁利恩要掌權時，也說了很多同樣的話。」

「是的，我瞭解你的疑慮。」沙賽德說道。

「可是，泰瑞司人不說謊。你們是好人。所有人都知道這點，無論是貴族、司卡、盜賊，或是聖務官。」那人抬起一隻手，強調這點。

「所以，我們想跟你談談。」另一個人說道。「也許你不一樣，也許你會對我們說謊，但我們寧可聽泰瑞司人說，也不要聽安撫者說。」

微風眨眼，露出一絲意外。顯然他沒想到他們已經發現了他的能力。

「問吧。」沙賽德說道。

「你們爲什麼來這座城市？」其中一人問道。

「來掌控它。」沙賽德說道。

「這跟你們有何關係？」另一人問道。「泛圖爾的兒子爲什麼要鄔都？」

「兩個原因。」沙賽德開口。「首先，因爲它裡面有資源。我不能說細節，但我可以告訴你們，因爲經濟上的因素，你們的城市很有吸引力。可是第二個原因同樣重要——依藍德．泛圖爾皇是我所認識的人中，最正直的人之一，他相信他能比現在的政府爲人民帶來更多福祉。」

「要做到這點不難。」其中一人抱怨。

另一人搖頭。「什麼？你要把這座城市還給泛圖爾家族？才剛一年，你就忘記史特拉夫在這座城市裡的惡形惡狀？」

「依藍德．泛圖爾皇不是他的父親。」沙賽德說道。「他是值得跟隨的人。」

「泰瑞司人呢？」其中一名司卡問道。「他們跟隨他嗎？」

「某種程度上，沒錯。」沙賽德說道。「我的族人曾經試圖自治，一如現在的你們，但他們後來明白結盟的好處。我的族人如今搬到中央統御區，接受依藍德．泛圖爾皇的保護。」當然，沙賽德在心裡想著，他們寧可跟隨我，如果我願意成爲他們的王。

桌上人陷入沉默。

「我不知道。」其中一人說道。「我們談論這些有什麼用？我是說，魁利恩大權在握，這些陌生人連支軍隊都沒有，根本不可能奪走他的王位。有什麼用？」

「我們沒有軍隊，但統御主仍然敗在我們的手下。」微風指出。「魁利恩自己就是從貴族手中奪走城市。改變是有可能的。」

「我們不是要組成軍隊或反抗軍。」沙賽德連忙說道。「我們只是希望你們能開始……思考，跟朋友們談談。你們顯然是很有影響力的人，也許如果魁利恩聽說人民的不滿，他會開始改變做法。」

「也許吧。」其中一人說道。

「我們不需要外人。」另一人重複說道。「火焰倖存者已經來處理魁利恩的事。」

沙賽德訝異地眨眨眼。火焰倖存者？他捕捉到微風嘴角邊的一絲狡獪笑意——那安撫者顯然聽說過這個名詞，如今似乎觀察著沙賽德的反應。

「倖存者跟這件事沒有關係。」其中一人說道。「我不敢相信，我們居然在想反抗的事。如果你有聽說過關於外界的報告，大部分外界世界是一片混亂！我們難道不該滿足於現狀嗎？」

倖存者？沙賽德心想。凱西爾？可是他們似乎給了他一個新的頭銜。火焰倖存者？

「你開始坐立不安了，沙賽德。」微風悄聲說道。「你乾脆問吧。問問沒關係的，是吧？」

問問沒關係的。

「你說……火焰倖存者？」沙賽德問道。「你們爲什麼這樣稱呼凱西爾？」

「不是凱西爾。」其中一人說道。「另外一個倖存者。新的。」

「海司辛倖存者推翻統御主。」其中一人說道。「所以，難道我們不該認爲火焰倖存者是來推翻魁利恩的？也許我們應該聽聽這些人的話。」

「如果倖存者是來推翻魁利恩的，他不需要這些人的幫助。」另一人說。「這些人只想將城市佔爲己有。」

「抱歉，可是……我們能不能見見這名新的倖存者？」沙賽德說道。

一群人面面相覷。

「請幫忙。」沙賽德說道。「我是海司辛倖存者的朋友。我很希望能認識這名你們認爲與凱西爾並駕齊驅的人。」

「明天吧。」其中一人說道。「魁利恩不想透露日期，但消息每次都會走漏。明天在市集溝附近會有處決儀式。記得務必到場。」

即便如今，我仍然難以理解整件事的樣貌。關於世界末日的事件似乎遠大於最後帝國與其中相關的人。我感覺來自遙遠過去的殘跡，一股分裂的意識，跨越時光的鴻溝。

我不斷在研究，搜尋，最後只能找到一個名字：雅多納西。那是誰或是什麼，我不知道。

39

坦迅以後腿坐下。滿心驚恐。

灰燼如碎片般從破碎的天空落下，連空氣看起來都滿是瘡斑病態。即使牠坐在刮著強風的山頂上，仍然有一層灰燼壓覆著植披，幾棵樹木的枝幹被重複的灰燼堆積而壓斷。

牠們怎麼看不出來？他心想。牠們怎麼能躲在家鄉中，滿足於讓地面上的大地死亡？

可是，坦迅自己也活了數百年，因此有一部分的牠的確瞭解初代跟二代的怠惰安逸。有時牠也有同樣的心情，滿足於等待，悠閒、自得地在家鄉裡度過綿綿歲月。牠見過外界，遠勝於任何人類或克羅司，牠還需要追求什麼？

二代認爲牠比同胞們更循規蹈矩且聽話，只因爲牠一直想要離開家鄉去履行契約。二代一直都誤解了牠。坦迅履行契約的動機不是爲了服從，而是恐懼：恐懼自己會變成像二代那樣安逸無感，覺得外界與坎得拉一族無關。

牠搖搖頭，以四肢站起，跑下山坡，每奔跑一步便在空中激起一陣灰燼。雖然情況變得如此可怕，牠仍然相當高興。狼獒犬的身體讓牠感覺相當愉快，其中蘊含的力量，動作的廣幅程度遠勝過任何人體。有什麼比狼獒犬更適合想要流浪的坎得拉？一名如此頻繁離開家鄉去服侍牠憎恨的人類主人，只爲了害怕自己淪爲安逸的坎得拉？

牠離開稀薄的森林，越過山丘，盼望覆蓋的灰燼不會讓牠太難找到路。灰燼的確影響到了坎得拉人民，且影響的程度相當深遠——例如，有關於此事的傳說和根源，初約的意義是什麼，保護囑託又是爲了什麼？對於大多數坎得拉而言，這些事物本身似乎便已經是存在的意義。

可是，這些東西是有意義的。它們是有起源的。當時坦迅還不存在，可是牠認得初代，也是由二代所養大。在成長的時代中，牠知道初約——囑託、定決——不只是空談。初約是一系列指示。當世界開始崩解時，牠們該怎麼辦。不只是儀式，更不只是譬喻。牠知道它的內容讓有些坎得拉感到害怕。對於牠們而言，初約的內容太恐怖，最好是個譬喻就好。因爲如果它仍然明確、相關，那將會需要牠們付出極大的犧牲。

坦迅停止奔跑。狼獒犬的膝蓋埋在深黑色的灰燼中，牠心想這地方看起來隱約有點熟悉。牠轉向南方，穿過一小塊滿是岩石的空地，如今石頭只是黑色的輪廓，尋找一年前去過的地方。一個在牠背叛主人詹之後，離開陸沙德，返回家鄉前造訪的地方。

牠爬上幾塊岩石，然後繞過一堆岩石，經過時撞掉幾堆灰燼，灰燼團落地時分崩離析成數塊，往空中拋入更多碎屑。

就在那裡。岩石中的空洞就是牠一年前停下形成的地方。雖然灰燼改變了地表，但牠仍然記得此處。

存在的祝福再度地迎面襲來。沒有這東西，牠是怎麼撐過來的？

沒有它的話，我不會有感知，牠心想，沉重地微笑。要讓霧魅眞正甦醒，擁有人生，需要的就是祝福。每個坎得拉都會得到四種祝福之一：存在，力量，穩定，或是意識。無論得到哪一個都不重要，任何之一都能讓牠們獲得知覺，將霧魅轉換成眞正有感知的坎得拉。

除了感知，每個祝福都還賦予另外一個東西。一種力量。可是在故事中，有些坎得拉因爲能從別處取得祝福，所以擁有一個以上。

坦迅將一隻爪子探入凹地，在灰燼中刨挖，想要找出一年前藏在這裡的東西。牠很快就找到它們，一一放在面前的岩石平台——兩支小小、光滑的金屬尖錐。要兩支尖錐才能組成一個祝福，坦迅雖然不明白爲什麼，但牠知道必須如此，並沒有多加質疑或猜想。

這是力量的祝福——坦迅從歐瑟的身體偷了兩根尖刺。沒有這個祝福，牠跟紋在一起的一年中，絕對不可能跟上她的速度。它讓每條肌肉的力量與耐力都增強雙倍。牠無法調節或改變增加力量的程度，畢竟這不是藏金術或鎔金術，而是不一樣的，血金術。

每根尖刺的創造都是來自於一個死去的坎得拉。坦迅試著不要太常去想這件事，一如牠不去想得到這個祝福的原因是殺了同輩的一個同伴。統御主每個世紀都按照牠們要求的數目提供新的尖刺，好讓坎得拉可以創造新一代。

如今牠有四根尖刺，兩個祝福，是世上最強大的坎得拉之一。坦迅增強肌力之後，自信能從二十呎高的岩石上跳下，安全地在下方鋪滿灰燼的地面著陸，然後開始起跑，速度也遠比先前快上許多。力量的祝福類似鎔金術師燃燒白鑞時的力量，卻又不太一樣。它無法讓坦迅可以超越體力極限地移動，也不能驟燒它以取得額外的力量，但同時坦迅也不需要金屬做爲燃料。

牠往北方而行。初約非常明顯。當滅絕回來時，坎得拉必須找到父君去服侍他，很不幸的，父君死了。初約沒有考慮到這個情況，所以在無法去找父君的情況下，坦迅做出了第二順位的選擇——牠決定去找紋。

原本我們以爲克羅司是將兩個人和爲一個。這是錯的。克羅司不是兩個人，而是五個人，需要四根尖刺才能創造牠們。當然，不是五具身體，而是五個靈魂。

每對尖刺則給予坎得拉所謂的力量的祝福。然而，每根尖刺也更進一步扭曲克羅司的身體，讓牠越發不像人類。這就是血金術的代價。

40

「沒有人明確地知道審判者是怎麼被創造的。」依藍德站在帳棚前方，對著一小群人發表意見，包括哈姆、塞特、書記諾丹，還有差不多已經康復的德穆。紋坐在後方，嘗試著瞭解她所發現的事實。人類……所有的克羅司……曾經都是一般人。

「可是有很多相關的理論。」依藍德說道。「統御主一旦垮台後，沙賽德跟我開始一些研究，從我們訪問的聖務官身上得到一些有趣的事實。首先，審判者原本都是普通人，雖然記得自己原來的身分，但是他們得到新的鎔金術力量。」

「我們對沼澤的了解也證實了這點。」哈姆說道。「就算有這麼多尖刺貫穿了他，他仍然記得他是誰，而且成爲審判者之後，他取得迷霧之子的力量。」

「對不起，但有沒有人能解釋給我聽，這該死的跟城市圍城戰有什麼關係？這裡沒有審判者。」塞特說道。

依藍德交疊手臂。「這很重要，塞特，因爲我們在對抗的不只是尤門，還包括我們不瞭解、遠超過法德瑞斯之內的軍隊的事情。」

塞特一哼。「你還在信什麼末日、神祇一類的鬼話？」

「諾丹，請告訴塞特王有關你今早告訴我的事情。」依藍德看著書記官說道。

前任聖務官點點頭。「王上，情況如下：所有因迷霧相關而或病的統計數字太規律，不可能是正常。自然的運作有其合理的混亂，小規模的隨機，大規模的趨勢。我不相信這麼精準的數字是自然的產物。」

「什麼意思？」塞特問道。

「王上，請想像你聽到帳棚外有個敲擊聲。如果它偶爾會重複，卻沒有明確的規律，於是你知道這可能是風吹著帆布門敲擊鐵柱的聲音。可是，如果它很規律地不斷重複，那你必定會想是有人在敲著鐵柱——你能立刻注意到這點，是因爲你已經學會，自然可能會重複，但不會精準。這些數字是一模一樣的，王上，太規律、太重複，不可能是自然的產物，必定是某人造成的結果。」

「你是說士兵會生病，都是一個人的傑作？」塞特問道。

「一個人……我想不是一個人。」諾丹說道。「但是必定是某個有智慧的東西。這是我唯一能得出的結論。某個有陰謀、精準行事的東西。」

房間突然陷入沉默。

「這一切跟審判者有關嗎？」德穆小心翼翼地問道。

「有。」依藍德說。「如果你跟我有類似的思考邏輯，至少你能明白我說什麼。不過我得承認，跟我有同樣想法的人並不多。」

「無論是好是壞……」哈姆微笑說道。

「諾丹，你對審判者是如何被創造出來的這件事，知道多少？」依藍德問道。

書記開始有點坐立不安。「您知道，我原本屬於教義廷，不是審判廷。」

「一定有流言。」依藍德問道。

「是的。」諾丹說道。「其實是超過流言的程度。高層的聖務官一直想要知道審判者是如何得到他們的力量，因爲教廷部會間向來都有紛爭，而且……我想您對這件事也沒什麼興趣。即便如此，我們的確有流言。」

「然後？」依藍德問道。

「他們說……」諾丹欲言又止。「他們說審判者是很多不同人的混合。爲了要創造一個審判者，審判廷得取得一群鎔金術師後，將他們的力量綜合在一個人身上。」

房間再次陷入沉默。紋曲起雙腿，雙手環抱膝蓋。她不喜歡談論關於審判者的事情。

「他統御老子的！」哈姆低聲咒罵。「原來如此！難怪審判者沒事就急著抓司卡迷霧人！你們懂了吧？不只是因爲統御主下令要混血司卡被殺死，還是爲了增加審判者人數！他們需要殺死鎔金術師才能創造新的審判者！」

站在房間最前方的依藍德點點頭。「這些在審判者體內的尖刺因爲某種原因可以轉移鎔金術力量。殺死八名迷霧人後，將全部的力量交給另外一個人，例如沼澤。沙賽德跟我說過，沼澤向來不願意提起他成爲審判者的經過，但他曾經說過，過程很……『淩亂』。」

哈姆點點頭。「凱西爾跟紋在沼澤被帶走，成爲審判者的那天去了他的房間，當時在裡面找到一具屍體，一開始他們還以爲那是沼澤！」

「之後沼澤有提到，那裡死了不只一個人。」紋輕聲說道。「只是……剩下來的部分已經分不出來了。」

「我還是要再問一次。」塞特說道。「這些討論有意義嗎？」

「我覺得這還蠻容易激怒你的。」哈姆輕鬆地說道。「我們還需要別的意義嗎？」

依藍德瞪了兩人一眼。「塞特，重點是，這個禮拜稍早，紋發現了一件事。」

全部人都轉向她。

「克羅司，是從人類做成的。」紋說道。

「什麼？太荒謬了。」塞特皺眉說道。

「不。」紋搖搖頭。「我很確定。我檢查過活的克羅司。隱藏在他們皮膚下的皺摺跟裂痕，都是尖刺。比審判者的尖刺小，是由不同金屬所製成，但所有克羅司都有。」

「向來沒有人知道克羅司是從哪裡來的。」依藍德說。「統御主守護著這個祕密，成為我們這個時代最大的謎團之一。當沒有人控制牠們時，克羅司似乎定期殺死對方，但怪物的數量似乎從未減少，這怎麼辦到？」

「因為牠們經常在填補人數。」哈姆緩緩點頭。「就從那些被牠們劫掠過的村莊裡。」

「你們有沒有想過，在圍攻陸沙德之前，為什麼加斯提的克羅司軍隊隨便先挑了一個村莊攻擊，才來對付我們？」依藍德說道。「那些怪物需要補充人數。」

「牠們一直走來走去，穿著衣服，說要成為人類，但已經記不得原本的樣子了。牠們的意識已經被破壞。」紋說道。

依藍德點點頭。「那天，紋終於要其中之一讓她看到如何創造新的克羅司。從牠的行為看來，還有牠之後所說的話，我們相信牠是想試圖將兩個人結合成一個。意思是會創造出等同兩人之力，卻無主導意識的怪物。」

「第三種技藝。」哈姆抬起頭。「使用金屬的第三種方法。有從金屬汲取力量的鎔金術，有利用金屬從自身汲取力量的藏金術，還有……」

「沼澤稱之為血金術。」紋低聲說道。

「血金術……」哈姆開口。「利用金屬從別人身上汲取力量。」

「真是太棒了。」塞特又再次開口。「重點到底是？」

「統御主創造僕人來協助他。」依藍德說道。「利用這門技藝……這種血金術……他創造我們稱之為克羅司的士兵，他創造我們稱之爲坎得拉的間諜，也創造我們稱之爲審判者的祭司。他在其中都留下了弱點，好方便操控他們。」

「我是從坦迅那裡才學到要怎麼操控克羅司。」紋說道。「牠一不小心讓我發現了祕密，因爲牠提過坎得拉跟克羅司是表親，所以我才發現可以用同樣的方式操控兩者。」

「我……還是聽不懂您的意思。」德穆的視線來回在紋跟依藍德之間。

「審判者一定也有同樣的弱點，德穆。」依藍德說道。「這個血金術會讓意識……受傷，允許鎔金術師潛入、取得控制。貴族們向來不解審判者爲何如此對統御主狂熱效忠，他們跟一般聖務官不同，他們聽話許多，根本已經是徹頭徹尾地崇敬統御主。」

「沼澤也因此而改變了。」紋悄聲說道。「我在他變成審判者之後第一次見到他時，他就顯得有點不同，在崩解後，他變得越發古怪，最後居然還攻擊沙賽德。」

「我們想要提出的是，有別的力量在控制審判者跟克羅司。有東西利用統御主安插在他們身體上的弱點，利用他們做爲卒子。我們眼前遇上的困境，崩解時期之後的混亂，這些都不單純只是隨機的狀況。就像因爲迷霧而生病的人的比例不是隨機一樣。我知道這件事看起來顯而易懂，但更重要的是，我們現在知道那是如何辦到的。我們瞭解他們爲何能被控制，還有如何能被控制。」

依藍德繼續踱步，在骯髒的地面上踩出紛亂的腳印。「我越研究紋的發現，越相信這一切都息息相關。克羅司、坎得拉、審判者，他們不是三種獨立的個體，而是一個統一現象的三個部分。表面上，對於這第三種技藝，這種血金術的認知的確不太重要，我們反正不打算用它來創造更多克羅司，所以有什麼意義？」

塞特點點頭，彷彿等依藍德說出他的想法，但是依藍德此時注意力有點分散，盯著大開的帳棚布簾，一時迷失在自己的思緒中。當他花更多時間於研究時，他向來如此。他不是在回答塞特的問題，而是在討論自己的疑問，推演自己的邏輯。

「我們在打的這場仗，靠的不只是士兵。不只是克羅司，甚至不是奪下法德瑞斯城，而是關於我們在推翻統御主的同時，意外開啓的一連串事件。克羅司的起源，血金術，是這個規則的一部分。我們看到的混亂越少，規則越多，越能瞭解我們對抗的敵人是什麼，還有如何打敗它。」

依藍德轉向眾人。「諾丹，我要你改變你的研究方式，直到目前爲止，我們都認爲克羅司的行動是隨機的。我不相信這是事實。研究我們過去的斥候報告。把牠們的動向整理成列表，同時特別注意我們知道不屬於審判者控制的克羅司族群。我想要知道我們是否能發現牠們去哪裡、做什麼。」

「是的，陛下。」諾丹說道。

「你們其他人要提高警覺。」依藍德說道。「我不想上禮拜的事件再次發生。我們不能再失去更多兵力，就算是克羅司也一樣。」

眾人點點頭。依藍德的姿勢示意會議結束。塞特被抬回自己的帳棚，諾丹忙著開始新的研究，哈姆則去找東西吃。可是德穆沒走。紋站起身，來到依藍德身邊，握住他的手肘。依藍德轉身回應德穆。

「陛下……」德穆一臉尷尬地開口。「哈姆德將軍跟您提過了吧？」

什麼事？紋一聽這話，立刻提高注意力。

「是的，德穆。」依藍德嘆口氣說道。「可是我眞的不覺得這件事値得擔心。」

「什麼事？」紋問道。

「戰營中有點……分歧，貴女。」德穆說道。「我們這些病了兩個禮拜而非幾天的人，被其他人以有色眼光看待。」

「你應該已經不同意他們的看法了吧，德穆？」依藍德以極具皇帝威嚴的眼神強調他的話。

德穆點點頭。「我相信您的解讀，陛下，只是……要領導不信任自己的士兵非常困難，而且對於其他像我這樣的士兵更難。他們開始自己用餐，在空閒時避開其他人，如此一來反而強化了彼此之間的隔閡。」

「那麼，」依藍德問。「我們應該要強迫他們重新整合嗎？」

「這要看情況，陛下。」德穆說道。

「怎麼說？」

「有幾個因素。」德穆說道。「如果您打算很快就要進攻，那強迫重新整合會是個很糟糕的主意，我不想要士兵們跟自己不信任的人並肩作戰。可是，如果我們要持續圍城戰一段時間，那強迫他們重新整合就很合理。如此一來，軍隊的大部分人都會有時間學習重新信任迷霧病人。」

迷霧病人，紋心想。*有意思的名字*。

依藍德低頭看著她，她知道他在想什麼。資源廷的舞會只剩幾天就要舉行。如果依藍德的計畫奏效，也許他們不需要攻擊法德瑞斯城。

紋沒有太大的期望。況且，如果沒有陸沙德過來的補給品，他們的選擇將大幅減少。他們可以按照計畫維持長達數月的圍城戰，或是最後決定在幾個禮拜內便要發動攻擊。

「組織一個新的旅。」依藍德轉向德穆說。「以迷霧病人爲士兵。在佔領法德瑞斯之後，我們再來想要怎麼處理迷信的問題。」

「是的，陛下。」德穆說道。「我認爲……」

他們繼續說話，但紋一聽到有聲音接近指揮帳，便停止注意他們的對話。可能沒什麼大事。即便如此，她仍然站到來人與依藍德之間，同時檢查自己身上的金屬存量。片刻後，她便可判斷出說話的人是誰。其中一人是哈姆。帳門一打開，出現的是身著標準背心與長褲的哈姆，領著一名疲憊的紅髮士兵，令她頓時全身放鬆。精疲力竭的男子穿著滿是灰燼的衣服與探子的皮革外裝。

息。」

「康那德？」德穆訝異地問道。

「你認得這個人？」依藍德問道。

「是的，陛下。」德穆說道。「他是我留在陸沙德給潘洛德王的軍官之一。」

康那德雖然看起來快要累倒在地，卻仍然舉手行了軍禮。「陛下。」男子開口。「我帶來首都的消息。」

「終於來了！」依藍德說道。「潘洛德有什麼消息？我叫他送來的補給船隊呢？」

「補給船隊，陛下？」康那德問道。「陛下，潘洛德王派我來向您請求補給。城市裡起了暴動，有些食物儲藏點被洗劫一空。潘洛德王派我來跟您要求一支軍隊，好協助他恢復秩序。」

「軍隊？」依藍德問道。「我留給他的軍隊呢？他應該有不少士兵啊！」

「人數不夠，陛下。」康那德說道。「我不知道為什麼。我只能傳達被派來告知的訊息。」

依藍德咒罵，用力搥向指揮帳的桌子。「我只要潘洛德做一件事都做不好嗎？他只需要守住我們已有的領土而已！」

他的狂怒讓士兵一驚，紋則擔憂地看著他，可是依藍德仍然壓下了脾氣，深吸一口氣，朝士兵揮揮手。「康那德上尉，請先去休息，吃點東西。我之後再跟你談這件事。」

紋稍晚找到依藍德時，他正站在營地的邊緣，看著懸崖上方焚燒的守衛哨篝火。她一手按著他的肩膀。依藍德並沒有為了紋的動作感到吃驚，這同時也告訴了紋，他已察覺到她的靠近。但紋還是明顯感受到原本對外界世界稍稍恍然無所知的依藍德，如今已經是能力高強的迷霧之子，足夠的錫力能增強聽力，讓他能聽到最細微迫近的腳步聲。

「你跟信差談過了？」她問道，等著他環抱住她的肩膀，依舊望著夜空。灰燼在他們身旁落下。幾名依藍德的錫眼士兵經過，雖然她自己也才剛從這樣的巡邏回來，但她的路線是在法德瑞斯城周圍。她每天晚上都會繞上兩圈，觀察城市中的不尋常動靜。

「有。」依藍德說道。「他休息過後，我跟他談了不少。」

「壞消息？」

「跟他先前說的差不多。潘洛德顯然從來沒有收到我要求食物跟軍隊的命令。康那德是潘洛德送給我們的四名信差之一，我們不知道另外三人發生了什麼事。康那德自己都被一群克羅司追趕，最後是以馬匹爲餌，誘使牠們朝另一個方向追去，躲在一旁等牠們把馬追上，吃掉牠，才趁牠們在吃馬的時候逃走。」

「勇敢的人。」紋說道。

「也很幸運。」依藍德說。「無論如何，潘洛德看樣子是無法送來任何支援給我們。陸沙德有食物存糧，如果暴動的消息屬實，潘洛德不可能有多餘的軍隊押解補給品來給我們。」

「那……我們還有什麼辦法？」紋問道。

依藍德看著她。她很訝異地看到他眼中的堅定，而非著惱。「我們有知識。」

「什麼意思？」

「我們的敵人暴露了自己的意圖，紋。用藏匿起來的克羅司攻擊我們的信差？試圖要破壞我們在陸沙德的補給品庫存？」依藍德搖搖頭。「我們的敵人想要這件事看起來是隨機事件，但我可以看出這之間的規則。這件事太集中，太聰明，不可能是碰巧的意外。他正試圖想讓我們離開法德瑞斯。」

紋感覺到一陣寒意。依藍德想要再說些什麼，但她舉起一隻手，按住他的嘴唇，令他噤聲。他起先顯得迷惘，後來似乎理解了什麼，因爲他點點頭。無論我們說什麼，滅絕都可以聽到，紋心想。我們不能洩漏自己知道的事情。

然而，兩人之間仍然無聲地交流了些什麼。他們知道自己必須留在法德瑞斯，必須找出儲藏窟中的東西，因爲他們的敵人很努力地阻饒他們的行動。滅絕眞的是陸沙德暴動背後的主使者嗎？它的計謀是要將依藍德跟軍隊引回陸沙德維持秩序，目標是要他們捨棄法德瑞斯？

這只是揣測，但他們也只能這麼做。紋朝依藍德點點頭，表示她同意他留在法德瑞斯的決心，但她仍忍不住擔心。陸沙德原本應該是他們在這一切動蕩中的基石，他們穩固的根據地。如果陸沙德都守不住了，他們還有什麼？

她越發明白，此事沒有後退的餘地。無法退縮好思考替代計畫。世界在他們周圍崩解，而依藍德已經決心在法德瑞斯孤注一擲。

如果他們在這裡失敗，將無處可去。

終於，依藍德捏捏她的肩膀，走入迷霧去檢查幾個崗哨。紋獨自一人抬頭望著營火，感覺到一陣引人憂心忡忡的焦慮。她之前在第四個儲藏窟的思緒又再次回來。戰鬥、圍攻城市、政治操作，這些都不夠。如果大地本身都死亡了，那全都救不了他們。

可是，他們還能怎麼辦？他們唯一的選擇就是佔領法德瑞斯，盼望統御主留給他們一些協助的線索。她仍然有莫名的衝動想要找到天金。她爲何如此確定天金會有幫助？

她閉上眼睛，不想面對迷霧。迷霧一如往常地閃避她，在她周圍留下半吋左右的空氣。她在與統御主對打時，曾經借用過它們的力量。爲何就那一次，她能夠用它們來補給她的鎔金術能力？

如同過去許多次，她再次伸向迷霧，呼喚它們，在意識中懇求它們，試圖使用它們的力量。而且她覺得她應該能夠使用它們的力量。迷霧中有某種困於其中的力量，不肯對她敞開，彷彿有東西在限制它們，也許是某種阻礙？或者，只是因爲它們的任性。

「爲什麼？」她質問，依然閉著雙眼。「爲什麼幫助過我一次之後，就再也不肯幫我了？是我瘋了，還是你們眞的在我要求時，給了我力量？」

夜晚沒有給她答案。終於，她嘆口氣，轉身離開，回到帳棚的庇護之下。

血金術的尖刺會改變一個人的身體，程度與方式端看被賦予了哪些力量、尖刺放置的位置，還有一個人擁有多少尖刺。例如，審判者就從原本人類的樣貌改變很大。他們心臟的位置已經跟一般人類不同，大腦位置也重新調整，好容納從眼中刺穿的金屬尖刺。克羅司的改變更是徹底。

有人可能覺得，坎得拉的改變才最徹底，但必須記得，新的坎得拉是來自於霧魅，而不是人類。坎得拉使用的尖刺只對受者進行極小的改變，身體仍然近似霧魅，但大腦卻開始作用。最嘲諷的是，在尖刺讓克羅司失去人性之時，卻讓坎得拉得到人性。

41

「微風，你有沒有注意到？」沙賽德激動地說。「這就是我們稱之爲模稜的範例——有人在現實生活中模仿傳說。這些人相信海司辛倖存者，因此爲了解救現在的危難，他們創造出了另一名倖存者。」

微風挑起眉毛。他們站在聚集在市場區的圍觀群眾後方，等著公民抵達。

「實在太有意思了。」沙賽德說道。「我從來沒料想過倖存者的傳說會以這種方式演化。我知道他們會將他神格化，那幾乎是無可避免的，但因爲凱西爾曾經是『普通人』，那些崇拜他的人因此可以想像其他人也能擁有同等的地位。」

微風漫不經心地點頭。奧瑞安妮站在他身邊，臉上滿是不高興，因爲她被強迫要穿上樸素的司卡服裝。

沙賽德無視於他們的毫無反應。「不知道這會引來什麼樣的發展。也許這群人會有一連串的倖存者。這可能替有長遠發展潛能的宗教奠定基礎，這個宗教可以不斷自我創新，符合群眾的需求。當然，新的倖存者意謂著新的領袖，每一個人的意見將會不同；不再有一連串的祭司傳頌教義，而是每個新倖存者致力於擴大與前一任的差異，才能在信徒中增加無數分支與分部。」

「沙賽德，你不是說不再蒐集宗教了嗎？」微風說道。

沙賽德一愣。「我沒有很認眞蒐集這個宗教，不過是推論它的潛力而已。」

微風挑起一邊眉毛。

「況且，這可能有助於我們眼前的任務。如果這個新倖存者是個眞正存在的人，他也許有辦法幫我們推翻魁利恩。」

「或是可能在魁利恩垮台之後挑戰我們，繼任爲城市新任領導者。」奧瑞安妮評論。

「確有可能。」沙賽德承認。「無論如何，微風，我不知道你的抱怨從何而來。你不是想要我再次提起對宗教的興致嗎？」

「那是在我發現你會花一整個晚上，又接著一整個早上滔滔不絕地講述這件事之前。」微風說道。

「那個魁利恩到底去哪了啊？如果因爲他的處刑儀式害我錯過午餐時間的話，我的心情會很差。」

處刑。沙賽德過於興奮，忘記了他們原本來此的目的。他的熱切頓時被澆熄，而且也記起爲何微風的態度如此嚴肅。他口中講得輕鬆，但眼中的關切表示他對於公民要將無辜的人民燒死這件事感到多麼不安。

「在那裡。」奧瑞安妮指著市場的另一邊。一陣騷動竄起。公民穿著一件亮藍色的制服出現。這是新的「許可」色，只有他可穿著的顏色。他的議員們身著紅衣圍繞著他。

「終於來了。」微風說道，跟隨著包圍起公民的群眾。

沙賽德跟在身後，腳步沉重遲疑。如今，他認眞地考慮要用帶來的士兵阻止即將發生的事。當然，他知道那是愚蠢至極的行爲。現在就動手拯救幾個人會破壞他們拯救整座城市的機會。他嘆了口氣，跟著微風與奧瑞安妮和群眾一起前進。他猜想看著這場屠殺將會督促他，提醒自己身在鄔都的使命是多麼迫切重要。神學研究可以再等等。

「你得殺了他們。」凱西爾說道。

鬼影靜靜地蹲在鄔都較富裕一區的屋頂，隔著包裹著布料的雙眼觀看下方公民的隊伍前進。他花了很多錢，幾乎要用盡他從陸沙德帶來的所有資金，才能賄賂到合適的人，及早得知處刑的地點，佔得先機。他可以看到魁利恩決定要屠殺的可憐人。他們大多數都像法蘭森的妹妹，只不過是被發現有貴族父母，有幾人甚至只是有貴族血統者的配偶，鬼影還知道這群人中有一個只不過是太公開地發表反對魁利恩的言論。那個人跟貴族血統的聯繫簡直薄弱到像一張紙片，只是一名曾經爲特定貴族服務過的工匠而已。

「我知道你不想動手，但現在不能膽怯。」凱西爾說道。

鬼影覺得很強大，白鑞讓他感覺到自己擁有前所未有、所向披靡的勇猛。過去六個小時中，他只睡了一點點，卻不感到疲累。他擁有貓兒都會羨慕的平衡感以及飽實的肌肉力量。

可是，力量不是一切。他在披風下的雙手正流著汗，感覺到水珠沿著眉頭滑下。他不是迷霧之子。他不是凱西爾或紋。他只是鬼影。他在想什麼？

「我辦不到。」他低聲說道。

「你可以。」凱西爾說道。「我看過你拿決鬥杖練習，況且，你跟市場中的士兵打得勢均力敵。他們差點殺了你，但你當時是跟兩名打手對戰。你算是做得很好。」

「我……」

「鬼影，你必須救這些人。捫心自問。如果我在這裡，我會怎麼做？」

「我不是你。」

「還不是。」凱西爾低語。

還不是。

在他們的下方，魁利恩正大聲數落死刑犯們的罪狀。鬼影看到貝爾黛——公民的妹妹——站在他身側。鬼影傾身向前，想確定她看著那些被驅趕入建築物中的可憐囚犯時，眼中的神色是否眞是同情，甚至是痛楚？還是那只是鬼影一廂情願的錯覺？他跟隨著她的注視望著囚犯們。其中一個孩子害怕地緊抓著一名婦人的手，看著他們被趕向即將成爲他們刑場的建築物。

凱西爾說得沒錯，鬼影心想。我不能容許這件事發生。也許不會成功，但至少我必須試試看。他帶著顫抖的雙手，從建築物的天窗下樓，衝下台階，披風在身後飛舞，繞過一個角落，跑向酒窖。

貴族是很奇特的一群人。在統御主時代，他們對自己性命的憂慮就不亞於司卡盜賊，因爲宮廷政治往往導致被囚禁或是暗殺的命運。鬼影早該從一開始就想到少了什麼。沒有盜賊集團會建造了一座巢穴卻不留緊急逃生路徑。

貴族更不會。

他躍過最後幾個台階，披風在身後揚起，輕落在滿是灰塵的地板上，增強後的耳力聽到魁利恩仍在叫囂鼓譟。司卡群眾紛紛竊竊私語。火焰開始燃燒，在黑暗的建築物地窖中，鬼影找到一面已經被打開的牆，露出一條祕密甬道，通往隔壁的建築物。一群士兵守在通道口。

「快點走！」鬼影聽到一人說。「趁火還沒燒來這裡。」

「求求你們！」一名女子喊道，聲音在走廊中迴蕩。「至少把孩子帶走！」

人們發出悶哼聲。士兵堵在鬼影對面的走道，阻止地窖中的其他人脫逃。他們是魁利恩派來拯救其中一名囚犯的。在外頭，公民假裝鄙棄任何有貴族血統的人，但鎔金術師太珍貴，不能被輕易殺死。因此他每次挑場地時都很小心，只燒那些可以將鎔金術師從隱密出口接走的建築物。

這是貫徹他的理念，卻又掌握城市最寶貴資源的完美方法。但是，讓鬼影衝向士兵時雙手停止顫抖的原因，不是因爲公民的虛僞，而是因爲孩子的哭泣。

「殺了他們！」凱西爾大喊。

鬼影抽出決鬥杖。一名士兵終於注意到他，震驚地轉身。

他最先倒地。

鬼影沒意識到他揮舞的力道有多強。士兵的頭盔從密道中飛出，金屬凹陷變形。其他士兵看到鬼影在狹隘的空間中跳過倒地的同伴時，紛紛驚慌大喊。他們身上雖帶著配劍，卻無法抽出施展。

可是鬼影帶來的，不過是把匕首。

他抽出匕首，以混合白鑞與憤怒的力量揮舞，增強的感官引領著他的腳步。他刺倒兩名士兵，將他們瀕死的身體推到一旁，進一步增加自己在位置上的優勢。在走廊的盡頭，四名士兵跟一名矮小的司卡男子站在一起。

他們的眼中滿是恐懼。

鬼影撲向前，震驚的士兵終於克服自身的訝異，紛紛往後推開密門，跌跌撞撞地想要逃回另一邊的建築物地下室。

屋子已經幾乎全面燃燒，鬼影可以聞到煙霧的氣味。其餘被判處死刑的人都在這個房間裡，他們原本想要穿過這道門，跟隨他們已逃脫了的朋友而去。而今，因爲有更多士兵擠入房間，他們被迫要後退。士兵們終於抽出了劍。

鬼影將四名士兵中動作最慢的一個開腸破肚，然後沒有抽出更多匕首，而是拿出第二柄決鬥杖。堅實的木棍有很好的手感，他在震驚的眾人間一轉身，開始攻擊士兵。

「你不能讓士兵逃走。」凱西爾低語。「否則，魁利恩會知道這下面的人是被救走的。你得讓他摸不著頭緒才行。」

光線在裝潢華麗的地下室後方閃爍。是火光。鬼影已經可以感覺到熱力逼近。三名身後被點亮的士兵冷酷地舉起劍。煙霧開始沿著天花板緩緩溜入，像黑色迷霧一般擴散開來。囚犯們紛紛縮身閃躲，不知該如何是好。

鬼影衝上前去，朝其中一名士兵同時揮舞兩柄決鬥杖。男子被他的虛招矇騙，側身避過鬼影的攻擊，向前一撲。要是從前的鬼影，早已被一劍刺穿。

白鑞跟錫救了他。

鬼影以輕盈的腳步挪移，感覺到來劍的風速，知道它會經過哪裡。來劍刺穿他身側布料的同時，令他的心臟在胸口大力鼓動，但沒刺傷皮肉。他重重揮下一柄木杖，擊裂男子使劍的臂膀，另一柄則擊入他的頭顱。

士兵倒地，逐漸渙散、失去生命的眼神透露出訝異。鬼影從他身邊閃過。

第二名士兵揮舞著劍。鬼影同時舉起雙杖，交疊成十字阻擋對方的攻勢。劍砍斷其中一柄，讓半根木杖飛入空中，卻被第二柄卡住。鬼影將武器抽到一旁，劍因此被推開，然後在男子的手臂之間一轉身，手肘朝對方腹部用力一撞，令其倒地。

男子倒地的同時，鬼影朝他的頭顱搥了一拳，骨頭撞擊骨頭的聲音迴蕩在焚燒的房間裡。士兵立刻倒在鬼影的腳邊。

*我辦得到！*鬼影心想。*我跟紋和凱西爾一樣。不必再躲在地窖或從危險的情況逃開。我可以戰鬥！*

他露出笑容，轉身。

他發現最後一名士兵握著自己的匕首，抵著一名女孩的脖子。士兵背靠著燃燒的門扉，打量著該如何從密道脫身。火焰圍繞著男子後方的門板，舔舐著房間。

「你們其他人，出去！」鬼影說道，眼光沒從士兵身上移開。「通道盡頭就是建築物的後門，從那裡離開。你們會看到人。他們會讓你們躲在地下組織中，之後再把你們送出城。快走！」

有些人早已經逃走，剩下的人聽從他的命令溜出去。士兵站在原處觀察他們，顯然在判斷自己該怎麼做。他一定知道自己面對的是鎔金術師，不可能有普通人能在如此短時間中打倒這麼多士兵，幸好魁利恩似乎沒派自己的鎔金術師們進入建築物。他大概把他們都留在身邊保護自己。

鬼影動也不動地站在原處。他拋下斷裂的決鬥杖，卻緊握住另一柄，好阻止自己的手顫抖。女孩輕聲嗚咽著。

凱西爾會怎麼做？

在他身後，最後一批士兵正逃入通道。

「你！」鬼影頭也不轉地說道。「從外面把門擋起來，快點！」

「可是——」

「給我照做！」鬼影大喊。

「不！」士兵喊道，匕首抵著女孩的脖子。「我會殺了她。」

「你敢就死定了。」鬼影說道。「你很清楚。看著我。你不可能溜過去。你是……」

士兵大喊，拋下女孩，衝向門，顯然試圖要在外面的門栓落下前，撐住大門。「那是唯一的出路！你門重重關上。

會害死我們——」

鬼影決鬥杖一揮，粉碎那人的膝蓋。士兵尖叫，倒在地上，火焰在三面牆上燃燒，如今極端炙熱。

另一邊的門栓落下。鬼影低頭看著士兵。還活著。

「別理他。」凱西爾說道。「讓他在建築物裡被焚燒。」

鬼影遲疑了。

「他反正會讓那些人死。」凱西爾說道。「讓他感受他要對這些人做的事，這不是他第一次聽從魁利恩的命令下手了。」

鬼影讓呻吟的男子倒在地上，走到密門邊，以全身的力量撞了一下。

動也不動。

鬼影低聲咒罵，舉起腳用力踢。門扉仍然堅固。

「這扇門是擔心會被殺手追殺的貴族所造，」凱西爾說道。「他們很熟悉鎔金術，所以會確保門扉必定厚實到能抵抗打手的一踢。」

火焰越發滾熱。女孩縮在地上嗚咽出聲。鬼影轉身，盯著火焰，感覺到它們的炙熱。他向前一步，增強的感官敏銳到他覺得火焰逼熱得無以復加。

他一咬牙，抱起女孩。

我現在有白鑞了，他心想。它可以平衡我的感官敏銳度。這樣已足夠。

煙霧從注定崩塌的建築物窗戶中冒出。沙賽德跟微風和奧瑞安妮一同站在嚴肅的人群後方等待。他們看著火焰爭奪吞噬獎賞的過程分外肅穆，彷彿他們感覺得到事實——他們跟那些死在裡面的可憐人一樣，可以輕易地被抓走、處死。

「我們改變得多快啊。」沙賽德低語。「不久前，眾人才被迫看著統御主將無辜人民的頭顱砍下。如今，我們卻以同樣的手法對付自己人。」

沉默。屋子傳來彷彿是大喊的聲音。是瀕死之人的尖叫。

「凱西爾錯了。」微風說道。

沙賽德皺眉轉身。

「他責怪貴族。」微風說道。「他以爲如果我們處理掉貴族，這種事情就不會發生。」

沙賽德點頭。然後，奇特的是，眾人開始不安，四處挪移，交頭接耳的低語，而沙賽德覺得自己開始同意他們。要有人阻止這種暴行，爲什麼沒有人抗爭呢？魁利恩就站在那裡，身邊圍繞著一群以身著紅衣爲傲的人。沙賽德咬著牙，感到憤怒。

「奧瑞安妮，親愛的。」微風開口。「現在時機未到。」

沙賽德一驚，轉身瞥向年輕女子。她正在哭。

被遺忘的諸神啊！沙賽德心想，終於發覺她在碰觸他的情緒，正在煽動他，好讓他對魁利恩發怒。她跟微風一樣厲害。

「為什麼不行？」她說。「他活該的。我可以讓這群人將他活活分屍。」

「那他的副手會即位，」微風說道。「然後繼續處決這些人。我們得花一段時間準備。」

「你的準備工作從來沒完成過，微風。」她怒罵。

「這些事情需要——」

「等等。」沙賽德舉起手。他皺著眉頭，研究建築物。其中一扇位於屋頂上方被封起的閣樓窗戶，似乎正在晃動。

「你看！」沙賽德說道。「那裡！」

微風挑起眉毛。「也許我們的火焰神即將要出現了，是吧？」他露出不以為意的笑容。「不知道我們該從這個噁心的小經驗中學到什麼。我個人覺得叫我們來這裡的人並不知道他們在——」

話未說完，其中一塊木板突然從窗戶飛出，在空中一陣打轉，背後跟隨的煙霧盤旋，窗戶緊接著猛然彈開。

一個黑衣身影從碎裂的木板跟煙霧中跳出，落在屋頂上，長披風有幾處看起來正在著火，懷中抱著一個小布團，那是一個孩子。那人衝到燃燒的建築物頂端，然後從正面跳下，身後一路散發著煙霧。

他帶著白鑞的優雅落地，雖然跳了兩層樓高的距離，腳下卻毫無搖晃，燃燒的披風在身體周圍飄起。人們訝異地往後退開，魁利恩震驚地轉身。

隨著他站直身體，男子的頭罩隨後落下。沙賽德此時才認出他是誰。

鬼影直挺挺地站著，在陽光下，看起來的樣子遠遠成熟過他實際的年齡，或者說，沙賽德在此之前，從來都將他當孩子看待。無論如何，年輕男子傲視著魁利恩，他的眼睛綁縛繃帶，身體散發濃煙，懷抱著咳嗽的孩子。似乎包圍建築物的二十名士兵對他而言，完全不構成威脅。

微風低聲咒罵。「奧瑞安妮，我們現在需要妳的煽動了！」

沙賽德突然感覺到一陣重量壓上他。微風安撫了令他分神的情緒，例如迷惘與關切，留下沙賽德跟廣場中的眾人，完全暴露在奧瑞安妮激起的濃烈憤怒之下。

眾人猛然爆發，高喊著倖存者的名字，衝向侍衛。有一瞬間，沙賽德擔心鬼影不會利用這個機會脫逃——雖然他的眼睛上包裹著奇特的繃帶，但沙賽德看得出來那男孩正直盯著魁利恩，彷彿要挑戰他。

但是，鬼影終於轉身離開。群眾讓前進的士兵分神，而鬼影以速度飛快的腳步狂奔，抱著他救出的女孩鑽入了一條小巷，披風仍然散發著煙霧。一待鬼影逃得夠遠，微風便壓制了眾人反抗的意念，不讓他們再被士兵砍傷。所有人退開，慢慢散去，公民的士兵仍然緊緊包圍著他們的領袖。公民不得不下令撤退，沙賽德聽得出他語氣中的惱怒焦急。在暴動的情況下，他只能派幾個人去追趕鬼影，其餘人要保護他回到安全的地方。

士兵們邁開步伐離去的同時，微風瞅著沙賽德。「嗯。剛剛是還蠻出人意料的。」他做出結語。

我認爲克羅司遠比我們以爲的還要聰明。例如，原先牠們只會使用統御主給的尖刺來創造新同伴。他會提供金屬跟不幸的司卡囚犯，然後克羅司會創造新的「成員」。

因此，在統御主死後，克羅司應該很快就會滅亡，這是他的設計。如果牠們脫離了他的掌控，他認為牠們應該會因為自相殘殺而結束混亂。但是，不知如何，牠們推斷出倒地同伴體中的尖刺可以回收，然後再次利用。

牠們已經不再需要新的一批尖刺。我經常在想，重複使用尖刺對牠們的群體有何影響。一支尖刺能容納的血金術是有限的，牠們無法創造出賦予無盡力量的尖刺，無論這些尖刺殺死多少人，從他們身上汲取多少力量。可是，重複使用這些尖刺的結果，是不是讓被創造出的克羅司，更具有人性呢？

42

沼澤進入陸沙德時，遠比進入統御區西方那個無名城鎮要更加小心。在依藍德王國中走動的審判者必定會受到監視，引來不必要的注意。皇帝此時不在家，讓他的遊樂園大門洞開，任憑別人隨意使用。沒必要破壞這點。

因此，沼澤在夜間行動，燃燒鋼，用錢幣跳躍。即便如此，看著著壯麗的城市——廣闊、骯髒，卻仍然是家的地方，沼澤對此很難忍耐。他曾經親自帶領這個城市裡的司卡反抗行動。他感覺自己需要對裡頭的居民負責，而想到滅絕如果對他們做出他曾對另一個鎮居民所做的事情，那個灰山爆炸的地方……

陸沙德附近沒有灰山。不幸的是，滅絕可以對城市下的毒手絕對不限於自然災害。沼澤在前往陸沙德的途中，至少曾在四個村莊中暫停，祕密地殺死守衛食物存糧的人，然後將存有食物的建築物燒毀。他知道其他審判者也在世界各個角落犯下同樣的罪行，尋找滅絕最期望得到的——存留從它身上奪走的東西。

它還沒找到。

沼澤越過一條街道，落在一棟尖聳的屋頂上沿著邊緣奔跑，來到城市的東北邊。過去的一年中，陸沙德變了。統御主強制的勞役曾讓司卡苦不堪言，卻讓環境乾淨，甚至讓這巨大的城市有某種秩序感，如今這一切蕩然無存。種植食物顯然是優先的工作，保持城市整齊可以留到日後再做——如果還有日後。現在置放在小巷裡或是建築物旁的垃圾與灰燼堆越來越多，沼澤記得以前灰燼都會被倒入城市中央的河流。他發現自己開始因爲如此頹圮的美而微笑，讓殘餘微小且抵抗的自己退縮到一角，躲藏起來。

他不能反抗。現在不是時候。

他很快便來到泛圖爾堡壘，依藍德政府的中心。陸沙德圍城戰時，此處曾被克羅司侵入過，下層的彩繪玻璃都被怪物打得粉碎，如今只用木板替代。沼澤微笑，鋼推跳到二樓的陽台。他很熟悉這棟建築物。在他被滅絕佔領之前，曾在此住了幾個月，協助泛圖爾皇帝控制他的城市。

沼澤輕易地就找到潘洛德的房間。那是唯一有人居住的一間，也是唯一有守衛的地方。他蹲在幾條走廊外的距離，以非人類的眼睛仔細觀察，同時考慮下一步行動。

以血金術尖刺刺穿不情願的受者是非常困難的做法，在這個情況中，尖刺的大小不是重點，就像一點金屬粉就足以支持一段時間的鎔金術，或是一小枚戒指就足以儲存少量的藏金術一樣，血金術也只需要一點金屬即可。審判者的尖刺做得很大是爲了視覺震撼，但在許多情況下，一小根金屬釘的效果跟一大根尖刺一樣有效，力量高低端看殺了一個人之後，這根尖刺會脫離人體多久。

對於沼澤這次的目的來說，用一根小尖刺比較合適，因爲他並不想給潘洛德能力，只想用金屬刺穿他。沼澤抽出幾天前他在被火山吞沒的城市中利用那名鎔金術師所做成的尖刺，大概有五吋長，嚴格說起來是比需要的尺寸大了一點，但是沼澤要強行將這根尖刺穿入一個人的身體，它至少必須大到不會變形。一個人的身上大概有兩到三百個節點，沼澤並非全不知道，但到時會由滅絕來指引他，確保尖刺的位置正確無誤。他的主人目前正把注意力集中在別的地方，只要沼澤就定位，便可發動攻擊。

血金術尖刺。沼澤爲躲起來的自己顫抖。想起他在意外中被變成審判者的那天，他以爲自己被發現了，因爲他原本是凱西爾隱藏在鋼鐵教廷中的間諜，沒想到他並不是因爲可疑而被挑選出來，而是因爲出色。

審判者們晚上來找他，當時他正緊張地等著要跟凱西爾會面，將他認爲是最後的訊息傳遞給反抗軍。他們打破門衝入，遠比沼澤能反應的速度要快，沒有給他任何選擇，只是將他用力摔在地上，然後將一名尖叫的女子拋在他身上。

接著，審判者將一根尖刺搥入她的心臟，再直插入沼澤的眼睛。

痛楚大到他無法回憶。那瞬間似乎是他記憶中的空洞，模糊的影像都是審判者重複這個過程，殺死不幸的鎔金術師，將他們的力量，甚至感覺像是他們的靈魂一路搥入沼澤的身體。結束時，他呻吟著倒在地上，一連串嶄新的感官資訊讓他難以思考。其他的審判者們在他身旁手舞足蹈，以斧頭切開其他屍體，慶祝又增加一名成員。

某種程度而言，那天對他來說是新生的一天。多美妙的一天。可是，潘洛德不會擁有如此的喜悅。他不會成爲審判者，他只會得到一根小小的尖刺——而且是好幾天前就做成，被允許離開身體，不斷地流失力量的一根。

沼澤等著滅絕完全降臨在他身上。這尖刺放置的位置不僅要很精準，還要讓潘洛德暫時無法把它拔出來，直到滅絕可以開始影響他的想法跟情緒。最開始時，尖刺必須要碰觸到血液，而在尖刺被搥入之後，金屬周圍的皮膚會癒合，尖刺仍然有作用，只是一開始時會有血跡。

要怎麼樣讓一個人忘記身體內有一根五吋長的金屬突出物？要怎麼樣讓別人可以忽略它？滅絕曾經嘗試過幾次要在依藍德．泛圖爾身上搥入尖刺，卻屢屢失敗。事實上，這種嘗試經常失敗，但偶爾成功時得到的成果，總是值得這番心血。

滅絕降臨在他身上，令他失去對身體的掌控。他在無自我意志的情況下行動，跟隨命令。這條走廊，不要攻擊守衛，穿過門。

沼澤推開兩名監視的士兵，踢倒門，衝入內室。

右邊，進臥房。

沼澤瞬間衝入房間，兩名士兵此時才在外面大喊求救。潘洛德是個氣質尊貴的年長男子，一聽聲音就知道要跳起，從床頭櫃抓起一根硬木決鬥杖。

沼澤微笑。決鬥杖？對抗審判者？他從身側的斧套抽出黑曜石的手斧。

跟他打，但別殺了他。滅絕說道。讓他打得辛苦點，但要讓他覺得有足夠的氣力能招架你。

這個要求很怪，但沼澤的意識是如此完整地被掌控，他甚至沒有停下來思考，只是跳向前，開始攻擊。

這件事比看起來還要困難。他必須確定自己要以潘洛德能阻擋的方式揮舞斧頭，有幾次他得使用藏金術金屬意識的尖刺，從中汲取出速度，好讓他能臨時改變斧頭的角度，免得一不小心把陸沙德王的頭給砍了下來。

可是，沼澤辦到了。他劃傷了潘洛德幾次，左掌心在整場打鬥中都隱藏著金屬尖刺，讓國王以為他應付得很好。片刻後，侍衛們加入戰鬥，讓沼澤偽裝得更順利。三個普通人對付一名審判者並非是什麼賽局，但從他們的角度看來，也許他們會認為這是勢均力敵。

不久後，大概十幾名士兵衝入臥房外間，準備進來救駕。

現在，滅絕說道。假裝很害怕，刺入尖刺，從窗戶逃逸。

沼澤汲取速度，快速移動。滅絕精準地引導他的手掌心重重擊上潘洛德的胸口，將尖刺直直插入男子的心臟。沼澤聽到潘洛德的大叫，因他的聲音而微笑，然後躍出窗戶。

沼澤掛在同樣的窗戶外，眾多來往的巡邏隊穿梭不停，卻都沒有人看到或注意到他的存在。他掛在窗戶下的一塊石頭凸出處，錫力增強的耳朵竊聽著。他的技巧太卓越，行事太仔細，不可能被任何人看見。

「我們嘗試要將尖刺拔出，但流血量會大幅增加，主上。」一個聲音解釋。

「這塊金屬離你心臟的距離太近，相當危險。」另一人說道。

相當危險？沼澤倒掛著，露出微笑。尖刺都把他的心臟刺穿了。這些外科醫生當然不會知道這件事，因爲潘洛德仍然保持清醒，他們只會以爲尖刺離得離心臟很近，卻恰好錯過。

「我們不敢拔。」第一名外科醫生說道。「您……覺得如何？」

「其實沒什麼。」潘洛德說道。「有一點疼痛和不舒服，但我覺得蠻強壯的。」

「那麼，我們現在先不處理這碎片。」第一名外科醫生說道，聽起來有點擔憂，可是他能怎麼辦？如果他眞的把尖刺拔出，潘洛德必定會死。滅絕這一手相當巧妙。

他們會等潘洛德恢復體力之後再試一次。但那次同樣會危及潘洛德的性命，最後只好把尖刺留在裡面，滅絕將因此能夠碰觸潘洛德的意識，不是爲了掌控，只是要影響一些事情的發展。潘洛德很快就會忘記尖刺的事情，不舒服的感覺也會消散，而且尖刺藏在衣服下，不會有人覺得奇怪。

到那時，他就跟其他審判者一樣，都屬於滅絕。沼澤微笑，放開手上握住的凸出石塊，落在下方黑暗的街道。

雖然我覺得噁心，但仍然必須佩服血金術這門技藝。鎔金術跟藏金術的能耐與技巧來自於如何使用自己的力量，最優秀的鎔金術師不一定最強，卻是最擅長操控金屬的拉引或推動的人。最強的藏金術師是最擅長使用紅銅意識資訊，或是靠鐵來調節體重的人。

然而，血金術獨有的能力，卻是知道該將尖刺置於何處。

43

紋在布料的摩擦聲中落地。她蹲在夜裡，提高裙襬，不讓它碰到沾滿灰燼的屋頂，望著迷霧。

依藍德落在她身邊，立刻跟她一樣蹲下，沒有多問什麼。她微笑，發現他的直覺越發敏銳。他也看著迷霧，雖然不知道自己在找什麼。

「他在跟蹤我們。」紋低聲說道。

「尤門的迷霧之子？」依藍德問。

紋點點頭。

「在哪裡？」他問。

「距離這裡三棟房子遠的地方。」紋說。

依藍德瞇起眼睛，她感覺到他的某個鎔金脈動速度突然增快。他在燃燒錫。

「右邊的那一團？」依藍德問。

「夠近了。」紋說道。

「所以……」

「所以他知道我看到他了，」紋說道。「否則我不會停下來。現在我們正在打量彼此。」

依藍德探向腰帶，掏出一柄黑曜匕首。

「他不會發動攻擊的。」紋說。

「妳怎麼知道？」

「他要殺我們的話，會挑選你我不在一起的時機，或是我們在睡覺的時候。」紋說。

這句話反而讓依藍德更緊張。「所以妳最近都在熬夜？」

紋點點頭。強迫依藍德獨自入睡是保住他平安所需要的極小代價。尤門，在後面跟隨我們的是你嗎？她猜想。就在你自己的宴會之夜？這可還眞不簡單。感覺不太可能，但紋仍然多疑。她的習慣是懷疑每個人都是迷霧之子。雖然她猜錯的機率遠高於猜對，但她仍然認爲這樣的多疑有百利而無一害。

「來吧。」她站起身。「一進入宴會裡，我們就不用擔心他了。」

依藍德點點頭，兩人繼續朝資源廷前進。

幾個小時前，依藍德是這麼說的：計畫很簡單。我會去找尤門對質，那些貴族會忍不住圍觀，在那時，妳可以偷偷溜走，看看能不能找到儲藏窟。

這個計畫眞的很簡單，最好的計畫通常都不太複雜。如果依藍德與尤門對質，也會讓侍衛的注意力集中在他身上，希望能因此讓紋溜出去。她得快速安靜地移動，可能得打倒某些侍衛還不能引起騷動，但這似乎是唯一的方法。尤門如堡壘般的建築物被照耀得相當明亮，守備極爲縝密，連他的迷霧之子都很優秀。每次她想溜進去，對方都會偵測到她的行動——他總是與紋保持一段距離，但光是他的存在就足以警告紋，只要他想，隨時都可以喚起警報。

他們最好的機會就在宴會裡。尤門的侍衛隊跟迷霧之子會全神專注保護主人的安全。

兩人落在中庭，車伕們停下腳步，侍衛們震驚地轉身。紋在滿是迷霧的黑夜中瞥向依藍德。「依藍德。」她輕輕地開口。「我要你答應我一件事。」

他皺眉。「什麼事？」

「我早晚會被發現。」紋說道。「我一定會盡量小心，但我懷疑我們能在不引起任何騷動的情況下完成這件事。所以，萬一東窗事發，我要你離開。」

「不可能，紋。我一定要——」

「不可以。」紋厲聲道。「依藍德，你不需要幫我。你幫不了我。我愛你，但你在這方面的能力實在不及我。如果事情出了錯——或是一切順利，但整棟建築物都進入警戒狀況——我要你快走。我會去營地跟你會合。」

「如果妳碰上麻煩呢？」依藍德說道。

紋微笑。「相信我。」

他沉吟片刻，點點頭，相信紋是一件他辦得到的事情。一件他向來如此的事。

兩人並行上前。在教廷大樓中參加舞會感覺很奇怪。紋已經很習慣彩繪玻璃跟華麗裝飾，但教廷辦公室通常很樸素，此處也不例外。它只有一層樓高，角度銳利、牆面平滑，窗戶很小，外面沒有強燈熠熠，唯一能看出今晚有何不同之處的景象，只是門口聚集著一群馬車跟貴族。附近的士兵注意到紋跟依藍德出現，卻沒有上前攻擊，甚至無意阻攔。

無論是貴族或士兵，都露出頗有興趣，但沒有多少訝異的神色。紋猜想，他們的造訪是眾人意料中事。當紋和依藍德走上台階沒有人攔下時，她的猜想獲得更進一步的證實。門口的守衛多疑地看著他們，卻還是讓她跟依藍德通過。

她在裡頭看到一座狹長的大廳，兩旁有燈火點亮。人潮左轉，紋跟依藍德跟隨在後，繞過幾段複雜的走廊，終於來到一間較大的議事廳。

「這樣的地方舉辦舞會，好像不夠氣派？」兩人等著被唱名時，依藍德說道。

紋點點頭。大多數貴族堡壘的舞廳都跟出入口直接連接，根據她所在的位置往內看，這間房間是由標準的教廷議事廳改造，原本是長凳的地面只留下釘子頭，另一邊則有個講台，聖務官們以前應該都站在上面，對下屬下達指令。尤門的桌子就被設在那裡。

以舞廳來說，這裡實在太小。裡面並不擁擠，卻也沒有空間讓貴族能按照習慣自由地組成不同的小團體，好能閒聊八卦。

「看樣子還有別的宴會廳。」依藍德朝幾條從主要「舞廳」往外連接的走廊點點頭，一直有人在其中穿梭往來。

「如果覺得太擠的人可以去那裡。」紋說道。「依藍德，要從這裡離開很不容易。不要讓自己被逼到角落。左邊看起來有個出口。」

依藍德跟隨她的注視，同時一起走入主廳。閃爍的火光跟一絲絲的迷霧顯示了中庭或是天井的存在。

「我會盡量靠近那裡，」她說。「避免進入其他小的側廳。」

「很好。」紋說道。她還注意到另外一件事——在走向舞廳的時候，她在兩條走廊中都發現能通往下方的樓梯間，表示這裡有蠻大的地下室，這點在陸沙德很少見。教廷大樓是往下搭建，而非往上發展，她如此判定。如果下方眞有大型儲藏室，是很合理的。

門口唱名的人完全不需要名片，立即爲他們報上名銜。兩人走入房間。這場舞會跟奧瑞爾堡壘的那場比起來，奢華程度遠遠不及。大概是因爲沒地方放置餐桌，雖有點心，卻無晚餐；有音樂跟舞蹈，但房間本身沒有懸掛華美的布條裝飾。尤門選擇讓簡單冷硬的教廷牆壁裸露在外。

「眞不知道他舉辦舞會要做什麼。」紋低聲說道。

「可能他得先開頭，」依藍德說，「才能鼓勵其他貴族跟進。現在他是輪流舉辦的一份子，這麼做很聰明，讓他能夠將貴族引入家中，成爲他們的主人，同時賦予他一些權力。」

紋點點頭，看著舞池。「分開前先跟我跳一支舞？」

依藍德遲疑了。「說實話，我有點太緊張。」

紋微笑，輕輕地吻了他一下，完全打破貴族禮儀。「先給我一小時，再引起眾人的注意。我想要在溜走之前感覺一下這場舞會的氣氛。」

他點點頭，兩人分頭離開，依藍德直直走向一群紋不認得的紳士。紋則是沒停下腳步，她不想被交談拖延，所以避開在奧瑞爾堡壘見過的仕女。她知道應該要多努力加強與她們的聯繫，但事實上，她也跟依藍德有類似的感覺——不是眞正的緊張，而是想要避免進行制式的舞會活動。她來此處的目的不是要社交，而是有更重要的任務。

於是，她在舞廳中穿梭，啜著一杯酒，端詳侍衛的動線。他們的人數不多，這是件好事，紋想著。舞池中的人數越多，建築物其他區域的人數就越少。至少理論上是如此。

紋不斷前進，朝不同人點頭，但每次只要有人想與她交談，她便退開。如果她是尤門，一定會下令要幾名士兵特別留意她的去向，確保她不要走到任何敏感的地方。可是，似乎沒有什麼人特別注意她。一個小時過後，她越來越覺得煩躁。尤門眞的無能到不想要牢牢看住一名已知是迷霧之子，而且又進入他權力重心的人嗎？

紋煩躁之餘燃燒了青銅，也許附近有鎔金術師。當她感覺到身邊傳來的鎔金脈動時，幾乎嚇得跳起來。

總共有兩人，都是宮廷花瓶的類型——她不認識的女子，看起來完全無足輕重。這可能正是重點。她們跟另兩名女子一起站在離紋不遠的地方交談，一人燃燒紅銅，一人燃燒錫。要不是紋能穿透紅銅雲，絕對無法發現她們。

這兩人隨著紋在房間裡面移動，跟在她身後，展現自在聊開與結束交談的技巧。她們總是離紋近到可以利用錫力聽見她在說什麼，卻在這頗爲擁擠的房間又待得夠遠。要不是靠著鎔金術，紋絕對無法發現她們。

有意思，她心想，朝房間邊緣移動。至少尤門沒有低估她。可是，要怎麼樣從這兩名女子眼皮下溜走呢？她們不會被依藍德製造的動亂影響，也不會在沒有引發警報的情況下讓紋溜開。

她邊走邊想要怎麼解決這個問題，注意到一個熟悉的身影坐在舞廳邊緣。慢快穿著他平常的套裝，抽著菸斗，坐在一張給老年人或是跳舞的人休憩的椅子上。她緩緩走向他。

「我以爲你不會來這種場合。」她微笑地說道。身後的兩個影子很俐落地加入附近不遠處的交談。

「我只有在吾王舉辦宴會時才來。」慢快說道。

「噢。」紋說道，然後又慢慢走開。從她的眼角餘光注意到慢快正在皺眉，顯然他認爲她應該會多跟他說幾句話，但她不能冒著讓他一不小心脫口說出不該說的話的風險。至少現在還不行。她的跟班們從交談中脫身，紋離去的速度迫使她們有點慌張。在走了一段路後，紋停下腳步，讓女子們有機會重新插入另一團人之中。

然後，紋一轉身，快步走回慢快的方向，裝出一副她剛想到什麼事的樣子。她的跟班們爲了表現自然，無法立刻跟上。在她們遲疑的瞬間，紋得到幾口氣的自由。

她經過慢快時，靠著他，彎下腰說：「我需要兩個人。」她說道。「兩個你能信任可以對付尤門的人。叫他們去一個比較隱密，別人都坐下來聊天的地方等我。」

「陽台。」慢快說道。「左邊走廊一路走出去。」

「很好。」紋說道。「叫你的人去等我，直到我接近他們爲止，同時請派信差給依藍德，跟他說我還需要半個小時。」

慢快對這個難以理解的訊息點點頭，紋露出笑容，看到她的跟班們靠得更近。「我希望你早日康復。」她說道，露出欣慰的笑容。

「謝謝妳，親愛的。」慢快說道，微微咳嗽。

紋再次漫步離開，緩緩地朝慢快說的方向走去，正是她之前挑選的出口。果不其然，片刻後她便進入迷霧中。紋忍不住心想：迷霧進入建築物後總是會消失，大家都認爲這跟溫度或跟缺乏空氣有關……

幾秒鐘後，她發現自己站在一座被油燈點亮的花園陽台，雖然已經排好桌椅讓眾人可以放鬆，卻沒有太多人造訪。傭人們不肯進入迷霧，大多數貴族雖不願承認，卻也覺得迷霧讓他們不安。紋走到一道雕飾繁複的金屬欄杆邊，靠著它，看著天空，感覺迷霧在她身邊徘徊，懶洋洋地輕觸著她的耳針。

她的兩名跟班很快便出現，輕輕地交談。紋的錫力讓她聽出她們正在談論裡面有多悶熱。紋微笑，保持姿勢不變，看著兩人挑選附近的椅子坐下，繼續聊天。在那之後，有兩名年輕人也晃了進來，在另外一張桌邊坐下。他們不似那兩名女子自然，但紋希望他們沒有可疑到會引人注目。

然後，她開始等待。

在那些身爲盜賊的日子裡，她等於是花了畢生爲行動準備，在窺視洞後監視，還有小心翼翼地挑選正確時機偷竊別人的口袋，一切都教會了她有耐心，這同時是她從來不想改掉的街頭流浪兒特質。她站在原處，仰望著天空，絲毫沒有離開的打算，只是等著依藍德聲東擊西的行動開始。

妳不該仰賴他來吸引別人注意力，瑞恩在她的腦海中說道。他會失敗。永遠不要將生命交給另一個不是同樣性命交關的人手中。

這曾是瑞恩最愛的說法之一。她已經不太常想起他，甚至不太常想起她過去生活中的任何人。那是一個充滿痛苦與哀傷的人生，一名為了保護她周全因此經常打她的哥哥，一名不知為何殺了紋的妹妹的瘋狂母親。

可是，那段人生如今也只是隱約的回音，她暗自微笑，對於自己的改變覺得頗有趣。瑞恩可能說她是個笨蛋，但她信任依藍德，相信他會成功，願意將性命交付在他手上。這份信任是在她早年生涯中絕對不可能擁有的。

十分鐘後，有人從宴會中出來，走向那兩名女子。他很簡短地與她們交談，又回到舞會去。二十分鐘後，又出現一個人，做了一模一樣的事。希望那兩人正傳遞紋希望她們傳遞的訊息：紋顯然打算在外面度過一段難以預估的時間觀看迷霧，裡面的人會預期她在短時間之內不會回去。

第二名信差回到舞會後不久，一名男子衝出來，走到其中一張桌子邊。「你們得來聽！」他對桌邊的人低聲說道，他們是目前唯一一群跟紋無關的人。那群人離開。紋微笑。依藍德開始行動了。

紋跳入空中，鋼推她後方的欄杆，飛越了陽台。

那兩名女子顯然是感到無趣，開始懶洋洋地自顧自交談，因此好一段時間才注意到紋的動作。在這段時間內，紋早已經穿過空無一人的陽台，禮服隨著她的動作而飛揚。一名女子張口要大喊。

紋熄滅了她的金屬，然後燃燒硬鋁跟黃銅，用力推著兩人的情緒。

她只曾經對史特拉夫．泛圖爾做過一次。有硬鋁增強的黃銅推力是很可怕的力量，會將一個人的情緒完全壓制，讓他們感到空虛，完全毫無情感，兩人驚喘一聲，原本站起來的人軟倒，陷入沉默。

紋重重著地，她之前沒燃燒白鑞，以免它跟硬鋁一同燒掉，不過此時她立刻燃燒白鑞，一翻身便站了起來。她以手肘朝一名女子的腹部擊去，然後抓著她的臉用力摜向一張桌面，讓她昏倒，另一人暈眩地坐在地面上，紋很不情願，卻仍然抓住女子的咽喉，令她窒息。

她覺得自己的行爲很粗暴，卻沒有放手，直到那女子昏厥，確定她的鎔金紅銅雲熄滅了。紋嘆口氣，放開女子，昏厥的間諜倒在地上。

紋轉身，慢快的兩名年輕人焦慮地站著，紋揮手要他們過來。

「把這兩個人塞到樹叢裡，」紋快速吩咐。「然後去坐著。如果有人問她們去了哪裡，就說你看到她們跟著我一起回到舞會去了。希望這樣會讓所有人弄不清楚狀況。」

男子滿臉漲紅。「我們——」

「照我說的去做，否則現在就走。」紋厲聲說道。「不要跟我爭論。她們都還活著，我不能讓她們回報我逃走了。如果她們開始清醒，你們得再將她們打暈。」

兩人不情願地點頭。

紋伸手解開禮服的釦子，讓衣服滑落在地，露出底下穿著的黑色緊身衣。她將禮服交給男子一併藏好，然後進入建築物，遠離宴會，在充滿迷霧的走廊中，她找到一道台階，開始下樓。依藍德的聲東擊西行動現在應該正開始進入高潮，希望他能給她足夠的時間。

「沒錯。」依藍德雙臂交疊，低頭盯著尤門。「一場決鬥。爲什麼要讓軍隊爲城市而戰？你我可以自行解決。」

尤門沒有因爲這個可笑的理由而發噱。他只是坐在桌邊，光禿、刺青的頭顱中鑲著一對深思的雙眼，一顆繫在額頭上的天金在燈光下閃爍，其他人的反應則一如依藍德所預料的，交談全部停止，所有人都衝了進來，擠滿了主舞廳，觀察皇帝與他們國王之間的互動。

「你爲什麼覺得我會同意這種事？」尤門終於問道。

「所有的報告都說你是有榮譽心的人。」

「但你不是。」尤門指著依藍德說道。「這個提議證明這點。你是鎔金術師，我們無法較量，這有何榮譽可言？」

依藍德並不在乎，他只要盡量抓住尤門的注意力。「那麼選一名代理人。」他說道。「我會跟他對戰。」

「只有迷霧之子能與你匹敵。」尤門說道。

「那就派一個來吧。」

「很可惜，我沒有。我靠公平、合法，還有統御主的庇佑才贏得我的王國，不像你是透過暗殺。」

你說你沒有迷霧之子？依藍德微笑地心想。所以你的「公平、合法、庇佑」不包括說謊？

「你眞的要讓你的子民死去？」依藍德大聲說道，揮著一隻手，泛指房間眾人。越來越多人擠入觀看。「一切都只爲了你的自大？」

「自大？」尤門往前傾身說道。「你是指守護自己的領土是自大？我認爲將軍隊帶入另一人的王國，想要以野蠻的怪物威嚇他屈服，才是自大。」

「那是你的統御主創造出的怪物，他也用牠們來威嚇且征服他人。」依藍德說道。

尤門一愣。「是的，統御主創造了克羅司。」他說道。「他有權決定該如何使用牠們，況且他讓牠們住得離文明城市遠遠的，你卻讓牠們出現在我們的大門口。」

「沒錯。」依藍德說道。「但牠們並沒有發動攻擊，因爲我能像統御主一般控制牠們。這不就意指我繼承統治的權力？」

尤門皺眉，注意到依藍德的論點一直在改變，依藍德其實是想到什麼就說什麼，好讓兩人的討論能繼續下去。

「你可能不願意拯救這座城市。」依藍德說道。「可是城市中有其他更睿智的人。你不可能以為我會在沒有盟友的情況下就前來此處吧？」

尤門再次沉默。

「沒錯。」依藍德瀏覽眾人。「你不只在與我抗爭，尤門。你是在跟自己的人民抗爭。當時機來到時，誰會背叛你？你要如何信任他們？」

尤門一哼。「隨口說說的威脅，泛圖爾。你到底想做什麼？」但依藍德看得出他的話讓尤門很介意。那人並不信任當地貴族。如果他信的話，就是蠢蛋。

依藍德微笑，準備他的下個論點。他可以持續這場討論好一段時間，他在他父親的屋簷下長大時，學會了一件特殊的事：如何激怒他人。

妳要的聲東擊西策略成功了，紋。依藍德心想。希望妳能在戰鬥眞正開始前，就將這件事結束。

被仔細放置的血金術尖刺可以判定受者的身體改變多少，一處的尖刺可以創造可怕無知的怪物，另一處就會創造出心思縝密卻有殺人衝動的審判者。

沒有從昇華之井得到力量時獲得的直覺知識，拉刹克絕對無法學會血金術。當他的心智擴充，再加上一點點練習，就能夠直覺地知道尖刺要放在哪裡才能獲得他想要的僕人。

鮮有人知道，審判者的酷刑室其實是血金術實驗室。統御主不斷試圖創造出新僕人。可是，他花了一千年的時間，仍然創造不出他在短暫握有力量的期間所創造出的三種僕人以外的第四種，這便是血金術博大精深的鐵證。

44

紋沿著石頭台階慢慢往下潛行，細小的聲音詭異地在下方迴蕩。她沒有火把，沒有油燈，台階的照明也相當昏暗，但下方反射的光線就足以讓她透過錫力增強的雙眼見物。

她越想，越覺得一個大型地下室會是很合理的猜測。這是資源廷——教廷中掌管餵飽人民、維持運河疏濬、提供其他部會物資的地方。紋猜想這裡原本應該充滿了補給品，如果密室真在此處，將會是第一個在資源廷下被找到的儲藏窟。紋對它抱有高度期待，畢竟資源廷是負責掌管整個帝國運輸與儲存工作的組織，有什麼地方比這裡更適合隱藏天金和重要的資源呢？

台階很簡單，實用又陡峭。沉悶的空氣令紋皺起鼻子，對她經過錫力增強的嗅覺而言更顯滯悶，但她還是很感激錫增強了她的視力與聽覺，讓她聽到下方盔甲的敲擊聲，可以小心翼翼地行動。

她來到樓梯最下方，窺探著轉角。狹長的石頭走廊在樓梯底部分岔，各自以九十度朝向不同的方向。聲音來自右方，當紋探出頭去看時，幾乎嚇了一跳——有兩名侍衛正懶洋洋地靠在不遠處的牆邊。

有侍衛留守，紋立刻縮回台階。尤門絕對是想保護下面的某些東西。

紋蹲在沁涼粗糙的石頭表面上。此時，白鑞、鋼、鐵都沒什麼用。她的確可以打倒兩名侍衛，但這個做法太冒險，她不能發出任何聲音，她還不知道密室在哪裡，所以更不能冒險引起騷動。

紋閉起眼睛，燃燒黃銅與鋅。小心翼翼且十分緩慢地安撫了兩名士兵的情緒，聽到他們往後靠著走廊邊，然後她煽動他們的無聊感，專注拉扯於單一情緒。她再次繞過頭去看他們，不放鬆施壓，等著反應。其中一人打呵欠，片刻後，另一人也打呵欠，然後兩人一起打了呵欠。紋趁機快跑過，進入後方的走廊，緊貼著牆壁，心跳加速地等待。沒有傳來喊聲，不過一名侍衛嘟囔了兩句關於好累的話。

紋興奮地微笑。她已經好久沒有好好地潛入某處一番。她曾窺探監測過，但總是依賴迷霧、黑夜，還有快速行動的能力來保護她。現在不一樣了。這讓她想起當初跟瑞恩在街上偷竊的情況。

*現在哥哥會怎麼說？*她心想，一面以不自然地輕盈的腳步快速走在廊上。*他會覺得我瘋了，居然不是因爲金錢而是因爲情報而潛入建築物。*對瑞恩而言，人生就是生存——生存是最簡單、嚴酷的事實。誰都不可信任。要讓自己成爲團隊中不可或缺的一部分，卻不要顯得太有威脅性。要無情。要活著。

她沒有捨棄他的教誨。它們總是她的一部分，是讓她活下去、小心翼翼的原因，即使她跟凱西爾的集團在一起多年，她只是不再只遵從這些教誨，而是用信任和希望來調和。

妳的信任有一天會害死妳，瑞恩似乎在她腦海深處低語，但就連瑞恩都沒有完美地遵守自己的信條。他爲了保護紋，不說出她的下落而死在審判者手裡，即使他有可能因爲這麼做而活下來。

紋繼續前進。這個地下室很顯然有許多狹窄的走廊包圍寬敞的房間，她將一間門微微推開一條縫，探頭進去看，發現裡面都是食糧，很基本的東西，像是麵粉之類，而不是儲藏窟那種經過仔細罐裝、分類、標記過的長期存放食糧。

這些走廊的某處一定有卸貨區，紋猜想。*可能是從上往下的斜坡，通往城市內的子運河。*

紋繼續前進，但知道沒有時間搜尋地窖中的所有房間。她又來到另一條走廊的分岔，蹲下身，皺起眉頭。依藍德無法一直令他們分心，早晚會有人發現被她打昏的女子。她得快點找到密室。

她環顧四周。走廊裡只有偶爾的燈火點亮，左方的光線卻似乎較強。她朝這條走廊走去，油燈開始頻繁地出現。很快的，她聽到有人講話的聲音，因此更小心地移動，來到另外一條岔路口。她探頭去看，左邊有兩名士兵站在入口，右邊有四名。

那就去右邊，她心想。*可是這次會比較困難*。

她閉起眼睛，仔細聆聽，可以聽到有兩群士兵，但似乎還有別人。遠方還有別的士兵。紋挑選其中一組，開始強力煽動他們的情緒。安撫跟煽動不受石頭或鋼鐵阻撓。在最後帝國的時代，統御主在司卡貧民窟中的幾個地方都設有安撫者，讓他們安撫掉周圍所有人的情緒，同時影響上百，甚至上千人。

她等著。什麼都沒發生。她正試圖煽動那些人的憤怒跟煩躁，但她甚至不知道自己是不是正在朝對的方向拉引情緒。煽動跟安撫本來就不像鋼推那麼精準。微風總將一個人的情緒組成解釋為複雜的一堆思緒、直覺、感覺的總和。鎔金術師無法控制意識或行動，只能影響。

除非⋯⋯

紋深吸一口氣，熄滅所有金屬，然後燃燒硬鋁跟鋅，朝遠方侍衛的方向用力一拉，以增強的強大情感鎔金術攻擊他們。

一聲咒罵立刻傳來，迴蕩在走廊中。紋登時緊張地一縮，幸好聲音不是朝她而來。走廊中的侍衛們紛紛抬起頭，遠處的吵架聲越發激昂。紋不需要燃燒錫就可以聽到他們開始扭打，相互叫囂。左方的侍衛跑開，想去找出騷動的來源。右方的侍衛則留下兩個人，紋喝下一瓶金屬後，煽動起他們的情緒，將他們的好奇心增強到臨界點。

兩人跟著同伴身後跑去，紋快速溜入走廊，很快發現她的直覺是對的——那四人在看守通往其中一間儲藏窟的門。紋深吸一口氣，推開門，鑽了進去。底下的暗門關閉，但她知道要找什麼。她將門拉開，跳入下方的黑暗。

她一面墜落，一面擲下錢幣，利用墜地的聲音知道下方的地板有多遠。她落在粗糙的石頭上，在全然的黑暗中站立，這是甚至已經超過錫力能讓她見物的黑暗。一陣摸索後，她找到牆上的一盞燈，掏出燧石，很快有了照明。

就在那裡。通往儲藏窟的大門。石牆被拆掉，門被打開。門是完整的，但把它打開顯然耗費了不少力氣，開口勉強足夠一個人進入。顯然尤門光是爲了打開這麼一點，就花了不少工夫。

他一定知道儲藏窟在這裡，紋站直身體想道。可是……爲什麼要這樣拆門？他有可以靠鋼拉就打開門的迷霧之子。

紋的心臟因期待而噗通噗通地跳動，她溜入開口，進入寂靜的儲藏窟。她立刻往下跳到儲物層，開始尋找有統御主資訊的金屬板。她只需要——

她身後傳來石頭交錯磨擦的聲音。

紋轉身，有立即且不祥的感覺。

石門在她身後關起。

「……這一點，正是爲什麼統御主的政治架構必定失敗的原因。」依藍德說道。

他正在失去眾人的注意力，他感覺得出來，越來越多人開始離去，不留下來聽他們辯論。問題是，尤門眞的開始感興趣了。

「你錯了，小泛圖爾。」聖務官說道，隨手用手中的叉子在桌上敲了兩下。「第六世紀的侍從官制度甚至不是統御主制定的。是由當時新成立的審判廷提出這個想法，做爲泰瑞司人的人口控制手段，而統御主在有條件的情況下同意了這個提議。」

「條件是奴役一整族人民。」依藍德說道。

「奴役開始得更早。」尤門說道。「每個人都知道這件事的歷史，泛圖爾。泰瑞司一族完全拒絕服從帝國統治，因此必須嚴格控管，你眞的認爲泰瑞司侍從官們遭受到相當嚴格的待遇嗎？他們可是整個帝國中最受禮遇的僕人！」

「我不認爲拿男性象徵來換取成爲受寵的奴隸是公平的交換。」依藍德說道，挑起一邊眉毛，雙臂抱胸。

「我至少可以引述十幾個不同的支持論點。」尤門一揮手說道。「特瑞達倫呢？他宣稱成爲閹人讓他能自由追逐更深刻的邏輯與和諧理論，因爲他不受世俗的欲望所束縛。」

「他別無選擇。」依藍德說道。

「我們鮮少有人能選擇自己的地位。」尤門回答。

「我寧可讓人民可以選擇。」依藍德說道。「你應該已經發現，我讓在我土地上的司卡們都獲得自由，讓貴族們擁有內閣議會，可以參與統治自己居住的城市。」

「這只是理想而已。」尤門說道。「我能從你宣稱的做法中看出特瑞達倫的理論，可是就連他都說這樣的系統不可能會維持長久的平衡。」

依藍德微笑。他已經很久沒機會好好與人辯論一番了。哈姆從來不喜歡深刻鑽研這些問題。他喜歡哲學討論，卻不愛學術辯論，而沙賽德眞的不喜歡與人爭論。

依藍德不禁想，*眞希望我年少時就能遇到尤門。當年我有時間可以關心哲學。我們會有多精采的對話啊……*

當然，這些討論應該會讓依藍德落入鋼鐵審判廷的手中，以革命份子論處。但他必須承認，尤門不是笨蛋，他熟知歷史與政治，只是剛好有完全錯誤的信念。換成其他時間，依藍德會樂於說服他改變信念。

不幸的是，這場辯論對依藍德而言越發緊張——他無法同時維持尤門跟群眾的興趣。每次他試圖要引回群眾的注意力，尤門便開始多疑；而每次依藍德真的試圖要引起國王的興趣時，群眾就會開始散去，覺得哲學討論相當無趣。

所以當訝異的呼喊聲終於傳來時，依藍德其實感覺鬆了一口氣。數秒後，兩名士兵衝入房間，抱著一名身著禮服，暈厥且滿是鮮血的年輕女子。

*他統御主的，紋！真的有必要這樣嗎？*依藍德心想。

依藍德回頭望著尤門，兩人交換一個眼神。之後，尤門站起身。「泛圖爾女皇去了哪裡？」他質問。

該走了，依藍德心想，想起他對紋的承諾，但是突然又想到一件事。*我可能再也沒有機會這麼靠近尤門*，依藍德心想。*所以有一種方法可以確實證明他到底是不是鎔金術師。*

試著殺了他。

這個做法很大膽，甚至愚蠢，但他越來越相信，自己絕對無法說服尤門奉上城市。他宣稱他不是迷霧之子，但知道他是否說謊非常重要。因此，依藍德選擇相信自己的直覺，拋下一枚錢幣，將自己鋼推上舞台。依藍德抽出一對玻璃匕首，引得舞會賓客一陣尖叫，發覺單純美好的世界突然粉碎在眼前。兩名假裝成尤門的用餐同伴的侍衛立刻站起身，從桌子下抽出木杖。

「你這個騙子。」尤門對落在餐桌上的依藍德啐了一口。「盜賊、屠夫、*暴君*！」

依藍德聳聳肩，朝侍衛射出兩枚錢幣，輕易便讓他們倒下。他跳向尤門，抓住他的脖子，將他往後一扯，人群中發出尖叫聲跟倒抽涼氣的聲音。

依藍德手一捏，讓尤門窒息。對方的四肢並沒有充滿力量，也沒有鎔金的拉或推力要甩脫依藍德的掌握。這個聖務官甚至沒有多少反抗。

他要不並非鎔金術師，再不然就是絕佳的演員，依藍德心想。

他放開尤門，將國王推回餐桌。依藍德搖搖頭。這個謎團大概永遠無法——

尤門往前跳，抽出一柄玻璃匕首。依藍德一驚，往後一閃，但匕首仍然在他的前臂劃出一道傷口。傷口一陣灼痛，因爲錫而更爲敏銳。他咒罵兩聲，歪倒著腳步退開。

尤門再次攻擊，依藍德應該要能夠閃過。他有白鑞，而且尤門的動作仍然帶著沒有使用金屬增強的笨拙，可是，這波攻擊跟依藍德一同移動，且不知如何，居然擊中他的身側。依藍德悶哼一聲，灼熱的血液煨燙了他的皮膚。他抬頭望著尤門的雙眼。國王抽出匕首，輕易閃避了依藍德的反擊，彷彿……

依藍德燃燒電金，讓自己身邊圍繞著假的天金影像。尤門立刻遲疑，面露迷惘之色。

*他在燃燒天金，*依藍德震驚地心想。*他是迷霧之子！*

一部分的依藍德想要留下來繼續戰鬥，但他身側的傷口頗爲嚴重，嚴重到他知道必須立刻找人治療。他一面咒罵自己的愚蠢，一面鋼推入空中，鮮血滴灑在下方驚恐萬分的貴族們身上。他早該聽紋的話——等回到軍營，他一定會被好好訓一頓。

他降落，注意到尤門選擇不追上來。國王站在桌子後方，手中握著沾滿依藍德鮮血的匕首，憤怒地看著他。

依藍德轉身，拋出一把錢幣，將它們鋼推到舞會客人的頭上，格外仔細不要打到他們。他們害怕地彎腰，紛紛趴在地上。錢幣一落地，依藍德立刻反推，讓自己低躍過房間，朝向紋指出的出口。很快地，他便進入被迷霧環繞的戶外陽台。

他回頭望著建築物，心下一陣煩躁，卻不知道爲什麼。

他達成了自己的任務，讓尤門跟客人分神了整整半個鐘頭。沒錯，他最後害自己受了傷，但他也確實發現尤門是鎔金術師。這是値得知道的事。

他拋下一枚錢幣，衝入空中。

三個小時後，依藍德跟哈姆一同坐在指揮帳內，靜靜地等待。

他的手臂跟身側都獲得了治療後。紋沒回來。

他告訴其他人發生了什麼事後。紋沒回來。

哈姆強迫他吃點東西。在那之後，依藍德踱步了整整一個小時，紋仍然沒回來。

「我要回去。」依藍德站起身說道。

哈姆抬起頭。「阿依，你失了很多血。你現在還沒倒下，我猜是因爲白鑞的作用。」

他說得沒錯。依藍德可以感覺到白鑞之下的疲累。「我應付得來。」

「你會害死自己。」哈姆說道。

「我不在乎。我——」

依藍德沒繼續說完，錫力增強的耳朵聽到有人靠近帳棚。他在那人還沒抵達之前便揭開帳棚的簾幕，讓那人嚇了一大跳。

「陛下！」對方開口。

「城裡送來的信息。」

依藍德搶過信，用力撕開。

泛圖爾僞王，你大概已經猜到，她在我手上。我注意到迷霧之子都有個通病，就是過分自信。感謝你精采的對話，我很高興我能讓你分神如此之久。

尤門王

紋靜靜地坐在黑暗的洞穴中，背靠著困住她的石門。她帶入房間的油燈在她身邊的地上，如今火光已顯微弱。

她又推又拉，想要硬衝出去，但很快發現外頭的碎石——其實是為了特定目的而存在。尤門顯然移除了門內部的金屬片，不讓鎔金術師可以輕易推拉將門打開。因此，門頂多就是一個石塊。若是配上硬鋁增強的白鑞，她應該可以打開，但很不幸的是，因為地板是往下傾斜，她沒有辦法找到作用力點，而且他們一定在門軸上動了手腳，甚至在外面堆起更多石頭，讓她完全推不動。

她煩躁地咬著牙，背靠著石門。尤門刻意為她設下陷阱。她跟依藍德如此容易捉摸嗎？無論如何，這個技巧眞是高明。尤門知道他打不過他們，所以只抓了紋，有同樣的制敵效果卻沒有風險，而且還是她自己走入陷阱。

她找遍整個房間，試圖想要找出通往外界的出路，卻什麼也沒找到。更慘的是，她沒有找到隱藏的天金。這附近有很多罐裝食物以及其他金屬來源，但她對成果並不抱多大的希望。

「當然不會在這裡，」她喃喃自語。「尤門不會有時間把罐頭拿出去。但如果他打算要困住我，絕對會把天金拿走。我眞是個白癡！」

她靠回石牆，煩躁、焦慮、精疲力竭。

希望依藍德照我說的去做了，紋心想。*如果他也被捕……*

紋煩躁地以頭撞擊固執的石頭。

黑夜中出現聲響。

紋全身一僵，連忙蹲了起來，檢查體內金屬存量——此刻，她還保有許多。

可能只是我——

聲音又響起。一個輕柔的腳步聲。紋全身發抖，自己在查找天金跟出口的過程中只將房間大致搜尋過一遍，這裡面可能一直有人躲藏嗎？

她燃燒青銅，感覺到他。鎔金術師。迷霧之子。她之前感覺到的人，她之前追逐過的人。

原來如此！她心想。尤門的確要他的迷霧之子跟我們對打，但他知道他必須先把我們分開！她微笑，站起身。這不是完美的情況，但總比文風不動的門好。一名她可以打敗的迷霧之子，然後以他爲人質，直到他們釋放她。

她等到那個人走近——她可以靠鎔金脈動知道他在附近，同時希望對方不知道她能感受到他的脈動——然後一轉身，將油燈踢向他。她往前一跳，引導自己朝敵人的方向撲去，後者的身影被最後一絲火光點亮。當她飛越過空中，匕首緊握於雙手時，他抬頭看著她。

此時，她認出他的臉。

瑞恩。

美麗的毀滅者

PART IV
BEAUTIFUL DESTROYER

PART IV
Beautiful Destroyer

擁有力量——例如擁有鎔金術能力的人，若是之後又透過血金術得到相同的力量，將會有著比未增強的鎔金術師高達兩倍的能力。

因此，曾經是搜尋者的審判者，在使用青銅的能力上會增強。這個簡單的現象解釋了爲什麼這麼多審判者能夠穿透紅銅雲。

45

紋落地，中斷她的攻擊，卻仍然全身緊繃，眼睛因疑心而瞇起。忽明忽滅的油燈火光點亮瑞恩的身影，看起來跟她記憶中相當近似。當然，這四年的時間也改變了他。他變得更高、更壯，但有同樣冷硬的臉孔，毫無笑意。他的姿勢是她從童年時便熟悉的樣子。他當時就經常像現在這樣站著，雙手不滿地抱胸。

她回想起所有的事情，那些她以爲被她鎖在黑暗、禁閉的思緒角落的——瑞恩的毒打，諷刺的批評，偷偷摸摸地不斷轉換城市。

可是，這些回憶卻因爲新的理解而有不同的解讀。她不再是以迷惘的沉默忍受毒打的女孩。回想過去，她可以看到瑞恩所做所爲中的恐懼。他很害怕異父同母的鎔金術師妹妹會被鋼鐵審判者發現、殺害。當她讓自己變得顯眼時，他責打她；當她太有競爭心時，他痛罵她；當他害怕審判廷發現他們行蹤時，他帶她離開。

瑞恩因爲保護她而死。他因爲扭曲的責任感而教導她要多疑，不可信任他人，因爲他相信，這是她唯一能在最後帝國的街上存活下來的方法。而她一直跟他在一起，忍受他的對待，在她的內心——甚至沒有被埋藏在太深的地方——一直以來都理解一件恨重要的事。瑞恩愛她。

她抬頭，迎向站在石穴中男子的雙眼。然後，緩緩搖頭。不對。這東西長得像他，但那不是他的雙眼，她如此心想。

「你是誰？」她質問。

「我是妳哥哥。」那東西皺著眉說道。「才不過幾年的時間，妳就變得這麼衝動啊，紋。我以爲我把妳教得更好。」

他的確把神態學得維妙維肖，紋心想，警戒地走上前。他是怎麼學到的？瑞恩在世時，沒有人覺得他重要。他們根本不會想要模仿他。

「你從哪裡得到他的骨頭？」紋一邊繞著那東西打轉，一面問道。石穴的地板很粗糙，兩旁都是沉重的櫃子，四方都是黑暗。「又怎麼把臉做得這麼完美？我以爲坎得拉必須要吞下整個身體才能有完美的複製。」

他一定是坎得拉。否則還能有誰可以如此完美模仿？那東西轉身，以迷惘的神情看著她。「妳在胡說八道些什麼，紋？我知道我們不會高興地互相擁抱，但我以爲妳會認得我。」

紋對那些抱怨充耳不聞。瑞恩，還有微風，把她教得太好。如果他真的是瑞恩，她早就認出來。「我需要訊息。」她說道。「關於你的一個同類。牠叫做坦迅，一年前回到家鄉。牠認爲牠會被審訊。你知道牠發生什麼事了嗎？我想要聯絡牠。」

「紋，我不是坎得拉。」假瑞恩堅定地說道。

試了就知道，紋心想，以鋅探出，加上硬鋁，重重地以情緒鎔金術擊向冒牌貨。

他連動都沒動。如果是坎得拉，這樣的攻擊早就讓他必須服從紋的控制，就像克羅司一樣。紋遲疑了。黯淡的燈光中，即使倚靠錫來增強她的眼力，都越發難以分辨冒牌貨的身影。

失敗的情緒鎔金術攻擊意謂著他不是坎得拉，但他也不是瑞恩。眼前似乎只有一個合乎邏輯的做法。

她繼續攻擊。

無論這個冒牌貨是誰，他對她的瞭解都深到足以預期這個動作。雖然他假意驚呼，但卻立刻朝後退避開她的攻擊。他以輕盈的雙腳移動，動作讓紋堅信他正在燃燒白鑞。事實上，她仍然可以感覺從他身上來的鎔金脈動，雖然很難確定他到底在燃燒什麼金屬。

無論如何，鎔金術更確定了她的懷疑。瑞恩不是鎔金術師。當然，他有可能在他們分開的那段時間中綻裂，但她懷疑他有任何貴族血統。紋是從她父親身上得到的力量，但是她跟瑞恩沒有共同的父親。

她試探性地攻擊，測試冒牌貨的技巧。他避開她的攻擊範圍，小心翼翼地看著她換了個方法，轉成暗中潛行攻擊。她試圖要將他逼到櫃子的角落，但他太小心，沒有因此上鉤。

「這樣下去沒有意義。」冒牌貨說道，再次從她面前跳開。

沒有錢幣，紋心想。他不需要錢幣就能跳躍。

「妳如果眞想打中我，就得暴露出太多的弱點，紋。」冒牌貨說道。「我很顯然也厲害到能夠躲開妳的攻擊。我們能不能停下來，開始討論比較重要的事情？妳甚至不好奇我過去四年在做什麼嗎？」

紋退後，蹲下，像是準備撲跳的貓，露出微笑。

「幹麼？」冒牌貨問道。

在那瞬間，她的拖延戰術開始奏效。在他們身後，翻倒的油燈終於熄滅，讓洞穴陷入黑暗，但是紋能夠穿透紅銅雲感受到敵人的去向。她一開始感覺到有人在房間時，便將錢袋拋下，所以身上沒有任何金屬能暴露出她的靠近。

她往前一跳，打算要握住敵人的脖子，將他帶轉一圈。鎔金術雖然無法讓紋看見他，卻可以告訴她冒牌貨的確切位置。這就足以讓她佔到上風。

她錯了。他仍然如之前那樣，擅長閃躲她。

紋停下動作。好吧，錫。她心想，可以聽到我靠近的聲音。

所以她踢倒一個儲藏櫃，趁著倒地櫃子的聲音大聲迴蕩在地窖中時，展開攻擊。

冒牌貨又閃過了她。紋停止動作。有很不對勁的地方。不知爲何，他總能感應到她。洞穴陷入沉默。沒有光影或聲音從牆壁反彈，紋蹲下身，一手輕輕按著面前冰涼的石頭。她可以感覺到脈動，鎔金術力量像浪潮一樣淹沒她。她專注於波動上，想要分析出到底是什麼樣的金屬造成的。可是這些脈動感覺很不透明。很模糊。

有點熟悉的感覺，她突然想道。當我第一次感覺到這冒牌貨時……我以爲……他是霧靈。

這些脈動會感覺熟悉是有原因的。在沒有光線的分心之後，她不會把這個人跟瑞恩聯想在一起，終於理解她一開始沒發現的事情。

她的心跳開始加速，而今晚第一次——即使她被囚禁於此——她開始感到害怕。這個東西的脈動感覺像是一年前她感覺到的脈動。領著她去到昇華之井的脈動。

「你爲什麼來這裡？」她對黑暗低語。

笑聲。迴蕩在空曠的地下室，響亮，自由。脈動靠近，沒有伴隨任何腳步聲標示那東西的行動。脈動突然變得巨大、強勢，席捲了紋，不受到地下室的回音影響，一種罔顧肉體和物品，一切均可穿透，超過現實的聲音。她在黑暗中後退一步，差點被她推倒的櫃子絆倒。

我早該知道妳不會被愚弄，一個慈祥的聲音在她腦海中說道。那東西的聲音。她之前只聽過一次。就在一年前，她將它從昇華之井的囚禁中釋放的時候。

「你要什麼？」她低聲問。

妳知道我要什麼。妳一直都知道。

她確實知道。當她碰觸到那東西的瞬間，她早已明白。滅絕，她如此稱呼它。它的欲望很簡單。它要世界結束。

「我會阻止你。」她說道。可是，對一個她不瞭解的力量，超越凡人與世界的力量，說這些話，很難覺得自己不愚蠢。

它又笑了，只是這次聲音只在她的腦海中。她仍然可以感覺到滅絕的脈動，卻不是來自單一方向，而是四面八方包圍著她。她強迫自己站直身體。

啊，紋。滅絕說道，聲音幾乎有如父親般的慈祥。妳一副我是敵人的樣子。

「你是我的敵人。你希望終結我愛的一切。」

終結必定是壞的嗎？它問道。世界的一切，包括世界本身，不都總有結束的一天？

「沒有必要加速末日的到來。」紋說道。「沒有必要強迫它到來。」

一切都必須順從自己的本性，紋。滅絕說道，它似乎在她身邊打轉。她可以感覺到它在碰觸她——潮濕且輕柔，一如迷霧。妳不能拿我的本性來責怪我。沒有我，一切都將沒有終點。一切將無法有終點。因此，也不會有任何的生長。我是生命。妳要反抗生命本身嗎？

紋陷入沉默。

不要因爲世界末日來臨而哀悼，滅絕說道。世界誕生的瞬間，就已經注定毀滅。死亡是美的，終結的美，完成的美。

因爲直到被毀滅的那天，事物才能算是眞正完整。

「夠了。」紋喝斥，在冰冷的黑暗中感覺孤單、窒息。「不要再嘲笑我了。你來這裡做什麼？」

來這裡？它問道。妳爲什麼這麼問？

「你現在出現的目的是什麼？」紋說道。「只是來取笑我被囚禁嗎？」

我不是「現在出現」，紋。滅絕說道。我從來沒有離開過。我一直在妳身旁。是妳的一部分。

「胡說。」紋說。「你才剛剛現身。」

我現身在妳面前，沒錯，滅絕說道。可是，我看得出來妳不瞭解。我一直跟妳在一起，即使妳看不見我。

它暫時停止說話，讓她的腦袋內外都陷入沉默。

當妳是一個人時，沒有人能背叛妳。一個聲音在她的腦海深處低語。瑞恩的聲音。有時候她會聽到的聲音，幾乎眞實，有如良心。她以爲那只是她自己心靈的一部分，來自於瑞恩的教誨。一種直覺。

任何人都會背叛妳，紋，那聲音說道，重複它經常強調的建議。它一面說，聲音一面從瑞恩變成了滅絕。任何人。

我一直跟妳在一起。從妳出生不久，妳就一直聽到我在妳腦海中的聲音。

滅絕的脫逃需要一個解釋。這件事就連我都很難理解。

滅絕不能利用昇華之井的力量，因爲它屬於存留，是滅絕天生的敵對。這兩股力量的直接對決將會毀滅兩者。

然而滅絕的囚牢是這股力量的展現，因此它與存留的力量同步——也就是昇華之井的力量。當那力量被釋放、驅散，而不是被使用時，它就成了鑰匙，接下來的「開鎖」便是釋放滅絕的最後步驟。

46

「好吧。」微風說道。「有沒有人想要討論，我們團隊中的間諜怎麼最後會變成頂著宗教之名的自由鬥士？」

沙賽德搖頭。他們坐在審判廷下方的石穴中。微風宣告他對於旅行乾糧已經很厭倦，因此命令幾名士兵打開石穴的幾罐儲藏物資，準備一餐稍微像樣的食物。沙賽德原本可能會抗議，但事實是，這個石穴裡的食物存量之多，就算微風下定決心要狂吃，能使用的量也微乎其微。

他們一整天都在等鬼影回來。城市中的氣氛很緊張，他們大多數的聯絡人都選擇低調行事以度過公民對於反抗行動的多疑。士兵除了在街道上行走監視，也爲數不少駐紮在教廷大樓外。沙賽德擔心公民已將微風和沙賽德與鬼影在刑場的出現聯想起來，顯然他們在城市裡自由行走的日子也結束了。

「他爲什麼還沒回來？」奧瑞安妮問道。她跟微風坐在一張從空曠貴族宅邸劫掠來的精緻桌子邊，兩人都換回平常的華麗服裝。微風穿套裝，奧瑞安妮穿桃色洋裝。他們每次都迫不及待地換衣服，彷彿要重新確立自己的身分。

沙賽德沒跟他們一起吃飯，他沒什麼胃口。葛拉道隊長靠在不遠的書櫃外，決定要仔細盯著他們。雖然這好脾氣的人臉上掛著慣常的微笑，但沙賽德從他囑咐給士兵的命令聽出被圍攻的可能性。他態度堅決地要微風、奧瑞安妮、沙賽德都待在石穴的保護圈裡，寧可被困住而不是一命歸西。

「我相信那孩子沒事的，親愛的。」微風說道，終於回應奧瑞安妮。「他沒回來大概是因爲擔心會把我們牽連入他今晚做的事情裡。」

「要不然就是他溜不過外面守衛的士兵。」沙賽德說道。

「老兄，他在我們全體注目的情況下溜入一間燃燒中的建築物。」微風說道。「我懷疑他會無法處理一群打手混混，況且現在天還黑了。」

奧瑞安妮搖搖頭。「如果他也能溜出那棟建築物，而不是在每個人面前從窗戶跳出來就更好了。」

「也許吧。可是當反抗軍英雄的其中一個特色——就是讓敵人知道你在做什麼。從燃燒建築物跳下，懷中還抱著一個孩子所能營造的效果是很有效的，而且還是在想要處決孩子的暴君面前這麼做？我沒想到親愛的鬼影這麼擅長戲劇化的表現。」

「我想他已經不小了。」沙賽德低聲說道。「我認爲我們太習慣忽略他。」

「習慣來自於行爲，親愛的老兄。」微風說道，朝沙賽德晃晃叉子。「我們對那小子不太注意是因爲他鮮少有重要的角色。這不是他的錯，他只是太年輕。」

「紋也很年輕。」沙賽德評論。

「你得承認，紋是特殊案例。」

沙賽德無法反駁這點。

「無論如何，從事實的角度看來，這次發生的事情並不意外。鬼影有好一段時間讓鄔都的地下組織認識他，而且他是倖存者集團的成員之一，他們會找他去救人也是理所當然的，一如凱西爾拯救了陸沙德。」微風說道。

「我們忘記了一件事，微風大人。」沙賽德說道。「他從兩層樓高的屋頂跳下落在石板地上，普通人不會這樣跳，卻沒有斷腿。」

微風想了想。「你覺得有可能作假嗎？也許他搭建了某種落地平台，減弱他的墜勢？」

沙賽德搖搖頭。「我認爲不能認定鬼影可以規劃、執行這樣的拯救行動。這麼一來，他會需要地下組織的協助，因此而影響整體效果。如果他們知道他的存活是個詭計，那我們不會聽說過這麼多關於他的傳言。」

「那怎麼樣呢？」微風問道，瞥向奧瑞安妮。「你不是要說鬼影其實一直以來都是迷霧之子吧？」

「我不知道。」沙賽德柔聲說道。

微風搖頭輕笑。「我懷疑他能遮掩著這件事不讓我們知道，老兄。他必須要歷經推翻統御主還有陸沙德的淪陷，卻沒有被發現他擁有錫眼以外的能力?!我拒絕接受這點。」

還是你拒絕接受你會無法發現事實？沙賽德心想。可是，微風的話也有道理。沙賽德從鬼影小時候就認得他。那男孩小時候笨拙且害羞，但他不會騙人。想像他隱藏從一開始就是迷霧之子的事，實在太誇張。

可是，沙賽德看到他的墜落。他看到他跳躍的優雅——只有燃燒白鑞的人才能有的特殊姿態與天生靈敏。沙賽德發現自己很希望他的紅銅意識就在手邊，好讓他能尋找有人突然出現鎔金術力量的案例。究竟是否有可能一個人出生時是迷霧人，之後又變成了迷霧之子？

這件事跟他身為大使的身分其實很有關連，也不是什麼大事，也許他可以花一點點時間在儲存記憶中搜尋，找一下是否有範例……

他打住自己的思緒。別傻了，他心想。你只是找藉口。你知道鎔金術師不可能取得新能力。你找不到任何範例，因為沒有範例。

他不需要去金屬意識找尋。他將金屬意識擺在一旁不使用是有原因的，除非他能分辨事實與謊言，否則他當不了守護者，無法分享他蒐集的知識。

我最近太常讓自己分神了，他堅定地想，站起身，離開眾人，走到他在密室裡的「房間」，垂掛的簾子將其他人阻隔在他的視線之外。他的文件夾放在他的桌子上，而放在角落一櫃子的罐頭邊的，則是他滿袋的金屬意識。

不，沙賽德心想。我答應過自己，我會守住承諾。我不會允許自己成爲僞善的人，只因爲有新的宗教出現向我招手。我要堅強。

他坐在桌子邊，打開文件夾，抽出下一張紙。上面列出奈拉禪人的信條，他們崇拜的神明叫做特雷。沙賽德向來偏好這個宗教，因爲它專注於研究跟學習數學跟天象。他將它刻意擺在後面，主要是因爲擔憂而非其他原因。他希望延後他明知會發生的結果。

果不其然，他一開始閱讀關於這個宗教的事情，就看到教義中的漏洞。的確，奈拉禪人對天文有很深的理解，但他們對生死學的教誨相當地模稜兩可，幾乎是好笑的地步。他們特別強調，這方面的教義故意保持模糊，是爲了讓所有人能自己發現眞相。讀到這點只讓沙賽德覺得心煩氣躁。沒有答案的宗教有什麼用？如果一半問題的答案都是「去問特雷，他就會回答」，那還有什麼好相信的？

他並沒有立刻就捨棄這個宗教。他強迫自己把它先放在一旁，承認現在沒有研究的心情。其實他覺得自己做什麼都沒有心情。

如果鬼影眞的成爲迷霧之子，怎麼辦？他不禁揣想，思緒被拉去先前的對話上。這似乎是不可能的事情。可是有很多關於鎔金術的理解——例如只有十種金屬——後來都證實是統御主的謊言，謊言的存在只爲了隱藏更大的祕密。

也許有可能讓鎔金術師自發性地出現新的能力。或者，鬼影能夠跳下這麼遠的距離，其實只是很普通的原因。可能跟讓鬼影的眼睛如此敏感的原因有關。也許是藥品？

無論如何，沙賽德對眼前事態發展的擔憂已讓他無法好好專注於研究奈拉禪宗教。他一直覺得有很重要的事情在發生，而鬼影正處於事件的核心。

那孩子到底去哪裡了？

「我知道妳爲何這麼憂傷。」鬼影說道。

貝爾黛轉身，臉上滿是震驚。她一開始沒看到他。一定是他躲在迷霧陰影中太深的地方，但他越發難以辨別這點。

他向前一步，跨越公民宅邸外曾經是花園的平地。「我明白了。」鬼影說道。「一開始我以爲是跟這花園有關。這裡一定曾經美麗過——在妳哥哥命令剷平所有花園前，妳一定看過這裡原本的樣貌。妳跟貴族有血統關係，可能曾經在他們身邊生活過。」

她看起來一臉訝異。

「我知道，」鬼影說道。「妳哥哥是鎔金術師。他是射幣。那天在市集溝中，我感覺到他的鋼推。」

她維持沉默，面容比花園原本可能的任何樣貌都更嬌豔，但往後退了一步，直到終於在迷霧中與他四目對望。

「最後，我決定我錯了。無論多美，不可能有人因爲單單一個花園就哀悼如此長久的時間。在那之後，我以爲妳的哀傷必定是來自於被拒絕參與哥哥的會議。他每次與重要的幕僚會面，都叫妳到花園裡來。我知道在重要人士間感覺自己沒有用處，而且被排擠是什麼樣的感受。」

他又上前一步，粗糙的泥土在他腳下有宛若撕裂的痕跡，上面覆蓋整整一吋厚的灰燼，還有曾經是沃土的乾涸殘漬。在他右方是貝爾黛經常凝視的唯一樹叢。他沒有看它，而是凝視著她。

「我錯了。」他說道。「被禁止參加妳哥哥的會議會讓妳心煩意亂，但不是如此的痛苦。不是如此的懊悔。我現在知道這份哀傷從何而來。今天下午，我第一次殺了人。我幫助推翻最後帝國，也協助重建帝國，但我從來沒有殺過人。直到今天。」

他安靜下來，凝望著她的雙眼。「是的。我明白這種哀傷。我想要瞭解的是，妳爲什麼會有這樣的感覺。」

她別過頭。「你不該在這裡。」她說道。「附近有守衛在監視——」

「不。」鬼影說道。「現在沒有了。魁利恩派了太多人進入城市，他害怕會發生暴動，就像陸沙德那樣，就像他奪權時引起的行動那樣。他應該害怕，但是不該讓自己的皇宮如此缺乏警戒。」

「殺了他。」凱西爾低語。「魁利恩在裡面，這是完美的機會。他活該，你知道他活該。」

不，鬼影心想。不是今天。不會在她面前。

貝爾黛瞥向他，眼神冷硬。「你來做什麼？來嘲笑我的嗎？」

「來告訴妳，我瞭解妳的感受。」鬼影說道。

「你怎麼能這麼說？」她說道。「你不瞭解我，你不認得我。」

「我認爲我懂。」鬼影說道。「我看見妳今天看著那些人被送去行刑時的眼神。妳感覺十分罪惡，爲妳哥哥的殺戮感覺罪惡，妳會哀傷是因爲妳覺得妳該阻止他。」他上前一步。「妳辦不到，貝爾黛。他被權力腐化了。也許他曾經是好人，但如今已經不是了。妳知道他在做什麼嗎？妳哥哥殺人是爲了得到鎔金術師。他逮捕他們，然後威脅要殺死他們的家人，除非他們照他說的去做。這些是好人該有的所做所爲嗎？」

「你是個思想單純的笨蛋。」貝爾黛低語，不肯看他的眼睛。

「我知道。」鬼影說道。「死幾個人換得王國的平衡，又算得了什麼呢？」他暫停片刻，搖搖頭。「但他在屠殺孩子，貝爾黛，而且這種行爲不過只爲了遮掩他蒐集鎔金術師的事實。」

貝爾黛沉默片刻。「你走。」她終於說道。

「我要妳跟我走。」

她抬起頭。

「我要推翻妳的哥哥。」鬼影說道。「我是倖存者集團的成員之一。我們推翻了統御主，魁利恩根本算不了什麼。他垮台時，妳不必在這裡。」

貝爾黛輕蔑地哼了一聲。

「這與妳的安危無關。」鬼影說道。「如果妳加入我們，會對妳哥哥造成重大打擊。也許這麼一來能說服他明白，他是錯的，這種做法會更平和。」

「我數到三就會開始尖叫。」貝爾黛說道。

「我不怕妳的侍衛。」鬼影說道。

「我不懷疑這點。」貝爾黛說道。「可是如果他們出現，你又得殺人。」

鬼影遲疑了，可是他卻沒有走，認爲她在虛張聲勢。

於是，她開始尖叫。

「去殺他！」凱西爾的聲音壓過她的尖叫。*「趁現在還來得及，快去！你殺死的那些侍衛，他們只是聽從命令而已。魁利恩才是眞正的惡魔！」*

鬼影煩躁地一咬牙，終於跑走，離開貝爾黛跟她的尖叫，留下魁利恩的一條命。

只有現在。

戒指、別針、耳環、手環，還有其他金屬如傳說中的寶藏在桌上閃爍。當然，大部分的金屬都很普通。鐵、鋼、錫、紅銅。沒有金或天金。

對於藏金術師而言，這些金屬的價值遠超過於其經濟價值，它們是電池，可以被反覆填滿的儲存庫，以供日後使用。舉例而言，白鑞的飾品可以塡滿力氣。要裝滿它會讓藏金術師暫時耗光力氣，讓他虛弱到連完成最簡單的動作都很困難，可是相當値得，因爲在必要時，他可以使用這股力量。

大多數躺在沙賽德面前的金屬意識都是空的。沙賽德上一次使用它們是在一年多前的慘烈戰役上，當時以陸沙德的淪陷做爲完結，之後又獲得光復。那場戰役讓他在不止一個方面耗盡了力氣與心神。這十枚戒指排在桌子的一邊，差點被用來殺了他。沼澤把它們當成錢幣一般射向沙賽德，刺穿他的皮膚，但卻因此讓沙賽德可以汲取它們的力量來治癒自己。

在整組金屬飾品的正中央是最重要的金屬意識。四組護腕，可以卡在前臂或上臂。光潔明亮，以最純粹的紅銅所製成。這是最大的金屬意識，容量也最大。紅銅可以呈載記憶。藏金術師可以將腦海中清晰的影像、思想、聲音等儲存起來。一旦進入金屬中，就再也不會解構或改變，與記在腦子裡的記憶不同。

當沙賽德年輕時，一名年長的藏金術師唸出了他的整個紅銅意識內容，沙賽德於是將這些知識儲存在自己的紅銅意識中，包含了該位守護者的所有知識。統御主很努力壓抑人民對過去的記憶，但守護者們收集記憶——關於在灰燼來臨、太陽變紅之前，世界是什麼樣子的故事。守護者們記憶了地方與王國的名字，蒐集失去的智慧。

然後，它們記憶了統御主禁止的宗教。那是他最努力毀滅的東西，所以是守護者們最努力要拯救的記憶。守護者將它們收入金屬意識，希望有一天能夠再次散播它們。最重要的是，守護者們在搜尋一件事——他們自己宗教的知識。泰瑞司人民的信仰在統御主昇華之後的毀滅混亂中全部被忘記了，即使經過數世紀的努力，守護者們仍然無法找回他們最寶貴的知識。

如果我們眞的找到了，不知道會發生什麼事，沙賽德心想，拾起一個鋼意識，開始靜靜地擦拭。*可能什麼都不會發生*。他暫時放棄研讀文件夾的工作，感覺太沮喪，無法繼續。

他的文件夾裡還剩下五十個宗教。他爲什麼要欺騙自己，希望能在剩下的五十個中找到先前兩百五十個宗教中找不到的事實？這些宗教都無法歷經歲月的考驗，他不是就該放棄嗎？守護者的工作中，尋找宗教似乎是最無用的一種，他們努力要記憶人類的信仰，但這些信仰卻早就已經被證實缺乏存活的彈性。爲什麼還要讓它們復活？那就像是讓生病的動物好起來，只爲了讓牠再被獵食一樣。

他繼續擦拭，從眼角看到微風正在注視他。安撫者來到了沙賽德的「房間」，抱怨他睡不著，因爲鬼影還在外面沒回來。沙賽德聽了只點點頭，卻仍舊繼續擦拭。他不想與人交談，只想獨處。

很不幸的是，微風走了過來，站在他身邊。「有時候我不瞭解你，沙賽德。」微風說道。

「我沒有刻意要裝神祕，微風大人。」沙賽德說道，開始擦拭一枚青銅小戒指。

「你爲什麼這麼仔細地照顧它們？」微風問道。「你再也不戴它們了，甚至似乎是鄙棄它們。」

「我沒有鄙棄金屬意識，微風大人。某種程度而言，它們是我人生中，唯一僅剩的神聖事物。」

「可是你也不配戴它們。」

沙賽德繼續擦拭。「沒錯。」

「爲什麼？」微風問道。「你眞的以爲她會要你這樣？她也是守護者，你眞的認爲她會想要你放棄金屬意識嗎？」

「我的這個習慣與廷朵無關。」

「哦？」微風問道，嘆口氣，坐在桌邊。「什麼意思？說實話，沙賽德，你讓我非常迷惘。我瞭解人，但不瞭解你，這件事讓我很介意。」

「在統御主死後，你知道我花時間在什麼事情上嗎？」沙賽德放下戒指說道。

「教學。」微風說道。「你離開我們，去將失去的記憶傳遞給最後帝國的人民。」

「我跟你說過教學的過程如何嗎？」

微風搖搖頭。

「很糟糕。」沙賽德拾起另一只戒指說道。「那些人根本不在乎，他們對於過去的宗教完全沒興趣。他們何必要感興趣？爲什麼要崇拜以前的人信仰的東西呢？」

「人總是對過去有興趣的，沙賽德。」

「也許有興趣。」沙賽德說道。「可是興趣不是信仰。這些金屬意識屬於博物館跟老圖書館，對現代人的用處不大。在統御主的統治下，我們這些守護者假裝我們在進行重要的工作，我們相信我們在進行重要的工作。可是，到了最後，我們做的一切都沒有眞正的意義。紋不需要這些知識就能殺死統御主。

「我可能是最後的守護者。這些金屬意識中的思想會隨我一起死去。有時候，我無法懊悔這點。這不是個學者跟哲人的時代。學者跟哲人餵不飽飢餓的孩童。」

「所以你再也不戴它們了？」微風說道。「因爲你認爲它們沒有用？」

「不只如此。」沙賽德說道。「配戴這些金屬意識對我而言，像是某種形式的假裝。我會假裝我在其中能找到有用的事物，而我還沒確定我是否找得到。現在配戴它們，感覺像是背叛我的信念。我將它們放在一旁，是因爲我無法妥善地使用它們，我只是沒有辦法像之前那樣相信蒐集知識與宗教比採取行動更重要。也許，守護者們選擇戰鬥而不是記憶，統御主好幾個世紀前就已經被推翻了。」

「可是你反抗了，沙賽德。」微風說道。「你戰鬥了。」

「我已經不只代表我自己了，微風大人。」沙賽德柔聲說道。「我代表所有的守護者，因爲我似乎是最後一個。身爲最後一個，我卻不相信我曾經教導的事物。我不能昧著良心，認爲自己是過去那樣的守護者。」

微風嘆口氣，搖搖頭。「你的話聽起來很沒道理。」

「我覺得很合理。」

「不。我覺得你只是一時迷惘。也許你不覺得這是個適合學者的世界，親愛的朋友，但我想你會發現你是錯的。我覺得，我們如今正在也許是一切的盡頭的黑暗中受苦，最需要的，就是知識。」

「爲什麼？」沙賽德問道。「教一名瀕死之人去相信我自己不信的宗教？去講述某個神的存在，而我知道並沒有這種存在？」

微風向前傾身。「你眞的如此相信？相信沒有人在守護我們？」

沙賽德靜靜地坐著，減緩擦拭的速度。「我還不確定。」良久後，他終於開口。「有時候，我想要找到一些眞相，可是直到今天，這份希望對我而言似乎還非常遙遠。大地陷入了黑暗，微風，我不確定我們能阻止它。我不確定我想要阻止它。」

這番話讓微風露出困擾的表情。他開口，但在他能回答之前，一陣顫抖竄過石穴，桌上的戒指跟護腕互撞、敲擊，整個房間都在晃動，有些食物落下，發出敲擊聲，不過因爲葛拉道隊長的手下已經將大部分食物從櫃子放到地上以因應不定時發生的地震，所以被搖下的數量並不多。

終於，搖晃停止。微風一臉蒼白地坐著，抬頭望向石穴的屋頂。「沙賽德，我得說，每次地震時，我都會想到躲在洞穴裡是否明智。我不覺得這是地震時最適合躲藏的地方。」

「我們現在沒什麼選擇。」沙賽德說。

「的確如此。不過……你覺不覺得，地震越來越頻繁了？」

「有的。」沙賽德說道，從地上拾起幾只掉落的手環。「的確是。」

「也許……這一區比較容易地震。」微風說道，不過聽起來連自己也不信。他轉身，看著葛拉道隊長繞過一個櫃子，朝他們跑來。

「啊，你來看我們啦。」微風說道。「我們還活得好好的，沒被地震影響到，不用這麼趕啊，親愛的隊長。」

「不是的。」葛拉道隊長微微輕喘道。「是鬼影大人。他回來了。」

沙賽德和微風交換一個眼神，然後站起身，跟著葛拉道來到石穴前方，發現鬼影走下台階，雙眼不再覆蓋，沙賽德看到年輕人的表情出現前所未有的冷硬。

我們眞的不夠注意這年輕人。

士兵們紛紛後退。鬼影的衣服上有血，但看起來不像受了傷。他的披風有幾處被燒焦，最下襬被燒得破爛。

「很好，你們都在。」鬼影注意到微風跟沙賽德後說道。「地震有造成損害嗎？」

「鬼影？」微風說道。「我們這裡都好，沒有損害，可是……」

「我們沒時間閒聊，微風。」鬼影走過他們身邊。「泛圖爾皇帝想要得到鄔都，我們會將鄔都交給他。我需要你開始在城市裡散播謠言——這應該很簡單，因爲地下集團的一些重要人物都已經知道眞相。」

「什麼眞相？」微風跟沙賽德一起跟著鬼影進入石穴。

「魁利恩使用鎔金術師。」鬼影說道，聲音在石穴中迴蕩。「我確認了之前我懷疑的事情，魁利恩從被他逮捕的人中招募迷霧人。他從自己放的火中把他們救出來，然後以他們的親人做要脅。他仰賴他宣稱所有人都該反對的東西，因此，他的統治基礎完全是個謊言，只要揭露這個謊言，他就會完全崩塌。」

「這實在是太好了，我們絕對可以辦得到……」微風說道，再次瞥向鬼影。鬼影繼續前進，沙賽德跟在身後，隨著他一同穿過石穴。微風走開，應該是要去找奧瑞安妮。

鬼影停在湖邊，站在那裡片刻，轉身面向沙賽德。「你說你一直在研究讓水從運河改道流到這裡的器械。」

「是的。」沙賽德說道。

「那麼，有辦法逆轉過程嗎？」鬼影問道。「讓水再次淹沒街道？」

「有可能。」沙賽德說道。「但我不確定我有足夠的工程經驗來達成這件事。」

「你的金屬意識中有可以協助的知識嗎？」鬼影問道。

「這個嘛……有的。」

「那就用吧。」鬼影說道。

沙賽德一陣遲疑，表情不安。

「沙賽德，我們沒有多少時間了。」鬼影說道。「我們必須趁魁利恩決定要攻擊與摧毀我們之前奪取這個城市。微風會散播謠言，我會找到方法在眾人面前揭露他的真面目——他本身就是鎔金術師。」

「這樣就夠了嗎？」

「如果我們給他們另外一個可以追隨的人就夠。」鬼影說道，轉過身去看著水面。

「一個可以從火中存活，可以將水帶回街道的人，我們會給他們奇蹟跟英雄，然後把他們的領導者披露成僞善者跟暴君，面對這樣的事實，你會怎麼做？」

沙賽德沒有立刻回應。鬼影說得有道理，甚至說出沙賽德的金屬意識仍然很有用，但沙賽德對於年輕人的改變則不是這麼確定。鬼影似乎是變得更有能力，但是……

「鬼影。」沙賽德說道，上前一步，聲音很低，不讓後面的士兵聽到。「你有什麼事情沒告訴我們？你從高樓跳下怎麼會沒事？你爲什麼用布遮蓋眼睛？」

「我……」鬼影遲疑，原本那個沒安全感的男孩微微重新出現。不知爲何，看到這點讓沙賽德較爲安心。「我不知道我該怎麼解釋，阿沙。」鬼影說道，一些僞裝開始消散。「我自己也還在想辦法瞭解。我有一天會解釋的。現在，你能信任我嗎？」

那孩子向來眞誠。沙賽德深深望入那對如此熱切的雙眼。

然後，他發現很重要的一件事。鬼影是眞心在乎。他在乎這座城市，在乎要推翻公民。他之前救了那些人，沙賽德跟微風卻只是站在外面看著。

鬼影在乎，沙賽德卻不在乎。沙賽德嘗試過，因爲他的憂鬱症讓自己很焦慮，而今晚的憂鬱甚至更勝以往。

他瞥向自己的房間，那裡有他的金屬意識。他已經很久沒用了，它們的知識誘惑著他。

只要我不宣揚它們其中的宗教，我就不是僞善的人。他心想。利用鬼影要求的這一項知識，至少會讓那些辛苦蒐集工程資訊的人的努力有點意義。

這似乎是很薄弱的藉口，但是有鬼影在領頭，同時又提出使用金屬意識的好理由，他覺得已足夠。

「好。」沙賽德說。「我會照你說的去做。」

滅絕的囚牢跟關人的不同。他不受鐵柵欄束縛，甚至能自由來去。

他的囚牢，是能力的喪失。在力量與神的領域中，這意謂著平衡。如果滅絕要施加強大的力量，他的囚牢也會增強，讓滅絕毫無能力，而因爲他大部分的力量被剝奪且隱藏，所以只能用最細微的方式去影響這個世界。

我應該在此打住，先澄清一件事。我們都說，滅絕從囚牢中被「釋放」，可是這個說法是有誤的。釋放井的力量將之前提到的平衡朝滅絕的方向傾倒，但是他仍然過於虛弱，無法照他所希望的，在一眨眼的瞬間摧毀這個世界。滅絕如此虛弱是因爲他的一部分力量——他的身體——被奪走、藏起。因此滅絕如此執著於找到被藏起來的自己。

47

依藍德站在迷霧中。

曾經他覺得迷霧讓人不安，那是未知的事物，某種神祕且具有敵意、屬於鎔金術師而非普通人的事物。

可是如今他自己也是鎔金術師。他抬頭看著盤旋、環繞的霧氣。空中的河流。他甚至覺得自己應該被這隱約的流動拉引。當他剛開始展現鎔金術力量時，紋向他解釋了凱西爾如今眾人皆知的名言。迷霧是我們的朋友。它們隱藏我們，保護我們，給我們力量。

依藍德繼續望著天空。紋已經被囚禁了三天。

我不該讓她去的，他再次心想，心在胸口糾結。我不該同意如此冒險的計謀。

向來都是紋在保護他。如今她身陷危險，他們該怎麼辦？依藍德覺得自己十分無能。如果情況相反，紋一定會能找到方法潛入城市，把他救出來。她會暗殺尤門，她會有所行動。

可是，依藍德沒有她那種獨特的衝動決心。他的本性太傾向策劃，太熟悉政治操作。他不能以身犯險去救她。他已經以身犯險過一次，而那次他是拿全軍的命運做爲賭注。他不能再次留下他們，讓自己陷入危險，尤其不能進入法德瑞斯，因爲尤門已經證明他是很傑出的陰謀家。

尤門沒有再送出任何訊息。依藍德認爲他會收到交換條件，並且無比害怕如果條件眞的被送來，他必須付出的代價。他能拿世界的命運來交換紋的性命嗎？不行。紋在昇華之井時面對了同樣的選擇，她做了正確的選項。依藍德必須追隨她的典範，必須堅定。

可是，光想到她被抓住的景象就讓他幾乎因爲憂懼而動彈不得，只有翻騰的迷霧能稍稍安慰他。

她會沒事的，他不只一次這麼告訴自己。*她是紋。她會想辦法逃出來。她會沒事的……*

在經歷畢生都覺得不安的迷霧之後，依藍德此刻居然會覺得迷霧是個令他安慰的存在，相當出人意料。紋已經無法再這樣看著它們，甚至憎恨它們，但依藍德不能眞的怪她，畢竟它們已經有所改變，帶來毀滅跟死亡。

可是，依藍德覺得自己無法不信任迷霧，因爲迷霧感覺是對的。它們怎麼會是他的敵人？它們在他燃燒金屬時會在他身邊微微盤旋、環繞，就像是葉子在戲謔的風中舞動一般。他站在原地，迷霧似乎安撫掉他對於紋被囚禁一事的焦慮，讓他有信心她會找到方法脫身。

他嘆氣，搖搖頭。他怎麼會覺得自己對於迷霧的直覺會比紋更正確？她的直覺是來自於畢生的掙扎。依藍德有什麼呢？畢生參與宴會與跳舞培養出的直覺嗎？

他的身後傳來聲音。有人走動的聲音。依藍德轉頭，看著兩名僕人抬著塞特跟他的轎椅。

「那該死的打手不在這裡吧？」僕人將塞特放下，他一面問道。

依藍德搖搖頭。塞特揮手讓僕人退下。「他不在。」依藍德說道。「他去檢視軍旅中的一些紛爭。」

「這次又發生什麼事了？」塞特問道。

「群架。」依藍德說道，別過頭，望著法德瑞斯城的守衛營火。

「士兵在騷動。」塞特說道。「他們其實有點像克羅司，太久不理他們，他們就會自己惹出麻煩。」

其實是克羅司像他們，依藍德心想。*我們應該早就看出來，牠們也是人——只是僅剩最原始情緒的人。*

塞特靜靜地在迷霧中坐了一會兒，依藍德繼續沉思。

終於，塞特開口，聲音出奇地溫和。「孩子，你就當她死了吧。你知道的。」

「不，我不知道。」依藍德說。

「她不是所向無敵。」塞特說道。「沒錯，她是他媽的厲害的鎔金術師，可是如果拿走了她的金屬……」

她會讓你出乎意料，塞特。

「你甚至看起來不擔心。」塞特說道。

「我當然擔心。」依藍德說道，越發確定。「我只是……信任她。如果有人能脫離險境，那人必定是紋。」

「你拒絕接受事實。」塞特說道。

「有可能。」依藍德承認。

「我們要攻擊嗎？」塞特問道。「去把她救回來？」

「這是圍城戰，塞特。」依藍德。「重點就是不要攻擊。」

「補給呢？」塞特問道。「德穆今天必須強迫士兵只能吃半糧。說不定在讓尤門投降前，我們自己不要餓死，就已經很好運了。」

「我們還有時間。」依藍德說道。

「不多。陸沙德叛亂之後，我們時間就不多了。」塞特沉默片刻後，繼續說道。「我的另一個劫掠隊今天回來了。他們回報了同樣的事情。」

跟其他人帶回來的消息一樣。依藍德授權塞特派出士兵到附近的村莊去驚嚇人民，也許劫掠一些補給品。可是，每支劫掠隊都空手而回，帶來同樣的故事。

尤門王國中的人民正在挨餓。村莊幾乎無法存活。士兵不忍心再傷害他們，況且也沒有什麼可以拿的。

依藍德轉向塞特。「你覺得我是很差勁的領導者，對不對？」

塞特抬起頭抓抓鬍子。「對。」他承認。「可是，但這個……依藍德，你身爲王，有一個我從來沒有的優點。」

「是什麼？」

塞特聳聳肩。「人民喜歡你。你的士兵信任你，他們知道你的心地太好。你對他們有很奇特的影響。這些小伙子應該很樂於搶奪村莊，即便是貧困的村莊，況且我們的人那麼緊繃，軍營裡不斷傳出打鬥事件，可是，他們卻沒有這麼做。他媽的，其中一隊甚至同情那些村民到多待了幾天幫助他們灌溉農地，修復了一些房屋！」

塞特嘆氣，搖搖頭。「幾年前，我會嘲笑任何選擇忠誠爲統治根基的人。可是，唉……在世界分崩離析的現在，我想甚至連我都寧可跟隨一個我信任，而非我害怕的人。也許這就是爲什麼士兵們會有如此行爲的原因。」

依藍德點點頭。

「我以爲圍城是好主意。」塞特說道。「可是，孩子，我想已經不會成功了。灰燼下得太大，我們又沒有補給品，整件事開始亂七八糟，我們需要攻擊，從法德瑞斯取得我們需要的東西，然後撤退回陸沙德，試圖撐過夏天，讓我們的人民能夠種植農作物。」

依藍德陷入沉默，轉過頭，看著一旁，聽到迷霧中還有別人。喊叫與咒罵聲。聲音很微弱，塞特應該聽不到。依藍德離開，趕忙朝聲響的出處前去，留下塞特在身後。

又打了起來，依藍德在走近一堆營火邊想道。他聽到喊叫、叫囂，還有打鬥的聲音。塞特說得沒錯。

無論心地好不好，我們的人太不安。我需要——

「立刻給我停手。」一個新的聲音喊道。在前方的黑暗迷霧中，依藍德可以看到身影在火光中移動。他認得這個聲音。德穆將軍到了。

依藍德放緩腳步。最好讓將軍來處理這個紛亂。被自己的軍事指揮官跟被自己的皇帝懲罰有很大的差別，如果是被德穆懲罰，士兵的感覺會好過一些。

可是打鬥沒有停止。

「停下來！」德穆再次大喊，加入鬥爭。幾名打架的人聽從他的話往後退，但其他人只是繼續打鬥。德穆擠入中間，伸手要將兩人拉開。

結果其中一人揍了他。直朝面門的一擊，讓德穆倒地。

依藍德咒罵，拋下一枚錢幣，鋼推飛向前，直落入火光之中，推出安撫壓制打鬥者的情緒。

「住手！」他大吼。

所有人都僵硬地停在原地，其中一名士兵站在倒地的德穆將軍身邊。

「發生了什麼事？」依藍德質問，憤怒不已。士兵們低下頭。「怎麼樣？」依藍德說道，轉向揍了德穆的人質問。

「對不起，陛下。」那人嘟囔。「我們只是……」

「說清楚，士兵。」依藍德指著他說道，將那人的情緒安撫掉，讓他乖順而溫和。

「陛下……」男子開口。「他們是被詛咒的人。都是因爲他們，紋貴女才會被抓走。他們總愛提倖存者跟他的祝福，但我覺得他們是不是太虛僞了？結果，當然他們的領袖會出現，要我們住手。我只是……唉，我只是很厭倦一直聽他們這樣說。」

依藍德憤怒地鎖眉。在此同時，軍隊的一群迷霧人，以哈姆爲首，擠過人群。哈姆迎向依藍德的雙眼，依藍德朝打鬥的人點點頭。哈姆很快地將他們聚集起來，準備處罰他們。依藍德走到旁邊，將德穆拉起，滿臉鬍子的將軍臉上的神色是震驚大於痛楚。

「對不起，陛下。」德穆低聲說道。「我早該預料到的……我早該準備好應對的。」

依藍德只是搖搖頭。兩人靜靜地看著眾人，直到哈姆來到他們的身邊，他的人將惹事份子們推開。其餘的人散去，回到原本的崗位。營火獨自在黑夜中燃燒，眾人紛紛躲避，彷彿是厄運的新象徵。

「我認識其中一些人。」哈姆來到德穆跟依藍德身邊，看著鬧事者被拉走。「迷霧病人。」

迷霧病人。都是像德穆那樣，因為迷霧而病了好幾個禮拜，而非一天的人。「這太可笑了！」依藍德說道。「他們只不過是病得久一點，又不代表他們被詛咒！」

「陛下，你不瞭解迷信這回事。」德穆說道，一邊搖頭，一邊撫著下巴。「那些人在找人責怪他們的厄運，而且……很容易可以明白他們為什麼覺得自己最近運氣不好。他們對任何因為迷霧而生病的人都很凶，只是對病最久的人最嚴厲。」

「我拒絕接受軍隊中有如此愚行。」依藍德說道。「哈姆，你看到其中一人攻擊德穆嗎？」

「他們打他？」哈姆訝異地問道。「他們的將軍？」

依藍德點頭。「我剛才跟他說話的壯漢。我想他的名字是布利。你知道該怎麼做。」

哈姆咒罵，別過頭。

德穆一臉不安。「也許我們能……把他關禁閉一類的。」

「不行。」依藍德咬緊牙關說道。「不行，我們必須恪守軍紀。如果他攻擊的是自己的隊長，也許我還能放過他，可是故意攻擊我的一名將軍？那個人必須被處決。紀律已經夠混亂了。」

哈姆不肯看他。「我需要打斷的另一場打鬥也是普通士兵對迷霧病人。」

依藍德煩躁地咬牙，可是德穆迎向他的雙眼。*你知道該怎麼辦*，他似乎這麼說道。

當王不是要做你想做的事，廷朵經常如此教導他。而是要做該做的事。

「德穆。」依藍德說道。「我想陸沙德的問題比我們的紀律問題更嚴重。潘洛德在尋求我們的支援。我要你帶領一群人，沿著運河跟信差康那德一起回去，幫助潘洛德重新控制城市。」

「是的，陛下。」德穆說道。「我該帶多少人？」

依藍德與他四目對望。「大概三百多人就夠了。」正是迷霧病人的人數。德穆點點頭，退入黑夜。

「阿依，你做得對。」哈姆柔聲說道。

「一點也不。」依藍德說道。「就像不該因一名士兵一時的判斷錯誤而處決他那樣，可是我們需要維持軍隊的團結。」

「也許吧。」哈姆說道。

依藍德轉身，抬頭看著迷霧。看著法德瑞斯城。「塞特說得對。」他終於說道。「我們不能只是坐在這裡，世界正在死亡。」

「那我們該怎麼辦？」哈姆問道。

依藍德遲疑了。是啊，該怎麼辦？退兵，留下紋，甚至是整個帝國去面對末日嗎？還是攻擊，然後造成數千人的死亡，成為他自己也害怕的征服者？難道沒有別的方法可以奪下城市嗎？

依藍德轉身，走入黑暗。他進入諾丹的帳棚，哈姆好奇地跟隨在後。當然，前聖務官還醒著。諾丹的作息時間與一般人不同。他看到依藍德進來便連忙站起，尊敬地鞠躬。

在桌上，依藍德找到他要的東西。他命令諾丹要做的事。地圖。軍隊動向。克羅司軍隊的位置。

尤門拒絕被我的軍隊威脅，依藍德心想。我倒要看看我能不能扭轉局勢。

一旦被「釋放」，滅絕就能更直接地影響世界，最明顯的方式就是讓灰山吐出更多灰燼，讓大地開始崩解。事實上，我相信滅絕大部分的能量在最後的那段日子中，都投注在這些事情上。

他也夠影響跟控制比原先更多的人。之前他只能影響幾個人，如今能指揮整個克羅司軍隊。

48

隨著在石穴中的日子過去，紋開始後悔打翻油燈。她試圖要把油燈找回，以盲目的手指搜尋，但燈油已經被打翻，她被鎖在黑暗中。

跟想要摧毀世界的東西在一起。

有時候她可以感覺到它在附近鼓動，沉默地觀看，彷彿是馬戲團中看得目不轉睛的觀眾；有時候它會消失，顯然牆壁對它沒有意義。它第一次消失時，她感覺到一陣安心，但就在片刻後，她在腦海中聽到瑞恩的聲音。我沒有離開妳，我一直在這裡。

這句話讓她全身發寒，有一瞬間她以為它能讀懂她的思緒，但她旋即確定自己在當下的想法是很容易被猜測的。回想一生，她認為不可能每次在腦海中聽到的瑞恩聲音都是滅絕，很多時候她會聽到瑞恩的話是因為她正想到某件事，而不是她在做的事情。滅絕無法讀人心思，因此那些話不可能來自於它。

滅絕對她說話的時間太久，所以很難分辨哪些是她自己的記憶，哪些是它的影響，但她必須信任統御主的保證——滅絕不會讀她的心思。其他的選擇就是放棄希望，而她不會這麼做。每次滅絕對她說話，都會對她透露它的本性。這些線索能讓她打敗它。

打敗它？紋心想，靠著石穴粗糙的石牆。這是自然的力量，不是人類。我怎麼能想要打敗這種東西？在持續的黑暗中很難判斷時間的流逝，但她從睡眠規律可以猜出，自她被關起來，已經過了三四天。

所有人都說統御主是神，紋提醒自己。我殺了他。

滅絕也曾經被囚禁，這表示它可以被打敗，至少被關起來，但要關起滅絕這種抽象的概念，或力量，是怎麼回事？它被囚禁時能對她說話，但它的話當時感覺沒有那麼強大，比較不……直接。滅絕比較像是影響，讓孩提時間的紋得到一些透過瑞恩的記憶所出現的印象。幾乎像是……影響她的情緒。這表示它使用鎔金術嗎？它的確因鎔金術力量而產生脈動。

詹聽見聲音，紋意識到。在他死之前，他似乎在跟什麼說話。她靠回牆邊，感覺一陣冰寒。詹是瘋子。也許他聽到的聲音跟滅絕之間沒有關連，但太過巧合。詹原本想要說服她跟他一起去尋找脈動的根源，那些脈動終究讓她解放了滅絕。

所以，滅絕無論離我多遠或是否被關起來，都可以影響我。現在它被釋放後能直接出現，這又引出另一個問題：它為什麼沒有把我們全部毀滅？為什麼要玩弄軍隊？

最後一個問題的答案似乎很明顯。她感覺到滅絕要毀滅一切的無盡意志。她感覺好像自己瞭解它的想法。一個想法。一個衝動。滅絕。所以，如果目標沒有達成，表示它目前仍然無能為力。它被阻撓了。被限制到必須以迂迴、漸進的方式進行摧毀——像是落灰與偷走光明的迷霧。

但這些方法終究會奏效，除非滅絕被阻止。可是要怎麼做？

它曾經被囚禁過……但是，是被什麼囚禁？她曾經以為囚禁滅絕的人是統御主，但不對。當統御主前往昇華之井時，滅絕已經被囚禁了。當時叫做拉刹克的統御主為了將所謂的世紀英雄殺死，跟艾蘭迪一起前往尋找昇華之井。拉刹克的目的是阻止艾蘭迪做出紋後來做出的事情：意外地釋放滅絕。

諷刺的是，讓拉刹克這麼自私的人得到力量卻是比較好的事。一個自私的人會因爲私心而留下力量，而不是放棄，進而釋放滅絕。

然而滅絕在艾蘭迪的征途展開前便已被囚禁。意思是，深闇，或是迷霧，跟滅絕無關，又或者這個關係不是她以爲的那麼簡單。釋放滅絕不是讓迷霧在白天出現殺人的原因，事實上，白天的迷霧早在她解放滅絕前一年就出現了，在紋找到井之前的幾個小時就開始殺人。

所以……我到底知道什麼？滅絕很久以前就被囚禁，被某個我可以找到、重新利用的東西囚禁？

她站起身。一直坐著思考讓她不安，於是她開始走路，一路摸著牆壁前進。

在她被囚禁的第一天起，便以觸覺開始探索石穴，這裡面跟其他的石穴一樣大，過程花了她幾天，但是沒有別的事好做。這裡跟鄔都的密室不一樣，沒有水池或水源，在紋的探索過程中，她發現尤門將儲水都移走了，因爲儲水的位置應該是在右上角，但如今那裡一無所有。他留下了罐頭食物跟其他補給品，石穴大到他應該很難搬走所有東西，更遑論找到別的儲藏地點，但他把水都帶走了。

這讓紋有了麻煩。她一路摸著牆，找到她放置一罐被打開的燉肉的地方。即使有白鑞跟石頭，她也花了好久才打開罐頭。尤門很聰明地移除所有她能用來打開食物罐的器具，而紋只剩一瓶白鑞。她第一天就打開了十罐食物，燃燒掉體內的白鑞。可是這些食物已經快被吃完，同時她感覺飲水的需要——燉肉對解決她的口渴沒有多少幫助。

她拿起那罐燉肉，小心翼翼地只吃了一口。幾乎要吃完了。燉肉的味道提醒她跟口渴一同升起的飢餓感。她將這感覺推開。她的整個童年都在對抗飢餓，即使已經多年沒有這種感覺，它仍然不是什麼新玩意兒。

她繼續往前走，手摸著牆壁邊緣，維持自己的方向。用這種方法殺死迷霧之子眞的很聰明，尤門打不敗她，卻因此困住她。如今，他可以等她因脫水而死。簡單，有效。

也許滅絕也對尤門說話，她心想。我的囚禁可以是滅絕的一部分計畫。

無論那是什麼計畫。

爲什麼滅絕挑中她？爲什麼不帶別人去昇華之井？某個更容易控制的人？她可以瞭解多年前滅絕爲何挑選艾蘭迪。在艾蘭迪的時代，井被封閉在高山上。那會是很困難的路程，滅絕需要合適的人來執行計畫、存活過這樣的旅程。

可是，在紋的時代，井不知如何已經被移到陸沙德，或者該說，陸沙德是被建造在井的上方。無論如何，它就在那裡，在統御主皇宮的正下方。滅絕爲什麼等了這麼久才解放自己？在它能挑的所有人中，爲何挑中紋？

她搖搖頭，來到了目的地——整個石穴中唯一引起她興趣的地方。牆上的金屬板。她舉起手，摸過光滑的鋼鐵。她向來不擅長閱讀，而過去一年都花在戰爭跟旅行中，也沒有多少時間增進她的能力，因此她花了些時間慢慢地摸著每一道刻在金屬板上的痕跡，才瞭解上面寫了什麼。

沒有地圖，至少不像先前儲藏窟中有的地圖，只有一個簡單的圓，中間有一個點。紋不確定那是什麼意思。文字也讓人很摸不著頭腦。紋摸過凹槽，雖然她早就記住上面說的話。

我很抱歉。

我規劃了這些石穴，知道有災難要降臨，希望能找到某個祕密，希望如果我因爲那怪物的計謀而死，至少能幫助你。可是，我什麼都沒有。我不知道該如何打敗它。我能想到的唯一方法，就是當昇華之井的力量返回時，再將之佔爲己有。

可是，如果你閱讀了這段文字，那就是我失敗了。意思是我死了。我寫著這句話時，發現這個想法沒有我之前以為的那麼悲慘。我寧願不要面對那東西。它一直是我的同伴，經常對我低語，告訴我要去摧毀，渴求我釋放它。

我擔心它腐敗了我思緒。它無法感覺到我的想法，卻能在我的腦中說話。如此持續八百年之後，我很難再相信自己的想法。有時候，我會聽到聲音，並且直接認為我瘋了。

我寧可如此。

我知道這些話必須被刻在鋼板上，才能被保留。我寫在一張鐵紙上，然後命令它們被刻入鋼板，我知道這麼做的同時，也將弱點暴露在自己的祭司眼前。那東西一直對我低語說我寫下這些，讓別人看到我的弱點，是個笨蛋。

這就是為什麼我決定要繼續完成這塊金屬板的製作。這麼做似乎讓那東西很生氣。我想，這個理由已足夠。我的幾個忠誠祭司知道我的弱點也好，就算只是為了帝國也好，以防我因為某個原因而退位的那天來臨。

我試圖想當個好的統治者。一開始，我太年輕，太憤怒，我犯了錯。可是，我很努力。我幾乎因為我的驕傲而摧毀世界，但我擔心在我的統治之下又幾乎再次摧毀它。我可以做得更好。我會做得更好。我會創造出有秩序的大地。

可是，我腦海中的念頭讓我想到，我到底做了多少事情讓我原本的意圖被扭曲？有時候，我的帝國似乎是平靜與公平的地方，可是若真如此，我為什麼沒有辦法阻止革命？他們無法打敗我，每次他們反叛時，我就必須要命人殲滅他們。難道他們看不出我的制度的完美嗎？

無論如何，這不是自我辯解的地方。我不需要辯解，因為在某種程度上，我就是神。可是，我知道有比我更偉大的存在。如果我會被毀滅，它將會是推手。

我沒有什麼建議可給。它比我更強大。它比世界更強大。它宣稱創造了這個世界。它早晚會摧毀我們所有人。

也許這些存糧能讓人類活得更久。也許不行。我已經死了，我不覺得我會在意。

但是，我還是在意。因爲你們是我的子民。我是世紀英雄。世紀英雄必定是這個意思：跟我一樣，伴隨著歲月而存活下來的人。

你要知道，這東西的力量不完整。幸好，我將它的身體藏得很好。

這就是結語，紋煩躁地敲著板。上面的每句話似乎都是爲了要讓她煩躁。統御主帶他們繞了這麼大一圈，在最後，卻沒有任何希望？依藍德把一切都賭在這塊板上，但它卻幾乎沒有價值，至少其他塊都談到新金屬之類的有用資訊。

我很抱歉。努力了這麼久，卻發現統御主跟他們一樣毫無頭緒，實在令人煩躁，幾乎要摧毀她的意志。而如果他知道更多資訊——根據他的用詞看來，似乎眞是如此——那爲什麼不在金屬板上與人分享呢？可是這些話語也讓她感覺到他的不穩定——他在懊悔與驕傲之間的來回擺蕩。也許那是滅絕對他的影響，或者他向來如此。無論如何，紋猜想統御主不可能跟她說更多有用的事。他已經盡力而爲，阻撓了滅絕一千年。這麼做讓他腐敗，也許甚至逼瘋了他。

但她無法停止對板上的內容感到失望。統御主有一千年可以擔憂萬一他在力量回到井之前被殺死的話，這片大地會發生什麼事？然而即便是他，也想不出解決這個問題的方法。

她抬頭看著金屬板，雖然在黑暗中，什麼也看不到。

一定有辦法！她心想，拒絕接受統御主暗示他們必死無疑。你在最後寫了什麼？「我將它的身體藏得很好」。

這部分似乎很重要，可是，她沒有辦法——

黑暗中傳來聲響。

紋立刻轉身，全身緊繃，摸著她最後一瓶金屬。靠近滅絕讓她非常緊張，她發現自己因爲焦慮而心跳加速，聽著迴蕩的聲音，是石頭互相磨擦的聲音。

石穴的門開啓。

有人可能會問，爲什麼滅絕不用審判者將他從囚牢中釋放？答案很簡單，只要瞭解力量的運作方法爲何便知。

在統御主死前，他太用力地抓著他們，不讓滅絕有直接影響的機會。即使在統御主死後，滅絕的僕人仍然絕對無法救他——因爲井裡的力量屬於存留所有，審判者必須先移除血金術尖刺才能取得力量，而這當然會殺死他們。

因此，滅絕需要更迂迴的方式才能達成他的目的。他需要沒有玷污太多，卻又能被他仔細的操弄耍得團團轉，再領到那裡的人。

49

沙賽德在圖表上做了一個小小的注記，比較水道的尺寸。從他能見的範圍來看，統御主沒有耗費多少力氣就創造了一個地底湖。原本就有水流入石穴，統御主的工程師只是將通道加寬，引入比自然滲流更穩定、固定的水流。

結果形成了一個很大的濾水器。他確認旁邊有個洞穴裡的機械是塡塞池底出口的方法，讓水槽不至於漏水，以免入水供給出了問題。不幸的是，目前沒有辦法阻斷水源。

在統御主創造蓄水池之前，只有少量的水留入石穴，其餘則是流入現今的街道，塡滿運河，因此沙賽德認爲，如果能阻止水流入洞穴，就能重新將運河塡滿。

我需要對水壓有更進一步的瞭解，提供足夠的重量來塡住這些入水口，沙賽德心想。他認爲在金屬意識中有看過一本關於此方面的書籍。

他靠回椅子，輕敲著汲取金屬意識。取出了一段文字，記憶在他腦海中湧現：這是他列出所有藏書的目錄。他一將文本取出，所有字句立刻清晰得宛如他才剛剛閱讀、記憶過。他瀏覽過清單，很快找到他需要的書名。他將之寫在一張紙上，然後將清單放回他的紅銅意識。

這個經驗很奇怪。在收回清單後，他可以記得曾經汲取過這個資料，但對於目錄中的內容完全一無所知。他的意識中只剩一片空白，只有寫在紙上的文字解釋了他數秒鐘前徹底知道的事情。有了書名，他就可以將整本書帶入腦海中。他挑選了想要的章節，將其他的塞回紅銅意識，以免開始消散殘缺。

有了這些章節，他對於工程的知識清晰得彷彿他剛剛研讀過整本書，很輕易便能算出需要將水引導回街道的正確槓桿與重量。

他獨自工作，坐在一張偷來的精緻書桌前，一盞燈點亮周圍的石穴。即使紅銅意識提供了他許多知識，這個工作仍然困難，有許多數學需要計算，不是他擅長的，幸好守護者的紅銅意識不限於他自己的興趣。每個守護者都存有所有的知識。沙賽德隱約記得他花在聆聽與記憶上的時間，他只需要對這些資訊熟悉到能記得短短一段時間，就能將知識塞入紅銅意識中。如此一來，他便同時是世界上最睿智也最無知的人，因爲他記得許多，卻刻意全部忘記。

即使如此，他依然能夠取得關於工程以及宗教的文字，知道這些事情無法讓他成爲優秀的數學家或建築師，但讓他有足夠的能耐遠勝於一般的普通人。

他一面工作，一面發現自己很難否認他的確擅長於學術研究。他不是領導者。不是大使。即使他是依藍德的首席大使，仍花了大多數時間在研究宗教。因此，當他應該要領導鄔都的團隊時，他發現自己更常讓鬼影做決策。

沙賽德是埋首研究跟撰寫的人。他在研究中找到滿足。即使工程不是他特別喜歡的領域，但事實是，他寧可研究——無論是什麼主題——而不願意做別的事情。*難道身爲願意爲其他人提供資訊，而非使用資訊的人，有這麼可恥嗎？*

木杖在地上的敲擊宣告微風的到來。安撫者並不需要木杖扶持行走，他只是喜歡拿著，好讓自己看起來更紳士。在沙賽德認得的所有司卡盜賊中，微風是最擅長模仿貴族的一個。

沙賽德很快記下幾筆資料，然後將水壓的章節放回紅銅意識。沒必要在跟微風說話的同時讓它們衰壞，因爲，微風當然會想來找他講話。果不其然，微風一在沙賽德的桌邊坐下便開始瀏覽圖表，挑起眉毛。「你進行得很不錯嘛，老兄，說不定你入錯行了。」

沙賽德微笑。「你太客氣了，微風大人，我想眞正的工程師看到這圖表應該會覺得不堪入目吧。不過，目前應該堪用。」

「你眞的認爲你辦得到？」微風問道。「像那小子要求的那樣，讓水流回去？這有可能嗎？」

「絕對有可能。」沙賽德說道。「問題主要是在我的能力，而非此事是否有可能辦到。水曾經充滿這些運河，自然也可以流回去，而且我相信，流回去的過程會比原本消失的過程更爲壯觀。之前已經有許多水被引入這些洞穴中，我應該能夠塡補大部分的水道，將水全部引回，當然，如果鬼影大人想要保持運河的流動，那我們得讓一些水再滲下來。運河通常沒有太大的水流，尤其是有許多水閘門的區域。」

微風挑起一邊眉毛。

「事實上，運河比你想得要更有意思。舉例來說，將自然河川改成運河的過程，讓它成爲一條航道，或是研究如何將河底的淤泥和灰燼移除的挖泥法。我有一本書，是惡名昭彰的法德雷大人所著。雖然他的名聲很糟，但他在運河建築方面眞是天才。我居然得要……」沙賽德突然打住，不好意思地微笑。「眞抱歉，你對這件事沒有興趣，對不對？」

「是沒有。」微風說道。「可是你有就可以了，沙賽德，能再看到你因爲研究而興奮不已眞好。我不知道你之前在研究什麼，但你不肯跟任何人分享這件事總讓我很在意，你幾乎像是對自己的所做所爲感到羞愧。可是，你現在這樣——才是我記憶中的沙賽德！」

沙賽德低頭看著自己抄寫下來的筆記與圖表。沒錯。他上次對於某個主題如此有興趣的時候是……跟她在一起。一同研究關於世紀英雄相關的神話與傳說。

「說實話，微風大人。」沙賽德開口。「我覺得有罪惡感。」

微風翻翻白眼。「沙賽德。你難道總是需要對某件事抱有罪惡感嗎？在原來的集團中，你覺得你在推翻統御主時沒有做出足夠的貢獻；我們殺了他之後，你開始因爲沒有按照其他守護者的要求行事而心神不寧。你現在是要跟我說，你居然會因爲研究而感覺罪惡？這到底是怎麼一回事？」

「因爲我很享受。」

「老兄，這樣才好啊。」微風說道。「享受有什麼好可恥？又不是你喜歡殺小狗之類的。當然，我是覺得你的精神有點不正常，但如果你喜歡這麼平凡的東西，就儘管去喜歡。這讓我們這些嗜好比較平凡的人有更多發揮的空間，例如喝史特拉夫‧泛圖爾最美味的陳釀直到不醒人事。」

沙賽德微笑。他知道微風正在推他的情緒，讓他心情變好，但他沒有反抗這些情緒。事實是，他確實感覺愉快，比許久以來都愉快。

可是……

「沒這麼簡單，微風大人。」沙賽德放下筆說道。「我很高興能夠坐在這裡閱讀，不需要負責，所以我覺得有罪惡感。」

「不是每個人都適合當領導者，沙賽德。」

「沒錯。」沙賽德說道。「可是依藍德讓我負責取得這座城市。我應該花時間策劃如何推翻公民，而不是讓鬼影大人負責。」

「老兄啊！」微風彎腰靠近他。「我是怎麼教你的？負責跟做事無關，重點是要管著其他人，讓他們都去做該做的事！這叫做分工，朋友。沒有分工，我們得自己烤麵包、清廁所！」微風靠得更近。「相信我，你不會想吃任何我動手烤過的東西。一輩子都不會想。尤其在我清過廁所以後。」

沙賽德搖搖頭。「廷朵不會希望我這樣。她尊重領導者跟政治家。」

「你可以糾正我，但我記得她是愛上你，而不是某個國王或王子？」

「呃，說愛可能——」

「你算了吧，沙賽德。」微風說道。「你跟任何有新女友的年輕男孩一樣深深沉迷於愛情之中，而且雖然她比你還自制，卻的確愛你。不用是安撫者都看得出來。」

沙賽德嘆口氣，低下頭。

「她會希望你這樣嗎，沙賽德？」微風說道。「否定自己？成為另一個沉悶的政客？」

「我不知道，微風大人。」沙賽德輕聲說道。「我……我已經失去她了。因此，也許我能靠參與她所愛的事物而記得她。」

「沙賽德，你怎麼會聰明一世，卻在這件事上這麼愚蠢呢？」微風很坦白地說道。

「我……」

「一個人就是他的熱情所在。」微風說道。「我發現，如果你爲了你認爲應該更想要的東西而放棄你最想要的東西，最後的下場只會很悲慘。」

「如果我要的不是社會需要的呢？」沙賽德說。「有時候我們必須做我們不喜歡的事。我想這就是人生的現實。」

微風聳聳肩。「我才不擔心這件事，我只做我擅長的事。以我而言，這代表了讓其他人去做我不想做的事情，最後一切都會各適其所。」

沙賽德搖搖頭。沒有那麼簡單。他近來的憂鬱不只跟廷朵還有她的死亡有關。他延後對宗教的研究，但知道他會繼續。從事運河的研究是令人歡迎的分心工作，但即使如此，沙賽德可以感覺到他先前的結論跟未完的工作仍然徘徊不去。

他不想發現，最後剩下的宗教中仍然沒有答案，所以研究其他主題是如此讓他放鬆，工程不會威脅他的世界觀。可是，他不能永遠讓自己分神。他會找到答案，或是發現並沒有答案。他的文件夾放在書桌下方，就靠著那袋金屬意識。

可是，他允許自己暫時可以休憩一下。雖然他對於宗教的關注可以暫時停止，現在仍有其他需要處理的憂慮。他朝湖的方向點點頭。站在水邊，勉強可見的鬼影正在跟葛拉道和一些士兵交談。

「他呢，微風大人？」沙賽德低聲問道，低到連鬼影都聽不見。「我說過，泛圖爾皇讓我負責這件事，可是如果我讓鬼影負責，但他卻失敗了呢？我擔心這個年輕人在做這件事上……歷練不夠。」

微風聳聳肩。「他目前似乎做得還不錯。記得紋殺死統御主時有多年輕嗎？」

「是的。」沙賽德低聲說道。「可是這個狀況完全不同。鬼影最近很……奇怪。他絕對有事瞞著我們。他爲什麼這麼堅持要奪取這個城市？」

「我覺得這孩子有點堅持是不錯的。」微風說道，靠回椅背。「那孩子大部分人生中都太被動了。」

「你不擔心他的計畫嗎？萬一失敗，我們被困住怎麼辦？」

「沙賽德，你記得我們幾個禮拜前的會面嗎？」微風說道。「當時鬼影問我，我們爲什麼不能像推翻統御主那樣推翻魁利恩。」

「我記得。」沙賽德說道。「你告訴了他，我們不能的原因是因爲我們已經沒有凱西爾了。」

微風點點頭。「我的想法改變了，」他輕聲說道，手杖指著鬼影。「我們沒有凱西爾，但我們有看起來很類似的人。」

沙賽德皺眉。

「我不是說那孩子有凱西爾的個人魅力，他的……存在感。可是，你聽說過那男孩在眾人間開始累積的聲譽。凱西爾的成功不是因爲他是誰，而是因爲人們以爲他是什麼樣的人。這是我認爲我們無法複製的。不過我開始覺得，我錯了。」

沙賽德沒有這麼輕易能被說服，但沒有再分享他的遲疑，只是轉過身，繼續研究。鬼影一定注意到他們在看他，因爲幾分鐘後，他走到沙賽德的桌邊。男孩因燈光而眨眼，即便光線十分柔和。他拉過一張椅子。映襯著樸素、灰濛濛的架子，精緻的家具看在沙賽德眼裡，相當地突兀。

鬼影看起來非常疲累。*他多久沒睡了？*沙賽德心想。*每次我睡時他都還醒著，在我起床前也早醒了。*

「有件事情我覺得不對勁。」鬼影說道。

「哦？」微風開口。「除了我們在統御主的審判者堡壘下的儲藏室地底湖旁聊天這件事以外，還有什麼事？」

鬼影沒好氣地瞪了微風一點，然後望向沙賽德。「我覺得我們應該已經要被攻擊了。」

「爲什麼這麼說？」沙賽德問道。

「我瞭解魁利恩，阿沙。那傢伙是典型的土霸王，他透過暴力取得權位，透過給予人民許多酒精和小小的自由——例如讓他們晚上去酒吧——來控制群眾。可是同時，他也讓所有人都陷入恐懼。」

「他到底是怎麼奪權的？」微風問道。「他怎麼趁著某個有一大組護衛的貴族動手前得逞？」

「迷霧。」鬼影說道。「他走入迷霧時，宣告所有對倖存者忠誠的人在迷霧中都不會有危險。當迷霧開始殺人後，這件事很順便地證實他的話。他特別強調被霧殺死的人內心藏著邪惡的思想。人民對於發生的一切擔心到他們願意聽他的說法，因此他通過一條法令，要求所有人進入迷霧中，好讓大家都能看看誰死了誰沒死。他宣告存活下來的人是純淨的，他告訴眾人，他們可以建立起一個小烏托邦。在那之後，他們就開始殺害貴族。」

「啊。」微風說道。「很聰明。」

「沒錯。」鬼影說道。「他完全忽略貴族從來沒有被迷霧殺害這件事。」

「等等。」沙賽德說道。「什麼？」

鬼影聳聳肩。「很難證實，但都是這麼傳說的。貴族似乎對霧病免疫，不是擁有貴族血統的司卡，而是眞正的貴族。」

「多奇怪。」微風評論。

不只是奇怪，沙賽德心想。*根本就是怪異至極。依藍德知道兩者間的關連嗎？*沙賽德越想，越覺得依藍德應該不知道。他們的軍隊跟盟友都是由司卡組成。他們認識的貴族都在陸沙德，而且都選擇在夜晚時不出門，不願冒險。

「無論如何，魁利恩是個土霸王。」鬼影說道。「土霸王不喜歡領域中出現能挑戰他的人。以目前來說，他早就該要對我們動手了。」

「這小子說得有道理。」微風說道。「魁利恩這種人不會只在花俏的處刑表演中殺人，我敢打賭，他往那些屋子丟了多少人，小巷某處必定有三倍以上的人躺著，慢慢被灰燼掩埋。」

「我要葛拉道跟他的手下格外小心。」鬼影說道。「我也在附近搜尋過，可是沒有看到任何殺手，只有間諜。魁利恩的軍隊就在外頭監視我們，卻沒有動手。」

微風摸摸下巴。「也許魁利恩比我們想的更怕我們。」

「也許吧。」鬼影嘆口氣說道，揉揉額頭。

「鬼影大人。」沙賽德小心翼翼地說道。「你該去睡了。」

「我沒事。」鬼影說道。

要不是我知道這不可能，否則我會認爲他在燃燒白鑞保持清醒，沙賽德心想。還是我只是在找跡象證實我的擔憂？

我們從未質疑紋或凱西爾展現超越一般鎔金術師的能力。我爲什麼對鬼影這麼多疑？是因爲我太瞭解他了嗎？當男孩變成男人之後，我的記憶還停留在男孩身上嗎？

「沒關係。」鬼影說道。「研究進行得如何？」

「蠻順利的。」沙賽德說道，將幾個圖表轉個方向，讓鬼影能夠看到。「我已經準備好要開始動手搭建了。」

「你覺得這需要多久？」

「大概幾個禮拜。」沙賽德說道。「其實時間不長，幸好抽乾運河的人留下很多碎石讓我可以使用，而且統御主將這個儲藏窟的物資分配得不錯，有木材，也有基本的木工器具，甚至是一些吊索。」

「那傢伙到底在準備面對什麼啊?」微風問道。「食物跟水,我可以瞭解,可是棉被?木材?吊索?」

「災難,微風大人。」沙賽德說道。「包括了萬一城市被摧毀時,人民會需要的一切。甚至包括睡覺用的軟榻跟醫療用品。也許他擔心克羅司會肆虐。」

「不。」鬼影說道。「他是為現在的情況做準備。你會需要建造東西堵塞水流嗎?我以為你只要讓通道坍塌即可?」

「當然不行。」沙賽德說道。「我們沒有製造塌陷需要的人力或器具,我也不想冒險讓我們頭頂上的石穴垮下來。我的計畫是要在水流中建造一個木頭堵塞系統。只要有足夠的重量跟合適的框架就可以提供足夠的阻力阻止水流,其實跟運河閘門用的方法很像。」

「這件事他會很樂意說給你聽。一直說。」微風補充。

沙賽德微笑。「我的確認為——」

葛拉道隊長的到來打斷他的話。後者的表情比平常更為嚴肅。

「鬼影大人。」葛拉道開口。「上面有人在等你。」

「誰?」鬼影問道。「度恩?」

「不是。她說她是公民的妹妹。」

「我不是來加入你的。」貝爾黛說道。

他們坐在石穴上方的審判廷大樓裡的一間樸素會客廳。房間的椅子沒有任何坐墊,木牆的裝飾都是金屬板,對沙賽德來說,它們讓他不斷想起他在瑟藍集所看到的景象。

貝爾黛是一名有著紅髮的年輕女子。她穿著公民允許而染成紅色的簡單洋裝，雙手放在懷裡，當她迎向房中眾人的眼神時，神情帶有一絲緊張的焦慮，讓她的立場趨於下風。

「親愛的，妳來這裡做什麼？」微風小心翼翼地問道。他坐在貝爾黛對面，奧瑞安妮坐在他身邊，以不贊成的表情看著那女孩。鬼影在踱步，偶爾瞥向窗戶。

*他認爲這是虛招，*沙賽德明白過來。*這女孩是讓我們被攻擊前派來分心的誘餌。*男孩將他的一對決鬥杖繫在腰間，看起來像是兩把劍。鬼影從哪學會格鬥技巧的？

「我來這裡……」貝爾黛低頭。「我來這裡是因爲你們要殺死我的哥哥。」

「妳從哪裡得到這種想法的？」微風說道。「我們進城是爲了跟妳哥哥締結同盟，不是要殺他！我們看起來像是擅長暗殺的人嗎？」

貝爾黛瞄了鬼影一眼。

「他不算。」微風說道。「鬼影無害的。妳眞的不該——」

「微風。」鬼影打斷他的話，以他覆蓋著繃帶的奇怪眼睛望著他，眼鏡隱藏在布料下方，鏡框輪廓在布條下微微突起。「夠了，你讓我們兩個人看起來像白癡。貝爾黛知道我們爲什麼來這裡，城裡的每個人都知道我們爲什麼來。」

房間陷入沉默。

*他在繃帶下戴著眼鏡看起來……有點像是審判者，*沙賽德心想，突然打個冷顫。

「貝爾黛。」鬼影說道。「妳眞的以爲我們會相信，妳來這裡只是要我們饒過妳哥哥一命？」

她瞥向鬼影，執拗地迎向他的雙眼，或者該說……他無法看見的雙眼。「你儘管發狠話，但我知道你不會傷害我。你是倖存者集團的成員。」

鬼影雙手抱胸。

「拜託你們，」貝爾黛說道。「魁利恩跟你們一樣是好人。你們得給他更多時間，不要殺他。」

「孩子，妳為什麼覺得我們會殺他？」沙賽德問道。「妳剛才說妳認為我們絕對不會傷害妳。妳哥哥有何不同？」

貝爾黛低下頭。「你們殺了統御主，推翻了整個帝國。我哥哥不相信，他認為你們是利用倖存者的受歡迎，在他犧牲自己之後宣稱是他的朋友。」

鬼影一哼。「不知道妳哥哥是從哪得到這種想法。也許他更認得自稱有倖存者的祝福，以倖存者之名殺人的人……」

貝爾黛臉上一紅。

「妳哥哥不信任我們。」沙賽德說道。「為什麼妳相信？」

貝爾黛聳聳肩。「我不知道。」她低聲說道。「我想……說謊的人不會從燃燒的屋子裡救出孩子。」

沙賽德瞥向鬼影，卻讀不懂年輕人的表情。終於，鬼影開口。「微風、沙賽德、奧瑞安妮，跟我來外面。葛拉道，看著這女人。」

鬼影硬擠過眾人到走廊，沙賽德跟其他人尾隨在後。門一關上，鬼影轉身看著所有人。「怎麼樣？」

「我不喜歡她。」奧瑞安妮雙手抱胸說道。

「妳當然不喜歡，親愛的。」微風說道。「妳向來不喜歡有競爭對手。」

「競爭？」奧瑞安妮氣呼呼地說道。「那種膽怯的小東西？拜託。」

「你覺得呢，微風？」鬼影問道。

「問我關於女孩的事還是你冒犯我的事？」

「第一件。」鬼影說道。「你的自尊現在不重要。」

「親愛的朋友，我的自尊向來重要，至於女孩，我可以跟你說，她嚇壞了。雖然她口中是這麼說，但她其實非常、非常地害怕，她不常做這種事，我猜想是她是貴族。」

奧瑞安妮點點頭。「絕對是。你看看她的手。沒有因恐懼而顫抖時，可以看到她的手乾淨且柔軟。她是嬌生慣養長大的。」

「她顯然有點天眞，」沙賽德說道。「否則不會來這裡，認爲我們會聽她說完之後就讓她走。」

鬼影點點頭。他偏過頭，彷彿在聽什麼，然後他走上前去，推開通往房間的大門。

「怎麼樣？」貝爾黛問道，仍然故做堅強。「你們決定要聽我的了嗎？」

「某種程度而言，我要給妳更多時間來解釋妳的想法。」鬼影說道。「事實上，我要給妳很多時間。」

「我……沒有多久時間。」貝爾黛說道。「我必須回去找我哥哥。我沒跟他說我要出來，而且……」她突然打住，顯然是明白鬼影表情中的一些什麼。「你要把我關起來對不對？」

「微風。」鬼影轉過身開口。「如果我開始散布謠言，連公民的妹妹都捨棄他，逃到我們的大使館來尋求庇護，人民會怎麼反應？」

微風微笑。「這可眞聰明！幾乎彌補了你對我的惡劣態度。我有跟你說過你剛才那麼做有多無禮嗎？」

「不可以！」貝爾黛站起身，面向鬼影。「沒有人相信我會捨棄哥哥！」

「哦？」鬼影問道。「妳來之前，有跟外面的士兵說過話嗎？」

「當然沒有。」貝爾黛說道。「他們會想辦法阻止我，我趁他們能阻止我之前跑上台階。」

「所以他們可以確認，妳是自願進入的。」鬼影說道。「還溜過了一個岡哨。」

「看起來的確不怎麼妙。」微風同意。

貝爾黛略顯氣餒地坐回椅子。被遺忘的諸神啊，她還眞是天眞。公民一定費了很大的力氣才能保護她如此，沙賽德心想。

當然，從沙賽德所聽說的，魁利恩鮮少讓女孩離開他的視線。她總是跟他在一起，受到他的監視。他會怎麼反應？當他知道我們抓住她後，他會怎麼辦？發動攻擊嗎？沙賽德不禁打個寒顫。

也許這就是計畫。如果鬼影可以強迫公民主動出手攻擊，會對他的形象非常不好，尤其如果魁利恩又只被幾名士兵所擊退——他不可能知道這地方的防禦工事有多完善。

鬼影什麼時候變得這麼聰明了？

貝爾黛從位子上抬起頭，眼中含著幾滴氣惱的眼淚。「你不能這麼做。這太卑鄙了！如果倖存者知道你的計畫，他會怎麼說？」

「倖存者？」鬼影輕笑地問。「我感覺他會同意。如果他人眞的在此，我認爲他還會如此提議……」

從滅絕的周延計畫中，可以看出來他無比狡猾。他在存留的力量回到昇華之井前不久，成功策劃了統御主的垮台，而在此事之後的數年內，又讓自己獲得釋放。

從神與其力量的角度看來，這個非常困難的時間點拿捏，有如外科手術醫生最精準的操刀。

50

石穴的門開啓。

紋立刻喝下最後一瓶金屬。

她跳起，朝身後拋擲一枚錢幣，跳到一個櫃子上。石穴中迴蕩著石頭相互磨擦的聲音，顯示門被推開了。紋往前直衝，利用錢幣反推，衝往房間前方。一絲光線勾勒出門的輪廓，就連這點光線都讓她的眼睛疼痛。

她咬牙忍住，眨著眼落地，背後緊貼門邊的牆壁，手握著匕首，驟燒白鑞幫自己對抗突來的疼痛。臉頰上掛著眼淚。

門停止動作。獨自一人進入石穴，手中提著油燈，穿著精緻的黑色套裝與紳士帽。

紋忽略他的存在。

她繞過那人，穿過門，進入後方的小房間。一群驚訝的工人往後退，拋下綁在開門機械上的繩子。紋無視於那些人的存在，只是快速將他們推開，拋下錢幣，一推之後讓自己飛向天花板的暗門，身邊木梯台階的影像模糊成一團。

結果她重重彈開，痛得哼了一聲。

她開始墜落，焦急地抓著梯子，忽略肩膀因爲突來的重擊而產生的刺痛。她驟燒白鑞，雙腿踩著梯子的一格，背貼著暗門，試圖強迫它打開。

她用力。腳下梯子的橫木斷裂，讓她再次摔下。她咒罵一聲，反推錢幣好減緩墜勢，以蹲姿落地。

工人們縮成一團，不確定他們是否想進入黑暗的石穴，也不確定是否自己要跟迷霧之子同處一室。貴族則轉身，舉高油燈，照亮紋。一塊破碎的梯子滾落，在她身邊的地面撞擊出聲。

「暗門上有一塊很大的岩石壓著，泛圖爾貴女。」貴族說道。紋覺得自己似乎認得他。他有點胖，但將自己打理得很好，有極短的頭髮與深思的臉龐。

「告訴上面的人把岩石移開。」紋舉起匕首輕聲說道。

「這件事恐怕不會發生。」

「我可以讓它發生。」紋向前一步，工人們縮得更遠。

貴族微笑。「泛圖爾貴女，請讓我向妳保證幾件事。第一件事，妳是此處唯一的鎔金術師，所以我毫不懷疑妳輕易就可以屠殺我們所有人。第二，外面的石頭暫時不會動，所以我們乾脆坐下來好好聊聊，不要揮舞武器，威脅對方。」

這個人有種讓人……放下戒心的特質。紋以青銅檢查了一番，他沒有燃燒任何金屬。以防萬一，她微微拉引了他的情緒，讓他更信任、友善，然後試圖安撫掉他任何可能的欺騙打算。

「我看得出來妳至少在考慮我的提議。」貴族說道，朝一名工人揮手。對方連忙打開背包，拿出兩張折椅，放在石門前方的空地上。貴族將油燈放在一旁，然後坐下。

紋靠得更近。「我爲什麼認得你？」

「我是妳丈夫的朋友。」貴族說道。

「泰爾登。」紋此時認出他。「泰爾登．海斯丁。」

泰爾登點點頭。幾個禮拜前，她在他們第一次參加的舞會中見過他，但她從更早的時期就認識他。他是依藍德在陸沙德崩解前的朋友。

紋警戒地坐下，試圖要猜懂尤門的遊戲。他認爲因爲泰爾登曾是依藍德的朋友，所以她就不會殺他嗎？

泰爾登懶洋洋地坐在椅子中，看起來沒有普通的貴族那麼一板一眼。他揮手要一名工人上前，男子獻上兩個瓶子。「酒。」泰爾登說道。「一瓶是醇酒，另一瓶有極強的麻藥。」

紋挑起眉毛。「這是某種猜謎遊戲嗎？」

「完全不是。」泰爾登打開其中一瓶說道。「是因爲我太口渴。而且從我聽說的事情，妳對於遊戲沒多大耐性。」

紋別過頭，看著泰爾登接過僕人遞來的兩個杯子，再一一注入紅寶石般的酒漿。她一邊觀察，一邊猜想他爲何如此如此讓人心安。他讓她想起依藍德，那個過去、無拘無束的依藍德。從她可見的方面看來，泰爾登依舊還是如此。

我得要承認，尤門的城市也許不完美，但他創造了一個讓泰爾登這樣的人能保持天眞的地方，她心想。

泰爾登喝了一口酒，將另外一個杯子遞給紋。她將一柄匕首收回套子，拿了杯子。她沒喝酒的打算。

「這是沒有迷藥的那瓶，」泰爾登說道。「也是很好的年份。尤門是眞正的紳士。如果他要送朋友進入石穴送死，至少會送他們高級的酒，好讓死亡不要那麼難過。」

「我應該要相信你也被關在這裡嗎？」紋不友善地問著。

「當然不是。」泰爾登說道。「雖然很多人認爲我的任務注定無功而返。」

「那你的任務是？」

「說服妳喝點下過藥的酒，好讓妳能安全地被送回地面上。」

紋冷哼了一下。

「所以妳的確同意我的反對者。」泰爾登說道。

「你剛剛暴露了自己的意圖。」紋說道。「你剛才說我應該要喝酒、昏倒，表示你有辦法告訴上面的人說我已經被處理好，他們就能移除石頭讓你出去。你有讓我們自由的力量，而我有讓你按照我的意願行事的力量。」

「情緒鎔金術無法操控我。」泰爾登說道。「我不是鎔金術師，但我對其略知一二。我知道妳現在就在操控我的情緒，其實沒有這個必要，因爲我對妳完全坦白。」

「我不需要鎔金術就能讓你開口。」紋低頭看著她握在另一手的匕首。

泰爾登大笑。「妳眞的認爲尤門王——對，他在上面——分不清楚我是否被強迫嗎？我毫不懷疑妳能折斷我，但我不會因爲威脅就背叛，所以妳得切斷幾根手指或類似的事情，我才會照妳所說的去做。我釐確定尤門跟其他人會聽到我的尖叫聲。」

「我可以殺死僕人。」紋說道。「一次一個，直到你同意告訴尤門我昏倒了，要他開門。」

泰爾登微笑。「妳覺得我會在意妳殺死他們？」

「你是依藍德的朋友。」紋說道。「是跟他一起暢談哲學的人之一。」

「哲學。還有政治。」泰爾登說道。「可是我們之中，只有他對司卡有興趣。我可以跟妳保證，其他人並不瞭解他爲什麼這麼著迷於司卡。」他聳聳肩。「我不是冷酷的人，如果妳殺得夠多，也許我會崩潰，照妳的要求去做。那妳動手吧。」

紋瞥向僕人，他們似乎怕死她了，而泰爾登的話完全沒有幫助。沉默片刻後，泰爾登輕笑。

「妳是依藍德的妻子。尤門知道這點。他相信妳不會殺死我們任何一個人，雖然妳的名聲很令人害怕。就我們所知，妳有殺王跟殺神的習慣，可能偶爾還殺個士兵，但是司卡僕人……」

紋別過頭不看僕人，也不迎向泰爾登的雙眼，擔心會被他看穿。他說錯了。如果她認爲殺僕人能讓她離開，她會殺了他們。可是，她不確定，如果尤門聽到尖叫聲，他就不太可能會開暗門，那紋就毫無理由地殺了無辜的人。

「所以，我們雙方僵持在此。」泰爾登說道，喝完他的酒。「我們都同意妳在這裡沒什麼吃的，除非妳找到開罐頭的方法。就算妳有，妳在下面做什麼都沒辦法在地上幫助妳。我猜想，除非妳喝酒，否則我們全部會在地下餓死。」

紋靠回椅子。一定有方法可以出去，可以利用這個情況。

可是，她打破門的機會渺茫。也許她能用硬鋁配鋼推出去，可是她的鋼和白鑞已所剩無幾，金屬瓶也沒了。

泰爾登的話，很不幸的，相當眞實。就算紋能在石穴中活下來，也會完全無用武之地。上頭的圍城戰會繼續，她甚至不知道狀況如何，而世界會繼續因爲滅絕的操弄而死去。

她需要離開石穴。即使這意謂著她必須淪入尤門的手中。她看著下藥的酒。

該死的，這個聖務官比我們以爲的都要聰明，她心想。這酒的藥力一定足以讓鎔金術師昏厥。

可是……

白鑞讓她的身體對各式各樣的藥物產生抵抗力，如果在喝酒之後燃燒硬鋁跟白鑞，也許能燒掉毒素，讓她清醒？她可以假裝昏迷，然後趁機脫逃。

有點勉強，但還能怎麼辦？她的食物快沒了，脫逃的機會又很小。她不知道尤門要她做什麼，從泰爾登口中大概也問不出來，但他一定不會想要她死。如果是如此，光讓她餓死就夠了。

她有選擇。一是在石穴中留更久，或是賭在上方脫逃的機會。她想了片刻，做出決定。她朝酒瓶伸手。即使她的白鑞沒有用，她也寧可到地面上尋求更好的處境。

泰爾登輕笑。「他們都說妳很快就會下定決心。這點果然讓人耳目一新，我跟悶死人的貴族相處太久，他們每個決定都得花上好幾年。」

紋不理他。她輕易地拔出瓶塞，舉起酒瓶，喝了一口。迷藥幾乎立刻奏效。她躺回椅子，讓眼睛閉起，裝出睡著的樣子。其實她眞的很難保持清醒，雖然有白鑞，但她的意識仍然開始模糊。

她軟倒，感覺意識飄走。動手吧，她心想，燃燒硬鋁。她的身體充滿超級增強的白鑞之力。疲累感立刻消失，她幾乎因為突然的一股能量湧上而驚坐起。泰爾登正在笑。「不敢相信。」他對其中一名僕人說道。「她眞的喝了。」

「她沒喝的話，你已經死了，大人。」僕人說道。「我們都死了。」

然後，硬鋁用完。她的白鑞瞬間消失，伴隨著對迷藥的抗藥性，但迷藥卻沒燒光。這本來就是一場賭注。

她幾乎沒聽到武器從她手中滑落，噹的一聲掉到地上的聲音。然後，她喪失意識。

滅絕一從囚牢中被釋放，就能更有力地去影響其他人，但想要拿血金術尖刺刺穿一個人，在任何情況之下都是困難的事。

爲了要達成這樣的目標，他顯然是從原本已經與現實比較脫節的人開始。他們的瘋狂讓他們對他的碰觸較容易接受，而他可以利用他們去刺穿更多人。無論如何，滅絕在那段時間刺穿的重要人士數量相當可觀。當時陸沙德的統治者，潘洛德王，就是一個很好的例子。

51

依藍德飛過迷霧。他向來不太擅長紋的馬蹄鐵技法。不明白她為什麼能讓自己在空中連續鋼推彈跳，然後在使用過後鐵拉回收她用過的馬蹄鐵。對依藍德而言，這個過程看起來像是以紋為中心點的致命馬蹄鐵旋風。

他拋下一枚錢幣，讓自己跳高——在失敗四五次之後，他便放棄了馬蹄鐵技法。紋似乎不太瞭解為什麼他學不會，這是她自創的方法，大概只需要半個小時就練習得完美無缺。

可是，這就是紋。

依藍德只好靠錢幣來彌補，因此他隨時都帶著很大一袋。古帝國錢幣中最小的幣值，一枚紅銅夾幣，非常適合他，尤其是他顯然比其他迷霧之子力量更強大——每次鋼推的距離都比別人遠，因此就算是進行長途旅行，他用的錢幣也沒那麼多。

離開的感覺很好。他從高點落下得瞬間，感覺到自由，穿透層層飄移的黑霧，然後驟燒白鑞，在隱約的一聲撞擊中落地。這個谷地地面比較沒有飛灰，大部分已經飄走，只留下堆積到他小腿肚的深度，因此他一改平常習慣，奔跑了幾分鐘。

迷霧披風在他身後翻騰。他穿著黑色衣服而非平常的白制服，他覺得這樣的裝扮目前比較適合。況且，他從來都沒有做為一名真正迷霧之子的機會。自從發現他的力量之後，他的人生就花在打仗上頭，因此他從來都不需要在黑夜之中鬼鬼祟祟地探查，尤其還有比他更擅長的紋能夠代勞。

我終於瞭解紋為什麼如此著迷於此，他心想，拋下另一枚錢幣，在兩座山頂間跳躍。雖然紋被逮捕、帝國陷入危機，兩者都對他造成相當的壓力，但在飛越迷霧的過程中，仍為他帶來刺激的自由感，幾乎讓他能夠忘記戰爭、毀滅，還有責任。

然後，他降落，灰燼幾乎深及腰部。他站在原地片刻，低頭望著柔軟的黑粉。他逃不了。紋身處危險，帝國正在崩解，人民正在挨餓。他的工作就是要改變這一切，這是他成爲皇帝時，自己同意接下的重擔。

他鋼推入空中，留下一道灰燼在身後飄入迷霧。

我眞的希望沙賽德跟微風在鄔都的運氣能比較好，他心想。他很擔心自己在法德瑞斯的成功機率有多少，如果他們要種植足夠的食物來面對今年冬天的話，會需要鄔都的穀類才能在中央統御區種出足夠的作物。

但他現在無暇擔心這件事，只能仰賴他的朋友們盡力。依藍德的工作是要幫助紋。他不能只枯坐在營中，讓尤門取得所有先機。但是，他不敢去暗殺尤門，因爲那個人已經如此聰明地騙過他們兩個。

因此，依藍德朝東北方奔跑，那是附近一支克羅司軍隊最後已知的所在地。使用巧妙手腕與外交手段的時間已經過去。依藍德需要更有威脅的力量能讓尤門無比擔心——必要的話，是用來擊潰他的東西。沒有比克羅司更適合擊潰城市的了。也許他去找這些蠻力怪物是很愚蠢的行爲，也許放棄外交手段是錯誤的，但是他已下定決心。最近他在許多事情上似乎都失敗，包括保護紋、保住陸沙德的安危、守護他的人民——因此，他*眞的需要*有所行動。

他在前方的迷霧中看到一盞燈光。他降落，穿過一片及膝深的灰燼，仰賴騾燒的白鑞。當他靠得更近時，他看到一個村莊，聽到尖叫聲，看到身影在驚嚇中四處奔逃。

他跳起身，拋下一枚錢幣，騾燒金屬，穿過了盤旋、籠罩在村莊與害怕居民上方的迷霧，披風在身後揚起。幾間房屋正在燃燒，藉著這火光，他可以看到巨大的克羅司身影在街道中移動。依藍德挑選了一隻舉起武器要攻擊的怪物，然後用力一拉。在他下方，克羅司悶哼一聲，可是卻抓住了武器。那克羅司本身不比依藍德重多少，因此牠被單手拉入空中，依藍德則被往下扯。依藍德一面墜落，一面反拉著一個門栓，讓自己的落點剛好落在不解自己為何居然騰空飛起的克羅司身邊，擦身而過時，他往怪物身上灑了一把錢。

怪物跟武器在空中飛舞。依藍德落在街心一堆縮成一團的司卡面前。飛舞的克羅司武器以尖端朝下插入他身旁的地面，克羅司則直挺挺地摔在街道的另一旁。

一大群克羅司轉身，鮮紅的眼睛在火光中發亮，狂暴讓牠們對於即將面對的挑戰感到興奮。他必須先嚇倒牠們，才能控制牠們，此時的他相當期待這件事發生。

*牠們怎麼可能曾經是人類？*依藍德不解，衝上前去，將墜地的克羅司劍從地面上拔起，激起一道黑色的土壤。統御主創造了這些怪物，這就是那些反對者的下場嗎？他們成為克羅司，變成他的軍隊嗎？這些怪物有極大的力量與耐力，可以靠最基本的食物過活。可是要讓人，即使是自己的敵人，變成這樣的怪物，於心何忍？

依藍德彎腰衝上前，及膝砍斷一隻怪物的雙腿，然後跳起，砍斷另一隻的手臂。他轉身，將粗糙的劍刺穿第三隻的胸口。他對於殺死曾經是無辜人民的牠們沒有任何懊悔。這些人已經死了。剩下來的怪物會靠其他人類來繁衍自己，除非牠們被阻止。

或被控制。

依藍德大喊出聲，在一群克羅司間轉身，揮舞著原本應該超過他負荷的劍。越來越多怪物注意到他，紛紛轉身衝向被燃燒建築物點亮的街道。根據探子回報，這是非常大的一群克羅司軍隊，大概總共有三萬隻。這麼多怪物很快就能席捲如此的小鎮，像是暴風一般殲滅如黑灰的小鎮。

依藍德不會允許此事發生。他戰鬥，殺死一個又一個。他是來為自己取得新軍力，但隨著時間經過，他發現自己為了另外一個原因而戰。有多少這樣的村莊被摧毀，陸沙德的人卻從來連想都沒多想過？有多少子民——即使他們自己不知道，也都是屬於依藍德的子民——死在克羅司的手下？他已經無法保護多少人了？

依藍德砍斷一隻克羅司的頭，然後轉身，靠牠們的劍推開兩隻較小的怪物。另一隻十二呎高的龐然大物衝上前來，高舉武器。依藍德一咬牙，舉高自己的武器，驟燒白鑞。

武器在燃燒的村莊中相交，發出像是鐵匠搥下的金屬聲。依藍德站在原地，與比他兩倍高的怪物在力氣上勢均力敵地抗衡。

克羅司站在原地，瞠目結舌。

這比我原本該有的樣子更強大，依藍德心想，扭身砍斷怪物的手臂。*這力量爲什麼無法保護我統治的子民？*

他再次大喊，俐落地將克羅司攔腰切成兩半，只是爲了展現他有此能耐。怪物斷成噁心的兩截。

爲什麼？依藍德憤怒地心想。*我必須擁有什麼樣的力量，我必須怎麼做，才能保護他們？*

紋幾個月前在維泰敦城中的話，此時回到他的腦海。她說他做的一切都是短期的——只能治標不能治本。可是，他還能怎麼辦？他不是弒神者，也不是預言中的神聖英雄。他只是凡人。

而在這樣的日子之中，凡人，甚至是鎔金術師，似乎都沒多大價值。他邊殺戮、邊怒吼，又砍殺了一群克羅司，但就像他在法德瑞斯城中的努力一樣，總顯得不夠。

在他身邊周圍，村莊仍然在燃燒。他一面戰鬥，一面可以聽到女人在哭泣，孩子在尖叫，男人在死去。即使迷霧之子的努力也是微乎其微。他可以殺了又殺，但是這救不了村民。他大叫，推出安撫，可是克羅司依舊反抗他。他甚至連一隻都控制不了。這表示有審判者控制著牠們嗎？還是只因爲牠們不夠害怕？

他繼續戰鬥，而在過程中，身邊越發頻繁的死亡似乎譬喻著他過去三年的一切所做所爲。他應該要能保護子民，他如此努力要保護自己的人民，他阻止軍隊、推翻暴君、重整法律、取得補給品，可是在如汪洋般的死亡、混亂、痛苦中，一切都只是杯水車薪的一滴拯救。他不能靠保護帝國一角來拯救整個帝國，一如他不能靠殺死一小群的克羅司來拯救所有村莊。

如果殺死一隻怪物，只是讓另外兩隻怪物來取代有什麼用？如果灰燼反正會將一切淹沒，拿食物來餵飽人民有什麼用？如果連一個村莊的人民都保護不了，他這樣的皇帝又有什麼用？

依藍德從未渴望力量。他向來是理論家跟學者，統治帝國對他而言像是研究工作的落實，但隨著他在燃燒的迷霧與黑夜中戰鬥，他開始瞭解。隨著他拚了全力仍看到越來越多人死在他身邊，他開始明白人們爲什麼會渴望更多力量。

保護的力量。在那瞬間，如果能夠拯救他周圍的人，他會願意接受神的力量。

他又砍倒另一隻克羅司，然後聽到尖叫轉身。一名年輕女子從附近的一間房舍中被克羅司拉出來，有一名較年長的男子正拉住她的手，兩人都在大聲呼救。依藍德掏向腰帶，拉出錢袋，將錢袋拋入空中，同時拉與推裡面的錢幣。袋子在閃閃發光的金屬碎片中炸開，依藍德將一些錢幣射入拉扯女子的克羅司。

牠悶哼一聲，卻沒有停止動作。錢幣鮮少在克羅司身上奏效，必須打中對的地方才殺得死牠們。紋辦得到。

就算依藍德有此精準的技巧，他也沒心情這麼做。他暴喝一聲，朝怪物射去更多錢幣，一枚枚從地上翻起，然後射向前方，一枚又一枚的飛彈深入怪物的藍色身體，牠的背後成爲一片過分刺眼的紅血，最後終於倒下。

依藍德轉身，不再看那女子鬆了一口氣的臉龐，又去面對另外一隻克羅司。牠舉高武器準備攻擊，但依藍德只是憤怒地朝牠狂吼。

*我應該要能保護他們的！*他心想。他需要控制整個群體，不是浪費時間一對一地打。可是，他一再而再地推擠著牠們的情緒，牠們卻仍然反抗他。牠們的審判者呢？

克羅司揮舞武器的同時，依藍德驟燒白鑞，往旁邊一撲，及腕砍斷怪物的手，怪物痛得尖叫，依藍德重新投身戰鬥。村民開始以他爲中心聚集。他們應該向來都在尤門的保護之下，不需要擔心土匪或是流軍，雖然沒有多少戰鬥技巧，卻仍然知道要待在迷霧之子身邊。他們絕望、懇求的眼神驅促依藍德，激起他砍倒一隻又一隻克羅司的決心。

在那瞬間，他不需擔心眼前狀況的對或錯，他可以單純地戰鬥。戰鬥的渴望如金屬般在他體內沸騰，甚至是殺戮的欲望，爲此他不停地戰鬥，爲了鎮民眼中的訝異，爲了每一擊似乎都在他們心中激起的希望。他們以爲自己必死無疑，結果有一個人從天而降保護他們。

兩年前在陸沙德圍城戰時，紋攻擊了塞特的防禦工事，殺了三百名士兵。依藍德相信當時她這麼做有很好的理由，但他一直都無法瞭解她怎麼能做這種事，直到今晚。在一個無名的村莊，黑暗的天空有著太多的灰燼，迷霧著火，克羅司在他面前成群羅列地死去。

審判者沒有出現。依藍德煩躁地轉身避開一群克羅司，留下身後一隻慢慢地死去，熄滅了他的金屬。怪物們包圍他。他燃燒硬鋁，然後燃燒鋅，用力拉引。

村莊陷入沉默。

依藍德停下動作，轉身的慣性終了的同時，讓他微微一踉蹌。他望著落灰外剩餘的克羅司，仍然有成千上萬隻，卻同時動也不動地站在他身周，終於服從他的控制。

我不可能同時控制住牠們全體啊，他警戒地想。審判者呢？通常這麼大的克羅司集團都至少有一個審判者。他跑了嗎？那就解釋依藍德爲何突然能控制克羅司。

擔心，卻不知道自己還能怎麼辦，他轉身看著村莊。有些人聚集在一起，呆呆地望著他。他們似乎還在震驚中尚未恢復，沒有去拯救燃燒的房屋，只是站在迷霧裡，看著他。

他應該感覺到勝利，可是他的勝利卻因爲審判者的缺席而被破壞。況且，村莊正在燃燒，此時已經沒有幾棟建築物沒起火了。依藍德沒有拯救這個村莊。他按計畫找到了克羅司軍隊，可是他感覺在更大的方面，他失敗了。他嘆口氣，劍從疲累血腥的手指間落地，然後走向村民。他邊走邊不安地發現自己經過無數的克羅司屍體。他眞的殺了這麼多嗎？

另一部分的他，如今較爲乖順，卻仍然炙熱，頗爲遺憾殺戮的時刻已經結束。他在沉默的村民面前停下。

「你就是他，對不對？」一名老者說道。

「誰？」依藍德問道。

「統御主。」男子低聲說道。

依藍德低頭看著自己包裹在迷霧披風中的黑制服，滿身是鮮血。

「差不多。」他說道，轉向東方。數哩之外駐紮著他的人類軍隊，等著他帶回一支新的克羅司軍隊去協助他們。他只有一個原因要這麼做。終於，他承認他在決定尋找更多怪物時潛意識裡做出的決定。

*殺戮的時刻還沒結束，*他心想。*才剛剛開始。*

在最後，灰燼開始以驚人的量堆積。我說過統御主培養出幫助世界處理落灰的微生物。它們不是

「吃」灰燼，而是用代謝的方式將灰燼分解。火山灰本身對土壤其實很好，端看想種什麼。

可是任何東西只要過量，都會致命。水是生存的必須，但過多水會淹死。在最後帝國的歷史中，大地就在災難與灰燼間的鋒利平衡中找到生存途徑。微生物分解落灰的速度是立即的，但當量大到已經讓土壤過度飽和時，植物便難以生存。

最後，整個系統崩壞。灰燼落下的頻率穩定到只會壓制、殺害生命，世界上的植物死去。微生物不可能跟得上這速度，它們也需要時間跟養分才能繁殖。

52

在統御主的時期，陸沙德是世界上最擁擠的城市，充滿了三四層高的石頭建築，滿是無數在爐火邊與鑄鐵廠裡工作的司卡，還有販賣貨物的貴族，以及只想要靠近宮廷的高門貴族。坦迅以為統御主死後再加上皇家政府完全崩解，陸沙德的人數便會大幅度降低。

很顯然牠錯了。

牠依然以狼獒犬的身體在四處走動，訝異地探索街道。似乎每個角落，包括每條小巷，每個轉角，每棟房屋，都是一個司卡家庭的住家。整座城市聞起來很糟糕，垃圾堆滿街道，埋在灰燼裡。

到底發生了什麼事？牠心想。司卡住在髒污的環境中，許多人看起來都生病了，可憐卑微地躺在滿是灰燼的水溝中不斷咳嗽。坦迅走向泛圖爾堡壘。如果能有答案，牠希望可以在那裡找到。偶爾，牠必須威嚇地朝對牠投以飢餓眼光的司卡低咆，有兩次牠得跑離無視於牠咆哮的人群。

紋跟依藍德不可能讓城市頹壞至此啊，牠躲在小巷中想。這個跡象很不妙。牠離開陸沙德時，完全不知道牠的朋友們是否會從圍城戰中存活下來。依藍德的旗幟——矛與捲軸——依然在城市前方飛揚，但有沒有可能是別人將依藍德的旗幟佔爲己有？那一年前威脅要摧毀陸沙德的克羅司軍隊呢？

*我不再離開她身邊，*坦迅心想，感覺到一陣焦慮。*我愚蠢的坎得拉責任感。我應該留在這裡，把我所知不多的一切都告訴她。*

即使世界可能因爲我愚蠢的榮譽心而終結。

牠從小巷中探出頭，看著泛圖爾堡壘。一看到美麗的彩繪玻璃全被敲碎，令坦迅的心頓時沉了下去。粗糙的木板補起破洞，不過前門有守衛，至少這是比較好的跡象。

坦迅小心翼翼地走向前，試圖看起來像是流浪狗。牠躲在陰影中，一路潛行到大門，接著牠躺在一堆垃圾間，觀察士兵。牠擴張耳膜，想要聽到那兩人在說些什麼。

結果什麼也沒有。兩名侍衛靜靜地站著，看起來很無聊，並頗爲沮喪地靠著他們以黑曜石爲尖刺的長矛。坦迅等著，希望有紋在這裡能拉引他們的情緒，讓這些侍衛比較多話。

*當然，如果紋在這裡，我就不需要到處刺探了，*坦迅煩躁地心想。於是，牠等待。等到灰燼不斷落下，甚至連天色都暗了，迷霧終於出來。迷霧的出現似乎讓侍衛們有了點生氣。「我最討厭站夜班。」其中一人低聲說道。

「夜班沒怎麼樣。」另一人說道。「我們沒關係。迷霧不會殺我們。我們是安全的。」

什麼？坦迅暗自心想，內心皺著眉頭。

「但國王會不會殺我們呢？」第一名侍衛小聲說道。

他的同伴瞥了他一眼。「不要說這種話。」

第一名侍衛聳聳肩。「我只是希望皇帝趕快回來。」

「潘洛德王擁有皇帝所有的權威。」第二名侍衛嚴肅地說道。

*啊，所以潘洛德保住了王位，可是……皇帝又是怎麼一回事？*坦迅心想，忍不住害怕皇帝是史特拉

夫・泛圖爾。那可怕的男子在坦迅離開時，是正準備要佔領陸沙德的人。

可是紋呢？坦迅無法讓自己相信她被打敗了。牠看著她殺死詹・泛圖爾，一名當紋沒有天金時，卻在燃燒天金的迷霧之子。根據坦迅的計算，她已經三次辦到不可能的事情。她殺死了統御主。她打敗了詹。還跟一名下定決心要憎恨她的坎得拉成爲朋友。

侍衛又陷入沉默。這實在太蠢了，坦迅心想。我沒時間躲在角落偷聽。世界要結束了！牠站起身，甩掉身上的灰燼，一個動作讓士兵們一驚，焦慮地舉起矛，在黑夜中尋找聲音的來源。

坦迅遲疑一下，他們的緊張給了牠一個主意。牠轉身，跑入黑夜。在跟隨紋的那一年中，牠把城市摸得頗熟，因爲她喜歡在城市中巡邏，尤其是泛圖爾堡壘附近的一區。可是，即使牠這麼清楚所有東西的位置，仍然花了一段時間才找到方向。牠從來沒去過那裡，但聽過別人的描述。

描述者是坦迅當時正在殺死的坎得拉。

這個記憶仍然讓牠全身發寒。坎得拉履行契約，而契約往往需要牠們模仿某個特定人士。主人會提供合適的身體——因爲坎得拉不准自行殺害人類——之後才有坎得拉來模仿，但是在那發生之前，坎得拉通常會研究牠的角色，盡量瞭解對方。

坦迅殺了牠的同輩兄弟，歐瑟。歐瑟是幫助凱西爾推翻父君的坎得拉。在凱西爾的命令下，歐瑟假裝是名爲雷弩的貴族，好讓凱西爾在推翻帝國時能有名顯赫的貴族做爲掩飾，可是歐瑟在凱西爾的計畫中有更重要的角色。一個就連其他集團成員都不知道的角色，直到凱西爾死去。

坦迅來到老倉庫，身處於歐瑟所說的地方。坦迅顫抖，想起歐瑟的尖叫。坎得拉在坦迅的折磨下死去，那是牠不得不進行的酷刑。坦迅需要知道歐瑟所知道的一切。每個祕密。要讓牠能模仿兄弟的所有細節。

在那天，坦迅對人類的憎恨，還有對侍奉他們的自己的憎恨，達到前所未有的高點。紋是怎麼讓牠克服這點的，牠至今仍不明白。

在坦迅面前的倉庫如今是個聖地，由倖存者教會來裝飾跟維護。外面掛著一個牌子，上頭有長矛的標記——凱西爾跟統御主都死在這種武器上，還有一段文字，解釋倉庫爲何重要。

坦迅已經知道這個故事。集團成員們在此找到一堆倖存者留下的武器，讓司卡人民可以武裝起來，進行革命。在凱西爾死去那天它才被發現，並有傳言說倖存者的鬼魂出現在這個地方，爲他的信眾提供指引。某種程度來說，這個傳言是眞的。

坦迅繞過建築物，依照歐瑟在死前留下的指示。存在的祝福讓坦迅想起牠的確切用字，而雖然有灰燼，但牠仍然很輕易就找到那個點——一塊石板有被翻動過的地方。然後，牠開始挖掘。

凱西爾，海司辛倖存者，在如此多年前的確出現在信徒之前，或者該說，他的骨骸出現過。歐瑟的命令是要取得倖存者的身體再消化後，出現在忠誠的司卡面前鼓勵他們。倖存者的傳說，還有圍繞著他成立的整個宗教，都是由一名坎得拉開始的。

而坦迅最後殺了那名坎得拉，在牠死前，取得了牠所有的祕密。像是歐瑟在哪裡埋藏倖存者的骨骸，還有那個人長什麼樣。

坦迅挖出第一根骨頭時微笑。那些骨頭已經擺好幾年了，牠很討厭用老骨頭，況且，沒有頭髮，所以牠創造的凱西爾會是光頭。可是，機會難得。牠只見過凱西爾一次，但是以牠模仿的能力……

值得一試。

威倫靠著他的長矛，再次看著迷霧。他的守衛同伴利托說迷霧並不危險，但利托沒有看過迷霧肆虐的樣子，它們揭露的眞相。威倫認爲他活下來的原因是因爲他尊重迷霧，還有因爲他沒有很努力去想他所見過的一些事情。

「你認為史齊夫跟賈斯敦又會遲來替班嗎？」威倫問道，又想開始交談。

利托只哼了一聲：「不知道。」他向來不愛閒聊。

「我認為我們應該有人去看看。」威倫瞅著迷霧說道。「你知道，去問問他們來了沒有……」他話沒說完。

那裡有東西。

統御主啊！他心想，猛然往後縮。不要又來了！

可是迷霧中沒有出現攻擊，而是一個黑色的身影向前而來。利托整個人警醒，平舉長矛。

「止步！」

一個人從迷霧中走出，穿著深黑色的披風，雙手在身側，帽子遮著頭，但可以看見他的臉。威倫皺眉。那個人看起來有點眼熟……

利托驚呼，立刻跪倒在地，緊抓脖子上的某個東西——他總是不離身的一個長矛銀墜。威倫皺眉，然後，他注意到此人手臂上的疤痕。

他統御主的！威倫震驚地心想，想起來在哪裡看過這個人的臉。他出現在畫中，城市內多處都有擺放，畫中人物是海司辛倖存者。

「起來。」陌生人以和藹的聲音說道。

利托顫抖地站起，威倫則往後退，不確定自己應該感到讚嘆還是驚駭，或者該說，是兩者的綜合。

「我是來讚賞你的信仰堅定。」倖存者說道。

「神君……」利托依舊垂著頭說道。

「還有，我來告訴你，我不贊成這座城市的樣子。我的人民正在生病、挨餓、死去。」凱西爾舉起一隻手指說道。

「神君，食物不夠，又有暴動劫掠我們的食物儲存庫。神君，迷霧會殺人啊！求求您告訴我，爲什麼您派迷霧來殺我們！」

「我沒有這麼做。」凱西爾說道。「我知道食物很稀少，但你們必須分享你們所有的，並保持希望。告訴我關於城市統治者的事情。」

「潘洛德王？」利托問道。「他代替前往戰場的依藍德．泛圖爾皇帝統治。」

「依藍德．泛圖爾皇？而他贊成這個城市的現況？」凱西爾看起來一臉憤怒，讓威倫往後一縮。

「不是的，神君！」利托顫抖地說道。「我……」

「潘洛德王發瘋了。」威倫發現自己如此開了口。

倖存者轉身面向他。

「你不該……」利托開口，卻沒說完，倖存者朝他投以嚴厲的目光。

「說。」倖存者對威倫說道。

「他會對空氣說話，神君。」威倫移開眼神說道。「他會自言自語，說他看得到統御主就站在他身邊。潘洛德……他最近下達很多奇怪的命令，強迫司卡爲了食物自相殘殺，宣稱只有適者生存。他殺了那些反對的人，做了這類的事情。」

「我明白了。」倖存者說道。

他一定早知道這件事了，威倫心想。幹麼還要問呢？

「我的繼承人呢？」倖存者問道。「世紀英雄，紋。」

「女皇嗎？」威倫問道。「她跟皇帝在一起。」

「在哪裡？」

「沒有人知道，神君。」利托仍然顫抖地說道。「她已經很久沒有回來。我的士官長說她與皇帝在南方跟克羅司打仗，可是我聽其他人說軍隊往西方去了。」

「這件事沒有幫助。」凱西爾說道。

威倫突然想起一件事，精神一振。

「怎麼了？」倖存者問道，顯然發現威倫的改變。

「前幾個月有軍隊回到城市。」威倫說道，感覺自己很驕傲。「他們的行動很低調，但是我曾幫他們重新補充物資。微風大人跟他們在一起，他說要跟您的集團中的其餘人士會合。」

「哪裡？」凱西爾問道。「他們要去哪裡？」

「北邊。」威倫說道。「去鄔都。皇帝一定在那裡，神君。北方統御區在反叛，他一定是帶著軍隊去鎮壓了。」

倖存者點點頭。「好吧。」他轉身彷彿要離開，然後停下腳步，回過頭。「盡量散播訊息。」他說道。「時間不多了。告訴人民，當迷霧離開時，他們應該要立刻找尋避難所，最好是在地底下。」

威倫遲疑了片刻，點點頭。「洞穴。」他說道。「就是您訓練軍隊的地方？」

「那裡可以。」凱西爾說道。「別了。」

倖存者消失在迷霧中。

坦迅很快地離開了泛圖爾堡壘的大門，跑入迷霧中。也許牠其實能走入建築物中，但牠不確定自己模仿的倖存者是不是禁得起細看。

牠不知道那兩名侍衛的資訊有多可靠，可是也沒有更好的線索。牠在夜晚中碰到的其他人無法提供更多關於軍隊動向的資訊。顯然紋跟依藍德離開陸沙德好一段時間了。

牠衝回找到凱西爾骨頭的土地，跪在黑暗中，找到塞著狗骨頭的袋子。牠需要取回狗的身體，前往北邊。希望這樣能——

「誰在那裡？」一個聲音問道。

坦迅反射性地抬頭。一個人站在倉庫的門口，隔著迷霧看著坦迅。他身後有油燈點亮，映照出一群顯然住在聖地裡的人。

糟了……坦迅心想，看到最前排的人露出震驚的表情。「神君！」前方的人說道，穿著睡袍的身子立刻跪了下來。「您回來了！」

坦迅站起身，小心翼翼地上前兩步，隱藏身後的一袋骨頭。「我來了。」牠說道。

「我們就知道您會回來。」那人說道，身後的人則繼續交頭接耳與低喊。許多人跪倒在地。「我們留在這裡，祈禱您會來給予我們指引。國王瘋了，神君！我們該怎麼辦？」

坦迅很想暴露自己坎得拉的身分，但望著他們充滿期盼的雙眼，牠發現自己辦不到，況且，也許牠能幫上點忙。「潘洛德被想毀滅這世界的力量，滅絕，給影響了。」牠說道。「你們必須召集起信徒，在潘洛德把你們全殺死之前，逃離這座城市。」

「神君，我們該去哪裡？」

坦迅遲疑。哪裡？「泛圖爾堡壘前有一對守衛。他們知道地方。聽他們的。你們必須躲到地底下，明白嗎？」

「是的，神君。」男子說道。在那之後，越來越多人往前推進，努力想要看到坦迅一眼。牠緊張地忍耐了他們的注視一段時間，終於告訴他們要多小心點，然後消失在黑夜中。

牠找到一棟無人的建築物，趁還沒有別人看到牠前，趕快換回狗骨頭，結束後，牠看著倖存者的骨頭，感覺到一種奇特的……敬意。

別傻了，牠告訴自己。這不就是骨頭，跟你之前用過的上百副沒什麼不同。可是，留下潛力如此強大的工具似乎很蠢。牠小心翼翼地將骨頭收回偷來的袋子裡，然後利用遠比狼獒犬更要靈活的雙爪將袋子綁在背後。

之後，坦迅從北門離開城市，以狼獒犬的最快速度全速前進。牠要去鄔都，希望那是正確的方向。

存留跟滅絕之間的協議是神的協議，很難以人類的言詞來說明。一開始雙方的確是勢均力敵。但他們當時知道，只有攜手合作才能共同創造，不過兩方也都知道，他們對於自己的創造將永遠無法徹底滿足。存留無法保持一切完美不變，滅絕無法完全毀滅。

當然，滅絕最後取得了終結世界的能力，想要得到他希望的滿足，可是那不是原本協定的一部分。

53

鬼影發現她坐在滿是岩石的湖岸邊，望著深黑色的水面。無風的石穴裡，湖面平靜無波。鬼影可以聽到沙賽德帶著一大票葛拉道的手下在不遠處進行堵塞水流，重新引回河水的準備工作。

鬼影靜靜來到貝爾黛身邊，手中端著一杯熱茶。它的溫度燙到幾乎要灼燒他的肌膚，但對一般人而言，溫度剛剛好。他讓自己的食物跟飲料都直到涼如室溫才吃。

他沒有戴他的眼睛綁帶。他發現有了白鑞以後，可以容忍一點光線。他靠近時，她沒有轉頭，所以他微微清清喉嚨。她略略一驚。難怪魁利恩這麼努力保護這女孩，貝爾黛的純真是假裝不來的。她在地下組織中絕對連三秒都活不了，就連盡力假裝是個繡花枕頭的奧瑞安妮都有某種銳利，暗示她為了生存可以無比冷硬。可是貝爾黛……

她很正常，鬼影心想。如果人們不需要面對審判者、軍隊、殺手，一般人都會這樣，因此，他其實蠻羨慕她的。這種感覺還很奇怪，尤其是他花了很多年希望自己能成為更重要的人。

她轉過頭回去看湖水，他來到她身邊，挨著她身邊坐下。「給妳。」他說將杯子遞給她。「我知道下面有湖又有水，會有點冷。」

她遲疑片刻，接過杯子。「謝謝。」她低聲說道。鬼影讓她在洞穴中自由走動，知道這裡面沒什麼她能破壞的，但他警示葛拉道的人要盯著她。無論如何，她不可能逃走。鬼影讓二十幾個人守著出口，命令通往暗門的梯子要移開，只在獲得許可的情況下才可放回。

「很難想像這地方一直就在妳的城市之下，對不對？」鬼影說道，試圖想開始與她交談。奇特的是，當在她的花園中對峙、身處險境時，跟她對談還比較容易。

貝爾黛點點頭。「我哥哥找到這個地方會很高興。他很擔心食物存量。北方的湖泊越來越抓不到魚，而且農作物……我聽說狀況不好。」

「因為霧。」鬼影說道。「大多數植物都因此得不到足夠的陽光。」

貝爾黛點點頭，低頭看著杯子。她一口都沒喝。

「貝爾黛。」鬼影說道。「我很抱歉。我想過要綁架妳，將妳從花園帶走，可是最後決定放棄。不過，當妳孤身一人出現在此……」

「是個大好機會。」她悻悻然地說道。「我明白是我的錯。我哥哥向來說我太信任人。」

「有時候，這是好事。」

貝爾黛輕輕哼了一聲。「我從來沒碰過這種好事。我似乎一輩子都是信任人，然後受到傷害。現在沒什麼不同。」

鬼影坐在原地，對自己感到很氣惱。凱西爾，告訴我該說些什麼！可是神維持沉默。倖存者似乎對佔領城市以外的事情都沒有建議。

當鬼影下令要逮捕她時，一切似乎都很簡單。可是爲什麼他現在坐在這裡，心下一片空虛？

「我相信他。」貝爾黛說道。

「妳哥哥？」

「不。」她微微搖頭說道。「是統御主。我是乖順的貴族仕女，總會付錢給聖務官，甚至會給他們額外的錢，任何最小的事情也會請他們來見證，我也同時付錢請他們來教導我關於帝國的歷史。我以爲一切都很完美。如此整齊，如此平靜。然後，他們開始想殺我，原來我有一半的司卡血統。我父親如此想要孩子，我母親又無法生育，因此他與其中一名女僕生了兩個小孩，我母親甚至同意這件事。」

她搖搖頭。「我父親爲什麼會做這種事？」她繼續說道。「我是說，爲什麼不挑貴族婦女？不，我父親選擇了女僕，我想他喜歡她那類的……」

她低下頭。

「我呢，是因爲我的祖父。」鬼影說道。「我從來不認得他，自小就在街頭長大。」

「有時候我希望我也是如此。」貝爾黛說道。「也許這樣一切都會合理。當你從孩提時一直付錢請來教導你，然後你信任他們甚至勝過自己父母的人想要把你抓走、處決是什麼感覺？原本我也會死的。我跟他們走了。然後……」

「然後什麼？」鬼影問道。

「你救了我。」她低聲說道。「倖存者的集團。你們推翻了統御主，在混亂中，每個人都忘記我這種人。聖務官則忙著要取悅史特拉夫。」

「然後，妳的哥哥接管。」

她靜靜點頭。「我以爲他會是個好統治者，他眞的是個好人！他只是想要一切能夠穩定、平和，每個人都能平靜地生活。可是有時候，他對其他人做的事情……他對人民要求的事情……」

「我很遺憾。」鬼影說道。

她搖搖頭。「然後你來了。你在魁利恩跟我面前救了那小孩，又來到我的花園，甚至沒有威脅我。我想……也許他眞如故事那樣，也許他會幫忙。而我就這麼一如往常，傻傻地就來了。」

「我希望事情就是這麼簡單，貝爾黛。」鬼影說道。「我希望我能放過妳，但這是爲大局著想。」

「魁利恩也總是這麼說。」

鬼影一愣。

「你們兩個很像。」她說道。「都很強大，很有威嚴。」

鬼影輕笑。「妳眞的不太瞭解我，對不對？」

她滿臉通紅。「你是火焰倖存者。不要以爲我沒聽過流言，我的哥哥不可能不讓我參與任何會議。」

「流言往往都不可靠。」

「你是倖存者集團的成員之一。」

鬼影聳聳肩。「是的，不過我是例外。」

她皺眉，瞥向他。

「凱西爾親自挑選了其他人。」鬼影說道。「哈姆、微風、沙賽德，甚至是紋。他也選了我叔叔，因此，他順便得到我。我……其實不是其中一份子，貝爾黛。我有點像是觀察者。他們讓我去輪值守望這類的，我也參與計畫會議，但每個人都把我當成跑腿小弟。第一年時，我一定幫微風倒了上百杯的酒！」

她的臉上出現一絲笑意。「你把整件事講得好像你是僕人。」

「差不多吧。」鬼影說道。「我又不太會說話，我已經習慣以東方街頭俚語講話，所以我說的每句話都是雜亂的。他們說我還是有口音，所以我大多數時間不講話，覺得很尷尬。集團的人都對我很好，但我知道他們通常忽略我。」

「現在你負責管理他們所有人。」

鬼影大笑。「不。負責的人其實是沙賽德。微風的地位也比我高，但他讓我下命令，因爲他太懶惰了。他喜歡在別人不知情的情況下驅使他們做事，所以有一半的時間，我認爲我說的話應該都是他不知道什麼時候安插在我腦子裡的念頭。」

貝爾黛搖搖頭。「是泰瑞司人在負責？可是他都聽你的！」

「他只是讓我做他不想做的事。」鬼影說道。「沙賽德是個偉大的人，是我認識的人中最好的之一。但是，嗯，他是個學者。他擅長研究計畫，撰寫筆記，勝過於發號施令，所以只剩下我。我在做別人忙得沒空做的事。」

貝爾黛靜靜坐了片刻，終於喝了一口茶。「啊。」她說道。「眞好喝！」

「也許這是統御主的配方，我們不知道。」鬼影說道。「我們在這裡找到的，跟其他東西在一起。」

「你們是爲此而來的，對不對？」貝爾黛朝石穴點點頭。「我一直在想你的皇帝爲何在意鄔都。自從泛圖爾一族將權力中心搬到陸沙德之後，我們在世界上的地位向來不重要。」

鬼影點點頭。「這是一部分，不過依藍德也擔心這裡的反叛行爲。有一個會殺死貴族的敵人控制著離陸沙德北邊不遠的城市，相當危險。不過我也只能告訴妳這些。大多數時候我仍然覺得我是一切的旁觀者，紋跟依藍德才是眞正知道發生什麼事情的人。對他們來說，我是他們在南方進行重要工作時，有空閒可以被派來北方花幾個月在鄔都探查的人。」

「他們這樣對待你是不對的。」貝爾黛說道。

「其實沒關係。」鬼影說道。「我蠻喜歡在這裡，感覺終於能做點事。」

她點點頭。片刻後，她放下杯子，雙手抱膝。「他們是怎麼樣的人？」她問道。「我聽說過很多故事。他們說泛圖爾皇帝總穿白色，灰燼拒絕黏在他身上，他只要一眼就能讓任何軍隊屈服！而他的妻子，倖存者的繼承者，是迷霧之子……」

鬼影微笑。「依藍德是個很容易忘記事情的學者，他比沙賽德還嚴重一倍不止。他很容易迷失在書本中，忘記他自己召開的會議。他穿衣服會有任何一點時尚概念，則是因爲一名泰瑞司女子幫他買了整櫃子的衣服。戰爭讓他改變了一點，但是在內心，我認爲他仍然只是一個充滿夢想的人，被困在一個太暴力的世界。

「而紋……她眞的很不同。我從來都不太知道要怎麼看待她。有時候她似乎跟孩子一樣脆弱，然後，她又會去殺死一名審判者。她可以同時令人著迷又讓人害怕。我曾經試圖追求過她。」

「眞的？」貝爾黛突然專注了起來。

鬼影微笑。「我給了她一條手帕。我聽說貴族之間都是這麼做的。」

「除非你很浪漫。」貝爾黛有點惆悵地微笑。

「我是給了她一條。」鬼影說道。「可是我想她不知道我的意思，而等到她明白時，她確實拒絕了我。我不知道當時我在想什麼，居然想追求她。我是說，我只是鬼影。安靜、無人瞭解、容易被人忘記的鬼影。」

他閉上眼睛。我在說什麼？女人不喜歡聽男人說他們自己有多渺小，這點他倒是聽說過。我不該來找她說話。我應該做自己的事，下達命令，看起來像是在掌權的樣子。

可是損害已經造成了。她知道了關於他的眞相。他嘆口氣，睜開眼睛。

「我不認爲你容易被遺忘。」貝爾黛說道。「當然，如果你願意放我走的話，我對你的印象會更好。」

鬼影微笑。「我答應妳，早晚一定會。」

「你會用我來對付他嗎？」貝爾黛問道。「威脅他如果不投降，會殺了我？」

「如果妳知道妳絕對不會履行自己的威脅，那麼這樣的威脅都是空洞的。」鬼影說道。

「我是認眞的，貝爾黛。我不會傷害妳。事實上，我覺得妳在這裡遠比在哥哥的皇宮裡要安全。」

「請不要殺他，鬼影。」貝爾黛說道。「也許……也許你能幫幫他，讓他明白他太極端了。」

鬼影點點頭。「我會……想辦法。」

「你保證？」她說道。

「好吧。」鬼影說道。「我答應我會至少試圖救妳哥哥，如果我有能力的話。」

「還有城市。」

「還有城市。」鬼影說道。「相信我，我們以前做過這種事，政權轉移會很平順的。」

貝爾黛點點頭，看起來眞的相信他。在經歷過這些事情之後，是怎麼樣的一個女子還能相信他人？如果她是紋，早在第一次有機會時就往他背上捅一刀，而那麼做是對的。可是這女孩只是繼續信任別人，就像是在充滿灰燼的原野上，找到的一棵獨自生長的美麗植物。

「結束之後，也許你能介紹我認識皇帝跟女皇。」貝爾黛說道。「他們聽起來像是很有意思的人。」

「我絕對不會反對這點。」鬼影說道。「依藍德跟紋……他們絕對很有意思，是有沉重擔子卻有意思的人。有時候我希望自己力量大到能像他們那樣，做些重要的事情。」

貝爾黛一手按上他的手臂。他有點訝異地低下頭。這是怎麼一回事？

「權力可以是很可怕的東西，鬼影。」她低聲說道。「我……不喜歡它在我哥哥身上造成的改變，不要這麼努力盼望得到它。」

鬼影迎向她的雙眼，點點頭，站起身。「妳需要什麼，就跟沙賽德說。他會照顧妳。」

她抬起頭。「你要去哪裡？」

「讓人家看到我。」

「我要所有運河的主要貿易合約。」度恩說道。「還有皇帝頒發的頭銜。」

「你？」鬼影說道。「要頭銜？你認爲名字後面加個『大人』會讓你那張臉沒那麼醜嗎？」

度恩挑起一邊眉毛。

鬼影只是輕笑。「都是你的。我跟沙賽德和微風談過了，你要的話，他們甚至可以會爲你起草這樣的契約。」

度恩感謝地點點頭。「我想要，謝謝。貴族對這種事情都很仔細。」他們坐在他眾多密室之一，不是在他自己家，而是某間客棧裡面，牆上掛著一對舊鼓。

鬼影很輕易地便溜過站在教廷大樓前看守的魁利恩的士兵。就以他錫增強的能力，早就學會如何在晚上偷偷摸摸地往來行走，以及探查敵情，更遑論他現在能夠燃燒白鑞，一群士兵對他而言，算不上什麼障礙。他不能跟其他人一樣一直關在洞穴中。他有太多事要做。

「我要把『勞難區』封鎖。」鬼影說道。「我們會趁晚上市集沒人的時候塡滿運河，只有你們這些貧民窟的人才住在街溝裡，所以如果你們不想要這個地方淹起來，你們會需要防水很強的堵塞。」

「處理好了。」度恩說道。「勞難區剛建立時，我們將河口的閘門拆了，但我知道在哪裡。只要我們能好好裝回去，一定能阻止水流。」

「你們最好快行動。」鬼影說道。「我不想要害死城市半數以上的乞丐。我們打算動手的那一天，我會告訴你，看你能不能從市集撤一些物資出來，還有不要讓人進入。這一點加上你爲我壯大聲勢的作爲，保證你得到你想要的頭銜。」

度恩點點頭站起來。「讓我們繼續營造你的名聲吧。」他領著兩人走出房間，將鬼影帶出酒吧的大廳。一如往常，鬼影穿著他被燒焦的披風，這對他而言已經變成有點像是種象徵。他從來沒穿過迷霧披風，不知爲何，這件感覺更好。

他進入房間時，所有人都站了起來。他微笑，示意要度恩的人把酒囊拿出，這是鬼影連續幾天從石穴中拿出來的。「今天晚上，你們不用付錢去買魁利恩偷來的酒——那是他讓你們快樂滿意的方法。」

這是他唯一發表的演說。他不是凱西爾，無法用言語打動人心，所以在微風的建議下，他盡量不多話。他造訪每張桌子，不想要疏離，卻也話不多。他看起來充滿思慮，問著人民的煩惱。他聽著失去與困苦的故事，與他們共飲，敬那些被魁利恩殺死的人，而因爲他有白鑞，所以千杯不醉。他已經有喝不醉的名聲，人們認爲這是他神祕的力量，一如他從火堆裡存活的能耐。

在酒吧之後，他們造訪了另一家，又一家。度恩很小心，只帶他去最安全，卻也是人最多的地方。有些在勞難區，其他則在路面上。在這一切過後，鬼影感覺到一件驚人的事情：他的信心正在增加。他眞的有點像是凱西爾。也許紋是受過倖存者的訓練，但鬼影才是跟他有同樣作爲、鼓勵人民、領導他們爲了自己而超越自我的人。

隨著夜晚過去，不同的酒吧開始變得模糊。鬼影低聲咒罵著魁利恩，談論謀殺，還有公民抓到的鎔金術師。鬼影沒有散播關於魁利恩是鎔金術師的謠言，這件事他讓微風更謹慎地去做。如此一來，才不會顯得鬼影很急著想要豎立自己的權威地位。

「敬倖存者！」

鬼影抬起頭，舉高他的酒杯，微笑地看著酒館裡的客人發出歡呼。

「敬公民之死！」度恩舉高自己的酒杯，雖然他很少喝。「說要讓我們自治，卻奪去我們一切的人，去死吧！」

鬼影微笑，喝了一口。他沒想到坐在這裡跟別人說話有多累。他驟燒的白鑞讓身體不會疲憊，卻阻止不了精神的耗累。

不知道貝爾黛看到這一幕會怎麼想，他心想。這些人為我歡呼。她會很佩服吧？她會忘記我一直說我有多沒用的事。

也許造訪酒吧讓他疲累純粹是因爲他希望自己有別的事情想去做。眞傻，他囚禁了她。他背叛她的信任。她對他好顯然只是希望他會放她走。可是他忍不住在腦海中一遍又一遍地播放他們的對話。雖然他說了那些蠢事，她仍然一手按上他的手臂。那是有點意義的吧？

「你還好嗎？」度恩靠近問道。「這是你今天喝的第十杯了。」

「我沒事。」鬼影說道。

「你看起來有點分心。」

「我在想很多事。」鬼影說道。

度恩皺眉往後靠，卻沒再說什麼。

鬼影跟貝爾黛對話的一些部分內容，甚至比他自己的愚笨評論更讓他掛懷。她似乎真的很介意她哥哥做的一些事。當鬼影坐上權力之位時，她會將他視為魁利恩嗎？那是好事還是壞事？她已經說他們很像了。

權力可以是很可怕的東西……

他抬起頭，看著酒吧中再次為他歡呼的人，如同在其他酒吧中那樣。凱西爾能夠處理這樣的愛戴。如果鬼影想成為凱西爾那樣，他不也應該要學會應付？

被喜歡不是好事嗎？有人願意追隨他不是好事嗎？

他終於不再是過去的鬼影。他可以停止當個男孩，那個無足輕重，如此輕易被遺忘的孩子。他可以捨棄孩子的身分，成為被敬重的男人。他有什麼不該被敬重的？他不再是男孩了。他眼前綁著繃帶，強化他的神話——他不需要雙眼即可見物。有人甚至說只要有火焰燃燒的地方，鬼影就能看得見。

「他們愛戴你。」凱西爾低語。「這是你應得的。」

鬼影微笑。他只需要這樣的保證。他站起身，在群眾面前舉起雙手，他們報以回應。

這樣的時刻，他等了太久。

因為等待，所以更是甜美。

因爲存留想要創造有感知的生物，所以他最後打破了平衡僵局。爲了讓人類有知覺與獨立思考，存留知道他必須放棄一部分的自己，一部分的靈魂，讓其住在人類體內。這讓他比對手滅絕虛弱那麼一丁點兒。

以他們巨大的總量而言，這丁點似乎算不了什麼，可是在數百萬年後，這丁點瑕疵讓滅絕能夠壓制存留，從而帶來世界的毀滅。

於是，這就是他們的協定。存留得到人類——唯一體內擁有存留多過於滅絕的物種，而非平衡，他們可以獨立思考與感覺。交換條件是，滅絕得到承諾與證明，有一天可以終結他們共同創造的一切。這是他們的約定。

最後卻被存留打破。

54

當紋醒來後，不意外自己被綁住，但意外的是，她被金屬手銬鍊住。

她在睜開眼睛前所做的第一件事，就是尋找體內的金屬。如果有鋼跟鐵，也許她能利用手銬做爲武器。有白鑞的話……

她的金屬沒了。

她持續閉著眼睛，試圖不要展露出她感到慌亂，試圖回想發生了什麼事。她原本被困在石穴，跟滅絕同處一室。依藍德的朋友來訪，給了她酒喝，她選擇接受，賭上一次。

她昏迷多久了？

「妳的呼吸變了。」一個聲音說道。「很顯然，妳醒了。」

紋低聲咒罵自己。奪走鎔金術師的力量很簡單，甚至比讓他們燃燒鋁更簡單。只要讓他們昏迷夠久，金屬自然會從體內代謝掉。她一邊想，腦子從深沉的睡眠狀態中清醒過來，越確定事實是如此。

沉默持續下去。終於，紋睜開眼睛。她以爲會看到牢房，但看到的是一間沒什麼家具卻很實用的房間。她躺在一張長椅上，枕著硬枕頭，手銬連著幾呎長的鐵鍊，鎖在長凳下方。她小心翼翼地扯了扯，發現拴得很牢。

這個動作引起站在長椅附近兩名侍衛的注意。他們略略一驚，舉高木棍警戒地盯著她。紋暗地微笑，一部分的她很得意就算自己被銬起來又沒有金屬，居然也能讓他們有這種反應。

「泛圖爾貴女，妳，對我來說是個麻煩。」聲音從一旁傳來。紋一手撐起自己，望向長椅把手的另一邊。房間的另一端，大概十五呎外，一名穿著袍子的光頭男子背對著她。他望向面對西方的大窗戶，落日在他身邊周圍刺目鮮紅。

「我該怎麼辦？」尤門問道，仍然沒有轉過頭去看她。「一丁點的鋼，妳就能用我侍衛的釦子殺了他們。一口白鑞就能讓妳舉起長凳，一路砸出房間。唯一的方法就是塞住妳的嘴，讓妳隨時都被下藥，或是殺了妳。」

紋開口想回答，但只能不斷咳嗽。她立刻想燃燒白鑞來增強身體，但沒有了金屬，感覺就像四肢只剩其三。她坐起身時，咳嗽越發嚴重，並且開始頭昏，以前所未有的方式渴望金屬。鎔金術不會像某些草藥或毒藥那樣會讓人上癮，但是在這一瞬間，她可以發誓，所有的專家跟學者都說錯了。

尤門用力一揮手，沒有轉過頭來，仍然直直望著落日。一名僕人上前，爲紋端來一個杯子。她不確定地看著它。

「泛圖爾貴女，如果我要毒死妳，不必先騙妳。」尤門說道，沒有轉身。

有道理，紋自嘲地笑了笑，接下杯子，喝了裡面的水。

「水。」尤門說道。「來自雨水，濾過又淨化過，裡面不會有任何可燃燒的金屬物質。我特別命令它只能被存放在木桶裡。」

聰明，紋心想。在她發現自己是鎔金術師之前，都是不自覺地燃燒來自於地下水或是餐具的金屬存量。

水滿足了她的口渴，也阻止了她的咳嗽。「如果你這麼擔心我吃到金屬的話，爲什麼不堵住我的嘴？」她終於說道。

尤門靜靜地站立片刻，然後轉身，直到她可以看清他眼睛周圍跟臉上的刺青，他的膚色反映出外面落日的深刻色彩。在他的額頭上，戴著唯一的一顆天金珠子。

「有幾個原因。」聖務官王說道。

紋端詳他，又喝了一口水，這動作讓她的手銬發出清脆的敲擊聲。發現它們會阻撓她的行動時，她不滿地瞪著它們。

「那是銀製的。」尤門說道。「據說銀對迷霧之子來說是特別麻煩的一種金屬。」

銀。沒有用，無法燃燒。就像鉛一樣，是完全沒有辦法提供鎔金術力量的金屬。

「的確是不受歡迎的金屬……」尤門朝一旁點點頭。一名僕人走近紋，上面端著一個小東西。她母親的耳針。外表非常不起眼，是以青銅所製成，表面鍍銀。大部分的鍍銀在多年前就已經被磨掉，露出下方褐色的青銅，一看就知道是廉價的小玩意。

「所以，我很好奇妳爲什麼會有這樣的裝飾品。」尤門持續說道。「我讓人檢查過。外面是銀，裡面是青銅。爲什麼是這些金屬？一個對鎔金術師沒用，另一個被認爲對鎔金術而言是最沒有力量的一種。鋼或白鑞的耳環不是比較合理嗎？」

紋看著耳針，手指好想去抓它，即便只是爲了要感覺金屬在指間。如果她有鋼，便可以鋼推耳針，將它當做武器使用。凱西爾曾經叫她戴著耳針，就是爲了這個原因。可是，那是她母親給她的。一名紋從未見過的女子。一名想殺她的女子。

紋抓起耳針。尤門好奇地看著她將耳針塞入耳中。他似乎很……警戒。彷彿正等著什麼。

如果我眞的有什麼計謀，他早就死了，她心想。他怎麼可能這麼冷靜地站在那裡？爲什麼要把我的耳針還給我？即使它不是以有用的金屬製成，我還是有可能用它找到對付他的方法。她的直覺是，他試著利用一個古老的街頭伎倆，有點像是抛把匕首給敵人，好讓對方能先出手攻擊。尤門想要誘發任何她有可能安排的計謀。這手段很蠢。你怎麼能打敗得了迷霧之子？

除非他自己就是迷霧之子，紋心想。他覺得他能打敗我。

他有天金，所以我一動手，他就會燒它。

紋什麼都沒做。沒有攻擊。她不知道關於尤門的直覺是否正確，但不重要。她無法攻擊，因爲耳針並沒有隱藏祕密。事實是，她只想把耳針要回來，它放在她的耳朵上的感覺很對，她已經習慣配戴它了。

「有意思。」尤門說道。「無論如何，妳將會明白我爲何沒有把妳的嘴巴堵起來的原因之一……」說完，他朝門一揮手，雙手重新背在背後，等著僕人將門打開，引入一名穿著依藍德式褐白制服的士兵，士兵手上沒有任何武器。

妳應該殺了他們，滅絕在她腦海中說道。所有人。

「泛圖爾貴女。」尤門沒有看著她。「我必須請妳在除非我示意許可之下，否則不准跟此人談話，要不然我會將他處死，讓妳的軍隊只能再派新的信差過來。」

士兵臉色一白。紋只是皺眉，看著聖務官王。尤門顯然是個沉靜的人，卻故意裝出冷酷的樣子。有多少成分是假裝的？

「如同我的承諾，你可以看到她還活著。」尤門對士兵說道。

「我們怎麼知道這不是坎得拉的僞裝？」士兵問道。

「你可以問問題。」尤門說道。

「泛圖爾貴女。」士兵開口。「您前往城裡宴會前那一晚，晚餐吃了什麼？」

這是個好問題。坎得拉會盤問她重要的事情，例如她跟依藍德第一次見面的地方，可是吃一餐飯這種問題太瑣碎，不會有坎得拉想到要問。如今，如果紋能記得……

她看著尤門。他點點頭，示意她可以回答。「蛋。」她說道。「我潛入城裡時買的新鮮雞蛋。」

男子點點頭。

「士兵，你得到你要的答案了。」尤門說道。「回去跟泛圖爾說，他的妻子還活著。」

士兵退下，僕人關上門。紋坐回長椅上，等著嘴被塞住。

尤門卻沒有動靜，只看著她。

紋回望。終於，她開口。「你覺得你能敷衍依藍德多久？如果你對他有所瞭解，一定知道他的順序先是王，才是男人。即使會害死我，他仍然會做他必須做的事情。」

「早晚吧。」尤門說道。「但到目前爲止，用這方法阻攔他仍然有效。他們說妳向來有話直說，喜歡講重點，所以我就跟妳挑明了講——我抓妳的目的不是要以妳來對抗妳丈夫。」

「是這樣嗎？」她不甚友善地說道。「那你抓我到底爲了什麼？」

「很簡單，泛圖爾貴女。」尤門說道。「我抓妳是爲了處決妳。」

如果他以爲她會很訝異，那她並沒有表現出來，只是聳了聳肩。「沒必要這麼正式。爲什麼不趁我昏迷時直接割了我的喉嚨？」

「這是一座有法治的城市。」尤門說道。「我們不隨便殺人。」

「這是戰爭。」紋說道。「如果你要求殺人還要『仔細』，你的士兵們大概全都會很不高興。」

「妳的罪跟戰爭無關，泛圖爾貴女。」

「哦？那我可以知道是什麼罪嗎？」

「最單純的。殺人。」

紋挑起眉毛。她殺了跟他親近的人嗎？是她一年前攻擊海斯丁堡壘時，塞特隨身帶著的士兵之一？

尤門迎向她的雙眼，她終於看出他隱藏在平靜外表下的厭惡。不，她殺的不是他的朋友或親戚，而是對他而言更重要的人。

「統御主。」她說道。

尤門再次別過頭。

「你不可能眞的打算要爲這件事審判我。」紋說道。「太可笑了。」

「沒有審判。」尤門說道。「我是這個城市中的權威，不需要儀式給我指示或許可。」

紋哼了一聲。「我以爲你說這裡是法治之地。」

「我就是法律。」尤門平靜地說道。「我認爲在我做出決定之前，讓一個人爲自己辯護是很重要的。我會給妳時間整理好思緒。但是，在這裡守衛妳的人有我的命令可以殺死妳，尤其在妳看起來像是把任何未經許可的東西放進妳的嘴裡時。」

尤門轉頭瞥向她。「如果我是妳，就會非常注意自己吃喝什麼。妳的侍衛們都被告知，寧可錯殺，不能縱放，而且他們知道如果一不小心殺死妳，我不會懲罰他們。」

紋頓時僵住，手仍然輕輕地握著杯子。

殺了他，滅覺的聲音低語。妳辦得到。從這些士兵身上奪來武器，用在尤門身上。

紋皺眉。滅絕仍使用瑞恩的聲音，這感覺很熟悉，總像是她的一部分。一旦她發現它是屬於那東西……就像發現她的倒影其實一直都是別人，她從來沒有見過自己一樣。

她忽略那聲音。她不知道滅絕為什麼會想要她試圖殺死尤門，畢竟尤門抓住她——表示聖務官是為滅絕那方工作。況且紋懷疑自己現在有能力傷害任何人。被銬起，又沒有攻擊用的金屬……只有笨蛋才會反抗。

她也不相信尤門宣稱會讓她活著，好讓她能為自己「辯護」。他一定有某種詭計，可是她一時猜不出來。為什麼讓她活著？他這個人太聰明，做事必定有理由。

他毫未暴露自己的動機，再次別過頭，望向窗戶。「把她帶走。」

存留犧牲大部分的意識，建立了滅絕的囚牢，破壞兩方的協定，試圖不讓滅絕毀壞他們創造的一切。這件事讓雙方的力量幾乎再次旗鼓相當——滅絕被囚禁，只能滲透一點點的自己出來。而存留只剩下過去的一絲意識，幾乎無法思考或行動。

這兩個意識當然跟他們的力量是獨立的。事實上，我並不知道思想與人格一開始是如何跟這些力量結合起來的——但我相信他們原本並非如此。因爲雙方的力量都能與主宰他們的意志分離。

55

從村莊回來比去時花了依藍德更多時間。首先，他把很多錢幣都留給了村民。他不知道在未來幾個月中錢對他們有多大的用處，但覺得自己必須做點什麼。接下來幾個月，他們的日子都不會好過，食物存糧幾乎耗盡，房舍被克羅司燒光，水源被灰燼玷污，他們的首都跟國王被依藍德本人率兵圍攻……

我必須專心，我幫不了每個村莊，我得關注於大局，他告訴自己，在落灰中行走。

目前的局勢要求他利用克羅司軍隊去摧毀另一個人的城市。依藍德一咬牙，繼續前行。太陽正悄悄潛向天際，迷霧已經開始出現，被刺目的紅色陽光點亮。在他身後跟著大約三萬隻克羅司。他的新軍隊。

這就是他爲什麼會比來的時候多花一點時間的原因。他想跟克羅司軍隊一起行走，而不是跳在牠們前方，以免牠們的審判者出現把牠們偷回去。他仍然不敢想像這麼大一群克羅司居然不受任何人管轄。

我獨自攻擊了這麼一大支克羅司軍隊，他心想，踏過一片深及大腿的灰燼。我在沒有紋的幫助下辦到這件事，打算靠自己打敗審判者。

他怎麼會覺得自己能夠獨自打敗審判者？凱西爾本人也勉爲其難才能打敗一個那種怪物。

紋現在已經殺死三個了，他心想。我們一起對付他們，但殺死他們的都是她。

他不介意她擁有的能力，但偶爾的確會感到羨慕。這讓他覺得好笑。當他是普通人時，向來不介意這件事，如今他也是迷霧之子了，卻發現自己渴望擁有她的技巧。

但即便戰鬥技巧精湛如她，仍然被抓住了。依藍德踏步前進，心上是甩不掉的重擔。一切都不對勁。

紋被關起來，他卻是自由的。迷霧跟灰燼正在令大地窒息。依藍德雖然力量強大，卻無法保護他愛的人民跟女子。

所以，這就是他慢慢與克羅司同行，而非立刻趕回營地的第三個原因。他需要時間思考。獨處的時間。也許一開始他就是因此而離開。

他知道他們的工作很危險，但他從來沒有眞正想過會失去她。她是紋。她逃得出來。她會活下來。

可是如果這一次她過不了關呢？

他總是脆弱的那一個——在迷霧之子與克羅司世界中的普通人，無法戰鬥的學者，必須仰賴紋的保護。就算在過去一年的戰鬥中，她總是在他身邊。如果她陷入危險，他也會陷入危險，所以他從來沒有時間去思考，萬一他存活下來卻沒有她時該怎麼辦的問題。

他搖搖頭，繼續在灰燼中推進。他可以利用克羅司幫他開道，可是他現在甚至不想靠近牠們。他走在前面，在紅色落日照耀的黑色灰燼大地上，是一個孤單的黑色身影。

落灰越發嚴重。在他離開村莊前，花了一整天要他的克羅司清理街道跟重建房屋，但以灰燼掉落的速度來看，迷霧跟其他流浪克羅司的問題都變得次要。灰燼。光是灰燼就可以殺死他們所有人。它們堆積的高度已經超越樹木跟山丘，有些地方還深及他的腰部。

*也許如果我留在陸沙德，跟我的學者們在一起，我們可以想出阻止的辦法，*他心想。

不可能。他們能怎麼做？把灰山塞起來？找方法把所有灰燼沖入海裡？隔著夜霧，他看到遠方天空有著一抹紅光，太陽應該是在反方向的天際落下，他只能認爲東方的光線是來自於從灰山中升起的火光跟熔岩。

他該拿瀕死的天空、厚到讓人走不過的灰燼，還有爆發的火山怎麼辦？截至目前爲止，他處理這些事情的方法都是忽略它們。

或者，讓紋擔心它們。

這才是讓我擔心的事情。失去我愛的女人已經夠糟了。可是，失去我相信能改變這一切的人……才真正令我害怕。

這是一個奇特的信念。他打從心底的確信任紋，並不只是信任另一個人這麼單純而已。她比較像是一股力量，幾乎像是神？直接了當地這麼想是有點傻，她是他的妻子。即便他是倖存者教會的一員，將她當成神明崇拜還是感覺不太對勁。

並非如此，但他的確信任她。紋以直覺行事，依藍德卻是以邏輯跟思考行事的人。有時候，她能辦到不可能的事情，似乎是因爲她沒有停下來去想這件事到底有多不可能。如果依藍德來到懸崖邊，他會停下來先考慮要跳多遠才能到達對岸。紋就只是直接跳。

如果哪天她跳不到對面怎麼辦？如果他們涉及的事情大到兩個人無法解決，就算其中一人是紋，該怎麼辦？他越想，越覺得連在法德瑞斯找到有幫助的訊息都是很渺茫的希望。

我們需要幫助。依藍德煩躁地想。他停在灰燼中，夜晚終於降臨，黑暗籠罩他。迷霧盤旋。

幫助。這是什麼意思？是沙賽德以前常說的某種神祕神祉嗎？依藍德從不知道統御主以外的神，而且他對那怪物向來沒信心，不過在見過尤門之後，讓他對於某些人是如何崇拜統御主一事有了不同的看法。

依藍德站在原處，抬頭仰望天空，看著灰燼落下，繼續沉默卻無止境地攻擊大地，像是用來悶死入睡者的柔軟枕頭所飛灑出來的烏鴉羽毛。

我們完了，他心想。他身後的克羅司也停下腳步，等著他無聲的命令。這就是結束。一切都要結束。

這個念頭並不是頓時降臨，而是很溫柔，像是蠟燭熄滅後吐出的最後一絲煙霧。他突然知道他們無法對抗這一切——過去一年的所有作爲都徒勞無功。

依藍德跪倒在地。灰燼淹到他的胸口。也許這就是他想走路回家的最後一個原因。當有其他人在時，他覺得自己必須堅強樂觀。可是獨自一人時，他可以面對事實。

於是，在灰燼中，他終於放棄了。

有人在他身邊跟他一起跪下。

依藍德往後一跳，急急忙忙站起，灰燼灑了一片。他此時才想到要驟燒白鑞，讓自己擁有立刻可攻擊的迷霧之子力量。可是，他身邊並沒有人。他全身一僵，開始認爲自己是不是出現幻覺。可是，在他燃燒錫，瞇著眼睛望向落灰片片的黑夜中時，他終於看見那迷霧中的身影。

它其實不是眞的由迷霧組成，應該說是以迷霧勾勒出輪廓。隨機飄移的迷霧畫出它的外形，與人類頗爲類似。依藍德見過這個身影兩次。第一次是在北方統御區的荒野。

第二次，它以匕首劃過他的腹部，讓他幾乎流血致死。

可是，它試圖要讓紋保留昇華之井的力量，用來醫治依藍德。它的意圖是好的，即使依藍德差點因此喪命，況且紋說這東西帶著她找到將依藍德變成鎔金術師的金屬塊。

霧靈看著他，身影在流瀉不斷的迷霧中，幾乎難以辨認。

「你要做什麼？」依藍德問它。「爲什麼來找我？」

霧靈舉起手臂，指向東北方。

它第一次碰見我時就是這麼做，只是指著一個方向，好像要我去某處。我當時沒弄懂它到底想表達什麼。

「唉。」依藍德突然覺得極端疲累。「你有話爲什麼不直接說？」

霧靈靜靜地站在迷霧裡。

「那用寫的吧。」依藍德說道。「用指的沒用。」他知道那東西不論是什麼，都具有某種實體，畢竟它很輕易地就刺穿了依藍德。

他以為那東西會站在原處，可是依藍德訝異地發現它遵照他的命令，跪倒在灰燼中，伸出迷霧組成的手，開始在灰燼裡劃出筆劃。依藍德上前一步，歪過頭去看它在寫什麼。

我會殺了你。死，死，死。

「這……真友善啊。」依藍德說道，感覺一陣詭異的寒意。

霧靈似乎非常頹喪，跪倒在灰燼中，卻沒有留下任何凹痕。

要我信任它時卻寫這種話，好奇怪……依藍德心想。「它可以改變你的文字，對不對？」依藍德問道。「另外一股力量。它可以重寫紙上的文字，所以自然也可以改變寫在灰燼上的東西？」

霧靈抬起頭。

「所以你扯下沙賽德的紙張一角。」依藍德說道。「你不能寫字條給他，因為上面的字會被改掉，你只好做別的事情，比較直接的事情，像是用指的。」

那東西站起身。

「用寫的比較慢。」依藍德說道。「改用誇張的動作吧。我會觀察你手臂的動作，自己拼出字來。」

霧靈立刻開始揮手。依藍德歪著頭，觀察它的舉動。他完全看不懂，更不要提看出字母。

「等等。」他舉起手說道。「這沒用。一則是它正在改變事情，或者你真的不會寫字。」

沉默。

等等。依藍德想道，瞥向地面的字母。如果文字改變了……

「它在這裡對不對。」他說道，突然感覺一陣寒意。「它現在就跟我們在一起。」

霧靈動也不動。

「對的話就跳一跳。」依藍德說道。

霧靈開始像先前那樣揮手。

「這樣也行。」依藍德說道，打了個冷顫。他環顧四周，可是迷霧中什麼都看不見。如果紋釋放的東西在這裡，那它並沒有現身，但是依藍德覺得他可以感覺到有點不同。風略略增強，空氣多了一絲冰寒，迷霧的動作越發焦急。也許只是他的想像。

他將注意力集中在霧靈身上。「你沒有之前那麼……密實了。」

霧靈動也不動。

「這是不的意思嗎？」依藍德煩躁地說道。那東西沒有動靜。

依藍德閉起眼睛，強迫自己專注，回想年輕時他常玩的邏輯遊戲。我需要比較直接的方法，用簡單的對或錯就可以回答的問題。霧靈現在爲什麼比之前更難看清呢？依藍德睜開眼睛。

「你比先前更虛弱了嗎？」他問道。

那東西揮舞手臂。

沒錯，依藍德心想。

「因爲世界要結束了？」依藍德問道。

繼續揮。

「你比另外那個東西弱嗎？被紋釋放的東西？」

揮舞。

「弱很多？」依藍德問道。

它揮手，不過此時看起來有點沮喪。

很好，依藍德心想，但這件事他猜得出來。無論這霧靈是什麼，絕對不是魔法一揮就能解決他們問題的東西，如果是的話，它已經拯救他們了。

我們最缺乏的就是資訊，依藍德心想。我得從這東西身上盡量獲取資訊。

「你跟灰燼有關嗎?」他問道。

沒有動作。

「落灰是你造成的?」他問道。

沒有動作。

「落灰是另外那東西造成的?」

這次它揮手了。

好。「它也造成迷霧白天出現嗎?」

沒有動作。

「你造成迷霧白天出現嗎?」

這個問題似乎讓它想了想,然後稍微揮了揮手。

這意思是「也許」嗎?依藍德猜想。還是代表「一部分」?

那東西不再動作,身影在迷霧中越發難辨。依藍德驟燒錫,卻沒讓那身影更爲清晰。

它似乎在……消失。

「你要我去哪裡?」依藍德問道,爲了自己而問,多於期待對方的答案。「你指……東方?你要我回去陸沙德?」

它又有點懶洋洋地揮手。

「你要我攻擊法德瑞斯嗎?」

它靜止不動。

「你不要我攻擊法德瑞斯嗎?」

它用力揮手。

有意思，他心想。

「迷霧跟這一切有關，對不對？」依藍德說道。

揮手。

「它們殺死我的人。」依藍德說道。

它上前一步，然後停止，看起來帶著焦急。

依藍德皺眉。「你有反應。你的意思是它沒有殺我的人？」

它揮手。

「太可笑了。我親眼看見那些人死掉。」

它上前一步，指著依藍德。他低頭看著腰帶。「錢幣？」他問道，抬起頭。

它又指了一次。依藍德手探向腰帶，裡面只有金屬瓶。他抽出一瓶。「金屬？」

它用力揮手，不斷揮手，揮個不停。依藍德低頭看著瓶子。「我不瞭解。」

那東西停止動作，開始越來越淡，彷彿正在蒸發。

「等等！」依藍德上前一步問道。「我還有問題。你走之前還有一個問題！」

它直視他的雙眼。

「我們能打敗它嗎？」依藍德輕聲問道。「我們能活下來嗎？」

那東西動也不動，然後，稍稍揮手。不是用力地揮手，比較像是遲疑地揮手，不確定地揮手，一直到蒸發的最後，它的輪廓漸漸模糊，直到完全消失不見，彷彿從未出現過。

依藍德站在黑暗中。他轉身看著他的克羅司軍隊，牠們彷彿黑樹林般在他身後等待，然後他再次轉過頭，搜尋霧靈的身影。最後，他只是轉身，繼續用力前進，往法德瑞斯城回去，克羅司跟隨在後。

他感覺比較……堅強了。這很蠢，霧靈其實沒有給他任何有用的資訊，它幾乎像是個孩子，告訴他的事情也都是確認他原本就懷疑的問題。

可是，他越走，步伐越堅定，也許只是因爲他知道世界上有他不明白的東西——意思是，有他看不見的可能。存活的可能。

能夠安全抵達深谷另一端的可能，即便邏輯告訴他，不要跳。

我不知道爲什麼存留決定用盡最後一點生命，在依藍德回法德瑞斯的途中出現在他面前。據我所知，依藍德在那次會面中並沒有知道多少事情，可是當時的存留不過是一個影子，而那影子面對著滅絕具有毀滅性的巨大壓力。

也許存留，或是殘存的存留，想要獨自與依藍德對話，又或者他只是見到依藍德跪在田野間，知道人類的皇帝非常可能就此倒地不起。無論如何，存留確實出現，因而將自己暴露在滅絕的攻擊下。存留再也無法不抬起手指即可驅除審判者，甚至也無法讓人倒下死亡。

當依藍德看到「霧靈」的時候，存留的意識應該已經幾乎完全渙散，我不知道如果依藍德知道在他面前的是一名垂死神祇的話會怎麼辦。因爲在那一晚，他是見證存留殞落的最後一名見證人。如果依藍德在那滿是灰燼的田野中多等幾分鐘，他就會看到一個身體——體型矮小、黑頭髮、大鼻子——從迷霧間落

下，倒在灰燼中。

於是，那屍體孤伶伶地倒在地上，被灰燼掩埋。世界正在死去。它的神，隨之而去。

56

鬼影站在烏漆抹黑的洞穴中，看著他的板子跟紙張。他把板子像是藝術家的畫布一般架起，但上面畫的不是影像，而是構想。凱西爾總在黑板上爲他的集團成員勾勒出計畫的架構，即使鬼影不是要對集團成員解釋他的計畫，只是試圖自己想清楚細節，他仍然覺得這是個好方法。

困難點在於，要如何讓魁利恩在人民面前暴露他身爲鎔金術師的身分。度恩跟他們說過會發生什麼事，所以他們都等著親眼看到實證。只是鬼影的計畫要成功，必須讓公民在公眾場合以所有人都能看到的方式使用他的力量。

我不能只是讓他推某個遠處的金屬，他在黑板上爲自己寫下注記。*我需要他將金屬射入空中，或是灑出一把錢幣，某種很明顯，可以告訴大家注意看的手法。*

這不容易，但鬼影有信心。他在黑板上寫了幾個想法，從聚會時公開攻擊魁利恩，到趁魁利恩以爲沒人在看時騙他使用能力都有。這些想法正慢慢凝結成明確的計畫。

我真的辦得到，鬼影微笑地心想。*我一直那麼敬佩凱西爾的領導能力，可是這沒有我想像中困難。*

至少，他一直這麼告訴自己。他試圖不要去想失敗的代價，試圖不要去想他仍然將貝爾黛當人質，試著不要擔心當他有時候起床時發現錫在半夜燒完，使身體完全麻痺沒有知覺，直到他吃下更多金屬做爲燃料爲止。他試圖不要去思考他的出現、演說和行動在人民間引發的暴動跟衝突。

凱西爾一直告訴他不要擔心。對他來說應該就夠了，不是嗎？

幾分鐘後，他聽見有人靠近，踩在岩石上的腳步聲很輕盈，卻沒有輕到他聽不見的程度。來者有洋裝的磨蹭聲卻不帶半點香水味，讓他很清楚是誰。

「鬼影？」

他放下炭筆，轉過身。貝爾黛站在他「房間」的另一端。他在幾個儲藏櫃子之間用床單隔出一個區塊做他自己的辦公室。公民的妹妹穿著一件美麗的綠白相間貴族禮服。

鬼影微笑。「妳喜歡這些衣服嗎？」

她低下頭，微微臉紅。「我……已經很多年沒穿過這種衣服了。」

「這個城裡誰不是如此。」鬼影說道，放下炭筆，拿塊破布擦手。「可是這也代表要取得很容易，只要知道去哪裡找。看來我幫妳挑的尺寸蠻合身的？」

「是的。」她低聲說道，輕輕走上前。那件禮服穿在她身上真的很好看，鬼影發現她走得越近，他越不知道該將目光往哪裡擺。她看著他的黑板，微微皺眉。「這上面寫的東西……有意義嗎？」

鬼影甩甩頭，拋開自己的幻想。黑板上一堆直線斜線跟注記，光是這樣就已經夠難閱讀了，而讓它更無法理解的不只如此。

「這上面寫的主要是東方街頭俚語。」鬼影說道。

「你成長時說的語言？」她說道，摸著黑板的邊緣，小心翼翼不要碰觸文字本身，以免被她擦糊掉。

鬼影點點頭。

「連用詞都不一樣了。」她說道。「是正？」

「意思是『正在做的事情』。」鬼影解釋。「用這個詞開頭，像是『是正跑那』，意思是我正在跑去那個地方。」

「『是正哪裡怎找去』。」貝爾黛說道，露出笑意，讀著黑板上的文字。「聽起來像胡言亂語！」

「是正哪裡怎找去。」鬼影微笑重複一遍，讓口音完全展現，然後他臉上一紅，別過頭去。

「怎麼了？」她問道。

我在她身邊時為什麼每次都這麼傻氣？他心想。其他人都在笑我的口音——就連凱西爾都覺得我的口音很蠢。結果我居然在她面前就這麼說起來了？

在她到來之前，他感覺很有自信、很踏實地在研究他的計畫。為什麼這女孩每次都能把他從領導者的角色打回原形？變回那個向來都不重要的鬼影。

「你不該為你的口音感到羞愧。」貝爾黛說道。「我覺得蠻有特色的。」

「妳才剛說那是胡言亂語。」鬼影轉回過頭去看她。

「這就是最棒的一點啊！」貝爾黛說道。「它是故意要說得像胡言亂語，不是嗎？」

鬼影想起當初他父母對他開始講方言時的反應，頓時覺得好笑。那時候說著只有他朋友聽得懂的話，讓他覺得擁有某種力量，當然，等到他講得太習慣時，要改回來就變得很困難。

「所以，上面寫些什麼？」貝爾黛看著黑板問道。

鬼影遲疑了。「隨便寫寫而已。」他說道。她是他的敵人——他得記住這點。

「噢。」她說道。某種難解的神色閃過她的臉龐，她別過身去，不再看黑板。

她哥哥從來不讓她參加會議，從來不跟她說任何重要的事情，讓她覺得自己很沒用……

「我需要讓妳哥哥在人前使用鎔金術，」鬼影發現自己如此開口。「讓他們看到他是個偽善的騙子。」

貝爾黛回過頭。

「黑板上都是我的一些想法。」鬼影說道。「大多數都不太好，我有點傾向直接攻擊他，讓他需要保護自己。」

「不會成功的。」貝爾黛說道。

「爲什麼？」

「他不會對你用鎔金術。他不會這樣暴露自己的身分。」

「如果我對他構成足夠的威脅，他就會。」

貝爾黛搖搖頭。「你答應不傷害他的，記得嗎？」

「不。」鬼影抬起手指。「我答應要嘗試尋找別的方法，而且我也不打算殺他。我只要讓他以爲我會殺了他。」

貝爾黛再次陷入沉默。他的心跳猛地漏了一拍。

「我不會的，貝爾黛。」鬼影說道。「我不會殺了他。」

「你保證嗎？」

鬼影點點頭。

她抬起頭，微笑。「我想寫封信給他。也許我能說服他聽你的話，避免整件事發生。」

「好吧……」鬼影說道。「可是妳知道我得先讀過信，才能確保妳不會揭露我們的事情。」

貝爾黛點點頭。

他當然不只讀信這麼簡單。他會將信重寫在另一張紙上，調轉語句順序，加上幾個不重要的字。他在太多盜賊集團中工作過，很清楚密碼信的構造，如果貝爾黛對他是誠實的，由她來寫信給魁利恩的確是好事，只會強化鬼影的地位。

他開口要問她住宿的地方是否可以接受，但一聽到有人來便立刻住口。這次的腳步聲比較重。他猜是葛拉道隊長。

果不其然，不久候，那士兵出現在鬼影「房間」外的轉角口。

「大人。」士兵說道。「你該來看看。」

士兵不見了。

沙賽德跟其他人一起望向窗外，檢視原本魁利恩的士兵駐紮了好幾個禮拜、看守教廷大樓的地方。

「他們什麼時候走的？」微風問道，深思地搓搓下巴。

「剛走。」葛拉道解釋。

這個變化不知為何讓沙賽德覺得其中充滿危機。他站在鬼影、微風，還有葛拉道身邊，但其他人似乎都覺得撤兵是好事。

「這樣會讓溜出去更容易些。」葛拉道說。

「不只如此。」鬼影說道。「這表示我能將我們的士兵納入對抗魁利恩的計畫。我們不可能在有半支軍隊守在門口的情況下把士兵帶出去，可是現在……」

「沒錯。」葛拉道說道。「但他們去哪裡了？你覺得魁利恩懷疑我們嗎？」

微風哼了一聲。「老兄，這聽起來是你家探子的問題。為什麼不派他們去找找軍隊去哪了？」

葛拉道點點頭，沙賽德微微訝異地看到士兵轉過頭去請鬼影確定。鬼影點點頭，隊長走到一旁去發號施令。

他對那男孩的認同高過我跟微風，沙賽德心想。他不該感到訝異。沙賽德自己同意讓鬼影領導，而對葛拉道而言，沙賽德、微風、鬼影可能都是平等的。三人都在依藍德的核心裡，而在這三人之中，鬼影是最好的戰士，所以葛拉道以他為權威的來源是理所當然。

不過看到鬼影對士兵下令感覺很奇怪。鬼影在原本的集團中向來很安靜，但沙賽德開始尊敬這男孩。

鬼影知道該如何以沙賽德辦不到的方式下令，他在鄔都的準備工作極爲周全，還有他打算推翻魁利恩的計畫也是。微風一直說鬼影的計畫中，有相當令人佩服的戲劇張力。

可是，男孩眼睛上的綳帶以及一些他沒有解釋的事情，讓沙賽德覺得自己應該更努力要求答案。但事實上，他信任鬼影。沙賽德從男孩才十幾歲時就認識他，那時他甚至連話都不太會說。

葛拉道走開後，鬼影望向沙賽德跟微風。「怎麼樣？」

「魁利恩在策劃著一些什麼，」微風說道。「但現在就下定論還太早。」

「我同意。」鬼影說道。「目前，我們繼續照原訂計畫進行。」

說完之後，三人分頭離去。沙賽德轉身，回到洞穴的另一邊，那裡有一堆士兵在明亮的燈光下工作。他的手臂上有著熟悉的紅銅意識重量——兩者在前臂，兩者在上臂，其中包含他完成鬼影計畫需要的資訊。

最近，沙賽德不知該做何感想。每次他爬上梯子望向城市，就看到更嚴重的跡象。落灰更多了。地震越來越頻繁，越來越暴力。迷霧在白天滯留的時間越來越長。天色越來越暗，太陽越來越像巨大流血的疤痕，而非光線與生命的來源，灰山甚至讓夜晚的天空都泛著紅光。

他總覺得世界末日應該是人們找到信仰，而非失去信仰的時候。可是他花在研讀宗教的短暫時間，並沒有爲他找到答案。他又刪除了二十個宗教，只留下三十個可能。

他暗自搖搖頭，在工作中的士兵們之間行走。幾群人在裝滿石頭的木頭機具邊工作，這機器會根據槓桿原理落下，堵塞流入石穴的水道，其他人則是在製作會放下機械的吊索。半個小時後，沙賽德確定他們都做得很好，因此重新開始了手邊的計算工作。他走回桌邊時，看到鬼影朝他而來。

「暴動。」鬼影說道，來到沙賽德身邊。

「什麼意思，鬼影大人？」

「士兵都去了那裡。有人開始放火，守衛我們的士兵必須去救火，免得整座城市都燒起來。這裡比中央統御區城市用的木頭更多更易燃。」

沙賽德皺眉。「我擔心我們在這裡的行動變得危險。」

鬼影聳聳肩。「我覺得是好事。城市快要爆炸了，沙賽德，就像我們奪取政權時的陸沙德。」

「那時因爲有依藍德．泛圖爾，城市才免於自我摧毀。」沙賽德輕聲說道。「凱西爾的革命很容易就會變成暴動。」

「一切都會沒事的。」鬼影說道。

沙賽德斜眼瞅著跟他並肩走在石穴中的男孩。他覺得鬼影似乎很努力想要表現出有自信的樣子，但這也可能是因爲自己開始對所有事物都再也無法相信。無論如何，他沒有辦法像鬼影那般樂觀。

「你不相信我。」鬼影說道。

「對不起，鬼影。」沙賽德說。「只是我最近對很多事情都缺乏信念。」

「嗯。」

兩人沉默地並肩而行，終於來到平滑如鏡的地下湖。沙賽德停在湖邊，焦慮齧咬著他的心窩，讓他煩躁地站在原地許久，卻沒有開口。

「你都不擔心嗎，鬼影？」沙賽德終於問道。「擔心我們會失敗。」

「我不知道。」鬼影動來動去地說道。

「而且所有事情不只是這些而已。」沙賽德手朝工作人員比劃著。「連天空似乎都是我們的敵人。大地正在死去。你難道都不會想，這一切有何用處嗎？我們爲什麼要掙扎？反正我們都注定完蛋了！」

鬼影微微臉紅。終於，他低下頭。「我不知道。」他又說了一次。「我……我明白你在做什麼，沙賽德。你正試圖瞭解我是否懷疑自己，我想你眞的能看穿我。」

沙賽德皺眉，但鬼影沒看他。

「你說得沒錯。」年輕人此時擦著額頭說道。「我是會想我是否會失敗。我想廷朵會生我的氣，對不對？她覺得領導者不該質疑自己。」

這句話讓沙賽德一愣。我在做什麼？他心想，對於自己剛才的怒氣覺得相當不可思議。我眞的變成這種人了嗎？我大半輩子都在反抗席諾德，反抗我自己的人民，當時我心中安寧，很有自信我正在做對的事。

結果我來到這裡，這個需要我的地方，卻只是坐在一旁對朋友惡言相向，告訴他們我們都要死了？

「可是，雖然我懷疑自己，但我仍然覺得我們會沒事的。」鬼影抬起頭來說道。

「爲什麼你能這麼說？」沙賽德問道。

「其實我也不知道。」鬼影說道。「我只是……記得你剛到這裡時問我的問題嗎？我們就站在湖的那邊，你問我關於信仰的事情。你問我，如果信仰只是讓人彼此傷害，像是魁利恩對倖存者的信念所造成的事情，那又有什麼用。」

沙賽德望向湖面。「是的。」他柔聲說道。「我記得。」

「我一直在想這件事。」鬼影說道。「現在……我想也許我有答案了。」

「請說。」

「信仰就是，無論發生什麼事都不重要。」鬼影說道。「你總是相信有人在照看我們，總是信任有人會讓一切都安然無恙地度過。」

沙賽德皺眉。

「意思是，總會有辦法可以解決的。」鬼影低聲說道，望著前方，眼神迷濛，彷彿正看著沙賽德看不見的東西。

沒錯，沙賽德心想。這就是我失去的。也是我需要得回的。

我開始明白，每種力量都有三方面：實體，例如滅絕跟存留的創造物；精神，也就是讓整個世界運作的不可見能量；還有意識，也就是能控制能量的意志。

其實不只如此，遠不只如此，只是我尚不瞭解。

57

妳應該殺了他們。

紋抬起頭，聽到一組警衛經過她牢房的門口。滅絕的聲音有個好處——如果有人在附近就會警告她，即使它一直叫她把他們殺了。

一部分的她的確不斷在想自己是不是發瘋了。畢竟她看到又聽到沒有其他人能看到或聽到的東西，可是如果她瘋了，反正她也分不清楚，所以她決定接受自己聽得見的事情，並且充耳不聞。

說實話，她有時候還蠻高興有滅絕的聲音，因為除了它以外，只有她孤獨一人在牢房裡。一切都很安靜，就連士兵都不說話——這應該是尤門的命令。況且每次滅絕說話，她總覺得她又多知道了一些什麼，例如她知道滅絕可以出現在牢房，或是從遠方影響她。當它沒有跟她一起在牢房時，滅絕的話總是比較簡單或模糊。

例如，滅絕命令她殺死侍衛。她不可能辦到，也不可能從牢房中辦到，因此這不是個命令，只是想改變她的心性，這點又讓她想起鎔金術，能夠從大方向影響一個人的情緒。

大方向的影響……

她突然腦中閃過一個念頭。她往外探出——果然，她還能感覺到依藍德給她的一千名克羅司，牠們仍然受到她的命令管轄，在遠方服從她的大致命令。

她能利用牠們嗎？也許傳消息給依藍德？要牠們攻擊城市解救她？無論怎麼想，兩個方法似乎都有漏洞。派牠們去法德瑞斯城只會害死牠們，更遑論也許會打壞依藍德的攻擊計畫。她可以派牠們去找依藍德，但如果牠們正處於嗜血的狀態，侍衛當然會害怕，也許會讓牠們被守營侍衛殺死。況且，如果牠們眞的找到依藍德了，該怎麼辦？她可以命令牠們採取行動，例如攻擊或把某人抱起，但她從未命令其中之一說特定的言詞。

她試圖在腦海中形成這些言詞，然後將這訊息送給克羅司，但她只感覺到對方傳回的迷惘。她得在這方面多下點功夫，而且她越想，越不知道傳訊息給依藍德是否眞爲利用牠們的最佳方法。這可能只是讓滅絕知道她擁有的某樣能力，而這是以前它所不知道的。

「他終於幫妳找到個牢房了。」一個聲音說道。

紋抬起頭，果然它在那裡，仍然使用瑞恩的形體。滅絕跟她一起站在這小牢房裡，它的背脊挺直，幾乎是和藹地低頭看著她。

紋在她的軟榻上坐起。她從來沒想過在所有金屬中，最想念的居然會是青銅。當滅絕以「本尊」出現時，燃燒青銅能讓她透過青銅脈動感覺到它的存在，警告它的到來，即使它沒眞的出現。

「我承認我對妳有點失望，紋。」它使用瑞恩的聲音，裡面卻蘊含著一種……歲月感。某種安靜的智慧。如同父親般的慈祥聲音，配上瑞恩的臉孔，還有明白那東西想摧毀一切的衝動，全部加起來讓她相當不安。

「上次妳被抓起來，在毫無金屬的情況下被銬住時，不到一個晚上就殺死了統御主，推翻帝國。」滅絕繼續說道。「現在妳被老老實實地關了……一個禮拜了吧？」

紋沒有回應。*爲什麼要來嘲笑我？它想知道些什麼嗎？*

滅絕搖搖頭。「我以爲妳至少會殺掉尤門。」

「你那麼關心他的死活做什麼？」紋說道。「我以爲他是站在你那邊的。」

滅絕搖搖頭，雙手背在身後。「原來妳還是不瞭解。你們都站在我這邊，紋。我創造了妳。你們都是我的工具——你們每一個人都是。詹、尤門、妳、妳親愛的依藍德·泛圖爾皇帝……」

「不。詹是你的，尤門顯然也誤入歧途，但依藍德……他會反抗你。」

「他沒有辦法。」滅絕說道。「孩子，這就是妳拒絕瞭解的地方。妳*無法反抗我，因爲光是反抗，妳*就讓我的計畫更往前推進一步。」

「也許邪惡的人會幫助你，」紋說道。「可是依藍德不會。他是個好人，連你也無法否認這點。」

「紋，紋。妳*爲什麼*不明白？這跟善惡無關。道德跟整件事完全無關。好人跟壞人一樣，都會因爲想要的東西而殺人，他們的差別只是在於想要的東西不同。」

紋陷入沉默。

滅絕搖搖頭。「我一直想解釋。我們正在進行的過程，一切的終結——這不是*抗爭*，只是無可轉圜的事物累積。有人能做一個永遠不會停止的懷錶嗎？妳能想像不會耗盡的油燈嗎？一切都會結束。妳把我想成顧店的人好了，打烊的時候會確保燈都關掉，將一切都清乾淨的人。」

有一瞬間，它讓她質疑了。它的話的確有道理。但過去幾年間大地的改變，是在滅絕被解放前就開始產生的變化，這點確實讓她疑惑。

可是，這個對話有哪裡讓她不安。如果滅絕說得絕對正確，那它爲什麼在乎她？爲什麼回來跟她說話？

「我猜你贏了吧。」她輕輕說道。

「贏？」滅絕問道。「妳不懂嗎？我沒有什麼好贏的，孩子。事物的發生都是必然。」

「我明白了。」紋說道。

「也許妳能明白。」滅絕說道。「我想妳是有辦法可以明白的。」它轉過身，開始靜靜地在牢房中來回踱步。「妳知道妳是我的一部分吧？美麗的毀滅者。直接而有效。在我過去短短一千年來佔據的人之中，妳也許是唯一能瞭解我的。」

原來它在炫耀啊！紋心想。所以滅絕才來此處，因爲它希望有人能瞭解它達成的事情。滅絕的眼神中有著驕傲跟勝利感，這是人類的情緒，是紋能理解的情緒。

在那瞬間，滅絕在她的腦海中已經不再是它，而是他。

紋開始第一次思考，也許她能找到方法打敗滅絕。他很強大，甚至強到超越人類能理解的範圍，但她看到他人性的一面，而人性是可以被欺騙、操縱、破壞的。也許這就是凱西爾在命運之夜於統御主眼中得到的結論。她終於覺得她明白了他當時的心情，還有開啓打敗統御主之類大膽計畫的感覺。

可是凱西爾有好多年的時間可以策劃，紋心想。我……我甚至不知道我有多久。我想應該不會太久。

當她正這麼想時，地震就發生了。牆壁開始震動，紋聽到走廊的守衛開始咒罵，有東西倒下、碎裂，而滅絕……他似乎是一臉幸福，眼睛閉起，嘴巴微張，感受建築物跟城市的震動。

終於，一切陷入沉默。滅絕睜開眼睛，盯著她。「我做的一切都跟熱情有關係，紋。跟充滿動力的事件，跟改變有關！所以妳跟妳的依藍德對我如此重要。有熱情的人才是會毀滅的人，因爲熱情必須以願意犧牲的程度才能衡量。他會爲此殺人嗎？會爲此上戰場嗎？會爲此破壞、捨棄他所擁有的，以取得他所需要的？」

滅絕不只覺得他有達成什麼目標，甚至感覺他已經克服了一些事情。儘管他這麼宣稱，總覺得他贏了——他打敗了什麼……可是那是誰，還是什麼？我們嗎？我們根本不是滅絕的對手，紋心想。

一個過去的聲音似乎從久遠以前的時間對她低語。鎔金術的第一條規則是什麼，紋？

後果。作用與反作用。如果滅絕有破壞的能力，必定有抗衡的力量。必須有。滅絕應該有對手。或者該說，他曾經有對手。

「你把他怎麼了？」紋問道。

滅絕遲疑，皺著眉頭轉向她。

「你的對手。」紋說道。「曾經阻止你毀滅世界的人。」

滅絕沉默了很久，然後他微笑，紋看到笑容中的寒意。他知道他是對的。紋確實是他的一部分。她瞭解他。

「你殺了他？」

「存留死了。」滅絕說道。

滅絕聳聳肩。「對也不對。他爲了建造囚牢而耗費很多的自己。他的痛苦維持了好幾千年，如今他終於消失了，而我們的協定也可以圓滿結束。」

存留，紋心想，事件全貌一直缺乏的重要資訊終於出現。滅絕的對手。那樣的力量不可能摧毀他的敵人，因爲他代表破壞的反面，但是囚禁會是他能做到的。

當我放棄井的力量時，便結束了囚禁。

「所以現在妳明白事情的必然。」滅絕柔聲說道。

「你不可能靠自己的力量去創造，對不對？」紋問道。「世界，生命。你不能創造，你只能毀滅。」

「他也不能創造。」滅絕說道。「他只能保存。保存不是創造。」

「所以你們要合作。」紋說道。

「兩者都有承諾。」滅絕說道。「我的承諾是跟他合作來創造妳——能夠思想，能夠愛的生命。」

「那他的承諾呢？」紋問道，害怕自己已經知道答案。

「我終有一天可以毀滅你們。」滅絕再次柔聲說道。「而我來此取得他承諾我的東西。創造的目的就是看著它死去，就像必須講到高潮的故事情節，我做的一切直到終結時，才能算是完滿。」

不可能眞是如此，紋心想。存留。如果他眞的代表宇宙中的力量，那他不可能眞的被摧毀，對不對？

「我知道妳在想什麼。」滅絕說道。「妳不能求助於存留的力量。他死了。因爲他殺不死我。他只能囚禁我。」

是的，最後一部分我早就知道了，你眞的無法讀懂我的心思，對不對？

滅絕繼續說道：「我必須說他的行爲眞惡劣。存留想要閃躲我們的協議，妳不覺得這種行爲很邪惡嗎？我之前說過，善惡與滅絕或存留無關。惡人跟善人都會保護他想要的。」

可是有力量阻止滅絕此時此刻就破壞世界，她心想。雖然他一直講著什麼故事、結局一類的，但他不是會等待「恰當」時機的力量。整件事有很多我不瞭解的部分。

是什麼力量在阻止他？

「我來找妳，是因爲我希望至少有妳可以看著、明白、知道它來臨了。」滅絕說道。

紋整個人緊張起來。「什麼嗎？末日嗎？」

滅絕點點頭。

「多久？」紋問道。

「幾天。」滅絕說道。「不到幾個禮拜。」

紋突然感覺一陣冰寒，終於瞭解。他此時現身來找她，是因為她被抓住了。他認為人類已經沒有希望。他認為他已經贏了。

*這表示有辦法可以打敗他。*她堅定地想。*而且跟我有關。可是我在這裡辦不到，否則他不會來炫耀。*

這表示，她必須要獲得自由。

盡快。

一旦瞭解這些事情，就可以明白，滅絕如何被困住的，即使存留的意識消失，用去創造囚牢。雖然存留的意識已經大半被毀壞，他的精神跟身體仍然存在，而那些仍可阻止滅絕進行徹底的破壞。

至少，阻止他太快地破壞一切。

一旦他的意識從牢房中被「釋放」，毀滅的進展速度頓時便會加快。

58

「只要衝撞這裡，所有的重袋就會落下，四個水閘門會同時關閉，將通往洞穴的水流切斷。」沙賽德說道，指著一根木把。「不過我必須警告你，地面炸起的水花將會相當驚人。應該在兩個小時以內就能塡滿城市的運河，而且我認爲北城區會淹水。」

「淹到很危險的高度嗎？」鬼影問道。

「我想不會。」沙賽德說道。「水會從我們旁邊的交易所街溝沖出去。我檢查了那邊的設施，狀況蠻好的，所以水應該會直接流入運河，然後流出城市。無論如何，當水流來時，我不會想站在街溝裡。水流會很急。」

「我已經處理好了。」鬼影說道。「度恩會確定大家都知道不能站在水道上。」

沙賽德點點頭。鬼影忍不住十分佩服他。那複雜的機械由木頭、齒輪、鐵線所組成，照理應該要花上好幾個月，而非只是幾個禮拜就可搭建完成。四大閘門附近都有很大網袋的石頭，懸吊在空中，準備阻斷河流。

「這太驚人了，阿沙。」鬼影說道。「如果搭配運河水流重新出現這樣驚人的景象，人們一定會聽我們說的話，而不是聽公民的。」微風跟度恩過去幾個禮拜非常努力，不斷地在人群間散播要留意火焰倖存者帶來的奇蹟。某個很神奇、能夠徹底證明誰才是城市眞正主人的跡象。

「我盡力而爲。」沙賽德謙虛地低頭說道。「封口不會完美緊實，不過應該沒關係。」

「大家都知道該怎麼做了嗎？」鬼影轉向四名葛拉道的士兵。

「是的，大人。」領頭的士兵說道。「我們要等信差來，之後扳動這個把手。」

「如果沒有信差，就等晚上時推把手。」鬼影說道。

「還有，不要忘記轉緊另外一個房間的封緊機器，不讓水流離開這個房間，否則湖水早晚會流乾。以防萬一，我們最好保持它的滿漲。」沙賽德抬起手指說道。

「是的，大人。」士兵點頭說道。

鬼影轉頭，看著洞穴。士兵在四周忙碌地準備，他需要動員大部分人好迎接晚上的事件。他們看起來都相當期待，因爲已經被困在洞穴與上方的建築物裡太久。在一旁，貝爾黛帶著興味研究著沙賽德的機器。鬼影離開士兵，快步走向她。

「你眞的要這麼做？」她說道。「讓水重新回到水道？」

鬼影點點頭。

「我有時候會想像，水流再出現會是什麼樣的感覺。」她說道。「城市不會感覺那麼乾枯，而且會變成重要的地方，就像最後帝國早年時那樣。全部都是美麗的水道，不再是地上醜陋的刮痕。」

「那會是很棒的景象。」鬼影微笑說道。

貝爾黛搖搖頭。「我……很訝異你能同時是如此不同的人。爲我的城市做如此美麗的事的人，怎麼能同時策劃如此的破壞？」

「貝爾黛，我沒有策劃毀滅妳的城市。」

「只是它的政府。」

「這是必要的。」

「每個人都把這話說得很輕易。」貝爾黛說道。「可是所有人對於『必要』的定義都不同。」

「我給過妳哥哥機會。」

貝爾黛低下頭。她仍然拿著他們早先收到的一封信——魁利恩的回信。貝爾黛的祈求發自內心，但公民則以侮辱回應，暗示她因爲被囚禁所以被迫寫下這些字句。

我不怕竄位者，信上如此寫道。倖存者本人會保護我。你們得不到這座城市的，暴君。

貝爾黛抬頭。「不要這麼做。」她低聲說道。「請給他更多時間。」

鬼影遲疑。

「沒有時間了。」凱西爾低聲說道。「你必須動手。」

「對不起。」鬼影轉身離開她。「妳跟士兵在一起，我會留下四個人保護妳，不是要防妳逃跑他們也會這麼做。我要妳留在洞穴裡，我不能保證街道的安危。」他聽到她在他身後輕輕地啜泣。他留她一個人站在那裡，走回聚集的士兵身邊。其中一人爲鬼影拿來他的決鬥杖跟燒焦的披風。葛拉道站在士兵的最前方，一臉驕傲。「我們準備好了，大人。」

微風走到他身邊，搖搖頭，決鬥杖敲著地面。他嘆口氣。「又要再來一次了……」

今晚的活動是魁利恩已宣傳了一段時間的演說。他最近停止處刑，彷彿終於明白這些死亡只會讓他的統治根基更不穩定。他顯然打算要走回溫和派，舉辦聚會，強調他爲城市做出的優良貢獻。

鬼影獨自行走在微風、奧瑞安妮、沙賽德前方，後面三人輕鬆地聊著天。幾名葛拉道的士兵也跟在後方，穿著常見的鄔都服飾。鬼影兵分數路，讓每一隊用不同的路徑前往。天還沒黑，所以對鬼影而言，落日仍十分燦爛，迫使他要戴著布條跟眼鏡。魁利恩喜歡在夜晚舉行演說，好讓迷霧在演說進行中來臨，他喜歡這種跟倖存者的關連。

一個身影從旁邊的街溝一拐一拐地走來鬼影身邊。度恩彎腰駝背地前進，披風遮蔽了他的身形。鬼影很敬重他雖然行動不便卻仍然堅持要離開勞難區，選擇親自參與行動，也許這就是爲什麼他成爲城市的地下社會首領的原因。

「一如我們所預期，所有人正聚集在一起。」度恩輕輕咳嗽說道。「你有些士兵已經到了。」鬼影點點頭。

「城市狀況……很不穩定。」度恩說道。「我很擔心。我沒有辦法控制的區域已經開始劫掠禁止進入的貴族豪宅，我的人都忙著在叫人離開街溝。」

「會沒事的。」鬼影說道。「大多數人都會去聽演說。」

度恩沉默片刻。「據說魁利恩會用他的演說來批鬥你，然後命令眾人去攻擊你住的教廷大樓。」

「那麼，幸好我們人不在那裡。」鬼影說道。「就算他眞的需要士兵來維持城內的秩序，還是不該把士兵撤下。」

度恩點點頭。

「怎麼了？」鬼影說道。

「我希望你能應付得過來，小子。今天晚上結束之後，城市就是你的了。請不要像魁利恩那樣虐待它。」

「我會的。」鬼影說道。

「我的人會在聚會時爲你創造混亂。別了。」度恩在下一條街道左轉，消失在另一條街溝小巷裡。

前方已經聚集了許多人群。鬼影拉起披風帽罩，遮住眼睛，穿越人群。他很快便將沙賽德跟其他人留在身後，擠上通往老城廣場的一個坡道。魁利恩選擇在廣場裡進行演講。他的人架起一個木頭舞台，公民可以站在上面面對群眾。演說已經開始。鬼影停在離守衛不遠的地方，許多魁利恩的士兵包圍舞台，觀察著群眾。

數分鐘經過，鬼影用這段時間聆聽魁利恩的聲音，卻沒有專注於他的話。灰燼在他身邊落下，撲灑在人群身上，迷霧開始在空中翻騰。

他聽著，以旁人沒有的能力聽著。他利用鎔金術的奇特力量來過濾跟忽略所有聲音，濾過所有交頭接耳，腳步挪移，咳嗽等聲音，一如他能看穿遮掩的迷霧。他聽到城市的聲音。遠方的喊叫。開始了。

「太快了！」一個聲音低語，一名乞丐來到鬼影的身邊。「度恩送消息來——街道上出現暴動，但不是他引起的！度恩無法控制狀況。大人，城市開始焚燒了！」

另一個聲音開始低語。凱西爾的聲音。「一個很像今晚的夜。光輝的夜晚。當我奪取陸沙德，讓它成爲我的那一夜。」

人群後方出現騷動：度恩的人正在製造令人分心的狀況，魁利恩的一些士兵離開崗位去鎮壓鄰近的暴動，公民則繼續大聲指控。鬼影在魁利恩的話語中聽到自己的名字，但整篇演說對他而言都是噪音。

鬼影揚起頭，看著天空。灰燼朝他落下，彷彿他正在空中飛過。像是迷霧之子。

他的頭罩落下。周圍的人訝異地低語。

遠方鐘聲響起，葛拉道的士兵衝向舞台。在他周圍，鬼影可以感覺到光線。反抗的火光在城市中燃燒，就像是推翻統御主那天夜晚。革命的火把。然後那些人讓依藍德坐上王位。

這一次，他們選擇的會是鬼影。

再也不是弱者，他心想。永遠都不再是弱者！

魁利恩最後的一批士兵從舞台邊跑走，開始跟葛拉道的人打起來。群眾躲避戰鬥的區域，卻沒有人跑走。他們對於今天晚上的活動早有準備。許多人在等待，等著看鬼影跟度恩承諾的徵象，他們在幾個小時前才公布徵象的細節，以避免魁利恩的間諜知曉鬼影的計畫——在運河中的奇蹟，以及證明魁利恩是鎔金術師。

如果公民，甚至是他在舞台上的侍衛射出錢幣，或是利用鎔金術跳入空中，那人民絕對會看到，他們會知道他們被欺騙了，而那就是結局。群眾從咒罵的士兵身邊離開，他們的撤退留下鬼影獨自站立。魁利恩的聲音終於消失，有些士兵正忙著要將魁利恩帶離舞台。

魁利恩的雙眼找到鬼影，此時他終於顯露出恐懼。

鬼影跳起。他無法鋼推，但他以鑠燒白鑞的力量增強雙腿，飛翔而上，輕易地越過舞台邊緣，再低蹲落下。他抽出一柄決鬥杖，衝向公民。

他身後的人群開始大喊。鬼影聽到自己的名字，火焰倖存者。倖存者。他不只要殺死魁利恩，還要摧毀他。就像微風的提議那樣，要瓦解他的政權。此刻，安撫者跟奧瑞安妮都在操控群眾的情緒，讓他們不會驚慌竄逃，要他們留在原地。

好看看鬼影將為他們呈現的一場好戲。

魁利恩身邊的士兵太晚發現鬼影。他輕易地打倒第一人，擊碎第二人帶著頭盔的頭顱，魁利恩大叫要人幫忙。

鬼影朝另一個人揮拳，但他的對手閃開，超出凡人能力的快速。鬼影側踏一旁，勉強閃過攻擊，武器劃過他的臉頰。那人是名鎔金術師——燃燒白鑞的迷霧人。這壯漢沒有劍，而是一柄以黑曜石為刀鋒的斧頭。

白鑞不夠顯眼，鬼影心想。人民根本看不出來是這個人手腳太快還是太耐打。我得讓魁利恩射錢幣。

打手快步退開，顯然注意到鬼影的速度隨之增強。他警戒地舉高武器，卻沒有攻擊。他只需要拖延時間，讓同伴將魁利恩拉到一旁去。打手本身就不容易打倒，他的技巧會比鬼影還優秀，並且更強壯。

「你的家人自由了。」鬼影低聲撒謊。「我們之前救了他們。幫助我們抓住魁利恩，他已經無法掌控你了。」

打手遲疑，放下武器。

「殺了他！」凱西爾喝斥。

這不是鬼影的計畫，但他按照指示，閃進打手的攻擊範圍，那人訝異地轉身，在此同時，鬼影反手一揮，打上他的頭顱，決鬥杖碎裂，打手則跌倒在地，鬼影抓起那人落地的黑曜石斧頭。

魁利恩站在舞台邊緣。鬼影一跳，越過木頭舞台。他可以使用鎔金術，畢竟他並沒有反對鎔金術。只有騙子魁利恩才會不敢使用自己的力量。

「我不怕你！」魁利恩說道，聲音顫抖。「我是受到保護的！」

「殺了他。」凱西爾命令，出現在不遠處的舞台上。通常倖存者只會在他的腦海中說話，除了在燃燒的建築物中那次，他沒有再出現過。這意謂著重要的事情正在發生。

鬼影抓住公民的衣服，將他扯上前。鬼影舉高木頭，黑曜石利鋒上的血跡滴上他的手。

「不！」

這聲音讓鬼影全身一僵，瞥向一旁。她來了，正擠過人群，朝舞台前的空地衝來。

「貝爾黛？」鬼影問道。「妳是怎麼離開石穴的？」

她當然聽不到他說話。只有鬼影超人的聽覺才讓他在恐懼跟打鬥聲中辨認出她的聲音。他跟她隔著遠距離四目交望，看到她的嘴形，但聽不見。

拜託你。你保證過的。

「殺了他！」

魁利恩選擇在此刻掙脫。鬼影轉身，再次用力一抓，幾乎要將魁利恩的衣服扯下，將那人拋在木台上。魁利恩痛得大喊，鬼影雙手舉高武器。

火光中，有東西閃爍。那東西讓鬼影全身一震，但他幾乎沒有感覺到任何衝撞。他踉蹌一步，低下頭，看見身側有血。有東西刺穿他左手臂跟肩膀的皮肉。不是箭，雖然速度像箭。他的手臂垂下，雖然無法感受到痛楚，他的肌肉似乎沒有正常運作。

有東西打到我。一枚……錢幣。

他轉身。貝爾黛站在人群前方，哭泣，手伸向他。

我被逮捕的那天她也在，鬼影麻木地想。就站在她哥哥身側。他總不讓她離身。我們以爲是爲了保護她。

還是其實反過來？

鬼影站得更挺。魁利恩在他身前嗚咽出聲。鬼影手臂上被貝爾黛擊中的地方滴血不停，但他忽視傷口，直盯著她。

「鎔金術師是妳，」他說道。「不是妳哥哥。」

然後，群眾開始尖叫，應該是微風的驅促。「公民的妹妹是鎔金術師！」

「騙子！」

「他殺了我叔叔，卻讓自己的妹妹活著！」

經過仔細講解且安排的人民此時看到鬼影承諾的證據，高聲尖叫。那不是他原本計畫的目標，可是他開始的步驟如今已無法被遏止。人群包圍在貝爾黛身邊，憤怒地大喊，不斷推擠著她。

鬼影朝她走向一步，舉高受傷的手臂，然後，影子落在他身上。

「她一直打算背叛你。」凱西爾說道。

鬼影轉身看著倖存者。他高大而驕傲，正是面對統御主那天的樣子。

「你一直等著殺手的到來，」凱西爾說道。「卻沒發現魁利恩已經派來殺手——他的妹妹。你不覺得他讓她離開，進入敵陣很奇怪嗎？她是被派去殺你的。你、沙賽德、微風。問題是，她是個被寵壞的富家小姐。她不習慣殺人。她從來就不習慣。她向來對你不構成威脅。」

群眾湧上，鬼影轉身，擔心貝爾黛，但看到人民只是將她拉向舞台時，他冷靜了一點。「倖存者！」人民反覆高喊。「火焰倖存者！」

「王！」

他們將貝爾黛推上高台，拋在他面前。她紅色的衣服被撕爛，身上多處瘀青，頭髮一團雜亂。在一旁的魁利恩呻吟。鬼影似乎在沒有意識的情況下打斷了他的手臂。

鬼影想幫貝爾黛站起來。她身上有多處割傷，但還活著，而且在哭泣。

「她是他的護衛。」凱西爾走到貝爾黛身邊。「所以她一直跟他在一起。魁利恩不是鎔金術師。他從來都不是。」

鬼影跪在女孩身邊，看到她身上的瘀青，令他心疼又自責。

「現在，你必須殺了她。」凱西爾說道。

鬼影抬起頭，臉頰上被打手劃傷的地方滲著血，一路沿著下巴滴下。「什麼？」

「鬼影，你想要得到力量嗎？」凱西爾上前一步說道。「你想要成爲更優秀的鎔金術師？那份力量必須來自某處，從來不是免費的。這女人是名射幣。殺了她，你就能得到她的能力。我會把她的能力給你。」

鬼影低頭看著啜泣中的女子，感覺周圍一切都不眞實，彷彿他人不在這裡。他的呼吸困難，每次喘息都是掙扎，雖然有白鑞的力量，身體仍然顫抖。人民喊著他的名字。魁利恩正喃喃自語些什麼。貝爾黛持續哭泣。

鬼影伸出滿是鮮血的手，扯掉眼罩，眼鏡落下，他跌跌撞撞地站起，看著城市。

看見它在燃燒。

暴動的聲音在街道中迴蕩。十幾個地方都在起火，點亮了迷霧，讓城市籠罩著地獄般的光芒。一點也不是革命之火。是毀壞之火。

「這是錯的……」鬼影低語。

「你會得到城市，鬼影。」凱西爾說道。「你會得到你一直想擁有的！你會像依藍德，像紋，比他們兩個人都更優秀！你會擁有依藍德的頭銜與紋的力量！你會像神一樣！」

鬼影別過頭，不再看燃燒的城市。有東西吸引了他的注意力。魁利恩正伸出完好的手臂，朝向……朝向凱西爾。

「求求您。」魁利恩低語，彷彿只有他能看見倖存者，但周圍別人都不行。「凱西爾神君，您為何捨棄我？」

「我給了你白鑞，鬼影。」凱西爾憤怒地說道，不看魁利恩。「你現在要拒絕我嗎？你必須抽出支撐舞台的鋼刺，然後抓住這女孩，將她按在自己的心口。用尖刺殺了她，然後把尖刺刺入自己的身體。這是唯一的方法！」

用尖刺殺了她……鬼影心想，感覺麻木。這一切都是從我幾乎死去的那天開始。我在市場上跟打手對打。我用他當盾牌，可是……另一個士兵還是不停攻擊，隔著他的朋友，刺中了我。

鬼影歪歪倒倒地離開貝爾黛，跪在魁利恩身邊。鬼影強迫他躺在木板上，魁利恩大喊出聲。

「就是這樣。」凱西爾說道。「先殺了他。」

可是鬼影沒有聽他說話。他扯爛了魁利恩的襯衫，在肩膀跟胸口搜尋，兩邊都一切正常。但是，公民的上臂被一段金屬刺穿，像是青銅。鬼影以顫抖的手拔出尖刺。魁利恩尖叫。

凱西爾也尖叫。

鬼影轉身，手中握著滿是鮮血的青銅尖刺。凱西爾相當憤怒，雙手如爪，向前一步。

「你是什麼東西？」鬼影問道。

那東西尖叫，但鬼影忽略他，低頭看著自己的胸口。他扯開襯衫，露出肩膀上已經復原大半的傷口。那裡還有一點金屬，是劍尖。那柄劍穿過鎔金術師，殺了那人，然後進入鬼影的身體。凱西爾說不要動那碎片，當成鬼影的紀念。

尖刺從鬼影的皮膚突出。他怎麼會忘記？他怎麼會忽略自己身體內有這麼大一塊金屬？鬼影伸出手。

「不要！」凱西爾說道。「鬼影，你想變回普通人嗎？你想變成沒有用的人嗎？你會失去你的白鑞，繼續當個弱者，就像你讓你叔叔死去時那樣！」

鬼影遲疑了。

不對，不是這樣。鬼影心想。我原本打算揭露魁利恩，要他當眾使用鎔金術，可是……我卻直接攻擊了他。我想要殺人。我忘記計畫與準備。我爲城市帶來毀壞。

這是不對的！

他從靴子裡抽出玻璃匕首。凱西爾在他耳邊發出可怕的尖叫，可是鬼影還是舉起手，劃開胸口的肌膚，以經過白鑞增強的手指探入，捏住埋在裡面的金屬片。

然後，他將之拔出，拋向舞台的另外一端，因浮現的痛楚而震驚大喊。凱西爾立刻消失，鬼影燃燒白鑞的能力也隨之不見。

一切同時襲上他的身體。在鄔都這段期間過分逼迫自己的疲累，他一直忽視的傷口，白鑞一直在協助他抵抗的光線、聲音、氣味、觸覺，全部一起爆發，像是某種力量一般壓制他，將他推倒。他倒在平台上。

他呻吟出聲，再也無法思考。他想讓黑暗就這樣把他帶走。

她的城市正在燃燒。

黑暗……

數千人會死在火焰中。

迷霧撫弄著他的臉頰。在噪音中，鬼影讓他的錫減弱，減低他的感官，讓身體充滿幸福的麻痺感。這樣比較好。

你想像凱西爾那樣嗎？眞的想像凱西爾那樣嗎？那就在被打倒時，繼續戰鬥！

「鬼影大人！」聲音很遙遠。

活下來！

伴隨著一聲痛苦的大叫，鬼影驟燒錫，金屬一如往常帶來一波感官衝擊——數千種感覺，同時刺激他。痛楚。觸覺。聽覺。聲音。嗅覺。光線。

還有清醒。

鬼影強迫自己跪起，咳嗽不停，血依舊沿著他的手臂流下。他抬起頭，看到沙賽德正朝舞台跑來。

「鬼影大人！」沙賽德說道，邊跑邊喘氣。「微風大人正試圖壓制暴動，但我想我們把這座城市逼過頭了！人民憤怒到要毀掉這個城市。」

「火焰。」鬼影沙啞地說道。「我們得熄滅火焰。城市太乾了，太多木頭。它會燃燒，把所有人都燒死。」

沙賽德一臉嚴肅。「沒有辦法了，我們必須離開。這場暴動會毀了我們。」

鬼影瞥向一旁。貝爾黛正跪在她哥哥身邊爲他包紮傷口，然後替他的手臂做了個臨時的吊帶。魁利恩瞥向鬼影，一臉恍惚，彷彿他剛從夢中醒來。

鬼影歪歪倒倒地站起。「我們不能放棄這座城市，沙賽德！」

「可是——」

「不！」鬼影說道。「我逃離陸沙德，留歪腳去送死。我拒絕再來一次！我們可以阻止火焰，我們只需要水。」

沙賽德一愣。

「水。」貝爾黛站起身說道。

「運河很快就會漲滿。」鬼影說道。「我們可以組織救火隊——利用返回的水來阻止火焰。」

貝爾黛低頭。「鬼影，水不會來的。你留下的守衛……我用錢幣攻擊了他們。」

鬼影感覺一陣冰寒。「全死了？」

她搖搖頭，髮絲凌亂，臉上有著刮痕。「我不知道。」她低聲說道。「我沒檢查。」

「水還沒來。」沙賽德說道。「閘門……應該要被放下了。」

「那我們去把水引來！」鬼影喝斥。他猛然轉向魁利恩，腳下突然一軟，感覺暈眩。

「你！」他指著公民說道。「你要當這個城市的國王？那就去領導這群人。控制他們，要他們準備滅火。」

「我不行。」魁利恩說道。「他們會爲我做過的事殺死我。」

鬼影腳下一歪，頭暈目眩。他抓著一根橫樑穩住自己，一手捧著頭。貝爾黛朝他走了一步。

鬼影抬起頭，與魁利恩四目交望。城市的火災明亮到他驟燒的錫讓他很難見物，但是他不敢釋放金屬——現在讓他保持清醒的，只剩下噪音、熱氣，還有痛楚。

「你要去找他們。」鬼影說道。「我他媽的根本不管他們是不是會把你撕碎，魁利恩，你要給我去救城市。你敢不去，我會親自動手殺了你。聽懂了沒？」

公民全身一僵，然後點點頭。

「沙賽德，帶他去找微風跟奧瑞安妮。」鬼影說道。「我要去地下湖。無論如何，我都會讓水湧入運河。叫微風跟其他人組織救火隊，一有水就準備開始滅火。」

沙賽德點點頭。「這樣很好，葛拉道會帶著公民去。我跟你一起。」

鬼影疲累地點點頭。就在沙賽德離開去找帶兵在廣場周圍圍了一圈士兵的隊長時，鬼影從舞台上爬下，強迫自己開始朝密室移動。

他旋即注意到有人趕上他。片刻後，那人經過他，然後跑走。他有一部分的意識知道沙賽德決定繼續前進是好事，因爲沙賽德建造了會讓城市淹水的機械，由他來扳動把手是對的。他不需要鬼影。

繼續走。

於是他繼續走，彷彿每一步都是要爲他對城市帶來的災難贖罪。不久後，他注意到有人在他身邊，爲他的手臂繫上綳帶。

他眨眨眼。「貝爾黛？」

「我背叛了你。」她低下頭說道。「可是我沒有選擇。我不能讓你殺了他。我……」

「妳做得對。」鬼影說道。「有東西……有東西在干擾我，貝爾黛。它控制了妳哥哥，也幾乎控制了我，我不知道，可是我們得繼續前進。密室快到了，就在那個坡道前面。」

兩人一起走著，她扶著他。鬼影還沒走到，就聞到煙味，看到火光，感覺到熱力。他跟貝爾黛站在坡道的上面，幾乎是四肢著地爬上去，因爲她幾乎跟他一樣疲累。但是，鬼影早就知道他會找到什麼。

教廷大樓跟城市中許多區域一樣正在燃燒，沙賽德站在前面，手擋著眼睛。對鬼影過度敏感的感官，火焰的亮度大到他必須別過眼，熱到他覺得自己離太陽只有幾吋之近。

沙賽德試圖要更靠近建築物，卻被逼退。他轉向鬼影，遮著臉。「太熱了！」他說道。「我們得找點水或沙先把火滅了才能下去。」

「太慢了……」鬼影低語。「那會浪費太多時間。」

貝爾黛轉身，看著她的城市。在鬼影的眼前，煙霧似乎在燦爛的空中扭曲攀升，彷彿要迎接落灰。

他一咬牙，蹣跚地朝火走去

「鬼影！」她大喊。可是她毋須擔心。火焰太燙，痛楚強烈到鬼影還走不到一半就得後退。他跌跌撞撞地走開，站回貝爾黛跟沙賽德身邊，靜靜喘氣，眼睛因痛楚而流淚。他增強的感官讓他比平常人更無法靠近火焰。

「我們在這裡無能爲力。」沙賽德說道。「必須召集人手後再回來。」

「我失敗了。」鬼影低語。

「我們都一樣。」沙賽德說道。「這是我的錯。皇帝要我負責。」

「我們應該要爲城市帶來安定。」鬼影說道。「不是毀滅。我應該要能阻止火災，可是，我太痛了。」

沙賽德搖搖頭。「鬼影大人，你不是神，能任意操縱火焰。你跟我們其他人一樣，我們都只是……人。」

鬼影允許他們將他拉開。沙賽德當然說得沒錯。他只是人。只是鬼影。凱西爾仔細地挑選了他的集團成員，他死時留了一張紙條給他們，上面列出其他人——紋、微風、多克森、歪腳，還有哈姆。他提及他們，以及他爲何挑選他們。

可是沒有鬼影。唯一與他們格格不入的人。

我爲你起了名字，鬼影。你曾是我的朋友。

這樣還不夠嗎？

鬼影全身一僵，強迫另外兩人也停下腳步。沙賽德跟貝爾黛轉頭看他。鬼影凝視著黑夜。過度明亮的黑夜，煙味濃重。

「不。」鬼影低語，自從夜晚的暴動開始，第一次感覺完全清醒。他將手從沙賽德的手中抽開，跑回燃燒中的建築物。

「鬼影！」兩個不同的聲音在黑夜裡尖聲叫喊。

鬼影走向火焰。他的呼吸變得粗重，皮膚變得炙熱。火焰很明亮，亮得吞沒一切。他朝火裡直衝，然後在痛楚強到他無法忍受時，熄滅了錫。

變得麻痺。

就像之前，他被困在那棟樓中沒有任何金屬可用時一樣。驟燒錫許久讓他的感官敏銳度增加，但沒有燃燒錫的時候，同樣的感官變得遲鈍不已。他的整個身體變得麻痺，缺乏感覺或觸覺。

他闖入建築物，四周的火焰如雨落下。

他的身體燃燒，可是他感覺不到熱度，痛楚也無法將他逼退。火焰很明亮，讓他衰弱的眼力仍然能見物。他向前衝，無視於火焰、熱力、煙霧。

火焰倖存者。

他知道火焰正在殺死他，可是他強迫自己前進，在痛楚早該讓他昏厥時仍然強迫自己前進。他來到後方的房間，半滑半溜地爬下破碎的梯子。

石穴一片漆黑。他跌跌撞撞地走入，推開櫃子跟家具，沿著牆壁的動作慌亂，他知道時間不多了。他的身體已經不聽使喚——他逼迫自己太久，也不再有白鑞可用。

他很高興四周如此漆黑。當他終於撞上沙賽德的機器時，知道如果自己能看見火焰對手臂造成的損害，他會被嚇壞。

他輕聲呻吟，一面摸著尋找手把——至少在他已麻痺的手心下希望是把手的東西。他的手指已經無法作用，所以他只是用力去撞它，照沙賽德的描述啓動齒輪。

然後，他滑倒在地，只感覺到冰冷與黑暗。

囑託

PART V
TRUST

PART V

TRUST

我不知道克羅司到底在想些什麼——牠們保留多少記憶，還能體驗哪些人類情感。不過我知道，我們發現了那隻自稱爲人類的克羅司是極端的幸運。沒有牠想要再次成爲人類的努力，我們可能永遠不會瞭解克羅司、血金術和審判者之間的關係。

當然，牠還有別的角色，確實不大，但整體而言，仍然很重要。

59

鄔都曾經有過更好的日子。

紋在這裡可是使出全力了，坦迅心想，走過城市，對周遭的破壞感到震驚。兩年前，在牠被派去監視紋之前，曾經是史特拉夫・泛圖爾的坎得拉，因此經常造訪鄔都。雖然它從來沒有陸沙德那麼宏偉或廣泛的貧困，但原本是個很好的城市，值得做爲豪門世族的根據地。

而今，有三分之一的城市被燒毀。那些沒燒壞的建築物要不就是廢棄，再不就是太擁擠。可是，更驚人的是運河。運河不知如何被填滿了。坦迅一屁股坐下，看著臨時拼湊出來的船隻偶爾穿過運河，撥開沾滿灰燼的水面。有些地方被廢棄物跟垃圾阻塞，但大部分都容許船隻通過。

牠站起身，搖著狗頭繼續前進。牠把有裝著凱西爾骨頭的袋子藏在城外，不想因爲在身上背個袋子而引人注目。

燒毀城市卻又恢復運河的目的是什麼？牠可能要晚點才能找到答案。外頭沒有看到軍隊，所以如果紋來過這裡，也早已經去了別的地方。如今牠的目標是想要找到這殘破城市的領導者，然後繼續前進，追尋世紀英雄。

牠邊走，邊聽到人們談論是如何在燒光這麼大一片城市的火災中存活下來。他們居然顯得頗爲高興，當然也有絕望的人，但快樂的比例顯得有點不正常。這不是個被征服的城市。

他們覺得他們打敗了火災，坦迅心想，走在一條較爲擁擠的街道。他們不認爲失去三分之一的城市是個災難——他們認爲能救下三分之二是奇蹟。

牠跟著人群走向城市中心，在那裡，牠終於找到預期中應該有的士兵——他們絕對是依藍德的士兵，制服上有矛跟捲軸的紋飾。可是他們守護的位置令人匪夷所思：一棟教廷大樓。

坦迅歪著頭，坐在地上。這棟建築物顯然是某個指揮中心，人們在士兵眼皮下來來往往，如果牠想得到答案，就得進去。牠考慮是否該去城外拿凱西爾的骨頭進來用，可是很快就放棄這個想法。牠不確定自己是不是想處理倖存者再度出現的影響。有另外一個進去的方法——可能同樣令人震驚，但至少不會造成信仰上的震撼。

牠走到建築物門口，上了台階，引來幾人驚訝的注視。牠走上前門時，一名侍衛對牠打喊，朝牠的方向揮舞著矛柄。

「注意！」那人說道。「這裡不准帶狗。這是誰的狗？」

坦迅坐回地上。「我不屬於任何人。」牠說道。

侍衛震驚地往後退，坦迅享受某種扭曲的愉悅感，但牠立刻責怪自己，世界都要結束了，牠還有空到處隨便嚇士兵。牠從來沒想過，不過這的確是使用狗體的優點之一……

「什麼……？」士兵說道，轉頭看著四周，彷彿以爲被人捉弄了。

「我說，我不屬於任何人。我是我自己的主人。」坦迅重複。

這是個奇怪的概念，其重要性應該是侍衛永遠無法理解的。坦迅，一名坎得拉，居然離開家鄉卻沒有契約。就牠所知，牠是七百年來族人中第一個這麼做的。這件事令牠感覺到出奇地……滿意。

現在已經有不少人盯著牠瞧。其他侍衛走上前來，希望同伴能給予解釋。

坦迅賭上一把。「我是泛圖爾皇帝派來的。」牠說道。「我帶來訊息要給你們這裡的領導人。」

坦迅很滿意地發現幾名侍衛當場吃了一驚，可是第一名侍衛，如今已經是應付會說話的狗的老手，抬起一隻遲疑的手指，指著建築物。「在裡面。」

「謝謝。」坦迅說道，站起身，穿過如今完全沉默的眾人，進入了教廷辦公室。牠聽到後面有人在說是「把戲」，還有「訓練良好」，也注意到幾個侍衛表情緊急地跑過牠身邊。牠繞過一群群與一排排人，沒人知道建築物入口發生的奇特事件。在隊伍的最後面，坦迅發現是……

微風。安撫者坐在如皇位般的椅子上，拿著一杯酒，看起來非常滿意自得，一面宣告定奪，一面解決紛爭。他看起來跟坦迅在擔任紋的僕人時一個樣。其中一名士兵對微風低聲說了幾句話。兩人同時看著走上隊伍最前方的坦迅。侍衛臉色微微一白，可是微風只是向前彎腰，微笑。

「你一直都是坎得拉，還是最近剛把紋的狗骨頭給啃了？」他問道，手杖輕敲著大理石板地。

坦迅坐下。「我一直是坎得拉。」

微風點點頭。「我早知道你有問題，以狼獒犬而言，實在太乖了。」他微笑，啜著酒。「是雷弩大人吧？好一陣子沒見了。」

「我其實不是他。」坦迅說道。「我是不同的坎得拉。事情很……複雜。」

這句話讓微風愣了一下。他打量坦迅，讓坦迅隨即感覺到一陣驚慌。微風是名安撫者，而如同所有的安撫者，他有佔據坦迅身體的能力。這就是祕密。

不，坦迅堅定地告訴自己。今日的鎔金術師不比以往，只有靠硬鋁才能控制坎得拉，而微風只是迷霧人，他無法燃燒硬鋁。

「你工作中還喝酒啊，微風？」坦迅問道，挑起一邊狗眉毛。

「當然。」微風端起酒杯說道。「如果不能決定自己的工作規則，那當老大還有什麼意思？」

坦迅哼了一聲。牠向來不怎麼喜歡微風，但這可能是因爲對安撫者的成見。或者該說，對所有人類的成見。無論如何，牠對閒聊沒有興趣。「紋呢？」

微風皺眉。「我以爲你帶來她的消息？」

「我對侍衛說謊。」坦迅說道。「我其實是來找她的。我帶來她需要知道的資訊，跟灰燼和迷霧有關。」

「那麼，老兄……呃，我想我應該說，老狗兄，我們先把這邊結束，再帶你去跟沙賽德談談。他比我更擅長這種事。」

「……在鬼影生死懸於一髮的情況下，我認爲讓微風大人來指揮會比較好。」泰瑞司人說道。「我們在不同的教廷大樓中開始營運，因爲那些地方的設計似乎很適合做爲行政中心，讓微風開始聽不同人們的請求。我認爲他比我更擅長於處理人的問題，而且他似乎喜歡處理市民們的日常疑難。」

泰瑞司人坐在椅子上，桌面上攤著一本文件夾，旁邊有一堆筆記。不知爲何，坦迅覺得沙賽德看起來有點不同。守護者穿著同樣的袍子，手臂上有同樣的藏金術護腕，卻還是覺得少了點東西。

但那是坦迅最不在乎的事情之一。

「法德瑞斯城？」坦迅問道，坐在自己的椅子裡。他們在大樓中比較小的一間房間裡，這裡曾經是聖務官的臥居，如今裡面只有桌子跟椅子，牆壁跟地板如眾人對鋼鐵教廷家具的揣想一樣冷硬。

沙賽德點點頭。

「她跟皇帝希望能在那裡找到另一個儲藏窟。」

坦迅氣餒地坐倒。法德瑞斯城在帝國的另外一邊。即使牠有力量的祝福，也要花好幾個禮拜才能去到。牠會有非常、非常遠的一段距離要跑。

「我能請問你去找紋貴女有什麼事嗎，坎得拉？」沙賽德問道。

坦迅遲疑片刻。

剛才跟微風如此坦白地交談，現在又跟沙賽德如此直接地對話，讓牠感覺很奇特。坦迅身為狗的時候，觀察了他們好幾個月。他們從未認識牠，但牠感覺自己好像認識他們。

例如，牠知道沙賽德很危險的。泰瑞司人是守護者——一群坦迅跟牠的同伴被訓練要避免的人。守護者們總是在尋找傳言、神話、故事。坎得拉有許多祕密，因此如果守護者發現坎得拉的豐富文化，結果可能會很嚴重。他們會想要研究、問問題、紀錄所有發現的事。

坦迅開口，原本想說「沒什麼」，可是打住自己。牠不是想要有人幫牠回答坎得拉文化遭遇的問題？找一個專注於宗教，而且可能對神學很瞭解的人？某個熟知世紀英雄傳說的人？除了紋以外，整個集團中坦迅最看重的人，就是沙賽德。

「這跟世紀英雄有關。」坦迅小心翼翼地說道。

「還有世界末日的到來。」

「啊。」沙賽德站起身說道。「好吧，我會提供你所有需要的補給品。你會立刻出發嗎？還是要留在這裡休息一陣子？」

什麼?!坦迅驚愕地想。沙賽德聽說跟宗教有關的事情卻絲毫不為所動，這完全不像他啊。

可是沙賽德繼續說話，彷彿坦迅剛沒暗示牠將披露牠們這一族中，最重大的宗教祕密。

我永遠無法瞭解人類，牠搖頭心想。

存留爲滅絕創造的囚牢並非使用存留的力量，雖然那是屬於存留的。存留犧牲了他的意識，也可以說是他的心智來創造這個囚牢，因此也留下了自己的影子。但是滅絕一逃出後，便開始孤立、扼殺他敵人殘餘的部分。我不知道滅絕是否覺得存留居然將自己與力量來源斷絕，願意放棄所有的能耐給世界上的人類聚集、使用，而感到怪異。

在存留的選擇中，我看到高尚的情操、聰明的手法，還有絕望的決定。他知道他無法打敗滅絕。他放棄太大的一部分的自己——代表穩定與固定。他無法破壞，就算是爲了保護也不行。這完全違背他的本性，因此他需要囚牢。

可是人類是滅絕跟存留創造的——有一部分存留的靈魂提供他們意識與榮譽感。爲了讓世界能存活下來，存留知道他必須仰賴他的創造物，要將他的信任託付給他們。

當這些創造物不斷令他失望時，不知道他的想法如何。

60

紋認爲，想騙人最好的方式，就是給他們想要的。至少按照他們期待去做。只要他們認爲自己先人一步，就不會檢視是否有遺漏之處。

尤門精心設計過她的牢房。任何用來搭建她的軟榻或是日常用品的金屬在鎔金術上都是無用的。銀雖然昂貴，卻似乎是他偏好的選擇——但連銀都用得很少，只用在幾個紋用指甲轉下的螺絲上而已。

她的餐點是油膩、無味的淡粥，以木碗裝呈，木湯杓為餐具。她的侍衛全是殺霧者：他們手中握著木杖，身上沒有金屬，被訓練來對抗鎔金術師。她的房間是簡單的石頭構造，有實心的木門，門栓跟絞索都是銀製品。

她從侍衛的態度看得出來他們認為她會動手腳。尤門將他們訓練得很好，所以當他們把食物從門縫下方塞入時，她可以從他們的身體語言與撤退速度看出他們有多緊張，好像在餵毒蛇一樣。

所以他們第二次要將她帶去見尤門時，她發動了攻擊。

門一開，她便揮舞著從床拆下來的木腳揮打，她打中第一名侍衛的手臂和第二名侍衛的後腦勺，放倒兩人。她的攻擊在沒有白鑞的情況下感覺很弱，可是已是她盡力而為的結果。她連忙跑過第二名侍衛，以肩膀撞上第三名侍衛的腹部。她的體重不重，但足以讓他拋下木杖，再被她立刻抓起。

哈姆花了很長的時間用木杖訓練她與人對打，也經常強迫她在沒有鎔金術的情況下戰鬥。所以雖然侍衛都有心理準備，但見到沒有金屬的鎔金術師仍能惹出這麼多麻煩，還是讓他們相當訝異。這麼一來，讓她邊逃邊又打倒兩人。

可惜的是，尤門不是笨蛋。他派來接她的侍衛人數多到就算紋打倒四個人也不是問題。她牢房外的走廊中至少擠了二十人，即使打不過她，光用堵的就能堵住她的出路。

她的目標是讓他們得到他們想要的，而不是害死自己，所以一旦她確定自己的「逃跑嘗試」不會成功，她就讓其中一名士兵打中她的肩膀，悶哼一聲拋下木杖。在繳械之後，她舉高雙手，往後退開。士兵們往她雙腿一掃，令她趴倒在地，一群人蜂擁而上壓著她，直到她的雙手被銬住。

紋忍受他們的對待，肩膀陣陣疼痛不斷。她要多久才能習慣自己沒有金屬，不會讓直覺的第一反應總是燃燒白鑞呢？希望她永遠不知道需要多久。

終於，士兵們把她拉起來，將她推往走廊。她踢倒的三人，包括被她打掉武器的第四人，都不太高興地抱怨數聲，揉著自己的傷處，剩下的人更加警戒地盯著她。看來她原本以爲的警備力高峰還有往上突破的可能。

她沒再給他們惹麻煩，直到來到尤門的議事廳。當他們將她的手銬綁上長凳時，她掙扎了一會兒，引來侍衛以膝蓋朝她的腹部重重一頂。她驚喘一聲，倒在長凳旁的地上，然後一面呻吟，一面以她用底衫浸泡取得的粥油擦拭手跟手腕。那東西又臭又黏，卻非常潤滑，而被她試圖逃跑的動作分神的侍衛，完全忘記要搜她的身。

「妳沒有任何金屬可以燃燒，不可能會想逃跑吧。」尤門問道。

紋抬起頭。他再次背向她，現在面對的是一片黑暗的窗戶。紋覺得看得到迷霧靠著玻璃盤旋是件很奇怪的事情，大多數司卡負擔不起玻璃，而大多數貴族選擇有顏色的玻璃。尤門窗外的黑暗宛如等待的野獸，迷霧是牠的毛髮，隨著牠來回走動而拂刷過玻璃。

「我以爲妳會感覺受寵若驚。」尤門繼續說道。「我不知道妳是否如傳言般危險，但我決定認爲妳的確如此。因爲我——」

紋決定不再給他時間。她只有兩個方法可以逃離這座城市——第一是去找到一些金屬，第二就是扣住尤門。她打算兩者都試試。

她從手銬中抽出油膩的雙手，在他們想要銬上她時，她掙扎讓手銬變得較鬆。她無視於被手銬刮傷帶來的傷口跟流血，立刻跳起，探入襯衫裡的縐摺，拔出她從床上取下的銀螺絲釘，拋向士兵。

他們當然驚訝地大喊一聲，趴在地板，閃躲他們以爲的鋼推攻擊。他們的準備跟擔憂反而害了他們，因爲紋並沒有鋼。螺絲釘毫無作用地在牆壁上彈開，侍衛們還不解地趴在地上，等她撲向尤門時，其中一個才想到要趕快站起來。

尤門轉身。一如往常，他在額上戴著一小顆天金。紋朝他撲抓。

尤門輕易地閃避她的攻擊，紋再次一撲，這次耍個虛招，想要用手肘撞上他的肚子，可是她的攻擊沒有落點，因爲雙手仍背在身後的尤門側踏一步，又閃避了她。

她認出他臉上的表情——一種一切瞭若指掌，胸有成竹，力量在握的表情。尤門顯然沒有多少戰鬥經驗，但他仍然閃躲過她。

他正在燃燒天金。

紋跌跌撞撞地停下腳步。難怪他在額頭上綁著天金，她心想。那是爲了緊急之用。她可以從他的笑容看出，他眞的能預料到她下一步的行動。他也知道她會想辦法動手，因此他誘使她上鉤，讓她靠近，可是自身從未陷入危險中。

侍衛終於趕到，但尤門舉起手揮了揮，要他們退後。然後，他朝長凳比了比。紋靜靜地走回長凳坐下。她得思考，而在尤門燃燒天金的情況下，她嘗試什麼都沒用。

她一坐下，滅絕就出現在身邊——彷彿從黑霧般出現，穿著瑞恩的身體。其他人都沒有反應，顯然是看不見他。

「太可惜了。」滅絕說道。「某種程度而言，妳幾乎抓住他了，可是……從另一方面來說，妳從來也沒靠近過。」

她忽略滅絕，看著尤門。「你是迷霧之子。」

「不是。」他說道，搖搖頭，不再背向窗戶，警戒地面對她。他可能已經把天金熄滅，這麼寶貴的東西不能一直燃燒，可是他一定在某處還留有天金，小心翼翼地防備她下一波的攻勢。

「不是？」紋挑起眉毛。「你在燃燒天金，尤門。我看得出來。」

「隨便妳怎麼說。」尤門說道。「可是，女人，聽清楚：我不說謊。我從不需要謊言，當整個世界陷入混亂時，我尤其這麼認爲。人們需要聽領導者的眞話。」

紋皺眉。

「無論如何，時間到了。」尤門說道。

「時間？」紋問。

尤門點點頭。「是的，對於讓妳被關這麼久，我很抱歉。我之前……分神了。」

依藍德，紋心想。他做了什麼？我什麼都不知道！

她瞥向站在長凳邊的滅絕，不斷搖頭，彷彿他的理解遠勝於告訴過她的事情。她轉頭回去看尤門。

「我還是不懂。」她說道。「什麼時間到了？」

尤門迎向她的雙眼。「我決定處決妳的事情，泛圖爾貴女。」

噢，對，她心想。在她又要處理滅絕，又要計畫脫逃的時候，幾乎忘記尤門曾宣告過在處決她之前，要讓她爲自己「辯護」。

滅絕走過房間，懶洋洋地繞著尤門。聖務官王站在原處，依舊與紋四目對望。如果他看得見滅絕，並沒有表現出什麼，他是對侍衛揮手，讓他們打開一個小門，領入幾名穿著灰袍的聖務官。他們在紋對面的長凳上坐下。

「告訴我，泛圖爾貴女。」尤門轉過頭去看她。「妳爲什麼來法德瑞斯城？」

紋歪著頭。「我以爲沒有審判，你說你不需要。」

「我以爲妳會對於處決過程中的任何延誤都感到滿意。」尤門回答。

延遲代表更多思考的時間——可能脫逃的時間。「問我爲什麼來這裡？」紋問道。「我們都知道你的城市下方有統御主的儲藏窟。」

尤門挑起一邊眉毛。「你們是怎麼知道的？」

「我們找到另一個。」紋說道。「上面寫著來法德瑞斯城的指示。」

尤門點點頭。她看得出來他相信她的話，可是不止……如此。他似乎正在將她不瞭解的事件串連起來，但她沒有足夠資訊去瞭解他的思路。「那我的王國對妳造成的威脅呢？」尤門問道。「這跟你們入侵我的領土完全無關嗎？」

「我不會這麼說。」紋說道。「塞特想逼依藍德進入這個統御區已經有一段時間了。」

聖務官們聽到這句話，紛紛交頭接耳，但尤門獨自站在一旁雙臂交疊地看著她。紋覺得這個狀況讓她非常不安。自從脫離凱蒙的集團之後，她已經很久沒有感覺到自己受制於另一個人，就連在面對統御主時跟此刻的感覺都不同。尤門似乎將她視為工具。

可是，是做什麼的工具？還有，她該如何操控他的需求，使他讓她活得久到能夠逃走？

*要讓自己無法被取代，瑞恩向來這麼教導她。那麼首領就無法在不失去力量的情況下處理掉妳。*即使是現在，她哥哥的建議仍然在她腦海中低語。這是記憶、對他的睿智話語的解讀，還是滅絕影響的效果？無論如何，那似乎是好建議。

「所以你們帶著入侵的確切意圖而來？」尤門問道。

「依藍德打算先嘗試外交手段。」紋小心地回答。「可是我們都知道，在別人的城外放了這麼大一支軍隊，外交手段會難以施展。」

「那麼，妳同意你們是征服者？」尤門說道。「妳的確比妳丈夫更誠實。」

「依藍德比我們都誠懇，尤門。」紋斥罵。「他解讀事情的角度跟你我不同，不代表他表達看法時就不誠實。」

尤門挑起一邊眉毛，也許是因為她的話。「有道理。」

紋坐回原位上，用襯衫上衣一塊乾淨之處來包裹手傷，尤門依然站在陰冷房間的窗戶旁。

跟他對話的感覺很奇怪。一方面，他們似乎很不同——他是個公務人員，缺乏肌肉或戰士的優雅，全身上下有著一輩子都在處理報表與記錄的跡象；她則是在街頭長大的小孩，以及擅長於戰爭與暗殺的成人。

可是，他的態度，他說話的方式，似乎跟她的很像。如果我不是司卡出身，我會像他這樣嗎？成為講話簡潔的公務人員，而非反應明快的戰士？她忍不住如此想。

尤門看著她的同時，滅絕也緩緩繞了聖務官一圈。「這個人讓我失望。」滅絕低聲說道。

紋快速瞥了滅絕一眼。他搖搖頭。「這個人可以創造很大的破壞——如果他往外攻擊，而不是縮在自己的小城市裡，不斷對他死去的神明祈禱。人們會追隨他。很不幸，我沒辦法長期與他溝通。不是所有的計謀都會成功，尤其有他這種死腦筋的笨蛋時。」

「所以，你們來奪取我的城市，只因為你們聽說過我的物資，還有害怕統御主的力量重新出現。」尤門說道，將紋的注意力引回他身上。

「我沒這麼說。」紋皺眉說道。

「妳說你們怕我。」

「因為你是外勢力。」紋說道。「而且你證實你有能力瓦解一個政府並取而代之。」

「我沒有取而代之。」尤門說道。「我將這座城市與統御區導回應有的統治。但那不是重點。我要妳跟我講講你們這些人宣揚的宗教。」

「倖存者教會？」

「是的。」尤門說道。「妳是其中一名首領，對不對？」

「不對。」紋說道。「他們崇拜我，但我向來不覺得我與教義吻合。這宗教主要以凱西爾為中心。」

「海司辛倖存者。」尤門說道。「他已經死了。人們為什麼崇拜他？」

紋聳聳肩。「人們從以前就崇拜看不見的神。」

「也許吧。」尤門說道。「我……讀過這種事情，不過很難理解，要相信一個看不見的神——這有什麼意義？爲什麼拒絕一個與他們生活這麼久，能夠親眼看到跟感覺到的神，反而去接受一個死去的神？還是被統御主本人打倒的神？」

「你也一樣。」紋說道。「你依然崇拜統御主。」

「他沒有消失。」尤門說道。

紋一愣。

「他失蹤後，我再沒有見過或聽說過他出現。」尤門說道，顯然注意到她的迷惘。

「可是，我不相信他的死訊。」

「他死得鑾徹底的。」紋說道。「相信我。」

「我恐怕不能相信妳。」尤門說道。「告訴我那晚的事情，切切實實地告訴我。」

所以紋對他說了。她告訴他她被囚禁，還有跟沙賽德一同脫逃的事。她告訴他，她如何決定要與統御主對決，還有她對第十一金屬的使用。她沒說自己能從迷霧汲取力量的奇特經驗，但把其他事情都解釋得一清二楚，包括沙賽德的理論——認爲統御主能長生不老是因爲他巧妙操縱藏金術跟鎔金術。

尤門居然認眞在聽。她越說，對這個人的敬意越增加，因爲他並沒有打斷她。雖然他不相信，但仍然願意聽她的故事。他是一個接受資訊原貌的人——將其視爲另一個可以使用，卻不需更信任的工具。

「於是，他死了。」紋做出結論。「我親手刺穿他的心臟。你對他的信仰相當令人敬佩，但無法改變已經發生的事。」

尤門沉靜地站著，其他坐在長凳上的年邁聖務官們一個個刷白了臉。她知道她的證言會讓她墜入萬劫不復之地，但她認爲誠實、直白了當的態度，會比欺瞞更有利。她向來覺得如此。

對在盜賊集團長大的人而言，這種信念還眞奇怪，她心想。在她描述的過程中，滅絕顯然覺得很無聊，離開他們去看窗外。

「我需要知道，統御主爲什麼覺得有必要讓妳認爲妳殺了他。」尤門終於說道。

「你沒聽到我剛才說的嗎？」紋質問。

「我聽見了。」尤門平靜地說道。「不要忘記妳是這裡的囚犯——而且是離死期不遠的。」

紋強迫自己安靜下來。

「妳覺得我的話很可笑？」尤門說道。「比妳自己的還可笑？想想我眼中的妳，聲稱殺了一名我知道是神的人。難道這不可能是他的刻意安排？他還在那裡等著、看著我們……」

原來是這麼一回事，她終於意會過來。難怪他要抓住我，又這麼想跟我說話。他相信統御主還活著。他只想知道我跟這一切的關連是什麼，他要我給他迫切希望得到的證據。

「妳爲什麼不覺得妳屬於司卡宗教的一部分，紋？」滅絕低聲說道。

她轉頭，試圖不要直接看他，以免尤門看到她往空無一人的地方直視。

「爲什麼？」滅絕問道。「妳不要他們崇拜妳嗎？那麼多快樂的司卡？從妳身上尋求希望？」

「統御主必定在背後操縱這一切。」尤門自言自語。「他希望讓整個世界看到妳是殺害他的人。他要司卡崇拜妳。」

「爲什麼？」滅絕重複問道。「這爲什麼讓妳如此不自在？因爲妳知道妳無法給他們希望嗎？那個妳應該要取代的人，他叫什麼來著？倖存者？我想這是存留愛用的詞……」

「也許他打算戲劇化地重新出現。」尤門說道。「將妳取代、推翻，證明對他的信仰才是唯一的眞實。」

爲什麼妳格格不入？滅絕在她腦海中低聲問道。

「否則他爲什麼希望他們崇拜妳？」尤門問道。

「他們錯了！」紋喝斥，雙手貼到頭旁，試圖阻止這些思緒，阻止她的罪惡感。

尤門一愣。

「他們看錯我了。」紋說道。「他們不是崇拜我，他們崇拜的是他們心目中的我。可是我不是倖存者的繼承人，我沒有做凱西爾做的事——他解放了他們。」

妳征服了他們，滅絕低聲說道。

「是的。」紋抬起頭。「你弄錯了，尤門。統御主不會回來。」

「我跟妳說了——」

「不。」紋站起身。「不，他不會回來。他不必回來。我取代了他的位置。」

依藍德擔心他會成爲另外一個統御主，可是他的擔憂在紋聽來總有疑問。他不是征服且重新締造帝國的人，是她。她才是讓其他國王屈服的人。

她做的事情跟統御主一模一樣。一個新的英雄崛起，統御主殺了他，取得昇華之井的力量。紋殺了統御主，取得昇華之井的力量。她的確放棄了力量，但她也完成同樣的角色。

一切突然都明朗了。包括爲什麼司卡崇拜她、叫她拯救者的感覺會如此錯誤。她在一切中的眞實角色，突然吻合浮現。

「尤門，我不是倖存者的繼承人。」她反胃地說。「是統御主的。」

他鄙夷地搖搖頭。

「你剛抓住我時，我想過你爲什麼讓我活著。」她說道。「我可是敵方的迷霧之子，爲什麼不殺了我就好？你說你想要審判我，但我看穿了你，我知道你另有意圖，現在我明白了。」她直視他的雙眼。「之前你說你要爲了我謀殺統御主而處決我，但你剛才承認你認爲他還活著。你說他會回來推翻我，所以你不能殺我，以免你阻撓你的神的計畫。」

尤門轉過頭不看她。

「你不能殺我，」她說。「直到你確定我在你的神學理論中的地位。所以你讓我活著，所以你冒險把我帶來，讓我說話。你需要只有我能給你的資訊，你必須讓我在某種審判中說出供詞，因為你想要知道那天晚上發生了什麼事情，好說服自己，你的神還活著。」

尤門沒有回應。

「承認吧。我沒有危險。」她上前一步。

尤門突然有所動靜。他的動作變得流暢，不是白鑞的優雅或是戰士的知識，而是他剛剛好做的一切。她反射性地閃避，但他的天金預期她的反應，所以在她能思考前，他已經將她壓倒在地，膝蓋抵著她的背。

「也許我還沒殺妳，但不代表妳並『沒有危險』，泛圖爾貴女。」

紋哼了一聲。

「我還要妳做另外一件事，」他說道。「不止我們剛才討論的事。我要妳叫妳的丈夫退兵。」

「我為什麼要這麼做？」紋說道，臉貼著冰冷的石板地。

「因為妳宣稱妳要我的庫藏，卻又宣稱自己是好人。」尤門說道。「你們現在知道我會睿智地利用裡頭的食物來餵飽我的人民，如果妳的依藍德真是如此仁慈，那他絕不會自私到要讓人民死於戰亂，讓你們偷走我們的食物去餵飽你們自己的人。」

「我們可以種植農作物。」紋說道。「中央統御區中有足夠的陽光，但你們沒有。你們的種子對你們沒用！」

「那可以跟我交易。」

「你不肯跟我們對談！」

尤門往後退一步，放掉她背後的壓力。她揉揉脖子，坐起身，感覺相當煩躁。「不只是密室中的食物，尤門。」她說道。「我們控制了另外四個。統御主在裡頭留下線索，整合在一起，就可以救我們所有人。」

尤門輕哼一聲。「妳在裡面那麼久，沒有去讀統御主留下來的金屬板嗎？」

「當然有。」

「那妳就知道裡面沒別的了。」尤門說道。「這都是他計畫的一部分，沒錯，只是不知為何這計畫需要人們相信他死了。無論如何，妳現在還是知道他說了什麼。所以，為什麼要將城市從我手中奪走？」

為什麼要將城市從我手中奪走？紋心中的眞正答案騷動不已。依藍德向來覺得那個答案不重要，但對她而言卻很有吸引力。「你很清楚我們為什麼要將城市奪走。」紋說道。「只要你擁有它，我們就有征服你的理由。」

「它？」尤門問道。

滅絕好奇地上前一步。

「你知道我的意思。天金。統御主的庫藏。」

「是它？」尤門大笑問道。「都是為了天金？天金沒有用處！」

紋皺眉。「沒有用處？它是最後帝國裡最寶貴的資產！」

「哦？」尤門問道。「那麼，還有多少人能燃燒天金？有多少貴族世家還能玩弄政治小把戲，靠展露他們能從統御主身上弄到多少天金來比較權勢？天金的價值以帝國的經濟為基礎，泛圖爾貴女。沒有那些系統還有貴族讓天金添加的華麗附加價值，那金屬本身是沒有意義的。」尤門搖搖頭。「對於即將餓死的人來說，哪個重要——一條麵包，還是一罐他不能用、吃、賣的天金？」

他揮手要侍衛將她帶走。他們將她拉起，她掙扎著與尤門四目對望。

尤門再次別過頭。「那些金屬對我沒有用，除了控制妳以外。食物才是眞正的資源。統御主留下能讓我爲他奠基的足夠資源，我只需要知道他要我下一步怎麼進行。」

士兵終於成功地將她拉走。

那些日子裡，我覺得我們如此著重於迷霧是理所當然的事情，但從我現在對太陽與植物的瞭解看來，我知道我們的農作物並沒有像我們擔心的那樣受到迷霧威脅。我們能找到可食用卻又不那麼需要陽光即能存活的植物。

迷霧的確造成一些死亡，但是死亡數量並不會高到威脅我們整個族群的生存。灰燼才是眞正的問題。充滿天空的煙霧，遮蓋一切的黑雲，灰山的爆發……那才是殺死世界的原因。

61

「依藍德！」哈姆大喊，衝向他。「你回來了！」

「很意外嗎？」依藍德從他朋友臉上的表情判斷。

「當然不會。」哈姆回答得有點太快。「探子們有通報你回來了。」

我的到來可能沒讓你意外，但我還活著這件事應該有的，依藍德疲累地想。你以為我會去把自己害死，還是你認為我會自己逃走、遺棄你們？

這不是他想深思的問題，所以他只是微笑，一手按著哈姆的肩膀，望向營地。它看起來有點奇怪，四周都堆滿了灰燼，彷彿埋在幾呎深的地下，好多灰啊……

我不能同時擔心所有事，依藍德堅定地想。我必須相信。相信我自己，不斷繼續。

他一路上都在思索霧靈的事情。它真的叫他不要攻擊法德瑞斯，還是依藍德誤解了它的動作？它一直指著他的金屬瓶，是想表達什麼？

哈姆在他身後看著一群新的克羅司。在軍營的另一邊，是另一群克羅司——依然受到他的控制。雖然他越發熟悉該如何控制這些怪物，能夠不靠近牠們還是好事。這讓他覺得比較安心。

哈姆低聲吹了聲口哨。「兩萬八千隻？」他問道。「至少探子是這麼說的。」

依藍德點點頭。

「我沒想到這群有這麼大。」哈姆說道。「有了這麼多……」

總共三萬七千隻，要攻下法德瑞斯城綽綽有餘，依藍德心想。

他開始走下斜坡，進入軍營。雖然有白鑞協助他一路走回來，卻仍然覺得疲累不已。「有紋的消息嗎？」他滿心期望地問道，可是他知道如果她逃了出來，早就已經找到他了。

「你不在時，我們派了一名使者入城。」哈姆跟他邊走邊說道。「尤門說一名士兵可以去確認紋是否還活著，所以我們以你之名答應，認為最好讓尤門以為你還在這裡。」

「做得很好。」依藍德說道。

「但也已經有一段時間了。」哈姆說道。「從那時起就沒再聽說過她的消息。」

「她還活著。」依藍德說道。

哈姆點點頭。「我也相信。」

依藍德微笑。「不必只是相信，哈姆。」他朝留下的克羅司點點頭。「在她被逮捕之前，我給了她一些克羅司。如果她死了，那牠們會完全失控。只要她還活著，無論有無金屬，都會跟牠們有所聯繫。」

哈姆一愣。「這種事情……早點跟我們說比較好吧，阿依。」

「我知道。」依藍德說道。「我很容易就忘記我正控制著幾隻，甚至沒想到不是全部都是我的。安排岡哨看著牠們，如果牠們狂暴起來，我會把牠們收回。」

哈姆點點頭。「有辦法通過牠們聯絡她嗎？」

依藍德搖搖頭。這要怎麼解釋？對克羅司的控制並不是很精準的事情。牠們的腦子太遲緩，只聽得懂簡單的命令，他可以命令牠們去攻擊，或不動，或是跟隨及搬東西，可是不能精準地指揮牠們，不能要牠們傳遞訊息，甚至該如何達成目標。他只能說「去做」，然後看著牠們行動。

「我們得到中央統御區回來的探子情報，阿依。」哈姆說道，聲音充滿擔憂。

依藍德看著他。

「大部分探子都沒回來。沒有人知道你派去的德穆跟其他人怎麼了，我們希望他們能確實抵達陸沙德。但首都的情況很糟，回來的探子們帶來一些讓人很煩惱的問題。我們在過去一年，失去了許多你征服的城市，人民正在挨餓，很多村莊除了死人之外已經全空了，能逃的都逃去了陸沙德，路上都是掩埋在灰燼裡的屍體。」

依藍德閉上眼睛，可是哈姆還沒說完。

「據說有整座城鎮被大地吞沒。」哈姆說道，聲音幾乎微不可聞。「雷卡王跟他的城市因爲其中一座灰山的爆發而滅亡。我們已經好幾個禮拜都沒有加那爾的消息，他的所有人似乎都不見了，北方統御區也陷入混亂，整個南方統御區據說都在焚燒……依藍德，我們該怎麼辦？」

依藍德繼續大踏步前進，走上沒有灰燼的通道進入軍營。士兵正在附近看著他。他不知道該如何回答哈姆的問題。他該怎麼辦？他能怎麼辦？

「幫助他們，哈姆。」他說道。「我們不會放棄。」

哈姆點點頭，看起來略微振奮。「可是，在你做別的事情之前，也許你該換件衣服……」

依藍德低頭，想起自己仍穿著黑衣，上面滿是克羅司鮮血，又黏滿灰燼。他的出現讓士兵一陣騷動。*他們只看過我穿雪白的制服，大多數人沒見過我戰鬥的樣子，更沒有看過我渾身是血，被灰燼沾了全身。*

他不確定爲何對此有點擔憂。

依藍德看到前方一個滿是鬍子的身影坐在通道邊，彷彿就只是在那裡午後納涼。塞特瞅著他走來。

「更多克羅司？」

依藍德點點頭。

「那我們要攻擊了？」塞特問道。

依藍德停頓。

霧靈顯然不希望他攻擊，可是他不確定它到底要他想什麼或做什麼，他甚至不知道自己該不該信任它。他能將帝國的未來賭在某個迷霧中鬼魂的模糊暗示嗎？

他必須進入儲藏窟，他等不及圍城結果——再也不能等了，況且，攻擊似乎是讓紋安全回來的最好方法。尤門絕對不會將她歸還。依藍德得選擇在一旁等著，或是攻擊。希望在戰爭的混亂中，尤門會將她關在某個地窖。當然，攻擊可能會讓對方選擇處決她，但讓尤門將她當籌碼使用，對她而言一樣危險。

我必須是個能做出困難選擇的人，他告訴自己。*紋在舞會中一直想讓我明白這點——我可以同時是當*

平凡人的依藍德，還有當王的依藍德。我爲了某個目的才去得到這些克羅司。如今，我需要使用牠們。

「告訴士兵。」依藍德說道。「不要列隊。我們清晨出擊，要突襲——克羅司先突破對方的防守線，其他人可以在牠們之後進城掌控一切。」

我們要去救紋、進入石穴，然後帶著食物回到陸沙德。

盡我們所能活下來。

我猜想艾蘭迪，那位被拉刹克殺死的人，他本身就是迷霧人——搜尋者。可是當時的鎔金術跟今日不同，而且更爲罕見。今日的鎔金術師是當年吃下存留力量的人之後裔，他們成爲貴族的先祖，也是最先稱呼統御主爲皇帝的人。

這幾顆珠子中的力量如此濃縮強大，延續了十個世紀的繁衍與繼承。

62

沙賽德在房間外面探頭望入。鬼影躺在床上，全身仍然包裹在繃帶中。那男孩自從受到重創之後就再也沒有甦醒，沙賽德甚至不確定他是否還會醒來，即使他活著，這一輩子都將有不可抹滅的可怕疤痕。

可是這的確證明一件事，這孩子沒有白鑞，沙賽德心想。如果鬼影能燃燒白鑞，他的癒合速度會快很多。爲了以防萬一，沙賽德仍然餵他喝下一瓶白鑞，卻沒有任何改變。這男孩沒有神奇地成爲打手。

某種程度上，這點讓他很安心，表示沙賽德的世界仍然是合裡的。

房間裡那女孩，貝爾黛，坐在鬼影的身邊。她每天都來陪男孩，甚至比陪她哥哥魁利恩的時間更多。公民手臂骨折還有一些小傷，但不致命。雖然微風現在統治著鄔都，魁利恩仍然握有權力，但他似乎變得……講理許多。他現在似乎願意考慮與依藍德結盟。

沙賽德覺得魁利恩突然變得如此和善相當奇怪。他們進入他的城市，散播混亂，幾乎殺了他，結果現在他反而聽進了他們的和平提議？沙賽德的確充滿疑心，但時間會證明一切。

房間裡的貝爾黛略略轉身，終於注意到門口的沙賽德。她露出微笑，站起身。

「請坐，貝爾黛貴女。」他進入說道。「不必起身。」

她再次坐下，沙賽德走上前去，檢視他爲鬼影包紮的情況，檢查年輕人的狀態，跟紅銅金屬裡的醫藥典籍比對。貝爾黛靜靜地看著。

他結束後，轉身要離開。

「謝謝你。」貝爾黛從他身後說道。

沙賽德停下腳步。

她瞥向鬼影。「你認爲……我是說，他的狀況有改善嗎？」

「恐怕沒有，貝爾黛貴女。關於他是否能康復，我沒有辦法保證任何事。」

她淺淺微笑，轉身繼續看著受傷的男孩。「他會好的。」她說道。

沙賽德皺眉。

「他不是普通人。」貝爾黛說道。「他是特別的。我不知道他怎麼讓我的哥哥恢復過來，但我哥哥確實變回他從前的樣子，在這一切發狂之前的樣子，城市也是。這些人民又開始有了希望。這就是鬼影希望的。」

希望……沙賽德心想，端詳女孩的雙眼。*她眞的愛他。*

就某個方面看來，沙賽德覺得她很傻。她認識這個男孩才多久？幾個禮拜？在這短短的時間之內，鬼影不僅贏了貝爾黛的愛，還成爲整個城市的英雄。

*她坐在那邊懷抱希望，相信他會復原，*沙賽德心想。*可是我看到他的第一個想法，是多高興他不是白鑞臂。*沙賽德眞的變得如此冷酷了嗎？兩年前，他願意不顧一切地愛上一名畢生都在指責他的女子，一名他只跟她短短相處寶貴幾天的女子。

他轉身離開房間。

沙賽德走入他們目前居住的貴族房舍中屬於他的臥房，此處如今是他們的新家，因爲原本的住所已成燒空的廢墟。能有正常的牆壁跟台階，而不是被石牆與無盡的櫃子包圍的感覺很好。

他的書桌上是一本攤開的筆記本，上面包著布料的蓋板沾了灰燼。一疊書頁在左邊，一疊在右邊。右邊只剩十頁。

深吸一口氣，沙賽德來到桌子邊坐下。該是結束的時候了。

當沙賽德將最後一張紙放到左邊時，已是隔天的傍晚。他的進展在最後十張快速很多，因爲他心無旁騖地閱讀，不被騎馬或其他工作耽擱分神。他感覺自己仔細思索過每個宗教。

他坐在那邊好一會兒，疲累不已，不只是因爲缺乏睡眠。他覺得……麻木。他的工作完成了。在一年後，他讀過這一疊中的每個宗教，然後，他將每個宗教都剔除了。

它們之間的共通點多到讓人覺得奇怪。大部分都認爲自己才是正道，摒除其他信仰，許多個都提及來生，卻無法提出證據。大部分都說有一個神或多神，可是卻無法證明神的教條，而且每一個都充滿了矛盾與邏輯謬誤。

人們怎麼會去相信一邊教導愛，卻又一邊教導要將不信神者摧毀的宗教？一個合理的信仰怎麼會沒有證明？他們怎麼能夠眞的認爲他會懷抱信仰闡揚過去發生的奇蹟跟神蹟，卻又仔細辯解爲什麼這些事情不再於今日出現？

當然，最後一片泯滅一切的灰燼，就是他覺得每個宗教都教導，卻都無法證明的一點——每個宗教的教義都說信者將受到祝福，但沒有宗教解釋，爲什麼神會允許他們的信徒被一名叫做拉刹克、統御主的異教徒逮捕、囚禁、奴役、屠殺。

這疊書頁面朝下地放在他面前。它們意謂著眞實不存在，沒有會將廷朵帶回他身邊的信仰。無論鬼影多麼強調，守護人們的力量並不存在。沙賽德摸著最後一頁，終於，他反抗許久的沮喪，他勉強抵擋了這麼久的哀傷，強烈到他再也無法阻擋。這本文件夾是他的最後防線。

痛苦。他失去的感覺就像是痛苦。同時痛著又麻木，一條滿是尖刺的鐵絲盤繞著他的胸口，卻又不容他做出任何事情去改變。他想要縮在牆角哭泣，讓自己死去。

不！他心想。一定還有別的選擇……

他將手深入抽屜，顫抖的雙手摸索著他的金屬意識，卻沒拿出來，而是拿出一本厚厚的書籍。他將它放在文件夾邊，隨意翻開一頁。以兩種不同筆跡寫下的字出現在他眼前。一種仔細而流暢。他的。另外一種簡要又堅定。廷朵的。

他摸著這一頁。他跟廷朵一起寫了這本書，解讀跟世紀英雄有關的歷史、預言，還有意義。就在沙賽德停止在乎之前。

這是謊言，他心想，握緊拳頭。我為什麼要騙自己？我還是在乎。我從未停止在乎。如果我停止在乎，那我就不會還在尋找。如果我不是這麼在乎，那這份背叛不會如此痛苦。

凱西爾說過，紋也說過，沙賽德沒想過自己有一天也會有類似心情。有誰能傷害他到他會覺得被背叛？他不像其他人。他對這點的意識不是出自於自傲，而是自知。他原諒別人，也許甚至是過於慷慨，可是他真的不是會心懷怨念的人。

他認為自己從來就不需要處理這種情緒，所以完全無法招架自己被以為毫無瑕疵的信念背叛的感覺。他沒辦法再相信。如果他相信，那就表示神，或是宇宙，或任何照看人類的大能，也失敗了。他寧可相信什麼都沒有，那世界所有的不完滿都只會是意外，而不是因為一個讓他們失望的神祉。

沙賽德瞥向自己攤開的書，注意到書頁間有一張小紙片。他抽出紙片，訝異地看到是紋給他的花的圖片，就是凱西爾的妻子隨身攜帶的那張——她以前會用這張圖片讓自己懷抱希望，提醒自己在統御主出現之前，曾有另一個世界。

他抬起頭。屋頂是木頭所造，被太陽反射入內的紅色陽光映在天花板上。「為什麼？」他低語。「為什麼要讓我變成這樣？我研究關於你的一切。我學習五百種不同種族與派別的宗教。當其他人一千年前就放棄你時，我還在傳播關於你的信息。

「為什麼要在別人還能有信念時，讓我失去了希望？為什麼要讓我一直猜想？難道我不該比別人更堅定嗎？我的知識不是該保護我嗎？」

可是，信念讓他反而更脆弱。信任就是這麼一回事，沙賽德心想。讓別人有能力影響你、傷害你。所以他放棄他的金屬意識，所以他決定要一一讀過宗教，試圖找出完美的一個，不會讓他失望的一個。

一切都合理了。最好不要相信，不要被證明是錯的，沙賽德低下頭。他為什麼想到要跟天說話？那裡什麼都沒有。

從來都沒有。

走廊上，傳來談話聲。「親愛的狗兄，你一定要再多待一天。」微風說道。

「不行。」坎得拉坦迅以低沉的聲音說道。「我必須盡快找到紋。」

就連坎得拉都有，沙賽德心想。就連這不是人類的生物都比我有信念。

可是，他們怎麼懂？沙賽德緊閉眼睛，感覺眼角湧出兩滴淚水。怎麼能有人理解他被信仰背叛的感覺？他眞心相信，可是，在他最需要指引時，卻只有空虛。

他拾起書本，闔上文件夾，看著裡面不足以令他信服的資料，轉向火爐。最好把一切燒掉吧。

相信……過去的一個聲音響起，他自己的聲音。在凱西爾死後，世界糟糕極了的那一天，他對紋如此說道：我想相信不是風和日麗時才有的。如果在失敗後無法繼續，那又怎麼算是信念，怎麼算是信仰呢……

他當初有多天眞啊。

寧可信任卻又被背叛，凱西爾似乎如此低語。這是倖存者的名言之一。寧可愛過卻又被傷害。

沙賽德握緊書籍。這是如此沒有意義的東西，它的文字可以隨時被滅絕改變。而我相信這件事？沙賽德煩躁地想。我相信這個滅絕，卻不相信有比它更好的東西存在？

他靜靜地站在房間裡，手握著書，聽著微風跟坦迅在外的交談。這本書對他來說是個象徵，代表過去的他，代表失敗。他再次抬頭。求求你，他心想。我眞的想要相信。我眞的想。我只是……我只是需要個東西。不只是影子跟記憶的東西。某個實在的東西。

某個眞實的東西。求求你？

「再見了，安撫者。」坦迅說道。「請代我向宣告者致意。」然後，沙賽德聽到微風離開，坦迅則以更為安靜的四足走了。

宣告者……

沙賽德全身一僵。

那個名字……

沙賽德站起身，瞬間震驚到動彈不得，然後他突然甩開門，衝入走廊。門扉重重撞上牆壁，讓微風大吃一驚。坦迅停在走廊盡頭的台階附近。牠轉過身，看著沙賽德。

「你剛才叫我什麼？」沙賽德質問。

「宣告者。」坦迅說道。「不就是你指出紋貴女是世紀英雄的嗎？那麼，這就是你的頭銜。」

沙賽德跪倒在地，將他手中的厚書，他跟廷朵一起撰寫的書，重重放在面前的地上，翻動著書頁，找到他親自寫的一頁。上面寫著，我以為我是神聖第一見證人——預言中發現世紀英雄的先知。那是關最初指出艾蘭迪是英雄的人——自己所寫下的。根據這些文字，這些他們對原始泰瑞司信仰最粗淺的瞭解，沙賽德跟其他人才得知關於世紀英雄預言的極微薄內容。

「什麼事？」微風彎下腰，瀏覽著書頁說道。「嗯。親愛的狗兒，你可能說錯了。不是『宣告者』，而是『神聖第一見證人』。」

沙賽德抬起頭。「微風，這是被滅絕竄改的段落之一。」他輕輕說道。「當我在寫的時候，內容不是這樣的，可是滅絕改變了它，騙我跟紋去實現它的預言。司卡們開始叫我神聖見證人，這是他們自己取的名字。所以滅絕之後改了關的敘述，好讓這段話顯得似乎預示未來，指引方向的人是我。」

「是這樣的嗎？」微風問道，揉著下巴。「那它原本說什麼？」

沙賽德無視於微風的問題，而是對上坦迅的狗眼。「你怎麼知道？」他質問。「你怎麼知道古老泰瑞司預言的內容？」

坦迅重新坐下。「泰瑞司人，有一件事我覺得很奇怪。整個事情中有件不合理的地方──沒有人想到要指出的地方──那些跟拉刹克和艾蘭迪一起到昇華之井的挑夫們怎麼了？」

拉刹克。成爲統御主的人。

微風站起身。「很簡單，坎得拉。」他揮舞著手杖說道。「每個人都知道當統御主取得克雷尼恩的王座時，他讓他信任的朋友們成爲貴族，所以最後帝國的貴族飽受寵愛，因爲他們是拉刹克好友的後裔。」

坦迅靜靜地坐著。

不會吧，沙賽德不可置信地心想。不……不可能。「他不可能讓那些挑夫變成貴族了吧。」

「爲什麼不可能？」微風問道。

「因爲貴族得到鎔金術。」沙賽德站起身說道。「拉刹克的朋友們是藏金術師。如果他讓他們成爲貴族，那麼……」

「那麼他們可以挑戰他。」坦迅說道。「他們會跟他一樣，同時是鎔金術師跟藏金術師，擁有跟他同等的力量。」

「是的。」沙賽德說道。「他花了十個世紀，試圖要讓藏金術從泰瑞司人民的血統中消失，全是因爲擔心有一天會有同時擁有藏金術跟鎔金術能力的人出生！跟他一起去昇華之井的朋友們對他而言絕對很危險，因爲他們顯然都是強大的藏金術師，也知道拉刹克對艾蘭迪做的事。拉刹克一定是用別的方法處置了他們，將他們監禁，甚至殺了他們……」

「不。」坦迅說道。「他沒殺他們。你們都說父君是怪物，但他並不是邪惡的人。他沒有殺朋友，可是也明白他們的力量會對他帶來的威脅。所以當他擁有創造之力時，他跟他們提出交換條件，直接對他們以心語溝通。」

「什麼條件？」微風不解地問道。

「長生不老。」坦迅輕輕說道。「以交換他們的藏金術。他們跟其他東西一起放棄了藏金術。」沙賽德低語。

沙賽德看著在走廊中的生物，擁有人類的思想，卻有動物的形體。「他們放棄了人的身分。」沙賽德

坦迅點點頭。

「他們還活著？」沙賽德上前一步問道。「統御主的同伴？跟他一起爬到井的泰瑞司人？」

「我們稱呼牠們為初代。」坦迅說道。「坎得拉一族的先祖。父君將每個活著的藏金術師變成霧魅，成為了一族，但以幾根血金術尖刺讓他的好朋友們擁有感知。你的工作實在做得很差，守護者。我以為你會在我準備離開的許久以前就已經從我這邊套出這些話了。」

我是個笨蛋，沙賽德心想，眨眼不讓淚水滴落。真是笨蛋。

「什麼？」微風皺眉問道。「發生什麼事了？沙賽德？老兄，你怎麼這麼激動？這東西是什麼意思？」

「意思是希望。」沙賽德衝入房間，急急忙忙將一些衣服塞入包袱。

「希望？」微風探頭問道。

沙賽德轉過頭去看著微風。坎得拉走上前，站在微風身後的走廊中。「泰瑞司宗教，微風。」沙賽德說道。「我的門派成立的最初原因，我的族人花了無盡人生尋求的答案。它還活著。不是可以被改變或誤導的文字，而是在真正信仰的人身上。泰瑞司宗教沒有死！」

還有一個宗教可以加入他的清單。他的追尋還沒結束。

「快點，守護者。」坦迅說道。「因為每個人都同意你已經不再在乎這些事，所以我已經準備不帶你走。如果你要來，我會告訴你家鄉要怎麼去，那跟我要去找紋的方向是一樣的，希望你能跟初代解釋我無法讓牠們明白的事情。」

「什麼事情？」沙賽德一邊收行李一邊問道。

「末日已經降臨。」

滅絕嘗試了很多次，試圖在集團成員身上插入尖刺，雖然有時候發生的事情讓這件事看起來很容易辦到，但其實一點也不。

將尖刺在合適的時機刺入合適的位置困難至極，即使滅絕這麼善於計謀也是如此。他非常努力想要刺穿依藍德跟尤門。依藍德每次都避過，就像他在倒數最後一個儲藏窟外的小村莊那時一樣。

滅絕曾經成功將尖刺刺入尤門一次，可是尤門在滅絕能牢牢掌握他之前就把刺拔出來了。滅絕掌控擁有熱情且衝動的人，遠比掌握邏輯性強且偏好慮定而後動的人要來得容易。

63

「有一件事我不懂，」紋說道。「你爲什麼挑中我。上千年來，你有幾十萬人可以挑選。爲什麼要挑我去昇華之井釋放你？」

她坐在牢房裡的軟榻上，如今它沒有床腳，只平放在地面——因爲螺絲釘被她拆下時，床就塌倒了。她要求新床，但沒有人理會。

滅絕轉身看著她。他經常出現，仍然使用瑞恩的身體，繼續放縱自己進行紋認爲是炫耀的行爲，可是他也經常忽視她的問題，而是轉向東方，眼睛似乎能看穿囚牢的牆。

「眞希望妳能看到。」他說道。「落灰又美又深，彷彿天空都粉碎，黑色的屍體碎片不斷掉落。妳感覺到大地在顫動嗎？」

紋沒有回答。

「這些顫動是大地的最後嘆息。」滅絕說道。「就像老人死前的嘆息，想找孩子來傳下最後的智慧。大地正在將自己拉扯得四分五裂。這大部分都是統御主做的，妳想的話可以怪他。」

紋立刻警覺到這是重要的資訊。她沒有再問問題，避免引來過多注意，只是讓滅絕不斷絮絮叨叨下去。她再次發現，他有些態度眞的很像人類。

「他以爲他能靠自己的能力解決問題。」滅絕繼續說道。「妳知道嗎？他拒絕了我。」

那正是一千年前發生的事，紋心想。自從艾蘭迪的征途失敗，已經過了一千年；自從拉刹克將力量奪爲己有，成爲統御主以來，已經過了一千年。這回答了我的部分問題。昇華之井的發光液體在我釋放滅絕之後就不見了。它一定在拉刹克用完之後也不見了。

一千年。讓井重生力量？可是那力量是什麼？那力量從何而來？

「統御主並沒有眞的拯救世界。」滅絕繼續說道。「他只是拖延了世界的毀滅，也因此幫助了我。我跟妳說過，事情注定如此。當有人覺得他們在幫助世界時，其實都是在幫倒忙。就像妳，妳想幫忙，卻釋放我。」

滅絕瞥向她，露出父親般的慈愛笑容。她沒有反應。

「灰山、死亡的大地、被擊潰的人民——這些都是拉刹克做的。」滅絕繼續說道。「把人扭曲成克羅司、坎得拉、審判者，都是他……」

「可是你恨他。」紋說道。「他沒有釋放你——你得再等一千年。」

「沒錯。但一千年沒有很久。一點都不久。況且，我沒有辦法拒絕協助拉刹克。我改變所有人，因爲我的力量是個工具，唯一有可能讓改變發生的工具。」滅絕說道。

一切都在結束，紋心想。*眞的結束。我沒有時間坐著等。我需要行動*。紋站起身，令滅絕轉過頭去看她。她來到囚牢的最前方。「侍衛！」她大喊。聲音在房間裡迴蕩。「侍衛！」她又喊了一次。

終於，她聽到外面的敲擊聲。「幹麼？」一個粗糙的聲音問道。

「告訴尤門，我想要交易。」

一陣沉默。

「交易？」侍衛終於問道。

「對。」紋說道。「去跟他說，我有他要的資訊。」

她不確定該如何判斷侍衛的反應，因爲對方只有回應沉默。她覺得聽見了他往走廊那邊去的聲音，但沒有錫之後，她無法肯定。

侍衛終於回來，滅絕好奇地看著她。鎖被轉動，門被打開。每次必定出現的一群士兵站在外面。

「跟我們來。」

紋走入尤門的議事廳，立刻注意到他的不同。他看起來比上次會面時更爲疲累，彷彿很久沒休息。

可是……他是迷霧之子，紋不解地想。*他能燃燒白鑞，去除眼中的疲累*。

他爲什麼不這麼做？除非……他做不到。除非他只能燒一種金屬。

她向來得到的資訊是沒有所謂的天金迷霧人，可是她越發覺得，統御主會散播一些錯誤訊息來讓自己能控制眾人，保持地位。她必須學著停止依靠她被告知是眞實的事情，然後專注於她找到的事實。

尤門看著她在守衛簇擁之下走入房間，她從他眼中看出他預期她會有詭計，卻一如往常希望她先出手。他似乎偏好站在危險邊緣。侍衛站在門口，留下她一人站在房中央。

「不上手銬？」她問道。

「不用。」尤門說道。「我不認爲妳會待在這裡很久。侍衛告訴我，妳要提供資訊。」

「我是這麼說。」

「嗯，我跟他們說過，只要他們有半點懷疑妳耍詭計，就把妳帶來找我。他們顯然不相信妳要交易的請求，眞不知道爲什麼。」尤門雙手背在背後，朝她揚揚眉毛。

「問我問題。」紋說道。在一旁，滅絕穿過牆，懶洋洋，毫不在意地走著。

「好。」尤門說道。「依藍德如何控制克羅司？」

「鎔金術。」紋說道。「對克羅司施展情緒鎔金術會讓牠們臣服於鎔金術師的控制。」

「很難相信。」尤門不甚友善地說道。「如果就這麼簡單，會有妳以外的人知道這件事。」

「大多數鎔金術師都太弱了。」紋說道。「你需要一種可以增強力量的金屬。」

「沒有這種金屬。」

「你知道鋁嗎？」

尤門沉默，但紋從他的眼神可以看出來他知道。「硬鋁是鋁的鎔金合金。」紋說道。「鋁會抑制所有金屬的能力，硬鋁則會強化。將硬鋁和鋅或黃銅混合使用，用力拉一隻克羅司的情緒，牠就會是你的。」

尤門沒有反駁她的話是謊言，可是滅絕倒是上前一步，圍著紋繞圈。

「紋，紋，妳在玩什麼把戲？」滅絕好笑地問道。「妳打算用細碎的知識給他甜頭，然後背叛他？」

尤門顯然也做出同樣結論。「女皇，妳的知識很有意思，但我在目前的狀況下完全無法證實。因此，它們是——」

「儲藏窟總共有五座，」紋上前一步說道。「我們找到了其他的。它們將我們帶來這裡。」

尤門搖搖頭。「然後呢？與我何干？」

「你的統御主在這些洞穴都有不同的計畫——光從他留在這個洞穴中的金屬板就可以看出來。他說他想不到解決世界末日的方法，可是你相信嗎？我總覺得不只如此，在五塊金屬板中的文字必定藏有玄機。」

「妳要我相信妳會在乎統御主寫什麼？」尤門問道。「妳，這個聲稱謀殺了他的人？」

「我並不在意他。」紋承認。「可是，你必須相信我在意發生在帝國人民身上的事情！如果你蒐集了任何關於依藍德和我的資訊，你一定知道。」

「妳的依藍德自恃過高。」尤門說道。「他讀過很多書，認為他的學識讓他足以成為王。妳……我還不知道要怎麼看待妳。」他的眼神透露出些許他們上次會面時她見過的恨意。「妳宣稱殺了統御主。可是……他不可能真的死了。妳跟這一切都有關連。」

就是此刻，紋心想，這就是我的切入點。「他要我們會面。」紋說道。她不相信自己說的，但她知道尤門會相信。

尤門挑起一邊眉毛。

「你不明白嗎？」紋說道。「依藍德跟我發現了其他的儲藏窟，第一個在陸沙德下方，然後我們來到這裡。這是最後一個洞穴。線索的終點。為了某種原因，統御主將我們帶來這裡。來找你。」

尤門站在原處片刻，在一旁，滅絕假裝拍手。

「找雷林來。」尤門說道，轉向其中一名士兵。「叫他把地圖帶來。」

士兵行禮離去。尤門依舊皺眉看著紋。「這不是交換。妳要把我需要的資訊給我，我來決定該怎麼做。」

「好。」紋說道。「可是你剛才也說了，我跟這一切都有關。所有事情都是串連在一起的，尤門。迷霧、克羅司、我、你、儲藏窟、灰燼……」

紋提及最後一項時，他略略皺了一下眉頭。

「灰燼更嚴重了，對不對？」她問道。「越來越密了？」

尤門點點頭。

「我們一直擔心迷霧。」紋說道。「可是灰燼才是會殺死我們的東西，它會阻礙太陽，掩埋城市，蓋住街道，讓我們的田野窒息……」

「統御主不會讓這件事發生。」尤門說道。

「但如果他真的死了呢？」

尤門迎向她的雙眼。「那妳就害死了我們所有人。」

害死……在紋殺死他之前，統御主也說了類似的話。她顫抖，在尷尬的沉默中等待，忍耐滅絕的笑容，直到書記快步走入房間，抱著幾卷地圖。

尤門拿了其中一張，揮手要他離開。他將地圖攤在桌上，揮手要紋上前。「指給我看。」他說道，在她上前的同時往後退一步，離開她能碰得到的距離。

她拾起一塊炭，然後標出儲藏窟的位置。陸沙德，沙特倫，維泰敦，鄔都。她找到的五個，都在中央統御區，一個在中間，四個在四角。她最後在法德瑞斯旁邊劃上一個「X」。

手中握著炭筆，她突然注意到一件事。法德瑞斯附近有好多礦坑。她心想。這附近有很多金屬。

「退後。」尤門說道。

紋往後退。他上前一步，檢視地圖。紋靜靜站著思考，依藍德的書記們從來沒有找到儲藏窟之間的共通性。兩個在小城，兩個在大城，有些在運河旁，有些沒有。書記們說他們的樣本數量不夠，無法判斷出規則。

「似乎完全隨機。」尤門說道，呼應她的思緒。

「這些地方不是我捏造的，尤門。」她雙臂抱胸說道。「你的間諜可以證實依藍德帶軍隊去哪裡，還有派遣使者去了哪裡。」

「女皇，不是每個人都有能力可以養得起一個很大的間諜網。」尤門不甚友善地說道，繼續望著地圖。「這應該有某種規則……」

維泰敦，紋心想。我們在此處之前找到的庫藏。它也是礦業城市。鄔都也是。

「尤門？」她抬起頭問道。「有地圖標出礦藏嗎？」

「當然。」他心不在焉地說道。「我們是資源廷啊。」

「拿出來。」

尤門挑起一邊眉毛，表示他對她發號施令頗有意見，但仍然揮手要他的書記照她的要求去做。第二張地圖蓋過第一張，紋走上前，尤門立刻退後，避開她的鄰近範圍。

以公務人員來說，他的直覺很好，她心想，從地圖下抽出炭塊。她很快地再次標出五個點，每標一個，她的手便更緊張。每個洞穴都在岩石很多的區域，靠近金屬礦區，連陸沙德都有豐富的金屬礦藏。傳說中統御主在此建築首都，是因為那一區的礦藏豐富，尤其是地下水的礦物質很多，非常適合鎔金術師。

「妳想說什麼？」尤門問道。他靠得近到可以看見她標出什麼。

「這就是關連。」紋說道。「他在金屬產地附近建造儲藏窟。」

「可能只是巧合。」

「不。」紋抬起頭，瞥向滅絕。「不，金屬等於鎔金術，尤門。這就是共通點。」

尤門再次揮手要她退下，自己走上前。他哼了一聲。「妳在內統御區中產量最大的礦區附近都畫下標記。妳以爲我會相信妳不是在玩弄我？隨便說出某種模糊的『證據』，想要證明這些就是儲藏窟的眞正位置？」

紋不理他。金屬。關的字都寫在金屬上，因爲他說這樣寫才安全。安全。安全。我們認爲是才不會被改變。

還是他的意思是，才不會被讀到？

統御主在金屬板上刻下地圖。

如果……滅絕無法自行找到儲藏窟，因爲金屬隱藏了它們？他需要有人帶著他前去尋找，需要有人去造訪每一處，閱讀裡面的地圖，然後帶著他繼續前進……

他統御主的！我們又犯了同樣的錯誤！我們正中他的下懷。難怪他沒殺掉我們！

這次，紋不是感覺羞愧，而是憤怒。她瞥向滅絕，後者刻意展現無邊智慧的姿態。他洞悉一切的雙眼，慈父般的語調，還有神人的驕傲。

絕對不會再來一次，紋心想，咬緊牙關。這次，我看透他了。我可以騙過他。可是……我需要知道爲什麼。他爲什麼這麼執著於儲藏窟？他在獲得勝利前，到底需要什麼？他等待這麼久的原因是什麼？

突然間，答案躍然而出。她審視自己的心情，意識到那被依藍德不斷質疑，而她卻不停止尋找這些儲藏窟的主要原因之一，她在尋找一樣東西，因爲無法解釋的原因而認爲它很重要。

那東西成爲帝國經濟千年來的基石。鎔金術金屬中最強大的來源。

天金。

她爲什麼會這麼著迷？依藍德跟尤門說得對，天金在現在的世界中不再重要。爲什麼？難道是因爲滅絕想要得到它，而紋跟他有某種無法解釋的關連？

統御主說滅絕無法讀透她的心思，但她知道他可以影響她的情緒。改變她看待事情的方法，驅促她前進，鼓勵她去尋找他想要的東西。

她檢視著影響自己的種種情緒，清楚看見滅絕的計畫，他操弄她的方法，他思考的邏輯。滅絕想要天金！而且她又帶著他找到天金了。難怪他之前那麼得意！紋心想。難怪他覺得他贏了！

但一個擁有神力的存在，爲什麼會對鎔金金屬這麼簡單的東西有興趣？這個問題讓她稍微懷疑她的答案。此時，房間的門打開。

門後站著一名審判者。

尤門跟士兵立刻單膝跪下。紋忍不住後退一步。那怪物站得筆挺，跟他的同伴一樣，仍然穿著崩解前的灰袍，光頭上因繁複的刺青而皺縮，大部分的刺青都是黑色，只有一個是鮮紅。當然，還有刺穿雙眼的尖錐。其中一根被刺得特別深，粉碎了他周圍的眼眶。怪物的臉因非人類的表情而扭曲，卻曾經是紋所熟悉的。

「沼澤？」紋驚恐地低語。

「大人。」尤門說道，攤開雙手。「您終於來了！我派遣使者，尋找——」

「安靜。」沼澤以粗糙的聲音說道，踏步向前。「站起來，聖務官。」

尤門立刻站起。沼澤瞥向紋，微笑，可是刻意忽略她。不過他的確直接望向滅絕，服從地低下頭。

紋忍不住發抖。雖然沼澤的五官如此扭曲，卻仍然讓她想起他的哥哥。凱西爾。

「聖務官，你即將被攻擊。」沼澤說道，走上前來，推開房間另一邊的大窗戶。隔著窗戶，紋可以看到依藍德軍隊駐紮的岩岸。

只不過，已經沒有運河。已經沒有岩岸。只是一片黑。灰燼滿布天空，有如暴風雪。

他統御主的！怎麼變得這麼嚴重！紋心想。

尤門連忙趕到窗邊。「大人，被攻擊？可是他們甚至沒有拔營！」

「克羅司會突襲你。」審判者說道。「牠們不需要排成陣式，只要衝過來就好。」

尤門全身一僵，片刻後轉向士兵。「快去守城。召集所有人到前方的城牆！」

士兵連忙跑出房間。紋靜靜地站著。我認得的那個叫做沼澤的人已經不在了，她心想。他試圖要殺死沙賽德，如今他已經完全是他們之一。滅絕……

滅絕操控了他……

她腦中開始浮現一個主意。

「快點，聖務官。」沼澤說道。「我不是來保護你這個愚蠢小城的。我是來取你在密室中找到的東西。」

「大人？」尤門訝異地說道。

「你的天金。」審判者說道。「把它給我。如果你的城守不住，天金不能留在城裡。快給我，我會把天金帶去安全的地方。」

紋閉上眼睛。

「大……人？」尤門終於說道。「我有什麼當然隨您拿去，但儲藏窟中沒有天金，只有幾顆我自己蒐集來的天金珠，那是資源廷的儲備品。」

紋睜開眼睛。「什麼？」

「不可能！」沼澤咆哮。「可是你跟那女孩說你有！」

尤門臉色一白。「只是誤導而已，大人。她似乎堅信我有許多天金，所以我讓她以爲她是對的。」

「不！」

突如其來的大喊讓紋一怔，但尤門連動都沒動，一秒後，她明白爲什麼。尖叫的是滅絕。他消失了瑞恩的形體，變得模糊，身體往外擴散，像是某種盤旋的黑暗暴風。

她見過這片黑霧。她還曾從中穿過去，就在陸沙德地下的石穴，就在她走向昇華之井的路上。

一秒後，滅絕又回來了，再次看起來像是瑞恩。他雙手背在身後，沒有看她，彷彿要假裝沒有失控，可是她在他的眼中看見極大的狂躁。憤怒。她離開他一段距離——靠沼澤更近。

「你這個笨蛋！」沼澤對尤門說道，離開她身邊。「你這白癡！」

該死，紋煩躁地想。

「我……」尤門顯然很不解。「大人，您爲何需要天金？沒有鎔金術師還有貴族政治，它其實沒什麼意義。」

「你什麼都不懂。」沼澤喝斥，然後他笑了。「可是，你注定完蛋了。對……的確完蛋了……」

望向窗外，她可以看到依藍德的軍隊正在拔營。尤門繼續看著，紋靠得更近。依藍德的軍隊正在聚集，有人類也有克羅司。他們大概知道城市防守突然增強，發現失去了突襲的機會。

「他會擄掠城市。」滅絕說道，來到紋身邊。「妳的依藍德是個好僕人，孩子。我最優秀的僕人之一。妳應該以他爲榮。」

「我爲什麼要幫助你？」沼澤問道。「你這個沒有將我要的東西交上來的人！」

「可是我一直很虔誠。」尤門說道。「當所有人捨棄了統御主時，我繼續服侍他。」

「你的統御主死了。」沼澤輕蔑地哼了一聲。「他也是個沒什麼用處的僕人。」

尤門臉色一白。

「讓這座城市在四萬克羅司的憤怒中焚燒吧。」沼澤說道。

四萬克羅司，紋心想。依藍德從某處得到了更多克羅司。發動攻擊是很合理的事，他可以得到城市，讓紋在混亂中也許有脫逃的機會。非常理性，非常聰明，但是，紋突然確定一件事。

「依藍德不會進攻。」她大聲說道。

六隻眼睛——兩隻鋼眼，兩隻肉眼，兩隻虛幻的眼睛——同時轉向她。

「依藍德不會讓這麼多克羅司進入城市。」她說道。「他正在試圖嚇唬你，尤門，你應該要聽依藍德說的。你還要服從這個怪物，這個審判者嗎？他鄙夷你，他要你死。加入我們。」

尤門皺眉。

「你可以跟我一起對抵他。」紋說道。「你是鎔金術師。這些怪物可以被打敗。」

沼澤微笑。「妳居然是個理想主義者啊，紋？」

「理想主義？」她問道，面對怪物。「你認爲殺死審判者是個理想？你知道我成功過。」

沼澤揮手。「我不是在講妳那些愚蠢的威脅。我是在說他。」他朝外面的軍隊點點頭。「妳的依藍德跟我一樣，都屬於滅絕，就像妳一樣。我們都會抵抗，但早晚會向滅絕低頭，只有在那時，我們才能明白毀滅的美。」

「你的神不控制依藍德。」紋說道。「他一直這麼宣稱，但他在說謊，或者，他也是個理想主義者。」

尤門不解地看著他們。

「那如果他眞的發動攻擊怎麼辦？」沼澤以沉靜卻熱切的聲音說道。「這會是什麼意思，紋？如果他眞的派克羅司進入城市展開血腥屠殺，好讓他能得到他以爲如此需要的東西？天金跟食物無法讓他攻城……可是妳呢？那時會讓妳怎麼想？妳會爲他殺人。爲什麼妳覺得依藍德不會爲了妳做出同樣的事情？」

紋閉上眼睛。攻擊塞特時的所有情景重回她的腦海，肆意的殺戮，詹在她的身邊。火焰、死亡，還有被解放的鎔金術師。

她再也不會那樣殺人了。

她睜開眼睛。依藍德爲什麼不會攻擊？攻擊絕對合理，他知道他可以輕易攻下城市，可是他也知道當克羅司狂暴時，要控制牠們有多難……

「依藍德不會攻擊。」她輕輕地說道。「因爲他是比我更好的人。」

值得注意的是，滅絕沒有在尤門據說公開承認天金在法德瑞斯城後就立刻派審判者去那裡。爲什麼不在找到最後一個庫藏點時，就將他的僕人全部派去？他的手下都去了哪裡？

我們必須明白的是，在滅絕的心裡，所有人都是他的僕人，尤其是他能直接操控的人。他沒有派審判者是因爲他們忙著做別的事，因此他派了一個在他心裡跟審判者一樣的人去。

他想要刺穿尤門，失敗之後，依藍德的軍隊就抵達了。所以，他利用一個不同的卒子去爲他尋找密室，找出天金到底在不在。他一開始沒有在城市裡投注太多資源，害怕那只是統御主的詭計。跟他一樣，我仍然在想密室以某種程度而言，是不是爲了這個目的而設——誤導滅絕的聲東擊西之策。

64

「……這就是爲什麼你一定要派人把這個訊息送出去的原因，鬼影。這件事的所有線索都散在風中，四處飄蕩。你擁有別人沒有的線索。爲我將它灑出去。」

鬼影點點頭，覺得頭暈腦脹。他在哪裡？發生了什麼事？還有爲什麼到處都好痛？

「好孩子。你做得很好，鬼影。我爲你感到驕傲。」

他又想點頭，但一切都很模糊、陷入黑暗。他咳嗽，引起不遠處的一聲驚呼。他身上有些部分痛得很尖銳，其他只是隱約疼痛，還有別的地方……那些地方他完全沒有感覺，但他覺得應該要有。

我在做夢，他緩緩清醒過來時，心裡想著。我爲什麼在睡？我在守夜嗎？我該去守夜了嗎？店鋪……

他睜開眼睛，思緒更渙散。有個人在他上方盯著他看。一張臉。一張……比他希望看到的臉還要更醜一點的臉。

「微風？」他試圖想這麼說，但發出來的聲音只是一片沙啞。

「哈！」微風說道，眼中難得出現淚水。「他眞的醒了！」

另一個臉出現在他眼前，鬼影笑了。這才是他在等待的臉。貝爾黛。「發生了什麼事？」鬼影悄聲說道。

有雙手拿了某樣東西到他的唇邊——一個水囊。小心翼翼地倒著，讓他喝口水。他嗆了一下，仍然成功吞了下去。「爲什麼……爲什麼我不能動？」鬼影問道。他似乎唯一能動的就是左手。

「你全身都打了石膏，綁在繃帶中，這是沙賽德的指示。」貝爾黛說道。

「主要是燒傷。」微風說道。「是沒那麼嚴重，可是……」

「我管它什麼燒傷。」鬼影沙啞地說道。「我根本沒想到我還能活著。」

微風抬起頭，與貝爾黛相視一笑。

把它灑出去……

「沙賽德呢？」鬼影問道。

「你眞的應該多休息。」貝爾黛溫柔地摸摸他的臉頰。「你前陣子做了很多事。」

「我睡覺時大概錯過更多事。」鬼影說道。「沙賽德？」

「他走了，親愛的小子。」微風說道。「他跟紋的坎得拉一起南下了。」

紋。

腳步聲在地面上響起，一秒後，葛拉道隊長的臉出現在兩人身邊。方臉的士兵臉上露出大大的微笑。

「果然是火焰倖存者！」

你擁有別人沒有的線索……

「城市怎麼樣？」鬼影問道。

「大半很安全。」貝爾黛說道。「運河的水都恢復了。我哥哥也安排了消防隊。大部分燒起來的建築物反正都沒人住。」

「你救了城市，大人。」葛拉道說道。

我為你感到驕傲……

「灰燼下得更密了，對不對？」鬼影問道。

三人交換了一個眼神，他們臉上同時出現的煩惱表情讓他得到證實。

「有很多難民進城。」貝爾黛說道。「來自附近的城市跟村莊，有些甚至遠從陸沙德來……」

「我需要送訊息給紋。」鬼影說道。

「好。」微風安撫地說道。「只要你好一點，我們立刻著手進行。」

「聽我說，微風。」鬼影抬頭望著天花板，動彈不得。「有東西控制了我跟公民。我看到它，那個紋在昇華之井解放的東西。那東西正在讓灰燼落下，摧毀我們。它想要得到這個城市，但我們把它擊退了。現在，我必須警告紋。」

這就是他被派來鄔都的目的。蒐集資訊，然後回報給紋和依藍德。他現在才開始瞭解，這個責任有多重要。

「你想要現在旅行很困難，小子。」微風說道。「目前不是送信息的最好狀況。」

「你再休息一下。」貝爾黛說道。「等你痊癒之後，我們再想這件事。」

鬼影煩躁地咬著牙。

一定要派人把這個訊息送出去，鬼影……

「我去。」葛拉道低聲說道。

鬼影望向一旁的他。有時，那士兵讓人很容易忽略，因為他向來單純、直接，個性和善。可是，他聲音中的堅定讓鬼影微笑。

「紋貴女救了我一命。」葛拉道說道。「倖存者革命那一天，她可以讓我死在暴動人民的手上，她可以親自動手殺了我。可是她花時間瞭解我歷經的辛苦，說服我換邊站。火焰倖存者，如果她需要這個資訊，那我拚了命都會把訊息送給她。」

鬼影想要點頭，但他的頭完全被繃帶跟紗布結結實實地綑起。他嘗試握拳再張開，手的動作似乎沒問題……至少，還可以動。

他迎向葛拉道的雙眼。「去武器鑄造廠，打一塊薄片金屬。」鬼影說道。「然後拿一個可以用來刮花金屬片的東西給我。這些字必須被刻在金屬上，但我不能說出口。」

當統御主握有井的力量，也感覺到它流逝的同時，他瞭解了許多事情。他看到藏金術的力量，因此感到害怕。他知道許多泰瑞司人民會拒絕他的英雄身分，因為他與預言不是那麼吻合。他們會認為他是竄位者，殺死了他們選出的英雄。事實上，也是如此。

我想在接下來數年間，滅絕漸漸地扭曲他的想法，讓他對自己的族人做出可怕的事情。但我懷疑一開始，他對他們做出的決定是出自於邏輯性而非情緒化。他即將揭露迷霧之子的重大能力。

他也可以讓鎔金術成為祕密，利用藏金術師做為他主要的戰士跟殺手，可是我認為他做出睿智的選擇。藏金術師因為力量的特性偏向成為學者，搭配極佳的記憶力，在幾個世紀後，他們將會很難控制。事實上，即使統御主已經努力鎮壓，他們仍然很難控制。而鎔金術不僅提供驚人的新能力又無同樣的缺點，甚至是他可以用來賄賂國王們站在他這邊的神祕力量。

65

依藍德站在一塊小岩石上看著他的軍隊。下方的克羅司打先鋒，在灰燼中踏出一條道路，讓人類士兵在第一波的克羅司攻擊結束後可以循路使用。

依藍德等著，哈姆站在數階下。

我穿白色。純潔的顏色。我試圖代表什麼是好的跟對的，為了我的人，依藍德心想。

「克羅司應付那些防禦工事應該沒有問題。」哈姆靜靜說道。「牠們可以跳到城牆上，也可以爬過那些斷裂的石橋。」

依藍德點點頭。其實可能根本不需要人類士兵。光是靠克羅司，依藍德就得到數量上的優勢，況且尤門的士兵可能從來沒有跟這些怪物對打過。

克羅司們感覺到即將到來的戰鬥。他可以感覺到牠們開始興奮，牠們抗拒著他，想要攻擊。

「哈姆。」他說道，低下頭。「這是對的嗎？」

哈姆聳聳肩。「這個做法很合理，阿依。」他揉著下巴說道。「攻擊是我們救紋的唯一機會，而且這場圍城戰我們已經撐不下去了。」哈姆想了想，搖搖頭，語氣中出現他每次思考邏輯問題時的遲疑。「可是，以克羅司攻擊一個城市，的確顯得很沒有道德。一旦牠們開始肆虐，我不知道你是否還能控制牠們。拯救紋這件事有重要到甚至可以罔顧一名無辜孩童的性命嗎？我不知道。可是，也許將牠們納入我們的帝國中，我們能拯救更多孩子……」

我根本不該問哈姆的，依藍德心想。*他向來沒辦法給個直接了當的答案。*他望著田野，藍色的克羅司映襯全然的黑。靠著錫，他看到法德瑞斯城牆上的人，害怕地縮成一團。

「不。」哈姆說道。

依藍德低頭看著打手。

「不。」哈姆重複。「我們不該攻擊。」

「哈姆？」依藍德感到一股不可置信的笑意。「你居然做出了*結論*？」

哈姆點點頭。「是的。」他沒有解釋，也沒有爲自己的結論提出理由。

依藍德抬起頭。*紋會怎麼做？*他的直覺是她會攻擊。可是，他記得許多年前她攻擊塞特之後，當他找到她時，她正縮在角落不停哭泣。

不，他心想。不，她不會這麼做。就算是爲了保護我也一樣。她學到了教訓。

「哈姆。」他開口，連自己都沒料到自己會這麼做。「叫那些人撤退，拔營。我們回陸沙德。」

哈姆轉過頭，滿臉訝異，彷彿沒想到依藍德會跟他有同樣的結論。「那紋呢？」

「哈姆，我不會攻擊這座城市。」依藍德說道。「我不會征服這些人民，即使這樣做對他們會是好事。我們會找到別的方法來救紋。」

哈姆微笑。「塞特會氣瘋。」

依藍德聳聳肩。「他不良於行，能怎麼樣？咬我們嗎？來吧，別一直站在石頭上，我們得想辦法回去處理陸沙德。」

「他們在撤兵了。」士兵說道。

紋鬆了一口氣。滅絕站在一旁，雙手背在身後，表情難懂。沼澤如獸爪般的手按在尤門肩頭，兩人正望著窗戶。

滅絕帶來一名審判者，她心想。他一定是厭倦我一直無法讓尤門說實話，所以找了一個他知道能讓聖務官乖乖說實話的人。

「眞奇怪。」滅絕終於說道。

紋深吸一口氣，決定放手一搏。「你不明白嗎？」她低聲問道。

滅絕轉向她。

她微笑。「你眞的不明白，對不對？」

這次連沼澤都轉向她。

「你以為我沒發現嗎？」紋問道。「你以為我不知道你一直以來都想要得到天金？你跟著我們一個又一個洞穴去搜尋，推著我的情緒，強迫我幫你找出天金？你的手法太明顯了。你的克羅司總是在我們發現下一個城市的位置之後才靠近城市。你會靠近來威脅我們，卻從來不會太快讓你的克羅司抵達。這事實，我們一直都知道。」

「不可能。」滅絕低語。

「不。」紋說道。「有可能。滅絕，天金是金屬。你看不見，有太多金屬在附近時，你的視線會模糊，對不對？金屬是你的力量，你用它來創造審判者，可是它對你而言就像光——會讓你目眩。你從來沒看到我們真正找到天金的時候，你只是在跟蹤我們的騙局而已。」

沼澤放開尤門，然後衝過房間，抓著紋的手臂。

「**在哪裡**?!」沼澤質問，舉起她，搖晃她。

她大笑，讓沼澤分神，小心翼翼地摸向他的腰帶，可是沼澤搖晃她的方式太大力，她的手指摸不到瓶子。

「孩子，妳會告訴我天金在哪裡。」滅絕平靜地說道。「我不是解釋過，妳鬥不過我的。也許妳覺得自己很聰明，可是妳並不瞭解。妳甚至不知道天金是什麼。」

紋搖搖頭。「你真的認為我會帶你去找到它？」

沼澤再次搖晃她，讓她得咬牙忍受。當他停止時，她的視線一片模糊，幾乎看不清楚尤門正在一旁皺著眉頭觀看著。「尤門。」她開口。「你的人民現在安全了，你終於能相信依藍德是好人了嗎？」

沼澤將她拋向一旁。紋重重落地，翻滾身體。

「啊，孩子。」滅絕跪在她身邊。「我必須要證明妳無法抵抗我嗎？」

「尤門！」沼澤轉身說道。「叫你的人準備。我要下令攻擊！」

「什麼？」尤門說道。「大人，攻擊？」

「是的。」尤門說道。「我要你帶領所有士兵，攻擊依藍德・泛圖爾的陣線。」

尤門臉色一白。「離開我們的城牆？攻擊一隊克羅司？」

「這是我的命令。」沼澤說道。

尤門靜靜地站在原處片刻。

「尤門……」紋跪起。「你看不出來他正在操弄你嗎？」

尤門沒有回應。他一臉煩惱。他怎麼會考慮要服從這種命令？

「妳看。」滅絕低聲說道。「見識到我的力量了嗎？看到他們連信仰都能被我玩弄了嗎？」

「傳令下去。」尤門說道，背對紋，面向他的隊長。「叫士兵攻擊，跟他們說，統御主會保護他們。」

「我倒沒想到會這樣。」哈姆跟依藍德並肩站在營地裡說道。

依藍德緩緩點頭，看著一波人潮從法德瑞斯城的大門湧出。有些人在深深的灰燼中跌倒，有人則繼續前進，他們的攻擊進度減緩成緩慢地爬行。

「有些人沒加入。」依藍德指著城牆上方說道。哈姆沒有錫，看不到站在城牆上的人，但他相信依藍德的話。依藍德的人類士兵正忙著拔營，克羅司則仍然靜靜地站在原處，包圍著營地。

「尤門在想什麼？」哈姆問道。「他要用較弱的兵力去攻擊一隊克羅司？」

就像我們在維泰敦攻擊克羅司營地那次一樣。整件事讓依藍德非常不安。

「退兵。」依藍德說道。

「什麼？」哈姆問道。

「我說下令退兵！」依藍德說道。「放棄陣形，叫士兵退後！」

在他無聲的命令下，克羅司開始朝城市的反方向奔跑。尤門的士兵們仍然在灰燼中努力前進，可是依藍德的克羅司能爲他的士兵開道，他們的速度會更快。

「這是我看過最奇怪的退兵了。」哈姆說道，卻仍然去下達命令。

*我受夠了，*依藍德煩怒地想。*該是要搞清楚那城裡到底在玩什麼把戲的時候。*

尤門正在流淚。他流著細小、安靜的眼淚，直挺挺地站著，沒有看窗外。

*他擔心他命令自己的人去送死，*紋心想。她走到他身邊，因爲剛剛撞上地板而略微跛腳。沼澤站在一旁看著窗戶，滅絕好奇地端詳著她。

「尤門。」她開口。

尤門轉向她。「這是試煉。」他說道。「審判者是統御主最神聖的祭司。我會服從他的命令，而統御主會保護我的手下跟我的城市，到時妳就會明白了。」

紋咬緊牙關，然後轉身，強迫自己走到沼澤身邊。她望向窗外，訝異地看到依藍德的軍隊正在從尤門的士兵面前撤退。尤門的軍隊也不是跑得很賣力，顯然樂於見到武力更雄厚的敵人在他們面前跑走。太陽終於要下山了。

沼澤似乎不覺得依藍德的撤兵很有意思。光是這點就足以讓紋露出微笑——但這又因此讓沼澤抓住她。

「妳以爲妳贏了嗎？」沼澤問道，彎下腰，深淺不一的尖刺就在紋面前。

紋朝他的腰帶伸手。再近一點……

「妳宣稱妳在戲耍我，孩子。」滅絕來到她身邊。「可是被戲耍的人是妳。服侍你們的克羅司，力量來自於我。妳以爲要不是爲了我的利益，我會允許你們控制牠們嗎？」

紋感到全身一陣冰涼。

不要……

依藍德感覺到一陣可怕的撕裂感，像是內臟突然被人強力扯出那般。他驚喘一聲，釋放鋼推，從滿是灰燼的空中落下，歪歪倒倒地落在法德瑞斯城外的岩石平台上。

搞什麼鬼？他心想，站起身，扶著疼痛不止的頭。

然後，他意會過來。他再也感覺不到克羅司了。遠方，巨大的藍色怪物停止逃跑。在依藍德驚恐的注視下，他看到牠們轉身。

開始朝他的人衝去。

沼澤抓住她。「血金術是他的力量，紋！」他說道。「統御主在無知中使用了血金術！那個笨蛋！他每創造一個克羅司或審判者，就爲自己多增添一名敵人！滅絕很有耐心地等待，知道當他終於掙脫時，會有一整支大軍等著他！」

尤門站在另外一扇窗前，輕喘一聲，看著下方。「你真的救了我的人！」聖務官說道。「克羅司轉而攻擊自己的軍隊了！」

「牠們接下來就要殺你的人，尤門。」紋暈眩地說道。「然後，牠們會毀掉你的城市。」

「結束了。」滅絕悄聲說道。「一切都該來到終結。天金在哪裡？那是最後一塊欠缺的拼圖。」

沼澤搖晃她。她終於搆到他的腰帶，探入手指。經過她哥哥，以及在街上討了一輩子生活的所訓練出來的手指。

小偷的手指。

「妳騙不了我的，紋。」滅絕說道。「我是神。」

沼澤舉起一隻手，放開她的手臂，握起拳頭，作勢要打她。他的動作充滿力量，顯然體內燃燒著白鑞。他跟所有審判者一樣都是鎔金術師，習慣在身上帶金屬。紋一翻手，吞下她從他腰帶中偷到的一瓶金屬液體。

沼澤全身一僵，滅絕陷入沉默。

紋微笑。

白鑞在她腹中燃燒，讓她整個人活了過來。沼澤想要揮完他的巴掌，但她扯離他的拑握，再用力一扯仍然被他抓住的另一邊胳膊，讓他失去重心。他勉強一抓，但當他轉身面對紋的時候，發現她手中握著她的耳針。

然後，她以硬鋁加強的鋼推，將耳針直接刺入他的額頭。金屬不大，但刺入時卻激起一小柱的鮮血，直穿過他的頭顱，從另一邊穿出。

沼澤倒地，紋被她的推力往後彈，重重撞上牆壁，士兵四散大喊，舉高武器。尤門轉向她，一臉訝異。

「尤門！」她說道。「快把你的人叫回來！快點守城！」滅絕在混亂中消失，也許他去控制克羅司了。

尤門似乎無法下定決心。「我……不。我不會失去信仰。我必須堅強。」

紋一咬牙，站起身。他幾乎跟依藍德有時候一樣氣人，她心想，爬過沼澤的身體，探入他的腰帶，拉出第二瓶也是最後一瓶金屬液體，吞下，補充因硬鋁而耗盡的金屬。

然後，她跳到窗台上，迷霧在她身後盤繞，太陽仍然掛在空中，但是迷霧越來越早出現。在外面，她可以看到依藍德的軍隊被肆虐的克羅司襲擊，尤門的士兵沒有進攻，可是卻又阻止依藍德的軍隊繼續撤退。她原本要跳下去加入戰鬥，卻先注意到一件事。

一小群克羅司。總共有一千名，數量少到被依藍德跟尤門的軍隊忽略，就連滅絕似乎都沒理會牠們。牠們就站在灰燼中，身體一部分被掩埋，宛如一批無聲的岩石。

紋的克羅司。是依藍德給她的克羅司，以人類爲首。紋露出狡猾的笑容，命令牠們上前。去攻擊尤門的人。

「我就跟你說，尤門。那些克羅司才不在乎人類是哪一邊的——牠們誰都會殺。」她說道，從窗台跳下，回到房間。「統御主死後，審判者都發瘋了。你沒聽到剛才這一個是怎麼說的嗎？」

尤門陷入深思。

「他剛才甚至承認統御主死了，尤門。」紋氣急敗壞地說道。「你這麼虔誠令人非常佩服，可是有時候你必須知道什麼時候該放棄，繼續前進！」

其中一名士兵隊長大喊，尤門轉身看著窗外，咒罵一聲。

紋立刻感覺到某種感覺，有東西在拉她的克羅司，牠們被拉走時，令她喊叫出聲。但離間已經成功。尤門一臉困擾。他親眼看到克羅司攻擊他的士兵。他望入紋的雙眼，沉默片刻。「退回城中！」他終於大喊，轉向他的傳令兵。「下令讓泛圖爾的士兵一起進來躲避！」

紋鬆了一口氣。然後，有東西抓住她的腿。她震驚地低頭，看到沼澤跪了起來。她已經刺穿他的腦袋，但顯然審判者驚人的癒合能力甚至能應付這種情況。

「笨蛋。」沼澤站起身說道。「就算尤門反叛我，我還是可以殺了他，然後他的士兵就會服從我。他讓他們相信統御主，而我因為繼承的權力得以延續這個信念。」

紋深吸一口氣，以硬鋁加強的安撫攻擊沼澤。如果這在克羅司跟坎得拉身上能奏效，對付審判者有何不可？

沼澤腳下一軟。紋的推力維持了短短一段時間，但她感覺到某種東西。一道牆，就像是她第一次試圖要控制坦迅，還有第一次掌控一群克羅司時一樣。

她再推，以她所有的力量用力推。力量猛然送出，她幾乎要控制住沼澤，可是還不夠。他意識中的牆太堅硬，而她只有一瓶的金屬量。牆將她推後。她挫敗地大喊出聲。

沼澤伸出手，低聲咆哮，抓住她的脖子。她驚喘出聲，眼睛大睜，看到沼澤的身體逐漸膨脹。越來越強，像是……

藏金術師，她意會過來。我麻煩大了。

房間裡的人紛紛大喊，但她聽不到他們的聲音。沼澤的手如今又大又厚，抓著她的喉嚨勒住她。驟燒的白鑞保住她的性命。她回想起多年前，當她被另一名審判者抓住，站在統御主寶座前的那天。

在那天，是沼澤救了她。嘲諷的是，她如今正被他掐住，而她仍在掙扎。

還、沒、有。

迷霧開始在她身旁盤旋。

沼澤一驚，繼續抓住她。

紋汲取迷霧。

又發生了。她不知道是如何或為何發生，但就是發生了。她將迷霧吸入身體，如同多年前殺死統御主時那天。她吸入迷霧，利用迷霧增強，得到驚人的鎔金術力量。

靠著這股力量，她用力推沼澤的情緒。

他體內的牆崩裂，然後炸開。紋一瞬間感覺到一陣暈眩。她透過沼澤的眼睛看到一切——甚至覺得自己瞭解他。他對破壞的喜愛還有對自己的憎恨。透過他，她瞥到某個東西。某個令人憎恨、充滿毀滅性的東西，隱藏在文明的外表下。

滅絕跟迷霧是不一樣的。

沼澤大喊出聲，拋下她。她奇特的力量消失。不重要了，因為沼澤已從窗戶逃走，鋼推自己穿過迷霧。紋咳嗽，站起身。

我辦到了。我又從迷霧取得了力量。可是爲什麼是現在？爲什麼在嘗試這麼久以後，現在又發生了？

她現在無暇思考——克羅司正瘋狂攻擊。她轉向不解的尤門。「繼續往城市撤退！」她說。「我要去幫忙。」

依藍德絕望地戰鬥著，砍倒一隻又一隻克羅司。即使是他，這樣的戰鬥仍然非常困難且危險。這些克羅司無法再被控制，無論他如何推或拉，甚至無法讓任何一隻歸順於他的力量。

所以，只剩下戰鬥，但他的人沒有做好上戰場的準備——因爲他強迫他們過快拔營。

一隻克羅司揮砍，劍離依藍德的頭近得無比危險。他咒罵一聲，拋下錢幣鋼推自己往空中飛去，越過戰鬥中的士兵們回到營地。他們好不容易撤回原本的根據地，現在有一座小山可以防守，不需要在灰燼中戰鬥。他的一群射幣，只有十人，站在原地，朝克羅司的主力發射一波又一波的錢幣，弓箭手也同樣展開箭雨攻擊。主要的軍力有扯手在後面拉引克羅司的武器，讓牠們失去重心，讓普通人有額外的攻擊空隙。

打手以兩到三人一組在外圍不斷移動，遞補弱點以及充當後備援軍。

即使如此，他們仍然陷入嚴重的威脅之中。依藍德的軍隊面對這麼多的克羅司，處境不比法德瑞斯的軍隊要好多少。依藍德落在撤離了一半人數的軍營中央，重重地喘息，全身都是克羅司的鮮血。人們在不遠處戰鬥，發出吶喊，在依藍德的鎔金術師們幫助下守住軍營的邊緣。克羅司的主力仍然圍繞在北區，可是依藍德不能將他的人繼續往後撤，以免遭受尤門的弓箭手射擊。

依藍德試圖暫時喘口氣，僕人端著一杯水跑向他。塞特坐在不遠處，進行戰略調度指揮。依藍德拋開空杯，走向坐在小桌邊的將軍。桌上有一張附近區域的地圖，卻沒有任何標記。克羅司離他們近到只有幾碼，根本不需要畫出戰場模擬圖。

「我從來都不喜歡這種東西在軍隊裡。」塞特說道，自己也喝了一杯水。一名僕人帶著外科醫生走過來，後者掏出繃帶，開始爲依藍德的手臂包紮，此時他才注意到自己流血了。

「好吧，至少我們是戰死，不是餓死！」塞特對他說道。

依藍德嗤哼，再次抓起劍。天快黑了，要不了多久就會——

一個身影落在塞特面前的桌上。「依藍德！」紋說道。「往城裡撤退，尤門會讓你們進去。」

依藍德一驚。「紋！」然後驚喜地笑問：「妳怎麼去了這麼久？」

「我被一個審判者跟一個邪神拖住了。」她說道。「現在快點。我去看看能不能讓這些克羅司分神。」

審判者沒有抵抗滅絕的可能性。他們體內的尖刺遠勝過於任何血金術的創造物，因此他們會完全歸附於他。

是的，在被插入審判者的尖刺之後，需要意志力極端強大的人，才能非常稍微地抵抗滅絕。

66

沙賽德嘗試不要去想天空中灰燼有多黑，或是大地看起來多悲慘。

我眞是個笨蛋，他坐在馬鞍上想著。這個世界從來沒有比現在更需要信仰，結果我居然沒有提供信仰給世界。

他因爲不停騎馬而全身疼痛不堪，但仍然緊抓住馬鞍，並且對在他身下奔跑的身軀感到驚奇。當沙賽德決定要跟坦迅一起南下時，一開始對這場旅程是感到絕望的。灰燼如暴風雪一般狂下，在大多數地方都厚得不可思議。沙賽德知道這趟旅程將會很困難，也擔心會拖累坦迅的速度，因爲以牠狼獒犬的身體，絕對可以跑得更快。

坦迅考慮了他的擔憂後，指示要人給牠一匹馬跟一隻肥豬。坦迅首先吃下肥豬爲自己增加額外的體積，然後將透明膠狀的身體包裹在馬匹外消化牠。一個小時內，牠的身體已經與馬匹並無二致，但是卻有增強的肌肉跟體重，成爲如今沙賽德騎乘的巨大、強健非凡的神奇坐騎。

他們從啓程便跑個不停。幸好，沙賽德一年前在陸沙德圍城戰之後，還在金屬意識中儲存了一些清醒，此時正好用來不讓自己睡著。他仍然很驚訝坦迅如此增強動物的身體。牠輕易地突破厚重的灰燼，但若是眞正的馬匹——更遑論人類——早就無法前進了。

另外一件我很蠢的事情。過去幾天我早就可以詢問坦迅的力量來源。我到底有多少事情還不知道的？

雖然羞愧，沙賽德卻感覺到內心的某種平靜。如果他在停止相信之後繼續傳道，那的確是眞正的僞善。廷朵相信應該要讓人覺得安心，即使需要說謊。這就是她認爲宗教的優點：能讓人覺得心裡比較舒坦的謊言

沙賽德不能如此，或者該說，他不能在這麼做的同時仍然保持對自己的期許。可是，他現在有了希望。泰瑞司宗教是最先開始教導有世紀英雄存在的宗教。如果有任何宗教中含有眞相，必定在此。沙賽德需要詢問坎得拉的初代，瞭解牠們到底知道什麼。

不過，如果我得到了眞相，該怎麼辦呢？

他們經過的樹木都沒有了葉子，大地鋪滿了四呎深的灰燼。「你怎麼能一直這樣跑？」沙賽德問道，看著坎得拉跑過山丘，推開灰燼，跳過障礙。

「我的族人是從霧魅中被創造出來的。」坦迅解釋，聽起來沒有半點喘氣。「統御主將藏金術師變成霧魅，此後開始成爲一個族裔繁衍。在霧魅身上加諸祝福，牠們就會甦醒，變成坎得拉。像我這樣，在昇華之後的數世紀以後被創造出來，出生時是霧魅，但是在獲得祝福以後便醒過來。」

「……祝福？」沙賽德問道。

「兩根小金屬刺，守護者。」坦迅說道。「我們就像克羅司或審判者一樣都是被創造出來的，只是我們跟前兩者比起來是更爲精細的創造物。我們是在統御主的力量逐漸消失時，第三種也是最後被創造出來的一種。」

沙賽德皺眉，彎下腰，等馬匹從一片乾枯的樹枝下跑過。

「你們有哪裡不同？」

「我們比另外兩者更獨立。」坦迅說道。「我們只有兩根尖刺，另外兩者則有更多。鎔金術師仍然能控制我們，但我們不受掌控時，意志比克羅司或審判者都更自由，而他們卻被滅絕的本質影響，即使他沒對他們進行直接的控制。你難道沒有想過，爲什麼他們都有這麼強烈的殺戮欲望嗎？」

「這無法解釋你爲什麼能負載我和我們所有的行李，卻仍然能跑得比灰燼快。」

「我們身上的金屬刺會給我們一些能力。」坦迅說道。「就像藏金術給你力量，或鎔金術給紋力量，我的祝福也能給我力量，永遠不會用完，但又不像你們能有非常驚人的爆發力。我的祝福加上我能隨心所欲改變身體構造的能力，讓我有很高的耐力。」

沙賽德陷入沉默。他們繼續奔馳。

「時間不多了。」坦迅說道。

「我看得出來。」沙賽德說道。「這讓我想到，不知我們還能做什麼。」

「這是我們唯一能成功的時刻。」坦迅說道。「我們必須準備好，準備要戰鬥，在世紀英雄到來時，準備協助她。」

「到來？」

「她會領導一支鎔金術師的軍隊前往家鄉。」坦迅說道。「在那裡解救我們所有人——坎得拉、克羅司、審判者。」

一支鎔金術師的軍隊？「那……我該做什麼？」

「你必須說服坎得拉這個情況有多嚴重。」坦迅解釋，在灰燼中停下腳步。「因爲……有一件牠們必須準備要做的事，一件非常困難卻必要的事。我的族人會抗拒，但也許你能引導牠們。」

沙賽德點點頭，爬下坎得拉的背，伸展雙腿。

「你認得這裡嗎？」坦迅問道，用馬頭看著他。

「我不認得。」沙賽德說道。「這麼多灰燼……我已經好一段時間不知道我們在哪裡。」

「在那個山坡後，你會找到泰瑞司人民搭建庇護所的地方。」

沙賽德訝異地轉頭。「海司辛深坑？」

坦迅點頭。「我們稱之爲家鄉。」

「在深坑？」沙賽德震驚地問道。「可是……」

「不是深坑本身。」坦迅說道。「你知道這一區下方都有洞穴？」

沙賽德點點頭。凱西爾訓練出他第一批司卡軍隊的地方就在這裡往北不遠處。

「其中一個洞穴群就是坎得拉家鄉，它跟海司辛深坑比鄰，甚至有幾條坎得拉通道是通往深坑的，因此必須被封閉起來，以免深坑的工人一不小心進入家鄉。」

「你的家鄉生長天金嗎？」沙賽德問道。

「生長？沒有。我想這就是家鄉跟海司辛深坑不同之處。無論如何，通往我族的洞穴入口，就在那裡。」

沙賽德訝異地轉身。「哪裡？」

「灰燼裡的凹陷處。」坦迅以牠的大頭朝那裡點了點。「祝你好運，守護者。我有自己的任務要辦。」

沙賽德點點頭，很震驚他們在這麼短的時間內居然走了如此遠的距離。他將背包從坎得拉的背上解下，剩下一只裝呈狼獒犬，還有一副看起來像是人類骨骸的袋子。也許那具人類骨骸是要讓坦迅以備不時之需。

巨馬轉身準備離開。

「等等！」沙賽德舉起手說道。

坦迅回過頭。

「祝你好運。」沙賽德說道。「願……我們的神眷顧你。」

坦迅微笑，馬臉上的這個表情看起來相當怪異，接著牠離開，在灰燼中疾奔而去。

沙賽德轉向地面上的凹地，然後背著裝滿金屬意識與一本厚書的袋子向前走去。在灰燼中，就算只是前進這麼短短一段距離都很困難。他來到凹陷處，深吸一口氣，開始挖掘。

他沒挖多遠，便滑下一條通道，幸好通道不是直直往下墜，而他沒有滑多久，就停在了一個地勢微微上升的坑裡，一半是朝天開放，一半是洞穴。沙賽德站起身，探入袋子裡，拿出一個錫意識，用它來增強眼力，走入黑暗中。

錫意識跟鎔金術師的錫比起來沒有那麼強大，或者該說，作用不一樣。它可以允許一個人看很遠的距離，但在光線昏暗的情況下幫助並不大。很快地，即便是有錫意識，沙賽德仍然在黑暗中行走，摸索著前進。

然後，他看到了光。

「停下！」一個聲音喊道。「是誰因契約終止而返回？」

沙賽德繼續往前走。一部分的他很害怕，可是另一部分卻很好奇。他知道一個非常重要的事實。

坎得拉不能殺害人類。

沙賽德踏入光線中，一個蜜瓜大小的石頭放在石柱上，充滿凹洞的表面長滿了某種發光的菌類。兩名坎得拉阻擋他的去路。一看就知道牠們是坎得拉——沒有穿衣服，皮膚是半透明的，骨頭似乎是以岩石刻成。

眞罕見！沙賽德心想。牠們製造自己的骨頭。我眞的有一個新的文化可以探索。一個全新的社會——藝術、宗教，道德，還有性別互動……

這個想法令他興奮到有一瞬間覺得連世界末日都算不上是什麼大事，他必須提醒自己要專心。他需要先研究牠們的宗教，其他都是次要。

「坎得拉，你是誰？你用誰的骨頭？」

「我想你會很訝異。」沙賽德盡量溫和地說。「我不是坎得拉。我的名字是沙賽德，泰瑞司的守護者，我被派來與初代交談。」

兩名坎得拉侍衛都嚇了一跳。

「你們不必讓我通過。」沙賽德說道。「當然，如果你們不帶我進入家鄉，那我會離開，然後去告訴外面所有人家鄉的位置……」

守衛面面相覷。「跟我們來。」其中一人終於說道。

克羅司也沒有多少掙脫的可能性。四根尖刺，還有減弱的思考能力，讓牠們很容易就可以被駕馭。只有在血腥狂暴的狀態中，牠們才有某種程度的自主性。

四根尖刺也讓牠們更容易被鎔金術師掌控。在我們的時代中，需要硬鋁的推才能控制坎得拉，可是克羅司只需要堅定的推即可，尤其當牠們處於狂暴的時候。

67

依藍德跟紋站在法德瑞斯的防禦工事頂端。這片石頭平台原本燒著他們晚上看到的篝火，她在左方還看見一簇篝火留下的黑色痕跡。

能夠再次被依藍德抱在懷裡感覺很好。他的溫度是個安慰，尤其是當他們望向城外，看著依藍德的軍隊曾經佔據的天地時。克羅司軍隊正在擴大，靜靜地站在雪暴中的灰燼裡，數千名壯兵。每天都有越來越多怪物來到此處，集結成壓倒性的力量。

「牠們爲什麼不乾脆攻擊呢？」尤門煩躁地問道。他是另一個站在瞭望台的人，哈姆跟塞特都在下面負責軍隊的準備工作。克羅司一進攻，他們就要準備好守城。

「他要我們知道他如何能輕易地擊潰我們。」紋說道。況且，他在等。等最後一點情報。

天金在哪裡？

她騙過了滅絕。她證明給自己看這是辦得到的，可是她仍然很挫敗，感覺自己過去這幾年的人生都是隨著滅絕的小指頭動一動而活。每次她覺得自己很聰明、睿智、願意犧牲自己時，發現自己都只是最後按照他的意願行事。這讓她覺得憤怒。

可是她能怎麼辦？

我必須讓滅絕先行動。她心想。只要他先動手，就會暴露出自己的弱點。

有一瞬間，在尤門的皇宮中，她感覺到某種神奇的東西，她以從迷霧得來的奇特力量碰觸滅絕的意識，透過沼澤，看到滅絕的情感。

恐懼。她想起那純粹又直接的感覺。在那瞬間，滅絕是怕她的，所以沼澤才逃跑。

不知如何，她將迷霧的力量吸入體內，用其展現巨大威力的鎔金術力量，她之前在統御主的皇宮中與他對抗時也成功過。爲什麼她只能在隨機、無法預料的時候汲取這份力量？她想要用它來對抗詹，卻失敗了。她在過去幾天試過了十幾次，但就跟在統御主死後的那段時間一樣無法成功，她甚至沒有辦法碰觸一絲那份力量。

它像轟雷一般出現。

一個巨大、動搖一切的地震滾過大地。法德瑞斯周圍的岩石平台瞬間龜裂，有些石塊落到地上。紋在白鑞的幫助下仍然站立著，她勉強抓住尤門的聖務官袍子前襟拉著他，因爲他在一陣搖晃之後差點從岩石平台上摔下去。尤門抓住她的手臂，加強聯繫。突來的地震搖晃了大地，城內幾座建築物倒塌。

然後一切安靜下來。紋重重喘息，額頭滿是汗水，手中緊抓住尤門的袍子。她瞥向依藍德。

「這次比以前都嚴重。」他說道，暗自咒罵。

「我們完蛋了。」尤門輕聲說道，強迫自己站起來。「如果妳說得沒錯，不只統御主死去了，連他畢生都在對抗的力量也來毀滅這個世界。」

「我們已活了這麼久，」依藍德堅定地說道。「我們會撐過去的。地震可能會傷害我們，但也會傷害到克羅司。你看看牠們，有些已被落石砸死。如果這裡情況眞的很糟糕，我們可以退入石穴。」

「石穴能度過剛才那樣的地震嗎？」尤門問道。

「比這些建築物好。這裡沒有建築物在建造時考慮到地震，但如果我對統御主料得沒錯，他一定預期到地震的發生，只會挑選堅固且能夠抵擋地震的石穴。」

尤門似乎無法從這些話語中得到安慰，但紋微笑。不是因爲依藍德說的話，而是他說話的方式，他有點改變了。似乎擁有前所未有的自信。他有年輕時在宮廷裡展現的理想主義，也有領導士兵上戰場的剛毅。

他終於找到平衡，而奇特的是，它來自於撤兵的決定。

「可是，紋，他說得也有道理。」依藍德以較柔的聲音對她說道。「我們需要想清楚下一步怎麼做。滅絕顯然打算在此處打敗我們，但他至少暫時是被阻撓了。然後呢？」

我們得騙過他，她心想。*也許……利用尤門在我身上用的相同計謀？*

她想了想，考慮這個做法。她伸出手，磨蹭著耳針。它因爲射穿沼澤的腦門後扭曲成一團，但是請鐵匠重新將它還原回原來的形狀是很簡單的事。

她第一次見到尤門時，他就將耳針還給她。將金屬送給鎔金術師是很奇怪的做法，但是在掌控一切的情況下，這種做法卻很聰明。他能夠測試並知道她是否還有隱藏的金屬，同時隱藏他能燃燒天金以及能保護自己的事實。

之後他讓她顯露她的計畫，在他能夠完全控制情況的場合中讓她動手攻擊，讓他知道她在計劃什麼，幫助自己解除危機。她能對滅絕做同樣的事情嗎？

這個念頭之外又出現另一個想法，兩者混合爲一。之前迷霧幫助她，都是在她已經走投無路時，彷彿它們會回應她的需求，所以是否有辦法讓她陷入比之前更絕望的境地？這是很渺茫的希望，但加上她想要逼滅絕先出手的念頭，一個計畫逐漸在她腦海中成形。

讓自己陷入危險。讓滅絕將他的審判者帶來，讓紋陷入迷霧必須幫她的情況。如果不成功，也許至少能讓滅絕亮出底牌，或是觸動任何他爲她設下的隱藏陷阱。

這個做法極端冒險，但她可以感覺得到時間不多了。除非她主動出擊，否則滅絕會贏，而且是非常快就會贏。這是她唯一想到能做的。可是她要怎麼在不跟依藍德解釋的狀況下讓一切發生呢？她不能將計畫說出口，免得滅絕知道她想做什麼。

她抬起頭看著依藍德，一個她瞭解他更勝過瞭解自己的男人。他不需要告訴她，他已經讓自己的兩面和平共處，她只要看著他就可以知道。面對這樣的一個人，她眞的有需要說出她的計畫嗎？也許……「依藍德，」她說道。「我想只有一個辦法能拯救城市。」

「是什麼？」他緩緩說道。

「我必須去拿它。」

依藍德皺眉，然後張開口。她直望入他的眼睛，等待著。他躊躇了片刻。

「拿……天金？」他猜測。

紋微笑。「對。滅絕知道我們有天金。就算我們不用，也會被他發現，可是如果我們把天金帶來這裡，至少我們有反抗的機會。」

「反正它在這裡也比較安全。」依藍德緩緩說道，眼神迷惘，卻信任且配合著她。「我寧可在這堆寶藏跟我們的敵人之間用軍隊擋著，也許我們能用它賄賂一些當地的軍閥來幫助我們。」

這一切在她看來是個很薄弱的騙局，但那是因爲她可以看出依藍德的困惑，讀出他眼神中的謊言。她瞭解他，一如他瞭解她。這是個需要愛的理解。

而她懷疑，這是滅絕永遠無法理解的事情。

「所以我必須離開。」她說道，緊緊擁抱著他，閉上眼睛。

「我知道。」

她緊抱著他片刻，灰燼在她身旁落下，吹拂她的皮膚跟臉頰，感覺耳下依藍德的心跳。她往後仰起頭，親吻了他。終於，她後退一步，檢查金屬存量，與他四目相望。他點點頭，她隨後跳入城中，去拿取一些馬蹄鐵。

片刻後，她穿過滿是灰燼的天空，朝陸沙德而去，身周一團金屬漩渦揚起。依藍德靜靜地站在岩石平台上，看著她離去。

好了。她想著滅絕，很清楚他非常仔細地觀察著她的舉動，即使在她汲取迷霧力量後，再也沒有看到他出現。我們來場追逐戰吧，就你跟我。

當統御主對他的藏金術朋友們提出這個計畫——將他們變成霧魅——他是要求他們爲全世界的藏金術師做決定。雖然他將他的朋友們變成坎得拉以恢復他們的記憶與心智，卻任憑其他人成爲沒有知覺意識的霧魅。這些霧魅繼續繁衍，生生死死，成爲獨立的一族。從這些原來的霧魅們的孩子之中，他創造下一代的坎得拉。

可是，我學到的是，就連神都會犯錯。當統御主拉刹克想將所有在世藏金術師變成霧魅時，他沒想到泰瑞司人民的血統遺傳——那是他所無法斷絕的。因此，仍然有藏金術師被生下來，雖然非常罕見。

這個疏忽爲他帶來相當高昂的代價，卻爲世界贏得了許多機會。

68

沙賽德充滿讚嘆地走著，尾隨在兩名守衛之後，他看到一名又一名坎得拉，每一具身體越發有意思。有些高挑纖細，有著白色木頭製造的骨頭；有些則是矮壯，有著比任何人類都要粗壯的骨頭。不過大部分都選擇人類肢體的輪廓。

牠們以前都是人類，他提醒自己。至少牠們的祖先是。

他身旁的洞穴感覺很古老，通道已經被磨得很光滑，雖然沒有眞正的「建築物」，但他經過許多小洞穴時，開口都有不一樣的布簾垂掛，從菌類照明，到周圍每個人的骨頭，全展現出精湛的工藝技術。不像貴族堡壘的細緻雕飾，因爲石頭與骨頭上沒有圖紋、花葉或是線條的紋飾，只有打磨光滑，圓角，或是以粗略的線條與形狀編織成的物品。

坎得拉似乎怕他，這對沙賽德是個很奇特的經驗。他這輩子有過許多身分：反抗軍、僕人、朋友和學者，但從來沒有成爲別人懼怕的對象。坎得拉們躲在轉角邊偷偷看著他，其他的則震驚地站在原地，看著他經過。顯然他來訪的消息散播得很快，否則牠們一定會以爲他只是使用人類骨頭的坎得拉。

侍衛們領他來到一道巨大石牆前的一扇鐵門，其中一個讓到一旁，而另一個守著沙賽德。沙賽德注意到那坎得拉的肩膀上有金屬細片閃爍，看起來像是每邊肩膀上都有一根尖刺。

比審判者的尖刺要小，沙賽德心想。可是仍然十分有效，有意思。

「如果我逃跑的話，你會怎麼辦？」沙賽德問道。

坎得拉一驚。「呃……」

「我是否可以從你的遲疑解讀，你仍然被禁止傷害，或者殺害一名人類？」沙賽德問道。

「我們服從初約。」

「啊。」沙賽德說道。「非常有意思。初約是你們跟誰締結的？」

「父君。」

「統御主？」沙賽德問道。

坎得拉點點頭。

「很不幸地，他是眞的死了。所以，你的契約失效了嗎？」

「我不知道。」那坎得拉別過頭。

沙賽德心想，所以不是所有坎得拉都像坦迅那樣個性分明。就算牠當時假裝是狼獒犬時，我也總覺得牠的情緒相當濃烈。

另一名侍衛回來。「跟我來。」牠說道。

牠們領著沙賽德走入敞開的鐵門，後面的房間有一個幾呎高的大型金屬高台。侍衛沒有走上去，而是帶著沙賽德繞到一個有著許多石頭講台前方。許多講台是空的，不過有兩座講台後方站著一些骨頭閃爍的坎得拉。這一些坎得拉相當高，或者該說，牠們用了很高的骨架，而且五官精巧。

貴族，沙賽德心想。他發現無論是什麼宗教——現在看起來還包括種族——這個層級都很容易辨識。

沙賽德的侍衛們示意他站在講台前。沙賽德無視於牠們的動作，而是在房間繞行一周。一如他所預料，他的侍衛們不知道拿他怎麼辦，牠們跟隨在他身後，卻沒有伸手阻攔他。

「整間房間都用金屬包圍。」沙賽德發現。「這是裝飾性，還是特別用途？」

「該由我們問問題，泰瑞司人！」一名貴族坎得拉說道。

沙賽德停下腳步，轉身。「不。」他說道。「不是你們。我是沙賽德，泰瑞司的守護者。可是，在你們這一族中，我有另一個名字。神聖宣告者。」

另一名坎得拉領袖哼了一聲。「外人對這種事情知道什麼？」

「外人？」沙賽德問道。「我想你們應該要對自己的歷史有更深入的瞭解。」他開始向前走。「我是泰瑞司人，跟你一樣。是的，我知道你們的起源，我知道你們是怎麼被創造出來的，我也知道你們的血統來自於何處。」

他停在牠們的講台前面。「我對你們宣告，我找到了英雄。我跟她一同生活、工作、觀察她。她用來殺死統御主的長矛，是我親手交給她的。我見證過她控制國王們，見證過她壓制人類與克羅司軍隊。我來對你們宣告此事，好讓你們有所準備。」

他停下，看著牠們。「因爲末日降臨了。」他補上一句。

兩名坎得拉靜靜地站在原地。「去找其他人來。」其中一個說道，聲音顫抖。

沙賽德微笑。在一名侍衛跑走後，沙賽德轉身面向第二名侍衛。「請給我一張桌子跟椅子，還有可以書寫的東西。」

幾分鐘後，一切安置妥當。他的坎得拉觀眾從四個變成二十個，其中十二個是有著閃耀骨頭的貴族，有些爲沙賽德架起桌子，他自顧自地坐下，而坎得拉貴族們焦慮地議論紛紛。

沙賽德小心翼翼地將背包放在桌上，開始取出金屬意識。小戒指、更小的耳環、耳針等很快就擺滿了桌子。他捲起袖子，戴上他的紅銅意識——上臂的兩大護臂，還有前臂的兩大護腕。最後，他將他的厚書從袋子取出，放在桌子上。幾名坎得拉拿著薄鐵片走上前來。沙賽德好奇地看著牠們張羅好一切，同時遞上一枝看起來像是鋼製成的筆，能夠在柔軟的書寫用金屬紙上刻字。坎得拉僕人們鞠躬後退下。

好極了，沙賽德心想，拾起金屬筆，清清喉嚨。坎得拉領袖們轉向他。

「我猜想你們是初代？」沙賽德說道。

「我們是二代，泰瑞司人。」一名坎得拉說道。

「那很抱歉佔用你們的時間，我能在哪裡找到你們的上級呢？」

領頭的坎得拉嗤哼一聲。「不要以爲你能把我們召集起來，就覺得你把我們都嚇倒了。我不認爲你有跟初代談話的任何理由，即使你能很正確的侮蔑教條。」

沙賽德揚起一邊眉毛。「侮蔑？」

「你不是宣告者。」坎得拉說道。「這不是末日。」

「你們看過地面上的灰燼了嗎？」沙賽德說道。「還是灰燼把這個洞穴的入口堵死到沒有人能出去看看世界正在崩解的情形？」

「我們活了很久，泰瑞司人。」另一名坎得拉說道。「我們曾見過落灰比平常更密集的時候。」

「哦？」沙賽德問道。「那我想，也許你們之前也見過統御主死去？」

某些坎得拉聽了此話面露不安，領頭的一名坎得拉搖搖頭。「是坦迅要你來的嗎？」

「是。」沙賽德承認。

「你提不出任何坦迅沒提過的論點。」坎得拉說道。「牠爲什麼會認爲你這個外人可以在牠失敗時再來說服我們？」

「也許因爲牠對我有所瞭解。」沙賽德以筆敲敲他的書。「你知道守護者是怎麼一回事嗎，坎得拉？」

「我的名字是坎帕。」那名坎得拉說道。「是的，我明白守護者做什麼，至少知道他們在父君被殺死前是做什麼的。」

「那麼，也許你也知道，每個守護者都有自己的專長。」沙賽德說道。「這個用意是當統御主眞的垮台的那一天，我們已經被分類成不同領域的專家，可以教導人民知識。」

「我知道。」坎帕說道。

「那麼，我的專業就是宗教。」沙賽德摸著書本說道。「你知道在統御主昇華前有多少種宗教嗎？」

「不知道，上百吧。」

「我們的紀錄是有五百三十六種。」沙賽德說道。「包括了同一個宗教的不同教派。若要以更嚴格的算法來說，是三百個左右。」

「然後？」坎帕問道。

「你知道有幾個存活至今日嗎？」沙賽德問道。

「沒有？」

「一個。」沙賽德抬起一根手指說道。「你的。泰瑞司宗教。你認爲你追隨的宗教不止仍然存在，甚至預言了今日的情景，都是巧合嗎？」

坎帕輕哼。「你的說詞了無新意。所以我的宗教是眞的，其他是謊言，那又代表什麼？」

「你也許該聽聽跟你同教的人所帶來的消息。」沙賽德開始翻書。「至少，我認爲你會對這本書有興趣，因爲它蒐集了所有我能找到關於世紀英雄的資訊。我對眞正的泰瑞司宗教所知不多，所以得從二手來源取得資訊，來自故事與傳說，還有在之後寫就的文字。

「不幸的是，很多文字都被滅絕竄改過，因爲那時他正試圖要說服世紀英雄造訪昇華之井，將他釋放。因此，這本書的內容被他的碰觸玷污扭曲許多。」

「我爲什麼要對這件事有興趣？」坎帕問道。「你剛跟我說你的資訊都被扭曲而且無用。」

「無用？」沙賽德問道。「不，一點也不。被扭曲？對，被滅絕改變了。朋友們，我有一本充滿滅絕謊言的書。你的腦子裡則隱藏了所有的眞實。我們分開時所知不多，可是如果我們能一起比對，就會知道滅絕到底改變了哪些——這不就會告訴我們他的計畫是什麼了嗎？我想，至少這能告訴我們，他不希望我們注意到哪些事情。」

房間陷入沉默。

「這個嘛……」坎帕終於開口。「我——」

「夠了，坎帕。」一個聲音說道。

沙賽德一愣，偏過頭。那聲音不是來自於講台邊的人。沙賽德環顧房間，試圖瞭解是誰出聲。

「你們可以退下了，二代。」另一個聲音說道。

一名二代驚喘。「離開？讓你們跟這外人獨處？」

「他是我們的後裔。」其中一個聲音說道。「一名世界引領者。我們要聽他想說什麼。」

「退下。」另一個聲音說道。

沙賽德挑起眉毛，坐在原處，看著二代們一臉焦慮地離開講台，再安靜地離開房間。兩名侍衛關上門，擋住在外面想窺探的坎得拉。沙賽德獨自留在房間裡，跟開口說話的鬼魅一起。

沙賽德聽到一個摩擦聲，在布滿金屬片的房間中迴蕩，然後後方的一扇門開啓。裡面出現他認爲是初代的坎得拉。牠們看起來……很老。牠們的坎得拉肉體可以說是掛在身體上，像是半透明的苔蘚掛在樹枝上一樣。牠們彎腰駝背，顯然比他見過的其他坎得拉都要老，而且不是用走的，是用滑步。

牠們穿著沒有袖子的簡單袍子，但在牠們身上看起來很奇怪，而且在透明的皮膚下，他看得出來牠們有一般人的骨架。「人骨？」沙賽德詢問這些年邁，杵著楞杖慢慢前進的坎得拉。

「我們自己的骨頭。」其中一名說道，以疲累到近乎低語的聲音說道。「一開始時，我們沒有製造眞骨的技術或知識，所以當統御主把我們原來的骨頭還給我們時，我們便繼續沿用。」

初代顯然只有十人。牠們坐在長凳上。出自於敬重，沙賽德搬移桌子的方向，好讓自己坐在牠們面前，像是觀眾前的演講者。

「好了。」他說道，舉起他的金屬紙和筆。「我們開始吧——有好多工作要完成。」

現在仍然存在的問題是，關於世紀英雄的預言從何而來？如今我知道那些預言被滅絕竄改過，但它並非捏造而生。到底是誰先教導會有英雄來臨，是所有人類的皇帝，卻被自己的人民拒絕？誰先說他會將世界的未來承擔在手臂上，或是修補被切斷的一切？

還有是誰決定使用英雄一詞，好讓人分不出英雄是男是女？

69

沼澤跪在一堆灰燼中，憎恨自己與全世界。灰燼不停落下，飄在他的背上，遮蓋他，但他沒有動。

他被拋在一旁，被告知要坐著等待，就像是被遺忘在後院的工具，慢慢被雪花淹沒。

*我在那裡，*他心想。*跟紋在一起。可是……我不能跟她說話。什麼都不能跟她說。*

更嚴重的是……他並不想跟她說話。在他與她的整個對話中，他的身心完全屬於滅絕。沼澤無力抵抗，更無法讓紋殺了他。

除了一瞬間。在接近最後的一瞬間，她幾乎要控制住他。那瞬間他看到他的主人——他的神，他的自我——給了沼澤一樣他希望的事情。

在那一瞬間，滅絕害怕她。

因此，滅絕強迫沼澤逃跑，留下他的克羅司軍隊——那是沼澤被命令要讓依藍德·泛圖爾偷走的克羅司軍隊，目的就是要他將牠們帶去法德瑞斯，這支軍隊最後仍被滅絕再偷回。

如今，沼澤在灰燼中等待。

有什麼意義？他心想。他的主人想要某樣東西……需要某樣東西……而且害怕紋。這兩件事給了沼澤希望，可是他能怎麼辦？就算是滅絕退敗的那一瞬間，沼澤仍然無法掌控自己。

沼澤原本的計畫是要等待，將他反抗的部分隱藏起來，直到適合的那一刻來臨，他會拔出背上的尖刺，殺了自己，如今這計畫顯得愚蠢至極。他怎麼可能掙脫滅絕，久到能殺了自己？

站起來。

這個命令無聲地傳來，沼澤立刻反應。滅絕回來了，控制他的身體。沼澤費力地保存了一部分的自己不受影響，他開始拋擲錢幣反推，像紋使用馬蹄鐵的方式不斷拋擲與重複使用。馬蹄鐵的金屬含量當然更高，因此會是較佳的選擇，能讓每一次鋼推得更遠。但此刻，錢幣也能用來充數。

他飛在午後的空中，紅色的空氣飄滿了令人不舒服的粗糙灰燼。沼澤看著這副景象，試圖不讓自己對它產生美的聯想，卻同時不能讓滅絕知道他沒有完全被征服。

很困難。

在一段時間，天黑之後許久，滅絕命令沼澤落地。他快速下降，袍子在空中飛揚，然後落在一個矮丘上。灰燼淹沒直到他腰際，他腳下堆積的灰燼大概有幾呎高。

在遠方的下坡，一個人影堅定地在灰燼中前進。那人身上背著包袱，牽著一匹疲憊的馬。那是誰？沼澤心想，更仔細地研究。那人看起來像是士兵，有著方正的臉跟光禿的頭，下巴有幾天的鬍子未刮。無論他是誰，他的意志力都相當令人佩服，鮮少有人敢在迷霧中行走，但此人不只如此，甚至還穿過了及胸高的灰燼。那人的制服全黑，一如他的皮膚。

黑……灰燼……

美。

沼澤從山頭上躍起，猛力鋼推，穿過迷霧跟灰燼。下方的人一定聽到了他。士兵轉身，連忙抽出腰邊的劍。

沼澤落在馬背上。馬嘶鳴一聲，站立而起，沼澤跳高，一腳踩上馬臉，順勢翻個筋斗，落在灰燼中。士兵在前方挖出了一條通道，沼澤感覺自己彷彿看著一條狹窄黑暗的走廊。

那人抽出劍，馬匹緊張地嘶鳴，在灰燼中紛亂踏步。

沼澤微笑，從身邊抽出黑曜石斧頭。士兵退開，想要在灰燼中騰出戰鬥的空間。沼澤看到那人眼中的恐懼，以及體悟自己即將會喪命的認分。

馬匹再次嘶鳴。沼澤轉身，切斷牠的前腿，讓牠痛得哀鳴。在他身後，士兵有所行動，出人意料的是，他不是逃跑，而是攻擊。

那人以劍刺穿沼澤的背後，雖然是刺中一根尖刺再偏到一旁，但仍然刺穿了他。沼澤微笑轉身，汲取癒合，保持自己的站立姿態。

那人繼續移動，朝沼澤的背伸出手，顯然試圖抽出他背後的尖刺。可是沼澤燃燒白鑞，轉身避開，將士兵的武器扯開。

應該讓他抓住的……自由的那一絲自己說道，不斷努力掙扎，卻徒勞無功。

沼澤往那人的頭揮砍，打算一斧砍下，但士兵在灰燼中打了個滾，從靴子中抽出匕首，試圖割斷沼澤的腳筋。這個想法很聰明，因為無論能否癒合，這動作都會讓沼澤倒在地上。

可是，沼澤汲取速度，突然以超過平常人數倍的速度移動，快速避開了士兵的攻擊，反而朝他的胸口踢了一腳。

那人悶哼一聲，肋骨傳來斷裂的聲音。他倒在灰燼中，打滾又咳嗽，嘴唇上都是鮮血，停下來時，全身都是灰燼，虛弱地掏向口袋。

又一把匕首？沼澤心想。可是，那人抽出一片金屬。金屬？

沼澤突然極端強烈地想要抓住那片金屬。士兵掙扎地要將金屬薄片揉壞好摧毀其中的內容，可是沼澤尖叫，以斧頭砍下，直直將他的手臂砍斷，然後再次舉高斧頭，這次砍掉了那人的頭顱。

但是他沒有停止，血腥的憤怒迫使他一遍又一遍地將斧頭劈入屍體。在他腦海中，可以感覺到滅絕因死亡而興奮，卻也感覺到焦躁。滅絕試圖要阻止他進行殺戮，要他抓住那片金屬，可是在血腥狂暴中，沼澤是無法被控制的。一如克羅司。

不能被控制……這——

他一僵，再次被滅絕控制。沼澤搖搖頭，那士兵噴濺的鮮血從他臉上流下，沿著下巴滴落，他轉身看著瀕死的馬匹在安靜的夜中嘶鳴。沼澤站起身，朝斷手摸去，拔出士兵死前想要摧毀的金屬片。

快讀！

沼澤的意識中很明顯地出現這幾個字。滅絕鮮少直接跟他對話——它只將他當傀儡使用。

大聲讀！

沼澤皺眉，緩緩攤開金屬片，想給自己思考的時間。滅絕爲什麼需要他來讀？除非……滅絕不能讀？

這不合理。那東西可以改變書籍中的文字。

它一定能讀。所以阻止滅絕的，其實是金屬？

他攤開了那一片金屬。上面的確刻了字。沼澤想要抗拒讀出，他渴望抓起地上滴著鮮血的斧頭，用它自殺，可是他辦不到。他甚至沒有拋下手中金屬的自由。滅絕不斷推拉著沼澤的情緒，終於讓他心想……

是啊，爲什麼要反對？爲什麼要跟他的神，他的主人，他的自己爭辯？沼澤舉起金屬片，驟燒錫在黑暗中將內容看得更清楚。

他讀道：「『紋，我的意識很不清楚，有一部分的我甚至已經不知道什麼是真實。可是有一件事似乎反覆對著我強調，我必須告訴妳一件事，我不知道這有沒有用，但我仍然必須說。

「『我們對抗的東西是真的。我看過它。它想摧毀我，也想摧毀鄔都的人，它透過一個我沒想到的方法來控制我。金屬。一小塊刺穿我身體的金屬，光靠這點，它就可以扭曲我的思想。它無法像妳控制克羅司那樣完全控制我，但做法差不多，我想，也許是我體內的金屬不夠大。我不知道。

「『無論如何，它以凱西爾的樣貌出現在我面前，也對鄔都的國王做了同樣的事。它很聰明。行事很詭異。

「『小心點，紋。不要相信任何被金屬刺穿的人。就連最小一點都可以玷污一個人。

「『鬼影』。」

沼澤重新完全被滅絕控制，在手中捏碎了金屬，直到刻痕無法再讀，然後將它拋入灰燼，將它當成錨點鋼推入空中，朝陸沙德前進。

他留下馬、人、訊息的屍體倒在灰燼中，慢慢被掩埋。

像是被遺忘的工具。

就我所知，那根尖刺是魁利恩自己刺入的。那人的精神狀態向來不穩定。他對凱西爾的狂熱還有殺害貴族的傾向被滅絕增強，但魁利恩本身已經有這份衝動。他激切的多疑有時已瀕臨瘋狂的邊界，因此滅絕能夠敦促他刺入關鍵性的一刺。

魁利恩的尖刺是青銅，是以他抓到的第一個鎔金術師製成的。這根尖刺讓他成爲搜尋者，這就是他在當鄔都王時，能找到並勒索這麼多鎔金術師的原因。

重點是，個性瘋狂的人比較容易受滅絕的影響，即使他們體內沒有尖刺。這，大概就是詹得到尖刺的原因。

70

「我還是不覺得這有什麼用。」尤門說道，跟依藍德一起並肩走出法德瑞斯城門。

依藍德不理他，朝一群士兵揮手致意。他停在另一群士兵面前，不是他的，而是尤門的，開始檢視他們的武裝。他嘉勉了他們幾句，然後繼續前進。尤門靜靜地看著，以同等地位的姿態走在依藍德身邊，而非被他俘虜的國王。

這兩人之間有著不安定的暫時和平，外面那一大片的克羅司提供兩人合作的極致動機。依藍德的軍隊比較大，可是大不了太多，而且隨著越來越多克羅司出現，他們寡不敵眾的狀況越顯嚴重。

「我們應該要處理衛生問題。」一離開那些人的聽覺範圍，尤門立刻繼續說道。「軍隊的存在有兩個原則：衛生跟食物。只要提供這兩樣東西，就會勝利。」

依藍德微笑，知道他引述自特藍提森的《比例補給法》。若是幾年前，他會同意尤門的話，兩個人也許會花一個下午在尤門的皇宮中討論領導術的哲學問題，可是依藍德在過去幾年中學到無法從書本裡得到的知識。

很不幸的是，這也意謂著他無法直接解釋給尤門聽，尤其他們的時間有限。所以他朝街道點點頭，「你希望的話，我們現在可以前往醫護所，尤門王。」

尤門點頭，兩人走向另一個城區。這名聖務官處理所有事情都一板一眼：問題應該快速且直接處理。雖然他喜歡瞬間下決定，但其實非常聰明。

他們一邊走，依藍德格外留意路上的士兵，無論他們是否在出勤。他對他們的敬禮點頭，與他們四目對望。許多人都在修復因日漸增強的地震造成的損害，也許這全是依藍德的想像，但他總覺得他走過之後，那些士兵都站得更挺拔了。

尤門看著依藍德這麼做，微微皺眉。聖務官依然穿著象徵他職位的袍子，頂多就是額頭間的一小顆天金顯示他的王權。那人額頭上的刺青看起來幾乎像是朝珠子靠攏而去，彷彿當初刺下時就已經預留了位置。

「你對帶兵不太瞭解，對不對，尤門？」依藍德問道。

聖務官挑起眉毛。「我對於戰略、補給，還有在單一點間管理軍隊的知識，遠超過你能所及。」

「哦？」依藍德輕鬆地說道。「所以你讀過班尼特森的《軍隊行進學》，是吧？」那句「單一點」完全暴露了他的引述來源。

尤門的皺眉更深。

「我們這些學者經常忘記一件事，尤門，就是在戰爭中情緒的影響。雖然食物、鞋子、乾淨的水都是必要的，但情緒與這些無關，是跟希望、勇氣，還有活下去的意志力有關。士兵需要知道他們的領導者們會參與戰鬥，即使不是殺敵，也是親自在戰線後督戰。他們不能將他視爲待在塔中的某個抽象力量，只會看著窗外，思索宇宙的奧祕。」

尤門陷入沉默，兩人走在雖然沒有灰燼，卻仍然看起來寂寥的街道。大多數人都已經撤退到城後方，倘若克羅司攻破了他們的防線，那也是牠們最後才會抵達的地方。所有人都在外面搭帳棚，因爲在地震時待在建築物內並不安全。

「你是個……有意思的人，依藍德．泛圖爾。」尤門終於說道。

「我是個雜種。」依藍德說道。

尤門挑起眉毛。

「我是說我的組成，不是個性或出身。」依藍德微笑說道。「我是我各種身分的綜合體。部分學者，部分叛逆者，部分貴族，部分迷霧之子，還有部分軍人。有時候，我甚至不瞭解我自己是什麼。我光爲了讓這些不同部分能合作統一就辛苦得要命，而當我好不容易開始弄懂的時候，這世界居然就打算當著我的面進入末日了。啊，我們到了。」

尤門的醫療區是由教廷大樓所改用，讓依藍德心裡了解尤門這個人是願意變通的。他的宗教建築物對他而言沒有神聖到不能承認這是最適合照顧病人與傷患的地方。在裡面，他們看到醫生正在照顧和克羅司第一次交手後存活下來的人。尤門忙著去跟醫院的行政人員們交談，顯然他對於人們受到的感染比例相當擔憂，依藍德走到最嚴重的傷患病人區，開始看訪他們，提供安慰與鼓勵。

要他看著因爲自己的愚蠢而受傷的士兵是很困難的事。他怎麼會沒想到滅絕會將克羅司收回呢？這太理所當然了。可是滅絕這一招使得很好，誤導依藍德以爲是審判者在控制克羅司，讓他覺得克羅司是可靠無慮的。

如果我按照一開始的計畫用克羅司攻城，會發生什麼事？他心想。滅絕絕對會將法德瑞斯洗劫一空，殺光裡面所有人，然後再讓克羅司攻擊依藍德的士兵。如今依藍德跟尤門共同築起的防禦工事讓滅絕暫停了攻勢，召集更多武力。

*我讓這個城市毀了，*依藍德心想，坐在一名手臂被克羅司劍砍斷的男子床邊。

他覺得相當煩躁。他知道自己沒有做錯決定，說實話，他寧可在城內——雖然城市必淪陷無疑——而非在外面圍攻並獲勝，因爲他明白獲勝的一方不一定總是對的。

可是，這一切又回到他持續的沮喪上——也就是無法保護人民。雖然尤門統治著法德瑞斯，但依藍德認爲城裡的人也是他的子民。他奪下了統御主的王位，自稱爲皇帝，因此整個最後帝國都是他必須照顧的範圍。一個連一座城市都保護不好，更遑論保護一個帝國中所有城市的統治者，有什麼用？

醫院前方的一陣騷動引起他的注意力。他拋開陰霾的思緒，告別士兵。他衝到前面，那時尤門已經出來查看到底發生什麼事。一名女人抱著一個男孩，他正無可控制地抽搐著。

其中一名醫生衝上前接過男孩。「迷霧病嗎？」他問道。

啜泣的女人點點頭。「我一直讓他待在室內，直到今天……我就知道！我就知道迷霧想要他！求求你們……」

尤門搖頭，讓醫生將男孩抱到床上。「女人，妳該聽我的話。」他堅定地說道。「城市裡每個人都應該跟迷霧接觸，現在妳的兒子會佔據士兵可能需要的床位。」

女子軟倒在地，依然不停哭泣。尤門嘆口氣，但依藍德看得到他眼中的關切。尤門不是無情的人，只是實際。況且，他的話很合理。只是害怕可能會因迷霧而生病，就躲在家中一輩子是沒有用的。

*倒在迷霧中……*依藍德隨意想著，瞥向床上的男孩。他停止抽搐，表情因爲痛楚而顯得扭曲，看起來

很痛。依藍德這一輩子只有這麼痛過一次。

我們從來沒弄清楚迷霧病是怎麼一回事，他心想。霧靈從沒回來過，但也許尤門知道些什麼。

「尤門，」依藍德說道，走到尤門身邊打斷他與醫生的談話。「你們的人有找出迷霧病的原因嗎？」

「原因？」尤門問道。「生病需要有原因嗎？」

「這麼奇怪的病要有。」依藍德說道。「你知道它攻擊所有人之中恰巧百分之十六的人嗎？」

尤門不顯得驚訝，只是聳聳肩。「很合理。」

「合理？」依藍德問道。

「十六是個強大的數字，泛圖爾。」尤門翻著一些報告，隨口說著。「例如，這是統御主抵達昇華之井所花的天數——它在教廷教義中是很重要的數字。」

當然，依藍德心想。尤門不會對於自然中有規律一事感到驚訝，他信的神就是創造這規律的神。

「十六……」依藍德望向生病的男孩。

「第一批審判者的人數，」尤門說道。「每個教廷部會中的首長人數，鎔金金屬的數量，還有……」

「等等。」依藍德抬起頭問道。「什麼？」

「鎔金金屬。」尤門說道。

「只有十四種。」

尤門搖頭。「若你的妻子正確地將某個金屬與鋁湊成一對的話，我們所知的已有十四種，可是十四不是力量的數字。鎔金金屬是以兩兩成對，四四成組。因此，很有可能還有兩種我們沒發覺，總數會是十六。二乘二乘二乘二。四種肢體金屬，四種意志金屬，四種強化金屬，還有四種時間金屬。」

十六種金屬……

依藍德再次瞥向男孩。痛楚。依藍德曾經有過這樣的痛楚——那是他父親下令要人打他的那天，爲了讓他歷經以爲自己會死去的痛楚而挨打，爲了讓他的身體接近瀕死邊緣而挨打，好讓他綻裂。用挨打的方式試探他是否是個鎔金術師。

他統御主的！依藍德震驚地想。他衝離尤門身邊，跑向醫院的士兵區。

「這裡有誰因迷霧而病倒過？」依藍德質問。

病人不解地看著他。

「你們有人生過病嗎？」依藍德問道。「當我強迫你們站在迷霧中的時候？拜託你們，我必須知道！」

那只有一隻手臂的人緩緩舉起剩下的一隻手。「我病倒了，陛下。對不起。這應該是在懲罰我——」

依藍德衝上前去打斷他的話，掏出他備用的金屬液體。「喝下去。」他命令。

男子一愣，隨即依言去做。依藍德熱切地跪在床邊等著，心臟在胸中狂跳著。「怎麼樣？」他終於問道。

「什麼……怎麼樣，陛下？」士兵問道。

「有感覺到什麼嗎？」依藍德問道。

士兵聳聳肩。「有點累，陛下？」

依藍德閉上眼睛，嘆口氣。這太蠢了——

「眞奇怪。」士兵突然說道。

依藍德猛然睜開眼睛。

「對。」士兵看來有點心不在焉地說。「我……我不知道那是怎麼一回事。」

「燒它。」依藍德開啓青銅說道。「只要放手讓身體去做，它知道該怎麼辦。」

士兵加深皺眉，然後偏過頭。突然，他開始因鎔金術而鼓動。

依藍德閉起眼，輕輕吐氣。

尤門走到依藍德身後。「怎麼了？」

「迷霧從來不是我們的敵人，尤門。」依藍德仍然閉著眼說。「它們只是想幫忙。」

「幫忙？怎麼幫？你在說什麼？」

依藍德睜開眼，轉身。「它們不是在殺我們，尤門。它們不是讓我們生病。它們在綻裂我們。爲我們帶來力量，讓我們能夠戰鬥。」

「陛下！」一個聲音突然傳來。依藍德轉身，看到一名焦急的士兵跌跌撞撞地衝入。「兩位陛下！克羅司攻擊了！牠們攻城了！」

依藍德一驚。滅絕。它知道我發現了，它知道它必須現在攻擊，而不能等更多軍隊。因爲我知道了祕密！

「尤門，蒐集起這個城市裡的每一點金屬粉！」依藍德大喊。「白鑞、錫、鋼、鐵！送給任何因迷霧而病倒的人！叫他們喝下！」

「爲什麼？」尤門仍然不解。

依藍德轉身，微笑。

「因爲他們現在是鎔金術師了。這個城市不會像大家以爲的那麼容易淪陷。你需要我的話，我會在前線！」

十六這個數字是特別的，其中一個原因是，它是存留給人類的徵象。存留在囚禁滅絕之前就知道，一旦滅損自己之後，他就再也無法跟人類溝通，所以他留下線索，無法被滅絕竄改的線索，跟宇宙基本規律有關的線索。這個數字是用來證明，一切發生的事情都不是自然，因此只要尋找，就能找到外力協助。

我們花了很久才弄清楚，但當我們終於瞭解線索時，雖然很遲了，但卻仍提供我們急需的力量。至於這數字其他的重要性……就連我都還在研究。簡單來說，這個數字跟世界還有宇宙本身運作的方式非常有關。

71

沙賽德在金屬紙上敲敲筆，微微皺眉。「這一塊跟我先前所知沒有什麼不同。」他說道。「滅絕只改動了小地方，也許是不想讓我注意到這些細節，很顯然他希望我知道紋就是世紀英雄。」

「他要她去解放他。」哈德克，初代的領袖說道。牠的同伴們點點頭。

「也許她從來不是英雄。」其中一名提議。

沙賽德搖頭。「我相信她是。不管從哪個版本，這些預言仍然都指出她是世紀英雄的種種徵象。他們提到一個不屬於泰瑞司人民的人類之王，困在兩個世界間，卻又在兩邊都很叛逆。滅絕只是強調那人就是紋，因爲他要她去解放他。」

「我們一直以爲英雄是男人。」哈達克以稀薄的聲音說道。

「每個人都這樣以爲。」沙賽德說道。「可是你也說所有的預言都用了無特定性別相關的稱謂，所以這一定是刻意的，古泰瑞司人的用詞遣字並不隨意。他們刻意選擇中性的稱謂，好讓我們無法知道英雄是男是女。」

幾名年邁的泰瑞司人點點頭。他們在藍色螢石的恬靜光芒下工作，仍舊坐在有金屬牆的房間裡，根據沙賽德的瞭解，這裡對坎得拉而言是個聖地。

他敲敲筆，皺著眉頭。有什麼事感覺到不安？他們說我會一肩扛下整個世界的未來……許久以前，艾蘭迪的日記上寫下的文字。初代也確認這是眞的。

紋還有工作要完成，可是昇華之井的力量不見了。用光了。沒了那力量，她要怎麼戰鬥？沙賽德看著他的年邁坎得拉觀眾們。「昇華之井的力量到底是什麼？」

「就連我們也不確定，年輕人。」哈達克說道。「在我們身爲人的時代，我們的神已經從這世界離去，只剩泰瑞司還存有對英雄的期望。」

「告訴我一件事。」沙賽德向前傾身說道。「你的神怎麼從這世界離開的？」

「滅絕跟存留。」其中一位說道。「他們創造了我們的世界跟我們。」

「兩者無法獨自創造。」哈達克說道。「不能的。因爲要存留一樣事情不是創造，也無法透過毀滅而創造。」

這是神話中常見的主題，沙賽德在他讀過的種種宗教中碰過無數遍。世界是在兩種力量的衝擊中所誕生，有時候這兩種力量分成混沌與秩序，有時是破壞與保護。這讓他有點介意。他原本希望能從這些坎得拉告訴他的事情中，獲取新的資訊。

可是……只因爲這是共通點，難道就代表是假的嗎？還是這些神話都有一個共通且眞實的根源？

「他們創造世界之後，就走了？」沙賽德說道。

「不是立即離開。」哈達克說道。「可是，這就是關鍵，年輕人。這兩者有個協議——存留想要創造人，創造能有感知的生命體，他從滅絕身上取得一個承諾，好讓他們能創造人類。」

「但是有代價。」另一位低語道。

「什麼代價？」沙賽德問道。

「有一天，滅絕可被允許來毀滅世界。」哈達克回答。

圓形房間陷入沉默。

「因此出現背叛。」哈達克說道。「存留獻出生命囚禁滅絕，不讓他摧毀世界。」

另一個常見的神話主題——犧牲自我的神明。這就是沙賽德在倖存者教會的誕生過程中所見證到的。可是……這次是我自己的宗教。他皺眉，靠回椅背，試圖理解他的心情。爲了某種原因，他總覺得眞相會不一樣。學者的他跟希望相信的他爭論著。他怎麼能去相信一個如此充滿陳腔濫調神話的宗教？他遠道而來，相信自己得到找出眞相的最後一次機會，但在仔細研究後，他發現這個宗教跟其他他認爲是虛假的宗教驚人的相似。

「你似乎很不安，孩子。」哈達克說道。「你對於我們說的事情這麼擔憂嗎？」

「我很抱歉。」沙賽德說道。「這是個人問題，與世紀英雄的命運無關。」

「請說。」其中一人說道。

「這很複雜。」沙賽德說道。「這段時間以來，我都在人類的宗教中鑽研，想要明白哪些教義是眞的。我原來已經絕望地認爲永遠找不到能給我答案的宗教，然後我知道我自己的宗教還活著，被坎得拉一族守護，所以我來這裡，想找出眞相。」

「這是眞相。」其中一名坎得拉說道。

「可是這是每個宗教都教導的事情。」沙賽德說道，煩躁感升高。「在每個宗教中，我都找到矛盾、邏輯謬誤，還有我覺得無法接受的信仰要求。」

「年輕人，聽起來像是你在尋找一件找不到的東西。」哈達克說道。

「眞相？」沙賽德說道。

「不。」哈達克說道。「一個不需要信徒擁有信仰的宗教。」

另一名坎得拉長者點點頭。「我們跟隨父君和初約，但我們的信仰對象不是他，而是更……崇高的存在。我們相信存留爲了今天而計劃，而他想要保護的意念遠勝過於滅絕毀滅的意念。」

「可是你們不知道。」沙賽德說道。「只有在相信之後，才能得到證明。如果只是相信，那到處都是證據。這是邏輯盲點。」

「信仰跟邏輯無關，孩子。」哈達克說道。「也許這就是你的問題。你不能『反證』你研究的東西，就如同我們無法證明英雄會拯救我們一般。我們只能相信，同時接受存留教導我們的事情。」

這對沙賽德還是不夠，可是現在，他決定不去多想。他沒有關於泰瑞司宗教的所有事實。也許一旦他得到全部，就能釐清一切。

「你提到滅絕的囚牢。」沙賽德說道。「告訴我，這跟紋貴女使用的力量有何關係。」

「神沒有人的形體。」哈達克說道。「他們是……力量。存留的意識不再，但他的力量仍存。」

「是指那池液體嗎？」沙賽德說道。

初代的人們點點頭。

「外面的黑霧呢？」沙賽德問道。

「滅絕。」哈達克說道。「在他被囚禁的期間等待、觀察。」

沙賽德皺眉。「煙霧的洞穴比昇華之井要大很多，爲什麼不一樣？難道滅絕強大這麼多嗎？」

哈達克輕聲嗤笑。「年輕人，兩者一樣強大。他們是力量，不是人。同一力量的兩面。錢幣有一邊會比另一邊更『強大』嗎？他們同樣在推擠周遭的世界。」

「不過，傳說存留在創造人類時，付出太多的自己，好創造擁有比較多的存留而非滅絕的生物。在每個人之中只有一點點。非常少……容易忽略，除非歷經許久許久……」另一位補充。

「所以多寡的差異是什麼意思？」沙賽德問道。

「你不明白，年輕人。」哈達克說道。「池裡的力量，那不是存留。」

「可是你剛說——」

「那的確是存留的一部分。」哈達克說道。「可是他是力量，他的影響力無所不在。也許有一部分凝結在那個池裡，其他的……無所不在。」

「可是滅絕，他的意識集中在那裡，」另一名坎得拉說道。「所以他的力量匯集在那裡，至少比存留的多一點。」

「但不是全部。」另一位笑著說。

沙賽德歪頭。「不是全部？所以我猜滅絕也散布在世界上？」

「某種程度上是的。」哈達克說道。

「我們正在提及初約裡的內容。」一名坎得拉警告。

哈達克遲疑，轉身，看著沙賽德的雙眼。「如果這個人說得沒錯，那滅絕已經脫逃囚牢了。意思是他會來找他的身體。他的……力量。」

沙賽德感覺一陣冰寒。

「在這裡？」他低聲問道。

哈達克點點頭。「我們要蒐集它。初約——統御主如此稱呼它——就是我們在這世上的工作。」

「其他的孩子們也有用處。」另一名坎得拉補充。「克羅司是創造來打鬥，審判者是創造來成爲祭司。我們的任務不同。」

「蒐集力量，保護它，隱藏它。」哈達克說道。「因爲父君知道有一天滅絕會脫逃，而從那天起，他會開始找尋身體。」

年邁的坎得拉們望向沙賽德身後。他皺眉，轉身跟隨牠們的注視。牠們正看著金屬高台。

沙賽德緩緩走過石板地。高台很大，大概有二十呎寬，卻不高。他踩上高台，讓其中一名坎得拉驚呼，但沒有人出聲制止。

圓形高台中間有一條縫隙，還有一個洞——大概是一枚大錢幣的尺寸——坐落在中央。沙賽德往洞穴裡看，但因爲太暗，什麼都看不到。

他往後退。

我應該還剩下一點，他心想，望著滿桌的金屬意識。幾個月前，在放棄使用金屬意識之前，應該有把那戒指填入一些。

他快步走去，拿起桌上一只白鑞小戒指，套上，然後抬頭看著初代的成員，牠們回應他詢問的目光。

「去吧，孩子。」哈達克說道，滄桑的聲音在房間中迴蕩。

「我們就算想，也阻止不了你。」

沙賽德走回高台，然後從白鑞意識中取得他一年前儲存的力量。他的身體立刻變得比平常強壯數倍，袍子突然感覺緊繃。他以充滿肌肉的雙手，彎下腰，撐住粗糙的地面，用力推地板上的一個圓盤。

它移動時在岩石上磨擦，露出一個大洞。有東西在其下閃閃發光。

沙賽德全身一僵，釋放白鑞意識的同時，他的力量與身體都縮小下來，袍子再度鬆垮。房間一片沉默。沙賽德看著半露的洞穴，還有隱藏在地下的巨大金屬塊。

「我們稱之為囑託。」哈達克以輕淺的聲音說道。「父君讓我們保存。」

天金。千千萬萬顆天金。

沙賽德驚喘出聲。「統御主的天金庫藏……一直在這裡。」

「大多數天金從未離開海司辛深坑。」哈達克說道。「那裡隨時都有聖務官，但從來沒有審判者，因為父君知道他們可以被收買。聖務官祕密在一間以金屬製成的房間打碎晶石，然後取出天金。貴族世家接著將空洞的晶石運到陸沙德，根本不知道他們其實並沒有拿到任何天金。統御主獲得跟分送給貴族的天金是由聖務官所帶去的。他們將天金偽裝成教廷的資金，藏在一堆錢幣裡不讓滅絕發現，這批資金則跟新的實習聖務官們一起被運送到陸沙德。」

沙賽德瞠目結舌地站著。這裡……一直在這裡，就離凱西爾起兵不遠的地方。離陸沙德不遠的地方，這麼多年來完全沒有受到任何保護。

卻隱藏得這麼好。

「你們為天金工作。」沙賽德抬起頭說道。「坎得拉契約是以天金給付的。」

哈德克點頭。「我們要盡量蒐集，沒落入我們手中的就會被迷霧之子燒掉。有些家族會儲藏一些，但父君的稅金跟費用讓大多數天金以付款的方式流回他那邊，最後幾乎全數來到這裡。」

沙賽德低下頭。

如此巨大的財富，他心想。如此巨大的……力量。天金向來跟其他金屬都格格不入。因為其他的每種金屬，就算是鋁跟硬鋁，都可以透過自然過程挖掘或創造而擁有。可是天金只來自一個地方，它的起源很神祕而且奇特，它的力量讓能讓人辦到超越鎔金術或藏金術的事。

它讓人預見未來，完全不是人之力，而是……神之力。

它不只是金屬。它是力量的凝結。是滅絕渴望的力量。極度渴望的。

坦迅走向山丘頂端，穿過一片深厚的灰燼——很高興自己換成馬身，因爲狼獒犬絕對無法穿過這些灰燼。

灰燼在牠身處的地方下得很密，限制牠的視線範圍。*以這個速度，絕對趕不到法德瑞斯*，牠憤怒地想。雖然牠已經以巨大的馬身盡量趕路，速度仍然太慢，無法離家鄉很遠。

牠終於爬上山丘，馬鼻噴出白色的氣息。

到達山頂時，牠震驚地僵住。眼前的整片大地正在燃燒。

特瑞安，最靠近陸沙德的灰山就在不遠處，一半的山頂被某種爆裂而炸掉。空氣似乎都因爲火舌而燃燒，坦迅眼前寬廣的平原滿是流瀉的深紅色熔岩，從這麼遠的地方牠都能感覺到熱力正推擠著牠。

牠站在原處良久，深埋在灰燼中，看著曾經有村莊、森林、道路的大地。一切都消失了，燒光了。遠方的大地龜裂，似乎有更多岩漿流出。

初約啊……牠絕望地心想。牠可以繞道南方，像是從陸沙德直線前進那樣繞到法德瑞斯，可是不知爲何，牠發現很難再鼓起動力。

已經太遲了。

是的，有十六種金屬。我認爲統御主不可能不知道每一種。的確，他在儲藏窟的金屬板上所刻的文字至少顯示他應該知道這件事。

我必須認定他有原因不希望在這之前告訴人類。也許他保留這個祕密是爲了讓自己擁有一些優勢，就像他留下一顆能讓人成爲迷霧之子的存留身體珠子。

或者，他認爲人類在已知金屬中取得的力量已經夠多了。有些事情，我們永遠不會知道。一部分的我仍然認爲他做過的事情讓人很遺憾。在統御主的千年統治中，多少人出生、綻裂、活著，直到死了也從不知道他們是迷霧人，只因爲他們的金屬不被人知曉？

當然，在最後，這的確讓我們多了一點優勢。滅絕很難將硬鋁給審判者，他們需要殺死會燃燒硬鋁的鎔金術師才能使用，而這世界上的硬鋁迷霧人從未知道自己有這個能力，只有幾個重要人物——例如沼澤——是從迷霧之子身上取得鎔金術力量。這件事通常被視爲一個浪費，因爲若以血金術殺死迷霧之子，只能取出十六種力量之一，失去其他的。滅絕認爲最好還是盡力扭轉迷霧之子的心智，以取得所有的力量。

72

紋抵達陸沙德前，天空開始下起雨。一陣冰冷、安靜的細雨沾濕了夜晚，卻沒有驅散迷霧。

她驟燒青銅。在遠端，可以感覺到鎔金術師、迷霧之子在追逐她。至少有十幾個，都往她的位置聚集而來。

她落在城牆上，光裸的腳在岩石上微微一滑。在她眼前的是陸沙德，廣闊的地幅至今仍然驕傲地聳立。千年前由統御主所創立，被建造在昇華之井的正上方。它在統御主統治的十個世紀以來茁壯，成爲整個帝國中最重要也是最擁擠的地方。

而現在，陸沙德正邁向死亡。

紋站直身體，望向巨大的城市。有些建築物著火，城市各處偶有火堆。火焰抗拒雨滴，像是夜晚的營火點亮不同的貧民庫與住宅區。火光中，她可以看到城市是一片廢墟，大塊的城區被毀壞，建築物倒塌或燒焦，街道詭異地空蕩，沒有人在救火，沒有人縮在水溝裡。

這個城市，曾經是數十萬人的家，如今顯得空洞。風吹過紋被雨水淋濕的頭髮，她感覺到一陣冰寒。迷霧一如往常，跟她保持一段距離，被她的鎔金術推開。她獨自一人在世界最大的城市之中。

不。不是一人。她可以感覺他們的靠近——滅絕的手下。她領著他們來到此處，讓他們以爲她帶著他們來找天金。因此，前來的人數將超過她能應付的數量。她死定了。

這就是她的計謀。

她從城牆跳下，穿過迷霧、灰燼、雨水。她穿著迷霧披風，不是因爲有多實用，只是對過去的一種緬懷。這是她一直以來穿著的同一件，是凱西爾在她受訓的第一晚給她的那件。

她在水花中降落在建築物的屋頂，然後再次跳起，越過城市。她不確定今晚下著雨是顯得詩意或詭異。另一個她造訪克雷迪克·霄的雨夜，有一部分的她仍然覺得，自己應該死在那個夜晚。

她落在街道中，站直身體，垂滿緞帶的披風在她身邊散開，隱藏她的手臂跟胸口。她靜靜地站著，抬頭看著克雷迪克·霄，千塔之山，統御主的皇宮，就位於昇華之井上方。

建築物是幾棟屋舍的連結，上面生長無數的細塔與尖刺，還有螺旋塔。這團幾乎對稱的混亂，因爲迷霧跟灰燼而更顯得毛骨悚然，自從統御主死後就廢棄一空，大門已經被破壞，她看到牆上破碎的窗戶。克雷迪克．霄跟它曾經統治過的城市一樣死寂。

一個身影出現在她身邊。「在這裡？」滅絕說道。「妳帶我來這裡？我們找過了。」

紋沒說話，看著尖刺。黑色的金屬手指伸向更黑的天空。

「我的審判者要來了。」滅絕低語。

「你不該現身的。」紋沒看他。「你應該等到我拿出天金，而我現在絕對不會動手。」

「啊，可是我已經不相信妳有天金。」滅絕以他慈祥的聲音說道。「孩子……我一開始相信妳，還聚集了我的力量，準備要面對妳，可是妳來此處後，我就知道妳誤導我了。」

「你不確定。」紋輕聲說道，細雨讓她的聲音更沉靜。

沉默。「沒錯。」滅絕終於說道。

「那你得嘗試逼我說出來。」她低語說道。

「嘗試？妳知道我能用來對付妳的力量有多強嗎，孩子？妳明白我擁有、代表的破壞力嗎？我是壓垮人的山。我是擊碎人的浪。我是粉碎萬物的暴風雨。我是*結束*。」

紋繼續望著落雨。她沒有質疑自己的計畫，她向來不。她已經決定。現在是引發滅絕進入陷阱的時候。

她厭倦被操縱。

「只要我還活著，你絕對拿不到。」紋說道。

滅絕尖叫，一個原始憤怒的聲音，屬於必須破壞的力量。然後，他消失。閃電劃過天際，光芒是穿過迷霧的力量，點亮在黑雨內穿著袍子的身影，朝她走來，包圍她。

紋轉向不遠處廢棄的建築物，看著一個身影爬過碎石。在隱約的星光下，那身影有光裸的胸口，乾瘦的肋骨，還有緊繃的肌肉。雨水沿著他的皮膚流下，滴在從胸口刺出的尖錐上，每副肋骨間都有一支。他的臉上有一對尖刺，其中一個被敲入頭顱中，擊碎他的眼眶。

普通的審判者有九支尖刺。她跟依藍德一起殺死的有十支。沼澤看起來有二十支。他低聲咆哮。戰鬥開始。

紋甩開披風，緞帶灑出水滴，鋼推自己前衝。十三名審判者劃過黑夜，朝她飛來。紋彎腰閃過一片斧頭的揮砍，然後鋼推一對審判者，燃燒硬鋁，兩隻怪物被他們的尖刺推後，紋猛然加速往旁邊一閃。她雙腳踩上另一名審判者的胸口。水花四濺，混合著灰燼。紋伸出手，抓住審判者眼中的尖刺，用力一拉，驟燒白鑞。

她猛力一扯，尖刺被硬生生拔出。審判者尖聲慘叫，卻沒有倒地，而是轉過頭看著她，腦袋半邊只剩一個大洞，對她憤怒地哈氣。顯然光是拔掉一支眼眶中的尖刺並不足以致命。

滅絕在她的腦中大笑。

沒有尖刺的審判者朝她伸手，紋拉扯克雷迪克．霄眾多尖刺的一根，飛上空中，邊飛邊喝下一瓶金屬液體，補充鋼。

十幾個黑色袍子的身影穿過落雨追逐她。沼澤仍然在下方按兵不動。

紋一咬牙再抽出一對匕首，鋼推自己往下，直朝審判者們飛去。她從他們之中穿過，令幾個人感到訝異，大概以為她會跳走。她直撞向被她拔走尖刺的怪物，讓他在空中一轉彎，將匕首刺入他的胸口。他一咬牙，大笑出聲，拍開她的雙手，將她踢回地面。

她隨著雨水一同掉下，重重落地，卻仍然是站立。審判者同樣也是腳朝下落地，匕首依然在他胸口，可是他輕鬆地站起身，抽起匕首丟開，武器在石板地上摔個粉碎。

然後他突然移動。太快了。紋沒有時間思考，看著他穿過迷霧中的雨水，抓著她的咽喉。

我見過這種速度，她邊掙扎邊心想。不只是審判者。還有沙賽德。這是藏金術力量，就像沼澤之前用的力量。

這些新尖刺有其存在的原因。那些審判者沒有跟沼澤一樣多的尖刺，可是他們顯然也有些新能力。力量。速度。每個怪物基本上，都是統御主。

明白了沒？滅絕問。

紋大喊出聲，硬鋁鋼推審判者，讓自己脫離他的掌握。這動作讓她的喉嚨因他的指甲劃過而流血，她得再喝一瓶金屬液體——這是她的最後一瓶——塡補她的鐵，同時滑過濕潤的地面。

藏金術存量會用光的，她告訴自己。就連鎔金術師也會犯錯。我可以贏。

可是她遲疑了，停下腳步，重重喘息，一手撐著地，水深至她的手腕。凱西爾爲了跟一名審判者對戰就辛苦萬分。她怎麼會想到要跟十三個打？

穿著濕袍的身影在她身邊落地。紋一腳踢入一個審判者的胸口，拉引自己躲開另一人的攻擊，在濕滑的石地上打滾，站起時避開幾乎要砍掉她頭的黑曜石斧頭，經過白鑞增強的雙腿踢向另一個敵人的膝蓋。骨頭碎裂。審判者尖叫著倒地。紋一手讓自己重新站起，拉引上方的尖刺，讓自己飛上十呎避開朝她揮砍而來的攻擊。

她重新落地，抓起倒地審判者的石斧，她揮動武器，四灑水珠，皮膚上沾滿濕漉漉的灰燼，擋下一記攻擊。

妳打不過的，紋。滅絕說道。每一次揮砍只讓我更強。我是滅絕。

她尖叫，衝動地撲身向前，撞開一名審判者，然後將斧頭砍入另一人的身側。他們咆哮揮砍，但她總會超前一步，勉強避過他們的攻擊。被她打倒的審判者站起身，膝蓋恢復原狀。他在微笑。

一記她沒看到的攻擊砍上她的肩膀，讓她往前撲倒。她感覺到溫暖的鮮血沿著背往下流，可是白鑞壓制了痛楚。她側滾站起，手中仍握著斧頭。

審判者們一同向前。沼澤緩緩地看著，雨水沿著他的臉龐流下，尖刺從身體中突出，如同克雷迪克・霄的尖刺。他沒有加入戰鬥。

紋咆哮，再次將自己拉入空中。她比敵人們超前一步，在尖刺間來回跳動，利用它們的金屬做為錨點。十二名審判者像是一群烏鴉般跟著她，迷霧持續在她身旁盤旋，無視於雨水。

審判者落在她原本瞄準的尖刺邊。她大喊一聲，落地時順便雙手舉起揮砍斧頭，但他鋼推離開，閃避她的攻擊，然後將自己拉回。她踢中他的腳，讓兩人掉入空中，然後抓緊他的袍子。

他抬起頭，咬緊牙關，露出笑容，以超乎人類的強壯手掌將她的手斧拍落，身體開始膨脹，膨脹的程度超越了藏金術師使用力量時的正常大小。他嘲笑紋，抓住她的脖子，甚至沒注意到紋拉引兩人略略往側飛。

他們撞上其中一根較低的尖塔，尖刺刺穿了審判者的胸口，讓他極端訝異。紋則偏到一旁閃開，抓住他的頭，她的重量讓他往尖刺更加滑落。她沒有看著尖刺如何劃開他的身體，但她落地時，手中只剩一顆頭顱。一根斷裂的尖刺落在她身邊滿是灰燼的水窪，她將頭顱拋在尖刺旁邊。

沼澤憤怒地尖叫。四名審判者落在紋身邊，紋踢向其中一人，但他以藏金術速度移動，抓住她的腳，另一人抓住她的手臂，將她拉到一旁。她大喊，好不容易在重踢下再獲得自由，但第三人抓住她，力氣被藏金術跟鎔金術兩者增強。另外三人隨即跟上，以爪一般的手指再抓著她。

深吸一口氣，紋熄滅錫，然後燃燒硬鋁、鋼、白鑞，用力往外推去，審判者被他們的尖刺往後推倒在地，連聲咒罵。

紋摔倒在石地上，背後跟喉嚨的痛楚似乎強烈到極點。她驟燒錫讓腦子清醒，但站起時仍然搖搖晃晃，腦子模糊。她在瞬間用光了所有的白鑞。

她想要逃，卻看見有身影站在她面前，另一波閃電剎那間點亮街道。

她的白鑞沒了。她的傷口正在汩汩流血，換成別人，早就喪命了，但紋似乎也走投無路。

*現在來吧！*她心想，被沼澤一掌摑倒在地。

什麼都沒發生。

*快點！*紋心想，想要汲取迷霧的力量，心中充滿恐懼，看著沼澤落在她身邊，夜裡一個的黑色身影。

拜託！

每次迷霧幫助她，都是在她最絕望的時候。這是她的計畫，雖然看起來很薄弱——讓自己陷入前所未有的險境，仰賴迷霧來援救她，一如先前兩次。

沼澤跪在她身邊。影像如閃電般閃過她疲累的意識。

凱蒙舉高厚重的手要打她。雨水落在她身上，她縮在黑暗的角落，腰側一道深深的傷口流著血。詹轉身面向她，兩人站在海斯丁堡壘上，其中一隻手緩緩滴著血。

紋試圖爬過濕滑冰冷的石板地，但身體不聽使喚。她幾乎連爬的力氣都沒有。沼澤重搥她的腿骨，擊碎了骨頭，讓她吃痛大喊。冰冷的痛楚。沒有白鑞減緩攻擊力道。她試圖要將自己拉起好抓住沼澤的一根尖刺，可是他抓住她斷掉的腳，而她的嘗試讓她痛楚地尖叫。

*好了，我們該開始了。*滅絕以他善良的聲音說道。*紋，天金在哪裡？妳對天金知道多少？*

「拜託……」紋低語，朝迷霧伸出手。「拜託，拜託，拜託……」

可是它們仍然避得遠遠的。曾經，它們一度調皮地在她身體周圍盤旋，如今卻是退縮，一如過去一年來那般。她哭泣，朝它們伸出手，但它們像是躲避痲瘋病人一樣逃走。

迷霧也用同樣方法迴避審判者。

怪物們站起身，黑夜中陰暗的身影包圍她。沼澤將她拉回身邊，抓住她的手臂。她在感受到痛楚前就已經聽到骨頭折斷的聲音，可是疼痛終究出現，令她尖叫出聲。

她已經很久沒遭受酷刑。街道對她並不善良，可是在過去幾年中，她能夠壓抑大多數這些經驗的回憶。她成爲迷霧之子。強大。受到保護。

這次沒有了，她隔著疼痛想道。沙賽德這次不會來救我。凱西爾不能救我。就連迷霧都捨棄了我。只剩我獨自一人。

她的牙齒開始打顫，沼澤舉高她的另外一隻手臂。他以尖刺的雙眼看著她，表情難懂，然後，再折斷骨頭。

紋尖叫，恐懼多於痛楚。

沼澤看著她尖叫，聽著那份甜美。他微笑，手探向她沒斷的腿。要不是滅絕控制住他，他就可以殺了她。他在束縛中掙扎，想要對她造成更多傷害。

不……一小塊的他如此想著。

雨不停落著，彰顯出一個美麗的夜晚。陸沙德城穿上最好的喪衣，散發煙霧，有些地方無視於潮濕的夜，仍然旺盛地燃燒著。他多希望他能來得及看到暴動與死亡啊。他微笑，殺人的熱切期望在他體內升起。

不，他心想。

他不知爲何知道，結局就在眼前。大地在他腳下顫抖，他在繼續折斷紋的腿時還必須用手先撐住自己。最後的一天到來了。世界活不過今夜，他高興地笑出聲，完全陷入血腥狂暴中，幾乎不受控制，毀壞著紋的身體。

不！

沼澤醒來。雖然他的手仍然跟隨命令移動，但他的意識已經反抗。他吸入灰燼、雨水、鮮血、黑漬，感覺一陣反胃。紋快要死了。

凱西爾把她當成女兒看待，他一面想，一面一隻隻地折斷她的手指。她在尖叫。他跟梅兒來不及生的女兒。

我放棄了。就像我在反抗軍那時一樣。

這是他人生中極大的恥辱。在崩解前，是他領導著司卡反抗軍。可是，他放棄了，撤退，放棄團體的領導權，而且就在反抗軍於凱西爾的協助之下，終於推翻統御主的前一年而已。沼澤原本是反抗軍的領袖，卻放棄了。就在勝利之前。

不。他心想，折斷她另外一隻手的手指。我不要再來一次，我不會放棄！

他的手移向她的鎖骨。然後，他看到了。一丁點兒金屬，在紋的耳朵中閃爍。她的耳針。她曾經跟他解釋過它的來歷。

我不記得了，紋的聲音從過去對他低語。沼澤想起，當時還是本人的他跟她坐在雷弩大宅的安靜陽台上，看著凱西爾在下方安排軍隊。那時，就在沼澤離開去滲透鋼鐵教廷之前。紋提及她發瘋的母親。瑞恩說，他有一天回家，發現我母親全身是血，紋說道。她殺死我的妹妹。可是她卻沒有碰我，只給我了一只耳環……

不要相信任何被金屬刺穿的人，鬼影的信寫著。就連最小一點都可以玷污一個人。

最小一點。

他仔細看上那個扭曲而斑駁的耳針，看起來幾乎像是根極小的尖刺。

他沒有思考。沒有讓滅絕有反應的時間。在殺死世紀英雄的興奮中，滅絕的控制遠弱過於以往。他聚集所有僅剩的意志力，伸出手。

將耳針從紋的耳朵扯下。

紋猛然睜開眼睛。

灰燼跟雨水落在她身上。她的身體因痛楚而燃燒，滅絕的尖銳要求仍然在她腦海中迴蕩。可是那聲音不再對她說話。它說到一半時，被硬生生打斷。

什麼？

迷霧立刻回到她身邊，繞著她的身體，感覺到她錫力的鎔金術，因為她仍然隱約地在燃燒錫。它們像過去那樣友善、淘氣地在她身邊盤繞。

她正在死去。她知道。沼澤已經對付完她的骨頭，顯然開始不耐煩。他抱著頭尖叫，然後伸出手，從身邊的水窪抓起斧頭。紋就算想逃都來不及。

幸好，痛楚正在消散。一切都在消散。一片漆黑。

求求你，她心想，最後一次伸向迷霧。它們突然感覺如此熟悉。她之前在哪裡有過這樣的感覺？她從哪裡如此認識過它們？

當然是昇華之井，一個聲音在她腦海裡低語。這畢竟是同樣的力量。妳餵給依藍德吃的金屬，是固體。妳燃燒的水池，是液體。而水氣則出現於空氣中，僅限夜間出現，隱匿妳，保護妳。

給妳力量！

紋驚喘一聲，倒吸一口氣，吸入了迷霧。她突然感覺全身溫暖，迷霧湧入她，將力量借給她。她全身像是金屬一樣燃燒，疼痛瞬間消失。

沼澤朝她的頭揮下斧頭，水花四濺。

她抓住他的手臂。

我之前提過審判者，還有他們穿透紅銅雲的能力。如我先前所說，這個能力很容易理解，只要明白許多審判者在被轉化前都是搜尋者，因此他們的青銅能力有兩倍強。

還有另外一個可以穿透紅銅雲的案例。在她的案例中，情況有點不同。她出生就是迷霧之子，而她妹妹是搜尋者。那妹妹的死亡——用那根尖刺透過血金術殺了她的妹妹——使她得到了這份能力的繼承，所以她比普通的迷霧之子更加倍擅長燃燒青銅。也因此，她能夠看穿其他能力較弱鎔金術師的紅銅雲。

73

迷霧變了。

坦迅看著灰燼。牠精疲力竭、麻木地倒在小山丘上，望著阻礙牠東行的一片熔岩，肌肉感覺疲累不已——表示牠把自己逼得太過火，力量的祝福能辦到的事也是有限度的。

牠強迫自己的馬身站起，望著黑夜的景象。牠身後是無盡的灰燼荒原，就連爲了爬上小丘而硬破出來的通道也幾乎要被熔岩填滿。前方熔岩在燃燒，可是有某種非常不一樣的事情。是什麼？

迷霧流瀉著，四處往來，盤繞。通常迷霧有非常混亂的規律，有些會往一處流，其他則會朝別的方向打轉，有不同流向，但從未追隨彼此，多半都是隨風而飄。但是，今天晚上一點風都沒有。

然而，迷霧似乎都正朝著一個方向在流動。坦迅一注意這個現象，就發現這是牠所看過最奇特的景象之一。迷霧沒有打轉，也沒有盤旋，而是以有目的性的方向前進，包圍牠，繞過牠，讓牠覺得自己像是一條巨大飄渺河流中的石頭。

迷霧正朝陸沙德流去。*也許我還沒太遲！*牠心想，心中重新出現部分希望，甩掉自己的疲累，朝來的方向疾奔而去。

「阿風，快來看看。」

微風揉揉眼睛，望向房間另一端，奧瑞安妮穿著她的睡袍，望著窗外。時間很晚，他應該要睡了。

他望著書桌，還有他原本正在撰寫的和平草約。那是沙賽德或依藍德該寫的東西，不是他。「妳知道嗎？我很清楚地記得我特別告訴過凱西爾，我不想要負責任和處理重要的事！管理王國跟城市是笨蛋的工作，不是盜賊的！以提供合理的收入而言，政府太沒有效率了。」

「阿風！」奧瑞安妮堅持地說道，明目張膽地拉扯著他的情緒。

他嘆口氣，站起身。「好吧。」他抱怨道。*說實話，在凱西爾的小集團中有這麼多適合的人，怎麼會輪到我在領導城市呢？*

他跟奧瑞安妮一起來到窗戶邊，往外看。「親愛的，我應該要看什麼？我沒……」

他話沒說完，便皺起眉頭。他身邊的奧瑞安妮碰著他的手臂，擔憂地望向窗外。

「這眞的很奇怪。」他說道。迷霧在窗外流動，像是河流一樣——而且似乎在加速。

他房間的門被重重撞開。微風跳起，奧瑞安妮尖叫，兩人轉身發現鬼影站在門口，半個人仍然都包裹在繃帶裡。

「召集所有人。」男孩沙啞地說道，抓住門框，不讓自己軟倒在地。「我們得行動。」

「小子……」微風略微驚慌地說道。奧瑞安妮握住微風的手臂，安靜卻用力地抓緊他。「小子，怎麼了？你該待在床上！」

「召集所有人，微風！」鬼影說道，聲音突然充滿權威。「把他們帶去儲藏窟。讓所有人都擠進去！快點，我們沒多少時間了！」

「你覺得這是怎麼一回事？」哈姆問道，擦著額頭，鮮血立刻又從他臉龐的一條傷痕流下。

依藍德搖搖頭，深呼吸，幾乎在喘氣，背靠著一塊崎嶇不平的岩石突起。他閉上眼睛，即使有白鑞在幫助他，還是疲累得全身發抖。「哈姆，我現在眞的不太關心迷霧的事情。」他悄聲說道。「我的腦子動不了。」

哈姆悶哼同意。在他們周圍，人們尖叫死亡，與無盡的克羅司對打。有一些怪物被困在通往法德瑞斯的天然石頭走廊，可是眞正的危險出現在包圍城市的崎嶇岩石山壁。太多克羅司厭倦在外等待，開始從兩旁往上爬。

這個戰場相當危險，經常需要依藍德的幫助。他們有許多鎔金術師，但大多數沒有經驗，甚至到今天之前，還完全對自己的力量一無所知。依藍德一個人就是一整支後援軍隊，在防守線中奔跳，填補漏洞，下方則由塞特指揮戰略。

更多尖叫？更多死亡？更多金屬敲擊在金屬、岩石、肉體上。為什麼？依藍德煩躁地想。為什麼我不能保護他們？他驟燒白鑞，深吸一口氣，在夜晚中站起身。

迷霧在他頭上流動，彷彿被某種隱形的力量拉扯。一瞬間，這景象令精疲力竭的他全身僵直。

「泛圖爾陛下！」有人大喊。依藍德轉身，望向聲音來源。一名年輕的使者從岩石上爬來，眼睛睜得老大。

糟了……依藍德心想，全身緊繃。

「陛下，牠們在撤退！」男孩說道，在依藍德面前跌跌撞撞地停下。

「什麼？」哈姆站起身問道。

「是真的，陛下。牠們從城門前撤離了！牠們正在離開。」

依藍德立刻拋下錢幣，飛衝上天。迷霧在他周遭流動，流絲如上百萬的細線，被扯往東方。在他下方，他看見巨大的深色身影在夜裡逃走。

好多，他心想，落在岩石上。我們絕對無法打敗牠們。就算靠鎔金術師也一樣。

可是牠們正在離開。以非人類的速度在奔逃。移動……

朝陸沙德去。

紋像暴風一樣地戰鬥，在黑夜中揮灑出雨水，打倒一個又一個審判者。

她不該活著，她已經用完白鑞了，卻仍然感覺到白鑞的力量在她體內燃燒，比以前都要更燦爛，感覺像是流血的太陽在她體內，滾燙的熱力流淌著。

她的每個鋼推或鐵拉都以硬鋁的力道撞向她，但她體內的金屬存量絲毫沒有減弱，甚至變得更強，更巨大。她不知道她正在發生什麼事情。可是，她知道一件事。

突然間，同時與十二名審判者對打不再是不可能的任務。

她大喊出聲，將一名審判者拍到一旁，然後彎腰躲過一對斧頭，蹲下，跳起，在雨中劃出一道彎弧，落在沼澤身邊。在她重生後，她將他甩到一旁，他仍躺著原地。

他抬起頭，眼光似乎終於聚集在她身上，然後咒罵一聲，滾地閃開紋朝下急墜的拳頭。她擊碎了一塊石板，灑起一波雨水，濺滿她的手臂跟臉龐，留下一滴滴的黑色水珠。

她抬頭望向沼澤。他直挺挺地站著，胸膛裸露，尖刺在黑暗中發光。

紋微笑，轉身面向從後面朝她奔來的審判者。她大喊一聲，避開揮舞的斧頭，這些怪物在她眼裡看起來速度有快過嗎？在無盡白鑞的擁抱中，她似乎與迷霧同速。輕盈。敏捷。

無拘無束。

天空自身也是一場暴風，隨著她的攻擊而瘋狂地盤旋轉動。迷霧包裹著她的手臂，形成一個漩渦，與她一同摀上審判者的臉，讓他往後飛去。迷霧在她面前飛舞，直到她接住倒地審判者的斧頭，反手將另一個怪物的手臂砍斷，接下來是他的頭，讓其他人對於她的速度之快感到咋舌。

死了兩個。

紋再次攻擊。她往後跳，拉引身後的尖塔。一排烏鴉緊追著她，袍子在濕漉漉的黑暗中拍打著。她腳先踩上一根尖刺，然後重新上飛，拉引著一名審判者的尖刺，以她的新能力而言，這動作簡直易如反掌。被她挑中的獵物以超越同伴的速度朝她飛來。

紋往下急衝，在半空中迎向審判者，抓住他眼窩的尖刺用力一扯，以新生的力量將尖刺拔出。然後她一踢怪物，借力彈開，同時鋼推他胸口的尖刺。她直直衝入天際，下方的屍體在雨中翻了幾圈，頭顱中原本是尖刺的地方只留下兩個空洞。她知道有些尖刺被拔了仍然可活著，但有些被拔了就是致命。失去兩隻眼睛的尖刺似乎就足以殺死他們。

三個。

審判者落在她剛才反推的尖塔上，同時跳起去跟隨她。紋微笑，拋擲她手中的尖刺們，擊中一名審判者的胸口，然後她用力鋼推。那名不幸的審判者被往下推倒，撞上一個平坦的屋頂，重到幾根尖刺被推出他的身體，在空中閃爍飛舞，然後落在他動也不動的身旁。

四個。

紋的迷霧披風隨著她朝天飛衝的速度而飄揚。八名審判者仍然在追她，朝她伸手。紋大喊一聲，在落下時朝他們舉起手，然後用力鋼推。她沒意識到她的新力量有多強，顯然類似於硬鋁，因爲她可以影響審判者體內的尖刺。她極堅定的推力強迫一整群審判者同時落地，彷彿被一巴掌打下的蒼蠅。事實上，她的鋼推也攻擊了正下方的金屬尖刺。

嵌住金屬尖刺的石基爆炸，朝外飛灑岩石碎片與灰塵，而尖刺本身則壓碎下方的建築物。紋因此被往上拋。速度迅疾。

她衝過天空，迷霧在她身旁流過，鋼推的力道甚至讓她經過迷霧增強的身體因爲突然的加速而倍感壓力。

然後，她抽離了。來到空曠的天空中，像是躍出水面的魚兒。在她身下，迷霧如巨大的白色棉被覆蓋著夜晚的大地。在她身邊周圍，只有廣闊的天空。令人不安、奇怪。在她頭上，上百萬顆星辰，通常只有鎔金術師才看得到的景象，像是往生者的眼睛在看著她。

她的動力已經耗盡，她靜靜地在原地打轉，下方一片白，上方一片光。她注意到她從雲朵中帶出一絲迷霧，像是一條準備將她拉回的繩索懸浮在空中。事實上，所有的迷霧都像是巨大的氣象圖形一般在打轉。一個白色的漩渦。

漩渦的中心就在她正下方。

她降落，直直朝下方的大地急墜，進入迷霧，將它拉在身後，吸入。即使在墜落時，她也可以感覺到迷霧盤繞在她身邊，是個如同帝國一般寬廣的巨大漩渦。她將迷霧全數邀入體內，而身邊的迷霧旋風越發爆裂。

瞬間之後，陸沙德出現，是地面上一個巨大的黑色瘀青。她往下急墜，朝克雷迪克．霄與它的尖刺衝去，它們似乎全都在指著她。審判者們還在那裡，她可以看到他們站在一個尖刺中間的平坦屋頂上抬頭，等待著。不算沼澤的話，總共只有八人。一人因她最後一次鋼推而被刺穿在附近的尖刺上，那陣攻擊顯然將他後背中央的尖刺扯開。

五個，紋心想，落在離審判者不遠的地方。

如果鋼推一次就能將她拋到超越迷霧的範圍，那她往外鋼推會發生什麼事？

她靜靜地等著審判者衝過來，可以看見他們動作中的絕望倉皇。無論在她身上發生了什麼樣的情況，滅絕都願意犧牲他手下的每一隻怪物，希望他們能夠在她完成之前殺了她。迷霧被拉向她，速度越來越快，像是被吸入排水孔的水流。

當審判者幾乎全部來到她面前時，她再次用力鋼推，用她能使出的全力，以自己為中心，推開她身邊所有金屬，同時巨量驟燒白鑞增強身體。石頭龜裂。審判者們大叫。

克雷迪克．霄爆炸！

高塔在根基上倒塌，門從門框中被扯開，窗戶粉碎，石塊炸裂。整棟建築物因為金屬被推開而撕裂。她邊推邊尖叫，腳下的大地在晃動。一切，就連岩石與石塊都被暴力地往後推開，顯然其中也蘊含著金屬礦量。

她喘氣，停止鋼推。她吸入一口氣，感覺雨水打在她身上。原本是統御主皇宮的建築物消失了，坍倒成碎石，以她爲中心，形成宛若被撞擊後的圓形石坑。

一名審判者從碎石中爆出，臉上因爲一根被拔掉的尖刺而流血不止。紋舉起手，一面拉引，同時穩住自己身後，審判者的頭一震，另外一隻眼睛的尖刺也被拔出。他朝前摔倒，紋則接住尖刺，鋼推另一名正往她衝來的審判者，他舉手要將尖刺推向她。

可是她仍然將尖刺逼向前，靠著往後快速一推來抵消他的鋼推。他被拋開，重重撞上一堵殘餘的牆壁。尖刺繼續前進，如水中急游的魚被推動，無視於水流。尖刺擊入審判者的臉，粉碎他的頭顱，將他的頭釘在岩石上。

六、七。

紋走在碎石間，迷霧盤旋。在她頭頂上猛烈地盤繞，以她爲中心形成一個渦狀雲，像是龍捲風，卻沒有氣流，只有難以捉摸的雲霧，彷彿被畫在空中。盤旋、環繞，遵照她無聲的命令而來。

她跨過一個被碎石壓住的審判者屍體，將他的頭踢開確保他已經死透。

八個。

三人同時朝她衝去。她高喊，轉身，拉引一根斷掉的尖刺。巨大的金屬幾乎跟一棟建築物一樣大，在她的命令下飛舞打轉，她把它當成是棒槌一樣揮向審判者，將他們擊個粉碎。她轉身，留下巨大的鐵柱壓在他們的屍體上。

九、十、十一。

暴風雨停止，但迷霧仍然繼續盤旋。雨停了下來。紋走在粉碎的建築塊之間，眼睛搜尋會移動的鎔金線條。她在面前找到一條顫抖的線，因此伸出手，抓起一塊巨大的大理石圓板，甩在一旁。一名審判者在下方呻吟。她對他伸手，這才發現，她的手正在透著霧氣。霧不只是在她身邊盤繞，更從她身上冒出，滲透每個毛孔。她吐出一口氣，迷霧在她面前凝聚成一團，立刻又被漩渦吸回。

她抓住審判者，將他拉起。他的皮膚因爲在使用藏金術力量而開始癒合，他也開始掙扎，越發強壯。但即使藏金術的強大力量在紋面前也微不足道。她將他眼睛的尖刺拔出，拋在一旁，讓屍體倒在碎石間。

十二。

她發現最後一個審判者縮在一池雨水中。是沼澤。他的身體已經破碎，身側還少了一根尖刺。尖刺的缺孔正在流血，可是顯然只缺少了一根尖刺並不足以殺死他。他將插著尖刺的頭轉向她，表情僵硬。

紋停下動作，深吸一口氣，感覺雨水沿著她的手臂流下，再沿著手指滴落。她的體內仍然在燃燒，她抬起頭，望著迷霧的漩渦，旋轉得如此強勁，往下方扭轉。她的體內有如此多的能量在流竄，讓她幾乎難以思考。

她再次低頭。

*這不是沼澤，*她心想。*凱西爾的哥哥已經死了很久。這是別的東西。滅絕。*

迷霧最後一陣旋轉，繞行的速度變得更快、更密實，直到最後一絲迷霧繞下，進入紋的身體。

然後，迷霧消失了。天上星光閃爍，灰燼在空中落下，夜晚沉靜、漆黑、澄澈得詭異。即使她用錫的時候總比一般人更擅長在夜間見物，迷霧卻向來都一直存在。在沒有霧的狀況下看著夜晚，總覺得……不對勁。

紋開始顫抖。她驚喘，覺得體內的火焰越來越炙熱。這是她從未經歷過的鎔金術，感覺像是她從未瞭解鎔金術的樣貌，這力量遠勝過於金屬或是單純的拉與推。這是更宏大的一種力量，一種人類使用，卻從不瞭解的力量。

她強迫自己睜開眼睛。還剩下一名審判者。她將他們引來陸沙德，強迫他們現身，爲一個遠比自己更強大的人設下陷阱，而迷霧回應了她。

該是要結束她開始的事的時候。

沼澤軟軟地倒在地上，看著紋跪下，顫抖的手伸向他的一根眼睛尖刺。

他無法動彈。他已經用光金屬意識中大部分的癒合，剩下的對他而言也沒有用處，癒合要搭配時間，他可以很快地癒合自己的一小部分，或是在很長一段時間中慢慢癒合至痊癒。無論如何，只要紋一把尖刺拔起，他就會死。

*終於。*他鬆了一口氣，感覺她抓住第一根尖刺。*無論我做了什麼……都成功了。雖然不知道爲什麼。*

他感覺滅絕的憤怒，感覺到他的主人明白自己的錯誤。最後，沼澤是重要的。最後，沼澤沒有放棄。他會讓梅兒爲他感到驕傲。

紋將尖刺拔起。當然痛，遠勝過於沼澤以爲可能的痛。當紋朝另外一根尖刺伸手時，他尖叫——聲音充滿痛楚與喜悅。

然而，她停頓了。沼澤期待地等待著。她全身顫抖，咳嗽，身體縮成一團。她一咬牙，再次朝他伸手，手指碰到了尖刺。

然後紋消失了。

留下一個年輕女子的霧狀輪廓，隨即也很快消散。沼澤一人躺在廢墟中，頭部因痛楚而灼燒，身體沾滿噁心、濕透的灰燼。

她曾經問過滅絕，爲什麼選擇她。主要的原因很簡單。跟她的個性、態度，甚至是鎔金術的能耐無關。

她只是滅絕在那時能夠以血金術尖刺控制的唯一一個孩子，讓她青銅能力更增強，之後讓她可以感覺得到昇華之井的位置。她有一個瘋狂的母親，一個是搜尋者的妹妹，而且自己還是迷霧之子。這正巧是滅絕需要的綜合體。

當然還有別的原因，即使是滅絕也不知道。

74

日出時，沒有迷霧。

依藍德站在法德瑞斯前方的岩石平台上，看著外面。睡了一晚後，他覺得精神好上許多，雖然身體仍然因爲戰鬥而痠疼，手臂的傷口隱隱作痛，還有胸口一不小心被克羅司搥了一拳的地方也相當疼。換做是別人，這大片的瘀青早已讓他倒地不起。

城市前方滿地是克羅司的屍體，在通往法德瑞斯一路上的走廊中堆得老高。整個區域聞起來都是死亡與乾涸血跡的味道。一整片的藍色屍體間有人類的淺色皮膚穿插，遠比依藍德樂見的還要多。可是，法德瑞斯活了下來，雖然主因是最後一瞬間多了幾千名鎔金術師，還有克羅司後來的撤退。

牠們爲什麼離開？依藍德揣想，感激卻又不安。而且更重要的也許是，牠們要去哪裡？

岩石上的腳步聲讓依藍德轉身，他看到尤門爬上粗糙的台階，略略喘息，聖務官的袍子依舊乾淨無暇。沒有人認爲他需要打仗。畢竟，他是學者，不是戰士。

我也一樣，依藍德心想，挖苦自己地微笑。

「迷霧不在了。」尤門說道。

依藍德點點頭。「白天跟晚上的都消失了。」

「昨天晚上當迷霧不見時，司卡們都躲了起來，有些人現在還拒絕出家門。好幾個世紀以來，他們都因爲迷霧而不敢晚上出門，現在迷霧消失了，他們又覺得這個現象太不自然，全都再躲起來了。」

依藍德轉過頭，望著外面。迷霧消失，但灰燼依然落著，而且比以往更濃密。夜裡倒地的屍體如今幾乎都要被完全掩埋。「太陽一直都這麼熱嗎？」尤門問道，擦著額頭。

依藍德皺眉，第一次注意到氣溫相當炙熱，雖然時間還早，卻已經感覺像是中午。

情況仍然不對，他心想，而且非常不對，甚至更糟糕。灰燼阻塞著空氣，在微風中吹拂，覆蓋一切，而這股熱氣……這麼多灰燼飛入空中，阻絕了太陽，不是應該感覺更冷嗎？

「尤門，先組成隊伍。」依藍德說道。「叫他們在屍體間搜尋是否有存活的傷患，然後把人民聚集起來，開始將他們朝儲藏窟移動。告訴士兵們要準備面對……我不知道是什麼。」

尤門皺眉。「你聽起來像是不會在這裡幫我的忙。」

依藍德望向東方。「的確不會。」

紋還在某處。他不明白昨天她提到天金那番話是什麼意思，但他信任她。也許她打算用謊言讓滅絕分神，依藍德猜想無論是什麼原因，法德瑞斯的人都欠她一條命。是她把克羅司引開，想了一個他甚至無法猜想到的辦法。

她總是抱怨她不是學者，可是這只是因爲她沒有受過教育。她比我在宮廷內碰到半數所謂的「天才」都要聰明兩倍，他微笑地想。

他不能讓她一個人。他必須要找到她。然後……他也不知道他們還能做什麼。也許是找到沙賽德？無論如何，依藍德在法德瑞斯已經沒有別的事情可做。他準備走下台階去找哈姆跟塞特，可是尤門抓住他的肩膀。

依藍德轉身。

「我誤會你了，泛圖爾。」尤門說道。「關於你的那些話，我說錯了。」

「當我的人被自己的克羅司包圍時，你讓我進入你的城市。我不在乎你到底說了我什麼。我認爲你是個好人。」依藍德說道。

「不過你對統御主的看法是錯的。」尤門說道。「他在指引這一切。」

依藍德只是微笑。

「你不信沒關係。」尤門說道，摸著額頭。「我學到了一件事。統御主會利用信眾與非信眾，我們都是他計畫中的一部分。拿去。」

尤門將額頭上的天金珠子取下。「我的最後一顆珠子，也許你會派上用場。」

依藍德接受了這點珠子，讓它在手指間滾動。他從未燃燒過天金。好多年來，他的家族都負責天金的挖掘，可是當依藍德成爲迷霧之子時，他已經將他所能得到的都花完，或是交給紋去燃燒了。

「尤門，你是怎麼辦到的？」他問道。「你怎麼會讓大家以爲你是鎔金術師？」

「我是鎔金術師，泛圖爾。」

「不是迷霧之子。」依藍德說道。

「不是。」尤門說道。「是先知（Seer），燃燒天金的迷霧人。」

依藍德點點頭。他總以爲這是不可能的，但他現在已經不敢去倚賴原本的所有以爲。「統御主知道你的力量？」

尤門微笑。「有些祕密他很努力地不讓人知道。」

天金迷霧人，依藍德心想。意思就是還有其他人——金迷霧人，電金迷霧人……不過他再思考之後，發現有些像是鋁迷霧人或硬鋁迷霧人不可能有，因爲他們能燃燒的金屬必須搭配其他金屬使用才有效。

「天金太寶貴，用來測試別人的鎔金術力量實在不實際。」尤門轉身說道。「我一直不覺得這力量有多實用。有多少人能同時擁有天金，還願意在幾秒鐘的時間內把它用光？拿那一點去找你的妻子吧。」

依藍德站在原地片刻，然後將天金收好，下樓去給哈姆一些指示。幾分鐘後，他已經掠過了平地，盡力按照紋教他的方式，用馬蹄鐵飛行。

刺穿人的每根尖刺都讓滅絕有影響他們的能力，但是這會受到被控制者的心智堅定程度而有所不同。

在大多數情況下，根據尖刺大小還有被插入時間長短，一根尖刺僅讓滅絕對一個人有最基本的控制。他可以出現在他們面前，可以微微改動他們的思想，讓他們忽略一些奇特的地方，例如一直想要保留跟配戴一只簡單的耳針。

75

沙賽德將筆記蒐集起，小心翼翼地將幾張薄薄的金屬紙疊好。雖然金屬的存在讓滅絕無從竄改，甚至有助於閱讀內容，但沙賽德覺得它們實在有點難用。這些金屬片很容易被刮花，也不能被折疊或捲起。

坎得拉長老們給了他一個住處，以洞穴而言它出奇地舒適。坎得拉顯然喜歡人類的家用品，包括棉被、靠墊、床墊。甚至有些還喜歡穿衣服，不過那些沒穿衣服的就不會為肖體創造第二性徵。這讓他開始思考一些學術上的問題。牠們依靠將霧魅變成坎得拉來繁衍下一代，所以第二性徵基本上是多餘的，但是坎得拉仍然有性別認同，每個都絕對是「他」或「她」。所以，牠們怎麼知道的？這是牠們的選擇，還是牠們其實知道，如果自己是以人類身分而非霧魅身分誕生的話，自己的性別會是什麼？

他希望自己能有多一點時間來研究牠們的社會。目前為止，他在家鄉中所做的一切都與研究世紀英雄跟泰瑞司宗教有關。他將自己發現的事情列了一張清單，放在金屬紙的最上面。它看起來跟文件夾中的許多宗教一樣驚人，甚至，令人沮喪地類似。

很自然的，泰瑞司宗教強調知識與研究。世界引領者──也就是守護者的別名──是聖人或聖女，負責分享知識，但也撰寫關於他們的神──泰爾──的事情。這個字在古泰瑞司文是「存留」的意思。這個宗教的中心著重點在於存留──泰爾，跟滅絕互動的故事，其中也包括關於世紀英雄的不同預言，其被視為存留的繼任人。

不過，除了預言之外，世界引領者們還宣揚容忍、信念，還有理解。他們教導創造比破壞好，這是他們教義的中心思想。當然也有儀式、儀節、階層、傳統等，也有比較低階的宗教領袖需要牲禮，還有禮儀。一切都很好，但並不創新，就連對研究的著重都是許多沙賽德讀過的宗教也共有的一點。

這件事不知為何讓他很沮喪。它也不過就是另一個宗教而已。

他以爲會怎麼樣？某種令人震驚的教義，會對他徹底證明神的存在？他覺得自己像個傻子，也覺得被背叛了。這就是他騎馬橫越了帝國，滿心期待且興奮地要找到的眞相？這就是他以爲能拯救眾人的宗教？這些都只不過是文字而已。令人覺得愉快的文字，但跟他的文件夾中的許多宗教近似，並沒有特別吸引人。他應該要因爲這據說是他的族人信奉的宗教就跟著相信嗎？

這個宗教並不保證廷朵仍然活著。爲什麼人們要信奉這個，或是其他任何宗教？沙賽德煩躁地探入金屬意識，將一堆資料放入腦海。這些都是守護者們找到的資訊，包括筆記、書信，還有其他學者們用來判斷當時人們信仰結構的原始資料。他一一翻查、閱讀、思索。

這些人爲什麼這麼願意接受自己的宗教？難道他們只是社會的產物，因爲傳統而相信？他閱讀他們的人生，試圖說服自己，這些人太單純，從來沒有眞正質疑過他們的信仰。只要他們願意花時間進行理性的分析，一定看得出來那些缺失與矛盾點。

沙賽德閉著眼坐在原地，腦中許多來自於日記跟信件的知識，尋找他想找到的東西。可是，隨著時間過去，他並沒有找到任何東西。他不覺得這些人是笨蛋。他坐在那裡，突然間，有什麼開始發生在他身上，有些什麼來自於那些信徒的話語跟感情。

之前，沙賽德只是看教義，這一次，他發現他在研究那些信徒，至少是他們留下來的東西。他一遍又一遍反覆細讀他們的文字後，恍然明白。他研究的宗教不可能與那些遵從的人身上分割。一旦抽象化，宗教就變得索然無味。可是，當他閱讀那些人留下來的文字，眞心去仔細讀時，他開始看出一些端倪。

他們爲什麼相信？因爲他們看到奇蹟。一個人認爲是巧合的事情，一個有信仰的人看做是徵象——所愛的人從病中痊癒、好運的商業交易、有機會與長久失聯的朋友重逢。似乎讓人們成爲信徒的不是華麗的教義或是偉大的思想，而是世上人們周遭單純的魔法。

鬼影是怎麼說的？沙賽德坐在陰暗的坎得拉洞穴裡思考。他說，信仰就是信任。信任有人照看著自己。即使情況看起來十分嚴重，仍然會有人讓一切完好無恙。

所以，如果要相信，似乎得先想要相信。這是沙賽德掙扎許久的矛盾。他想要有某人、某事強迫他有信仰。他想要因爲給他看的證據而相信。

可是，那些讓他腦中充滿文字的信徒們會說他已經有證據了。在他絕望時，他不就得到答案了嗎？在他即將放棄時，坦迅開口了。沙賽德懇求獲得徵象，結果得到了。

這是巧合？還是恩典？

最後，這似乎都得由他來決定。他緩緩地將信件跟日記收回金屬意識，沒有留下確切的記憶，卻保留了它們在他心中引發的情感。他要成爲怎麼樣的人？信徒或是懷疑者？在此刻，兩條道路都不愚蠢。

我是真的想要相信，他心想。所以我花了很多時間追尋。我不能兩邊都想要。我必須決定。

是哪一個呢？他坐在原處思考、感覺，還有更重要的，是回憶。

我尋求幫助，沙賽德心想。然後有東西回應。

沙賽德微笑，一切突然看起來更爲光明。微風說得對，他心想，站起身，開始整理東西，準備出門。

我天生不適合當無神論者。

經歷過方才發生的事情，這個念頭好像太輕佻了一點。他一面拾起他的金屬紙準備去與初代會面時，察覺經過他這個小石穴的坎得拉們對於他做出的重要決定完全一無所知。

可是，事情經常是如此。有些重要的決定是在戰場或議事廳中做出，有些則是安安靜靜地發生，不被任何人發現，這不代表這個決定對沙賽德而言會更不重要。他會相信。不是因爲有人對他展現他無法否認的證據，而是因爲他選擇相信。

他此時意識到，紋當初選擇要相信與信任集團成員，是因爲凱西爾教導她的事情。你也教導了我，倖存者，沙賽德心想，他走出石室，準備去跟坎得拉領袖們會面。謝謝你。

沙賽德穿過走廊，突然對於與初代的成員展開訪談的一天充滿期待。如今他問完大部分關於宗教的事情之後，打算接下來要瞭解初約的細節。

就他所知，除了統御主之外，他是第一個讀過初約的人類。初代對於那張寫著契約的金屬紙並不如其他後代坎得拉那樣敬重。這讓他很訝異。

當然，也蠻合理的，沙賽德繞過轉角心想。對於初代的人而言，統御主原本是朋友，牠們記得跟他一起翻山越嶺，他是牠們的領袖，但不是神，有點像是集團的成員，他們都無法將凱西爾視爲宗教人物。

沙賽德依舊陷入自己的思緒中，漫步走入信巢，今天寬幅的金屬門同樣敞開，可是一進去時，他便停下腳步。初代一如往常地在個人房裡等著，必須等沙賽德關門才會下來。可是今天二代的人也在，站在講台邊，跟一群坎得拉說話，牠們雖然比人類更爲自持，卻仍然顯得焦慮。

「……什麼意思，坎帕？」一名低階坎得拉正在問。「請你回答，我們好迷惘。請教問初代吧。」

「我們已經談過這件事了。」坎帕，二代的領袖說道。「不需要驚慌。看看你們，聚集成一團，交頭接耳在那邊分享八卦，好像一群人類一樣！」

沙賽德走到一名年輕的坎得拉身邊，牠跟其他人聚集在通往信巢外的門口邊。「麻煩你跟我說一下，爲何大家如此擔憂？」他低聲問道。

「是迷霧，神聖世界引領者。」坎得拉同樣報以低語，他認爲這應該是位女性。

「怎麼了？」沙賽德問道。「它們在白天滯留得越來越久？」

「不是的。」女坎得拉回答。「是不見了。」

沙賽德一驚。「什麼？」

坎得拉點點頭。「今天早上很早才有人發現的。外面還很黑，一名侍衛走出去檢查其中一個出口，結果牠回報說外面半點迷霧都沒有，雖然當時是晚上！其他人也出去看了，牠們都證實是這樣沒錯。」

「這件事很簡單。」坎帕對聚集的群眾說道。「我們都知道昨晚下了雨，有時候雨會暫時驅散迷霧。明天它們就會回來了。」

「可是現在沒有下雨啊，」一名坎得拉說道。「而且塔卡昨天晚上巡邏的時候也沒有下雨。這幾個月以來，早上都有迷霧。它們去哪裡了？」

「呿。」坎帕揮手說道。「迷霧早上在的時候你們擔心，現在不在了又要抱怨？我們是坎得拉。我們是永恆的。我們可以耐過一切萬物。我們不會聚集成群暴動。去做該做的事情。這沒有意義。」

「不。」一個聲音在石穴中低語，每顆頭都抬起，全部安靜下來。

「不。」哈達克，初代的領袖從隱身的密室中發話。「這是很重要的。我們錯了，坎帕。非常……非常錯。清空信巢，只有守護者可以留下來。將消息傳出去──定決的日子可能來臨了。」

這句話只是讓所有的坎得拉更為激動。沙賽德不敢置信地凍結於原地。他從來沒有看過這個平常相當冷靜的種族有如此反應。牠們按照吩咐行事──坎得拉似乎非常擅長這點──雖然離開房間，但仍然繼續紛擾私語，相互辯論。最後垂頭喪氣離去的是二代，看起來飽受羞辱。沙賽德看著牠們離開，回想坎帕的話語。

*我們是永恆的。我們可以耐過一切萬物。*突然間，沙賽德開始更瞭解坎得拉。要長生不老的人去忽略外界是多麼的簡單。牠們可以等待許許多多問題與危機、動蕩與暴動的結束，任何在外界發生的事情對牠們而言，一定都顯得微不足道。

甚至足以忽略自己的宗教預言逐漸開始實現的徵象。終於，房間空無一人，兩名壯碩的五代從外面把門關起來，只剩沙賽德獨自站在房中央。他很有耐心地站著，在桌上排好筆記後，等著初代成員從隱藏樓梯間中一拐一拐地走出，來到信巢的地面。

「告訴我，守護者。你對這件事有何看法？」哈達克說道，牠的兄弟們則自顧自地坐下。

「迷霧的離去？」沙賽德問道。「的確似乎是很重要的事情，不過我得承認，我說不出所以然。」

「這是因爲我們尚未對你解釋此事的重要性，」哈達克望向其他初代，每個表情都很凝重、擔憂。「這些事情跟初約還有坎得拉的承諾有關。」

沙賽德準備好一張金屬紙。「請繼續。」

「我必須請你不要記錄這些文字。」哈達克說道。

沙賽德想了想，放下筆。「好吧，但我必須提醒你們，就算不靠金屬意識，守護者的記憶力也是很好。」

「沒有辦法。」其中一個說道。「守護者，我們需要你的建議，因爲你是外來的。」

「因爲你是我們的子孫。」另一位接著說。

「當父君創造我們的時候，他……給了我們一項任務。一項跟初約不同的任務。」哈達克說道。

「那幾乎是他後來才想到的。」一位補充說。「可是一旦他提起之後，他便暗示這件事很重要。」

「他要我們答應。」哈達克說道。「他要我們每一個都答應。他說，有一天，我們也許需要移除我們的祝福。」

「把它們從身體中拔出。」其中一位說道。

「自殺。」哈達克說道。

房間陷入沉默。

「你確定這樣會殺死你們嗎？」沙賽德問道。

「會把我們變回霧魅。」哈達克說道。「基本上，這是同一件事情。」

「父君說我們必須這麼做。」另一位說道。「這件事沒有『也許』。他說我們需要確定別的坎得拉也知道這件事。」

「我們稱之為定決。」哈達克說道。「每個坎得拉誕生時都被告知這件事。牠們被要求發誓，同時不斷被灌輸牠們有一個責任——在初代下令時，將牠們的祝福拔掉。但我們從未執行過這個責任。」

「可是你現在開始思考這件事？」沙賽德皺眉問道。「我不瞭解。只是因為迷霧的行動變了？」

「我們一直聽著孩子們今天早上討論整件事。」一位說道。「這讓我們很困擾。牠們不知道迷霧代表什麼，但牠們知道迷霧的重要性。」

「拉剎克說我們會知道。」一位初代說道。「他告訴我們『有一天你們會需要移除你們的祝福。時間來臨時，你們會知道』。」

哈達克點點頭。「他說我們會知道，而且……我們非常憂心。」

「我們怎麼能下令全族人民自殺？」又一位說道。「定決向來讓我很介意。」

「拉剎克看到未來。」哈達克轉身說道。「他握有且使用過存留之力。他是唯一一個這麼做過的人！就連被守護者提到的這個女孩也沒有運用同樣的力量。只有拉剎克！父君！」

「那麼，迷霧到底是什麼？」另一位問道。

房間再次陷入沉默。沙賽德坐在原處，手中握著筆，什麼都沒寫。他靠向前方。

「迷霧是存留的身體？」

其他人點點頭。

「然後……不見了。」

再次點頭。「這不就意謂著存留回來了？」

「不可能。」哈達克說道。「存留的力量仍在，因為力量是無法被摧毀的，可是他的意識幾乎被完全摧毀，那是他為了囚禁滅絕所做出的犧牲。」

「還剩下一點。」另一位提醒。「只是他先前的影子。」

「是的。」哈達克說道。「但那不是存留，只是一個殘影，一塊碎片。如今滅絕脫逃後，我想我們可以認定，就連殘影都已被消滅。」

「我想不只如此。」一位開口說道。「我們可以——」

沙賽德舉起雙手，引起牠們的注意力。「如果存留沒有回來，有沒有可能，有人接下他的力量好在這場戰鬥中使用？你的教義不是說會發生這種事？被切斷的必須重新開始才找得回全貌。」

沉默。

「也許吧。」

紋，沙賽德越發興奮地心想。這就是成為世紀英雄的意思！我相信是對的。她可以拯救我們！

沙賽德拾起一張金屬紙片，開始想寫下他的想法，但同一瞬間，信巢的門被撞開。

沙賽德皺眉轉身。一群以石頭為骨架的五代衝入房間，後面是纖細的二代，在外面，石牆走廊已無半個身影。

「抓住他們。」坎帕偷偷摸摸地說道，指著他們。

「這是在做什麼？」哈達克驚呼。

沙賽德坐在原位。他辨識出二代焦急、緊張的身體語言。有些看起來害怕，有些則是下定決心。五代快速上前來，動作因為力量的祝福而飛快。

「坎帕！」哈達克說道。「這是怎麼一回事？」

沙賽德緩緩站起身。四名五代走來包圍他，手中握著槌子做為武器。

「這是叛變。」沙賽德說道。

「你們不得繼續領導我們。」坎帕對初代說道。「你們會毀滅我們擁有的一切，用外人污染我們的土地，讓革命份子的言語蒙蔽坎得拉的智慧。」

「現在不是時候，坎帕。」哈達克說道，初代的成員們被一陣推擠，呼喊出聲。

「不是時候？」坎帕憤怒地問道。「你們都提到了定決！你不知道這會造成多大的恐慌嗎？你會摧毀我們擁有的一切。」

沙賽德冷靜地轉頭，看著坎帕。雖然牠的語氣憤怒，但坎得拉透明的嘴唇微微泛著笑意。

他必須現在下手，沙賽德心想，免得初代對一般人民透露更多細節，讓二代顯得多餘。坎帕可以將初代全部都關到某處，在個人房裡安插傀儡。

沙賽德朝他的白鑞意識伸出手。一名五代極端快速地將它抓起，另外兩名緊握住沙賽德的手臂。他想掙扎，但抓住他的坎得拉擁有超出人類的力氣。

「坎帕！」哈達克大喊。初代的聲音出奇響亮。「你是二代，你們應該服從我。是我們創造你們的！」

坎帕無視於哈達克，命令牠的坎得拉們將初代的成員們綁起來。其他的二代在牠身後擠成一團，對於自己的行爲看起來擔憂又震驚。

「定決的時刻很有可能已經到來了！」哈達克說道。「我們必須……」一名五代堵住哈達克的嘴，打斷牠的話。

「這就是爲什麼我必須擁有領導權。」坎帕說道，搖搖頭。「老傢伙，你的腦筋太糊塗了。我不會將我們的未來交給一個一興起就下令讓大家自殺的人。」

「你害怕改變。」沙賽德與坎得拉對視。

「我害怕不穩定。」坎帕說道。「我會確保坎得拉人民擁有穩定且不變的領導。」

「你的論點跟許多革命份子一樣。」沙賽德說道。「我可以明白你的擔憂，可是你絕對不能這麼做。你們自己的預言即將要實現。我現在明白了！要是沒有坎得拉必須實現的角色，你們可能會造成一切的終結。讓我繼續我的研究，你們可以把我們關在這房間裡，但不要……」

「堵上他的嘴。」坎帕轉身說道。

沙賽德掙扎，卻完全失敗，嘴巴被堵住的同時被拉出信巢，留下天金，神的身體，在叛徒的手中。

我一直不解鎔金術師為何能看透迷霧。燃燒錫的時候，可以在夜晚看得更遠，看穿迷霧。對於外行人而言，兩者間似乎有合理的關連，畢竟，錫能增強所有感官。

可是從邏輯的角度看來，可能會發現這個能力的迷思。首先，錫到底是怎麼讓一個人看穿迷霧的？其實，眼前有障礙物這件事跟一個人的眼力無關。只要前方有一堵牆，無論是近視的學者或是遠視的斥候都會有視覺困難。

這應該是我們的第一條線索。鎔金術師可以看穿迷霧，是因為迷霧的確跟鎔金術師有同樣的能量來源。一旦透過燃燒錫之後，鎔金術師即與迷霧同調，幾乎成為迷霧的一部分。因此，迷霧對他而言，即是近乎透明。

76

紋……飄浮。她沒有睡著，但也不是醒著。她的神智並不清醒，不確定自己身在何方。她躺在克雷迪克·霄的破碎中庭裡嗎？她是跟依藍德一起睡在駁船的船艙內嗎？她在被圍攻的陸沙德皇宮裡自己的房間嗎？她是在歪腳的店鋪中，因爲這個奇特的新集團而感到擔憂且迷惘嗎？

她縮在小巷裡不斷哭泣，背部因爲被瑞恩毒打而疼痛嗎？

她摸摸周圍，試圖想明白自己的處境。她的手臂跟雙腿似乎無法運作，事實上，她甚至無法專注於她的四肢。可是，她飄浮得越久，視線就越清晰。她在……陸沙德。她剛剛殺了審判者。

爲什麼她什麼都感覺不到？她試圖要撐著地板，讓自己跪起，但地板似乎出奇地遙遠，而且她看不到應該在自己眼前的手臂，她只是繼續飄浮著。

我死了，她心想。

這個念頭升起的同時，她又更清醒了一些。她可以看得見，雖然她的視覺彷彿是透過一片非常模糊、扭曲的玻璃。她感覺到……力量在她體內騷動。一種不像是四肢，但更能運用自如的力量。

她轉身環顧四周，看到遼闊的城市景觀，轉到一半時，對上某種黑漆的東西。

她看不出來它有多遠，似乎同時既近又遠，她可以看到它的細節，遠勝過於她能見到眞正的世界，但她碰不到它。她直覺性地知道那是什麼。

滅絕如今長得不像瑞恩，而是一大塊飄移的黑煙。一個沒有身體，卻有著超越普通人類的意識。

這……就是我如今的樣子，紋意會過來，思緒越發清晰。

紋，滅絕開口。不是瑞恩的聲音，而是更……濃重模糊。那是一股席捲過她的震動，有如鎔金脈動。

歡迎妳，成爲神。滅絕說道。

紋沒有回答，但是她以力量往外探索，試圖理解周遭的一切。她似乎立刻理解所有事情，就像先前她在昇華之井取得力量時，她立刻知道事情；只是這次，力量如此之大，理解如此之廣，讓她的腦子暫時麻痺。幸好，她的理解正在擴張，她正在成長。

甦醒。

她在城市上方升起，知道在她體內盤旋散出的力量雖然也是她存在的中心，卻只是一個聚集點，牽扯著滿布全世界的力量。她可以隨意前往任何地方，有一部分的她是無處不在的。她可以看到整個世界。

而世界正在死亡。她感覺到世界的顫抖，看到生命的消逝。星球上大部分的植物都已經死亡，動物很快也將絕種，唯一能活下來的，是找到方法能咀嚼被灰燼掩埋的枯死植物的生物。人類的末日也不遠，但令紋覺得意外的是，出奇多的人類進入了地下儲藏窟。

不是地下儲藏窟……紋心想，終於明白統御主的目的。是避難所。所以它們才這麼廣大，就像是可以容納多人躲藏的堡壘，讓他們能等待，活得更久一點。

她很快會修改這點。她感覺全身充滿能量。她探出力量，堵塞了灰山，安撫它們，讓它們窒息，壓制它們吐出灰燼跟岩漿的能力，然後手伸向天空，將大氣中的灰燼跟黑暗抹去，像是女僕將骯髒窗戶的灰燼立刻拭淨。這一切都只花了她幾個瞬間的時間，下方的眞實世界不過也才經歷五分鐘。

大地立刻開始燃燒。

太陽驚人地熾烈——她沒有意識到灰燼跟煙霧在守護大地上扮演了多大的功能。她大喊一聲，快速翻轉世界，讓太陽落到另一邊。黑暗降臨。在此同時，暴風雨開始席捲大地，氣候模式被這個動作打擾，海中突然出現一波驚人的巨浪。它撲向海岸，威脅要沖走幾個城市。

紋再次大喊，舉起手要阻止浪濤，卻有力量阻撓她。

她聽到笑聲。她在空中轉身，看到滅絕像是一片滾騰飄移的烏雲。

紋、紋……他說道。妳發現了妳自己有多像統御主嗎？當他剛得到力量時，他想要解決所有問題。所有人類的缺憾。

她看到了。她不是全知全能，無法看到過去的全貌，可是她可以看到她手中握著的力量的相關過去。她可以看到拉刹克取得這能力的同時，他是多麼煩躁，試圖要將星球拉回正確的旋轉角度，但他拉得太用力，讓世界陷入一片冰凍寒冷；之後他又將世界推回去，但他的力量太巨大，太可怕，超越當時的他能掌控的範圍，所以，他再次讓世界變得太炙熱，所有的生命當場都要滅亡。

於是，他打開灰山，壅塞了天空，將太陽變紅。在此同時，他救了星球，也注定星球的滅亡。

你們這麼衝動，滅絕說。我掌握這力量的時間遠超過妳的想像。要正確使用它，需要非常仔細與小心。

當然，除非妳只想破壞。

他以紋能感覺到的力量探出，立刻地，在不知道如何跟爲什麼的情況下，她阻撓了他。她以力量阻止他，他被迫停下，無法貫徹行動。

在下方，海嘯捲上海邊。下面還有人。那些躲過克羅司、在農作物死亡後靠海中魚獲生存的人。紋感受到他們的痛楚，他們的恐懼，於是她大喊出聲，試圖保護他們。

她再次被阻止。

現在妳明白我的煩躁了，滅絕說道，下方的海嘯正同時摧毀村莊。妳的依藍德是怎麼說的？每個推，都有拉。將東西往上拋，就會落下。力量。力量。對應。

有滅絕，就有存留。從遠古以來即是如此！這就是永恆！而我每推一次，**妳**就會推回來。就算妳死去，仍然能阻止我，因爲我們是力量。我什麼都不能做！妳也什麼都不能做！平衡！我們存在的詛咒。

下方的人被撲倒，捲走，淹死，紋跟他們一起歷經苦難。求你，她說道。求求你讓我救他們。

爲什麼？滅絕問道。我之前是怎麼跟妳說的。妳做的一切都是讓我獲益。我阻止妳是出於好意。因爲即使妳出手去救他們，妳毀壞的會遠超過妳能救助的。

向來如此。

紋懸浮在空中，聽著下方的尖叫聲，可是她的意識中，有一部分正在分析滅絕的話。如今，她的意識已經寬廣到可以同時處理多線思緒。

他說得不對。他說一切的行動都是破壞，可是卻抱怨被平衡掣肘。他警告她，說她只會進行更多的破壞，但她不相信他會出於好心而制止她。他想要她破壞。

不可能兩者皆是。她知道她是他的對手。如果他沒有阻止她，她是可以拯救那些人。沒錯，她還沒有這麼做的準確度，可是那不是能力的問題，而是她的問題。他要阻止她，好讓她學不會，就像統治主當初那樣，而不是越發熟悉力量該如何使用。

她轉離他身邊，回到陸沙德。她的意識在擴張，但不解她看到的景象。明亮的光點點綴著大地，像是照明燭一樣發光。她靠得更近，想要猜出那到底是什麼。可是，就像很難直視明亮的光源看出到底是什麼在發光，她也很難判斷力量的來源。

她來到陸沙德時，終於弄清楚了。一點巨大的光芒來自於破碎的皇宮。大多數光芒的形狀有點像是……

尖刺。金屬。原來那就是發光力量的來源。我沒猜錯。金屬就是力量，所以滅絕無法閱讀寫在金屬上的文字。紋轉身離開一根明亮的尖刺。滅絕一如往常地在她身邊，看著她。

當存留說他想要創造你們時，我有點訝異，滅絕帶著一點好奇說道。其他的生命體都是按照自然之道而生。天性平衡。可是存留……他想要創造一種刻意不平衡的生物，可以任意選擇存留或滅絕。某種我們曾經見過的形體。這個想法引起我的好奇。

我覺得很奇怪，他爲了創造你們，耗費如此多的自己。他爲什麼要讓自己虛弱——也就是給我毀壞世界的力量——只是爲了讓人類出現在世界上？我知道其他人認爲他以死來交換、將我囚禁起來是種犧牲，但那不是眞正的犧牲。他犧牲的時間點更早。

可是，他仍然試圖要背叛我——囚禁我。只是他無法阻止我。他只能延誤我。阻撓我。拖緩我。自從我們創造你們的那天起，就已經出現了不平衡。我變得更強，他也很清楚這點。

紋皺眉，至少她覺得自己在皺眉，雖然她已經沒有身體。他的話……

他說他比較強，紋心想。可是，我們勢均力敵。他又在說謊嗎？

不……他沒有說謊。以她不斷擴張的意識重新檢視方才的對話，她明白滅絕說的一切，都是他相信的。他眞心認爲她的一切所做所爲都是爲了幫助他。他透過滅絕的鏡片看待世界。

關於比她更強大這件事，他不是說謊。可是，他們此刻顯然是勢均力敵。意思是……

還有一塊滅絕在某處，紋心想。存留的衰弱是因爲他犧牲一部分自己創造人類，但不是他的意識——他用意識來驅動滅絕的牢房——而那是他實際的一部分力量。

她之前懷疑的事情，如今確切知曉。滅絕的力量被存留濃縮後藏在某處。天金。滅絕的確比較強大，或者，一旦他回收最後一部分的自己之後，他會更強大，到那時，他能夠進行全面的破壞，他們將不再勢均力敵。

她挫敗地轉身，一團發光的迷霧，幾絲霧氣橫跨世界。有好多我不知道的事情，紋心想。

吸收如此多知識的同時，她的意識仍不斷地擴張，這是個奇特的認知，可是她的無知不再是人類的無知。她的無知與缺乏經驗有關。滅絕超前她無比地多。他爲自己創造不需他的指示便可行動的僕人，好讓她無法阻撓他。

她看到他的計畫實現在世界中。她看到他一千年前巧妙地影響了統御主，當拉刹克握有存留之力時，滅絕就已經在他的耳中低語，指引他瞭解血金術，而拉刹克在沒有意識到滅絕的情況下服從他的指示，創造出可讓滅絕在合適時機操控的僕人和軍隊。

紋可以看到克羅司正朝陸沙德聚集。

我必須佩服妳一件事，紋，滅絕飄浮在她附近說道。妳摧毀了我的審判者，至少只留下一名。他們非常難創造。我……

她停止將注意力放在他身上，至少將大部分的意識轉移。有別的東西吸引了她的注意力。有東西正在光矛上飛行，朝陸沙德移動。

依藍德。

回想當時，我們早該發現迷霧、鎔金術，還有昇華之井的關連。鎔金術師不只能看透迷霧，迷霧也會在任何使用鎔金術的人身邊微微地盤旋。

可是更明顯的事實是，當血金術師使用能力時，會將迷霧趕走。一個人越靠近滅絕，受到滅絕的影響便越深，戴著尖刺的時間越久，迷霧就越快被驅散。

77

依藍德站在克雷迪克・霄的碎石堆中，看著眼前的殘敗破壞，一時無法理解眼前的景象。這似乎……不可能。什麼樣的力量能撕裂建築物，將碎石拋到幾條街外？而且，所有的破壞都集中在此，過去曾經是統御主力量中心的地方。

依藍德從一些碎石上滑下，靠近像是撞擊中心的中央點。他在黑夜中轉身，看著倒地的石塊與尖刺。

「他統御主的……」他低聲咒罵，無法控制自己。昇華之井發生了什麼事？爆炸了？

依藍德轉身，看著他的城市。此處似乎空無一人。陸沙德，最後帝國最大的都市，他的政府中心。空了。大多數地區都成為廢墟，三分之一被燒毀，克雷迪克・霄本身則像是被神一拳擊碎。

依藍德拋下錢幣衝離，沿著原本的路朝向東北方的城市而去。他來陸沙德想要找到紋，可是卻被迫要稍微繞往南方，好避開特瑞安山附近一片特別大的岩漿。依藍德見到所有被岩漿碰觸到的平原都在燃燒，那個情景加上陸沙德被破壞的景象讓他非常不安。

紋呢？

他在建築物間跳躍，每一步都踢起灰燼。有事情正在發生。灰燼正慢慢消散，幾乎完全停止，這是好事。可是他記得不久前，太陽突然極端炙熱地燃燒，那一瞬間燒傷了他，以致於他的臉還在疼痛。

然後太陽……掉落了。它不到一秒鐘便消失在天際線之下，依藍德腳下的大地猛然一震，一部分的他以為有什麼要發生了。可是，他無法否認現在是夜晚，即使他的身體還有他造訪的一座城市鐘塔都認為現在應該是下午。

他落在一棟建築物上，再跳下，鋼推一個壞掉的門把。他在空曠的黑暗中顫抖。現在是夜晚，頂上的星光明亮到令人覺得詭異，而且沒有迷霧。紋跟他說，迷霧會保護他。可是現在迷霧不在了，還有什麼能保護他？

他繞到泛圖爾堡壘，他的皇宮，發現那棟建築物已經被焚燒殆盡，只剩空殼。他落在中庭，抬頭看著他的家園，他成長的地方，試圖理解爲何它會遭到如此破壞。石板地上躺著幾名侍衛屍首，身著屬於他的褐色制服，已經開始腐爛。一切都很安靜。

這裡該死的發生了什麼事情？他煩躁地心想。他在建築物裡繞了一圈，卻沒有找到什麼線索。全部都被燒光了。他從樓頂一扇破掉的窗戶離開，然後後中庭內的某個東西讓他停下腳步。

他降落到地上，在一個擋掉大部分灰燼的陽台遮棚下，他找到一個穿著精緻貴族套裝的屍體，倒在石板地上。依藍德翻過屍體，發現劍刺穿了那屍體的腹部，以及他自殺的姿勢，屍體的手仍然握著武器。潘洛德，他認出那張臉。他應該是自殺的。

陽台的地板上，有炭筆寫出的文字。依藍德擦拭掉飄來的灰燼，順道也模糊了文字。幸好還能閱讀。上面寫著：對不起。有東西控制了我……控制了這座城市。我只有部分時間是清醒的。寧可自殺而不要再造成破壞。去泰瑞司統御區找你的人。

依藍德轉向北方。泰瑞司？去那裡避難感覺是很奇怪的地方。如果城市的人民逃了，他們爲什麼會離開迷霧最弱的中央統御區？

滅絕……一個聲音似乎在低語。謊話……

滅絕可以改變文字。潘洛德寫的文字不能相信。依藍德無聲地對屍體道別，有點遺憾他沒有時間埋葬這名年邁的政治家，然後他拋下一枚錢幣，將自己鋼推入空中。

陸沙德的人民去了某處。如果滅絕發現殺死他們的方法，那依藍德會找到更多屍體。他懷疑如果他花時間去搜尋，也許會找到有人仍然躲在城市裡——很有可能迷霧的消失，以及突然從白天變成黑夜這件事讓他們決定要躲起來。也許他們躲到克雷迪克・霄下方的儲藏窟。依藍德希望沒有太多人進去，因爲皇宮遭受嚴重的損害，如果那裡有人，會被封死在裡頭。

西方……風似乎在低語。深坑……

滅絕改變文字的方法通常是將它改得與先前文字非常近似，依藍德心想。所以……大部分的文字應該都是潘洛德寫的，想告訴我要去哪裡找我的人民。滅絕把他的文字改成像是他們去了泰瑞司統御區，可是如果潘洛德寫的是，他們去找了泰瑞司一族呢？

這才對。如果是他要逃離陸沙德，他也會去那裡，那裡已經有一群難民，而且還有牲口、農作物、食物。

依藍德轉向西方，離開城市，披風隨著每一次鎔金術的跳躍而翻飛。

突然間，滅絕的挫敗讓紋越發有知覺。紋感覺她握著全世界創造的力量，可是她費盡全力才能讓依藍德聽到幾個字。

她甚至不確定他到底有沒有聽到她，可是她非常瞭解他，所以她感覺到兩人之間有……連結。雖然滅絕想要阻撓她，她卻覺得有一部分的她成功地與某個部分的依藍德產生連繫。也許就像是滅絕能夠與他的審判者跟信徒們溝通一樣？

可是她近乎無能的狀態令人憤怒。

平衡。滅絕啐了一口。平衡囚禁了我。存留犧牲的目的就是要將我比較強的部分吸走、鎖起，讓我又變成與他平等，而這狀態維持了一段時間。

只有一段時間。但時間對我們來說，能有多少意義，紋？

毫無意義。

對閱讀此段的人而言，也許會覺得天金是神身體的一部分很奇怪。然而，這是必須要瞭解的一點，當我們說「身體」時，我們的意思通常是指「力量」。隨著我的心智逐漸擴張，我開始明白，物體跟能量是同樣的東西所組成，而且可以改變狀態。因此，我覺得神的力量會在世界中以實體方式呈現是很合理的。滅絕跟存留不是模糊的抽象概念，而是存在的必要成分。在某種程度而言，世界上曾經存在的一切，都是由他們的力量所組成。

天金是只有單方面力量的物體。它不是一半滅絕跟一半存留——例如一塊石頭，天金完全是滅絕的力量。海司辛深坑是存留所創造的，好將他在背叛與囚禁滅絕的同時所偷走的滅絕身體藏起來。凱西爾粉碎這些晶體並沒有眞正摧毀這個地方，幾百年後，這些晶體會重新長出，繼續堆積成天金，因爲這地方是滅絕被困住的力量自動流瀉出的地方。

因此當人們開始燃燒天金時，他們便是正在使用滅絕的力量，也許這就是爲什麼天金讓人成爲如此有效的殺人機器。他們不是用光這個力量，只是使用這個力量。一旦一塊天金的力量被耗盡，這力量就會回到深坑，重新開始凝聚，一如昇華之井的力量在被用完之後，旋即就會回到那裡。

78

沙賽德心想，這絕對是我去過最古怪的地窖。

當然，這也只是他生平第二次被關起來。不過他這輩子看過幾個囚牢，也讀過幾個，大多數都像籠子，只有這裡的設計是地上的一個洞，上面蓋個鐵蓋子。沙賽德被塞在裡面，被剝奪掉金屬意識，雙腿痙攣。

這可能是為坎得拉所建造，他心想。也許是沒有骨頭的那種？沒有骨頭的坎得拉是什麼樣子？一團黏液嗎？還是一團肉體？

無論如何，這個囚牢不是設計來關人，尤其不是用來關沙賽德這麼高的人。他幾乎動彈不得。他舉起雙手，試圖想推動鐵蓋卻文風不動，蓋子被一具大鎖卡死。

他不確定他被關在這個洞裡有多久。幾個小時？也許甚至長達數天。他們沒有給他任何東西吃，不過一名三代在他身上淋了一些水。沙賽德身上的衣服仍然是濕的，所以他開始吸吮布料止渴。

這太蠢了，他不止一次如此想著。世界正在結束，我卻被關在牢房裡？他是最後一名守護者，又是宣告者，他應該在地面上記錄事件的發展。

說實話，他開始相信世界不會結束。他接受有某樣東西，也許是存留本身正在看顧、保護人類。他越來越堅信自己追隨泰瑞司宗教，並非因為它是完美的，而是因為他寧可相信，懷抱希望。

英雄是眞的。沙賽德相信這件事，而且他相信她。

他跟凱西爾一同生活過、協助過他。他記錄了倖存者教會的崛起還有初期的發展，他甚至跟廷朵一起研究過世紀英雄的傳說，並且自發性地宣布紋就是實現預言的人。可是直到最近，他才開始對她產生信念。也許是因為他決定要當一個看見奇蹟的人。也許是因為他極端恐懼似乎離未來不遠的世界末日。也許是因為他緊張且焦慮。不管原因是什麼，他從混亂中找到平靜。

她會來的。她會令世界存留。可是沙賽德必須準備好要協助她。這意謂著，他必須逃出去。

他看著金屬蓋。那個鎖是以精鋼鑄成，鐵蓋本身則是實鐵，他伸出手嘗試碰觸鐵蓋的鐵條，將一部分自己的體力吸出，放入鐵中。他的身體立刻變得更輕。藏金術中，鐵會儲存體重，而這鐵蓋純到可以容納藏金術的儲存。使用鐵蓋做爲藏金術金屬違背他的直覺，它不便於攜帶，而且如果他想逃跑，他得將所有儲存的力量都留下，可是，坐在這裡枯等又有什麼用？

他伸出另一隻手，以一根指頭碰觸鋼鎖，然後開始抽出身體的速度，灌入它。他立刻感覺遲緩，彷彿他的每個動作就連呼吸都變得比較困難，就像是每次要動都得推開一些沉重的東西。

他維持這樣良久。他學會在儲藏金屬意識時要進入冥想的狀態。他以前經常會同時儲存許多金屬意識，讓自己又病又弱，緩慢且意識遲緩。在冥想中，他可以很單純的就是……

漂流。

他不確定他冥想了多久。偶爾，侍衛會在他身上倒水。當聲音傳來時，沙賽德會放手，縮到下方，假裝在睡覺，但侍衛一離開，他便會又探出手去填充金屬意識。

時間繼續過去。

然後，他聽到聲響。沙賽德再次縮到下方，然後期待地等待水淋下。

「當我帶你回來拯救我的人民時，我沒想到會變成這個樣子。」一個聲音咆哮道。

沙賽德睜開眼睛，望向上方，驚訝地看到一張狗臉正透過鐵蓋的鐵條往內望。「坦迅？」沙賽德問道。

坎得拉悶哼一聲，往後退了一步。另一名坎得拉出現，讓沙賽德略微訝異。牠的身體纖細，骨架似乎是以木頭製成，與人類的形體已經相差甚遠，而且，手中握著鑰匙。

「快點，宓蘭。」坦迅以狗的聲音低咆，牠似乎已經換回狼獒犬的身體，用馬體進入陡峭狹窄的家鄉走廊應該太過困難。

女坎得拉開鎖，拉開，沙賽德熱切地爬出。他發現其他幾名使用液態眞體的坎得拉在房間裡，角落則是被綁縛，口被塞住的囚犯。

「我被人看見進入家鄉了，泰瑞司人。」坦迅說道。「所以我們的時間不多。發生了什麼事？宓蘭告訴我你被囚禁，坎帕宣告初代將你關了起來。你怎麼激怒牠們了？」

「不是牠們。」沙賽德邊說邊伸展痠疼的雙腿。「是二代。牠們把初代關了起來，打算取而代之。」名叫宓蘭的女坎得拉驚呼一聲：「不會吧！」

「牠們動手了。」沙賽德站直身體說道。「我擔心初代的安危。坎帕可能因為我是人類而不敢殺我。可是初代……」

「二代也是坎得拉！」宓蘭說道。「牠們不會做這種事！我們不會那樣。」

坦迅與沙賽德交換一個眼神。每個社會都有會打破規則的人，孩子。沙賽德心想。尤其跟權力有關的時候。

「我們得先找到初代，」坦迅說道。「然後再回信巢。」

「我們會跟你一起戰鬥，坦迅。」另外一名坎得拉說道。

「我們終於可以推翻牠們了！」另一名說道。「那些二代，還有牠們要我們服侍人類的堅持！」

沙賽德皺眉。人類跟這個爭端有什麼關係？可是，他注意到別人是怎麼看坦迅的。他旋即明白過來。是那具狗體。對牠們而言，坦迅是最終極的革命者——全是因為紋的命令。

坦迅跟沙賽德再次四目交望，然後打算開口說話，可是臨時打住。「牠們來了。」牠暗自咒罵一聲，狗耳壓得低低的。

沙賽德擔心地轉身，注意到通往囚牢的石牆走廊映出影子。這個房間很小，地面上有六個坑洞左右，沒有別的入口。

方才相當慷慨激昂地發言的坦迅的同伴們立刻往後一躲，縮在牆邊。牠們顯然不習慣衝突，尤其不習慣跟同類衝突。坦迅可沒有這麼膽小。當一群五代進入房間時，牠首當其衝地往前飛撲，肩膀撞上一個胸口，一面咆哮撲抓著另外一個。

這名坎得拉跟我一樣與牠的族人格格不入，沙賽德微笑地想。他退後一步，站到鐵蓋上，以赤足碰觸了金屬。

五代很難與坦迅對抗，自從牠受過紋的訓練後，顯然對於牠的狗體相當有自信。牠不斷移動，將牠們一個個撞倒，可是牠們有五個，坦迅卻只有一個。現在牠已被逼得節節後退。

牠身上的傷口會隨著牠的命令而癒合，沙賽德注意到。所以侍衛們使用鐵槌。

這點讓對付坎得拉的戰術顯而易見。坦迅很快便退到沙賽德身邊。「我道歉。」狗咆哮。「這個救援行動眞不成功。」

「我可不確定。」沙賽德微笑地說，五代包圍在他身邊。「我想你不需要這麼快就放棄。」

五代往前衝，沙賽德立刻以光腳碰觸鐵蓋，身體馬上變得比平常重了許多倍。他抓住一名坎得拉侍衛的手臂。

然後倒在牠身上。

沙賽德總說自己不具備多麼優秀的戰鬥技巧，可是他每次這麼說的時候，反正也都被逼著要戰鬥，這讓他開始覺得，這個藉口對他已經不太適用了。事實是，他過去幾年戰鬥的次數已經多到他覺得自己會存活下來簡直不可思議。

無論如何，他知道一些基本的格鬥招式，再搭配著藏金術跟出其不意的攻勢，讓他無往不利。他一面汲取力量增加身體的重量跟骨頭的密度，讓他倒在士兵身上時不會傷到自己。兩人撞上鐵蓋，沙賽德聽到一陣令人滿意的斷裂聲。沙賽德增加許多的體重壓碎了坎得拉侍衛的骨頭，雖然牠們使用石頭眞體，但仍不足以應付他。

沙賽德釋放了金屬意識，改爲塡充，讓他的身體輕盈得不可思議，然後腳則踩上鋼鎖汲取速度。突然之間，他的速度超越任何人類，在四名侍衛訝異地轉身看他時，他已經站起身。

停止塡充鐵意識的同時，他取回了正常的體重，以極快的速度抓起倒地士兵的鎚頭。他沒有增強的力氣，但他有速度。他將鎚頭往一名坎得拉的肩膀重重敲下，加重體力以增加攻擊的力道。坎得拉的骨頭粉碎。沙賽德一腳踩上鎖頭，將所有剩餘的速度全部取出，半蹲，旋轉，將鎚頭揮入剩餘兩名想以鎚頭攻擊他的坎得拉膝蓋。

牠們大喊一聲，紛紛倒地。沙賽德的速度同時也於此時耗盡。

他直直站起。坦迅坐在最後一名侍衛背上，將之壓制在地面。「我以爲你是學者。」狼獒犬在一旁評論，身下的俘虜不斷扭動身軀。

沙賽德將鎚頭拋在一旁。「我是。」他說。「若是紋的話，早在好幾天前就從這囚牢逃出去了。我想，我們應該把這些處理一下……」他朝倒地的五代揮揮手，牠斷腿之後似乎就難以行動。

坦迅點點頭，示意要一些朋友過來幫忙處理被牠坐在身上的那名五代。雖然牠們怯生生地抓著囚犯，但牠們的人數夠多，足以讓囚犯乖乖束手就範。

「你在做什麼，弗古？」坦迅對牠的囚犯質問。沙賽德則看著其他的五代，被迫朝其中想爬走的一人揮下槌頭，打碎更多骨頭。

弗古啐了一口。「骯髒的三代。」牠喃喃說道。

「這次你才是叛徒。」坦迅微微笑著說。「坎帕才剛說我是違約者，接著自己卻推翻了初代？如果世界沒有逼近末日，我會覺得這件事更好笑。現在，快說！」

沙賽德突然發現一件事。地板上的其他囚牢裡面也有人。他彎下腰，認出裡面的肌肉細節。顏色有……班點，還有些變形，像是……垂掛的苔蘚。

「坦迅！」他抬起頭來喊道。「也許初代還活著。過來。」

坦迅走過來，低頭看著深坑，狗嘴唇抿起。「宓蘭！鑰匙！」

宓蘭衝過來，打開柵門。沙賽德有點擔憂地發現深坑裡有許多組蠕動的肌肉，每具顏色都有點不同。」

「我們需要骨頭。」坦迅站起身說道。

宓蘭點點頭，衝出房間。沙賽德與坦迅交換一個眼神。

「牠們一定殺死了別的囚牢的坎得拉。」坦迅低聲說道。「我們這一族的叛徒會無止境地被囚禁，那原本是我的命運。無論如何，這做法很聰明。大家都覺得這些囚牢關著重大罪犯，所以五代繼續餵牠們食物也不會有人覺得奇怪，更不會有人懷疑裡面的囚犯被初代取代，只要沒有太仔細去觀察肌肉的顏色即可。」

「我們得繼續行動，」沙賽德說道。「去對付坎帕。」

坦迅搖搖頭。「沒有初代為我們喉舌，我們走不了多遠，泰瑞司人。去儲存更多藏金術，我們可能會用得上。」

說完，坦迅走到一旁，蹲在牠們的囚犯面前。「你有兩個選擇，弗古。」牠說道。「你可以選擇放棄這些骨頭，或是被我消化掉你的身體，我會殺死你，就像對付歐瑟那樣。」

沙賽德皺眉，看著牠。被抓起的坎得拉似乎對坦迅相當害怕。五代的身體液化，像是蛞蝓一樣從花岡岩骨頭剝離。坦迅微笑。

「怎麼了？」沙賽德問道。

「這是詹教我的。」坦迅說道，狗身體開始融化，毛髮掉落。「沒有人會想到坎得拉是假的。不久後，弗古會去找二代說叛徒坦迅被抓到了。我應該能拖延牠們直到初代能夠重新產出身體，牠們要有身體得花費比我多上許久的時間。」

沙賽德點點頭。宓蘭不久後帶著一大袋骨頭回來，而以驚人速度重新創造出弗古身體的坦迅走出房間，進行任務。

然後，沙賽德坐下，取下鋼鎖握在手中，利用另一手的鐵鎚頭來儲存體重。光坐著感覺很奇怪，但顯然初代需要幾個小時才能創造出身體。

其實不必趕時間，對不對？沙賽德心想。初代在這裡，牠們是我需要的對象。我之後可以繼續詢問牠們，獲知我需要的資訊。坦迅很快就會讓坎帕分神，二代就算再掌權幾個小時應該也無所謂。

牠們能做什麼？

我相信迷霧在找人成爲它們的新宿主。力量需要有意識來指引它。在這件事上，我還是無法完全理解，爲什麼用來創造跟毀滅的力量需要意識來管理呢？不過，它自己似乎只有很模糊的意識，而且完全受到自身能力的直覺驅使。沒有指揮的意識，其實並無法創造或毀滅人和事物，彷彿存留的力量瞭解自身加強穩定的天性是不夠的。沒有改變，就沒有存在的可能。

這讓我想知道，滅絕跟存留的意識原來是誰，或是什麼東西。

無論如何，迷霧——存留的力量——在這一切發生之前許久便選了一個人做爲它們的宿主，可是這個人很快就被滅絕抓住，當成傀儡操作。滅絕一定知道給了她一根僞裝過的血金術尖刺之後，他能讓迷霧無法得遂心意，將力量灌注於她。

因此，她取得它們能力的那三次，就是她的耳針從她的身體被移除的時候。當她跟統御主對戰時，他的鎔金術將它扯出。當在法德瑞斯跟沼澤對戰時，她把耳針當成暗器使用。而最後在陸沙德，沼澤將它扯出，給了她自由，讓迷霧——如今因爲最後一分存留都已經消失，而與主人分離——終於將所有的力量灌注於她。

79

有事情改變了。

原本在研究世界的紋猛然驚醒。有很重要的事情正在發生。她沒有足夠的經驗去分辨到底發生了什麼事，但她看到滅絕的能量立刻衝走。

她跟上。速度不是重點，她甚至不覺得自己在移動。她認爲自己在「跟上」，是因爲她的意識是如此解讀這狀況，她的意識快速地移到滅絕集中意識的方向。

她認得這裡。海司辛深坑，或是附近的地方。有一部分的意識先前已注意到，這裡成爲巨大的難民營，來到這裡的人很快用光了泰瑞司人民小心翼翼儲存的資源。一部分的她微笑。泰瑞司人很慷慨地付出他們的東西，協助那些逃離陸沙德的人；統御主很努力想要培育出溫馴的泰瑞司人，但他是否預料過在創造完美僕人的同時，也創造出一個體貼、善良的民族，會將他們最後的羊群拿出來讓那些快要餓死的人們獲得溫飽？

她先前注意到的事情跟泰瑞司人和他們的客人無關。在靠近時，她發現到一團閃耀的……某種東西。非常強大，在她眼裡，甚至比太陽還具有更多威力。她將注意力集中在上面，可是看不太得見。什麼樣的東西可以如此燦爛地燃燒？

「拿著這個。」一個聲音說道。「找到人力，用那個來交換武器跟補給品。」

「是的，坎帕大人。」第二個聲音說道。聲音來自於發光區域的中央，在深坑旁邊，離難民營只有幾分鐘遠。

不會吧……紋心想，感到一陣突來的恐懼。

「愚蠢的初代守著這筆財富太久了。」坎帕說道。「有了這些財富，我們會統治，而非服侍人類。」

「我……我以爲我們不要改變現狀？」第二個聲音說道。

「當然不會。至少不會那麼快。現在我們只需要賣這一點點就夠了……」

藏在地底下，紋心想，能力擴張的意識很快將線索串起來。在一個原本因爲大量金屬礦藏便已經發光的地方。滅絕絕對無法知道天金在哪裡。

統御主的策略之深讓她極度訝異。上千年來，他保住了如此驚人的祕密，保護天金的安全。她想像聖務官們只能以金屬片溝通，指示深坑的營運。她想像車隊從深坑離開，載著混合金子與錢幣的天金以隱藏天金的動向，還有一切的眞相。

妳不知道我爲人類做了什麼，統御主如是說。

我的確不知道，紋心想。謝謝你。

她感覺滅絕充滿力量，於是她阻撓他。正如她能將一絲力量繞過滅絕傳達給依藍德，滅絕也能將最細微的一絲力量送出，如此便已足夠——因爲說話的人被血金術污染，每個肩膀中的尖刺都在使用滅絕的力量，因此允許他與使用尖刺的人說話。

坎得拉？紋心想，她的感官終於刺穿天金的光芒，看到一名有著半透明身體的生物站在地下的洞穴裡，另一名坎得拉正從附近的一個洞裡爬出，拿著一小囊天金。

滅絕控制住叫做坎帕的坎得拉，牠全身一僵，金屬尖刺背叛了牠。

裡面到底有多少天金？滅絕問坎帕，紋感覺到他的話隨著脈動傳入坎得拉體內。

「什麼……你是誰？」坎帕說道。「為什麼在我的腦子裡？」

我是神。那聲音說道。你是我的。

你們都是我的。

依藍德降落在海司辛深坑外，激起一陣灰燼。奇特的是，他自己的士兵居然在那裡守著。他們往前衝，緊張地握著矛，結果一認出他來，全部頓住。

「泛圖爾陛下？」一人震驚地問道。

「我認得你。」依藍德皺眉說道。「你是我帶去法德瑞斯城的人。」

「你把我們派回來了，陛下。」另一名士兵說道。「我們跟德穆將軍一起回來的，要支援陸沙德的潘洛德王。」

依藍德望著閃滿星辰的夜空。他從海司辛來陸沙德的這段路程花了一段時間。如果時間正常的流逝，夜晚已經過了一半。當太陽再次升起時，會發生什麼事？

「快點。」依藍德說道。「我需要跟這裡的領導者們說話。」

初代的重返如同沙賽德所盼望的那樣精采。如今套著大身體的老坎得拉仍然有牠們那一代的特殊顏色與古老皮膚。他本來擔心普通的坎得拉會認不出牠們，但他沒料到坎得拉一族的長壽，就算初代每世紀只出現一次，大多數坎得拉也都見過牠們數次。

沙賽德微笑地看著初代走入主要洞穴，持續引發其他坎得拉的震驚與訝異。牠們宣告坎帕的背叛以及囚禁的事，同時要求坎得拉人民聚集。沙賽德站在宓蘭跟其他坎得拉後方，留意計畫是否有意外發生。一旁，他們看到一名熟悉的坎得拉靠近。

「守護者。」坦迅說道，仍舊使用著五代的身體。「我們要小心。有奇怪的事情在發生。」

「例如？」沙賽德問道。

坦迅對他展開攻擊。

沙賽德一驚。瞬間的迷惘讓他付出高昂的代價。坦迅，或長得像坦迅的坎得拉，雙手握住了沙賽德的喉嚨，開始用力掐。兩者往後倒去，引來周遭坎得拉的注意。沙賽德的攻擊者因爲使用了花崗岩石骨頭，因此重量遠超過沙賽德，很輕易地就壓住他，雙手仍然掐在沙賽德的脖子上。

「坦迅？」宓蘭問道，聲音驚恐。

不是牠，沙賽德心想。不可能……

「守護者，」沙賽德的攻擊者透過咬緊的牙關說道。「有事情很不對勁。」

這還要你說嗎？沙賽德想要喘氣，手伸向袍子的口袋，努力想要抓住裡面的金屬意識。

「我快要無法阻止自己捏碎你的脖子了。」坎得拉繼續說道。「有東西控制住我，它要我殺你。」

你就快要成功了！沙賽德心想。

「對不起。」坦迅說道。

初代圍繞在他們周圍。沙賽德幾乎無法集中心神，驚慌湧上，他努力想要對抗更重更強壯的莫名敵人。他抓住臨時創造出的鋼意識，但發現速度對他沒什麼用，尤其在他被捏得如此牢實的時候。

「終於來臨了。」哈達克，初代的領導者說道。沙賽德勉強注意到其他初代開始顫抖，坎得拉正在大喊，但沙賽德耳中鼓動的血液讓他聽不見牠們在說什麼。

哈達克不再看喘氣的沙賽德，以響亮的聲音大喊。**「定決來臨了！」**

在他身體上方的坦迅猛然一震。坎得拉的體內似乎正在對抗——傳統加上一輩子的訓練和外在的控制力相互抗衡。坦迅一手放開沙賽德，但另一手仍然掐著他。然後，坎得拉以鬆開的那隻手，探向自己的肩膀。

沙賽德眼前一黑，暈了過去。

坎得拉人民向來說牠們屬於存留，而克羅司跟審判者是屬於滅絕所有，但坎得拉跟其他兩者一樣都有尖刺，所以牠們的聲稱只是自己的想像嗎？

我不認爲。牠們是統御主創造的間諜，當他這麼說的時候，我們大多數人的解讀是他打算將牠們當做新政府中的間諜來使用，因爲牠們能模仿其他人——牠們也的確以這種方式被派任使用。

但我看到，牠們的存在有更宏大的目的。牠們是統御主的雙面間諜，有血金術尖刺，卻又被信任，被教導，被要求要在滅絕嘗試控制住牠們時，將尖刺拔出。在滅絕勝利的瞬間，在他一直以爲坎得拉是屬於他的情況下，大多數的坎得拉立刻換邊，讓他無法控制他的戰利品。

牠們一直以來，的確是屬於存留。

80

「泰瑞司人把這裡打理得很好，陛下。」德穆說道。

依藍德點點頭，雙手背在身後，走過安靜的夜晚營地。他很高興在離開法德瑞斯前有想到要換回白制服，因爲這是用來吸引眾人目光的服飾。人民似乎看到他就會心懷希望。他們的人生陷入混亂，需要知道自己的領導者明白他們的處境。

「如您所見，此處的營地相當巨大。」德穆說道。「數十萬人如今住在這裡。沒有泰瑞司人，我相當懷疑這些難民有辦法存活。如今，他們將疾病控制到最低，安排了人造營地，輪流汲取、過濾乾淨的水，還有發放食物以及棉被。」

德穆遲疑，瞥向依藍德。「但是食物快吃完了。」將軍低聲說道。顯然，當他發現潘洛德已經死亡，大多數的居民也遷移到深坑後，他決定要帶人到這裡幫忙。

他們經過另一堆營火，火邊的人們站起身，帶著希望看著依藍德跟他的將軍。在這個營火邊，一名年輕的泰瑞司女子上前，令德穆停下腳步。她爲德穆跟依藍德端來熱茶，同時眼光喜悅地流連在德穆身上。他直呼她的名字，對她道謝。泰瑞司人都很喜歡德穆，感激他帶了士兵來協助安排與管理這群難民。

人民在這段時間中需要領導者與秩序。「我不該離開陸沙德的。」依藍德低聲說道。

德穆沒有立刻回答。兩人喝完茶，繼續往前進，身邊跟著的十人侍衛隊都來自德穆的軍隊。將軍派了數名使者回去給依藍德，最後卻無人抵達，也許是因爲他們沒有辦法繞過岩漿平原，或是被依藍德經過陸沙德時看到的克羅司軍隊所攔截。

那些克羅司……依藍德忍不住開始發愁。被我們從法德瑞斯趕走，還有更多的克羅司正直接朝這個方向趕來。這裡的人比法德瑞斯多更多，而他們甚至沒有城牆或更多士兵來保護他們。

「德穆，你弄清楚陸沙德發生什麼事了嗎？」依藍德低聲說道，走過一段營火間黑暗的區域。晚上沒有迷霧遮蔽視野，仍然讓他覺得很奇怪。他可以看得很遠，但夜晚似乎反而沒有以前那麼明亮。

「是潘洛德，陛下。」德穆輕聲說道。「他們說他發瘋了。他開始在貴族中不斷抓出叛徒，甚至連自己的軍隊也不例外。他將城市分成幾區，造成又一次的世族戰爭。幾乎所有的士兵都開始參與屠殺，一半的城市因此燒毀。大多數的人都逃跑了，可是他們沒有多少人保護，如果有一群決心要得手的土匪，應該可以在這群人之間造成相當大的混亂。」

依藍德沉默了，煩躁地心想，世族戰爭。滅絕利用我們的方法來對付我們。當初凱西爾就是這麼掌控城市的。

「陛下……」德穆遲疑地開口。

「說。」依藍德說道。

「您把我跟我的手下派回來是對的。」德穆說道。「在這一切背後的人是倖存者，陛下。他要我們來這裡。」

依藍德皺眉。「爲什麼這麼說？」

德穆開口，「這些人都是因爲凱西爾才逃離陸沙德的——他出現在兩名士兵還有城市裡的一群人面前。他們說，他告訴他們要準備好面對災難的來臨，要他們將人民帶出城市。就是因爲他們，才有這麼多人得以逃出來。這兩名士兵跟他們的朋友準備好許多補給品，而且很聰明地來到此處。」

依藍德的眉頭蹙得更深。可是，他已經見過太多奇怪的事，連這樣的故事他都會考慮其眞實性。「把這些人找來。」他說道。

德穆點點頭，揮手要士兵過來。

「還有一件事。」依藍德此時想起德穆跟他的手下因爲迷霧而生病過的事。「看看這些人是否有鎔金屬。把金屬發給你的士兵們，要他們吞下。」

「陛下？」德穆不解地轉身。

「這是個很長的故事，德穆。」依藍德說道。「簡單來說，你的神或是某人讓你跟你的手下們變成鎔金術師了。去把你的人按照他們能燃燒的金屬分類，我們會需要所有的射幣、打手、扯手。」

沙賽德睜開眼睛，呻吟著，搖搖頭。*我昏迷多久了？*隨著視線的清晰，他猜想應該不久。他因爲缺乏氧氣而昏迷，這狀況通常只會讓人昏迷短短一段時間。

如果還能醒來。

我成功地醒來了，他心想，邊咳嗽邊揉著喉嚨，站起身。坎得拉洞穴因藍色的螢光照明而靜靜發光，透過那光線，他可以看到周圍都是奇特的東西。

霧魅，坎得拉的表親，牠們在夜晚打獵，是以屍體爲生的生物。如今牠們在沙賽德周圍移動，是一團團肌肉、皮膚、骨頭，但卻以奇特、不自然的方式組合。腳垂掛在身體外，頭連著手臂，肋骨卻像腳。

只是那些並非骨頭，而是石頭、金屬，或木頭。沙賽德肅穆地站起身，看著如今的坎得拉一族。霧魅像是一團團巨大透明的蛞蝓四處爬行，身體之間是被拋下的尖刺。坎得拉的祝福，能讓牠們擁有感知的東西。

牠們辦到了。牠們按照自己的誓約，寧可移除尖刺而不願被滅絕控制。沙賽德以憐憫、訝異，還有敬意看著牠們。

*天金。*他心想。*牠們這麼做是為了不讓滅絕得到天金。我必須保護它！*

他跌跌撞撞地離開了主穴，朝信巢跑去，在氣力逐漸恢復、快要抵達的時候，沙賽德停下腳步，發現有聲音。他探過一個角落，繞著走廊望向大開的信巢門口。在裡面，他發現有一群大約二十名坎得拉小隊正努力地將遮蔽地板的圓盤推開。

*牠們當然沒有全都變成霧魅，*他心想。一定有一些是在初代的聲音範圍外，或者沒有拔出尖刺的勇氣。其實，他越想越佩服居然有這麼多坎得拉服從了初代的命令。

沙賽德很輕易地就辨認出是坎帕在指揮眾人。這名坎得拉會取出天金，將天金交給滅絕。沙賽德必須阻止牠們。可是，眼前是二十對一的情況。沙賽德只有一個小小的金屬意識。對他來說，成功機率似乎很低微。

沙賽德注意到有東西被放在信巢門外。一個很簡單的布袋，毫不起眼，只是沙賽德認得它。多年來他都在用這個袋子裝金屬意識。牠們抓住沙賽德之後，一定把他的金屬意識丟在這裡。它躺在離他二十呎外的地方，就在通往信巢的門旁。

在另外一個房間中的坎帕抬起頭，直直看著沙賽德的方向。滅絕發現他了。

沙賽德沒有多想，立刻探入口袋抓著鋼鎖，汲取速度，以超人的腳程越過走廊，從地上抓起布袋，一面聽到坎得拉們的喊叫。

沙賽德打開袋子，發現裡面有一堆手環、戒指、護腕。他把珍貴的金屬意識全拋在地上，抓起其中兩個，以令人眼花撩亂的速度躍入信巢。

鋼意識用完了。他抓起的一枚戒指是白鑞，從中取出力量，體型跟噸位同時增加；然後他將通往信巢的門往外拉起，關住，讓被困在裡面的坎得拉驚愕地大喊出聲。最後，他使用另外一只戒指——一枚鐵戒——讓他變得好幾倍重，讓自己成爲門擋，壓住通往信巢的大門。

這是個拖延戰略。他不讓門被開啓，金屬意識以驚人的速度消散。這些是他在陸沙德圍城戰中使用的同樣一批戒指，後來被埋在他體內。他在圍城戰後——在放棄藏金術前——補充了其中的庫存，可是仍然維持不了多久。當坎得拉從門內衝出時該怎麼辦？他焦急地尋找卡住或擋住門的方法，卻什麼都沒看到，而且只要他鬆懈片刻，裡面的坎得拉就會暴衝出來。

「拜託你。」他低語，希望像之前那樣，那個在聆聽的力量會給他一個奇蹟。「我需要幫忙……」

「我敢發誓是他，陛下。」一名叫做利托的士兵說道。「自從凱西爾死去的那天起，我就加入了倖存者教會。他對我傳道，讓我相信革命軍的理念。當他造訪洞穴，讓德穆大人爲他的榮譽而戰時，我也在場。我認得凱西爾一如認得自己的父親。他眞的是倖存者。」

依藍德轉向另一名點頭同意的士兵。「陛下，我確實不認得他。」男子說道。「可是，他符合描述。我想眞的是他，我眞的這麼認爲。」

依藍德轉向正在點頭的德穆。「他們把凱西爾描述得非常準確，陛下。他眞的在守護我們。」

依藍德……

一名信差來到，對德穆低聲說了什麼。夜晚很黑，在火光下，依藍德轉身端詳看見凱西爾的兩名士兵。他們看起來不像是非常值得信賴的見證者，因爲當他出發征戰時，並沒有把最優秀的士兵留下來守城。可是，顯然還有別人見過倖存者。依藍德想要跟他們再談談。

他搖搖頭。還有，紋到底跑去哪裡了？

依藍德……

「陛下。」德穆碰觸他的手臂說道，一臉擔憂之色。依藍德讓兩名士兵見證人下去。無論正不正確，他都欠他們一大筆——他們的準備救了許多人。

「斥候報告，陛下。」德穆說道，臉龐被夜風的火把點亮。「你看到的克羅司確實朝這個方向來，速度很快，他從山頂上看到牠們正在逼近。牠們……可能今晚就到。」

依藍德低聲咒罵。

依藍德……

他皺眉。為什麼他一直在風中聽到自己的名字？他轉身望向黑暗。有東西在拉他，指引他，對他低語。他試圖要忽略它，轉頭回去面向德穆，但聲音卻仍然在他心中。

來……

感覺很像紋的聲音。

「召集護衛。」依藍德說道，抓住火把，披上一件披風，扣到膝蓋。然後，他轉向黑暗。

「陛下？」德穆說道。

「照做！」依藍德朝黑夜踏步。

德穆大喊要士兵集合，快速跟上。

我在做什麼？依藍德心想，推開及腰深的灰燼，利用披風保持自己乾淨。追蹤幻夢？也許我瘋了。

他在腦海中可以看到某樣東西。一個有洞的山坡。也許是個記憶？他以前來過這方向嗎？德穆跟他的士兵靜靜地跟著，看起來很憂慮。

依藍德繼續往前。他幾乎要——

他突然停下腳步。山坡就在那裡。它看起來跟周圍的山坡沒什麼不同，只是有足跡。依藍德皺眉，在深埋的灰燼中繼續往前，走到足跡的終點。在那裡，他找到一個通往地下的洞穴。

一個山洞，他心想。也許……是個可以讓大家躲藏的地方？

這裡應該沒有大到可以容納所有人。可是，凱西爾用來進行反抗軍訓練的地方曾大到可以容納約一萬人。依藍德好奇地探頭進去，沿著陡峭的坡道往下走，將披風甩到肩後，德穆跟他的人緊跟著。

通道往下，依藍德很意外地看到前面有燈光。他立刻驟燒白鑞，全身緊繃，拋開火把，開始燃燒錫增強視力。他看到幾根木棍在上方散發著藍光，似乎是以岩石所製造。

這到底是什麼……？

他快速往前移動，示意要德穆與其他人一起跟上。地道通往一個巨大的洞穴。依藍德停下腳步。它跟儲藏窟一樣大，甚至可能更大。下面有東西在動。

霧魅？他訝異地發現。牠們躲在這裡？在地下的洞穴裡？

他拋下一枚錢幣，飛過陰暗的洞穴，落在離德穆跟其他人一段距離之外的地面。這些霧魅跟他看過的相比要小很多，而且……爲什麼牠們是用石頭跟木頭，而非骨頭？

他聽到一個聲音。只有透過錫力增強的聽覺才聽得見，可是聽起來很不像霧魅會發出的聲音。是石頭磨擦金屬的聲音。他快速對德穆一揮手，小心翼翼地繞過一道走廊。

在走廊末端，他訝異地停下腳步。一個熟悉的身影抵著一扇巨大的金屬門，正發出悶哼聲，顯然是想把門關死。

「沙賽德？」依藍德問道，站得更直。

沙賽德抬起頭看見依藍德，顯然一時訝異到忘記自己正推著門。門猛然被撞開，將泰瑞司人拋在一旁，一群憤怒、皮膚透明的坎得拉出現。

「陛下！」沙賽德說道。「不要讓牠們逃走！」

德穆跟士兵在依藍德身後出現。這要不然是沙賽德，再不然就是吃了沙賽德骨頭的坎得拉，依藍德心想。他快速做出決定。他要相信耳朵中的聲音，他會信任這就是沙賽德。

那一群坎得拉想要閃過德穆的士兵，但牠們並非很優秀的戰士——而且牠們的武器是金屬製成。德穆跟依藍德大概花兩分鐘就制服這群坎得拉，把牠們的骨頭打斷，以免牠們會療傷後逃走，依藍德走到沙賽德身邊。

沙賽德已經站起身，拍拍身上的灰塵。「陛下，你是怎麼找到我的？」

「我真的不知道。」依藍德說道。「沙賽德，這裡是哪裡？」

「坎得拉一族的家鄉，陛下。」沙賽德說道。「還有統御主的天金祕密庫藏點。」太好了，現在我們才找到，依藍德心想。

「你看起來不是太興奮，陛下。」沙賽德注意到他的反應。

「國王、軍隊、迷霧之子，甚至是凱西爾本人找這個寶藏庫都花了許多年。」

「它沒有意義。」依藍德說道。「我的子民要餓死了，他們又不能吃金屬。可是這個地下洞穴……可能有用。德穆，你覺得呢？」

「如果有第一個那樣大的洞穴，可以藏匿許多人。」

「有四個，」沙賽德說道。「還有四個我知道的入口。」

依藍德轉向德穆。他已經在對士兵下命令。我們必須趁太陽升起前把所有人帶來這裡。依藍德心想，想起前天的熱力。至少要趁克羅司軍隊抵達以前。

在那之後……還得再看看。現在，依藍德只有一個目標。生存。

綻裂向來就是鎔金術的黑暗面。一個人天生的基因讓他們具有成爲鎔金術師的潛力，但要讓力量能夠出現，那人的身體必須經歷畢生罕見的衝擊。雖然依藍德曾提及他當年被打得很慘，可是在我們的時代，解放一個人體內的鎔金術力量已經比較容易，因爲我們有統御主給貴族的金屬塊——也就是存留的力量——可以進入人類血脈。

存留設計迷霧，是擔心滅絕脫逃。早期，在昇華前，迷霧已開始像如今這樣令人綻裂。但這次迷霧的工作是爲了讓鎔金術師甦醒，因爲基因特質被埋得太深，無法因爲單純被打便浮現。迷霧自然只創造出迷霧人，而在統御主利用金屬塊之前，並沒有迷霧之子。

人們誤解了迷霧的目的，因爲綻裂鎔金術師的過程讓一些人死亡——特別是小孩及老人。這不是存留的願望，可是他放棄了意識去創造滅絕的囚牢，因此迷霧只能自由發展，沒有被指示太多細節。

向來行事詭異的滅絕無法阻止迷霧的任務，但是他可以反向鼓勵它們，讓迷霧變得更強，讓世界上的植物死去，並創造出名叫深闇的威脅。

81

紋轉向滅絕，露出笑容。那團扭曲的黑色迷霧顯得焦躁不已。

很好，妳能影響一個人，滅絕沒好氣地說，在空中旋轉。紋跟隨而上，籠罩在整個中央統御區上空。

她看到德穆的士兵在下方急忙叫醒所有人要他們準備逃跑，已經有一些人在灰燼中走向洞穴。

她可以感覺到太陽，知道它距離星球太近，這樣的情形雖不安全，但她卻無法改變。不僅滅絕會阻止她，更因爲她對自己的力量還不夠瞭解。她感覺就像當年的統御主——強大卻笨拙。如果她想要移動世界，只會讓事情變得更糟。

可是，她還是有所成就。滅絕讓克羅司以高速朝人類奔去，但牠們還得花上數小時才會到達深坑，時間上已經綽綽有餘，足夠讓人們進入洞穴。

滅絕一定注意到她在看什麼，或是注意到她的雀躍。妳以爲妳贏了？他問道，聲音帶著笑意。怎麼，只因爲妳能阻止幾名坎得拉嗎？牠們一直是統御主爲我創造的最弱的手下。我向來忽略牠們，無論如何，妳並沒有眞正打敗我。

紋等著，看著人們躲入洞穴的安全地帶。大多數人都已經抵達洞穴——士兵們將他們分成幾個小隊，送往不同的入口。她的笑意卻越來越少，因爲她雖然告訴了依藍德一些事情，當時也顯得是個極大的勝利，如今她發現那不過是另一個拖延戰術。

妳算過我的軍隊中有多少克羅司了沒，紋？滅絕問道。我是以你們人類製造出克羅司的，妳知道嗎？如今我已經聚集了幾十萬克羅司。

紋集中注意力，立刻清點克羅司。他說的是實話。

我隨時可以用這支武力攻擊，滅絕說道。牠們大部分都留在外統御區，但我把牠們帶進來，讓牠們朝陸沙德前進。我必須告訴妳多少次，紋？妳贏不了。妳永遠贏不了。我只是在耍弄妳。

紋往後退，不理會他的謊言。他才沒有耍弄他們，而是想知道存留留下來的祕密，還有統御主保存的祕密。可是滅絕聚集起的武力人數的確讓人敬畏。克羅司的數量比擠入洞穴的人們還多。有了這麼大的軍隊，滅絕甚至可以攻擊防守良好的城市，而據紋估計，依藍德手下有戰鬥經驗的人，不到一千名。

除此之外，還有太陽與其毀滅性的熱力，世界上死去的農作物，水源的污染，大地上累積數呎高的灰燼……就連被她阻止的岩漿又開始要流出，她堵住灰山只是暫時的解決方法，甚至是很糟糕的解決方法。如今灰山不能噴灑，大地開始出現巨大的裂痕，而地球燃燒的血液——熔岩，正開始從裂縫沸騰湧出。

我們落後太多了！紋心想。滅絕有好幾個世紀可以規劃這件事。每次我們以爲自己很聰明，就被他的計策騙過。如果我的人會餓死，把他們關在地下有什麼用？

她轉向滅絕，他正在繼續攪動盤旋，看著克羅司軍隊。她感覺到一陣與自身力量不符的恨意。這恨意讓她反胃，但她沒放棄憎恨。

她眼前的東西……會摧毀她知道的一切，她愛的一切。他不瞭解愛，創造只爲了毀滅。在這瞬間，她改變她先前的決定，絕對不將滅絕稱呼爲「他」。將這東西人類化，實在太看重它了。

看著看著，她不知道該怎麼辦。於是，她發動攻擊。

她甚至不知道自己是怎麼辦到的。她只是朝滅絕撲去，將力量與它衝撞。滅絕不知道該怎麼反應，只能反射性地將她的力量投回。他們雙方撞擊，威脅要瓦解彼此，最後，紋疲累且受阻撓地退後。

他們的力量太相當。對立卻類似。就像鎔金術。

對立，滅絕低聲道。平衡。我想妳可以學會恨它，不過存留向來學不會。

「這就是神的身體？」依藍德問道，在指尖把玩著一顆天金。他舉起它，跟尤門給他的那顆比對。

「是的，陛下。」沙賽德說道。泰瑞司人看起來很興奮。他不知道他們的處境有多危險嗎？那些德穆手下還保得住性命的探子，回報說克羅司軍隊只距離幾分鐘遠的路程。依藍德命令他的軍隊守在家鄉門口，可是根據沙賽德說過的關於滅絕的事，要克羅司不找到他們的下落，希望渺茫。

「滅絕一定會來要回天金。」沙賽德解釋。他們站在名爲信巢，以金屬爲壁的洞穴，那裡過去千年來都是坎得拉聚集、守衛天金的地方。「天金是它的一部分。它一直在找這個。」

「這表示我們有二十萬克羅司想要從我們的喉嚨爬進來，沙賽德。」依藍德將一粒天金給他。「那我們就給它。」

沙賽德臉色一白。「給它？陛下，抱歉，但這將會是世界末日。一旦這麼做，末日立刻就會來到。關於這點，我很確定。」

眞是太好了，依藍德心想。

「一切會沒事的，依藍德。」沙賽德說道。

依藍德抬頭皺眉，看著身穿袍子，神色平靜的泰瑞司人。

「紋會來。」沙賽德解釋。「她是世紀英雄，她會來解救人民。你沒發現這有多完美嗎？一切有如安排好、規劃好一般。你在此時此刻來找我……你將人民帶往這些洞穴……一切都很吻合。她會來的。」

這時他突然又有信仰了，依藍德心想。他將尤門的珠子在手指間轉動，思考著。他聽著門外的交頭接耳。無論是泰瑞司侍從官，司卡領袖，甚至幾名士兵都站在外面。依藍德聽得出他們聲音中的焦慮——他們聽說了克羅司軍隊的到來。依藍德看到德穆小心翼翼地擠過人，進入房間。

「士兵就定位了，陛下。」將軍說道。

「我們有多少？」依藍德問。

德穆一臉嚴肅。「我帶來三百多人，」他說道。「還有城裡的五百人，以及一百個我們來的時候看到的武裝平民。」

依藍德閉上眼睛。

「她會來的。」沙賽德說道。

「陛下，這很嚴重。」德穆將依藍德拉到一旁說道。

「我知道。」依藍德輕吐一口氣。「你給他們金屬了嗎？」

「我們能找到的不多。」德穆低聲說道。「老百姓在逃命時沒想到要帶金屬粉末。我們找到兩名是鎔金術師的貴族，可是他們只是煙陣和搜尋者。」

依藍德點點頭。他早就已經威迫或賄賂所有有用的貴族加入他的軍隊。

「我們把這些金屬給了我的士兵，可是沒有人能燃燒。就算我們有鎔金術師，我們也無法守住這個地方，陛下！這裡的人太少而克羅司太多，我們一開始可以仗著狹窄的入口阻撓牠們一段時間，但是……」德穆說道。

「我知道，德穆。」依藍德煩躁地說道。「可是有別的選擇嗎？」

德穆沉默。「我原本以爲你會有的，陛下。」

「我沒有。」依藍德說道。

德穆變得嚴肅。「那我們就等死吧。」

「你的信念到哪裡去了，德穆？」依藍德問道。

「我信仰倖存者，陛下，可是……現在看起來很糟。自從看到克羅司，我就感覺像是等著見劊子手的人一樣。也許倖存者不要我們成功。有時候，人們必須死去。」

依藍德煩躁地轉過身，拳頭不斷緊握又鬆開天金珠子。他向來都有同樣的問題。在陸沙德圍城戰時他失敗了——必須靠紋來保護城市。在法德瑞斯城的圍城戰輸了——而因爲克羅司被帶來這裡，他才得救。

統治者最基本的任務就是保護子民。在這方面，依藍德一直覺得自己沒有能耐。沒有用。

爲什麼我辦不到。依藍德挫敗地想。我花了一年的時間尋找食物庫藏，結果卻被困在這裡，我的人民還是挨餓。我花了這麼多時間尋找天金，想用它買到人民的安全，卻發現來不及將錢花在任何東西上。

來不及了……

他遲疑，看著地板上的鋼盤。

好幾年來尋找……天金。

德穆給士兵的金屬都沒有用，依藍德一直認爲德穆的那群人會像其他在鄔都的迷霧病人，有著各式各樣的迷霧人，但這群人似乎有所不同——他們生病的時間比較久。

依藍德衝上前去，擠到沙賽德身邊，抓起一把珠子。這是極大的財富，可能這世界上從來沒有人有過如此鉅富，因爲罕見，因爲經濟價值，還有鎔金術。

「德穆，」他站起身，將珠子拋向他。「吃下去。」

德穆皺眉。「陛下？」

「吃下去。」依藍德說道。

德穆乖乖地吃了，站在原處片刻。

三百二十七人，依藍德心想。這些人因爲病得特別嚴重而被趕離我的軍隊。十六天。

三百二十七人。生病人數的十六分之一。十六種金屬之一

尤門證明有天金迷霧之子。如果依藍德沒被分心，他早就想到兩者的關連。如果有十六分之一的人病得最久，說不定代表他們得到十六種能力中，最強大的那種？

德穆抬起頭，眼睛睜大。

依藍德微笑。

紋懸浮在洞穴外，驚恐地看著克羅司逼近。牠們已經陷入血腥狂暴——因爲滅絕對牠們的操控。牠們

有無數隻，屠殺即將開始。

紋看到牠們靠近，大喊出聲，再次撲向滅絕，想要用她的力量來摧毀它。一如先前，她被阻撓。她感覺自己尖叫，顫抖，想著下方的死亡，那像是海岸邊的海嘯怒浪，只是更嚴重。

因爲這些是她認得的人。她愛的人。

她轉回身面對入口。她不想看，可是她別無選擇。她的自己無所不在，就算她將中心拉走，她知道自己仍然會感覺到死亡，會讓她顫抖且哭泣。

從洞穴裡，她感覺到一個熟悉的聲音迴蕩著。「各位，今天我要你們付出性命。」紋低下頭聆聽著，雖然因爲岩中的金屬讓她無法看見洞穴裡的情形，可是她可以聽。她知道，如果她有眼睛，早就已經落淚了。

「我要你們獻上生命，」依藍德的聲音繼續迴蕩。「還有你們的勇氣。我要你們的信念，還有你們的榮譽，你們的力量，與你們的憐憫。因爲今天，我會領著你們去送死。我不會要求你們欣然接受這件事，我不會羞辱你們，將這件事稱爲好事，甚至是光榮的事。可是，我會這麼說。

「你們戰鬥的每一瞬間都是對洞穴裡的人們的禮物。我們戰鬥的每一秒都是這數千人能多呼吸的每一秒。每一下揮砍，每倒下一隻克羅司，每贏得的一口氣，都是勝利！這表示某個人被保護得多一點，某條生命被延續得久一點，某個敵人被阻撓得更重一點！」

一陣短暫的沉默。

「最後，牠們會殺了我們。」依藍德的聲音在洞穴中響亮迴蕩。「可是首先，牠們會懼怕我們！」

所有人狂聲吶喊。紋增強的意識可以聽到三百多個不同的聲音，她聽到他們分頭跑向不同的洞穴入口。片刻後，有人出現在離她不遠的前門。

一名全身著白衣的人緩緩踏入灰燼，雪白的制服，披風飛舞，一手握著劍。

依藍德！她試圖對他大喊。

不要！回去！衝鋒太瘋狂！你會被殺死！

依藍德直挺挺地站著，看著一波波逼近的克羅司，有著藍色皮膚與紅色眼睛，踏著黑色的灰燼，帶來無盡的死亡。牠們之中許多有劍，有些則只有岩石跟木棍。依藍德在牠們面前只是一個小白粒，無盡藍色畫布上的一個點。

他舉高劍，往前衝。

依藍德！

突然之間，依藍德全身爆發燦爛的能量，明亮到讓紋驚呼一聲。他迎頭面向第一隻克羅司，彎腰躲過揮砍的劍，一揮手便砍死那隻怪物，然後他沒跳開，而是轉向一側揮砍。另一隻克羅司倒地。三把劍在他身旁閃爍，可是都差了一點。依藍德彎腰躲到一旁，砍入一隻克羅司的肚子，然後抽出劍，頭部勉強避過另一次揮砍，接著砍斷一隻克羅司手臂。

他沒有利用鋼推閃躲。紋僵在原地，看著他再砍倒一隻克羅司，然後流暢地砍斷另一隻的頭。依藍德的優雅是她前所未見的——她向來是比較優秀的戰士，可是此刻，他讓她自嘆弗如。他在克羅司的劍之間挪移，彷彿一切早就演練好，一具又一具屍體倒在他發光的劍下。

一群身著依藍德制服的士兵像是一波光芒從洞穴入口衝出，身體因力量而爆發，同樣殺入克羅司之中，以驚人的精準攻擊。

紋看著他們，無人倒地，以奇蹟般的技巧與運氣而戰鬥，每柄克羅司劍都差了那麼一點沒揮中他們。藍色屍體開始在發光的眾人身邊堆積。

不知如何，依藍德找到一支會燃燒天金的軍隊。

依藍德是神。

他從未使用過天金，初次的經驗便讓他充滿讚嘆。他身邊的克羅司都散發著天金影子，在牠們移動之前便有的影像，讓依藍德看出牠們將會如何行動。在戰鬥中，他可以看見幾秒後的未來。

他可以感覺到天金增強他的腦力，讓他能理解且使用所有的新資訊。他甚至不需要停下來思考，手臂便自行移動，以驚人的精準揮劍。

他轉身，在一片動作幻影中攻擊著實際的肉體，幾乎感覺自己又身在迷霧中。沒有克羅司能抵擋他。他感覺充滿能量，感覺相當驚人。有一瞬間，他是無敵的。他吞下的天金量大到覺得自己要吐了。在過去，天金是一個人需要保存珍藏的東西。燃燒天金顯得如此浪費，因此多數人都很節省地使用，只有在需要時才使用。

依藍德不必擔心這個。他想燒多少就燒多少，這讓他成為對克羅司而言的一個災難，一團精準攻擊與不可能的閃躲白影，總是搶在敵人的幾步之前。敵人接連倒在他面前，而當天金不夠用的時候，他靠著一柄掉地的劍鋼推自己跳回到洞穴入口，沙賽德在那裡拿著另一袋天金與大量清水等著他。

依藍德快速吞下珠子，然後又回到戰鬥中。

滅絕憤怒地轉身試圖要阻止屠殺，但這次，紋是平衡的力量。她阻撓滅絕想要毀滅依藍德跟其他人的所有攻擊，讓它的威脅有限。

紋對著它想道，*我無法決定你是個笨蛋，還是你存在的方式讓你無法思考一些事情。*

滅絕尖叫，衝撞她，試圖毀滅她，一如她試圖摧毀它。可是，再一次，他們的力量太旗鼓相當。滅絕被迫退後。

生命，紋說道。你說過，創造的目的只是爲了摧毀它。

她懸浮在依藍德身邊，看著他戰鬥。克羅司的死亡應該要讓她感到痛苦，但她沒有去想這個。也許這是存留力量的影響，她只看到一個人在掙扎、戰鬥，即使面臨似乎毫無希望的情況依然持續下去。她沒看到死亡。她看到信念。

她說道：滅絕，我們創造是爲了看他們成長，因爲看到我們愛的東西成爲超越以往的存在而感到喜悅。你說你是所向無敵的，一切終將崩解，一切終會滅絕。可是有些事情會抵抗你，而最諷刺的一點是，你甚至無法理解這些事情。愛。生命。成長。

人的生命不只是過程的混亂。是情感，滅絕。這就是你的失敗。

沙賽德焦急地在洞穴門口看著。一小群人縮在他身邊。加爾佛，陸沙德倖存者教會的領袖。哈洛道，泰瑞司侍從官的領袖。戴德利・法司丁大人，政府議會中存活下來的議員。雅絲婷，一名德穆在海司辛深坑中短短數週便愛上的年輕女子，還有其他幾個重要或虔誠的人，全都聚集到人群面前來觀看。

「她在哪裡，泰瑞司大人？」加爾佛問道。

「她會來的。」沙賽德承諾，手按著石牆。所有人陷入沉默。沒有天金庇佑的士兵緊張地跟著他們一起等待，知道如果依藍德的攻擊失敗，他們就是下一波的攻勢。

她必須要來，沙賽德心想。一切都指向她的到來。

「英雄會來的。」他重複道。

依藍德同時砍斷兩隻克羅司的頭。他翻轉劍勢，砍斷一條手臂，刺穿另一隻克羅司的脖子。他沒有看到那隻靠近，可是他的大腦在他反應過來前已經察覺並能解讀那影子。

他已經站在一座克羅司屍體小山上，可是步伐依然穩健。在天金的影響下，他的每一步都很精準，每一劍都很準確，思緒無比清晰。他砍倒一隻特別大的克羅司，然後往後退，暫時停止。

太陽在東方的天際爬起，空氣開始變得更熾熱。

他們戰鬥了數小時，可是克羅司軍隊依然無窮無盡。依藍德殺死另一隻克羅司，但動作開始遲緩。天金增強意識，卻沒有增強身體，他得靠白鑞才能堅持下去。誰知道燃燒天金時會讓人疲累，甚至會筋疲力竭？沒有人像依藍德用過這麼多。

可是他必須繼續。他的天金存量不足了。他轉身要朝洞穴去，正好看到他的一名天金士兵血濺當場。

依藍德咒罵，一轉身避過穿過他的天金影子，彎腰躲過接下來的攻擊，然後砍斷怪物的手臂，砍斷接下來一隻的頭，然後又將另一隻的雙腿齊膝斬斷。在大多數的戰鬥中，他沒有使用花俏的鎔金術跳躍攻擊，只是基本的劍招。可是，他的手臂開始疲累，他被迫要開始將克羅司推開好掌控戰場。他體內的天金，甚至是說生命的存量開始減少。天金燃燒得如此快。

另一人尖叫。一名士兵死去。

依藍德開始朝洞穴退去。克羅司實在太多。他的三百多人殺死了數千隻，但克羅司不在乎，牠們只是一直攻擊，殘暴決心無止境，如今只剩一小團天金迷霧人保護通往家鄉的入口。

又死了一人。他們快用完天金了。

依藍德大喊，在身邊揮舞著劍，以不該能奏效的動作砍倒三隻克羅司。他驟燒鋼，將其他克羅司推開。

神的身體在我體內燃燒，他心想。一咬牙，繼續攻擊，聽著自己的手下不停倒下的聲音。他爬上一堆克羅司屍體，切斷手臂、雙腿、頭，刺入胸口、脖子、肚子。他獨自繼續戰鬥，衣服早就由白染紅。有東西在他身後移動。他一轉身，舉起劍，讓天金引領他，但卻僵在原地，不再確定。在他身後的，不是克羅司。那是穿著黑袍，一個眼眶空洞無流血，另一個被尖刺敲入頭顱的人。依藍德可以看穿那怪物的眼眶，直到另一邊。

沼澤。他身邊也有天金影子——他也在燃燒天金，讓依藍德的天金無效。

人類帶領著牠的克羅司穿過地道，殺死任何擋路的人們。

有人站在門口。他們也戰鬥。他們也很強。他們也死了。

有東西逼著人類繼續，比任何操控牠更強的力量。超過那黑頭髮的小女人，雖然她也很強。這東西更強。這是滅絕。人類知道。

牠無法抗拒。牠只能殺戮。牠砍倒另一個人。

人類衝入一個大房間，裡面滿是其他的小人類。滅絕控制著牠，要牠不要殺他們，不是滅絕不想要殺他們，而是更想要別的東西。

人類往前衝。牠爬過碎石頭跟岩石，推開大喊的人類。其他的克羅司跟著牠。在一瞬間，牠所有的欲望都已忘記，只有強大的渴望，要去到……

一間小房間。就在那裡。人類推開門。牠走入房間，滅絕喜悅地大喊。裡面有它渴望的東西。

「看看我找到什麼。」沼澤低咆，上前一步，推擠著依藍德的劍。依藍德的武器從他手中被奪走。

「天金。一名坎得拉帶著天金想要兜售。愚蠢的東西。」

依藍德咒罵，彎腰躲開克羅司的攻擊，抽出綁在腿上的黑曜石匕首。沼澤前進。人們尖叫，咒罵，跌倒，天金用盡。依藍德的士兵開始被砍倒下。最後一名守著這個入口的人死去，尖叫聲消退。他懷疑其他入口還能維持多久。

依藍德的天金警告他克羅司正攻擊過來，讓他勉爲其難地閃躲，可是他無法單靠匕首很穩當地殺死牠們。在克羅司吸引他的注意力的同時，沼澤以黑曜石斧頭攻擊，依藍德閃過，卻失去重心。

依藍德想要站穩，但他的金屬開始變少，不只天金，也包括基本金屬——鐵、鋼、白鑞。因爲有天金的幫助，他沒有很注意它們的存量，但他已經戰鬥得太久了。如果沼澤有天金，那他們是平等的，但沒有基本金屬，依藍德會死。

一陣來自於審判者的攻擊逼著依藍德得驟燒白鑞才能避開。他靠著天金的幫助輕鬆地砍倒三隻克羅司，但沼澤不受天金影響這件事造成他極大的負荷。審判者爬過倒地的克羅司屍體直朝依藍德而來，單一的尖刺反射出頭頂太陽過度明亮的光芒。

依藍德的白鑞用盡。

「你贏不了我，依藍德．泛圖爾。」沼澤以如碎石般粗啞的聲音說道。「我們殺死你的妻子。我會殺死你。」

紋。依藍德根本不信。紋會出現，會救我們。

信念。在那瞬間擁有信念是很奇特的感覺。沼澤揮砍。

白鑞跟鐵突然在他體內燃起。他沒有時間去想這件事的奇怪之處，只是反應，拉引著卡在地上不遠處的劍飛過空中，被他抓住。他極快地揮舞著劍，擋下沼澤的斧頭。依藍德的身體似乎強大且巨大地鼓動著。他直覺性地往前揮砍，強迫沼澤退過滿是灰燼的地面。克羅司躲開片刻，不願靠近依藍德，彷佛害怕，或是敬畏。

沼澤抬手要鋼推依藍德的劍，卻什麼都沒有發生，彷彿……有東西擋開了攻擊。依藍德大喊往前衝，以銀色的武器擊退沼澤。審判者以黑曜石斧頭格擋，一臉震驚。

審判者的動作快到無法以鎔金術來解釋，但依藍德仍然強迫他後退，跨過倒地的藍色屍體，以及紅色天空下波動的灰燼。

依藍德體內湧起巨大的平和感。他的鎔金術燦爛地燃燒，他知道自己體內的金屬早該燒完，只留下天金，而它奇特的力量不會也不能爲他帶來其他金屬的效力，可是不重要。有一瞬間，他被更偉大的東西擁抱。他抬頭望著太陽。

他短暫地看到一個巨大的身影在他上方的空中，一個純白奪目的身影，雙手按在他的肩膀，頭往後仰，白色的頭髮飛散，發光的迷霧在她身後如翅膀一樣伸展入天空。

紋，他微笑地心想。

依藍德低頭看著沼澤尖叫，向前跳躍，一手握著斧頭攻擊，似乎在身後拖著某種巨大黑暗的東西，另一手擋著臉，彷彿要將依藍德上方的影像擋在他已死去的眼睛之外。

依藍德燃燒了他最後一點天金，雙手舉高，等著沼澤靠近。審判者比他強，戰技也比較高超，還有藏金術跟鎔金術的雙重力量，讓他的力量等同於統御主——這不是依藍德靠劍就能勝利的戰場。

沼澤來到，依藍德認爲他突然明白了凱西爾在廣場上面對統御主時是怎麼樣的心情。沼澤以斧頭攻擊，依藍德舉高劍，準備攻擊。

然後，依藍德跟天金一起燃燒硬鋁。

視覺、聽覺、力氣、力量、榮光、速度！

藍線如光芒般從他胸口散出，被一樣東西的光芒掩蓋。天金，加上硬鋁。在一瞬間的直射中，依藍德覺得自己接收到超越意識能負荷的知識。他身邊一片潔白，知識滲透意識。

「我明白了。」他低語，眼前的影像隨著剩餘的金屬一起消散。戰場重新出現在視線之中。他站在戰場上，手中的劍刺穿沼澤的脖子，卡在從沼澤背後肩胛骨中突出的尖刺之間。

沼澤的斧頭埋入依藍德的胸口。

紋給他的金屬再次於依藍德的體內燃燒，帶走了痛楚，可是白鑞的效用有限，無論燃燒得有多強大。沼澤抽出斧頭，依藍德只能往後跌走數步，身上流滿鮮血，放開手中的劍。沼澤從脖子拔出劍，傷口消失，被藏金術的力量癒合。

依藍德倒在一堆克羅司的屍體上。如果不是白鑞在作用，他早該死了。沼澤走上他面前，露出微笑，空無一物的眼眶被刺青環繞，這是沼澤自己選擇的徽記。他為了推翻最後帝國而付出的代價。

沼澤捏著依藍德的喉嚨，將他拉起。「你的士兵們死光了，依藍德．泛圖爾。」怪物低聲說道。「我們的克羅司在坎得拉洞穴中肆虐。你的金屬用完了。你輸了。」

依藍德感覺自己的生命正在流逝，像是空杯子中的最後一滴水。他曾經在昇華之井的洞穴中有著同樣的處境，而且極端驚恐，他當時早就該死去。可是這次他不怕。沒有遺憾。只有滿足。

依藍德抬頭看著審判者。紋有如發光的影子，依舊懸浮在兩人上方。「輸了？」依藍德低語。「我們贏了，沼澤。」

「哦？怎麼說？」沼澤不屑一顧地說道。

人類站在洞穴房中央的坑洞旁邊。滅絕的身體原本在的地方。勝利的地方。

牠瞠目結舌地站在原處，旁邊一群克羅司看起來同樣迷惘。

坑洞是空的。

「天金。」依藍德低語，嚐到血的味道。「天金呢，沼澤？你以爲我們從哪裡得到戰鬥的力量？你們爲天金而來？現在它沒了。去跟你的主人這麼說吧！你以爲我跟我的人打算殺完所有克羅司嗎？牠們有幾十萬隻啊！那完全不是我們的重點。」

依藍德的笑容加大。「滅絕的身體沒了，沼澤。其他人跟我把所有的天金都燒光了。你也許能殺了我，但你永遠得不到你來此的目的，所以我們贏了。」

沼澤憤怒地尖叫，質問著事實，可是依藍德已經完全說明。其他人的死代表他們用完天金。他的人戰鬥到最後一絲力量，按照依藍德的命令，將最後一點都燒得乾乾淨淨。

神的身體。神的力量。依藍德曾擁有片刻。更重要的是，他毀了它，徹底毀了它。希望這樣能讓他的人民安全。

現在輪到妳了，紋。他心想，仍然感覺到她碰觸他的靈魂所帶來的平靜。我盡力了。

他挑戰地對沼澤微笑，看著審判者舉高斧頭。

審判者砍斷了依藍德的頭。

滅絕憤怒地咆哮掙扎，滿懷怒氣與毀滅。紋只是靜靜坐著，看著依藍德沒有頭的身體倒在一片藍色屍體中。

怎麼樣？滅絕尖叫。我殺了他！我滅絕了妳愛的一切！我從妳手中奪走了！

紋飄浮在依藍德的身體上方，往下看，探出虛無的手指，碰觸他的頭，記得自己使用力量爲他增強鎔金術的感覺。她不知道她做了什麼，也許是類似滅絕控制克羅司的方法。但相反。是解放。是寧靜。

依藍德死了。她知道這點，也知道自己無能爲力，這讓她難受，卻不是她預期中的痛苦。碰觸著他的臉龐，她想著，我很久以前就讓他走了。就在昇華之井。只是鎔金術讓他暫時回到我身邊。

她沒有感覺到前次以爲他要死了的那份痛楚跟驚恐。這次，她只感覺到寧靜。過去的幾年是個祝福，是延長。她讓依藍德成爲自己的主宰，隨著他的意願而去以身犯險，甚至至死不悔。她會永遠愛他，不會因爲他不在而停止。

也許正好相反。滅絕飄在她面前，對她咒罵，告訴她，它會如何殺死其他人。沙賽德。微風。哈姆。鬼影。

原本的成員剩下好少。她心想。凱西爾很久以前就死去。多克森跟歪腳在陸沙德之戰被屠殺。葉登跟他的士兵一起陣亡。歐瑟被詹的命令殺死。沼澤沉淪成審判者。還有其他加入我們的人，也都不在了。廷朵、坦迅、依藍德……

滅絕以爲她會讓他們白白犧牲嗎？她站起身，聚集起力量，像之前那樣向滅絕推擠。但這次不同。當滅絕推拒時，她沒有後退。她沒有保留自己，而是前進。

這場對峙讓她的神聖身體因痛楚而顫抖，這是冷與熱的交會所帶來的痛，兩塊石頭撞擊且磨成粉末的痛，他們的形體在力量的暴風中波狀震動。

紋繼續進逼。

存留絕對無法毀滅你！她心想，幾乎因痛楚而尖叫。他只能保護。所以他需要創造人類。一直以來，滅絕，這都是他的計畫！

他沒有放棄自己，讓自己變得衰弱只爲了創造有智慧的生命！他知道他需要既是存留又是滅絕的存在。某個可以保護跟毀滅的存在。某個可以爲保護而毀滅的存在。

他在井中放棄力量，也在霧中釋放力量，好讓我們能取得。這是他一直打算要發生的事情。你以爲是你的計畫？其實一直是他的。從來都是。

滅絕大喊出聲。可是她仍然進逼。

你創造能殺死你的東西，滅絕。紋說道。而且你剛剛犯下最大的一個錯誤。你不該殺死依藍德。因爲，他是我活著的唯一理由。

她沒有後退，兩者的衝擊讓她分崩離析。滅絕驚恐地尖叫，感覺到她的力量與他完全綜合。她的意識，如今充滿存留，與滅絕的意識碰觸。雙方都不肯讓步。在猛一施力後，紋向世界道別，然後將滅絕一同拉入深淵。

他們的意識如同炙熱太陽下的迷霧，同時消散。

紋一死，結局很快便來臨。我們並沒有準備好，即使是統御主的計畫也無法預料。誰能爲世界的末日做好準備？

82

沙賽德靜靜地在洞穴口看著。外頭，克羅司仍然暴躁肆虐，看起來卻完全茫然。大多數跟沙賽德一同觀看的人消失了，就連大多數的士兵也說他是傻子，都躲回了洞穴。只有在天金用完後還爬了回來的德穆將軍留下，就站在進入通道幾步遠之處。他全身是血，手臂綁著繃帶，腿被壓碎。他靜靜地咳嗽，等著雅絲婷拿更多繃帶回來。

太陽在空中升起，熱得難以置信，有如烤爐。痛楚的呼喊聲從沙賽德身後的洞穴中響起。克羅司進去了。

「她會來的。」沙賽德低語。

他看見依藍德的身體倒在一堆克羅司的屍體上。非常顯眼，雪白跟猩紅映襯著克羅司的藍與灰黑。

「紋會來的。」沙賽德堅持地說道。

德穆一臉暈眩。他失血太多了，往回倒下，閉起眼睛。克羅司開始朝洞口移動，但不再有先前的方向感或狂亂。

「英雄會來的！」沙賽德說道。

在外面，有東西出現，彷彿迷霧凝結，落在依藍德的屍體旁，立刻還有另外一具東西，第二具屍體，動也不動地落下。

*在那裡！*沙賽德心想，跑出洞穴，衝過幾隻克羅司。他們想要揮砍他，可是沙賽德戴著他的金屬意識。他覺得他應該有紅銅意識可用，以免他需要記錄什麼重要的事蹟，他也戴著他的十枚戒指——就是在陸沙德圍城戰中用來戰鬥的戒指——知道自己可能用得到。

他使用一點鋼閃過克羅司攻擊，快速地穿過一臉迷惑的克羅司，爬過屍體，來到一角白布身旁，那是依藍德的長眠之地。他的身體躺在那裡，沒有頭。

一具小小的身體躺在他身邊。沙賽德跪倒在地，抓著紋的肩膀。在她身旁，在一堆克羅司的身體上，還有另外一具有著紅頭髮的男人，但沙賽德不認得他，也不在乎。

因爲紋沒有動。

不！他心想，檢查她的脈搏。沒有動靜。她的眼睛闔起，表情看起來很安詳，但非常、非常的死寂。

「不可能！」他大喊，再次晃動她。幾隻克羅司朝他慢慢走來。

他抬頭，太陽升起，在熱力下越發難以呼吸。他感覺皮膚被曬傷。等太陽升到高峰時，大地應該會焚燒起來。

「這就是結局嗎？」他朝天空吶喊。「你的英雄死了！滅絕的力量也許毀了，克羅司也許不再是它的軍隊，可是世界仍然會死！」

灰燼殺死了植物。太陽會燒掉任何剩下的東西。不再有食物。沙賽德眨眼擠出眼淚，但淚水卻在臉頰上便凝乾。

「這就是你要給我們的？」他低語。

然後，他感覺到一樣東西。他低下頭。紋的身體在微微冒煙，不是因爲熱，而是有東西散出……不對，該說是從紋的身體散發出跟某樣東西連接的細霧。他勉強可以看到，白霧連往巨大的白光。

他探出手碰觸白霧，感覺到巨大的力量。穩定的力量。另一邊，另一具屍體，是他不認得的人，也在散發出某種氣體，是深黑色的煙。沙賽德探出另一隻手，碰觸煙霧，感覺到不同的力量。更爲暴力。改變的力量。

他震驚地跪在屍體間，此時才了悟一切。

預言總是不提性別，他心想。所以可以用來解讀成男或女，還是……也許因爲提到的英雄兩者皆非？

他站起身，相較於環繞在他周圍的雙生且雙剋力量而言，太陽的熱力微不足道。

英雄會被他的人民所拒絕，沙賽德心想。可是他會拯救他們。不是戰士，可是他會戰鬥。不是王，但還是會成為王。

他再次抬起頭。

這就是你一直以來的計畫？

他嚐到力量的滋味，卻往後退卻，不確定自己是否堪當如此大任。他怎麼能用這種東西？「我不知道該怎麼辦。我無法讓世界回復原來的樣子，我從來沒有見過它原本的樣貌。如果我取用這股力量，只會像統御主當年那般，在嘗試的過程中讓事情變得更糟。我只是個人類而已。」

克羅司因全身燃燒而大喊出聲，熱力極端可怕，在沙賽德周圍，樹木開始爆炸，焚燒。他知道是因為他正碰觸兩股力量才得以存活，但他沒有擁抱它們。

「我不是英雄。」他低語，仍舊望著天空。

他的手臂閃爍，金光閃閃。他配戴在手臂上的紅銅意識反射出太陽的光芒，它們跟他在一起許久，是他的同伴。他的知識。

知識……

預言的用詞非常精準，他突然想道。

預言說……預言說英雄會將世界的未來承擔在手臂上(Hero will bear the future of the world on his arms)。

不是他的肩膀。不是他的雙手。是他的手臂上。

被遺忘的諸神啊！

沙賽德將手臂伸入兩股迷霧，緊抓對他敞開的力量。他將力量吸入，感覺它們充實他的身軀，讓他燃燒。他的骨頭跟皮肉蒸發，同時，他汲取紅銅意識，將所有的內容收入他逐漸擴張的意識中。

如今空無一物的紅銅意識跟他的戒指一起堆在克羅司的藍色屍體旁，伴隨著紋、依藍德，還有滅絕的無名屍。沙賽德睜開跟世界一樣大的雙眼，吸入交織所有創造物的力量。

英雄將擁有拯救世界的力量，可是他也會擁有摧毀世界的力量。

我們一直不懂。他不只擁有存留的力量，也會需要滅絕的力量。

這些力量是對立的。在他吸入兩者的同時也威脅要摧毀對方，但因爲他對於如何使用它們是單一意念，所以他可以讓兩者不互相接觸。它們可以在不摧毀對方的情況下，按照他的意志相互接觸。這兩股力量被用來創造一切。如果它們爭鬥，會造成破壞，同時使用，就能創造。

理解在他腦中湧現。千年來，守護者們收集了人類的知識儲存在紅銅意識中，藉由代代相傳，每個人都呈載所有的知識，在必要時能將知識傳遞下去。沙賽德擁有所有的知識。

而在昇華的同時，他理解一切。他看到其中的樣貌、線索、祕密。人類自從存在以來便有信仰與崇拜，在這些信仰中，沙賽德找到他需要的答案。在人類的所有宗教中隱藏著知識的珍寶，不被滅絕發現。

曾經，有一族叫做班內特的人。他們認爲製造地圖是個嚴肅的任務。沙賽德對凱西爾傳達過這個宗教。從他們精緻的地圖跟航海圖，沙賽德發現世界原本的樣貌。他利用力量將大陸及海洋、島嶼及海岸線、高山及河流恢復到原本的位置。

曾經，有一族叫做奈拉禪的人。他們崇拜星辰，認爲它們是神明特雷在守護他們的千眼。沙賽德記得曾經對年輕的紋如此傳揚過，當時她正被迫乖乖接受進入集團後的第一次剪髮。從奈拉禪一族，守護者們取得了星圖，盡責地記錄一切，即使學者稱之爲無用——因爲自從昇華之後，這地方已經不再正確。可是，從這些星圖，還有太陽系中其他星球的方位與變動，沙賽德可以判斷世界到底應該在哪個位置公轉。他能將星球放回原來的位置，不像統御主那樣推得太大力，因爲他有一個可以用來衡量的估算架構。

曾經，有一族叫做凱西的人，他們崇拜死亡，而且提供關於人體的詳細描述。凱西爾還在世時，沙賽德曾經為他們在紋的舊巢穴中找到的屍體唸誦凱西的往生經文。從凱西族關於人類身體的知識，沙賽德理解人的身體被改變了，不知是因為統御主的安排或只是演化，變成習慣於吸入灰燼跟食用褐色植物。

在一波力量中，沙賽德將人體變回原來的樣子，讓每個人都維持一樣，卻修補了在瀕死世界中生活千年所造成的問題。他沒有毀滅人，或是像統御主創造坎得拉時那樣扭曲了人體，因為沙賽德擁有該如何進行的指引。

他也明白了其他的東西，數十個祕密。

一個宗教崇拜動物，因此沙賽德從中取得關於應該出現在大地上的動物，其相關圖片、描述，還有介紹。他讓動物們重回地面。從另一個宗教，就是他在歪腳死前對歪腳宣揚的達得拉達教，沙賽德了解了顏色跟光澤。這是沙賽德傳揚的最後一個宗教，透過關於顏色與自然的詩文，他能讓植物、天空、大地回復原本應有的色彩。每個宗教都有線索，因為人類的信仰包含了信眾們的希望、愛好、祈願，還有生活。

最後，沙賽德取得拉司達，凱西爾的妻子梅兒所相信的宗教。他們的祭司在冥想時會寫詩，透過這些詩，以及一張梅兒給了凱西爾，凱西爾給了紋，紋最後給了沙賽德的紙片，他知道了這世界曾經有過的美麗事物。

於是，他將花賦予給曾經孕育過花朵的植物。

能量從他身上流出，開始重新創造世界，讓他心想，*在我的文件夾中的宗教其實並非沒有用處。它們每一個都有用。不是全然真實。*

卻都蘊含真相。

沙賽德籠罩在世界上，改變他覺得應該改變的事物。他呵護著人類藏匿的地方，即使他一面在改變世界的板塊、搬移洞穴的位置，依然讓岩洞安全無恙。最後，他輕吐一口氣，終於完成。可是，這力量沒有如他預期的那樣從他身上消散。

拉刹克跟紋只碰觸到昇華之井一小部分的力量，他意識到這點。

我擁有更多。無窮無盡的力量。

滅絕跟存留都已消失，力量合而為一。事實上，它們本來就該是一體，怎麼會崩解成兩方呢？也許有一天，他會知道這個問題的答案。

有人需要照看這世界，照顧它，如今它的神已經不在。直到那刻，沙賽德才明白世紀英雄的意義。不是歷經漫長世紀後才出現的英雄。

而是跨越永恆時光的英雄。一名會在無數人類的生命跟時代中保護他們的英雄。不是存留或滅絕，而是兩者的綜合體。

是神。

終曲

紋是特別的。

一如我先前所說，存留從她年紀很小時就挑中了她。我想他是在培養她繼承他的力量。存留的意識那時已經非常稀薄，因此只剩下我們稱爲霧靈的那個部分。

他爲什麼選擇這個女孩？是因爲她是迷霧之子？還是因爲她的母親在生產她的過程中歷經格外的困難，使得她的人生早已綻裂，得到力量？

紋甚至從一開始，鎔金術就特別強大，也特別有天分。我想她在孩提時期，在沒有戴著耳針的時候，一定早已吸入了一部分的迷霧。凱西爾招募她時，存留已經讓她盡量不要戴著耳針，可是她在加入集團前不久又戴了回去。這次，因爲凱西爾的建議，她便沒有再將耳針摘除。

沒有別人能吸入迷霧，這點我已經確認。爲什麼它們只對紋，而不對別人開放？我猜想，這是因爲她在碰觸到昇華之井的力量之前，是無法將全部的迷霧力量都吸入的。我相信這表示，昇華之井的力量一直是用來做爲協調之用，在碰觸之後，能將一個人的身體調整到可以接受迷霧的程度。

但是，她打敗統御主確實是使用了一點存留的力量，那時離她開始聽到昇華之井的鼓動還有一年的時間。

這個謎團尚有太多未解釋的部分。也許隨著我的心智越來越習慣於如今擴張的狀態，總有一天，我能把一切謎題解開。也許我就能明白爲什麼是我得到這股力量。現在，我只想要讚揚在我之前握有這股力量的女子。

在我們這些碰觸過這股力量的所有人之中，我認爲她是最能與之匹配的。

鬼影從惡夢中驚醒，坐起身。他周圍的洞穴一片漆黑，只有蠟燭跟油燈。

他站起身，伸展四肢。周圍都是不同的驚呼聲。他走過眾人，尋找他的朋友。洞穴裡面滿滿都是人，容納了所有鄔都願意過來躲藏的人。因此，鬼影很難從正在翻轉、咳嗽、聊天的人們之間找到路。他邊走，邊發現越多人交頭接耳。人們站起身，跟在他身後。

貝爾黛穿著一件白洋裝，跑到他身邊。「鬼影？」她不敢相信地問道。「發生……發生了什麼事？」

他只是微笑，摟住她，兩人走到洞穴前方。微風坐在一張桌子邊——當所有人都坐在石板地上時，當然就只有微風會有家具可用。鬼影朝他微笑，安撫者挑起一邊眉毛。

「小子，你氣色看起來不錯啊。」微風說道，喝了一口酒。

「你說得沒錯。」鬼影說道。

「就這樣？」貝爾黛對微風說道。「你看看他！他完全痊癒了！」

微風聳聳肩，放下酒杯站起。「親愛的，最近發生了這麼多奇怪的事，鬼影的外表算不了什麼，只不過是癒合而已嘛。要是妳問我的話，我覺得這還蠻普通的呢。」

微風微笑，與鬼影相視一望。

「來不來？」鬼影問道。

微風聳聳肩。「有何不可？你覺得我們會看到什麼？」

「我不確定。」微風承認，走入洞穴外的小房間，開始爬上樓梯。

「鬼影，」貝爾黛謹慎地開口。「你知道那些斥候怎麼說的。他們說整個城市都因爲太陽的熱力在燃燒……」

鬼影抬起頭，注意到暗門間的縫隙透入的陽光，他微笑，推開門。

外面不再有城市。只有一片草地。綠草。鬼影眨眨眼，想要理解這奇特的景象，然後他爬上柔軟的泥土，讓位給微風。安撫者探出頭，歪到一旁。「這可眞罕見。」他在鬼影身邊爬出。

鬼影站在草地上，草高到他的大腿。綠色。植物是這個顏色好奇怪。

「還有……天空。」微風遮著眼睛說道。「藍色的，沒有一絲灰燼或煙霧。好奇怪。眞的好奇怪。我敢打賭紋跟這怪異的情況絕對有關係。那女孩做事從來都不按牌理出牌。」

鬼影聽到後方一聲抽氣，轉頭看到貝爾黛從洞穴中爬出。他協助她來到地面上，然後一起在無言的讚嘆中走過長草。頭頂上的太陽如此燦爛，卻不會熱得不舒服。

「城市怎麼了？」貝爾黛握住鬼影的手臂低聲問道。

他搖搖頭，可是，他聽到了聲響。他轉過頭，認爲自己在天際邊看見動靜。他往前走，貝爾黛在他身邊，微風喊著要奧瑞安妮上來看看發生了什麼事。

「那是……人嗎？」貝爾黛問道，終於看見鬼影看到的東西。遠方的人也看到了他們，一靠近，鬼影便微笑，朝其中一人揮手。

「鬼影？」哈姆大喊。「小子，是你嗎？」

鬼影跟貝爾黛快步向前。哈姆跟其他人站在一起，鬼影看到他們身後還有一道暗門，就在碧綠的草原上。一些他不認得的人，還有些穿著依藍德的軍隊制服的人正在從地下爬出。哈姆穿著普通的背心跟襯衫，快步上前來，一把抱住鬼影。

「你在這裡做什麼？」哈姆放開他問道。

「我不知道。」鬼影說道。「我以爲我在鄔都。」

哈姆看著天空。「我原來在法德瑞斯！發生什麼事了？」

鬼影搖搖頭。「我想我們以前知道的地名已經不再有意義了，哈姆……」

哈姆點點頭，轉身看著其中一名士兵往遠處一指。另一群人正從不遠處的洞口出現。哈姆跟鬼影走上前，直到哈姆在另一群人中找到某人，鬼影依稀認得她是哈姆遠在陸沙德的太太。打手興奮地大喊，衝上前去迎接他的家人。

鬼影在不同洞穴中行走。似乎總共有六個，有的人很多，有的則比較少。其中之一很特殊，那不是別處的暗門，而是一個斜下的洞穴入口。在這裡，他發現德穆將軍正與一小群人在說話，一名漂亮的泰瑞司女子正攙著他。

「我整個過程中一直不斷昏厥又清醒。」德穆正淘淘不絕說著。「可是我看到他。倖存者。一定是他。懸浮在空中，散發著光芒，好幾波顏色在空中移動，大地顫抖，不斷旋轉跟移動。他來了。就像沙賽德說的那樣。」

「沙賽德？」鬼影出聲，德穆此時才注意到他。「他在哪裡？」

德穆搖搖頭。「我不知道，鬼影大人。」然後，他愣住了。「您又是從哪裡來的？」

鬼影無視於他的問題。這些開口跟洞穴形成一個圖樣。鬼影牽著貝爾黛走過長草，來到圖樣中央。風徐徐吹拂，讓草莖搖曳如波浪。哈姆跟微風急急忙忙地趕到他身旁，兩個人已經開始在爭論某件雞毛蒜皮的小事。哈姆一手抱著孩子，一手摟著妻子的肩膀。

鬼影看到草中的一點色彩時，當場僵住。他舉起手，示意其他人，他們放輕了腳步。在草地中央，有一片……東西。很鮮豔的東西，從地上長出來，頂端像是色彩鮮豔的葉子，形狀像是倒過來的鈴鐺，有著細長筆直的莖，上面的葉瓣朝太陽打開，彷彿伸向光芒，大張著口要飲入陽光。

「好美……」貝爾黛低語。

鬼影上前一步，在植物間行走。花，他心想，從曾經在紋身上看過的圖片認出它們。凱西爾的夢想終於成眞了。

在花朵的中央，他找到兩個人。紋躺在那裡，穿著她一貫的迷霧披風、襯衫、長褲。依藍德則穿著燦爛的白制服以及披風。他們躺在花間，雙手緊握。

兩人都已死去。

鬼影跪在他們身邊，聽到哈姆跟微風大喊著，檢查是否有生命跡象，可是鬼影的注意力則放在另外一樣幾乎被長草隱匿的東西。他拾起來，是一本厚書。

他翻開第一頁。

很不幸的，我，是世紀英雄。纖細、仔細的字跡如此寫道。鬼影認得這筆跡。他翻著書，一片紙張掉落。鬼影拾起紙張，其中一面有花朵的圖樣，正是他方才在想的紙片。另一面則是以同樣的筆跡寫下的字條。

上面寫著：

鬼影，我試圖要讓他們復生，但顯然修補身體不代表靈魂就能返回。我想隨著時間過去，我會更擅長這件事，可是請不要擔心，我跟我們的朋友們談過了，他們對於目前所在的地方相當快樂。我想他們應該要好好休息一番。

這本書中簡短記載了一些造成世界垂死然後重生的事蹟，還有我一些關於近來相關歷史、哲學、科學的隨筆。如果你看向右方，會有更大的一堆書籍，裡面有我的金屬意識中所有藏書，一字不差。不要讓過去的知識被遺忘。

我想，重建會很困難，但會比在統御主的威權或滅絕想要毀滅世界的情況下，有更好的生活品質。你會很訝異有多少人逃入了儲藏窟。拉剎克為這一天做了很完善的規劃，他受到滅絕相當殘酷地荼毒，但他是一個好人，到頭來，他的出發點的確是光明磊落的。

你做得很好。你派葛拉道隊長送出的訊息，最後救了我們所有人。在未來的數年內，人民需要領導者，他們應該會選擇你。很抱歉我無法親自在你身旁給予協助，可是請你明白，我一直都在……左右。

我讓你成爲迷霧之子，也修復了你因爲過度驟燒錫而造成的身體損害。希望你不要介意。這其實是凱西爾的要求，你可以將它視爲他對你的告別禮。

幫我照顧他們。

注：還有兩種沒人知道的金屬。你也許會想要試試看能不能實驗出來是哪些。我想它們會讓你感到有興趣。

鬼影抬起頭，看著感覺有點奇怪、空無一物的藍色天空。貝爾黛來到他身邊，跪在他身旁，低頭看著他手上的紙張，不解地瞅了他一眼。

「你看起來有點憂慮。」她說。

鬼影搖搖頭。「不，」他說道，將小紙片折起，收在口袋裡。「我一點都不憂慮。事實上，我認爲一切都沒事了。終於。」

（迷霧之子終部曲　完）

鎔金祕典（ARS ARCANUM）

讀者可前往www.brandonsanderson.com，閱讀每個章節的詳細注釋，被刪除情節，還有經常更新的部落格，以及更多的世界設定資訊。

金屬能力快速對照表（Metals Quick-Reterence Chart）

金屬	鎔金術能力	藏金術能力	血金術能力
鐵 Iron	拉引附近的金屬	儲存體重	偷走人類的體力
鋼 Steel	推附近的金屬	儲存肢體速度	偷走鎔金術肢體能力
錫 Tin	增強感官	儲存感官	偷走人類感官
白鑞 Pewter	增強肢體力量	儲存肢體力量	偷走藏金術肢體能力
黃銅 Brass	安撫（抑制）情緒	儲存溫暖	偷走藏金術意志能力
鋅 Zinc	煽動（鼓動）情緒	儲存心智速度	偷走人類的情感感知能力
紅銅 Copper	隱藏鎔金術	儲存記憶	偷走人類的意志能力
青銅 Bronze	顯示鎔金術	儲存清醒	偷走鎔金術意志能力
鋁 Aluminum	毀去鎔金術師的所有金屬存量	未知	偷走鎔金術增強系能力
硬鋁 Duralumin	增強下一個燃燒的金屬能力	未知	未知
天金 Atium	看到他人的未來	儲存年紀	偷走鎔金術時間系能力
脈天金 Malatium	看到他人的過去	未知	未知
金 Gold	看到自己的過去	儲存健康	未知
電金 Electrum	看到自己的未來	未知	未知

■名詞解釋

艾蘭迪 Allendi：一千年前，在統御主昇華之前，他征服了全世界。紋在統御主的皇宮中找到了他的日記，一開始以爲他成爲了統御主，之後才發現是他的僕人拉剎克殺了他，取代他的位置。艾蘭迪是關的朋友跟弟子。關是一名泰瑞司哲人，以爲艾蘭迪可能是世紀英雄。

鎔金術 Allomancy：一種神奇的力量，隨著血統而傳承，持有人能燃燒體內的某些金屬取得特殊能力。

鎔金術金屬 Allomancy Metal：總共有八種基本鎔金術金屬，兩兩成雙，包括基本金屬與合金，也可以分成兩組各四種——內部金屬（錫、白鑞、紅銅、青銅），還有外部金屬（鐵、鋼、鋅、黃銅）。長久以來，眾人都以爲只有十種鎔金術金屬：八種基本金屬，還有金跟天金。可是，金跟天金的合金讓鎔金術金屬數量增加爲十二種，鋁與硬鋁則將數量擴增爲十四種。

鎔金脈動 Allomancy Pulse：鎔金術師在燃燒金屬時會散發的訊號。只有燃燒青銅的人能「聽到」鎔金脈動。

奧瑞安妮 Allrianne：灰侯．塞特王的獨生女。她跟微風在交往。

鋁 Aluminium：曾經只有鋼鐵審判者知道這個金屬在燃燒時，會將鎔金術師的所有其他金屬都耗盡。

錨點（鎔金術）Anchor, Allomantic：鎔金術師在燃燒鋼或鐵時，用來推或拉的一塊金屬。

昇華 Ascension：昇華一詞用來形容拉剎克取得昇華之井的力量，成爲統御主時發生的過程；有時候也跟紋有關，因爲她也取得了力量，只是選擇釋放而非佔有。

落灰 Falling Ash：指如雨落下的灰燼。在最後帝國中，因爲灰山活動頻繁而經常有落灰。

灰侯．塞特 Ashweather Cett：塞特王。他曾前往中央統御區，參與陸沙德圍城戰。他擔心史特拉夫．泛圖爾會佔據陸沙德以及天金，本身根據地也正在歷經叛變，因此帶著一支軍隊逃離法德瑞斯，孤注一擲想要佔領陸沙德。他在圍城戰的後期加入依藍德的軍隊，協助紋一起抵抗史特拉夫．泛圖爾，爲自己贏得依藍德的幕僚位置。雖然眾人稱他爲塞特「王」，但他沒有任何領土，因爲他的領土仍屬叛軍所有。（請參考：**尤門**）

灰山 Ashmounts：昇華時期時在最後帝國內出現的七座大火山，主要噴出灰燼而非熔岩。

天金 Atium：一種原本生長於海司辛深坑的奇特金屬，坑裡有許多水晶洞穴，裡面會形成晶石，天金就長於晶石中。

奧迪爾．雷卡 Audil Lekal：雷卡王。加斯提．雷卡的遠親，在陸沙德圍城戰之後掌握了加斯提的王國，但領土逐漸因爲土匪跟克羅司軍隊的入侵而失守。

貝爾黛 Beldre：「公民」魁利恩的妹妹。

坎得拉的祝福 Blessing of Kandra：每隻坎得拉都有統御主給予的四種能力之一，包括力量的祝福，存在的祝福，意識的祝福，還有穩定的祝福。

盒金 Boxing：皇家金幣的俗稱，名字起源於其背面的克雷迪克．霄，統御主皇宮的圖像——他所住的「盒子」。

微風 Breezy：凱西爾集團中的安撫者，如今是依藍德最重視的幕僚跟外交官之一。眞名是拉德利安。集團眾人以爲他跟他們一樣是混血司卡，但其實他是純種貴族，只是年輕時被強迫要在地下組織中隱姓埋名。他和奧瑞安妮．塞特在交往。

青銅脈動 Bronze Pulse：鎔金脈動的別稱。

燃燒（鎔金術）Burn, Allomantic：鎔金術師使用或耗用腹中的金屬，這個行爲稱之爲「燃燒」。他們必須吞下懸浮於酒液中的金屬，然後透過鎔金術將它消化，才能取得力量。

炎地 Burn Lands：最後帝國邊緣的沙漠。

凱蒙 Camon：紋以前的盜賊集團首領，是個殘酷的人，經常毒打她。凱蒙被凱西爾驅逐，最後被審判者殺死。

峯奈瑞河 Channerel River：穿過陸沙德境內的河流。

夾幣 Clip：最後帝國中皇家銅幣的俗稱。通常被迷霧之子和射幣用來跳躍與攻擊。

歪腳 Clubs：凱西爾集團中的煙陣，鬼影的叔叔，眞名爲克萊登。曾經是依藍德軍隊的將軍，在陸沙德圍城戰中身亡。

射幣 Coinshoot：燃燒鋼的迷霧人。

崩解 Collapse：指統御主之死與最後帝國的滅亡。

瑟藍集所 Conventical of Seran：審判者的據點。沙賽德跟沼澤在裡面找到關的最後遺言。

紅銅雲 Coppercloud：燃燒紅銅的人所能散發的隱形、遮蔽力量區域。如果有鎔金術師在紅銅雲霧中燃燒金屬，其鎔金術脈動可以不受燃燒青銅的人察覺。紅銅雲一詞也可用來指稱煙陣（燃燒紅銅的迷霧人）。

深闇 Deepness：在統御主與最後帝國崛起前威脅世界的神祕怪物。統御主宣稱他在昇華時擊敗了深闇，但之後發現深闇是迷霧，而且統御主並沒有打敗它，只是抑制了它。深闇後來再次攻擊，迷霧逐漸在白天遮蔽大地，讓農作物不斷死亡。

多克森 Dockson：凱西爾的左右手，在陸沙德圍城戰中身亡。

統御區 Dominance：最後帝國的省分。陸沙德位於中央統御區，周圍四個統御區稱爲核心統御區，囊括最後帝國大部分的人民與文化。崩解後，最後帝國分化，不同的國王競相奪權，試圖要統治不同的統御區，最後讓每個統御區成爲獨自的王國。依藍德如今統治中央統御區、大部分的北方統御區，還有一部分的東方與南方統御區。

硬鋁 Duralumin：鋁的鎔金合金。硬鋁混合鋁、紅銅、鎂、磁石。鎔金術師燃燒硬鋁時，下一個燃燒的金屬（們）或合金（們）會得到爆發性的能量，代價是瞬間一次燃燒光該鎔金術師體內正在燃燒的所有金屬。

電金 Electrum：燃燒電金可看見自己的未來，鎔金術師常用於製造假的天金影像，迷惑已在燃燒天金的鎔金術師。

依藍德．泛圖爾 Elend Venture：新帝國的皇帝，紋．泛圖爾的丈夫，一名迷霧之子與學者。

熄滅（鎔金術）Extinguish, Allomantic：停止燃燒鎔金金屬。

法德瑞斯 Fadrex：西方統御區一座中型且防守完善的城市。曾經是灰侯．塞特的家與首都，也曾是教廷的重要倉儲與集散中心。塞特離開後，被一名叫做尤門的聖務官所佔領。

法特倫 Fatren：又叫阿肥，是統治維泰敦的司卡男子。

法德雷 Fedre：一名生於統治主八世紀時期惡名昭彰的貴族，以愛貓與運河著名。

柔皮 Felt：曾經是史特拉夫的間諜之一，在陸沙德淪陷後，他（跟大多數史特拉夫的僕人們）都被留在陸沙德裡，因而轉向依藍德效忠，如今是依藍德軍隊中的軍官。

費爾森．潘洛德 Ferson Penrod：在崩解時期後，留在陸沙德中最顯赫的貴族之一。潘洛德試圖要坐上王位，也成功將王位從依藍德手中奪走。之後他接受依藍德爲皇帝，如今統治陸沙德。

最後帝國 Final Empire：統御主建立起的帝國。這名字來自於他確信自己永生不死，因此這會是世界上最後一個帝國。

驟燒（鎔金術）Flare, Allomantic：從鎔金術金屬中取得具有爆發性的力量，代價是增加金屬的燃燒速度。

坎得拉世代 Generations of Kandra：坎得拉以每次創造的「代」來做區隔。初代是最原本的坎得拉，存活至今。每個世紀之後，統御主允許另一群坎得拉被創造，然後以二代、三代命名之。

德穆將軍 General Demoux：依藍德軍隊中的軍官，以對倖存者的虔誠信仰著名。

奈容汀 Gneorndin：灰侯・塞特的獨生子。

葛拉道 Goradel：曾經是陸沙德軍營中的一名士兵，當紋決定要潛入皇宮殺死統御主時，他正在守門。紋說服他投誠，因此最後他帶領依藍德進入皇宮，試圖要救她。如今他是依藍德軍隊中的隊長。

哈達克 Haddek：初代坎得拉的領袖。

哈姆 Ham：凱西爾集團中的打手，如今是依藍德軍隊中的將軍，以喜好哲學問題，還有無論天氣好壞都只穿一件背心聞名。眞名爲哈姆德。

殺霧者 Hazekiller：沒有鎔金術或藏金術能力，卻被訓練來殺死鎔金術師的士兵。

世紀英雄 Hero of Ages：預言中的泰瑞司救主。據說當他到來時，會取得昇華之井的力量，並在無私中放棄力量以拯救世界不受深闇威脅。原本眾人以爲艾蘭迪是世紀英雄，但在他完成征途前便被殺死。紋跟隨他的腳步，一路來到井邊，取得力量後又放棄力量，可是這個預言事後被證明是僞造的，目的是要讓名爲滅絕的力量脫逃。（請參考：**滅絕**）

坎得拉家鄉 Homeland of Kandra：坎得拉用來做爲祕密家園的山洞。除了統御主（如今已經死去）以外，沒有別的人類知曉坎得拉家鄉的位置在哪裡。履行完契約的坎得拉可以獲准回到家鄉休息。

鐵眼 Ironeye：沼澤在成爲審判者之前，還是集團成員時的綽號。

鐵拉（鎔金術） Ironpull, Allomantic：以鎔金術燃燒鐵，即可拉引某種金屬，這股拉力對金屬會產生力量，將物品直接朝鎔金術師的方向拉引；如果這塊被稱做錨點的金屬比鎔金術師還要重，那鎔金術師反而會被拉向錨點。

加那爾 Janarle：曾經是史特拉夫・泛圖爾的副手，被迫對依藍德・泛圖爾宣示效忠，如今代表依藍德統御北方統御區。

加斯提·雷卡：雷卡家族的繼承人，曾經是依藍德的朋友。他跟依藍德與泰爾登經常一起討論政治與哲學。加斯提招募了一隊克羅司，在史特拉夫跟塞特開啓的陸沙德圍城戰期間領著克羅司來到陸沙德城下，然後卻失去對牠們的控制力。依藍德因爲加斯提造成的傷亡與破壞而將他處決。

坎得拉 Kandra：一群可以吃下人屍體，然後以自己的皮肉重造這具身體的生物。是霧魅的親戚。坎得拉沒有骨頭，因此會保留、使用牠們模仿對象的骨頭。牠們是天生的間諜，會履行跟人類的契約，但必須以天金支付。坎得拉是永生不死的。

坎帕 KanPaar：二代坎得拉的領袖。

守護者（泰瑞司） Keeper, Terris：常被用來當做藏金術師的別稱，可是守護者其實是一群致力於發現、記憶人類在昇華前所有知識與宗教的藏金術師組織。統御主將他們獵捕到將近絕跡，強迫他們必須隱身匿跡。在崩解之後，他們開始教導人們，分享他們的知識，可是卻在差不多是陸沙德圍城戰開始的同時也被審判者攻擊，因此除了沙賽德之外，應該已全數死亡。

凱西爾 Kelsier：最後帝國裡最富盛名的盜賊集團領袖。凱西爾組織司卡反抗軍，推翻統御主，卻在過程中身亡。他是迷霧之子，也是紋的老師。他的死亡因而繁衍出倖存者教會。

克雷尼恩 Khlennium：一個在最後帝國崛起之前存在的古老王國，是艾蘭迪的家鄉。

克羅司 Koloss：統御主在昇華時創造出的怪物，被他用來征服世界。

克雷迪克·霄 Kredick Shaw：統御主在陸沙德的皇宮，古泰瑞司語意指「千塔之山」。

關 Kwaan：一名崩解時期前的泰瑞司哲人。他是一名世界引領者，也是第一個將艾蘭迪誤以爲是世紀英雄的人。之後他改變想法，招來了拉刹克阻止艾蘭迪，背叛了自己的朋友。

統御主 Lord Ruler：統治最後帝國上千年的皇帝。他曾經名叫拉刹克，是艾蘭迪所僱用的泰瑞司僕人。可是他殺了艾蘭迪去到昇華之井，在那裡奪取力量後昇華成統御主，最後被紋殺死，他在死前曾警告她，她犯下了很嚴重的錯誤。

扯手 Lurcher：燃燒鐵的迷霧人。

陸沙德 Luthadel：最後帝國的首都，最大的城市。陸沙德以布料、鋼鐵廠以及華麗的貴族堡壘著名，但在陸沙德圍城戰中，全城幾乎被肆虐的克羅司摧毀殆盡，如今由潘洛德王統治，他是依藍德的藩王之一。

脈天金 Malatium：凱西爾發現的金屬，經常被稱爲第十一金屬，沒有人知道他從哪裡找到，或者他爲什麼覺得這可以殺死統御主。它是天金跟金的合金。脈天金最後讓紋得到如何打敗統御主的線索，因爲它能讓鎔金術師看到一人過去的影子。

梅兒 Mare：凱西爾的妻子，沙賽德的朋友。她在死於海司辛深坑前，曾經非常活躍於司卡反抗軍活動。

宓蘭 Melaan：一名七代坎得拉，被坦迅訓練與「養大」。

金屬意識 Metalmind：藏金術師當成電池來用的金屬，裡面可以儲存不同的特質供日後使用。特殊的金屬意識會以不同的金屬素材來取名，如：錫意識，鋼意識等。

迷霧 Mist：每天晚上降臨最後帝國的奇特濃霧，無所不在，比普通的霧氣還要濃重，會翻騰攪動，彷彿有自己的生命。在紋取得昇華之井的力量前，迷霧出現改變，開始隨機殺死進入迷霧的人。

迷霧之子 Mistborn：能燃燒所有鎔金金屬的鎔金術師。

迷霧披風 Mistcloak：許多迷霧之子喜歡穿這件衣服，用來表徵他們的地位。迷霧披風是以數十條粗緞帶的布料所縫出，上半部緊密地縫製在一起，但從肩膀以下自由散開。

迷霧人 Misting：只能燃燒一種金屬的鎔金術師，比迷霧之子常見許多（鎔金術師只能擁有一種力量，或者全部都擁有，不會有兩種或三種）。統御主跟他的祭司一直以來都教導眾人只有八種迷霧人，分屬八種基本鎔金術金屬。

迷霧病 Mistsickness：進入迷霧的某些人會生的一種怪病。雖然大多數人都不受影響，但有一部分人會開始發抖且病倒。嚴重性從數天到超過兩禮拜都有，有時甚至會致命。可是一個人只需要進入迷霧中一次，即可對迷霧病免疫，永遠不再受影響。沒有人知道這種病是什麼時候開始的，但據傳最先發生的時間就在紋從昇華之井取得力量前夕。

霧魅 Mistwraith：坎得拉的親戚，沒有高等智慧。霧魅是一團沒有骨架的皮肉，夜晚時會在地面四處覓食屍體，吃下骨頭用來組成自己的身體。坎得拉是從霧魅而來，坎得拉將霧魅稱為「未生者（unbirthed）」。

新帝國 New Empire：依藍德在陸沙德圍城戰之後，從塞特與史特拉夫手中接掌統治權，旋即將國家更名。目前的領土包括中央統御區、北方統御區，還有一部分的東方與南方統御區。

諾丹 Noorden：一名選擇留在陸沙德為依藍德效力的聖務官。

聖務官 Obligator：統御主的祭司。聖務官不只是宗教人物，更是公務人員，甚至是間諜網。所有沒有經過聖務官見證的商業協議或承諾在道德或法律上都不具有效力。

歐瑟 OreSeur：凱西爾僱用的坎得拉。曾經扮演雷弩大人，紋的叔叔。被坦迅所殺。坦迅偽裝成牠接近紋。

白鑞臂 Peterarm：打手的別名，燃燒白鑞的迷霧人。

海司辛深坑 Pits of Hathsin：曾經是最後帝國中唯一出產天金的洞穴。統御主利用囚犯來挖礦。凱西爾在死前不久摧毀礦坑產生新天金的能力，如今是泰瑞司難民的家。

存留 Preservation：一名古老的泰瑞司神，存留是滅絕的對手，代表穩定、恆常、延續的力量。他為了將滅絕囚禁在昇華之井，犧牲了大部分的意識。

拉（鎔金術）Pull, Allomantic：利用鎔金術來拉引某樣東西，包括人的情緒或金屬。

推（鎔金術）Push, Allomantic：利用鎔金術來推動某樣東西，包括人的情緒或金屬。

魁利恩 Quellion：鄔都的統治者，外號「公民」。魁利恩認爲自己是倖存者最正統的追隨者，試圖要執行凱西爾當初所說要推翻跟處決貴族的指示。貝爾黛是他的妹妹。

拉刹克 Rashek：在昇華前曾是泰瑞司的挑夫，被艾蘭迪僱用來協助他前往昇華之井。拉刹克相當厭惡艾蘭迪，最後殺了他，自己取得了井的力量，成爲統御主。

瑞恩 Reen：紋同母異父的哥哥，保護她，訓練她成爲盜賊。瑞恩的手法相當暴力且嚴格，但他的確保護紋不受他們發狂的母親傷害，一直到她度過童年。當他拒絕告知審判者紋的下落時，因此被殺害。有時候紋會在腦海中聽到他的訓誡，而在她心裡，他代表生命中比較殘酷的那一面。

釋放（藏金術）Release, Freuchemical：藏金術師停止使用金屬意識，不再汲取力量。

雷弩 Renoux：一名凱西爾殺死的貴族，被坎得拉歐瑟冒充。在崩解時期前，紋扮演他的姪女，法蕾特·雷弩。

煽動（鎔金術）Riot, Allomantic：鎔金術師燃燒鋅，拉引一個人的情緒，煽動他們。

煽動者 Rioter：燃燒鋅的迷霧人。

滅絕 Ruin：古老的泰瑞司神，滅絕是破壞、混亂、腐朽世界的力量。滅絕曾經被囚禁在昇華之井，紋卻意外地釋放了他。滅絕的力量仍然不完整，因此他只能以很巧妙的手法影響世界，在僕人們的耳旁低語還有改變文件的文字，但他無法改變寫在金屬上的文字。

沙特倫 Satren：東方的城鎮，裡面有儲藏窟。

沙賽德 Sazed：一名違背族人意願，加入凱西爾集團的泰瑞司守護者，協助推翻最後帝國。他曾經與廷朵交往，而她的死讓他陷入長期的憂鬱中。如今他是依藍德的首席大使，被依藍德任命爲皇位第三順位繼承人，如果依藍德跟紋均死亡，王位將由沙賽德即位。

搜尋者 Seeker：燃燒青銅的迷霧人。

珊・艾拉瑞爾 Shan Elariel：依藍德的前任未婚妻，被紋殺死的迷霧之子。

陸沙德圍城戰 Siege of Luthadel：為期一個月對中央統御區的攻擊，由灰侯・塞特、史特拉夫・泛圖爾，還有加斯提・雷卡領軍，結果是加斯提失去對克羅司軍隊的控制，因此克羅司發狂攻擊了陸沙德。紋阻止了克羅司軍隊，然後讓軍隊轉而攻擊史特拉夫。塞特在最後一刻，加入了紋的陣營。

司卡 Skaa：最後帝國的農民。曾經屬於不同種族與國家。一千年來，統御主很努力將人民的所有自我認同泯除，最後成功創造出單一毫無分別的奴隸。依藍德在征服陸沙德後解放了司卡。許多人如今加入倖存者教會。

慢快 Slowswift：法德瑞斯城中某名貴族的暱稱。他與一名著名說書人長得極為相似。

煙陣 Smoker：燃燒紅銅的迷霧人，又稱紅銅雲。

安撫者 Smoother：燃燒黃銅的迷霧人，會推一個人的情緒去抑制波動。

鬼影 Spook：凱西爾集團的錫眼。集團中最年輕的成員，當統御主被推翻時，鬼影只有十五歲。他是歪腳的姪子，曾經以喜歡使用無人能懂的街頭俚語著名。在其他集團成員的指示下於陸沙德淪陷前逃出，但對此感到極大的罪惡感。如今他是依藍德的斥候跟間諜，被派去鄔都，負責蒐集當地叛軍的資訊。

鋼鐵審判者 Steel Inquisitor：一群服侍統御主的詭異祭司。他們的頭被尖錐完全刺穿，尖錐的尖端穿過眼眶，卻仍然能活著。對統御主有狂熱的忠誠，主要功用是獵捕並殺死有鎔金術能力的司卡。他們透過血金術得到迷霧之子的力量，以及其他不同的能力。

鋼鐵教廷 Steel Ministry：統御主的宗教組織，包括少數的鋼鐵審判者，還有大批稱為聖務官的祭司。鋼鐵教廷不止是宗教組織，更是最後帝國的政府管理架構。

儲藏窟 Storage Cavern：統御主在特定城市留下物資的祕密洞穴，在地底下，總共有五座，每一座都有一塊金屬板，揭示下一個洞穴的位置，同時提供一些來自於統御主的建議。第一個儲藏窟就被發現位於陸沙德下方。

史特拉夫・泛圖爾 Straff Venture：依藍德的父親，曾經是北方統御區之王。在陸沙德圍城戰最激烈的時候被紋殺死。

街溝 Streetslot：鄔都中低於地面的街道，原本是乾涸的運河，可是鄔都的人民沒有將運河注入水，而是把運河當成街道行走往來。

海司辛倖存者 Survivor of Hathsin：凱西爾的別稱，意指他是唯一一個成功逃離海司辛深坑的囚犯。

席諾德（泰瑞司）Synod, Terris：曾經是泰瑞司守護者的領導組織。整個席諾德被攻擊且被審判者抓走，所有人被認爲已經全數死亡。

使用（藏金術）Tap, Freuchemical：從藏金術師的金屬意識汲取力量，等同於鎔金術師的「燃燒」。

塔辛文 Tathingdwen：曾經是泰瑞司統御區的首都，塔辛文在審判者攻擊守護者時被焚燒殆盡。

泰爾登 Telden：以前常跟依藍德談論哲學與政治的老友，以花花公子與愛好華服著名。

坦迅 Tensoon：曾經是史特拉夫・泛圖爾的坎得拉，被借給詹做爲刺探紋的間諜。坦迅殺了歐瑟取而代之，成爲紋的同伴。牠雖然天性憎恨所有人類，卻逐漸開始喜歡起她，乃致於最後背叛詹，違背牠的契約協助了紋。因爲這個行爲，結果牠必須回到家鄉接受族人的懲罰。牠擁有存在的祝福，還有力量的祝福——此爲牠從歐瑟身上偷走的祝福。

泰瑞司 Terris：最後帝國最北邊的統御區。在統治主的時代，那是唯一一個保有過去王國名稱的地方，也許這代表了統御主對家鄉的情感（不過後來發現現今的泰瑞司統御區其實不是原本的王國位置）。泰瑞司人民在一年前被審判者們攻擊以後便捨棄了家園，逃到中央統御區後被依藍德收留，如今以海司辛深坑周圍的谷地爲家。

打手 Thug：燃燒白鑞的迷霧人。

廷朵 Tindwyl：一名泰瑞司守護者跟席諾德的成員。曾經與沙賽德交往，於陸沙德圍城戰中身亡。她是教授依藍德領導之道的主要導師之一。

錫眼 Tineye：燃燒錫的迷霧人。

信巢 Trustwarren：坎得拉家鄉中最神聖的地方。

特瑞安山 Tyrian, Mount：最靠近陸沙德的灰山。

鄔都 Urteau：北方統御區的首都，曾經是泛圖爾一族的根據地，如今落入叛軍手中，由一名叫做「公民」魁利恩的人統治。也是儲藏窟的所在地之一。

法蕾特．雷弩 Valette Renoux：紋在崩解之前用來滲透貴族社會的假名。

昇華之井 Well of Ascension：傳說中，此處擁有極大的力量。在泰瑞司預言中，世紀英雄要前往昇華之井取得打敗深闇所需的力量。紋在陸沙德的克雷迪克．霄下方找到了昇華之井（雖然一直都認為它應該在泰瑞司山脈）。它深藏在一個巨大的洞穴中，裡面裝滿補給品跟食物。（請參考：**儲藏窟**）

維德路 Vedlew：泰瑞司人的一名長老。

世界引領者 Worldbringers：昇華前的一群泰瑞司藏金術師學者，關是其中一員。之後的守護者組織則是奠基於世界引領者。

葉登 Yeden：凱西爾集團跟司卡反抗軍的一員。他在對抗統御主的戰鬥中被殺死。

尤門 Yomen：亞拉畢．尤門王。一名鄔都的聖務官，塞特的政治對手。原本為資源廷的成員，當塞特離開去圍攻陸沙德時，尤門掌控了法德瑞斯跟塞特的王國。

中英名詞對照表

A

Adonasium　雅多納西
Ahlstrom Square　奧司托姆廣場
Aime　艾枚
Alendi　艾蘭迪
Allomancer　熔金術師
Allomancy　鎔金術
Allrianne Cett　奧瑞安妮・塞特
Amaranta　愛瑪蘭塔
Anamnesor　永世者
Announcer　宣告者
Anticipation　《期待經》
Aradan Yomen　亞拉單・尤門
Arguois Caverns　阿谷瓦山洞
Armies in Motion
　《軍隊行進學》
Arts of Scholarship
　《學問藝術》
Ascension　昇華
Ashmounts　灰山
Ashwarren　灰巢
Ashweather Cett　灰侯・塞特
Aslydin　雅絲婷
Aspen Row　山楊樹街
Atium　天金
Audil　奧迪爾

B

Bahmen　巴明
BasMardin　巴司馬丁
Bedes　貝地斯
Beldre　貝爾黛
Bennitson　班尼特森
Blessinf of Stability　穩定的祝福
Blessing of Awareness
　意識的祝福
Blessing of Potency　力量的祝福
Blessing of Presence
　存在的祝福
Block Street　棟街
Boxing　盒金
Brass　黃銅
Breeze / Ladrian
　微風（拉德利安）
Brill　布利
Bronze　青銅
Burn Lands　炎地

C

Cadon　卡登
Calling of Trust
　《信任的天職》
Camon　凱蒙
Canal Street　運河街
Canton of Finance　財務廷
Captain Goradel　葛拉道隊長
Cazzi　凱西
Central Dominance
　中央統御區

Cett 塞特
Chamber of Ascension
昇華之室
ChanGaar 塵痂
Chardees 查迪
Church of the Survivor
倖存者教會
Citizen 公民
Clip 夾幣
Clubs / Cladent 歪腳（克萊登）
Coinshot 射幣
Collapse 崩解
Commercial District 商業區
Conclave of Worldbringers
世界引領者祕密會
Conrad 康那德
Contract-breaker 毀約者
Conway 康道運河
Copper 紅銅
Cracks 裂口
Crenda 可藍達
Crescent Dominance
月牙統御區
Culee 庫里

D

Dadradah 達得拉達
Darrelnai 達瑞耐國
Dedri Vasting 戴德利・法司丁
Deepness 深闇
Deepness Doctrine
《深闇教義》
Demoux 德穆
Derytatith 泰瑞塔提司山
Detor 迪拓
Dockson / Dox 多克森（老多）
Dridel 佳戴
Druffel 德魯菲
Duis 度斯
Duralumin 硬鋁
Durn 度恩
Durton 杜爾頓

E

East Dominance 東方統御區
Elariel 艾拉瑞爾
Electrum 電金
Elend Venture 依藍德・泛圖爾
Eleventh Metal 第十一金屬
Erikell 艾瑞凱
Erikeller 艾瑞凱勒

F

Fadrex City 法德瑞斯城
Faleast 法理司特
Far Peninsula 遠方半島
Farmost Dominance 至遠統御區
Fatren / Fats 法特倫（阿肥）
Feder Canal 費德運河
Fedik 費迪克
Fedre 法德雷
Feldeu 費狄
Fellise 費理斯
Felt 柔皮

Feruchemical metalminds 藏金金屬意識
Feruchemist 藏金術師
Feruchemy 藏金術
FhorKood 弗古
Final Empire 最後帝國
First Contract 初約
First Generation 初代
Flaw 缺陷
Flen 富倫
Franson 法蘭森

G

Galivan 加利文
Gallingskaw 加林斯考
Gardre 加爾得
Garthwood 加斯伍
Garv 加爾佛
Geffenry 詹芬利
Gneration of Kandra 坎得拉世代
Gemmel 蓋莫爾
Genedere 珍奈德爾
Getrue 葛楚
Gneorndin Cett 奈容汀・塞特
Goradel 葛拉道
Grent 葛蘭特
Gurwraith 葛魅

H

HaDah 哈達
Haddek 哈達克
Hallant 哈萊特
Ham / Hammond 哈姆（哈姆德）
Harathdal 哈洛道
Hardren 哈德恩
Harrows 勞難
Hasting 海斯丁
Haught 浩特
Haverfrex 哈佛富雷克斯
Haws 豪司
Hazekiller 殺霧者
Helenntion 海蘭迅
Hemalurgy 血金術
Hero of Ages 世紀英雄
Hettel 海特
Hilde 希兒蒂
Hill of a Thousand Spires 千塔之山
Hobart 霍拔特
Hoid 霍伊得
Holy Witness 神聖見證人
Homeland of Kandra 坎得拉家鄉
Hoselle 荷賽兒
HunFoor 洪福

I

Industrial District 工業區
Inner Dominance 內統御區
Iron 鐵
Ironeyes 鐵眼
Izenry 依森瑞

J

Jadendwyl　加登朵
Janarle　加那爾
Jarloux　嘉路
Jastes　加斯提
Jaston　賈斯敦
Jed　傑得
Jedal　傑戴
Jell　阿杰
Jendellah　詹戴拉

K

Kandra　坎得拉
KanPaar　坎帕
Keep Orielle　奧瑞爾堡壘
Keeper　守護者
Kelsier / Kell　凱西爾（阿凱）
Kenton Street　坎敦街
Khlennium　克雷尼恩
Kinaler　齊奈勒
King Wednegon　維德奈更王
Kiss　克禮絲
Koloss　克羅司
Kredik Shaw　克雷迪克・霄
Kwaan　關

L

Lady Patresen　派特芮森貴女
Larn　拉恩
Larsta　喇司塔族
Larstaism　拉司達教
Lekal　雷卡
Lellin　雷林
Lestibournes / Spook
雷司提波恩（鬼影）
Lord Dukaler　度卡雷大人
Lord Ferson Penrod
費爾森・潘洛德大人
Lord Habren　哈伯倫大人
Lord Hue　修大人
Lord Prelan　至上聖祭司
Lord Ruler　統御主
Lurcher　扯手
Lutha-Davn Canal
陸沙戴文運河
Luthadel　陸沙德
Luthadel Garrison
陸沙德警備隊

M

Mailey　美蕾
Malatium　脈天金
Mardra　瑪德菈
Mare　梅兒
Margel　瑪吉
Marketpit　市集溝
Marsh　沼澤
MeLaan　宓蘭
metalmind　金屬意識
Ministry　教廷
Mist　迷霧
Mistborn　迷霧之子
Misting　迷霧人

Mistsickness　迷霧病
Mistwraith　霧魅
Movag　莫拉格

N
Nelazan　奈拉禪
Noorden　諾丹
Northern Dominance
　北方統御區

O
Obligator　聖務官
Old Gate　舊城門
Olid　歐立德
OreSeur　歐瑟
Outer Dominance　外統御區

P
Pewter　白鑞
Pewterarm　白鑞臂
Philen Frandeu　費倫・傅蘭敦
Pits of Hathsin　海司辛深坑
Pre-Ascension　昇華時期前
Prelan　聖祭司
Preservation　存留

Q
Quellion　魁利恩

R
Rabzeen　拉布眞
Rashek　拉刹克
Redalevin　雷戴文
Reen　瑞恩
Remote Dominance　邊境統御區
Renoux　雷弩
Resolution　定決
Rindel　林戴
Rioter　煽動者
Rittle　利托
River Channerel　峑奈瑞河
Ruin　滅絕

S
Satren　沙特倫
Sazed　沙賽德
Searan　席蘭
Seeker　搜尋者
Seer　先知
Seran Conventical　瑟藍集所
Sev　小佘
Shan　珊
Skaa　司卡
Skiff　史齊夫
Slowswift　慢快
Smoker　煙陣
Soother　安撫者
Sootwarrens　炭窩
South Bridge　南橋
Southern Dominance
　南方統御區
Statlin City　史塔林城
Steel　鋼
Steel Inquisitor　鋼鐵審判者

Steel Ministry　鋼鐵教廷
Steel Ministry　鋼鐵教廷
Storage Carern　儲藏窟
Streerslot　街溝
Studies in Revolution
《革命研究》
Suisna　綏納
Supplying in Scale
《比例補給法》
Suringshath　蘇林沙斯
Survivor of Hathsin
海司辛倖存者
Synod　席諾德

T

TarKavv　塔卡
Tathingdwen　塔辛文
Tekiel　太齊爾
Telden　泰爾登
Teniert　坦尼珥
TenSoon　坦迅
Tepper　泰伯
Terion　泰利昂
Termredare　徹姆戴爾
Terr　泰爾
Terris　泰瑞司
Teur　特珥
Tevidian　泰維迪安
Theron　賽隆
Thug　打手
Thurts　索特
Tin　錫
Tindwyl　廷朵
Tineye　錫眼
Tompher　酮緋
Torinost　托林諾
Trell　特雷
Tremredare　徹姆戴爾
Trendalan　特瑞達倫
Trials of Monument
《偉大的試煉》
Trentison　特藍提森
Troubeld　特魯博得
True Body　真體
Trustwarren　信巢
Twist　揪轉區
Tyden　泰敦
Tyrian　特瑞安

U

unbirth　未生者
Urbain　兀爾斑
Urbene　兀邦
Urdee　兀迪
Urtan　兀特藍
Urteau　鄔都

V

Valette Renoux　法蕾特・雷弩
VarSell　法賽
Vedlew　維迪路
Vedzan　維德然
Vent　狂風
Vet　斐特

Vetitan 維泰敦
Vin 紋

W
Walin 瓦林
Wellen 威倫
West Dominance 西方統御區
Westbrook Lane 西溪巷
Westerner 西方人
Worldbringer 世界引領者

Y
Yeden 葉登
Yelva City 葉伐城
Yestal 葉斯塔
Yomen 尤門
Yventes 依凡提司

Z
Zane 詹
Zerinah 赭瑞納
Zinc 鋅

BEST嚴選 021

迷霧之子終部曲：永世英雄

原著書名／Mistborn: The Hero of Ages
作　　者／布蘭登・山德森（Brandon Sanderson）
譯　　者／段宗忱
企劃選書人／楊秀真
責任編輯／王雪莉
行銷企劃／周丹蘋
業務企劃／虞子嫺
行銷業務經理／李振東
總 編 輯／楊秀真
發 行 人／何飛鵬
法律顧問／台英國際商務法律事務所　羅明通律師
出版／奇幻基地出版
城邦文化事業股份有限公司
台北市 104 民生東路二段 141 號 8 樓
電話：(02)25007008　傳真：(02)25027676
網址：www.ffoundation.com.tw
e-mail：ffoundation@cite.com.tw
發行／英屬蓋曼群島商家庭傳媒股份有限公司城邦分公司
台北市 104 民生東路二段 141 號 11 樓
書虫客服服務專線：(02)25007718・(02)25007719
24 小時傳真服務：(02)25170999・(02)25001991
服務時間：週一至週五09:30-12:00・13:30-17:00
郵撥帳號：19863813　戶名：書虫股份有限公司
讀者服務信箱 E-mail：service@readingclub.com.tw
歡迎光臨城邦讀書花園　網址：www.cite.com.tw
香港發行所／城邦（香港）出版集團有限公司
香港灣仔駱克道 193 號東超商業中心 1 樓
電話：(852)2508-6231　傳真：(852)2578-9337
e-mail : hkcite@biznetvigator.com
馬新發行所／城邦（馬新）出版集團【Cite(M)Sdn. Bhd】
41, Jalan Radin Anum, Bandar Baru Sri Petaling, Lumpur,
57000 Kuala Lumpur, Malaysia.
電話：(603)-90578822　傳真：(603)-90576622
e-mail : cite@cite.com.my

封面及書盒設計／莊謹銘
排　　版／浩瀚電腦排版股份有限公司
印　　刷／高典印刷有限公司
■2010 年（民 99）5 月 27 日初版
■2021 年（民 110）12 月 24 日初版44.8刷

售價／399元

國家圖書館出版品預行編目資料

迷務之子. 終部曲, 永世英雄／布蘭登・山德森（Brandon Sandersen）作; 段宗忱譯 - 初版 - 臺北市：奇幻基地, 城邦文化出版：家庭傳媒城邦分公司發行；民99. 06
面：公分. -（BEST嚴選：021）
譯自：Mistborn: The Hero of Ages
ISBN 978-986-6275-00-5（平裝）

874.57　　98024283

ISBN　978-986-6275-00-5

Printed in Taiwan.

城邦讀書花園
www.cite.com.tw

廣　告　回　函
北區郵政管理登記證
台北廣字第000791號
郵資已付，免貼郵票

104台北市民生東路二段141號11樓

英屬蓋曼群島商家庭傳媒股份有限公司城邦分公司 收

請沿虛線對摺，謝謝

奇幻基地

每個人都有一本奇幻文學的啓蒙書

網　　站：http://www.ffoundation.com.tw
奇幻基地部落格：http://ffoundation.pixnet.net/blog

書號：1HB021　　書名：迷霧之子終部曲：永世英雄

請於此處用膠水黏貼

奇幻基地

讀者回函卡

謝謝您購買我們出版的書籍！我們誠摯希望能分享您對本書的看法。請將您的書評寫於下方稿紙中（100字為限），寄回本社。本社保留刊登權利。一經使用（網站、文宣），將致贈您一份精美小禮。

姓名：＿＿＿＿＿＿　性別：□男　□女

生日：西元＿＿＿＿年＿＿＿＿月＿＿＿＿日

地址：＿＿＿＿＿＿

聯絡電話：＿＿＿＿＿＿　傳真：＿＿＿＿＿＿

E-mail：＿＿＿＿＿＿

您是否曾買過本作者的作品呢？□是　書名：＿＿＿＿＿＿　□否

您是否為奇幻基地網站會員？□是　□否（歡迎至http://www.ffoundation.com.tw免費加入）

請於此處用膠水黏貼